BASTEI
LÜBBE

Von Shirl Henke sind außerdem bei Bastei Lübbe Taschenbücher lieferbar:

18672 Das Liebesritual
18690 Wilde Kaktusblüte

Über die Autorin:

Shirl Henke hat sich nach einer 15-jährigen Tätigkeit als Universitätsdozentin für Geschichte ganz der Schriftstellerei gewidmet. Sie hat einen Sohn und lebt mit ihrem Mann und einem verwöhnten Kater in St. Louis, USA. In den Vereinigten Staaten hat sie schon zahlreiche erfolgreiche Romane veröffentlicht. Wenn Sie mehr über die Autorin und ihre Bücher erfahren möchten, können Sie ihre amerikanische Homepage unter www.shirlhenke.com besuchen.
Stürmische Mondblume ist der zweite Teil einer texanischen Trilogie, deren erster Teil, *Wilde Kaktusblüte,* ebenfalls bei Bastei Lübbe Taschenbücher erschienen ist.

SHIRL HENKE

Stürmische Mondblume

Ins Deutsche übertragen von
Joachim Honnef

Roman

BASTEI
LÜBBE

BASTEI LÜBBE TASCHENBUCH
Band 18 696

1. Auflage: Oktober 2005

Vollständige Taschenbuchausgabe

Bastei Lübbe Taschenbücher in der Verlagsgruppe Lübbe

Deutsche Erstveröffentlichung
Titel der amerikanischen Originalausgabe: *Moon Flower*

Published by Arrangement with R & F Associates.
Dieses Werk wurde vermittelt durch die Literarische Agentur
Thomas Schlück GmbH, 30827 Garbsen.

Titelillustration: Daeni/Agentur Thomas Schlück GmbH
Einbandgestaltung: Nele Schütz Design
Satz: SatzKonzept, Düsseldorf
Druck und Verarbeitung: Nørhaven Paperback A/S, Viborg
Printed in Denmark
ISBN: 3-404-18696-6

Danksagung

Wie immer bin ich meiner Mitarbeiterin Carol V. Reynard zu Dank verpflichtet, die Probleme in der Romanhandlung und bei den Figuren korrigiert und meinen unleserlichen Text in den Computer getippt und dann redigiert hat.

Einmal mehr möchten Carol und ich Mrs. Hildegard Schnuttgen danken, der Leiterin des Archivs der Maag Bücherei der Youngstown State University, für ihre hervorragende Unterstützung bei der Suche nach Recherchematerial für uns. Mrs. Jessica Travis, Nachschlagebibliothekarin für die historische New-Orleans-Sammlung, war äußerst hilfreich bei Einzelheiten über das Theatre d'Orleans in den Dreißigerjahren des neunzehnten Jahrhunderts. Mr. John Dibrell von den »Söhnen der Republik Texas« war so freundlich, uns aus erster Hand Informationen über die Familie Groce zu geben.

Texas im neunzehnten Jahrhundert war ein gewaltsames Land, in dem Waffen ein Teil des alltäglichen Lebens waren. Für genaue Informationen über die Waffen, die von Rafe, Joe und den Rangers und Comancheros benutzt wurden, danken wir noch einmal Dr. Carmine V. DelliQuadri junior, D. O., Waffensammler.

Eine Anmerkung für meinen Ehemann

Nachdem mein Mann Jim von Carol und mir wegen des Mangels an Romantik in der männlichen Seele aufgezogen worden war, wettete er mit uns, dass er eine Liebesszene so sinnlich und feinfühlig schreiben könne, als wäre sie von einer Frau verfasst worden, eine Liebesszene, die zu den Persönlichkeiten von Rafe und Deborah passen würde.

Wir stimmten zu, wenn er sie schreiben könne, würden wir sie in *Moon Flower* benutzen. Nun, er konnte, und wir bauten sie ein.

Eine Anmerkung für meine Leser

Wenn Sie glauben, Jims Liebesszene gefunden zu haben, schreiben Sie bitte und lassen Sie es uns wissen. Jim, Carol und ich sind begierig darauf, Meinungen von Lesern hinsichtlich seines Talents als Autor von Liebesromanen zu erfahren.

Schreiben Sie an:
Shirl Henke
P. P. Box 72
Adrian, Michigan 49221

Prolog

Boston, 1829

»Deborah Faith Manchester, was machst du da?«, fuhr Adam Manchester seine dreizehnjährige Tochter an, die es sich mit einem Buch in der Hand am großen Fenster der Bibliothek bequem gemacht hatte.

Deborah versuchte nicht, den Titel zu verbergen, hielt jedoch den Band fest und schaute ihren Vater an. »Nun, wie du deutlich sehen kannst, Vater, ich lese.«

Adam Manchester war ein großer Mann mit eisengrauem Haar und strengem Gesicht, das oftmals seinen Untergebenen Furcht einjagte. »Dass du liest, sehe ich, aber warum liest du dieses entartete Buch?«

Deborah lächelte mit einer heiteren Gelassenheit, die ihr zartes Alter Lügen strafte und ihren Vater herausforderte. »Du hast nichts gegen das einzuwenden, was Mary Wollstonecraft schreibt, sondern gegen die Tatsache, dass sie mit den skandalösen Shelleys verwandt ist.«

»Was weiß denn eine anständige, gut erzogene junge Dame über solche Sittenlosigkeiten dieses schändlichen Engländers Shelley?«, fragte Adam empört.

»Ich weiß über ihre Vorstellungen von freier Liebe, und ich heiße sie nicht gut.«

»Nun, dem Himmel sei Dank dafür!«

Sie fuhr ruhig fort: »Wenn ich einen Mann heirate, dann erwarte ich, dass das für ihn so bindend sein wird wie für mich. Eine Frau kann an die Gleichberechtigung des weiblichen Geschlechts glauben, auch wenn sie keine freie Liebe befürwortet.«

»Wo hast du gelernt, über solch undamenhafte Themen zu diskutieren, Miss Manchester?«, wollte Adam wissen und bewunderte im Stillen ihre Intelligenz.

Deborahs lavendelfarbene, funkelnde Augen erinnerten ihn an ihre seit über zehn Jahren verstorbene Mutter. »Du weißt genau, dass Lisette mir Bücher schickt, Vater. Schließlich hast du gewollt, dass ich Französisch lerne.«

»Ich wollte, dass du Französisch sprichst, nicht, dass du radikale Traktate liest.«

»Aber ich habe sie auf Französisch gelesen – und jedes Wort verstanden«, fügte Deborah spitzbübisch hinzu.

»Diese verrückte Lehrerin ist schuld. Ich hätte nie eine Französin einstellen sollen.« Adam betrachtete den Stapel Bücher: einige waren französisch, einige englisch, und alle handelten von den Rechten der Unterklasse, Schwarzen und Frauen.

»Gib nicht Lisette die Schuld, Vater. Sie mag mir die Bücher gebracht haben, aber ich habe frühzeitig begonnen, selbst zu denken. Schließlich bin ich Adam Manchesters Tochter.«

Adam legte William Godwins *Politische Gerechtigkeit* auf die Fensterbank zurück, fasste Deborah um die Schultern und sah ihr abschätzend in die Augen. »Ja, das bist du zweifellos. Aber ich wünschte, du hättest von deiner Mutter das ruhige Wesen und die Schönheit geerbt.«

Deborah blickte finster drein. Das Aussehen war stets ein heikles Thema für sie. »Ich werde wohl kaum eine Schönheit; so werde ich am besten ein Blaustrumpf, meinst du nicht auch? Ich bin viel zu groß und schlaksig, und mein Haar ist strähnig und farblos. Ich ...«

Adam schüttelte sie in sanftem Tadel. »Du bist mit deinen schönen Augen und dem Haar in der Farbe von vergoldetem Silber das Abbild deiner Mutter. Warte nur, bis du gereift bist. Du wirst überhaupt nicht dünn und schlaksig sein. Bestimmt werde ich reihenweise liebeskranke Verehrer trösten müssen.«

»Ich mag die Haarfarbe meiner Mutter haben, aber ich befürchte, ich habe deine beträchtliche Größe geerbt. Du hättest einen Sohn bekommen sollen, keine missratene Tochter«, endete sie unglücklich.

»Du wirst nicht größer als einsfünfundsiebzig sein, davon bin ich überzeugt, und so attraktiv wie eine platinblonde Athene.«

»Erinnerst du dich nicht, Vater? Athene war vom Schicksal bestimmt, eine alte Jungfer zu bleiben. Und ich bin gewiss nicht Aphrodite!«, fügte Deborah mit einem leichten Lachen hinzu. »Wenn je ein Mann auftaucht, der mir ein guter Ehemann wäre, werde ich ihn erkennen, und er wird verstehen, dass er kein einfältiges Mädchen zur Frau bekommen wird.«

»Ich will nur, dass du glücklich wirst, Deborah«, beteuerte Adam, »und ob du es jetzt glaubst oder nicht, das bedeutet, nach dem *richtigen* Ehemann zu suchen.«

New Orleans, 1829

Es war Rafael Beaurivage Flamencos sechzehnter Geburtstag, und er war sehr nervös. »Ich verstehe immer noch nicht, warum dies jetzt arrangiert werden muss, Papa«, protestierte der Junge, als er aus der glänzenden schwarzen Kutsche der Familie stieg und auf die Orleans Street trat.

Sein Vater, der bereits auf dem Bürgersteig unter einer flackernden Gaslaterne stand, blickte zu seinem Sohn auf. Obwohl Claude Adrien Flamenco selbst fast einsachtzig war, wurde er von seinem Sohn überragt. Und beide waren größer als der durchschnittliche kreolische Gentleman.

»Du bist ein erwachsener Mann«, erwiderte er in korrektem Französisch.

Rafael seufzte. Er wusste, was sein Vater jetzt sagen würde.

»Was glaubst du, was passieren wird, wenn du dich weiterhin so verantwortungslos verhältst? Ich will es dir verraten – du wirst Schande über uns bringen!«

Der schwache Lichtschein der Straßenlampen warf Schatten auf das Gesicht des Jungen, das kühl und hochmütig und auf zynische Weise gut für jemanden in so zartem Alter wirkte. »Kaum eine solche Schande, Papa. Schließlich ist Sally Drewery nur die Tochter eines Vorarbeiters. Du tust ja gerade so, als hätte ich die Tochter von Prospero d'Valmy oder Pierre LeJeune verführt.«

Claude führte den ärgerlichen Jungen auf einen gewölbten Torbogen zu und in einen breiten Durchgang, wo sich Treppenstufen emporwanden. »Mir ist klar, dass du jetzt ein Mann bist und dich den Gelüsten eines Mannes hingeben musst. Das ist nur natürlich. Ich verstehe ebenfalls, dass du genug weißt, um die jungen Frauen unserer Klasse nicht anzurühren. Das ist löblich – und gescheit«, fügte er mit Ironie hinzu. »Dennoch bist du zu jung zum Heiraten und zu leichtsinnig bei der Auswahl, mit wem du schläfst.«

»Das bedeutet also, ich muss die Verantwortung für eine Mätresse übernehmen«, beendete Rafael die Predigt seines Vaters. »Ich liebe die Abwechslung, Papa. Ein Mädchen in der Rampart Street zu treffen, bedeutet fast das Gleiche, wie ein Mädchen in der Kathedrale zu heiraten – dieselbe Frau, dasselbe langweilige Gesicht, jahraus, jahrein, ganz zu schweigen von Kindern.«

»Ja, du solltest über Kinder nachdenken«, unterbrach Claude ihn. »Ein Gentleman übernimmt die Verantwortung für seine Taten, im Gegensatz zu einigen unfeinen Amerikanern, die wahllos Kinder zeugen und sich dann vor ihren Verpflichtungen drücken. Mit billigen Huren zu verkehren oder weißen Abschaum zu verführen, ist nicht unsere Art, ebenso wenig, mit Sklaven zu schlafen oder unsere Abkömmlinge in ständige Knechtschaft zu zeugen.«

»Ich habe nie ein Sklavenmädchen ausgenutzt, Papa«, protestierte Rafael, gekränkt wegen der Andeutung.

»Das habe ich auch nicht behauptet«, entgegnete der ältere Mann. »Was die jungen Frauen betrifft, die du kennen lernen wirst«, sagte Claude lächelnd, »bezweifle ich, dass du sie langweilig finden wirst. Sie sind gebildet und charmant, doch voller Temperament und Feuer. Vielleicht liegt darin das Problem, wie? Für ein verarmtes Mädchen wie Sally Drewery bist du das Musterbild eines Liebhabers und Gentleman. Ein schönes Mischlingsmädchen mit einem Achtel Negerblut wird von dir vielleicht nicht so beeindruckt sein.«

Rafael versteifte sich. »Ich werde sie beeindrucken, Papa«, gab er arrogant zurück. »Schließlich bin ich dein Sohn.«

Es konnte keinen Zweifel daran geben. Die beiden waren sich zu ähnlich – nur das Grau seiner Schläfen und ein paar Gesichtsfalten wiesen darauf hin, dass Claude vierundzwanzig Jahre älter war. Neben ihrer körperlichen Ähnlichkeit teilten sie auch ein launenhaftes Temperament, starken Latino-Stolz und ein unermüdliches Interesse am anderen Geschlecht. Und jetzt nahm Claude seinen Sohn zu einem Blue Ribbon Ball mit, um eine Viertelnegerin als Mätresse auszuwählen.

»Ich bezweifle, dass diese Schönen, die schwarzes Blut in den Adern haben, mich reizlos finden«, versicherte sich Rafael selbst.

Belustigt über die Erwiderung seines Sohnes, erklärte Claude die Etikette des Geschäfts, das sie an diesem Abend abwickeln würden. »Denk daran, nachdem ich die vorbereitenden Vereinbarungen mit der Mutter des Mädchens getroffen habe, wird es deine Verantwortung sein, alle Ausgaben für den Haushalt deiner Mätresse zu bezahlen und zu gegebener Zeit – und da bin ich zuversichtlich – für die Ausbildung der Kinder zu sorgen.«

Rafael schnitt eine Grimasse und ließ seine blasierte Maske fallen. »Es klingt immer noch wie eine Heirat für mich.«

Sein Vater lachte nachsichtig. »Du wirst eine schöne, anspruchslose Frau zur Verfügung haben. Für die Nachkommenschaft einer solch diskreten Liaison zu sorgen ist ein geringer Preis, glaube mir. Was, wenn du dieses Drewery-Mädchen geschwängert hättest und du hättest es heiraten müssen? Das wäre ein weitaus schlimmerer Handel gewesen, das kann ich dir versichern!«

Rafael blickte entgeistert drein. »Du meinst das tatsächlich ernst!« Er dachte nach und schüttelte den Kopf, wie um die schreckliche Vision zu vertreiben. »Eine Amerikanerin heiraten? Barbarisch! Ich habe sie stets zu groß und blass gefunden, von erschreckend vorlauter Art. Nein, nichts für mich, Papa.«

Beide Männer lachten. Sie stiegen eine breite, gewundene Treppe mit einem kunstvoll gearbeiteten, schmiedeeisernen Geländer hinauf. Auf dem oberen Treppenabsatz stand ein gewaltiger Schwarzer, gekleidet in kastanienbraunen Samt. Er nickte höflich Monsieur Flamenco zu, als er seine Eintrittskarten nahm und die Tür zum Salle d'Orleans öffnete.

Der geräumige Ballsaal über Toto Davis' Spiel-Etablissement hatte große, doppelflügelige Türen, die sich zu einer Galerie öffneten, die das Gebäude auf drei Seiten umgab. Der polierte Hartholzboden und riesige Kristalllüster glänzten im Licht tausender Kerzen. An der fernen Wand gab es Logen mit gepolsterten Sitzen und einem Messinggeländer.

Obwohl es noch früh war, war der riesige Raum bereits mit Leuten gefüllt. Grauhaarige Farbige saßen in den Logen und beobachteten die Szenerie mit Stolz und räuberischem Interesse, während reiche weiße Männer aller Altersklassen in unbeschwerter Freude lachten und plauderten. Der Mittelpunkt der Aufmerksamkeit war eine Gruppe schöner Viertel- und Achtelnegerinnen mit blasser Hautfarbe und Mitternachtslocken, die zwischen ihnen zu flattern schienen wie seidene Schmetterlinge.

Rafael beobachtete dutzende bezaubernder Geschöpfe, die in Pariser Abendkleidern an feinstem Champagner nippten, und er war zu aufgeregt, um von den köstlichen Speisen zu probieren, die ihm dargeboten wurden. Ein Mädchen mit einem feinen, kleinen Gesicht und üppiger Figur lächelte ihn sittsam an und schaute dann schnell fort. Sie war sehr jung und bekleidet mit einem blassrosafarbenen Abendkleid, das sich prächtig von ihrer elfenbeinfarbenen Haut und den roten Lippen abhob. Ihre Gesichtszüge waren perfekt, und Rafael fühlte sich wie hypnotisiert von den großen goldbraunen Augen. Er ging unauffällig zu seinem Vater hinüber, und bald machte ein älterer kreolischer Herr, Armand Ferrier, Rafael und das Mädchen miteinander bekannt.

»Rafael Flamenco, darf ich Ihnen Lily Duvall vorstellen?«

Kapitel 1

Boston, 1835

»Wirklich, Deborah, ich bezweifle, dass du das tun solltest«, erklärte Lydia Beecher. Ihre Freundin und sie waren einige Minuten lang in kameradschaftlichem Schweigen auf dem Weg zum Bon-Marche-Modehaus gefahren.

»Was tun?« Deborah riss sich aus ihrer Träumerei.

»Ich meine, du solltest die Hochzeit nicht stattfinden lassen«, sagte Lydia. Diesmal war ihr überschäumendes, flatterhaftes Temperament gedämpft.

»Nicht Oliver heiraten! Die Verlobungsfeier findet morgen Abend statt. Wir haben dies seit Monaten geplant. Wir passen in jeder Hinsicht zusammen – Familienhintergrund, Konfession, gemeinsame Interessen und Weltanschauungen ...«

»Hör auf mit Weltanschauungen«, unterbrach Lydia die vertraute Litanei ihrer Freundin. »Was ist mit Liebe? Hat er dich je in den Armen gehalten, dich jemals geküsst?«

Deborahs blasser Teint nahm einen rosigen Schimmer an. Sie hatte bereits bei zahlreichen Anlässen mit ihrem Vater gestritten, seit sie zugestimmt hatte, Olivers Frau zu werden. »Solch romantisches Geschwätz, Lydia. Du liest zu viele Liebesromane.«

Bevor sie noch mehr sagen konnte, stürzte sich Lydia auf das Thema. »Da siehst du's! Du weichst der Frage aus, weil du nicht einmal daran denken willst, Oliver zu berühren. Ich habe ihn stets für einen kalten Fisch gehalten.«

»Das ist nicht fair«, verteidigte Deborah ihren Verlobten, doch sie hatte selbst einige Zweifel und Bedenken über die Art ihrer Beziehung. Wie um ihre Befürchtungen zu beschwichtigen, begann sie noch einmal, die Gründe durchzugehen, die sie bewogen hatten, seinen Antrag anzunehmen. »Du weißt, wie ich mich über die Stellung einer Frau in der Ehe aufrege, Lydia. Nach dem Gesetz verliert sie jedes Recht auf ihren Besitz – selbst ihre Kinder stehen völlig unter der Kontrolle ihres Ehemanns. Ich könnte nie die einfältige, schwache Schönheit spielen, um der Eitelkeit irgendeines Mannes zu gefallen. Ich finde, Frauen und Männer sollten die gleichen Rechte heben. Oliver ist da meiner Meinung. Er respektiert meinen Verstand und wird mich wie eine Erwachsene behandeln.«

»Das kann ich jetzt schon sehen.« Lydia verdrehte verzweifelt ihre großen blauen Augen. »Da bist du auf deiner Hochzeitsreise an einem behaglichen Winterabend ganz allein mit ihm und sitzt vor einem tosenden Feuer. Er nimmt deine Hand in seine, schaut dir tief in die Augen, seufzt und sagt: ›Debora, mein Liebling, wie sollen wir uns morgen Nacht die Stunden vertreiben – sollen wir über Mr. Smith' *Wohlstand der Nationen* oder Mr. Malthus' *Essay über die Bevölkerung* diskutieren?‹«

Unter der Oberfläche ihrer Ernsthaftigkeit schlummerte stets Deborahs Sinn für Humor, und sie musste jetzt kichern. »Mensch, Lydia, ich habe gar nicht gewusst, dass du ein solcher Blaustrumpf bist! Wann hast du Adam Smith oder Thomas Malthus gelesen?«

Lydia zuckte angewidert die Schultern. »Nie, Gott sei Dank! Ich habe einfach die Namen all dieser langweiligen Bücher aufgeschnappt, die du herumliegen lässt. Verstehst du nicht, Deborah? Du magst ja gesellschaftliche Konventionen verabscheuen – Gott weiß, dass Boston eine muffige, prüde alte Stadt und das Leben der Frauen langweilig und spießig ist –, aber das ist umso mehr ein Grund, einen aufregenden Mann zu finden; einen, der dich schätzt, abgöttisch liebt und dir deinen Willen lässt, weil er dich liebt, nicht wegen irgendwelcher abstrakter Philosophien. Ich würde nie einem Mann vertrauen, der zu viel denkt, besonders nicht, wenn er noch nicht einmal gut aussieht.«

»Wirklich, Lydia! Oliver mag nicht der schönste Mann in Boston sein, aber er gefällt mir. Ich will nicht, dass ein Ehemann mir schmeichelt. Und gewiss will ich nicht, dass er mich abgöttisch liebt. Ich kann keine Schwäche ertragen.« Ihre Augen waren jetzt dunkel vor Zorn und einem schlecht verborgenen, leisen Schmerz.

Lydia war sofort zerknirscht. »Oh, Deborah, ich wollte Oliver nicht heruntermachen. Und dich ebenso wenig. Ich wünsche nur, dass du über deine Minderwertigkeitsgefühle hinwegkommst. Du bist schön – Mensch, ich würde alles dafür geben, dein silberblondes Haar, die violetten Augen und deine statuenhafte Figur zu haben.«

»Du beginnst wie Vater zu klingen. Statuenhaft, dass ich nicht lache! Ich bin zu groß, und das stößt Männer ab. Ich nehme an, es liegt ebenso an meinem Verstand und meiner Art wie an meinem Aussehen, aber ich kann meine Ideale ebenso wenig ändern wie meine Größe. Sei zufrieden, wenn ich dir sage, dass ich Oliver heirate, weil er groß genug für mich ist. Oder weil er der Einzige ist, der um meine Hand angehalten hat«, endete sie mit einer Spur grimmigen Humors, was Lydias Protest erstickte.

In diesem Augenblick hielt die Kutsche in der Learned Street, in der es die besten Damenschneider und Modegeschäfte der Stadt gab. Deborahs Aussteuer wartete hier. Sie stieg aus der Kutsche und seufzte, als sie an die endlosen Anproben dachte. Während Lydia solchen Firlefanz in vollen Zügen genoss, hatte Deborah noch nie Spaß daran gehabt. Sie hatte die feine Lebensart gelernt und wie sie sich kleiden musste, um ihre auffallende Haarfarbe zu betonen, doch sie hatte sich bisher nie bemüht, sich für Männer herauszuputzen.

Die nächsten zwei Stunden verbrachten sie bei dem Damenschneider. Als sie das Geschäft verließen, glaubte Deborah, noch die Nadelstiche zu spüren und fühlte sich steif vom Posieren. »Ich hasse Anproben. Wenn man nur in einen Laden gehen und aus großen Reihen Kleider auswählen könnte, die bereits fertig genäht und nach der Größe sortiert sind!«

»Welch sonderbare Ideen zu hast, Deborah!« Lydia hüpfte einen Schritt, als sie die Straße hinunter zum Hutsalon im nächsten Block schlenderten. »Es ist so ein schöner Tag, lass uns durch den Park gegenüber spazieren«, drängte sie impulsiv.

»Was führst du im Schilde, Lydia? Ich weiß, dass du nie zu Fuß gehst, wenn du fahren kannst. Du wirst deine Locken in der Brise in Unordnung bringen.« Deborah schaute sich um, als sie die Straße überquerten und in den überschaubaren, von Bäumen beschatteten Park gingen, der von kleinen Läden umgeben war.

Plötzlich traf sich der Blick ihrer lavendelfarbenen Augen mit dem eines glänzenden schwarzen Augenpaares, dass sie aus kaum fünfzehn Schritten Entfernung intensiv anstarrte. »Oh«, war alles, was sie herausbringen konnte, bevor ihre Kehle wie zugeschnürt war und ihr Herz zu hämmern begann. Schnell blickte Deborah auf den Weg. Sie zwang ihre Beine, ihr zu gehorchen und sie von dem großen, ausländisch aussehenden Fremden schnell fortzubringen, der an einer Straßenlaterne lümmelte und Lydia und sie beobachtete – nein, *sie* beobachtete, korrigierte sie sich. Sie glaubte, noch den glühenden Blick seiner schwarzen Augen auf ihrem Rücken zu spüren.

Bevor sie auch nur außer Hörweite waren, kicherte Lydia. »Nicht so schnell. Wir wollen schließlich nur einen kleinen Spaziergang in einem öffentlichen Park unternehmen. Nun, *dies* war der Typ Mann, mit dem ich mir eine Hochzeitsreise vorstellen könnte!«

Deborah schnappte nach Luft und errötete bei dem Scherz ihrer Freundin. Sie ging schneller, wie um dem Mann zu entkommen.

Lydia packte Deborah am Arm. »Er geht auf den Mittelweg zu. Wenn wir langsam um die Ecke der Jacobs Street spazieren, wird er unseren Weg kreuzen, bevor er den Park verlässt. Ehrlich, Deborah, ist das nicht der tollste Mann, den du jemals gesehen hast?« Lydia warf einen Blick auf das gerötete Gesicht ihrer Freundin und fuhr mit einem überlegenen Lächeln fort: »Wage nicht, es abzustreiten. Du hast das ebenfalls gedacht. Meinst du, er ist ein Ausländer? Die Kleidung, diese dunkle, geheimnisvolle Aura, die ihn umgibt. Vielleicht ist er ein Graf oder Herzog.«

»Oh, wirst du wohl aufhören? Er ist einfach ein französischer oder italienischer Dandy, der nach einer reichen und *dummen* jungen Frau sucht, um sich an sie heranzumachen. Jedenfalls gefällt mir seine dreiste Art nicht. Kein Gentleman starrt eine Dame so an!« Deborah sah vor ihrem geistigen Auge noch das sardonische Hochziehen dieser schwarzen Brauen, als er sie durchdringend angeblickt und sich über ihr Unbehagen gefreut hatte.

»Sieh jetzt nicht hin, aber er kreuzt wieder unseren Weg und hat wirklich nur Augen für dich«, zischte Lydia, halb belustigt, halb eifersüchtig, denn der gut aussehende Fremde schlenderte tatsächlich auf sie zu, und sein Blick war unentwegt auf Deborah gerichtet.

Gerade als er vor ihnen auf den Bürgersteig trat, stoppte er und nahm den flachkronigen weißen Hut vom Kopf mit dem gekräuselten schwarzen Haar. Er verbeugte sich schwungvoll und schwang den Hut, um ihnen mit dieser Geste den Vortritt zu gewähren. Er lächelte, sagte jedoch nichts.

Gegen ihren Willen fühlte sich Deborah von seinem Blick angezogen und betrachtete ihn. Für ein paar Sekunden, die ihr wie Stunden vorkamen, sah sie in sein klassisch schönes Gesicht, schockiert über seinen kühnen, bewundernden Blick. Lüstern, das war dieser Blick, völlig unanständig! Als wäre sie irgendein billig gekleidetes Straßenmädchen, das sich zum Verkauf anbot!

Wütend zischte sie Lydia zu: »Was machen wir jetzt? Wir müssen zum Hutsalon, und das bedeutet, den ganzen Weg um den Park herum- oder auf demselben Weg zurückzugehen. In beiden Fällen wird er wissen, dass wir ihm absichtlich über den Weg gelaufen sind.«

»Nun, er ist uns auch über den Weg gelaufen, um dich zu sehen«, entgegnete Lydia und grinste. »Ich hätte gedacht, einer unabhängigen Frau wie dir wäre es gleichgültig, was er sich dabei denkt!«

Deborah knirschte mit den Zähnen. »Du hast ja Recht«, brummte sie und ging zur Straße. »Wir gehen einfach auf der anderen Seite der Jacobs Street zurück.« Sie war so darauf konzentriert, dem feurigen Lächeln des Fremden zu entkommen, dass sie das donnernde Nahen eines Rollwagens, der mit Kohle beladen war, gar nicht wahrnahm. Lydia verharrte starr vor Entsetzen an der Bordsteinkante, als Deborah abrupt auf die Straße in den Weg des heranrasenden Wagens trat. Doch bevor die scharfen Hufe der Maultiere ihr Opfer niedertrampeln konnten, griff ein huschender Schatten ein. Der Fremde riss sie in seine Arme und hob sie auf den Bürgersteig zurück, als wäre sie so leicht wie eine Feder.

Als der überladene Wagen an ihnen vorbeigedonnert war, gab der Fremde sie langsam frei. Er sprach immer noch kein Wort, und seine nachtschwarzen Augen bannten sie. Deborah konnte die Wärme seiner Finger durch den dünnen Musselin ihres Kleides spüren. Als sie eine Strähne ihres vom Wind zerzausten Haares vor dem Gesicht wegstrich, ließ er ihren Arm los. Trotz der Kälte fühlte sie sich erhitzt und hatte weiche Knie, doch sie wusste, dass nicht der Beinahe-Unfall die Ursache war.

Sie atmete tief durch, sah ihn an und erklärte: »Ich danke Ihnen. Sie haben mir vermutlich das Leben gerettet.«

»Enchanté, Mademoiselle«, antwortete er und verwirrte sie mit einem Lächeln, bei dem er blendend weiße Zähne zeigte. Sein Teint war dunkel, und mit seinen klassisch schönen Gesichtszügen sah er aus wie eine fantastische, zum Leben erwachte griechische Statue. Eine tiefschwarze Locke fiel ihm in die hohe Stirn, als er mit überraschend weicher Stimme auf Französisch hinzufügte: »Es war mir ein großes Vergnügen, helfen zu können. Rafael Beaurivage Flamenco – zu Ihren Diensten, schöne Mondblume.«

Deborah hob eine platinblonde Augenbraue und erwiderte in perfektem Pariser Französisch: »Ich bin kaum eine Blume, Mr. Flamenco, nur eine Frau, die dankbar für Ihre rechtzeitige Hilfe ist. Und wenn Sie mich jetzt entschuldigen wollen …«

Deborah sah, dass ihn ihr Französisch überraschte. Gut. Dann lächelte er unverschämt und zog von neuem schwungvoll seinen Hut, als sie ihm den Rücken zuwandte, um fortzugehen. Lydia folgte ihr widerwillig. Wenn er Mademoiselle Beecher einen Blick oder die geringste Ermunterung geschenkt hätte, wäre ihre Freundin zurückgeblieben, um sich – allen Bostoner Anstandsformen zum Trotz – selbst vorzustellen, so kannte Deborah ihre Freundin. Doch er hatte nur Augen für *sie* – die große, trottelhafte Deborah. Die kleine, kurvenreiche Lydia schien er nicht einmal wahrzunehmen. Raste deshalb ihr Puls?

»Meinst du, er kommt aus Frankreich? Was hat er gesagt?« Lydia war so atemlos wie Deborah, doch viel weniger verlegen, es zu zeigen.

»Was er gesagt hat, ist unwichtig«, gab Deborah vergnügt zurück und versuchte, ihre Nerven zu beruhigen. »Er war ziemlich direkt und hat sich vorgestellt. Ich habe ihm nur für seine Hilfe gedankt.«

Lydia schnaubte ungläubig ob des spröden Verhaltens ihrer Freundin.

Den ganzen Nachmittag bei ihrem Einkaufsbummel plapperte Lydia über ihren geheimnisvollen Franzosen. Deborah gab nichts freiwillig zum Besten, sondern wurde stiller und zurückgezogner, grübelte über ihre Gefühle, die mit ihr durchgegangen waren wie das Gespann des Kohlewagens.

»Jetzt müssen wir nur noch zu Hornbys Laden«, bemerkte Deborah mit einem Seufzen. Es war keines ihrer Lieblingsgeschäfte, denn der englische Händler, der es betrieb, war für seine gerissenen Geschäftspraktiken bekannt. Doch Lydia hatte einigen orientalischen Brokat bei dem Mann bestellt. Der Preis war gesalzen, aber die Art Ware, die dieser Händler anbot, war praktisch nirgendwo sonst in der Neuen Welt erhältlich.

Sie stiegen noch einmal in die Familienkutsche der Manchesters, und ihr Fahrer Simms trieb das Gespann an. Er hatte oftmals lange Tage damit verbracht, seine Herrin und ihre Freundinnen zu Einkaufstouren zu kutschieren. Wenigstens war heute das Wetter gut.

Für Boston war der Apriltag nicht der Jahreszeit entsprechend warm. Für Rafael Flamenco schien es sogar erbärmlich kalt zu sein. Im Februar war Frühling in New Orleans. Hier in dieser gottverlassenen Yankee-Wildnis dauerte der Winter vermutlich bis Juli! Sein elegant geschnittener Leinenanzug, so behaglich bei seiner Abreise daheim, hielt den kalten Wind vom Hafen nicht davon ab, ihm in die Knochen zu kriechen. Er fröstelte, grinste jedoch, als er daran dachte, wie diese Bostoner Frauen auf seine ungewöhnliche Pflanzerkleidung gestarrt hatten.

»Nun, nicht nur auf meinen Anzug«, lachte er leise vor sich hin. Die Brünette war kokett und offen, doch die Große, diese Amazone mit den lilafarbenen Augen und dem platinblonden Haar, war fasziniert von ihm und dann ärgerlich auf sich selbst gewesen, weil sie ihn so attraktiv gefunden hatte – eine interessante Reaktion. Sie war eine Kühle, und ihr Französisch war tadellos. *Vielleicht treffen wir uns wieder*, dachte er, als er den Droschkenkutscher bezahlte und das gewaltige Import-Haus betrat.

Als Deborah und Lydia bei Hornbys Laden eintrafen, quälten Deborah stechende Kopfschmerzen. *Das sind nur die Nerven*, sagte sie sich verdrossen. Während sie durch das überfüllte Warenhaus zur Stoffabteilung gingen, hörte Deborah eine vertraute Stimme, die auf Französisch fluchte.

»Wie können Sie eine solche Beleidigung wagen, Sie Hurensohn! Wenn Sie ein Gentleman wären, würde ich Sie zum Kampf herausfordern!« Rafaels Gesicht spiegelte Zorn wider, als er einen Ballen Brokat zu dem Engländer warf, dessen schmale Augen jetzt in Unheil verkündendem Ärger weit aufgerissen waren.

»Hören Sie, Sie französischer Bastard ...«

»Verzeihen Sie, Mr. Hornby, Monsieur ... Flamenco«, unterbrach Deborah die Tirade, verlegen, solche Worte zu hören und dem Franzosen zum dritten Mal an diesem Tag zu begegnen. Dennoch war er ein Fremder in ihrem Land und sprach zweifellos wenig Englisch. Es wäre typisch für den berechnenden Hornby zu versuchen, einem Ausländer das Fell über die Ohren zu ziehen. Sie schuldete Monsieur Flamenco zumindest ihre Dienste als Dolmetscherin, nachdem er ihr das Leben gerettet hatte!

Beide Männer wandten sich ihr zu, überrascht, als sie sich nun mit ihrer klaren, ruhigen Stimme in ihren Streit einmischte. »Worum geht es bei Ihrer Meinungsverschiedenheit, Gentlemen?«

»Er ist ein verdammter diebischer Scheißfranzose, das ist er, Miss Manchester«, schimpfte Ian Hornby und murmelte dann eine halbherzige Entschuldigung für seine ordinäre Ausdrucksweise.

Rafael sagte schnell auf Französisch: »Ein Missverständnis,

befürchte ich, Miss Manchester. Ich habe einem äußerst großen Kauf von Goldbrokat zugestimmt, und das zu einem Wucherpreis. Anscheinend ist es bei den Yankees nicht Sitte, um den Preis zu feilschen wie in meiner Heimat. Als ich vorschlug, mir eines dieser schäbigen Spitzentaschentücher als *lagniappe* zu geben, geriet dieser Mistkerl in Wut, als wäre ich ein gemeiner Dieb, der es in die Tasche stecken wollte!«

»Lagniappe?« Deborah blickte Flamenco fragend an. Ihr Französisch war ausgezeichnet, doch sie kannte dieses Wort nicht.

Rafael lächelte, und wieder einmal stockte ihr der Atem.

»Das ist nur Umgangssprache, Miss Manchester. Es ist üblich, einen kleinen Artikel dazuzugeben, wenn ein Kunde einen großen Kauf tätigt«, erklärte er und blickte finster in Hornbys Richtung.

»Hören Sie, Miss Manchester, ich will keinen Ärger. Wenn Sie sich für diesen Franzmann verbürgen, werde ich die Sache auf sich beruhen lassen.«

»Wie viel haben sie ihm für diesen Ballen Brokat berechnet?« Deborah wies auf den tiefrosafarbenen Stoff, der auf der Ladentheke lag.

Hornby schien sich in seiner schlecht passenden Kleidung zu winden. »Nun ...«

»Wie viel haben Sie für den Brokat bezahlt?«, fragte sie Rafael auf Französisch.

»Hundertfünfzig amerikanische Dollar«, erwiderte er, eine Augenbraue sardonisch hochgezogen, und wartete auf ihre Reaktion.

»Hundertfünfzig! Dieser alte Gauner! Meine Freundin hat erst letzte Woche den gleichen Stoff in Gelb bestellt und fünfundsiebzig dafür bezahlt.«

Sie wandte sich an Hornby und sagte süß auf Englisch: »Gewiss wollen Sie sich das nochmals überlegen und vielleicht ein bisschen mit Mr. Flamenco handeln. Und für den Preis, den Sie Ausländern berechnen, würde ich eine ganze Schachtel Spitzentaschentücher draufgeben.«

Hornby war nicht in der Stimmung für Kompromisse. Der junge französische Kunde war groß und sah gefährlich aus, trotz seines geschniegelten Äußeren. »Erklären Sie ihm einfach, dass alles mein Fehler war und ich die hundertfünfzig Dollar als Gesamtpreis für beide Ballen auf die Rechnung schreiben werde.«

Deborah beobachtete, wie die beiden Männer das Geschäft abschlossen, und als Hornbys Angestellter den Stoff einpackte, warf sie aus einem Impuls heraus ein Spitzentaschentuch dazu. Rafael lächelte. Sie lächelte zurück und meinte: »*Lagniappe.*«

Deborah freute sich, dass sie etwas tun konnte, um sich bei ihrem Retter zu revanchieren. Schließlich trug sie nur zur internationalen Völkerverständigung bei. *Warum fragst du dich dann, für wen die Stoffballen bestimmt sind?*, setzte ihr eine innere Stimme zu. Sie verbannte schnell solche Gedanken, reagierte auf Rafaels ernsthaften Dank und errötete wie ein Schulmädchen, als er ihre Hand ergriff und sie galant küsste. Er fragte nicht, wo sie wohnte, und stellte auch keine anderen persönlichen Fragen. Natürlich diktierten gute Manieren, dass er sich zurückhielt, doch sie war unerwartet enttäuscht, als er Lydia und ihr einen guten Tag wünschte, sich abwandte und mit seinen Einkäufen davonging.

Als Deborah am nächsten Morgen erwachte, blieb sie noch ein paar Minuten im Bett liegen. Heute Abend würde sie offiziell mit Oliver Haversham IV. verlobt werden, und sie hatte die ganze Nacht von einem dunklen Gesicht mit glühenden schwarzen Augen geträumt. Sie schlug die Decke zurück, setzte sich abrupt auf und sagte: »Ich kann zumindest meine Gedanken im Wachzustand kontrollieren, und ich werde heute nur an Oliver denken.« Doch es fiel ihr schwer, sich sein dunkelblondes Haar und die hellgrauen Augen in dem dünnen Gesicht mit den durchschnittlichen Zügen vorzustellen.

Ärgerlich zog sie ein pinkfarbenes Leinenkleid an, das ihr Vater besonders mochte. Sie würde ihn in seiner Bank treffen, damit sie zusammen zu Mittag essen konnten.

In letzter Zeit waren sie nicht so gut miteinander ausgekommen, und sie wollte alle kleinen Dinge tun, die ihn erfreuen konnten. Adam missbilligte ihre Verlobung mit Oliver. Er schwafelte nicht vom Romantik wie Lydia, aber er hatte ihr klar gemacht, dass er Oliver für einen Snob hielt, der die seltsame Art hatte, ihren Ideen über Frauenrechte zuzustimmen. Er hatte sogar angedeutet, ihr Verlobter könnte ein bisschen scheinheilig sein, doch Deborah hatte sich geweigert, ihm zuzuhören.

Adam und Felicia Manchester waren treue Partner in einer glücklichen Ehe gewesen. Deborah sehnte sich verzweifelt nach dieser Art Wärme und Sicherheit, doch jeder Mann, der sie umworben hatte, war reiz- und taktlos oder gefühllos und arrogant gewesen. Einen Schwächling, den sie dominieren konnte, wünschte sie sich ebenso wenig wie einen aufgeblasenen Macho, der versuchen würde, ihr Leben zu bestimmen. Dann war Oliver aufgetaucht, gerade als ihr zwanzigster Geburtstag – und damit der Altjungfernstand – bedrohlich näher gerückt war.

Mr. Bascomb, der Sekretär ihres Vaters, war bereits beim Mittagessen. Die schwere Walnussholztür zu Adams Büro stand einen Spalt offen. Sie griff nach dem Türknauf und erstarrte, als sie eine jetzt vertraute Stimme hörte. Die Worte waren englisch, wenn auch mit starkem französischem Akzent gesprochen, doch fließendes Umgangsenglisch!

»Ich habe das Gefühl, dass meine Tante alle Erbstücke der

Familie den Beaurivages zurückgeben möchte, Mr. Manchester. Die anderen Möbelstücke des Haushalts und das Haus selbst sollten Sie verkaufen. Ich vertraue völlig Ihrem Urteil.«

»Sind Sie sicher, dass Sie von einem Amerikaner den vollen Wert bekommen, Monsieur Flamenco? Schließlich hat erst gestern Nachmittag einer unserer Händler aus Neuengland versucht, Sie zu betrügen«, erinnerte Deborah, als sie das Büro betrat.

Adam bemerkte Rafaels Blick des Wiedererkennens. »Du hast Mr. Flamenco kennen gelernt?«, fragte er Deborah.

Bevor sie antworten konnte, lächelte Rafael sie an und erklärte Adam: »Ja, Ihre reizende Tochter war gestern so freundlich, mich aus den Klauen eines skrupellosen Import-Händlers zu retten. Ich stehe sehr in ihrer Schuld.«

»Nicht annähernd so sehr wie ich, Monsieur Flamenco.« Eine Spur von Härte färbte Deborahs freundlichen Tonfall. »Vater, dieser Gentleman rettete mich gestern vor einem rücksichtslosen Rollkutscher, als Lydia und ich einkaufen gingen. Ich habe dir nicht von dem Beinahe-Unfall erzählt, weil ich dich nicht aufregen wollte.«

»Nun, unser Besucher aus New Orleans hat anscheinend eine aufregende Bekanntschaft mit unserer schönen Stadt gemacht«, erwiderte Adam, neugierig, mehr über den gestrigen Tag zu erfahren.

»New Orleans!« Deborah ärgerte sich, weil ihre Stimme so piepsend klang. Sie riss sich zusammen. »Ich dachte, Sie wären Franzose, Mr. Flamenco.«

Sein Lächeln war strahlend. »Ich versichere Ihnen, dass ich in den Vereinigten Staaten geboren worden bin, in Louisiana. Meine Mutter ist französischer Abstammung, und die Mutter meines Vaters war ebenfalls Französin. Mein Vater ist ein Flamenco, Enkel eines von General Alesandro O'Reillys Spaniern, die 1769 New Orleans von den Franzosen eroberten.«

»Dann sind Sie ein Kreole«, erklärte Deborah kühl. Sie kannte ihre Geschichte und war entschlossen, sich nicht gönnerhaft behandeln zu lassen.

Er lächelte und nickte. Doch bevor er etwas ausführen konnte, sagte Adam: »Nun, da wir in Ihrer Schuld stehen, Mr. Flamenco, müssen wir unsere Gastfreundschaft ausdehnen. Ich gebe heute Abend eine große Party, um die Verlobung meiner Tochter zu verkünden. Sie müssen einfach kommen.«

Rafael sah Debora mit seinen schwarzen Augen glühend an und meinte: »Nichts kann mich fern halten, Monsieur Manchester. Absolut nichts.« Als er lächelte, hatte Deborah das Gefühl, als erforschte er die tiefsten Winkel ihrer Seele, und ihr stieg das Blut in die Wangen.

»Bis heute Abend, Mademoiselle Manchester.« Er küsste ihre Hand und spürte, dass sie erbebte.

Kapitel 2

Rafael fröstelte in der kalten Nachtluft, als seine in der Kälte steif gewordenen Knochen von der holpernden Kutsche durchgerüttelt wurden. Maria und Josef, wie er dieses miserable Wetter Neuenglands hasste! Nie in seinem ganzen Leben hatte er so gefroren, nicht einmal in Nordfrankreich, als er dort studiert hatte.

Er lehnte sich auf dem Ledersitz der Droschke zurück und zog seinen Mantel fester um sich. Weshalb fuhr er eigentlich zu Miss Manchesters Verlobungsparty? Die Yankee-Schönheit hatte ihn gestern als Ablenkung interessiert. Ihre ungekünstelte Reaktion und dann ihre überraschende Intelligenz und ihr tadelloses Französisch waren faszinierend, doch sie war wütend auf ihn, weil er sie gestern bei dem Importeur getäuscht hatte. Er hätte die Einladung ihres Vaters ablehnen sollen. Er hatte bereits genug Ärger mit einer Frau in New Orleans. Dennoch war da etwas Besonderes an der eisig korrekten Lady Deborah.

Zuerst hatte er ihre Anziehungskraft auf ihren exotischen Teint zurückgeführt. Schließlich war er an kreolische Schönheiten mit rabenschwarzem oder kastanienbraunem Haar gewöhnt. Gelegentlich begegnete ihm auch eine Dunkelblonde, wie zum Beispiel seine Schwester. Aber Deborahs Haar hatte die Farbe des Mondscheins, als wäre Silber mit blassem Gold verschmolzen. Ihre makellose Haut nahm einen zarten rosafarbenen Schimmer an, wenn sie errötete oder ärgerlich wurde. Er konnte sich vorstellen, wie sich ihre großen lavendelfarbenen Augen vor Leidenschaft verdunkelten. Ja, bei all der kühlen Schicklichkeit einer Frau aus Neuengland hätte er gewettet, dass dieser biegsame Körper mit der samtenen Haut unter den Zärtlichkeiten des *richtigen* Mannes erzittern würde. Er war überzeugt, dass ihr Verlobter nicht der richtige Mann sein würde, sondern irgendein trockener Intellektueller, der interessierter daran war, über Plato zu diskutieren, anstatt Liebe zu machen. Sie hatte genau einen solchen Mann ausgewählt, weil sie sich vor sich selbst versteckte. Warum dachte er das? Und warum kam ihm der ungebetene Gedanke, dass er ihr gern zeigen würde, was es bedeutete, eine Frau zu sein?

Rafael fluchte in sich hinein, als ihm klar wurde, zu welchen Komplikationen es führen würde, wenn er mit einer Jungfrau aus einer prominenten Bostoner Familie herumtändelte. Wenn er nicht aufpasste, konnte er einen Skandal heraufbeschwören, der ihm den ganzen Weg nach New Orleans zurück folgen würde.

Er seufzte. Wenn Tante Jolie sich nicht mit Yankees eingelassen hätte, dann wäre er jetzt nicht hier, um in dieser elenden Stadt zu frieren. Aber sie hatte einen Mann aus Boston geheiratet. Die Familie seiner Mutter hatte es als schändlich betrachtet, sich mit einem Yankee von zweifelhafter Herkunft einzulassen, der obendrein Protestant und Händler war. Trotz der Drohung, von ihren kreolischen Verwandten enteignet zu werden, war Jolie mit Graham Warden, einem Matrosen der Handelsmarine, durchgebrannt, der sie nach Boston mitgenommen hatte. Wenigstens war er so anständig gewesen, reich zu werden. Aber jetzt waren Graham und Jolie kinderlos gestorben, und die Familie Beaurivage musste den Nachlass regeln. Rafael war zu diesem Zweck nach Norden geschickt worden.

Als er gestern erfahren hatte, dass Deborah mit Nachnamen Manchester hieß, hatte er geahnt, dass sie mit Adam Manchester verwandt war, mit dem Bankier, der Tante Jolies Testament abwickelte. Natürlich war er überrascht gewesen, als sie wie eine Furie in Adams Büro gestürmt war. Bei der Erinnerung an ihren Ärger lachte er leise. Diese Dame mochte es nicht, getäuscht zu werden.

»Mein lieber Charles, du hältst dies sicherlich für eine Art Liebespaar!« Oliver Haversham stemmte seine lange, dünne Gestalt vom Sofa in Adam Manchesters Arbeitszimmer. Er und sein Cousin Charles machten eine Pause von der langweiligen Verlobungsfeier, um einen Schluck von Adams ausgezeichnetem Brandy zu trinken.

Charles Haversham lächelte. »Nun, Oliver, das Mädchen mag ein bisschen groß und dünn sein, aber es ist eine wahre Schönheit und kleidet sich auch recht hübsch. Ich selbst habe stets dunkle Frauen mit großen Brüsten bevorzugt, aber ... all dieses helle, seidige Haar. Ich sage dir, es ist die gleiche Farbe wie ...« Seine Stimme verlor sich, als er seinen Cousin nachdenklich ansah.

Wenn Oliver wegen dieser lüsternen Andeutung beleidigt war, so zeigte er es nicht. »Sie ist kalt wie ein Fisch, befürchte ich. Ich hatte nie Interesse daran, sie ihrer Kleidung oder ihrer Keuschheit zu berauben. Diese lästige Aufgabe wird in unserer Hochzeitsnacht auf mich zukommen – das heißt, wenn sie mich nicht in eine ihrer grässlichen Debatten über Frauenrechte verwickelt.«

Charles trank hastig von seinem Brandy, blickte zu seinem schlaksigen Cousin auf und verschluckte sich fast. »Frauenrechte? Du meinst doch nicht diesen Blödsinn, ihnen Eigentums- oder Wahlrecht zu geben? Dann könnte man ebenso gut Manchesters Bank von diesen schwarzen Sklaven unten in Mississippi leiten lassen!«

»Genau das meine ich, aber ich befürchte, der Erfolg meines Antrags bei Deborah basiert auf einem glühenden Eintreten für ›ihre Sache‹. Sie meint, ich stimme ihren irren Vorstellungen völlig zu, und das werde ich tun, bis ich fest und gesetzmäßig die Kontrolle über ihren Reichtum habe. Dann werde ich die Dinge ein für alle Mal regeln.«

Deborah verharrte wie erstarrt auf dem Flur, die Hand nach dem Türknauf des Arbeitszimmers ausgestreckt. Sie hatte sich auf die Suche nach ihrem Verlobten gemacht, den sie in der vergangenen halben Stunde vermisst hatte. Nie, in ihren schlimmsten Albträumen nicht, hätte sie sich vorstellen können, was sie soeben zufällig mit angehört hatte. Leise Übelkeit stieg in ihr auf, und die Umgebung verschwamm vor ihren Augen. Sie musste sich fassen. Dann würde sie Oliver allein gegenübertreten und ihn mit dieser Falschheit konfrontieren.

Sie atmete tief durch, zog leise die schwarze Tür zu und ging auf wackligen Beinen über den Flur davon. Sie wollte in ein kleines Wohnzimmer gehen, um ihre Fassung wiederzugewinnen, doch ihre Pläne wurden von einem unerwarteten Zusammenstoß durchkreuzt.

»Oh, es tut mir Leid«, keuchte sie, als ein starkes Händepaar sie stützte. Deborah blickte auf die glänzenden schwarzen Stiefel vor ihren eignen Schuhen und dann hinauf über lange Beine in einer tadellos geschneiderten Wollhose zu einer schmalen Taille, über eine kastanienbraune Brokatweste und Jacke. Als ihr Blick das dunkle, markante Gesicht erreichte, schnappte sie nach Luft und murmelte: »O nein!« Die letzte Person auf der Welt, die sie in diesem schmachvollen Augenblick sehen wollte, war Rafael Flamenco!

»Ist alles in Ordnung? Sie sehen weiß wie Porzellan aus.« Seine Hände blieben auf ihren bleichen, bebenden Schultern.

»Ja, ja, natürlich. Mir ist nur ein bisschen warm von der stickigen Luft im Ballsaal. Er ist ziemlich voll, und ich wollte in ein unbeheiztes Wohnzimmer flüchten, um etwas kühle Luft zu bekommen.«

Sie löste sich aus seinem Griff, wirbelte in ihrem aquamarinblauen Seidenkleid herum und eilte über den Flur davon.

Rafael zuckte die Schultern und betrat den großen Ballsaal, wo ein üppiges Büffet mit Roastbeef, Hummer in Cremesoße und anderen Köstlichkeiten aufgebaut war. Neben dem Büffet stand eine Bar, komplett mit Champagner-Brunnen und einer umfassenden Auswahl erlesener Rumsorten und schottischer Whiskys. An einem Ende des Ballsaals spielte eine zwölfköpfige Kapelle, und dutzende von Paaren tanzten, während noch mehr lachend und plaudernd herumstanden.

Eine ziemlich beeindruckende Feier für die Verlobten, dachte Rafael.

Fast sofort erkannte ihn die kleine, mollige Frau von Tante Jolies Anwalt und stieg mit einem hausbacken wirkenden Mädchen im Schlepptau die Treppe herunter. Er seufzte. Es würde ein langer Abend werden. Nach einigen Tänzen und Gläsern von Adams ausgezeichnetem Champagner erhaschte er einen Blick aus dem Augenwinkel auf Deborah. Sie wirkte immer noch ein bisschen blass und bedrückt, sah jedoch reizend aus. Ihr blaues, schulterfreies Seidenkleid betonte ihren schlanken, biegsamen Körper. Rafael entschuldigte sich aus der Gesellschaft einiger Bankiers und ging zu Deborah hinüber. Als die Musik gerade wieder aufspielte, entführte er sie – aus einem Impuls heraus und ohne sie aufzufordern – zu einem Walzer, sehr zum Ärger der beiden Männer, mit denen sie sich unterhalten hatte.

Wieder einmal erschienen diese rötlichen Flecken auf ihren Wangen, während er spürte, dass sich ihre Haltung versteifte. »Sie sehen jetzt wieder wie Sie selbst aus«, sagte er freundlich. »Ganz rosig und munter.«

»Und Sie sind charakterlich wie stets, Monsieur Flamenco: ungehobelt, arrogant und völlig unerträglich.« Sie bereitete sich darauf vor, sich aus seinen Armen loszureißen, doch dann bemerkte sie Oliver, der sie von der fernen Seite des Saals aus mit finsterer Miene beobachtete. Deborah entspannte sich plötzlich beim Rhythmus des Walzers und ließ sich von Rafael bei einer erfrischenden Vorstellung führen. Selten hatten beide einen Tanzpartner gehabt, der groß genug gewesen war, um ihnen die völlige Freiheit zu erlauben, so ungehemmt zu tanzen. Deborah passte sich seinen anmutigen, langbeinigen Schritten an und glaubte schnell, auf einer Wolke von Musik zu schweben. Sie genoss das Tanzen wie nie zuvor.

Was als einfacher Trick begonnen hatte, mit dem sie Oliver hatte ärgern wollen, wurde plötzlich alarmierend anders. Sie sah in Rafaels dunklem, lächelndem Gesicht Selbstgefälligkeit und männliche Eitelkeit, aber da war noch etwas. Vielleicht war er so überrascht wie sie.

»Sie sind eine ungewöhnlich gute Tänzerin, Miss Manchester«, bemerkte er leise auf Französisch.

»Danke. Ich ... ich habe selten Gelegenheit zum Tanzen. Das heißt, Oliver ...« Ihre Stimme verlor sich, als der rötliche Schimmer auf ihren Wangen eine Spur dunkler wurde.

Als hätte er ihre Gedanken gelesen, meinte er: »Eine Frau, die so gut tanzt, sollte sich nie von *kleinen* Männern davon abhalten lassen. Sind alle Ihre Yankees so schüchtern?«

Sie schaute in seine Augen, die jetzt fröhlich blickten und funkelten wie schwarze Diamanten. Unwillkürlich erwiderte Deborah sein Lächeln. »Es sind weder *meine* Yankees noch sind sie alle schüchtern«, gab sie finster zurück, denn sie sah, dass Oliver sich anschickte, sie beim Tanz abzuklatschen.

»Ihr Verlobter«, erklärte Rafael auf Französisch, als er sie Oliver überließ. Dann fügte er hinzu: »Nun, wenigstens hat meine Gesellschaft etwas Gutes für Sie bewirkt, Mondblume, denn sie hat Ihren Zukünftigen auf die Tanzfläche geholt.« Die Andeutung eines Lächelns spielte um seine Mundwinkel.

Als Rafael davonschlenderte, begann Oliver, den Tanz in seiner steifen, unbeholfenen Art fortzusetzen. »Was hat er gesagt? Ich verabscheue Ausländer, die eine Sprache sprechen, die ich nicht verstehen kann.«

Deborah bedachte ihn mit einem versonnenen Lächeln. »Vielleicht versteht keiner von euch beiden, Oliver.«

»Dein Vater wird seine Ankündigung bald machen, meine Liebe«, erinnerte er sie. Dieser verdammte Franzose musste sie aufgeregt haben.

Deborah blickte sich schnell im Saal um, doch sie konnte Adam Manchester immer noch nicht entdecken. Himmel, sie musste diese Farce schnell beenden, bevor sie durch eine öffentliche Ankündigung der Verlobung noch mehr gedemütigt wurde! »Ich muss dir etwas sagen, Oliver. Unter vier Augen. *Jetzt.*« Sie betonte das letzte Wort, als er sie mit dieser gelassenen, gönnerhaften Miene ansah, die er so oft aufsetzte. Warum hatte sie bis jetzt nie bemerkt, *wie* oft?

Er folgte ihr von der Tanzfläche zu einer Doppeltür am fernen Ende des Saals. Sie ging resolut über den hinteren Flur, bog dann um eine Ecke und ging weiter, bis sie an eine kleine Tür gelangte. »Hier drinnen werden wir ungestört sein.« Als sie das Zimmer betraten, fuhr Deborah fort: »Unsere Verlobung ist gelöst, Oliver. Ich werde dich nicht heiraten!«

Er stand für einen Moment sprachlos da, dann zwang er sich zu einem gekünstelten Lächeln und sagte übertrieben heiter: »Aber, meine Liebe, ich weiß, dass du nur ein bisschen nervös bist.« Er ging auf sie zu und versuchte, sie zu umarmen.

Sie schob seine Arme weg und entgegnete ruhig: »Gewiss erwartest du nicht, dass ein ›kalter Fisch‹ wie ich fähig ist, die Nerven einer Braut zu haben, Oliver. Schließlich könnte ich mit meinen ›irren Vorstellungen‹ den Vollzug unserer Ehe vereiteln, indem ich dich einfach in eine Diskussion über Mary Wollstonecraft verwickle.« Sie erhielt ein gewisses Maß an

Genugtuung, als er erbleichte. »Ja, ich habe zufällig mit angehört, was du gesagt hast, und dafür danke ich Gott!«

Oliver griff wieder nach ihr und fuhr ärgerlich auf: »Du kannst unsere Verlobung jetzt nicht lösen. Ganz Boston weiß davon. Denk an die Ehre deiner Familie und meiner!«

»Die Ehre deiner Familie«, erklärte sie in eisiger Verachtung. »Die großen Havershams – eine Horde von Mitgiftjägern, Geier, die es auf leichtgläubige Frauen abgesehen haben. Du bist verachtenswert!«

»Dieser plötzliche Ausbruch hat nicht zufällig etwas mit den Aufmerksamkeiten dieses hübschen Franzosen zu tun, oder? Wenn du dich geschmeichelt fühlst und glaubst, dass dieser Typ dich jemals heiraten wird, dann bist du wirklich leichtgläubig!« Das Grau seiner Augen erinnerte jetzt an das von kaltem Schiefer, als er zur Tür ging und den Riegel vorschob.

»Monsieur Flamenco hat nichts damit zu tun, dass ich unsere Verlobung gelöst habe, das kann ich dir versichern. Ebenso versichere ich dir, dass sie gelöst *ist*. Und jetzt lass mich vorbei.« Etwas an seinem Verhalten, als er sein Jackett auszuziehen begann, schickte einen Schauer über ihren Rücken.

»Du Dummkopf«, zischte er. »Meinst du im Ernst, ich würde dich einfach hier rausspazieren und die Planung eines ganzen Jahres zerstören lassen? Ich brauche dein Geld, und ich werde alles tun, was sein muss, um es zu bekommen, sogar noch ein bisschen auf die Hochzeitsnacht warten ...«

Als er seine Jacke auszog und seinen Hosengürtel aufschnallte, war Deborah geschockt und starr vor Entsetzen. Dann sah sie sein blässliches Gesicht bedrohlich über sich, verzerrt in kalter, berechnender Wut. Als seine Hand vorschoss und er ihr das Kleid von der Schulter riss und hinabzog, um ihre kleine Brust mit der rosigen Spitze zu entblößen, erwachte sie aus ihrem tranceartigen Zustand und schrie.

»Mach so viel Theater, wie du willst. Wie aufmerksam von dir, dass du so einen isolierten Raum ausgewählt hast. Bei der Musik und dem Stimmengewirr all dieser Leute wird niemand deine Schreie hören, meine Liebe.«

Deborah wand sich mit einem erstickten Schluchzen aus seinem Griff und bedeckte ihre Brust. »Ganz gleich, was du tust, ich werde dich niemals heiraten. Niemals!«

»Oh doch, das wirst du. Ich kann mir sogar vorstellen, dass dein Vater darauf bestehen wird.« Er schritt auf sie zu, und sie wich zurück, bis sie mit dem Rücken gegen die Doppeltür stieß, die zum hinteren Garten führte.

Verzweifelt warf sie sich herum und versuchte, die Tür zu öffnen, doch sie war abgeschlossen. »Es gibt kein Entkommen, Deborah. Stell dir einfach vor, ich wäre dieser schöne Junge aus New Orleans.«

Er packte sie von neuem. Sie schrie und wehrte sich, zerkratzte seine linke Wange. Als er schmerzerfüllt aufschrie und seinen Griff lockerte, sprang sie an ihm vorbei, riss einen Briefbeschwerer vom Schreibtisch und schleuderte ihn nach ihm. Er verfehlte ihn und flog durch die Scheibe in der Tür. Sie zerklirrte, und Scherben flogen in den Innenhof.

Rafael ging auf dem mit kalten Steinplatten belegten Innenhof hinter dem Haus auf und ab und stampfte mit den Füßen auf, um sich warm zu halten, während er die letzten Züge an der Zigarre inhalierte und sie dann ins Gebüsch warf.

»Verdammt, es ist sogar zu kalt, um eine feine Havanna zu genießen!« Gerade, als er sich umwandte, um in den Ballsaal zurückzukehren, hörte er den Schrei einer Frau und dann das Klirren von Glas. Es kam aus dem hinteren Teil des Hauses. Mit ein paar langen Schritten war er an der Tür mit der zerschmetterten Scheibe. Er blickte ins Haus und sah erstaunt Deborah Manchester in Oliver Havershams nicht sehr liebevoller Umarmung. Ihr Kleid war zerrissen, und sie wehrte sich offensichtlich. Er rüttelte an der Tür. Abgeschlossen! Er warf sich zweimal hart gegen die Tür, und Holz und Glas splitterten. Dann stürmte er in den Raum …

Inzwischen hatte sich Deborah von ihrem Peiniger losgerissen und die Reste ihres zerfetzten Kleides um ihre nackten Schultern gezogen. Sie wirkte so königlich wie Aphrodite, die ihrem Bad entstieg. Ihre Augen glühten jedoch in einem schrecklichen Zorn, der mehr an Hera erinnerte, die einen Normalsterblichen mit einem Blick zu Asche verbrannte.

Haversham wirkte verwirrt wegen der plötzlichen Störung und stammelte etwas Unverständliches, während er langsam vor dem großen, dunkelhäutigen Mann zurückwich, der bedrohlich näher kam. »Hören Sie, Flamenco, dies geht nur mich und meine Verlobte etwas an – die bald meine Frau sein wird.«

»Sie ist noch nicht Ihre Frau, und wie es aussieht, bezweifle ich, dass sie vorhat, Sie zu heiraten«, entgegnete Rafael, während er sich zwischen Deborah und Oliver stellte. »Wenn Sie mich zum Duell herausfordern, wäre es mir eine Ehre, Ihren Wunsch zu erfüllen.« Die sanft gesprochenen Worte, ausgesprochen mit melodischem französischem Akzent, wirkten irgendwie doppelt bedrohlich.

Haversham erbleichte und fuhr herum. Er schnappte sich hastig seine abgelegten Kleidungsstücke, schob den Riegel der Tür auf und lief auf den Flur hinaus. Rafael schloss die Tür und ging zu Deborah, die noch immer die Arme um sich geschlungen hatte. Sie begann in der kalten Abendluft, die durch die zerstörte Hoftür drang, zu zittern.

»Erlauben Sie«, bat Rafael auf Französisch, als er ihr sein Jackett um ihre Schultern legte. Es war zu groß für ihren schlanken Körper, doch es fühlte sich warm und tröstlich an und war mit Satin gefüttert. Das Futter roch nach teurem Tabak und nach einem romantischen maskulinen Duft, den sie nicht identifizieren konnte.

Der Zorn hatte jetzt nachgelassen, und nur eine tiefe Kränkung und Demütigung waren geblieben. Sie war halb nackt, zerzaust und fühlte sich blamiert; ihr eigener Verlobter hatte sie fast vergewaltigt, und sie war wieder von dem Mann gerettet worden, der anscheinend stets in den peinlichsten Momenten ihres Lebens auftauchte. Plötzlich brannten ihre Augen vor ungeweinten Tränen. »Wie dumm ich gewesen bin!«, sagte sie leise. Die Tränen in ihren großen, lilafarbenen Augen funkelten wie Juwelen.

»Nicht weinen, nicht weinen, Kleines«, flüsterte Rafael und nahm sie in die Arme. Er wiegte sie sanft in seiner Umarmung und ließ sie ihren Schmerz hervorschluchzen. Dann griff er in seine Jacketttasche und zog ein Spitzentaschentuch hervor.

»*Lagniappe* für jede Maid in Not, die ich rette«, fügte er hinzu und überreichte ihr das Spitzentuch mit einer kleinen Verbeugung, als ihr Weinen verebbt war.

»Aber ... das ist ja das Tuch von Hornby!« Sie konnte die zarte Spitze spüren, als sie mit dem Tuch ihre heißen, tränenfeuchten Wangen abtupfte. »Warum ... wieso?«

Er lächelte. »Ich wollte es Ihnen an diesem Abend als Friedensangebot geben.«

»Sie sind anscheinend vom Schicksal dazu verdammt, Ihren Besuch in Boston damit zu verbringen, mich aus Kalamitäten zu retten, Monsieur Flamenco. Ich weiß Ihre Hilfe zu schätzen. Oliver Haversham ist ein Mann mit üblen Zielen.« Dann erinnerte sie sich, dass Oliver gesagt hatte, sie solle sich einfach vorstellen, in Rafaels Armen zu liegen, und sie errötete tief.

»Oliver ist ein Mistkerl und ein Narr. Ich nehme an, Sie haben Ihre Verlobung gelöst, und er nahm es ... ungnädig auf?«

»Er wollte mich nur wegen meines Geldes heiraten. Ich habe zufällig gehört, wie er früher am Abend im Arbeitszimmer mit seinem Cousin darüber sprach.« Ihre Stimme klang jetzt fest und kühl, doch er konnte den Unterton von Schmerz darin hören.

»Er ist wirklich ein Narr«, murmelte Rafael und streichelte leicht mit den Fingerspitzen über ihr Kinn. Mit dem anderen Arm zog er sie an sich. Wie von einem Magnet angezogen, senkte er den Mund auf ihre bebenden Lippen. Federleicht küsste er sie, während er über ihren Hals streichelte und sanft ihren Kopf hielt. Dann vertiefte er den Kuss ein wenig, presste den Mund auf ihre süßen Lippen, deren Weichheit ihn an die eines Blütenblatts erinnerte, bevor er sie widerstrebend freigab.

Deborah fühlte sich benommen und erhitzt, wünschte sich nichts sehnlicher, als sich an diesen Fremden zu klammern. Nie hatte sie ein solch rein körperliches Prickeln empfunden. Als er sich sanft, aber entschieden von ihr löste, war ihr plötzlich kalt. Diese Zurückweisung war schmerzlicher als Olivers schändlicher Verrat!

Rafael spürte ihre Verwirrung und teilte sie. »Sie haben so Schreckliches durchgemacht, und ich bin ein Mann von Ehre, sehr zu meinem Bedauern. Ich werde Ihre Lage nicht ausnutzen, Mondblume. Aber ich möchte Sie unter weniger unglücklichen Umständen wiedersehen. Das heißt, wenn Sie es mir erlauben?«

Als sie sich mit einem scheuen, stummen Nicken einverstanden erklärte, empfand Rafael ein seltsames Hochgefühl. Er zwang sich, sich zu zügeln, und fragte: »Ist es für Sie möglich, nach oben auf Ihr Zimmer zu gehen, sodass niemand Ihr zerrissenes Kleid sieht?«

»Ja, ich kann die Dienstbotentreppe benutzen. Bitte, Rafael, suchen Sie Vater und bitten ihn, in mein Zimmer zu kommen?«

»Zuerst werde ich dafür sorgen, dass Sie sicher nach oben

gelangen.« Er hatte eine seltsame Wärme empfunden, als sie ihn beim Vornamen genannt hatte.

Rafael hörte die Geräusche unten auf der Straße, öffnete die Augen und schloss sie schnell wieder. Gott, der Sonnenschein, der durch die elfenbeinfarbenen Spitzenvorhänge fiel, blendete! Er wälzte sich auf die Seite und rieb sich den schmerzenden Kopf. Nach seiner beunruhigenden Begegnung mit Deborah Manchester am vergangenen Abend hatte er ihren Vater auf ihr Zimmer geschickt und war dann gegangen. Rafael nahm an, dass die Party schnell verdorben gewesen war. Unruhig und verwirrt hatte er ein paar Tavernen besucht. Er hatte mit dem Gedanken gespielt, ein blondes Barmädchen mit aufs Zimmer zu nehmen, die Idee dann jedoch verworfen. Ihre hellblond gefärbten Locken mit dem dunklen Haaransatz schienen ein unzulänglicher Ersatz für die silberne Haarpracht Deborahs zu sein.

Er hatte sich betrunken, bis er fast besinnungslos gewesen war. Nur der Ehrlichkeit eines freundlichen Droschkenfahrers hatte er es zu verdanken, dass er sicher und mit intaktem Geldgurt und Schädel in seinem Hotel angekommen war. Wenn er es genau überlegte, war der Schädel nicht intakt. Er stöhnte, setzte sich auf und hielt seinen schmerzenden Kopf, weil er befürchtete, er könnte platzen.

Als er in heißem Wasser gebadet und sich rasiert hatte, fühlte er sich fast wieder wie ein Mensch. Dennoch wollten ihm die Gedanken an die ätherische Blondine mit den lavendelfarbenen Augen nicht aus dem Kopf gehen. Sie war zu groß, zu dünn, zu unverblümt. Sie war auch Amerikanerin, um Gottes willen! Dennoch war er fasziniert von ihr.

»Die einzige Möglichkeit, mit solch einer absurden Situation fertig zu werden, ist, sich ihr frontal zu stellen«, knirschte er vor sich hin. Er würde Deborah und Adam Manchester aufsuchen. »Vielleicht wird sie heute Morgen nicht so bezaubernd sein.«

Er wünschte, er hätte Tobias, seinen Diener, dabeigehabt, damit er seine Kleidung bügelte, und wählte ein einigermaßen glattes, makellos weißes Seidenhemd zu seinem gelbbraunen Leinenanzug. Tobias war an dem Tag erkrankt, an dem sie für die Seereise an Bord hatten gehen müssen, und anstatt die Dienste eines unausgebildeten Sklaven in Anspruch zu nehmen, hatte Rafael es vorgezogen, allein zurechtzukommen. Er pfiff vor sich hin, als er seine Morgentoilette beendete. Verdammt, er würde diesen taktlosen Yankees zeigen, wie man sich kleidet, auch wenn seine leichte Kleidung schlecht zu diesem barbarischen Nordland passte. Rafael überprüfte im Spiegel ein letztes Mal sein Seidenhemd und den Sitz seines Jacketts und lächelte. Jetzt konnte er seiner Mondblume gegenübertreten.

Deborah erwachte mit einem Angstgefühl, als sie sich an Olivers Verrat erinnerte. Ihre Verlobung war nicht angekündigt worden. Ein erschütterter Adam Manchester hatte den Gästen erzählt, seine Tochter sei plötzlich erkrankt. Wenn jemand bemerkte, dass Oliver Haversham ebenso verschwunden war, behielt er das für sich – jedenfalls bis zum Ende der Party. Deborah machte sich keine Illusionen, wie viel Klatsch sie in den kommenden Monaten würde ertragen müssen.

»Besser jetzt als nach der Hochzeit mit ihm«, murmelte sie, während sie sich inmitten des Bettes aufsetzte und ihre Knie umfasste. Sie erschauerte, als sie sich den Schrecken vorstellte, wenn sie nach der Hochzeitsnacht aufgewacht wäre und festgestellt hätte, dass Oliver sie nur aus Geldgier geheiratet hatte. Die Ehe bedeutete für eine Frau völlige Unterwerfung. Sie hatte sich so schlau, so sicher gewähnt, als sie Oliver ausgewählt hatte. »Wie konnte ich so blöde sein!«

Dann tauchte vor ihrem geistigen Auge ein anderes Gesicht auf, ein exotisches Gesicht mit pechschwarzen Augen und hochmütigen, scharf geschnittenen Zügen. Sie presste die Fingerspitzen auf die Lippen und glaubte, noch einmal von Rafael geküsst zu werden, so sanft und doch so stark. Oliver hatte gewiss niemals so auf sie gewirkt! Sie legte den Kopf auf die Knie und fühlte sich einsam und verloren. »Er ist nur ein Besucher. Er wird bald nach New Orleans zurückkehren, und ich werde ihn nie wiedersehen.«

Sie fühlte sich albern, weil sie einen Moment in absurde romantische Fantasien verfiel, und ermahnte sich: »Deborah, du stehst nur unter Schock. Dieser gut aussehende, arrogante Mann ist das komplette Gegenteil von allem, was du bewunderst. Vergiss ihn.«

Die Zukunft kam ihr düster vor, als sie ihre Möglichkeiten im prüden, spießigen Boston abwog. »Ich hatte genug Verehrer vor diesem Skandal. Jetzt wird jeder hinter meinem Rücken tuscheln. Oh, verdammt!« Sie warf die Decken zurück und sprang in frustriertem Zorn aus dem Bett.

Deborah ging immer noch aufgeregt in ihrem Zimmer auf und ab und überlegte, wie sie mit der katastrophalen Situation fertig werden konnte, als der Butler sie störte und einen Besucher ankündigte. Monsieur Flamenco war soeben eingetroffen und bat um die Ehre, sie sprechen zu dürfen. Sie spürte, wie sich ihr Puls beschleunigte und sich ihre Wangen röteten, und erklärte Ramsey, dem Butler, dass sie bald nach unten ins Wohnzimmer kommen würde. Atemlos eilte sie dann zum Spiegel.

Als Deborah ein paar Minuten später das Wohnzimmer betrat, wirkte sie wie die Verkörperung heiterer Gelassenheit. Sie trug ein blaues Leinenkleid, das ihr gut zu der elfenbeinfarbenen Haut und den ungewöhnlich lavendelfarbenen Augen stand. Rafael ertappte sich bei dem Wunsch, ihre glänzende platinblonde Haarfülle von den Haarnadeln zu befreien und sein Gesicht darin zu vergraben.

»Guten Morgen, Mr. Flamenco«, begrüßte sie ihn, und ihre klare, melodische Stimme verriet nichts von ihrem inneren Aufruhr. Wie gut er aussieht, wie elegant!, dachte sie.

Er ergriff ihre Hände, hob sie an seine Lippen und sagte: »Gestern Abend haben Sie mich Rafael genannt. Bitte, werden Sie nicht wieder formell.«

»Ich möchte Ihnen noch einmal danken, Rafael.« Sie betonte seinen Namen und fand den Klang angenehm. »Danken dafür, dass Sie mich vor Oliver gerettet haben. Mein Vater hat ihn nie gebilligt, aber ich war zu dumm, um auf ihn zu hören, und ich hätte fast einen schrecklichen Preis für diese Dummheit zahlen müssen.« Ihre Wangen brannten vor Demütigung.

»Das ist der Grund, weshalb ich heute Morgen hier bin, das heißt, wenn Sie es nicht vermessen von mir halten.«

»Wie meinen Sie das?« Ihre großen Augen spiegelten Verwirrung wider.

Rafael schenkte ihr ein strahlendes Lächeln. »Ich nehme an, Ihre Verlobung ist gelöst?« Bei ihrem heftigen Nicken fuhr er fort: »Jetzt wird das gesamte steife, spießige Boston darauf warten, wie Sie sich verhalten. Werden Sie sich unter dem Druck der Gerüchteküche zurückziehen oder werden Sie sich dem Klatsch stellen?« Er betrachtete sie abschätzend. »Ich finde, ein Ausflug, ein sehr öffentlicher Ausflug – zum Beispiel eine Kutschfahrt und ein Mittagessen – wäre genau das Richtige, meinen Sie nicht auch, Mademoiselle Manchester?«

»Nennen Sie mich bitte Deborah, Rafael«, erwiderte sie mit einem zögernden Lächeln. Der Blick ihrer lavendelfarbenen Augen war jedoch ruhig und fest, als sie ihm antwortete. »Ich komme mit größtem Vergnügen zu einer Kutschfahrt und einem Mittagessen mit Ihnen.«

Kapitel 3

Der Tag war sonnig und das Wetter so frühlingshaft, dass sogar Rafael davon erwärmt wurde. Als sie in der eleganten offenen Kutsche fuhren, die er für den Tag gemietet hatte, gab ihm Deborah einen schnellen Einblick in die Wiege der amerikanischen Demokratie, von der Besichtigung der Old North Church bis zur Faneuil Hall, worin die Söhne der Freiheit sich während der Revolution versammelt hatten.

Als sie den Hafen besuchten, 1773 Schauplatz des Teesturms, erklärte Deborah, wie Bostons Patrioten den Protest gegen die Tyrannei angeführt hatten. Als sie schließlich verstummte, lachte er und sagte: »Sie sind offensichtlich sehr stolz auf Ihre Stadt, Deborah. Bisher habe ich immer gedacht, es wäre Virginia gewesen, nicht Massachusetts, das die Amerikanische Revolution angefacht hat.«

Trotz seines scherzhaften Tonfalls fühlte sie sich unbehaglich. Da führte sie sich wieder wie ein verdammter Blaustrumpf auf, obwohl sie nur seine Gesellschaft genießen und ihren Kummer vergessen wollte! »Ich wollte nicht wie eine Lehrerin klingen«, murmelte sie. »Bestimmt kann Ihre Stadt mit jeder in den Vereinigten Staaten konkurrieren, was die Geschichte und Schönheit anbetrifft.«

Rafael blickte einen Moment versonnen vor sich hin. »Ja, sie ist einzigartig. Für einen französischen Kreolen ist kein Ort auf der Erde so schön, aber es freut mich, von einer so bezaubernden Führerin etwas über Boston zu lernen. Vielleicht werden Sie eines Tages in New Orleans sein und mir erlauben, mich zu revanchieren?«

So unwahrscheinlich es auch klang, Deborah wünschte sich genau eine solche Gelegenheit und nickte. Sie spürte, dass ihr

Herz unter dem Zauber von Rafaels glühendem Blick und bei seinem strahlenden Lächeln schneller schlug. Es blieb ihr erspart, sich mit einer nichts sagenden Antwort zur Närrin zu machen, denn die Kutsche hielt vor den vertrauten vier ionischen Säulen des Restaurants »Tremont House«.

»Ich habe mir die Freiheit genommen, einen Tisch für uns zu reservieren, denn ich habe hier ein paarmal gegessen und das Essen ausgezeichnet gefunden.« Er stieg aus der Kutsche und reichte ihr die Hand, um ihr herauszuhelfen.

Huldvoll wie eine Königin ergriff sie seinen Arm, und sie betraten das Restaurant und gingen in einen der großen Speisesäle. Deborah sah ihr Konterfei in den Spiegeln und staunte darüber, welch schönes Paar sie waren. Er so dunkel, sie so hellhäutig, beide groß und schlank. Köpfe ruckten herum, als weitere Gäste das Objekt des Debakels der vergangenen Nacht bemerkten, die Frau, deren Verlobungsfeier geplatzt war und die sich jetzt von einem exotischen Fremden begleiten ließ. Schockierend.

Als sie bei ihrer Vorsuppe plauderten, war sich Deborah der verstohlenen Blicke und des schnellen Wegsehens nur zu bewusst. Judith Lowell und Allison Smythe saßen schräg gegenüber im Speisesaal. Judith, ein unscheinbares Mädchen aus einer vornehmen Bostoner Familie, war stets in Oliver verliebt gewesen und hatte Deborah schlecht gemacht, wo sie nur konnte. Deborahs Ohren brannten, als sie sich vorstellte, was Judith Allison Smythe zuflüsterte, so laut, dass es zweifellos an den benachbarten Tischen zu hören war.

Rafael wusste, dass seine Begleiterin und er Thema vieler Spekulationen waren. »Stört es eine intelligente, willensstarke Frau wie Sie, den Klatsch der Leute zu ertragen?«

Deborah war so überrascht von der Frage, dass sie fast ihren Löffel fallen gelassen hätte. »Nein – ja, wenn ich ehrlich bin, stört es mich. Ich muss hier nach den Regeln der Gesellschaft leben, wenigstens um meines Vaters willen, selbst wenn ich anderer Meinung bin.«

»Sie hätten Oliver nicht um Ihres Vaters willen geheiratet, oder?« Er war offen neugierig.

Als sie in Rafaels schwarze Augen blickte, fühlte sie sich wie hypnotisiert und wünschte sich, ihm ihre Ängste und Sehnsüchte zu offenbaren. »Ich nehme an, ich habe Oliver als Kompromiss gewählt«, begann sie vorsichtig. »Er stammt aus der erforderlichen alten Bostoner Familie; aber noch wichtiger war, dass er meine Ideale zu teilen schien.«

»Und welche sind das?«, fragte Rafael.

»Sie werden entsetzt sein.« Plötzlich wurde es zu einem Spiel für sie, festzustellen, ob sie ihn schockieren konnte.

Er hob eine Braue, was seinem Gesicht einen fast sardonischen Zug gab. »Mademoiselle, ich bin nicht so leicht entsetzt.«

»Also gut.« Mit dieser Ermunterung begann sie einen Vortrag über die Ungerechtigkeit, mit der Frauen nach dem Gesetz behandelt wurden. Sie endete mit der Erklärung: »Eine Frau ist ein Erwachsener, mit dem Verstand einer Erwachsenen, doch wenn es um ihr Geld oder Land geht, sogar um ihre eigenen Kinder, wird sie behandelt wie ein Mündel ihres Ehemanns, Vaters oder nächsten männlichen Verwandten – mit anderen Worten: wie ein Kind!«

Er zuckte die Schultern. »Ich werde nicht über die Unfälle der Geschichte oder die physiologischen Gründe hinter dem ganzen Verlauf der Zivilisation diskutieren. Männer haben stets den Marktplatz, die Kirche, die Regierung beherrscht. Frauen haben immer mehr wesentliche Pflichten im Haushalt erfüllt, für die sie in bewundernswerter Weise das Rüstzeug haben.« An diesem Punkt konnte er nicht widerstehen, über den Tisch zu greifen und sanft ihre Hand zu drücken. Sie errötete und entzog sie ihm schnell, genau wie er es vorausgesehen hatte.

»Sie haben sich also entschlossen, einen Mann zu heiraten, der Sie niemals beherrschen oder Ihre Gedanken herausfordern oder Ihre Sinne entflammen würde?«

Debora setzte sich kerzengerade auf und sagte in kühlem Trotz: »Ich möchte kaum meine Sinne entflammen lassen, wenn dies bedeutet, das ich meine Fähigkeit zu vernünftigem Denken verliere.«

»Jeder – egal, ob Mann oder Frau – sollte seine Vernunft von Zeit zu Zeit verlieren.« Seine Augen glühten für einen Moment, doch er wollte sie nicht weiter provozieren und das Gespräch nicht zu heftig werden lassen. Lächelnd fuhr er fort: »Sehen Sie? In der vergangenen Stunde haben Sie alle Klatschmäuler in Boston vergessen.«

Sie musste lächeln. »Ja. Ich nehme an, das stimmt, und ich danke Ihnen für einen äußerst unterhaltsamen Tag, aber es ist spät. Vater wird bald heimkommen und besorgt sein, weil ich noch außer Haus bin.«

»Dann sollte ich mich unbedingt den Wünschen Ihres ›Vormunds‹ fügen und dafür sorgen, Sie wieder unter seinen Schutz zu stellen«, entgegnete er in gutmütigem Spott.

Später an diesem Abend saß Deborah allein im Wohnzimmer, in Gedanken vertieft. Sie grübelte besonders über ihre unerwartete, untypische gefühlsmäßige Reaktion auf Rafael Flamenco. Er war der attraktivste Mann, den sie jemals kennen gelernt hatte, doch trotz seiner unbestreitbaren Anziehungskraft vereinigte er Eigenschaften in sich, die ihr ein Gräuel waren. Der Mann war arrogant, herablassend, und seine Ansichten machten sie rasend. Sie war überzeugt, dass er ein Schürzenjäger und Hallodri war. Natürlich war er charmant und gebildet, so gut in geistreichen Wortspielen wie sie. Genau gesagt, hatte er sie oftmals übertroffen, denn mit ihren spröden Bostoner Empfindsamkeiten hatte sie sich von seinen feinsinnigen Anspielungen eines Latinos leicht in Verlegenheit bringen lassen.

»Warum mache ich mir wie eine dumme Gans Gedanken über einen Mann, für den ich nur eine kurze Ablenkung bin?« Sie nahm das Buch, auf das sie sich in der vergangenen Stunde vergebens zu konzentrieren versucht hatte.

In diesem Augenblick wurde die Tür geöffnet, und Adam kam herein. Er bemerkte ihre beunruhigte Miene und bemühte sich, sie zu trösten. »Du warst während des Abendessens so still und bedrückt, Deborah. Mir ist klar, dass du aufgeregt bist, aber du solltest deinem Glücksstern danken, dass Haversham sein wahres Ich preisgab, bevor es zu spät war.«

Ihr stieg das Blut in die Wangen, und sie empfand fast so etwas wie Schuldgefühle, weil sie den ganzen Abend überhaupt nicht an Oliver gedacht hatte. »Ich bin dankbar, Vater. Doch meine Lage ist mir umso schmerzvoller klar. Kein Mann wird mich als die akzeptieren, die ich bin – sie wollen mich verändern, und wenn ihnen das nicht gelingt, versuchen sie, mich zu täuschen, um an mein Geld zu kommen. Ich werde niemals heiraten. Es wird schwer sein, jemals wieder einem Mann zu vertrauen.«

Adam war ernsthaft alarmiert, denn er hatte schon länger befürchtet, dass sich sein einziges Kind mit der widerspenstigen, einsiedlerischen Art abkapseln könnte. »Deborah, die meisten Männer sind nicht wie Oliver.«

Sie fixierte ihn mit ruhigem Blick. »Die meisten Männer halten Frauen wirklich für minderwertig, nicht wahr? Vater, ich kann damit nicht leben. Ich kann nicht akzeptieren, behandelt zu werden wie ein Kind ohne Verstand und eigenen Willen.«

»Wie hat Rafael Flamenco dich behandelt?« Adams scharfe blaue Augen blickten sie forschend an.

»Er ist genauso unerträglich, wie du dir vielleicht vorstellen kannst«, erwiderte sie ohne das Geringste Zögern. »Ist er ein Mitgiftjäger wie Oliver?«

Adam lachte freudlos auf. »Kaum. Seine Tante Jolie Warden hat ihm eine Stange Geld hinterlassen. Und er ist bereits der Erbe des Vermögens der Familien Flamenco und Beaurivage. Sein Vater kontrolliert die halbe Zuckerproduktion in Louisiana.« Er legte eine Pause ein und blickte sie scharf an. »Du spielst doch nicht mit dem Gedanken, irgendetwas so Verrücktes zu tun, wie einen Kreolen aus New Orleans zu heiraten, oder?«

Deborah zwang sich zu einem Lachen. »Wohl kaum! Das Letzte, was wir beide ins Auge fassen, ist eine Ehe.«

»Vater bezweifelt, dass Rafael überhaupt geeignet ist, mir den Hof zu machen«, sagte Deborah, steckte eine Muschel in den Mund und blickte zu Lydia, um ihre Reaktion zu sehen. Sie befanden sich in Lydias Sommerhaus auf dem Land und feierten mit einem Picknick das warme Wetter.

»Pah! Er ist toll, charmant, romantisch – oh, dieser französische Akzent und diese sündhaft schwarzen Augen! Er sieht aus wie ein Gemälde, das ich in London in einem Museum gesehen habe; das Gemälde eines …«, Lydia kramte in ihrer Erinnerung, »… ja, eines spanischen Matadors – oder war es ein Konquistador? Nun, jedenfalls war er schlank und dunkel und kühn, genau wie Rafael. Du wärst schön dumm, wenn du ihn allein nach New Orleans zurückkehren ließest.«

Deborah blickte über das Feld zum Thema ihres Gesprächs. Rafael saß auf einem von Mr. Beechers besten Zuchtpferden, auf einem großen, glänzenden Rappen, den er mit vollendeter Lässigkeit ritt. Als er in kurzem Galopp zu ihr herüberpreschte, beobachtete sie seine geschmeidigen Bewegungen. Die scharf geschnittenen Gesichtszüge verrieten eine iberische Blutlinie, die auf ein Jahrtausend zurückging. »Wirklich ein Konquistador«, flüsterte sie Lydia zu.

»Möchten Sie ausreiten? Mr. Beecher hat ein hübsches kleines Stutenfohlen in seinem Stall.« Rafael glitt mühelos von dem großen Rappen und streckte eine Hand herab, um Deborah von der Picknickdecke hochzuziehen, auf der sie mit ihrer Freundin saß.

Bevor Deborah antworten konnte, meinte Lydia: »Oh, nur zu! Ich habe euch für ein paar Tage rustikales Vergnügen hierhin eingeladen, einschließlich des einen oder anderen romantischen Rendezvous zu Pferde. Natürlich werden Benjamin und ich euch begleiten – nur um die Schicklichkeit zu wahren«, fügte sie scherzhaft hinzu. Benjamin Landon war ihr neuester Liebhaber.

Ein anderes junges Paar, ebenfalls Gäste in Lydias Haus, gesellte sich zu ihnen. Jacob Weyler und Allison Smythe stammten aus alten Bostoner Familien, und beide platzten vor Neugier, mehr über den geheimnisvollen Mann aus dem Süden zu erfahren, der Deborah Manchesters Herz im Sturm zu erobern schien. Sie versuchten, die Neugier hinter höflichem Geplauder zu verbergen, doch in der Unterhaltung kamen Fragen über Rafaels Familie, über seinen Hintergrund, seine Religionszugehörigkeit und seinen Grundbesitz zur Sprache – allgemein Fragen, um zu erfahren, ob er als Ehemann geeignet und eine gute Partie war.

Gekränkt und ärgerlich, täuschte Deborah schließlich Kopfschmerzen vor und ritt auf ihrem Stutenfohlen schnell von der Gruppe fort, um über eine Abkürzung durch ein Ahornwäldchen zum Haus zurückzureiten. Bald hörte sie hinter sich trommelnden Hufschlag, und dann zügelte Rafael seinen großen Rappen neben ihrem kleinen Stutenfohlen.

»Sie sollten nicht allein reiten, Kleine«, bemerkte er sanft auf Französisch. »Es ist nicht sicher. Sie sollten sich auch nicht von unschuldigen Fragen kränken lassen. Es ist nur natürlich, dass Bostoner neugierig über solch ein Unikum wie einen Kreolen sind.«

»Sie wissen, warum sie so neugierig sind, Rafael. Sie denken, Sie und ich – nun, dass Sie …« Sie wurde plötzlich zu verlegen, um weiterzusprechen.

»Dass ich Olivers Platz einnehmen werde«, vollendete er für sie. »Wäre das so schrecklich?« Jetzt klang seine Stimme, als wollte er sie aufziehen.

»Sagen wir, wir kommen aus so verschiedenen Welten, dass es unrealistisch wäre, dies in Betracht zu ziehen«, erwiderte sie sehr vorsichtig.

Bei ihrer sachlichen Erklärung zuckte er mit den Schultern. »Stets so vernünftig, Deborah.«

»Das ist einer meiner Fehler, fürchte ich.« Sie versuchte, das plötzlich schmerzhafte Gefühl der Trostlosigkeit zu verbergen.

Rafael empfand bei ihrer kühlen Antwort das sonderbare Gefühl, etwas verloren zu haben. Sie hatte natürlich Recht. Nichts konnte bei diesen kurzen gemeinsamen Wochen herauskommen. Sie waren in allen wichtigen Fragen anderer Meinung – egal, ob es um die Abschaffung der Sklaverei, die Religion oder die Frauenrechte ging. Dennoch war da diese körperliche Faszination, eine Anziehungskraft, die er als reine Folge sexueller Frustration abzutun versuchte. Er war einfach zu lange ohne Frau gewesen. Warum gefielen ihm dann keine der willigen Dirnen in den öffentlichen Häusern? Er verbannte die beunruhigenden Gedanken und sagte: »Endlich ist der Frühling nach Neuengland gekommen. Es freut mich so sehr, ein paar Knospen an den Bäumen und Sträuchern zu sehen. In New Orleans blüht jetzt alles.«

»Der April ist nur der Beginn der Jahreszeit, in der alles sprießt und blüht«, entgegnete Deborah und beschwor Visionen von einem üppigen subtropischen Paradies herauf.

»Es ist auch der Beginn der Sturmsaison«, fügte er hinzu, als er den plötzlich dunkler werdenden Himmel bemerkte.

»Diese Frühjahrsgewitter ziehen schnell herauf und werden ins Binnenland getrieben«, erklärte Deborah. »Sie dauern nicht lange, aber sie können heftig sein. Wir sollten besser zum Haus zurückkehren.« Ihr Stutenfohlen scheute bereits und war nervös, als die ersten dicken, kalten Tropfen herabprasselten.

Als sie an eine Gabelung des überwucherten, selten benutzten Wegs gelangten, schrie Rafael gegen den Wind an: »In welche Richtung?«

Deborah zuckte verwirrt die Schultern. »Ich hatte gar nicht in Erinnerung, dass sich der Weg hier teilt, denn ich bin seit Jahren nicht mehr auf dem Land der Beechers geritten.«

Er murmelte eine französische Verwünschung und übernahm die Führung, schlug die Richtung ein, die – wie er hoffte – zum Haus führte. Binnen zehn Minuten wurde aus dem leichten Regen ein Sturzregen, und Rafael wusste, dass sie sich verirrt hatten. In den Bayous von Louisiana verloren zu sein, war das eine, aber wer hatte schon davon gehört, dass sich jemand in der Wildnis des Farmlands von Massachusetts verirrte?

Der Platzregen wurde kälter, als er weiterhin vom schiefergrauen Himmel prasselte, und Deborah hatte zunehmend Mühe, ihr Pferd unter Kontrolle zu halten. Jedes Mal, wenn es blitzte und donnerte, scheute das erschreckte Tier mehr. Als Rafael ein verlassenes Farmhaus erspähte, sagte er sich, dass es klug wäre, dort zu halten, bevor sie vom Pferd abgeworfen wurde und sich ernsthaft verletzen konnte.

Als sie in dem verfallenen Gebäude waren, kümmerte er sich um die Pferde und führte sie in den Anbau, wo sie ein wenig vor dem Unwetter geschützt sein würden. Dann schaute er sich in dem Hauptraum um und sah die rußigen Überreste eines steinernen Kamins an der Wand. Er hatte Streichhölzer bei sich und hoffte, dass sie nicht nass geworden waren. Ohne Zögern nahm er einen staubbedeckten alten Stuhl und brach ihn in Stücke. Er fluchte, als sich Splitter in seine Handfläche und Finger bohrten.

Deborah schaute ihm zu, während sie zitternd vor Kälte in einer Ecke des Raumes stand. Rafael schichtete das trockene Holz im Kamin auf und fand vergilbtes Papier auf dem Tisch in der Ecke. Nachdem er das Papier vorsichtig unter das aufgeschichtete Holz geschoben und angezündet hatte, brannte bald ein Feuer im Kamin und erfüllte den Raum mit warmem, orangefarbenem Schein.

Deborah trat näher an die verlockende Wärme heran. Rafael half ihr aus der durchnässten Jacke und hängte sie beim Kamin zum Trocknen auf. »Sie müssen diese nassen Sachen ausziehen und versuchen, sie am Feuer zu trocknen. Ich sehe mal nach, ob es hier was gibt, mit dem Sie sich bedecken können.«

Er stöberte herum und fand im Anbau schließlich in einer Holzkiste zwei muffige Decken. Als er in den Hauptraum zurückkehrte, stand Deborah unsicher vor dem Kamin, und ihr Körper hob sich als Silhouette vor dem Feuerschein ab. Sie hatte ihre Reitstiefel und den schweren Reitrock ausgezogen, doch ihre dünne Seidenbluse und ihre Unterröcke aus Batist hafteten an ihr wie eine zweite Haut. Himmel, warum hatte er sie jemals für zu dünn gehalten? Die Rundungen ihrer Hüfte und ihres Pos und die überraschende Fülle ihrer keck aufgerichteten Brüste ergaben ein erotisches Bild, als sie sich vor den lodernden Flammen umwandte.

Es machte Deborah noch befangener und verlegener, als sie sah, wie intensiv er sie betrachtete. Sie stand sehr still, als er auf sie zuging. Rafael legte eine der Decken auf den Tisch und umhüllte sie mit der anderen. Sie spürte den rauen Stoff auf ihrer nassen Kleidung und Haut, als er sanft darüber rieb. Die Decke wirkte wie ein Schwamm, der etwas von der Nässe ihrer

Seidenbluse aufsaugte. Mit ihren Unterröcken war das jedoch eine andere Sache.

Als hätte er ihre Gedanken gelesen, sagte er: »Ziehen Sie Ihre Unterröcke aus und wickeln Sie die Decke fester um sich.«

Deborah hörte seine Zähne klappern, so sehr fror auch er in seinen nassen Sachen. »Sie sollten besser Ihren eigenen Rat beherzigen«, gab sie zurück und überraschte sich selbst. »Ich drehe Ihnen den Rücken zu und schließe die Augen, wenn Sie das Gleiche tun.«

»Immer praktisch«, murmelte er, als er Hemd, Hose und Stiefel auszog und dann die andere Decke um sich wickelte.

Sie zog die Unterröcke aus, was nicht leicht war, weil sich die Schnüre am Bund verknotet hatten und die langen Röcke nass an ihren Beinen klebten. Als sie Rafael sanft sprechen hörte, schlang sie die Decke fest um sich und drehte sich um.

Er hatte eine wacklige Bank nahe zum Kamin gezogen und forderte sie mit einer Geste auf, neben ihm darauf Platz zu nehmen. »Wenn wir uns aneinander kuscheln, werden wir schneller trocknen.« Süße Unvernunft.

Während Deborah die nassen Röcke unter der Decke auszog, jagten sich ihre Gedanken. Sie erinnerte sich an Adams ernste Warnung vor Rafael und ihre eigene Erklärung, dass sie niemals heiraten würde. *Du wirst vielleicht nie eine weitere Chance haben. Du fühlst dich zu ihm hingezogen, wie es bei dir und Oliver niemals* der *Fall gewesen ist. Nur dieses eine Mal – eine Erinnerung, die ein Leben lang anhält.* Ihr Unterbewusstsein verspottete sie weiterhin, als sie sich an ihn schmiegte und erzitterte, jetzt nur halb wegen der Kälte. Als er seinen nackten Arm unter seiner Decke hervorzog und um ihre Schultern legte, fragte sie sich: *Wie würde es sich anfühlen, wenn diese schlanken Finger deine nackte Haut streicheln?* Fasziniert blickte sie zu ihm auf und betrachtete sein Profil im tanzenden Feuerschein, bronzefarben und schön wie das eines südländischen Gottes.

Er schaute in ihre violetten Augen. »Ich hatte Recht«, bemerkte er leise auf Französisch. »Bei Leidenschaft verdunkeln sich deine Augen.« Damit zog er sie an sich und drückte seine Lippen auf ihre Augen, küsste sanft die Lider und dann ihre Wange hinab und vergrub sein Gesicht in der feuchten seidigen Fülle ihres Haars. Sie duftete nach Lavendel. Er stöhnte auf, als sie den Kopf zurückneigte, die Augen geschlossen, die Lippen leicht geöffnet. Er umfasste ihren Kopf mit beiden Händen und hob ihn an, bis sich ihre Lippen in einem wilden, glühenden Kuss trafen. Als sie nach Luft schnappte, überrascht von diesem plötzlichen Wechsel von Zärtlichkeit zu Leidenschaft, nutzte er das sofort aus, und seine Zunge tauchte zwischen ihre geteilten Lippen. Er vertiefte den Kuss, als er spürte, dass sie ihn erwiderte.

Er schob eine Hand unter ihre Decke und streichelte erregend ihre Wirbelsäule hinauf und hinab. Dann glitt seine Hand über ihren Körper und umfasste eine ihrer Brüste, deren Spitze hart geworden war. Von neuem stockte ihr der Atem, und sie presste sich gegen seine Handfläche, sehnte sich danach, dass er sie überall streichelte. Inzwischen waren beide Decken von ihren nackten Oberkörpern herabgefallen, und sie umarmten sich leidenschaftlich. Deborah erkundete mit den Händen ebenfalls seinen Körper, streichelte über seine schwarzen Brusthaare und die Muskeln auf seinem Rücken. Außer dem leisen Prasseln und Zischen des Feuers im Kamin waren nur heftige Atemzüge und Stöhnen zu hören.

Ale er versuchte, unter ihre Bluse zu der glühenden Haut ihrer Brüste zu gelangen, wurde das von ihrem feuchten Mieder verhindert. Einen Moment nestelte er an den Verschlüssen herum, dann schob sie mit zitternder Hand seine Hände beiseite und begann, es geschickt aufzuschnüren. Als er sie betrachtete, so jungfräulich und bebend vor Leidenschaft, erkannte er schlagartig, wie ungeheuerlich sein Verhalten war.

Rafael glaubte, die Worte seines Vaters über Selbstkontrolle und Verantwortlichkeit zu hören. Dieses Mädchen war unschuldig, aus guter Familie, und es hatte jedes Recht, eine ehrbare Heirat zu erwarten. Er nutzte schamlos Deborahs Unerfahrenheit aus.

Langsam, sanft zog er ihre Hände vom Mieder fort und hielt sie von sich fort. Er atmete tief durch, zwang sich, seine Leidenschaft unter Kontrolle zu bringen, und sagte: »Deborah, wir können dies nicht tun. Es ist nicht richtig.«

Ihr Kopf ruckte zu ihm auf. Ihre Augen spiegelten Überraschung wider, dann Verwirrung und Schmerz. Wie er hatte sie Mühe zu sprechen. »Das ist mir egal«, brachte sie heraus, während sich ihr Hals und ihr Gesicht röteten.

»Bald werde ich Boston und dich für immer verlassen.« Sein Blick bohrte sich in ihren, als wollte er sie zwingen zu verstehen, wie schwer ihm diese Entscheidung fiel.

»Ich weiß«, erwiderte sie ruhig.

»Du weißt? Du erwartest nicht, dass ich dich heirate, und du wärst bereit, dich von mir entjungfern zu lassen?«

Sie konnte seinem Blick nicht länger standhalten, doch sie wollte, dass er sie verstand. »Nach langer und sorgfältiger Überlegung habe ich mich entschieden, niemals zu heiraten. Aber ein Mal, nur ein Mal wollte ich wissen, wie es mit jemandem ist, zu dem ich mich hingezogen fühle.« *Mit jemandem, den ich liebe,* fügte eine innere Stimme hinzu und überraschte und bestürzte sie sogar noch mehr, als es ihr erschreckendes Verhalten bereits getan hatte.

Bei ihrer Offenbarung starrte er sie verblüfft an. Solche Kühnheit, solche Ehrlichkeit und vor allem ungekünstelte Leidenschaft! »Keine kreolische Dame würde sich jemals einem Mann schenken, ohne erst zu heiraten.«

Deborah stieg aufs Neue das Blut in die Wangen. »Ich nehme an, dies ist eine schreckliche Anklage gegen mich, aber da ich nie erwartetet habe, dass du mich heiratest, ist es wirklich nicht wichtig, ob ich deinen Maßstäben genüge oder nicht, meinst du nicht auch? Sie zog die heruntergefallene Decke über ihre Schultern und erhob sich, um ihre halb getrockneten Kleidungsstücke zu nehmen, die um den Kamin ausgebreitet waren. Sie wandte Rafael den Rücken zu, damit er nicht die Tränen in ihren Augen sah.

Rafael stand ebenfalls auf. Er fühlte sich wie ein herzloser Dummkopf. Er hatte nie gewollt, dass sie sich billig fühlte oder ihre Gefühle verletzt wurden. Wenn er an die kreolischen Mädchen dachte, die er kannte, und sie mit Deborah verglich, fragte er sich, warum irgendein Mann sie bevorzugen konnte. *Deshalb hat ein Mann eine Mätresse,* dachte er und begann, sich anzuziehen.

Sie ritten schweigend zum Haus. Das Gewitter war vorüber, und Rafael fand schnell die Abkürzung, die sie aus dem Wald herausführte.

Kapitel 4

Du bist mir aus dem Weg gegangen, seit du nach Hause gekommen bist, und hast Kopfschmerzen und andere Wehwehchen vorgetäuscht, junge Frau. Ich finde, es ist an der Zeit, dass wir miteinander reden.« Adam Manchesters Blick war bohrend, und sein Tonfall duldete keinen Widerspruch.

Deborah seufzte und folgte ihm ins Arbeitszimmer. Sie fragte sich, wie viel von einem Geständnis er aus ihr herauslocken würde. Himmel, sie wollte nur diesen schmutzigen Fehler vergessen! Als sie steif auf dem Sofa saß, strich sie nervös ihre Röcke glatt. »Was willst du mir sagen, Vater? Ich bin früher von den Beechers heimgekehrt, weil ich mich nicht amüsiert habe. Ich war müde und kann Allison Smythe nicht ausstehen.«

»Soll ich deinen Worten entnehmen, dass deine Rückkehr nichts mit Rafael Flamenco zu tun hatte?«, fragte er, neigte sich vor und sah ihr in die Augen.

Unter seinem eindringlichen Blick zwang sich Deborah, ihm ins Gesicht zu schauen. »Wenn du es unbedingt wissen willst, Rafael und ich haben uns gestritten. Oh, Vater, wir sind nie – in keinem Punkt – einer Meinung gewesen. Mir ist schließlich klar geworden, wie unmöglich irgendeine Beziehung zwischen uns sein würde.«

»Ich erinnere mich, dass du gesagt hast, du hättest nie etwas Ernsthaftes mit ihm im Sinn, er wäre nur dein vorübergehender Begleiter, bis die Gerüchte über deine gelöste Verlobung verstummt sind.« Adams Blick schien sie zu durchbohren.

Deborah wurde blass. Sie sah, dass seine Lippen aufeinander gepresst und seine Hände zu Fäusten geballt waren, und sie wusste, dass etwas ernsthaft schief gegangen war. »Was hast du gehört? Weiteren Klatsch?«

»Erzähl du es mir. Ich habe stets völliges Vertrauen in deine Vernunft gehabt. Bis du diesen verdammten Franzosen kennen gelernt hast.« Er stand auf und ragte vor ihr auf, eine Taktik, die er oftmals nützlich gefunden hatte, um geschäftliche Widersacher einzuschüchtern. Er liebte sein einziges Kind und wollte ihm nicht drohen, doch er musste dieses Durcheinander in Ordnung bringen. »Deborah, was genau ist passiert, als ihr beiden in diesem Gewitter allein gewesen seid?«

Sie sprang auf, um ihrem Vater gegenüberzutreten. »Ich bin keine beschädigte Ware, wenn du das befürchtest. Rafael hat die Situation nicht ausgenutzt – nicht, wie du denkst.«

»Was, zum Teufel, soll das heißen? Du verhältst dich kaum, als wäre nichts passiert.«

Schamgefühle stiegen in ihr hoch. Wie konnte sie ihrem Vater bekennen, dass Rafael seine Leidenschaft weitaus besser unter Kontrolle gehabt hatte als sie ihre? Dass er sie abgewiesen hatte? »Sagen wir, wir hatten eine letzte Konfrontation, und ich werde ihn nie wiedersehen. Mehr kann ich dir nicht sagen, Vater. Ich habe dich nie angelogen, und ich lüge auch jetzt nicht, aber was zwischen Rafael und mir vorging, ist zu privat, zu schmerzlich, um darüber zu reden. Ich werde niemals darüber sprechen!« Ihr Gesicht war jetzt kreidebleich, und in ihren dunkel gewordenen violetten Augen schimmerten Tränen, als sie sich umwandte und das Zimmer verließ.

Rafael konnte es kaum erwarten, an Bord der *Sea Mist* zu gehen. Morgen früh würde er nach New Orleans segeln, und keine Minute zu früh! Er schlenderte über den Kai und beobachtete, wie aus Schiffen der ganzen Welt Fracht gelöscht wurde. Von all dem Betrieb und der Farbenpracht war Rafael unbeeindruckt. Für ihn war es kalt und grau, trist wie ganz Neuengland. Trotz der guten Neuigkeiten, die er an diesem Morgen von Tante Jolies Anwalt erfahren hatte, war er deprimiert. Der Anwalt hatte ihm mitgeteilt, dass die Testamentsvollstreckung endlich abgewickelt war. Alles war erledigt und geregelt. Warum war er dann so ruhelos, so verzweifelt unglücklich?

Ungewollt erschienen Deborahs Gesicht, blass und zart, und ihre lilafarbenen Augen, in denen Tränen schimmerten, vor seinen Augen. Er würde sie niemals vergessen, sie und ihr feuriges Temperament, ihre geistreiche Art und ihren verheißungsvollen Körper. Aber sie war Amerikanerin. Eine große, blonde Protestantin. Seine Familie würde entsetzt sein. *Er* war entsetzt. Fast hätte er sich in ihrem süßen, weichen Fleisch verloren, verflixt!

In diesem Augenblick erblickte er die leichenhafte Gestalt von Oliver Haversham, die auf ihn zueilte. Er stöhnte auf und spielte mit dem Gedanken, die Straßenseite zu wechseln, doch dann sagte er sich, dass es unter seiner Würde wäre, dem Mitgiftjäger diese Genugtuung zu verschaffen.

»Nun, Flamenco, es überrascht mich, dass Sie noch hier sind, wenn man bedenkt, was so geklatscht wird. Der alte Adam Manchester wird sich jetzt mit Ihnen befassen. Es interessiert mich nicht mehr, was sich ganz Boston über meine *ehemalige* Verlobte erzählt.« Seine grauen Augen glitzerten vor Bosheit.

Er wollte Rafael passieren, doch er schaffte nur einen schnellen Schritt zur Seite, bevor ihn eine stahlharte Hand am Arm packte und stoppte. »Was genau meinen Sie damit, dass sich jetzt Adam Manchester mit mir befassen wird?« Rafaels andere Hand legte sich fest auf Havershams Schulter und drückte sie.

Olivers blasses Gesicht verdunkelte sich um eine Spur und nahm die Farbe alten Zeitungspapiers an. »Sie erwarten doch nicht, dass Ihre Affäre nach Ihrem skandalösen Stelldichein beim Sommerhaus der Beechers keinen Klatsch nach sich zieht!« Er riss sich aus Rafaels Griff los und wich vor dem bedrohlichen Kreolen zurück.

»Wer hat Ihnen erzählt, dass wir ein Stelldichein hatten?« Rafaels Stimme klang sanft, doch stählern.

Oliver Haversham erkannte, dass die vermeintlich unwiderstehliche Gelegenheit, seinen Rivalen zu verspotten, eine ausgesprochen gefährliche Wendung nahm, und er stammelte eine Erklärung. »Allison Smythe war bei den Beechers. Sie sagte, ihr beiden seid für Stunden zusammen verschwunden.«

»Ich nehme an, *Sie* haben diese Geschichte, so schnell sie konnten, in ganz Boston verbreitet.« Rafael fluchte leise auf Französisch und wandte sich ab, um fortzugehen, doch dann fuhr er zu Haversham herum und sagte mit tödlich ruhiger Stimme: »Wenn ich noch ein Mal ein Wort aus Ihrem Mund über Deborah Manchester höre, bekommen Sie meinen Degen zu spüren!«

Früh am nächsten Morgen besuchte er das Haus des Anwalts, während Adam Manchester noch beim Frühstück saß. Der Butler kündigte ihn bestürzt an. Niemand besuchte Mr. Manchester um sieben Uhr morgens!

Deborah hörte Stimmen in der Eingangshalle und ging zum oberen Treppenabsatz. Dann sah sie ihren Vater und Rafael im Arbeitszimmer verschwinden. *Was macht Rafael hier?* Mit zitternden Händen raffte sie ihren samtenen Morgenrock und eilte in ihr Zimmer, um hastig ihre Morgentoilette zu beenden. Sie würde herausfinden, was los war, und zwar sofort.

Sie wählte ihre Kleidung, wie um sich für einen Kampf zu wappnen. In gewisser Weise zog sie auch in einen Kampf, denn sie spürte, dass die beiden Männer dort unten arrogant über ihre Zukunft entschieden. Als sie mit ihrem Äußeren zufrieden war, erschien Ramsey und meldete ihr, sie werde von ihrem Vater und Mr. Flamenco im Arbeitszimmer erwartet.

Was will er? Warum ist er hier? Diese Gedanken waren ihr

beim Ankleiden durch den Kopf gerast. *Guter Gott, vielleicht provozierte er ihren Vater zu einem Kampf!* Als sie die Tür des Arbeitszimmers erreichte, war sie außer Atem, und ihre Wangen waren gerötet.

Sie trat ein. Eisenblaue und glühende schwarze Augen starrten sie an. Ihr Vater war sehr wütend, doch er verbarg es wie stets vor einem Widersacher. Nur sie wusste, dass er Mühe hatte, sich zu beherrschen. Rafaels Stimmung war für sie viel schwieriger einzuschätzen. War er ebenfalls ärgerlich? Seine Miene spiegelte etwas Hitziges, Erregtes wider. Sie nickte unsicher beiden Männern zu, begrüßte sie jedoch nicht, denn sie brachte kein Wort heraus.

Ohne Einleitung verkündete Adam: »Mr. Flamenco ist hier, um bei mir um deine Hand anzuhalten, Deborah.«

Überrascht über den festen Klang ihrer Stimme, erwiderte sie: »Nun, das bedeutet nichts, da er *mich* nicht gefragt hat!«

»Beim korrekten kreolischen Freien, Deborah, regelt der Mann die Dinge mit dem Vater der jungen Frau«, entgegnete Rafael, als erklärte das alles.

»Mir scheint, bei seinem ›Freien‹ ist nichts korrekt gewesen«, bemerkte Adam säuerlich.

»Es ist nicht mal ein Freien *gewesen!«* Deborah blickte finster von ihrem Vater zu ihrem angeblichen Freier.

Jetzt schaute Adam von Deborah zu Rafael. »Nun, wenn es kein Freien war, warum, zum Teufel, habt ihr beide dann für den Skandal des Jahrzehnts gesorgt? Würde mich einer von euch aufklären?«

Deborahs gerötetes Gesicht wurde bleich. »Wovon redest du – Skandal des Jahrzehnts?«

»Ich nehme an, du hast in den vergangenen beiden Tagen keinen Besuch empfangen«, erwiderte Rafael trocken. »Deine ›Freundin‹ Allison war sehr beschäftigt. Mithilfe ihrer Freunde Judith und Oliver hat sie die Geschichte verbreitet, wie wir beide während unseres Aufenthalts bei den Beechers allein vom Gewitter überrascht wurden.«

»Oh ... ich verstehe«, flüsterte Deborah.

»Nun, ich verstehe nicht, aber ich will es verstehen, und zwar jetzt. Diese Sache ist weit genug gegangen.« Adam wandte sich an Rafael, doch Deborah antwortete.

»Ich habe es dir gesagt, Vater, ich bin noch ... unberührt. Wir waren gezwungen, in einer verlassenen Hütte Schutz vor dem Unwetter zu suchen. Rafael entfachte ein Feuer im Kamin, und wir ... wir trockneten unsere Kleidung.«

Rafael lächelte leicht. »Was Deborah taktvoll verschweigt, ist die Tatsache, dass wir gezwungen waren, unsere Kleidung auszuziehen, um sie vor dem Kaminfeuer trocknen zu lassen, damit wir uns keine Lungenentzündung holten.«

»Aber wir hatten Decken, zwei Decken«, sprudelte Deborah hervor. »Das heißt, wir verhüllten uns mit einer Decke, während unsere Kleidung trocknete.« *Verdammt! Sie brachte immer mehr ans Tageslicht.*

Adams scharfer Blick heftete sich zuerst auf seine nervöse Tochter, dann auf den grübelnden Kreolen. »Das klingt für mich, als hätte die Situation die Willenskraft eines Heiligen auf die Probe gestellt!«

Rafael murmelte finster, halb im Selbstgespräch: »Glauben Sie mir, das hat sie, und ich bin kein Heiliger.«

Deborah richtete sich kerzengerade auf und hielt Adam Manchesters Blick stand. »Vater, meinst du, ich ... ich hätte mit diesem Mann geschlafen und dich dann angelogen?« Ihr Gesicht wurde rot und spiegelte wider, wie gekränkt sie war.

Adam zuckte resigniert die Schultern und erklärte dann sanft: »Nein, Deborah, ich glaube, dass du mir die Wahrheit gesagt hast, aber das ändert nichts an der Situation. Gestern hörte ich ein hässliches Gerücht. Nach dem, was Mr. Flamenco mir erzählt hat, ist noch schlimmerer Klatsch im Umlauf. Bald wird jeder in der Stadt über den Skandal Bescheid wissen. Dein guter Name wird ruiniert sein.«

»Du musst mich heiraten, Deborah. Ich befürchte, du hast keine andere Wahl.«

Seine Stimme hatte etwas Spöttisches, das sie nicht ergründen konnte. *Welches Spiel trieb er?* Das Letzte, was sie erwartet hätte, war ein Heiratsantrag von Rafael Flamenco!

Adam spürte ihr Zögern. »Es gibt eine andere Möglichkeit, Deborah. Deine Cousine Marian in Philadelphia würde sich freuen, wenn du zu ihr ziehen würdest.«

»Sie würde sich bestimmt freuen – damit ich auf ihre fünf kleinen Kinder aufpassen kann! Ich werde einfach weiterhin hier leben. Dies ist mein Zuhause, und niemand wird mich daraus vertreiben.« Ihre Augen schienen violettes Feuer zu sprühen, und sie ballte die Hände zu Fäusten.

Rafael durchquerte schnell den großen Raum, fasste Deborah fest am Ellenbogen und drehte sie, sodass sie ihn ansehen musste. Er schaute ihr in die Augen und sagte zu Adam: »Monsieur Manchester, bitte erlauben Sie mir, mit ihr allein zu sprechen.«

Überraschend willigte Adam ein. Er nickte seiner Tochter knapp zu und bemerkte beim Verlassen des Arbeitszimmers: »Triff deine Wahl sehr sorgfältig, Deborah. Deine Möglichkeiten schließen *nicht* ein, so zu tun, als wäre nichts passiert.«

Als Adam fort war, zog Rafael sie schnell in seine Arme und meinte: »Ich möchte dich heiraten, und ich denke, du möchtest mich ebenfalls heiraten. Warum dem Wunsch nicht nachgeben? Jetzt ...«

Er hob ihr Gesicht an, doch bevor er sie küssen konnte, wandte sie sich ab.

»Bevor du diese gemeinen Lügen gehört hast, hast du nie vorgehabt, mich wiederzusehen«, zischte sie. »Du wolltest morgen früh für immer davonsegeln.«

»*Mon chérie*, vielleicht wäre ich davongesegelt ...«, er zuckte mit gallischer Lässigkeit die Schultern, »vielleicht auch nicht. Selbst wenn ich den ganzen Weg bis nach New Orleans gesegelt wäre, hätte die Zeit mich zurückgebracht – die Zeit und du. Ich erlebe unsere Leidenschaft immer wieder in Gedanken.«

»*Meine* Leidenschaft, meinst du wohl?« Ihre Stimme klang wie erstickt. »Du hattest wenig genug Mühe, dich zu beherrschen, als du deine ›Ehre‹ betroffen sahst.«

Er legte seinen Arm fester um ihre Taille und zog ihren Unterkörper näher an seinen. »Fühlt sich das an, als ›beherrschte‹ ich mich? Das Schwierigste, was ich jemals in meinem Leben getan habe, war, dich an diesem Tag nicht zu nehmen.« Sie konnte seine Erektion spüren.

»Ich habe nie eine Frau so sehr begehrt wie dich, und ich werde dich heiraten.« Damit grub er seine Hand in ihr Haar und hielt ihren Kopf, während er sie küsste. Er presste seine Lippen so verlangend auf ihren Mund, dass sie ihre Lippen öffnete und ihn kostete wie er sie. Es wurde ihr schwindelig und warm, und sie verlor sich im Aufruhr ihrer Gefühle, die sein Kuss in ihr auslöste. Sie spürte seinen harten, schlanken Körper, der mit ihrem zu verschmelzen schien, als wären sie eigens so geschaffen, um perfekt für immer zueinander zu passen. *Für immer.* Dieser Gedanke brachte sie wieder zur Vernunft. Für immer bedeutete Heirat, und es hatte niemals zwei Menschen gegeben, die weniger zueinander passten.

Rafael spürte, dass sie sich versteifte und versuchte, ihn von sich zu schieben. Widerstrebend beendete er den Kuss, doch er gab sie nicht frei. Er forschte in ihrem geröteten Gesicht und sagte: »Willst du behaupten, dass dir dies nicht gefallen hat?«

»Du weißt, dass es mir gefallen hat«, antwortete sie schuldbewusst.

»Dann wirst du mich heiraten.« Es war eine Feststellung, keine Frage.

»Nein! Du tust das nur aus einem Pflichtgefühl heraus. Du liebst mich nicht. Wir wissen nichts voneinander, nur, dass wir in allen Fragen anderer Meinung sind.«

Seine Augen funkelten. »Nicht ganz in allen. Wir sind unterschiedlicher Meinung, was Politik, Religion, Sklaventum und die Stellung einer Frau in der Gesellschaft anbetrifft. Aber darüber haben wir diskutiert. Wir sind derselben Meinung über unsere Gefühle füreinander. Das ist viel, viel mehr, als ich erreicht hätte, wenn ich die übliche kreolische Ehe eingegangen wäre.«

Als er ihre verwirrte Miene sah, fuhr er fort. »Es ist bei den Kreolen Sitte, dass die Eltern Ehen arrangieren, wenn die Kinder noch sehr jung sind. Oftmals werden Ehen aus ökonomischen Gründen geschlossen – wegen zweier aneinander grenzenden Plantagen, die zusammengelegt werden können, oder weil Familien seit Generationen befreundet sind. Ich hätte vielleicht eines Tages ein Mädchen direkt aus einer Klosterschule geheiratet, von dem ich absolut nichts weiß. Stattdessen wähle ich dich, Deborah. Zum Teufel mit all deinen halsstarrigen Yankee-Vorstellungen. Ich weiß, worauf ich mich einlasse, und ich möchte dich trotzdem heiraten.«

»Deine Eltern. Was werden sie sagen?« Sie begann zu wünschen, dass er sich durchsetzte. Es war verrückt, unmöglich, aber vielleicht würde er sie eines Tages lieben wie sie ihn. Ja, sie gestand es sich endlich ein: Sie liebte Rafael Flamenco.

»Meine Eltern werden dich akzeptieren. Ich habe ihnen bereits mitgeteilt, dass ich mit einem späteren Schiff zurücksegele und eine Braut mitbringe.« Er küsste sie von neuem, so plötzlich, dass er sie überraschte und sie nicht ausweichen konnte. Schnell ergab sie sich ihm, schmiegte sich an ihn und klammerte sich an ihm fest.

Als er den Kuss beendete und den Kopf zurückneigte, verzogen sich ihre Lippen zu einem schelmischen Lächeln. »Bekommst du immer deinen Willen, Rafael?«

»*Fast* immer, *chérie.*« Er erwiderte das Lächeln und küsste ihre Nasenspitze. Dann wurde er ernst. »Um eines muss ich dich noch bitten – die Ehe muss von einem römisch-katholischen Priester geschlossen werden. Wenn wir uns in einer Kirche haben trauen lassen, sind meine Eltern verpflichtet, dich in die Familie aufzunehmen.«

Deborah dachte daran, wie ihr Vater, ein frommes Mitglied der Episkopalkirche, dies aufnehmen würde! Sie blickte in Rafaels Augen, die jetzt vor Verlangen glühten. Er zog sie in einen Strudel der Leidenschaft, als er sie an sich presste. Jede Faser ihres Seins schien zu schreien: *Hier gehöre ich hin, so habe ich es mir immer gewünscht, dieses Gefühl habe ich stets ersehnt.*

»Jede Kirche, Rafael, es ist mir gleichgültig, welche«, sagte sie, lachte und umfasste sein Gesicht mit beiden Händen, um ihn leidenschaftlich zu küssen.

»Unmöglich! Meine Tochter wird niemals eine Papisten-Kirche betreten!« Adam Manchester war außer sich.

Deborah saß ruhig ihrem Vater gegenüber und rührte ihren Kaffee um. Sie hatten lang und breit über die Unterschiede zwischen Rafael und ihr diskutiert, bis ihnen die Argumente ausgegangen waren und sie erwähnt hatte, dass die Trauung in der Kathedrale des Heiligen Kreuzes stattfinden sollte.

»Wie du vorhin klar gemacht hast, Vater, wird es für Rafaels Familie ein Schock sein, wenn sie erfährt, dass er plötzlich eine Yankee heiraten will. Dass die Trauung in ihrer Konfession vollzogen wird, ist das Mindeste, was ich tun kann. Ehrlich, du klingst so bigott wie dieser Pöbel, der im vergangenen Jahr das Ursulinen-Kloster niedergebrannt hat. Das Ritual der Katholiken unterscheidet sich nicht so sehr von unserem eigenen, die Messe wird nur auf Latein gesungen statt auf Englisch.«

Du scheinst außerordentlich bereit zu sein, all deine Prinzipien über Bord zu werfen, nur um deinen Franzosen zu heiraten«, blaffte er, peinlicher berührt, weil sie ihn der Bigotterie beschuldigt hatte, als er sich eingestehen wollte.

»Er ist kein Franzose, er ist ein Kreole.« Ein leichtes Lächeln spielte um ihre Lippen, als sie an Rafaels Küsse dachte.

Schließlich fragte Adam: »Deborah, du hast dich doch nicht tatsächlich in diesen Schuft verliebt, oder?«

Sie errötete bis zu den Haarwurzeln. Nach einem schnellen Schluck Kaffee räusperte sie sich nervös und sah ihm in die Augen. »Ja, ich befürchte, ich liebe ihn. Ist das so peinlich offenkundig?«

Adam wurde weicher. »Ich dachte, vielleicht wärst du nur bereit, dies auf dich zu nehmen, um deinen guten Ruf zu retten, um öffentlicher Missbilligung zu entgehen …« Seine Stimme verlor sich. Er ging zu ihr und legte einen Arm um sie. »Hat er dir gesagt, dass er dich liebt?« Er spürte, wie sich ihre Schultern anspannten, und bereute die Frage sofort.

»Er will mich heiraten. Das wird im Augenblick reichen müssen«, erwiderte sie. Er begehrte sie, dessen war sie sicher, doch so etwas konnte sie nie ihrem Vater bekennen!

Lydia war nicht so leicht abzuspeisen. Als Deborah sie am nächsten Nachmittag besuchte, um sie zu bitten, an der privaten Zeremonie in einer Woche teilzunehmen, geriet ihre Freundin in romantische Aufregung und setzte ihr mit endlosen Fragen über »den tollen Franzosen« zu, wie sie Rafael zu nennen pflegte. Sie versuchte ebenfalls, Deborah jedes Detail des Aufenthalts in der verlassenen Hütte zu entlocken.

»Obwohl ich Allisons blöden Klatsch hasse, finde ich es wundervoll, dass er euch beide zur Vernunft gebracht hat.« Lydia warf einen forschenden Blick zu ihrer Freundin. »Deborah, verrate mir, streng vertraulich natürlich, hast du … hat Rafael tatsächlich – nun, du weißt schon. Ich sterbe vor Neugier zu hören, wie es wirklich war. Mama hat mir die schrecklichsten Dinge erzählt.«

Deborah war schockiert über Lydias Unverfrorenheit, aber sie konnte ihrer Freundin wegen ihrer harmlosen Neugier nicht böse sein. »Ich sage dir nur, glaub nicht die Hälfte dessen, was dir deine Mutter erzählt hat, Lydia. Lass es dabei bewenden.« Seufzend erkannte Lydia, dass ihre Freundin keine intimen Einzelheiten preisgeben würde. Sie wechselte das Thema. »Jedenfalls kannst du mir etwas über eure Hochzeit erzählen. Oh, ich finde das schrecklich romantisch!«

Deborah pflichtete ihr bei. Sie hatte Lydia den schönen Verlobungsring gezeigt, den Rafael ihr geschenkt hatte. Es war ein Familienerbstück, eines der Stücke aus dem Nachlass seiner Tante. Ein großer, tiefblauer Stein, umgeben von Diamanten und in goldener Filigranarbeit eingefasst. Bei Lydias entzücktem und bewunderndem Aufschrei hatte Deborah erklärt, dass es nur ein Teil des traditionellen Hochzeitskorbes war, den Rafael ihr an diesem Morgen gebracht hatte.

Nach alter kreolischer Sitte brachte der Bräutigam seiner Verlobten ein paar Tage vor der Hochzeit zum Zeichen seiner Liebe einen Korb voller Geschenke. Sie waren höchst persönlicher Natur, einschließlich teurer Juwelen und Schmucksachen.

Deborah errötete, als sie die schönen Dinge in ihrem Hochzeitskorb beschrieb. Sie erwähnte nicht, wie Rafael sie ihr überreicht hatte. Er hatte ihr den Ring auf den Finger gestreift, während er eine glühende Spur von ihrer Hand bis zu ihrem Hals geküsst hatte, wo er die dazu passende Halskette angelegt hatte. »Nun, außer dem Ring gibt es einige andere erlesene antike Schmuckstücke, aus chinesischem Jade, Rubin, Amethyst und Perlen. Außerdem einen weißen Kaschmirschal, kostbare elfenbeinfarbene Spitze, einen Seidenfächer und ... ein paar andere Dinge.«

Lydia zwinkerte ihr viel sagend zu. »Welche anderen Dinge

zum Beispiel? Wage es nicht, das vor mir geheim zu halten, Deborah Faith Manchester!«

»Nun, ein Nachthemd. Es ist lavendelfarben und aus dünner, fast durchsichtiger Seide«, bekannte sie.

»Lavendelfarben, das passt zu deinen Augen«, meinte Lydia. Und dann wurden ihre eigenen blauen Augen feucht. »Oh, ich werde dich so sehr vermissen, wenn du fortgehst, Deborah!«

»Du wirst mir auch fehlen, Lydia. Du musst mich unbedingt in New Orleans besuchen.«

Lydia umarmte sie impulsiv und kicherte. »Das würde ich liebend gern, ungefähr nach einem Jahr. Ich nehme an, dass du zumindest so lange schrecklich beschäftigt sein wirst. Bestimmt wird Rafael dir keine Zeit lassen, an mich zu denken!«

Deborah stieg das Blut in die Wangen, als sie in das Lachen ihrer Freundin einstimmte.

Wenn Deborah aufgeregt wegen ihrer bevorstehenden Hochzeit war und Adam ihr ablehnend gegenüberstand, so hatte Rafael zwiespältige Gefühle. Nach einer langen und schmerzlichen Nacht des Grübelns und Trinkens hatte er aus einem Ehrgefühl heraus gehandelt. Schließlich war er für Deborahs missliche Lage verantwortlich, und so musste er ihr die Ehe anbieten. Er hatte eine sorgfältig verfasste Version ihres Freiens an seine Familie geschrieben und sich dabei wie ein zum Tode verdammter Mann gefühlt, der sein Testament aufsetzt. Eine Ehe war so endgültig, dass der Gedanke daran seine zweiundzwanzigjährige Seele schaudern ließ.

Dann, als Deborah in Adams Arbeitszimmer gerufen worden war, hatte er die Feindseligkeit vergessen, die von dem alten Mann ausging, die peinliche gesellschaftliche Situation und selbst die Tatsache, dass sich Deborah vor zwei Tagen im Zorn von ihm getrennt hatte. Da hatte sie so frisch und unschuldig vor ihm gestanden, ganz lavendelblau und silberblond. Er begehrte sie sogar noch mehr im hellen Licht des Morgens, als es im schwachen Feuerschein des Kamins der Fall gewesen war. Als sie das Kinn vorgereckt und sowohl ihm als auch ihrem Vater getrotzt hatte, war er erstaunt über seine Reaktion darauf gewesen. Ihr Kampfgeist beeindruckte ihn, gefiel ihm mehr, als wäre sie ein schüchternes, fügsames Mädchen gewesen, begierig darauf, seinen Antrag anzunehmen, um das Gesicht zu wahren. Er ertappte sich dabei, jede spöttische, scherzhafte Taktik anzuwenden, die er während der vergangenen Wochen bei ihren verbalen geistigen Schlachten benutzt hatte. Zu seiner Verwunderung stellte er fest, dass er sich mit einem Nein als Antwort nicht zufrieden geben würde.

Als sie schließlich seinen Antrag angenommen hatte, war seine Leidenschaft so groß geworden, dass er eiserne Willenskraft aufwenden musste, um nicht zu beenden, was sie in der verlassenen Hütte angefangen hatten. Sie die Fleischeslust zu lehren, würde unglaublich köstlich sein.

Der Tag der Trauung dämmerte grau und wolkig, und bei der Fahrt zur Kirche regnete es, doch Deborahs Stimmung war gut. Trotz des schlechten Wetters fühlte sie sich schwindelig und überschwänglich. Nur Adams resignierte und verschlossene Art verdarb ihr die Freude.

Als sie die alte Kirche in der Franklin Street betraten, war sie von flackerndem Kerzenschein erfüllt. Der reich verzierte Altar und die Kreuzwegstationen waren fremd und abstoßend für Adam Manchesters Augen. Bevor er Deborah über den Mittelgang begleitete, ergriff er ihren Arm und flüsterte: »Es ist noch nicht zu spät, um es dir anders zu überlegen, Tochter.« Ihr erster Impuls war, wütend auf ihn zu sein, weil er ihr den Tag verdarb, doch als sie in seine Augen blickte, sah sie darin nur den Kummer über die Art, wie sie ihn verlassen musste. »Ich weiß, was ich tue, Vater. Es ist das Beste. Du wirst es erleben.«

Die Trauung war schlicht, wegen der Eile und auch, weil es die Umstände erforderten. Natürlich konnten keine Familienangehörigen von Rafael daran teilnehmen. Deborah hatte nur Lydia und Adam dabei. Sie trug ein schlichtes Tageskleid aus weißer Seide, das nur mit Staubperlen am Oberteil und den Ärmeln verziert war. Ein Spitzenschleier bedeckte ihr platinblondes Haar. Als sie über den Mittelgang zum Altar blickte, sah sie, dass sich Rafaels Gesicht bei ihrem Anblick erhellte. Ihr Bräutigam, mit schneeweißem, steifem Kragen, roter Brokatweste und leichtem, grauem Wollanzug, sah prächtig aus. Die elegante Kleidung betonte seinen dunklen Teint und sein blendendes Aussehen.

Father Jean führte die Zeremonie schlicht und so kurz aus, wie es der Bräutigam erbeten hatte, und nahm auf die Empfindlichkeiten seines neuen Schwiegervaters Rücksicht. Als Rafael den kostbaren goldenen Ehering auf den Finger seiner Braut schob und in ihre großen, lavendelfarbenen Augen sah, war er sonderbar berührt, denn er erkannte, dass sie seine Gefühle teilte. Auch sie war bewegt und drückte ihre kleinen, kühlen Hände fest in seine großen, warmen.

Nach der Trauung kehrten sie zu einer leichten Mahlzeit in Adam Manchesters Haus zurück, doch weder Braut noch Bräutigam merkten, was sie aßen. Adams verschlossenes Verhalten und Lydias Geplapper nahmen sie ebenso wenig wahr. Als sie schließlich den Kai erreichten, wo ihr Schiff wartete, waren Monsieur und Madame Flamenco einfach nur erleichtert, sich verabschieden zu können.

Während Deborah und Lydia sich umarmten und letzte vertrauliche Worte von Freundin zu Freundin austauschten, schüttelte Rafael Adams Hand. »Ich werde gut für sie sorgen, Sir«, erklärte er ernst und versuchte, das wie aus Granit gemeißelte Gesicht seines Schwiegervaters zu ignorieren und seine Zweifel zu mildern.

»Das hoffe ich«, lautete die knappe Antwort.

Kapitel 5

Als sie an Deck standen und die Segelschiffe betrachteten, die im Bostoner Hafen ankerten, schlang Rafael Deborahs weißen Kaschmirschal fester um ihre Schultern, um sie vor der Kälte zu schützen. Die *Blue Lightning*, der Luxusdampfer, der sie nach New Orleans bringen würde, stach in See, und in der frischen Aprilbrise hatten sich ein paar Strähnen von Deborahs Haar gelöst. Rafael fing eine seidene Locke und fuhr mit den Lippen darüber hinweg, und dann küsste er Deborahs Hals. Als er spürte, dass sie im kalten Wind fröstelte, lachte er leise und murmelte: »Dir wird unten in unserer Kabine viel wärmer sein, *chérie.*«

Deborah nickte stumm und ließ sich von ihm zu der Kabine führen. Sie war geräumig und luxuriös eingerichtet, das Beste, was sie so kurzfristig hatten reservieren können. Wie Rafael es bestellt hatte, waren aus der Kombüse eine Flasche gekühlter Champagner, eine Auswahl feiner englischer Käsesorten und frisches karibisches Obst geschickt worden.

Deborah wanderte durch die Kabine, blickte aus den Bullaugen, fuhr mit den Fingerspitzen über den Eichentisch, die Stühle und den Kleiderschrank, wobei sie es die ganze Zeit vermied, zum größten Möbelstück in der Kabine zu blicken – dem breiten Doppelbett mit seiner pflaumenfarbenen Samtdecke und den flauschigen Kissen. Sie streifte den Schal ab, faltete ihn und legte ihn auf eine Truhe in der Ecke.

Rafael öffnete die Champagnerflasche und schenkte in zwei Gläser ein. »Dies sollte deine Nerven beruhigen. Es soll auch verhindern, dass du seekrank wirst, *amante.*« Er reichte ihr ein Glas, und sie nahm es mit einem unsicheren Lächeln.

»Ich bezweifle, dass es gegen Seekrankheit hilft. Wenn der

Atlantik rau ist, werde ich mich wahrscheinlich blamieren.« Sie drehte nervös den Stiel des Champagnerglases in ihren Händen.

Er stieß mit ihr an, und die Kristallgläser klangen hell. »Trink aus und mal den Teufel nicht an die Wand«, meinte er lächelnd. Er trank selbst, und dann lachte er, als sie das Gesicht verzog, weil die Schaumperlen sie an der Nase kitzelten. Sie trank das Glas leer, und er füllte es von neuem.

»Ich habe den Steward gebeten, uns ein sehr spätes Abendessen zu bringen. Dies sollte für jetzt reichen.« Er setzte sie an den Eichentisch. Eine einzelne dicke Kerze warf ihren sanften Lichtschein über die exotischen Früchte und den Käse.

Sie nippte am Champagner und aß ein paar kleine Bissen von einer Orangen- und einer Papayascheibe. »Ich habe wirklich keinen Appetit, Rafael«, murmelte sie.

»Gut.« Er sagte es weich und nahm ihr halb volles Glas. »Dann zu den wichtigeren Dingen. Komm her, Silberschatz.« Er zog sie sanft vom Stuhl in seine Arme. »Da du keine Zofe hast, werde ich dir bei den Knöpfen helfen, die du nicht erreichen kannst. Dann lasse ich dir Privatsphäre, um dich vorzubereiten – diesmal.« Er küsste ihren Hals. Danach drehte er sie in seinen Armen und tupfte zärtliche Küsse auf ihren Nacken, während er die lange Reihe der Perlenknöpfe aufknöpfte.

Als sie spürte, dass ihr Kleid am Rücken aufgeknöpft war, wollte sie sich von ihm lösen, doch er hielt sie mit einem Arm fest und begann die Nadeln aus ihrem Haar zu ziehen und die schimmernde platinblonde Fülle zu befreien. Er fasste hinein und schmiegte sein Gesicht in die nach Lavendel duftende Pracht. »Das habe ich seit dem ersten Tag, an dem ich dich gesehen habe, tun wollen«, hauchte er.

Deborah drehte sich um und schlang die Arme um seinen Nacken. Sie fühlte sich bei seiner zärtlichen Behandlung erwärmt und entspannt. Lächelnd hob sie das Gesicht zu ihm, die Lippen halb geöffnet, und er küsste sie, eroberte ihren Mund mit der Zunge und presste sie an sich. Bei seiner plötzlichen Leidenschaft verspürte sie eine Spur von Panik, doch bevor sie reagieren konnte, gab er sie frei und nahm ihre Hände von seinen Schultern, um sanft die Handflächen zu küssen.

»Beeil dich beim Umziehen. Ich muss dich jetzt verlassen, oder ich werde mich nicht in der Öffentlichkeit zeigen können, *mon cœur«,* sagte er lächelnd und blickte schamlos auf die verräterische Wölbung seiner engen grauen Hose. Ihr stieg das Blut in die Wangen, und sie wagte nicht, seinem Blick zu folgen.

Als er die Kabine verlassen hatte, entkleidete sich Deborah, und ihre Nervosität wuchs. An jenem Tag im Gewitter war ihre Leidenschaft ganz spontan und natürlich gewesen. Aber jetzt, als sie ihren seidenen Morgenrock anzog und darauf wartete, dass Rafael die Ehe vollzog, kam ihr alles so ... im Voraus geplant vor.

»Ich bin nur unsicher, ob ich ihm gefallen werde«, flüsterte sie vor sich hin und rief sich in Erinnerung, dass es ihm immer gelungen war, seine Leidenschaft zu zügeln und sich zurückzuhalten, wenn er es für richtig gehalten hatte. »Wenn ich nur wüsste, was ich zu erwarten habe, wie ich darauf reagieren soll ...« Ihre Stimme verlor sich. Deborah war nie genau gesagt worden, was sich zwischen Mann und Frau abspielte. Keinem wohl erzogenen jungen Mädchen war eine umfassende Aufklärung zuteil geworden, aber die meisten hatten Mütter, ältere Schwestern oder weibliche Verwandte, die sie mit freundlichem Rat, wenn auch beschönigend oder irreführend formuliert, unterstützten. Deborah hatte keine Frau in ihrer Nähe, die ihr riet, und selbst unter günstigeren Umständen wäre Adam nicht bereit gewesen, über ein solch heikles Thema mit seiner Tochter zu sprechen. Dennoch hatte sie eine vage Vorstellung, was letztendlich passieren musste. Sie war nie ganz sicher gewesen, ob es ihr gefallen würde, aber praktisch, wie sie war, sagte sie sich, dass die meisten Frauen heirateten und Kinder bekamen. Also war es einfach etwas, das sie tun musste.

Sie rief sich in Erinnerung, welch gutes Gefühl es jedes Mal gewesen war, Rafaels Lippen und Hände auf sich zu spüren, wie sicher und beschützt sie sich von seinem starken Körper gefühlt hatte, und sie gab sich einen inneren Ruck. Bald würde er zurückkehren und erwarten, dass eine Frau auf ihn wartete, kein ängstliches Dummerchen. Sie bürstete ihr Haar. Schließlich legte sie die Bürste ab und betrachtete sich im Spiegel. *Zu groß, nicht genug Busen oder Reiz im Schwung der Hüfte*, überlegte sie kritisch.

Rafael zündete sich eine Zigarette an, warf sie dann ungeduldig über die Reling und ging ein paar Minuten lang unruhig auf und ab. Wiederholt schaute er auf seine goldene Taschenuhr, bis er fand, dass er Deborah genügend Zeit gegeben hatte. Jede weitere Zeit allein würde die Nerven der Braut nur noch mehr strapazieren. Und er war so überreizt vor sexueller Spannung, dass er vielleicht die Kontrolle verlor und sie erschreckte.

Als er die Kabinentür öffnete, hatte Deborah sein leises Anklopfen nicht gehört. Sie stand in einem hauchdünnen Nachthemd vor dem Spiegel. Er konnte die Konturen ihres Körpers und die aufgerichteten rosigen Brustspitzen durch die dünne Seide schimmern sehen. Der silberblonde Vorhang ihrer Haare verhüllte das meiste ihres Rückens, doch er stellte ihn sich ebenso nackt vor wie den festen Po.

Als sie nach dem weniger durchsichtigen Seidennegligee griff, das zum Nachthemd passte, bat er leise: »Nicht.«

Sie hörte die geflüsterte Anweisung, fuhr überrascht herum und ließ das Negligee fallen. »Ich habe dich nicht eintreten gehört«, gestand sie verlegen, als er die Kabinentür verriegelte und langsam auf sie zuging.

Rafael nahm sie in seine Arme und hob sie dann mühelos darauf. Während er sie zum Bett trug, küsste er ihre Stirn, die Schläfen und die flatternden Lider. Dann ließ er sie langsam an seinem Körper herabrutschen und hielt sie immer noch an sich, als er mit einer Hand die samtene Bettdecke zurückzog. »Leg dich hin und warte auf mich«, verlangte er.

Deborah legte sich schnell unter die Decke und zog sie schamhaft bis zum Kinn hoch. Sie schob sich in die Mitte des großen Bettes und beobachtete, wie er alle Lampen löschte und nur noch der schwache, goldene Schein der einzelnen Kerze auf dem Tisch zu sehen war. Dann begann er, sich auszuziehen, zuerst sein Jackett und die Weste, dann die Schuhe und die Strümpfe. Als er sein Hemd aufknöpfte und ein dunkler Streifen Brusthaare sichtbar wurde, erinnerte sich Deborah, wie schön es gewesen war, durch die dichten schwarzen Härchen zu streicheln. Sein Seidenhemd flatterte zu Boden, und dann griff er zum Hosenbund. Mit großen Augen beobachtete sie das Spiel seiner Schulter- und Brustmuskeln, als er seinen Hosenschlitz aufzuknöpfen begann. Plötzlich dämmerte ihr, was er tat – was *sie* tat!

Als hätte er ihre Gedanken erraten, blickte er auf. Lachfalten waren an seinen Augenwinkeln und um seine Lippen zu sehen, als er sagte: »Sieh jetzt nicht weg, *chérie.* Ich komme gerade zum guten Teil.«

Er bemerkte, wie sie errötete, als sie ihre Augen schloss und unter die Laken zurücksank. Mit einem leisen Lachen streifte er schnell seine letzten Kleidungsstücke ab, schritt zum Bett und zog die Bettdecke mit einem schnellen Ruck zurück.

»Du hast mich beobachtet. Jetzt will ich *dich* sehen, meine schöne Frau«, meinte er leise und kniete sich neben ihr aufs Bett. Er drehte ihr abgewandtes Gesicht zu sich. »Du bist unglaublich schön.« Seine Hände glitten an ihrem Hals hinab. Er berührte kurz die Spitze einer ihrer Brüste und streichelte dann hinab zu ihrem Nabel und über ihre Oberschenkel. Sie spürte Rafaels starke, warme Hand dann hinab bis zu ihren Knöcheln streicheln, dann wieder an ihrem Bein hinauf, diesmal an der Innenseite.

Deborah schloss unter der leichten Berührung die Augen und glaubte, dahinzuschweben wie ein Blatt in einer warmen Sommerbrise, beruhigt von seinen bewundernden Worten und seiner Zärtlichkeit. Doch als seine Hand zwischen ihre Beine glitt und die empfindliche Haut ihres Oberschenkels zu streicheln begann, riss sie die Augen auf. Wortlos hielt er inne, spürte ihre Ängste, erkannte, dass er langsamer vorgehen musste. Er legte sich lang ausgestreckt neben sie. »Ich werde dir nicht wehtun, *chérie*. Entspann dich nur und leg die Arme um mich.«

Deborah tat sofort, was er verlangte, klammerte sich an ihn wie eine Ertrinkende. Sie wollte ihm gefallen, wünschte sich, noch einmal den Rausch zu erleben, dem sie an jenem Tag im Gewitter verfallen war. Als er begann, an ihrem Rücken hinauf- und hinunterzustreicheln und ihr Gesicht und den Hals zu küssen, erwiderte sie seine Liebkosungen und staunte über die Unterschiede ihrer Haut. Seine fühlte sich hart an und war dunkel, mit winzigen schwarzen Härchen auf den Unterarmen, der Brust und tiefer, wo ein stetiger stechender Druck ihr seine Erregung verriet. Doch er hielt sich noch zurück, denn er wusste instinktiv, dass sie Zeit brauchte, um all diese neuen Empfindungen aufzunehmen.

Rafael spürte, dass sie allmählich stärker reagierte, als sie ihn berührte und küsste, kostete und erkundete, in ungeübter, natürlicher Neugier. Er senkte sich auf sie und nahm mit den Lippen ihren Mund gefangen. Sie öffnete jetzt begierig die Lippen, um seine Zunge aufzunehmen. Langsam leitete er sie an, zeigte ihr, wie sie ihn mit den Lippen und der Zunge erregen konnte, wenn sie sich küssten.

Als sie atemlos von dieser Lektion war, beendete er den Kuss, neigte den Kopf zu ihrem Schlüsselbein und fuhr mit der Zungenspitze darüber, während er das Band ihres Nachthemds löste und es hochstreifte. Sie schnappte nach Luft, als seine Fingerspitzen um eine ihrer Brüste kreisten, dann um die andere. Er spürte, wie sie sich ihm entgegenwölbte und die Brustspitzen unter seiner Berührung hart wurden. Und dann nahm er eine in den Mund. Das heiße, feuchte Gefühl, als seine Zunge die empfindliche Brustwarze umschmeichelte und daran saugte, nahm ihr den Rest ihrer Hemmungen. Deborah stöhnte leise und wollüstig auf.

Sie war jetzt atemlos, erregt, erfüllt von neuen Gefühlen. Er streichelte und küsste ihren Leib hinab und streifte das hauchdünne Nachthemd ab. Dann stemmte er sich hoch und bewunderte den Anblick ihres alabasterfarbenen Körpers. Als er sie zu sich hochzog und küsste, reagierte sie mit einem Aufstöhnen, fasste in sein Haar und zog ihn mit sich auf die Kissen zurück.

Während sie sich küssten, glitt seine Hand langsam hinab bis zwischen ihre Beine und begann sanft, das heiße Zentrum ihrer Lust zu streicheln. Sie öffnete sich ihm, wölbte sich unbewusst seinen geschickten Fingern entgegen. Als er ihre feuchte, begierige Reaktion spürte, zog er seine Hand zurück.

Deborah war von heißen Wogen der Wonne entflammt. Sie reagierte schamlos. Als er dann plötzlich seine Hand zurückzog, protestierte sie leise, doch bevor sie mehr tun konnte, packte er ihr Handgelenk und zog ihre Hand zu sich.

»Und jetzt berühr mich«, raunte er, während er darum kämpfte, sich unter Kontrolle zu halten. Er legte ihre Hand um seinen Penis und leitete sie an, wie sie ihn streicheln sollte, doch nur ein paarmal, denn er befürchtete, in der Ekstase die Kontrolle über sich zu verlieren. Während er sich eisern beherrschte, führte er ihre Hand, die immer noch sein pulsierendes Glied umschloss, bis er es direkt zwischen ihre Beine presste.

Langsam kreiste er mit der Spitze an ihrem feuchten, rosigen Fleisch, das jetzt heiß und begierig darauf war, ihn zu empfangen. Sie stöhnte und rief seinen Namen wie ein Flehen. Dann zog er ihre Hand fort und drang in sie ein, sanft, bis er die Barriere ihres Jungfernhäutchens spürte. Er hielt inne, um sie auf den Mund zu küssen und eine Entschuldigung zu murmeln, und dann vollendete er das Eindringen schnell und tief.

Debora spürte einen plötzlichen, unerwarteten Schmerz, doch er war schnell vorüber und ebenso schnell vergessen. Sie passte sich Rafaels langsamem, stetigem Rhythmus an, bis sie jedes Zeitgefühl verlor. Sie wusste, dass etwas Wunderbares mit ihnen beiden geschah, doch seine Reaktionen wurden heftiger, schneller. Sie spürte, wie er erzitterte und sich anspannte. Dann stieß er noch ein paarmal fest und tief in sie und sank um Atem ringend auf ihr zusammen. Wogen der Lust erfüllten sie, paradoxerweise gemischt mit Verlangen. Sie spürte, dass sich ihre Hüfte immer noch bewegte und anspannte, als er sich langsam aus ihr zurückzog.

Er flüsterte Liebesworte auf Französisch, bis ihre Bewegungen aufhörten, und zog sie fest neben sich. »Es tut mir Leid, *mon amour*. Weißt du, ich habe dich so lange begehrt, da konnte ich nicht warten, noch nicht.« Er streichelte zärtlich ihren erhitzten Körper, bis sie sich an ihm zu entspannen begann. Schließlich schlief sie ein.

Er betrachtete ihr Gesicht, so schön und unschuldig im Schlaf. Allmächtiger, welch leidenschaftliche Frau! Er konnte ihr Verlangen spüren und wünschte sich sehnlich, es zu erfüllen, ihr all seine Liebe, Körper und Seele zu geben. *Ich liebe sie!* Bei diesem Gedanken lag er plötzlich sehr still, alarmiert von der Erkenntnis, dass er für immer an diese schlanke Yankee gebunden sein würde, die jetzt so sicher an seiner Seite schlief. Er küsste sie sanft auf die Lippen und zog die Decke über sie. Kurz darauf schlief er selbst ein.

Deborah erwachte nach ein paar Stunden, immer noch aufgeregt nach all den neuen Erfahrungen, die der Abend gebracht hatte. Sie spürte die Wärme ihres Ehemannes, dessen harter Körper in voller Länge gegen ihren drückte. Einen Arm hatte er besitzergreifend um ihre Taille gelegt, und ein Bein um ihres geschlungen. Er lag auf dem Bauch, das Gesicht ihr zugewandt. Sie betrachtete die markanten, jetzt entspannten Züge. Die beunruhigenden schwarzen Augen waren geschlossen. Er wirkte wie irgendein Grande auf einem Goya-Gemälde. Sein Gesicht war klassisch perfekt, sogar männlich schön. Ihr Blick schweifte über die gewölbten Brauen, die dichten Wimpern und hohen Wangenknochen. Sein Mund war breit, das Kinn ausgeprägt. Sie konnte den Beginn eines Bartschattens sehen. Er musste sich bestimmt oft rasieren. Sie stellte sich vor, wie es sein würde, ihm dabei zuzuschauen, und sie strich leicht mit der Fingerspitze über seine Wange.

Plötzlich spannte sich sein Arm, und er zog sie näher an sich. »Madame Flamenco ist nicht mehr schläfrig, wie?« Es klang wie ein weiches, viel sagendes Flüstern, und dann küsste er sie sinnlich, als sie sich gegen ihn schmiegte. Sie rollten über das Bett, bis er flach auf dem Rücken und sie auf ihm lag.

»Wie süße, reife Melonen«, murmelte er auf Französisch und knetete langsam ihre Pobacken. Während seine geschickten Finger damit beschäftigt waren, ihre Wirbelsäule hinauf und hinab zu streicheln, eine ihrer Brüste zu reizen und ihren Rücken zu liebkosen, küsste er sie mit zunehmender Wildheit auf den Mund. Wenn sie zuvor solch ungestüme Angriffe erschreckt hatten, erwiderte Deborah sie jetzt ebenso leidenschaftlich.

Rafael küsste sie weiterhin verzehrend und spürte ihre Erregung, während sie sich auf dem Bett wälzten. Schließlich streichelte er sie zwischen den Beinen, bis sie entflammte und von wildem Verlangen erfüllt war.

Als er sich über ihr aufstemmte und ihre Beine spreizte, öffnete sie sich ihm begierig, wölbte sich seinem schnellen Eindringen entgegen. Diesmal war kein Vorspiel nötig. Als wüsste ihr Körper ein Geheimnis, das ihr Verstand nicht erfasste, spürte Deborah bei jedem seiner wunderbaren Stöße, dass ihre Anspannung größer wurde. Er umfasste ihre Hüfte, um ihre heftigen Bewegungen zu verlangsamen und die ekstatische Qual auszudehnen, bis er spürte, dass ihr Höhepunkt nahte. Ihre Augen, einen Moment zuvor geschlossen, schlug sie plötzlich auf, grub die Fingernägel in seinen Rücken und stieß einen überraschten Laut aus.

»Das ist es, *ma petite,* lass es einfach geschehen«, sagte er atemlos und spürte, wie ihr Körper in einem langen Orgasmus erbebte. Als er sich nicht länger zurückhalten konnte, folgte er ihr auf den Gipfel der Lust, verströmte seinen Samen tief in sie und sank dann auf ihr zusammen.

Sie lagen still, nicht bereit, den Zauber ihrer Vereinigung zu stören. Schließlich stemmte er sich auf die Ellenbogen auf, damit sie leichter atmen konnte. Ihr erhitzter Körper war schweißbedeckt, und ihre violetten Augen waren von Staunen erfüllt, spiegelten die Liebe wider, die sie ihm sehnlich bekennen wollte.

Deborah blickte in seine schwarzen Augen, in denen diesmal nicht Belustigung oder Zorn funkelten, sondern eine Zärtlichkeit, die sie noch niemals darin gesehen hatte. »Ich liebe dich, Deborah«, bekannte er schlicht.

Sie küsste ihn sanft. »Und ich liebe dich, Rafael, mehr, als ich mir jemals vorgestellt habe, jemanden lieben zu können.«

Einen Moment sprach keiner von ihnen. Ihre Blicke und Körper sagten alles für sie. Dann brach ein hartes Klopfen an die Tür den Zauber. »Ich glaube, das ist unser Abendessen«, bemerkte sie.

Rafael rollte sich mit einem schnellen Kuss von ihr herunter, schnappte sich seine Hose, die neben dem Bett lag, und fragte grinsend: »Bist du hungrig?« Bevor sie etwas erwidern konnte, fügte er mit einem Zwinkern hinzu: »Du solltest es sein. Ich weiß, dass ich es bin.«

Deborah errötete stark, als Rafael die Tür gerade weit genug öffnete, um vom Steward das Tablett entgegenzunehmen, während sie unter der Bettdecke blieb. Rafael stellte die üppige Mahlzeit auf den Tisch, ging dann zum Kleiderschrank und fuhr mit den Fingerspitzen über die verschiedenen Morgenmäntel. Schließlich entdeckte er einen Morgenrock aus violettem Samt und nahm ihn heraus.

»Hier, dieser Morgenmantel wird wärmer als Seide sein. Behalte ihn, bis wir diese verfluchte Kälte des Nordatlantiks hinter uns haben.« Er hielt ihr den Morgenrock ausgebreitet hin, damit sie hineinschlüpfen konnte, und bemerkte ihre Scheu und ihr Zögern. »Du hast einen schönen Körper, dessen Anblick nur für meine Augen bestimmt ist, *chérie.* Komm.«

Sie stand vom Bett auf und schlüpfte in den Morgenrock, dankbar für dessen Wärme. Als er ihr hineinhalf, legte sie eine Hand auf seine, zog sie an ihre Lippen und küsste sie. »Du magst unser kaltes Neuengland nicht, wie?«

»Nein. Ich mag es nicht, aber ich mag einiges von eurem Essen.« Eine Mischung aus herrlichen Düften erfüllte die Kabine, als er das Leinentuch über dem Tablett anhob. Mir einer schwungvollen Verneigung forderte er sie auf, am Tisch Platz zu nehmen. Dann begann er, das Essen zu servieren.

Als sie in freundschaftlichem Schweigen aßen, stellte Deborah fest, dass sie tatsächlich hungrig war, und sie fragte sich flüchtig, ob man beim Sex stets so viel Energie verbrauchte, Madame Flamenco war zu verlegen, um danach zu fragen, und sie befürchtete, dass ihr Mann sie damit aufziehen würde. Sie entschied sich für ein Thema, das sie für sicherer hielt. »Wie lange wird es dauern, bis wir in New Orleans eintreffen?«

»Das hängt vom Wetter ab«, erklärte er, als er einen großen Hummer knackte. »Um diese Jahreszeit ein paar Wochen, nehme ich an. Wir haben richtige kreolische Flitterwochen vor uns.«

Als er ihre verwirrte Miene sah, gab er eine Erklärung. »Traditionell verbringt ein kreolisches Paar die ersten fünf Tage nach der Hochzeit in einem privaten Schlafzimmer im Haus seiner Eltern. Das Brautpaar wird völlig allein gelassen. Nicht einmal Diener stören. Sie stellen höchstens Tabletts mit Essen vor die Tür und bringen Badewasser.«

Deborah war einen Moment sprachlos, bevor es ihr dämmerte – sie waren praktisch in derselben Situation, allein auf hoher See, nur bedient vom Steward des Schiffs. Sie sah, dass es Rafael eine diebische Freude bereitete, sie aufzuziehen, und sie erwiderte: »Nun, dann habe ich ja einen guten Start, eine richtige kreolische Frau zu werden. Ich nehme an, die Sitte war nötig, um den Partnern in einer arrangierten Vernunftehe zu erlauben, endlich miteinander bekannt zu werden. Eine Art Aufholen der verlorenen Zeit.«

Er griff über den Tisch und nahm ihre Hand, um sie sinnlich auf die Handfläche zu küssen. »Oh, ich habe vor, mit dir sehr, sehr bekannt zu werden, bevor wir in New Orleans eintreffen.«

Unwillkürlich spürte Deborah, wie wieder Verlangen in ihr aufstieg. Um das Thema zu wechseln, bat sie: »Erzähl mir mehr über deine Familie. Ich muss noch so viel lernen.« *O verflixt! Da rede ich wieder wie eine alberne Gans!*

Rafael lachte leise über ihre unbeabsichtigte Zweideutigkeit, doch er antwortete ehrlich und offen. »Wie ich schon erwähnt habe, bin ich der einzige Erbe meines Vaters. Das bedeutet, dass ich eine große Verantwortung trage.«

»Hast du nicht gesagt, dass du eine Schwester hast?«

»Ja, Lenore, ein schönes Kind. Du wirst sie mögen. Sie hat

blaue Augen und Haare, die schimmern wie altes spanisches Gold. Sie kommt auf Mamas französische Vorfahren oder die kastilische Seite von Papas Familie.«

»Wird Sie nicht auch die Erbin ihres Vaters werden?«

Er lächelte. »Nein, nicht auf die Art, wie du die Erbin deines Vaters bist. Sie wird gut in eine anständige Kreolen-Familie einheiraten, und zum Zeitpunkt, an dem der Ehevertrag unterschrieben wird, erhält sie eine große Mitgift. Es ist seit Jahren beschlossene Sache, dass sie einen Cousin, Georges Beaurivage von Mamas Seite der Familie, heiraten wird. Aber ich habe keine Brüder, und so muss ich allein den Namen Flamenco fortführen.«

Deborah missfiel sein liebevoll gönnerhaftes Verhalten Lenore gegenüber, und die Rolle, die er ihr zuschrieb, gefiel ihr sogar noch weniger. »Und als deine Frau soll ich dir viele männliche Kinder für die nächste Generation der Flamencos zur Welt bringen.«

Er bemerkte ihren Tonfall. »Du willst doch Kinder, nicht wahr, Deborah?«

»Natürlich will ich welche, aber ich finde, dass Mädchen genauso willkommen sind wie Jungen, und ich möchte beides haben.« Sie zwang sich, in diese beunruhigenden schwarzen Augen zu sehen.

Sein Lächeln hätte arktisches Wüstenland geschmolzen. »Wir werden welche haben, *ma petite.* Du ahnst nicht, wie vernarrt wir in unsere Töchter sein werden. Lenore war stets der Liebling unseres Vaters. Aber Mädchen können nicht für den Fortbestand des Familiennamens sorgen und keine geschäftlichen Angelegenheiten regeln.«

Sie ignorierte die letzte Bemerkung. Es war ein wunder Punkt, denn sie hatte oft mit ihrem Vater gestritten, und sie hatte vergebens in seiner Bank arbeiten wollen. Anscheinend waren Adam und sein Schwiegersohn wenigstens in diesem

Punkt einer Meinung! »Ich nehme an, deine kreolischen Flitterwochen garantieren einen guten Start, um viele Erben zu produzieren.«

Er warf den Kopf zurück und stand lachend vom Tisch auf. »Ich habe nie genau darüber nachgedacht, meine praktische Frau aus Neuengland, aber du könntest gut Recht haben. Komm her und lass uns unsere kreolische Pflicht tun.« Sein Blick war jetzt glühend, und die Hände auf ihren Schultern waren warm und stark. Sie konnte ihm nichts abschlagen.

Ihre Flitterwochen an Bord des Schiffes waren zurückgezogen und abgeschieden wie bei einem kreolischen Brautpaar. Sogar noch mehr, denn sie befanden sich sozusagen auf neutralem Gebiet, weder im Haus ihrer Familie noch in dem seiner, sondern mitten auf dem Ozean. All ihre Mitreisenden waren Fremde, und so waren sie beide völlig auf ihre eigene Gesellschaft angewiesen. Es war ein wunderbares Idyll für Deborah, und sie fand die Einführung in die körperlichen Freuden der Ehe atemberaubend. Es gab so viel zu lernen, und Rafael war ein guter und geduldiger Lehrer, durch den sie ihre prüden Bostoner Hemmungen überwand und der sie davon überzeugte, dass sie wirklich schön und begehrenswert war. Deborah hatte ihr Aussehen stets für unkonventionell, wenn nicht gar völlig unattraktiv und reizlos gehalten. Dennoch gefiel sie offenkundig ihrem Mann, der sie ebenso während der skandalösen Stunden bei hellem Tageslicht als auch unter dem respektablen Schleier der Nacht liebte. Sie fand sich mehr und mehr in ein sinnliches Netz hineingezogen. Wenn er sie in die Arme nahm und mit süßer Hemmungslosigkeit küsste, vergaß sie all die Prinzipien und Ideale, die bisher ihr Leben geprägt hatten.

Weil Rafael mit vierzehn in die sexuellen Vergnügen eingeführt worden war, fand er an ihrem Liebesspiel nichts Neues.

Aber die Gefühle, die er für seine Frau empfand, waren beunruhigend anders als das, was er bei jeder anderen Frau empfunden hatte. Seine Erkenntnis, dass er sie liebte, war für ihn ein Schock gewesen, aber sogar noch unangenehmer war die Art, wie sie seine Gedanken ausfüllte. Es war köstlich, mit ihr witzige Bemerkungen auszutauschen, zu diskutieren und ihre schnelle Auffassungsgabe und Intelligenz zu genießen. Selbst wenn er ihre Ansichten verschroben, ja zum Teil hirnverbrannt fand, bewunderte er die logische Art und Weise, mit der Deborah sie verteidigte. Zum ersten Mal in seinem jungen Leben war er von der Persönlichkeit einer Frau fasziniert, nicht nur von ihrem Körper.

Er konnte sich äußerst glücklich preisen, besonders wenn man bedachte, dass die meisten kreolischen Männer weinerliche Jungfrauen heirateten, die kalt und steif in ihren Ehebetten lagen und nur ihre Pflicht taten. Seine eigenen Eltern führten eine solche Beziehung. Dennoch bereitete ihm seine starke gefühlsmäßige Verstrickung mit Deborah ausgesprochenes Unbehagen. Keine Frau sollte so viel Macht über sein Herz und seinen Verstand haben. Mit dem sorglosen Optimismus eines verwöhnten Jungen entschied sich Rafael einfach, die köstlichen Flitterwochen zu genießen und sich dem Problem, welchen Platz Deborah in seinem Leben einnehmen sollte, nach ihrer Ankunft in New Orleans zu stellen. Wenn er wieder in seiner eigenen Welt war, würde er seine Besessenheit aus einer anderen Perspektive und mit klarem Blick sehen.

Rafael freute sich auf ihre Ankunft in New Orleans, doch Deborah fürchtete sich immer mehr davor, je näher sie ans Ziel kamen. Sie hatte Angst davor, wie Rafaels Eltern auf eine Yankee reagierten. Um sie bei guter Laune zu halten, stimmte Rafael zu, ihre Unterhaltung ausschließlich auf Französisch zu führen. Dann bestürmte sie ihn mit Fragen, wie viel Kreolen es insgesamt in New Orleans gab. Es war eine Zahl in den Tausendern, die sie schwindelig machte.

»Ich werde mir nie all deine Verwandten merken können«, klagte sie eines Morgens, als er einen Streich aus der Jugendzeit erzählte, den er und einige seiner Cousins ihren weiblichen Gegenstücken gespielt hatten. »War Jean derselbe, mit dem du Fecht-Lektionen genommen hast?«

Rafael stellte seine Kaffeetasse ab. »Ja. Wir beide steckten oft in der Klemme. Er ist der älteste Sohn meines Onkels Francois, der älteste von sechs Jungen und drei Mädchen.«

Sie bemerkte flüchtiges Bedauern in seiner Miene. »Alle Nachkommen deines Vaters scheinen große Familien zu haben, und besonders Jungen.« Plötzlich erinnerte sie sich, dass Rafael der einzige Sohn seines Vaters war, und sie bereute ihre Worte.

Er zuckte jedoch nur die Schultern. »Ja, meine Eltern waren anscheinend nicht so gesegnet wie der Rest der Flamencos und Beaurivages. Wir werden einfach den Missstand in der nächsten Generation abstellen«, fügte er lächelnd hinzu.

Sie lächelte ebenfalls und sah vor ihrem geistigen Auge dunkle, pausbäckige Kindergesichter mit glühenden schwarzen Augen und schwarzen Locken. »Ich kann mir ein halbes Dutzend Ebenbilder von dir vorstellen. Gott helfe den Frauen dieser Welt«, sagte sie scherzhaft.

»Ah, Liebste, ich denke eher an winzige Töchter mit silbernem Haar. So zierlich wie Porzellanpüppchen«, erwiderte er. »Gott helfe den *Männern* dieser Welt.«

»Ich frage mich, wie unsere Kinder aussehen werden. Du sagest, deine Mutter hat kastanienbraunes Haar, und deine Schwester ist blond. Du musst auf den spanischen Zweig der Familie gekommen sein.« Sie bekannte errötend: »Ich habe mir zuerst vorgestellt, du seist eine Art romantische Gestalt aus der Vergangenheit, ein Konquistador, der auf einem Schimmel reitet.«

Rafael warf den Kopf zurück und lachte. »Nun, es stimmt, dass ich meinen spanischen Vorfahren ähnele. Großvater Flamenco pflegte uns von unseren illustren Vorfahren von Toledo zu erzählen. Unser Familienname und unser Wappen wurden einem Söldner verliehen, der mit dem Duke of Alva in den Religionskriegen des sechzehnten Jahrhunderts diente. Flamenco heißt auf Spanisch Fleming.

Deboras Augen weiteten sich, »Du meinst, dein Vorfahr diente mit Ferdinand Alvarez, dem ›Bloody Duke‹, bei seiner Schreckensherrschaft in Holland und Flandern?«

Er lächelte finster. »Ich überlasse es dir, jede Einzelheit der Geschichte zu wissen, sogar eine, die man am besten vergisst. Ich nehme an, Alva war ein unangenehmer Zeitgenosse, und mein Vorfahr war das vermutlich ebenfalls.«

Sie schniefte versöhnlich. »Nun, es ist von den Spaniern am besten vergessen, denn sie haben den Krieg verloren. Das ist ohnehin vor zweihundertfünfzig Jahren gewesen.«

Mit einem übertrieben lüsternen Grinsen erhob er sich vom Frühstückstisch. »Dennoch kann man nie wissen. Ich könnte auch auf einen blutrünstigen Frauenvergewaltiger kommen, auf einen noch schlimmeren als Alva.«

Sie lachte und schlang die Arme um seinen Nacken, glücklich, die Wirrungen der Vergangenheit vergessen zu können. Wenn sie einander oft genug liebten, würde nichts sonst zählen, nicht einmal tausende von Verwandten.

Kapitel 6

Sie würden in einer knappen Stunde anlegen. Rafael war an Deck gegangen, um mit dem Kapitän zu reden, und Deborah packte zu Ende. Sie nahm ein Satinkleid und begann, es zu falten. Dann entdeckte sie, dass der Streichriemen für Rafaels Rasiermesser darunter gelegen hatte. Er musste ihn vergessen haben, als er sich früher an diesem Morgen rasiert hatte. Sie nahm ihn und ging zu der kleinen Tasche, in der er seine Toilettenartikel aufbewahrte. Sie öffnete das Täschchen, legte den Streichriemen hinein und versuchte, es zu schließen. Es ging nicht. Verwundert öffnete Deborah die Tasche noch einmal und kramte in dem Inhalt. Ein längliches Samtetui ragte mit der Kante nach oben. Sie zog es heraus, und es sprang in ihrer Hand auf. Der Inhalt ergoss sich über sein Rasierzeug.

»Feine Schnitzereien«, murmelte sie vor sich hin. Es waren eine wunderschöne Halskette, Ohrringe und eine Kamm-Garnitur aus geschnitztem Elfenbein. Ein Geschenk für seine Mutter? Mit einem Schulterzucken legte sie die Schmuckstücke zurück in das Etui quer auf den Boden der Tasche. Dann sortierte sie alles andere so, dass sie sich wieder schließen ließ.

Flüchtig fragte sich Deborah, ob Rafaels kreolische Mutter solch ein einzigartiges Geschenk aus Neuengland schätzen würde. Oder, genauer gesagt, ob sie eine Schwiegertochter aus Neuengland schätzen würde. Kritisch musterte sie ihre Kleidung, einen schlichten, jedoch eleganten lilafarbenen Seidenrock und eine marineblaue Bluse. Deborah versicherte sich selbst, dass die Kleidung Rafaels Familie gefallen würde. Sie betete, dass *sie* ihr gefallen würde.

Mit einem Blick aus dem Bullauge zur Küste sah sie, wie sich die Landschaft veränderte, während sie vom Delta aus flussaufwärts fuhren. Die flache, sumpfige Küstenebene ging in beeindruckende Zypressenhaine über. Deborah sah Spanisches Moos an den Bäumen herabhängen. Der dichte Sumpfwald war fremd und unheimlich für die Augen einer Neuengländerin, doch als sie sich der Stadt näherten, wies Rafael sie auf Magnolien und Pekanbäume hin, exotisch und wirklich schön in diesem subtropischen Paradies. Das südliche Louisiana war bezaubernd. Deborahs Abenteuergeist und ihre natürliche Neugier wären geweckt worden, wenn sie nicht daran gedacht hätte, dass so viel auf dem Spiel stand. Als Rafaels Frau musste sie diesen fremden Landstich zu ihrer Heimat machen. Ihre schlimmste Furcht war, sich seiner Familie anpassen zu müssen. Die exotische Umgebung steigerte nur ihre Besorgnis und ihre Ängste.

Rafael betrat ihre Kabine, während Deborah aus dem Bullauge spähte. »Warum kommst du nicht an Deck und siehst dir alles in natura an?«

Aus ihrer Träumerei gerissen, schnappte Deborah nach Luft und wandte sich um. Bevor sie etwas sagen konnte, gab Rafael ihr einen schnellen Kuss, ergriff ihren Arm und führte sie an Deck, um ihr die Königin des Südens – New Orleans – zu zeigen.

Deborah konnte die sonderbaren neuen Geräusche hören und die fremden Düfte riechen, bevor sich das Panorama des Hafengebiets vor ihr entfaltete. Als sie die Treppe zum Hauptdeck hochstiegen, verschmolz das Geplapper von mindestens einem halben Dutzend Sprachen miteinander, einige erkennbar, andere nicht. Düfte von der ganzen Welt mischten sich mit dem vertrauten Salzwassergeruch von Häfen in aller Welt. Hitze hing in der feuchten Luft wie dampfende Kleidungsstücke auf einer Wäscheleine, und die Gerüche von orientalischen Gewürzen und westindischem Rum mischten sich mit denen überreifen Obstes. Es war Parfüm; es war Pestilenz. Wieder in seinem Element, atmete Rafael tief durch. Er trug einen leichten cremefarbenen Leinenanzug und ein dünnes Leinenhemd, Kleidungsstücke, die ihn in Bostons Kälte als Ausländer gekennzeichnet hatten. Jetzt war es Deborah, die unpassend gekleidet war. Sie spürte den Schweiß durch die Schichten ihrer Kleidung und in ihrem Nacken, wo ihr schweres Haar zu einem lockeren Knoten festgesteckt war. Sie hoffte, dass sie sich an die Hitze gewöhnen würde.

Als Rafael ihr beim letzten Schritt von der Gangway an Land half, drückte er ihre Hand und sagte: »Willkommen in New Orleans, Mrs. Flamenco.« Er beobachtete, wie sie den Blick ihrer großen, lavendelfarbenen Augen über die Betriebsamkeit der Kais schweifen ließ, die mit Tabakfässern aus dem oberen Louisiana, Containern mit Kohle aus Pittsburgh, Bergen von Pflastersteinen aus Liverpool und am auffallendsten von allem mit Baumwollballen und Fässern mit Zucker gefüllt waren.

Als Rafael sie durch das Chaos von Menschen und Geräuschen führte, folgte ihm Deborah wie ein verwirrtes Kind, halb angsterfüllt, halb fasziniert. Sie hörte verschiedene französische Dialekte und das ungehobelte Englisch der Bergbewohner, die als Kaintucks bekannt waren, und sie konnte ebenfalls Spanisch und Portugiesisch und sogar Griechisch und Italienisch in dem Sprachengewirr ausmachen.

Ein sonderbarer Mann mit Ohrringen und in Matrosenkleidung sprach mit seinem Gefährten in einer levantinischen Sprache, während beide mit offener Bewunderung auf Deborahs exotisches platinblondes Haar starrten. Ein runzliger alter Schwarzer, der einen Käfig mit einem farbenprächtig gefiederten Papagei trug, prallte fast mit zwei Nonnen zusammen, weil er ihr nachstarrte. Der Papagei zeterte in einer völlig unbekannten Sprache. Deborah klammerte sich an den Arm ihres Mannes, als der eine offene Kutsche heranwinkte.

Rafael hatte ihr bereits erklärt, dass seine Familie zwar

wusste, dass sie mit der *Blue Lightning* eintreffen würden, dass der Fahrplan jedoch wegen der Frühjahrsstürme durcheinander geraten und unregelmäßig war. Sie waren fast eine Woche zu früh eingetroffen, und niemand würde am Kai warten, um sie abzuholen.

»Es ist nicht weit von hier bis zu unserem Stadthaus«, erklärte Rafael, als ihr Droschkenkutscher langsam anfuhr.

Deborah sah, dass zwei statuenhafte Viertelnegerinnen, die graziös Körbe auf dem Kopf trugen, königlich den Redeschwall eines afrikanischen Verkäufers ignorierten. Der Anblick der Blumenstände verschlug ihr den Atem. Spanischer Jasmin, Veilchen und cremefarbene Magnolien wechselten sich mit blutroten Rosen ab.

Rafael beobachtete ihr kindhaftes Staunen, erfreut, welche Wirkung diese exotische Stadt auf seine Dame aus Boston hatte. »Das Haus meiner Eltern befindet sich nahe dem alten Platz. Die Gegend am Mississippi, die von der Canal, Rampart und Esplanade begrenzt wird, wurde zuerst von den Amerikanern ›das französische Viertel‹ genannt, doch nicht einmal die Kreolen benutzen diese Bezeichnung. Wir wohnen in der Royal Street. Die untere Hälfte des alten Viertels ist die eleganteste.«

Deborah blickte hinauf zu den Galerien mit ihren gitterartigen Eisengeländern. »Warum liegen all diese Wohnungen in den oberen Etagen und haben Kutscheinfahrten im Erdgeschoss?« Sie konnte durch schmale Toreinfahrten zentrale Innenhöfe sehen, die Zugang zu den Häusern gewährten.

»Das Meer versucht weiterhin, das Land zu beanspruchen, meine Liebe«, erwiderte er. »Weißt du, die ursprünglichen Erbauer unserer Stadt haben nicht bedacht, wie tief das Land hier ist – der Flusspegel ist höher als die Stadt, und das Abwasser muss ins Binnenland zum Lake Pontchartrain im Nordosten geleitet werden. Es gibt keine Keller in New Orleans.«

In diesem Augenblick weckte die laute, nasale Stimme eines Auktionators Deborahs Aufmerksamkeit. Sie fuhren durch die Chartres Street, wo vor einem langen, offenen Gebäude Schlangen von Leuten auf den Gehsteigen standen, die *banquettes* genannt wurden. In dem Gebäude, auf einer erhöhten Plattform, konnte Deborah eine lange Reihe Schwarzer sehen, verschiedene große Männer in Ketten, aber ebenfalls zahlreiche Frauen und Kinder. Eine junge Frau, offensichtlich schwanger, die ein kleines Kind an der Hand hielt, stand neben dem Auktionator. Als er ihre Tugenden pries, traten mehrere weiße Männer zur Plattform und begannen, sie eingehend zu mustern. Deborah kam in den Sinn, dass so ein Stallknecht ihres Vaters ein Pferd begutachtete.

Ihre Kutsche blieb in der Menge stecken, und ihr Fahrer fluchte mit irischem Akzent und versuchte, die Gespannpferde weiterzutreiben. Deborah nahm all das nicht wahr. Sie starrte auf das widerliche Spektakel der Auktion. »Verkauft man sie in *dieser* Verfassung?«, flüsterte sie.

Rafael bemerkte ihre plötzliche Blässe und erkannte, dass sie mit ihrer Empfindsamkeit des Nordens von der Kehrseite der »besonderen Institution« des Südens entsetzt war. Er fluchte lautlos in sich hinein. »Dies ist der Maspero-Tauschmarkt, Deborah. Es ist die größte und beste Sklavenversteigerung im Land. Jede Art Schwarzer wird hier verkauft, diese wilden von Afrika, erfahrene Kunsthandwerker und … ja, sogar schwangere Frauen. Das ist eine Tatsache des Lebens, befürchte ich.« Er tat das Thema mit einem Schulterzucken ab, als die Kutsche weiterfuhr und die beunruhigende Szene hinter sich ließ.

Rafael hoffte, dass die erfreulichen Anblicke der Stadt Deborah ablenken würden, doch sie verfolgte stur das Thema. »Aber … aber, er hat ihre Zähne untersucht und ihren Bauch betatscht, als wäre sie eine Stute, die bald ein Fohlen wirft.« Sie war entgeistert über ihre eigene Geschmacklosigkeit und weil sie über Dinge sprach, die keine Bostoner Dame jemals laut erwähnen sollte, doch sie war noch bestürzter über das, was sie soeben mit eigenen Augen gesehen hatte. »Was muss dieses Kind denken, wenn seine Mutter öffentlich so gedemütigt wird?«

»Das Kind ist ein Sklave, der Sohn eines Sklaven«, antwortete Rafael. »Es denkt überhaupt nicht.«

»Wie kannst du das wissen? Es ist ein menschliches Wesen. Rafael, gehst du zu diesen schrecklichen Auktionen, um Frauen und Kinder zu kaufen?« Deborahs Gesicht war nicht mehr bleich, sondern hatte jetzt einen rosigen Schimmer der Empörung angenommen.

»Nein, natürlich nicht. Für so etwas haben wir Angestellte. In den seltenen Fällen, in denen wir zusätzliche Leute brauchen, erledigt Kent Austin, unser Aufseher, die Käufe.«

»Wie viele Sklaven besitzt die Familie Flamenco?«, fragte Deborah zögernd.

Er zuckte unbekümmert die Schultern, denn er hatte niemals Gelegenheit gehabt, die genaue Zahl zusammenzurechnen. »In der Stadt ungefähr ein Dutzend, nehme ich an. In der Plantage vielleicht fünfhundert. Es ist eine der größten Zuckerplantagen in Louisiana.« Rafael lächelte und versuchte, das Thema zu wechseln. »Warte, bis du das Stadthaus siehst. Es wird dir bestimmt genauso gefallen wie das Landhaus am Lake Pontchartrain.«

»Es sind sicher viele Diener für zwei Häuser nötig«, bemerkte sie unsicher, wieder überwältigt vom Ausmaß seines Reichtums. Ihr Vater hatte ihr erzählt, dass die Flamencos eine der reichsten Familien des Südens waren. Obwohl die Manchesters zu Bostons Geldadel zählten, war ein solch auffallendes Zurschaustellen von Reichtum in ihrer Welt unbekannt.

In dem Versuch, sie zu besänftigen, sagte Rafael: »Deborah, ich weiß um dein Unbehagen bei dem Gedanken an Sklaverei, aber du musst bedenken, dass die Kreolen ihre Leute gut und bei Krankheit und im Alter viel besser behandeln als eure Fabrikbesitzer in Neuengland ihre bezahlten Arbeiter.«

»Das habe ich schon gehört«, entgegnete sie heftig. Sie hasste seinen herablassenden Tonfall. »Sag mir, wann hast du das letzte Mal gehört, dass ein Fabrikbesitzer eine Familie auseinander reißt, indem er ein Mitglied davon verkauft?«

Sein Gesicht verdunkelte sich. »Die Flamencos reißen keine Familie auseinander und verkaufen sie nicht, Deborah. Es gibt ohnehin keine gesetzliche Ehe unter den Schwarzen, und laut Gesetz darf kein Kind unter zehn Jahren von seiner Mutter getrennt werden.«

Ihre Augen weiteten sich. »Wie kommst du auf den Gedanken, dass es eine Mutter weniger schmerzt, ein elfjähriges Kind zu verlieren als ein zehnjähriges?«

Sein Schulterzucken war jetzt eine Spur unbehaglicher. »Darüber habe ich nie nachgedacht, Deborah, denn unsere Schwarzen sind seit Generationen bei uns. Ich bin nicht verantwortlich für den Missbrauch, der von amerikanischen Geschäftsleuten und Plantagenbesitzern begangen wird. Wenn du dich hier als meine Frau heimisch fühlen willst, dann musst du unsere Sitten akzeptieren.« Es war etwas Endgültiges an seinen letzten Worten, als sie vor einem eleganten dreigeschossigen Gebäude anhielten, das von zwei Galerien umgeben war.

Rafael bezahlte den Kutscher, gab dann Deborah einen beruhigenden Kuss auf die Wange und führte sie zur breiten, doppelflügeligen Haustür. Am Ende der langen, engen Eingangshalle befand sich eine große Wendeltreppe mit schmiedeeisernem Geländer, Zu einer Seite war jenseits der Treppenstufen der Innenhof teilweise zu sehen.

Als er mit ihr die Treppe hinaufging, blickte sie in den großen Innenhof, in dem ein Springbrunnen sprudelte. Das Wasser ergoss sich aus einem Krug, den eine engelhafte griechische Statue hielt. Palmen beschatteten die alten rostfarbenen Ziegel vor der bereits heißen Morgensonne. »Oh, es ist wunderschön, Rafael.«

Er achtete nicht auf die Schönheit ringsum, sondern führte Deborah zu einer großen Doppeltür in der Mitte der Galerie. Rafael öffnete einen der Flügel und rief: »Papa, Mama, der verlorene Sohn kehrt eine Woche zu früh mit seiner schönen Braut zurück!«

Ein großer, grauhaariger Schwarzer, tadellos gekleidet mit der schwarzen Livree eines Butlers, erschien nach Rafaels lauter Ankündigung. Als er den Sohn des Hauses sah, verzog sich sein runzliges Gesicht zu einem breiten Grinsen. »Master Rafael, willkommen daheim, und ein besonderes Willkommen Ihrer Dame. Meinen Glückwunsch, Sir.«

Während sie den munteren Wortwechsel verfolgte, der auf Französisch erfolgte, war Deborah plötzlich überrascht von der Tatsache, dass die kreolischen Sklaven einen französischen Dialekt sprachen, nicht das sonderbare Englisch, das sie auf dem Schiff und im Norden gehört hatte.

»Deborah, dies ist Antoine. Er führt diesen Haushalt mit eiserner Hand«, erklärte Rafael fast liebevoll.

Deborah nickte und tauschte ein herzliches Lächeln mit dem alten Mann aus. Dann erfüllten ein freudiger Aufschrei und ein Schwall französischer Koseworte die Luft, und eine kleine, rundliche Frau mit kastanienbraunem Haar flog in Rafaels Arme. Celine Adele Flamenco herzte ihren groß gewachsenen Sohn, der sie wie eine Puppe in einem Schwindel erregenden Kreis durch die Luft wirbelte. Als ihre Füße schließlich wieder den Boden berührten, plapperte sie weiterhin und hielt ihn am Arm, bis er sanft und lachend ihre Aufmerksamkeit auf seine Frau lenkte.

Madame Flamencos dunkelblaue Augen wurden kalt, obwohl sie ein starres Lächeln auf ihren Schmollmund zwang. Deborah empfand eine Spur von Besorgnis, doch sie versuchte, sie zu verbannen, und lächelte sie herzlich an. »Freut mich, Sie kennen zu lernen, Madame«, sagte sie nur und bemerkte die Art, wie die viel kleinere Frau ihre hoch gewachsene, schlanke Figur musterte, als wollte sie ihre weiblichen Attribute abschätzen und fände sie mangelhaft. »Ich *spreche* Französisch.«

»Rafael hat uns das geschrieben, aber ich habe gedacht, er übertreibt, wie es so die Art des ungehörigen Jungen ist«, fügte sie mit einem Blick zu ihm auf kokette Art hinzu. »Natürlich kommt dies alles so schnell, und wir sind nicht darauf vorbereitet, dass unser einziger Sohn eine Braut mit nach Hause bringt, besonders keine von so weit entfernt.«

»Boston gehörte noch zu den Vereinigten Staaten, als ich das beim letzten Mal überprüft habe, Mama«, erwiderte Rafael mit einem Lächeln. »Du brauchst dir keine Sorgen zu machen, wo wir wohnen. Wir ziehen einfach in mein altes Apartment.«

Deborah war überzeugt, dass Madame Flamenco weniger besorgt wegen des Wohnens war als wegen der Tatsache, dass ihre Schwiegertochter eine Yankee war.

»Nun, endlich daheim mit deiner neuen Frau«, ertönte eine kultivierte Baritonstimme vom fernen Ende des Wohnzimmers. Claude Adrien Flamenco schritt heran. Sein gewelltes schwarzes Haar war grau meliert und sein Gesicht von feinen Falten durchzogen, die von übergroßem Alkoholgenuss und langen Nächten zeugten. Dennoch sah er immer noch gut aus.

Er schätzte Deborah sogar noch offener ab, als es seine Frau getan hatte. Er ergriff ihre Hand und schüttelte sie. Obwohl sein Blick bewundernd über sie glitt, spürte Deborah, dass er ebenso bestürzt wie Celine darüber war, dass ihr Sohn so übereilt eine Yankee geheiratet hatte. »Was halten Sie bis jetzt von unserer Stadt?«, fragte er glatt.

»Sie ist anders als Boston«, antwortete Deborah vorsichtig, »aber ebenso schön auf ihre eigene charakteristische Weise.«

»Deborah hat kaum Zeit gehabt, um genug von New Orleans

zu sehen, um ihr neues Zuhause schätzen zu lernen, Papa«, warf Rafael ungeduldig ein.

»Vielleicht wäre es das Beste, wenn sie sich während der Nachmittagshitze ein wenig ausruht, mein Lieber«, schlug seine Mutter vor. »Ich kann sehen, dass Ihnen unser Wetter nicht bekommt«, fügte sie für Deborah hinzu, und ihr Blick glitt über ihren schweißfeuchten Haaransatz und ihr gerötetes Gesicht. »Natürlich werden wir Sie völlig neu einkleiden, passend zu unserem Klima«, plapperte Celine weiter, während sie zu einem anderen Wohnzimmer vorausging. »Diese Stoffe sind zu schwer, die Kleidung ist zu unbequem geschnitten. Vielleicht etwas mit Rüschen und etwas Spitze, ja, und auch in kräftigeren Farben.«

Als sie die Tür erreichten, ergriff Rafael lachend Deborahs Arm und sagte zu seiner Mutter: »Ich kann meiner Frau ihr neues Quartier zeigen, Mama. Warum schickst du nicht Tonette, damit sie für Deborah auspackt? Wo ist übrigens Lenore?«

»Ausgegangen zum Tee mit Anna du May«, antwortete Celine vage. »Sie wird in Kürze für ihre Nachmittagsruhe heimkommen. Sie wird begeistert sein, dich zu sehen, mein Schatz.«

»Ich komme zurück, sobald ich Deborah einquartiert habe, Mama.« Er nickte ihr und seinem Vater zu und fürchtete sich schon jetzt vor den bohrenden Fragen, die sie ihm stellen würden.

Das Haus schien nie zu enden. Deborah ging über einen langen Gang und vorbei an einem Labyrinth von Zimmern, die den Innenhof umgaben. Sie erhaschte einen Blick auf kristallene Kronleuchter, Spiegel mit facettiertem Glas und Louis-XIV.-Rahmen, Mahagonimöbel und Marmorkamine. Der Holzboden mit Einlegearbeiten glänzte und war mit dicken, importierten Läufern belegt.

»Wo in diesem Labyrinth ist dein Zimmer, Rafael?« Sie bemühte sich, die Orientierung zu behalten.

Er lachte. »Es ist kein Zimmer, sondern eine Wohnung. Ich hatte nun einige Jahre hinten im Haus mein separates Junggesellenquartier.« Mit einer schwungvollen Verneigung führte er sie auf die Galerie hinaus und um eine andere Ecke, wo ein weiteres Gebäude mit dem Hauptwohnhaus verbunden war. Er öffnete die Tür zu dem Appartement und hob sie auf seine Arme. »Eine seltsame Yankee-Sitte, glaube ich«, hauchte er ihr ins Haar, während er sie über die Schwelle trug.

Als er sie absetzte, ließ er sie nicht los, sondern zog sie an sich, um sie leidenschaftlich zu küssen. Sie fühlte sich einsam und verletzlich in dem großen, fremden Haus und erwiderte heftig seine Umarmung. In seinen Armen fühlte sie sich geliebt und sicher.

Nur langsam beendete er den Kuss und sagte schwer atmend: »Wenn wir so weitermachen, werde ich nicht zu meinen Eltern zurückkehren, um zu berichten, und du wirst dein Nickerchen versäumen. Was hältst du von dem alten Haus? Ich weiß, es braucht eine weibliche Note, aber du kannst daran verändern, was immer du möchtest.«

»Es ist ein bisschen dunkel und maskulin, doch ich liebe die Eichenmöbel«, erwiderte sie und sah sich in dem großen Wohnzimmer um, das mit zwei Ledersofas, mit Bücherregalen an einer Wand, die bis zur Decke reichten, und einigen massiven, dunklen Eichentruhen und Sesseln mit hoher Lehne ausgestattet war. Eigentlich war es eine Kombination aus Bibliothek, Arbeitszimmer und Salon. Daran grenzte ein kleines Wohnzimmer, und gegenüber vom Flur konnte sie ein Esszimmer sehen.

Rafael führte sie ins Schlafzimmer, das von einem großen Bett aus schwarzem Walnussholz beherrscht wurde. Er nahm ihr Gesicht in beide Hände, und seine dunklen, warmen Finger streichelten ihre Wangenknochen und massierten ihre Schläfen. Er küsste sie auf die Stirn. »Ich liebe dich, Deborah. Ruh dich jetzt aus, während Tonette einige Dinge für uns auspackt, die wir heute Abend tragen werden.«

»Tonette?«

»Lenores Dienstmädchen. Bis wir eines für dich finden können, wird Tonette gern euch beiden helfen«, fügte er vergnügt hinzu und verließ das Zimmer. Als Rafael die Tür schloss, fühlte sich Deborah eingehüllt in kühles Halbdunkel. Das Schlafzimmer hatte große Fenster, die zu einem anderen Innenhof hinausblickten. Eine schwache Brise wehte herein und brachte einige Erleichterung von der Hitze. Sie zog das Kleid aus und legte sich in der Unterwäsche auf das große Bett. Fast umgehend schlief sie ein.

Als Rafael zur Wohnung seiner Eltern zurückkehrte, hörte er die ärgerlich klingende Stimme seines Vaters. »Ich will nicht, dass der Name Flamenco mit einem Skandal in Verbindung gebracht wird. Habe ich mich klar ausgedrückt, junge Frau?«

»Es ist kein Skandal«, protestierte Lenore. »Caleb Armstrong hat einfach angeboten, Anna und mich in seinem Landauer heimzufahren. Wir sind ordentlich vorgestellt worden, und Mellie war bei mir, nachdem er Anna beim Haus der du Mays abgesetzt hatte, Papa.« Als Rafael vor der Tür zum Wohnzimmer seiner Eltern den Streit hörte, sagte er sich, dass die Stimme seiner Schwester störrisch klang, ähnlich wie die Deborahs, wenn sie sich stritt. Warum war ihm die Ähnlichkeit nicht schon zuvor aufgefallen?

»Für einen Amerikaner gibt es nicht so etwas wie eine ordentliche Vorstellung, Lenore«, zischte Celine. »Denk an den Klatsch. Außerdem ist er ein Landspekulant. Überhaupt nicht unser Niveau. Was wird dein lieber Cousin Georges dazu sagen?«

»Zum hundertsten Mal, ich werde meinen Cousin nicht heiraten. Ich kann ihn nicht ausstehen!« Mit diesen Worten verließ Lenore fluchtartig das Zimmer.

»Als ob Rafaels katastrophale Heirat nicht schon schlimm genug wäre, wendet sich jetzt auch noch Lenore wie eine Schlange gegen mich! Oh, Claude, was sollen wir nur tun? Die Frau meines einzigen Sohnes ist eine Amerikanerin und, sogar noch schlimmer, eine Yankee!«

Rafael konnte die grimmige Anspannung in der Stimme seines Vaters hören, als er Celine antwortete. »Ich befürchte, wir können nichts dagegen tun, meine Liebe. Wie unser Sohn uns geschrieben hat, sind sie kirchlich getraut worden, und ich bin mir ganz sicher, dass mein Sohn keine Zeit verloren hat, die Ehe zu vollziehen.«

Celine stieß abermals ein Wehklagen aus und flüchtete nach ihrer Tochter aus dem Zimmer.

Welch ein Wiedersehen daheim, dachte Rafael ärgerlich. *Als hätte ich nicht schon genug Probleme, bis Deborah vor den Augen meiner Eltern Gnade findet, muss sich meine dumme Schwester mit diesem Yankee-Emporkömmling einlassen und sich gegen die geplante Vernunftehe sträuben.*

»Ich gratuliere zu deinem gesunden Menschenverstand, Papa. Deborah ist in der Tat meine Frau, und nichts wird das ändern«, erklärte er, als er das Zimmer betrat.

Der alte Mann wandte sich ihm ärgerlich zu. »Du hast also mit angehört, wie die Dinge laufen. Gut. Dies ist die Belohnung, die wir von unseren Sprösslingen erhalten. Ihr seid beide in Ausländer vernarrt! Deine Mutter war todunglücklich, als sie deinen Brief las.«

Rafael seufzte. »Sieh mal, Papa. Es tut mir Leid, dass ich euch einen Schock versetzt habe. Wir hatten nicht geplant, uns zu verlieben.« Er schenkte sich ein Glas gekühlten Rotwein ein. »Eigentlich ist es eine lange und komplizierte Geschichte. Aber kurz gesagt: Von dem Moment an, in dem ich sie sah, war ich verloren. Ihr Vater ist ein reicher Bankier aus einer angesehenen Bostoner Familie. Als wir uns entschlossen zu heiraten, wussten wir, dass die Hochzeit dort und in seiner Anwesenheit stattfinden musste. Er willigte ein, dass ein Priester die Trauung vollzog.«

»Ich hörte, sie haben nicht unseren Glauben«, bemerkte Claude.

»Deborah wird katholisch werden, Papa. Sie wird mit Mama und Lenore die Messe besuchen. Mit ihr gibt es kein Problem. Du bist es, der die Dinge vielleicht schwierig oder unangenehm macht. Sie wird eine gute Frau sein.«

»Eine richtige kreolische Frau, deine Yankee aus Boston?« Claude hob die linke Braue in einer sardonischen Geste des Zweifels. »Sie sieht so kalt wie ein Atlantiksturm aus.«

Rafaels Gesicht verzog sich zu einem jungenhaften Grinsen. »Du könntest dich nicht noch mehr irren. Ich wette, dieses Haus wird binnen eines Jahrzehnts mit unseren Babys geradezu überfüllt sein.«

Der alte Mann schenkte sich etwas roten Bordeaux ein und hob sein Glas zu einem zynischen Toast. »Auf all meine Enkelsöhne!«

Kapitel 7

Deborah erwachte aus ihrem Schlaf der Erschöpfung und setzte sich in dem breiten Bett auf. Nur langsam fand sie sich in dem großen Schlafzimmer zurecht. Nachdenklich strich sie über die seidenen Laken und stellte sich vor, welch ein Gefühl es sein würde, mit Rafael nackt darauf zu liegen. Ihre erregenden Gedanken wurden durch ein Klopfen an der Tür und eine melodische weibliche Stimme gestört. »Hallo, Deborah?«

Deborah sprang aus dem Bett und entdeckte ihren seidenen Morgenrock. Sie schlüpfte hinein, ging zur Tür und öffnete. Im Wohnzimmer stand eine kleine, schlanke junge Frau mit dunkelblondem Haar, die zögernd ihren Namen rief.

»Du musst Lenore sein«, sagte sie und strich ihre Haarfülle zurück, als sie ihre Schwägerin begrüßte und mit dem ersten echten Lächeln belohnt wurde, das sie von ihren angeheirateten Verwandten sah.

»Ich weiß, dass du Deborah bist. Ich habe noch nie so helle und glänzende Haare und violette Augen gesehen. Kein Wunder, dass mein Bruder, der Herzensbrecher, bei dir schwach geworden ist. Ich freue mich so, dich kennen zu lernen.« Lenore war offen und freundlich. Ganz das Gegenteil ihrer Mutter.

Impulsiv schloss Deborah ihre Schwägerin in die Arme. »Ich weiß bereits, dass wir Freundinnen werden.« Sie sah die stille Schönheit dieses Mädchens, dessen große hellblaue Augen verrieten, dass sie geweint hatte. Sie hoffte, dass nicht Rafael und sie der Grund waren, und fragte: »Hast du deinen Bruder gesehen?«

»Nein, ich bin zu Hause eingetroffen, als ihr gerade angekommen wart. Dann hatte ich leider eine Meinungsverschiedenheit mit meinen Eltern. Als ich mich davon erholt hatte, war er fortgegangen, aber er wird zum Abendessen wieder hier sein. Deshalb bin ich gekommen, um zu sehen, ob du dich noch ankleidest. Ich bin fast vor Neugier gestorben, die Frau zu sehen, die das Herz meines Bruders gewonnen hat.«

Sie plapperten wie alte Freundinnen, während Deborah das luftigste Kleid auswählte, das sie besaß. Während sie geschlafen hatte, hatte das Dienstmädchen ihre Kleidung ausgepackt und einige Kleider gebügelt. Jetzt hingen sie alle ordentlich in einem Kleiderschrank im Ankleideraum. Lenore half Deborah, den Verschluss am Rücken des Kleides zu schließen, und sie war erstaunt, als Deborah selbst ihr Haar bürstete und zu einem dicken Nackenknoten band.

»Ich könnte mich nie ohne Tonette frisieren, aber sie kann dir auch dabei helfen, bis wir ein Mädchen für dich gefunden haben.«

Deborah lächelte. »Ich habe mich immer selbst frisiert. Eigentlich habe ich außer beim Schließen der Kleider und beim Bügeln überhaupt nie Hilfe gebraucht.«

»Aber jede Frau von vornehmem Stand muss ihr eigenes Dienstmädchen haben!«

»Nun, vielleicht in New Orleans, doch ich bin im pragmatischen alten Boston aufgewachsen«, erwiderte Deborah lachend. »Ich habe mich nie mit zu viel Personal ringsum wohl gefühlt. Wir hatten nur vier Bedienstete.«

»Aber Rafael schrieb, dass dein Vater ein führender Bankier ist und du in einem großen, wunderschönen Haus gewohnt hast – oh, ich wollte dich nicht beleidigen, Deborah.« Lenore wurde rot.

Deborah lachte. »Ich bin auch nicht beleidigt, Lenore. Wir haben ein großes Haus, doch mein Vater und ich zogen es vor, schlicht zu leben. Wenn wir Gesellschaften gaben, habe ich vorübergehend Personal eingestellt. Freie Männer und Frauen«, fügte sie leise hinzu.

»Versuchst du, aus meiner Schwester auch eine Kämpferin für die Abschaffung der Sklaverei zu machen, Liebste?«

Beim Klang von Rafaels Stimme fuhr Lenore herum und warf sich ihm mit einem Freudenschrei in die Arme. Sie bombardierte ihn mit Fragen. Wie ging es ihm? Wie gefiel ihm das Eheleben? Wie war Boston? Wusste er, wie glücklich er sich preisen konnte, weil er Deborah gefunden hatte?

Rafael antwortete lachend: »Ich werde dir ausführlich erzählen, wie wir uns kennen gelernt haben. Warte nur bis zum Abendessen, wenn Mama und Papa dabei sind.« Lenores Gesicht wurde plötzlich verschlossen, und ihre Augen verloren den freudigen Glanz.

»Hast du dich mit den Eltern gestritten, Kleines? Können wir uns nach dem Essen unter vier Augen unterhalten?«

Lenores Miene hellte sich sofort auf. »Das würde mir gefallen, aber ...«

»Aber?«

»Ich befürchte aber, es wird dir nicht gefallen. Du hast stets Georges favorisiert.« Sie hielt plötzlich inne und blickte zu Deborah, die dem Wiedersehen stumm beigewohnt hatte. »Aber da du jetzt gegen die kreolische Tradition verstoßen und solch eine wundervolle *amerikanische* Frau geheiratet hast, wirst du vielleicht Caleb mit anderen Augen betrachten als zuvor!«

Mit diesem Ausbruch jugendlichen Enthusiasmus gab sie Deborah ein schnelles Küsschen auf die Wange, herzte ihren Bruder von neuem und lief aus der Wohnung nach unten.

Mit einem übertrieben ärgerlichen Blick wandte Rafael sich seiner Frau zu. »Sie ist ja so ein Kind! Kaum zu glauben, dass sie achtzehn und im heiratsfähigen Alter ist.«

»Ich finde, sie ist entzückend, nur nicht ganz so konventionell, wie eine ›richtige kreolische Lady‹ sein soll. Wer ist dieser Caleb? Ist er Amerikaner?«

Jetzt blickte Rafael finster drein. »Ja, er ist Amerikaner.« Er sprach das Wort aus, als wäre es ein Fluch, was sie sprachlos machte. »Er ist zudem ein Grundstücksspekulant. Völlig unpassend für meine Schwester. Georges ist von unserer Art. Er wird ihr ein guter Ehemann sein.«

Deborah fühlte sich von seinen Worten sonderbar gekränkt, und noch mehr verletzt von der logischen Fortsetzung dessen, was er angedeutet hatte. »Ich bin auch amerikanisch, Rafael. Du und alle Kreolen jetzt ebenfalls. Ist dieser Caleb eine Art Mitgiftjäger?« Sie reagierte in diesem Fall besonders empfindlich.

Er zuckte die Schultern. »Er braucht wohl kaum ihre Mitgift, wenn du das meinst. Er ist aus eigener Kraft zum Millionär geworden, typisch für die krass ehrgeizigen Yankees, die unsere Zivilisation ersticken.«

»Wenn er es nicht auf ihr Geld abgesehen hat, dann liebt er sie vielleicht wirklich«, sagte sie sanft.

Rafaels Miene wurde verschlossen wie zuvor die seiner Schwester. »Lenore hat da nichts zu sagen. Sie wird einen von ihrer eigenen Art heiraten, einen Mann aus gutem Hause, einen Gentleman, aber niemanden, der mit aufgekrempelten Hemdsärmeln arbeitet und Whisky trinkt«, sagte er hochmütig.

Deborah dachte, wie oft sie spät abends in das Arbeitszimmer ihres Vaters gegangen war und den Bostoner Bankier mit aufgekrempelten Ärmeln in seine Bücher vertieft und Rum trinkend gesehen hatte, und sie war plötzlich sehr ärgerlich. Sie zwang sich zur Ruhe, atmete tief durch und entgegnete ruhig: »Ich war so naiv anzunehmen, dass Ehen etwas mit Liebe zu tun haben. Vielleicht ist dieser Amerikaner nicht der richtige Mann für Lenore, aber wenn sie entschieden dagegen ist, deinen Cousin Georges zu heiraten, ist er kaum der richtige Mann für sie, nur weil er zufällig Kreole ist. Oliver Haversham stammt aus einer feinen alten Bostoner Familie, und du warst ein Außenseiter. Hätte ich ihn an deiner Stelle heiraten sollen?« Sie hielt den Atem an, fürchtete sich plötzlich vor seiner Antwort.

Rafael war in schlechter Stimmung, bekam Druck von allen Seiten, von seinen Eltern, seiner Schwester und jetzt auch noch von seiner Frau, doch er konnte in Deborahs Frage die Angst und Unsicherheit spüren. Um sie zu besänftigen – vielleicht auch sich selbst –, zog er sie in seine Arme. »Du musst verstehen, welcher Unterschied zwischen der Heirat eines Sohnes und der einer Tochter besteht. Ein Mann kann sich eine Ehefrau von außerhalb seiner Kultur nehmen und sie in seine hineinbringen. Sie kann ein Teil dessen werden, denn sie trägt seinen Familiennamen und zieht seine Kinder auf. Wenn eine Frau ihr Volk verlässt und einen Außenseiter heiratet, ist sie für ihre Familie verloren. Wenn Lenore Caleb Armstrong heiratet, wird sie aus allen kreolischen Gesellschaftskreisen hier in New Orleans ausgestoßen werden. Lenore ist zu jung und impulsiv, um die Konsequenzen ihrer Verliebtheit zu sehen. Sie ist Kreolin, und sie gehört hierhin.«

Ich bin keine Kreolin und werde nie hierhin gehören. Deborah fand wenig Trost in seinen unbewussten gönnerhaften Versicherungen, doch sie kämpfte gegen die Tränen an. Sie hatte nie Geduld mit schwermütigen Frauen gehabt. Sie würde einfach versuchen müssen, seiner Schwester auf weniger direkte Weise zu helfen.

Deborah war entschlossen, sich an ihr neues Leben anzupassen, doch das war nicht leicht. Am nächsten Morgen stand sie früh auf, begierig darauf, mit ihren Haushaltspflichten zu beginnen; doch sie stellte fest, dass sie keine hatte. Wilma, die Köchin, und Antoine, der Butler, führten das Stadthaus wie ein Teil einer gut geölten Maschinerie. Selbst Celine tat wenig mehr, als die Menüs zusammenzustellen. Alles wurde in fähigen Händen von Schwarzen gelassen.

Deborah, die annahm, dass kreolische Frauen außerhalb des

Hauses nützliche Arbeit leisteten und sich wohltätigen oder erzieherischen Aufgaben widmeten, stellte fest, dass solch ein Gedanke ihre Schwiegermutter geradezu schockierte. Keine richtige Dame der Oberklasse würde jemals im Traum daran denken, irgendetwas so Erniedrigendes zu tun, wie Kranke zu pflegen oder Arme zu unterrichten. Solcherlei Dinge oblagen völlig der Kirche. Die guten Schwestern wurden bewundert für ihre Bemühungen, aber keine feine Dame dachte jemals an so etwas, mit Ausnahme der seltenen Fälle, wenn eine Nonne wurde!

Selbst Lenore, eine offene und großzügige junge Frau, war entgeistert, als Deborah ihr erklärte, dass in nördlichen Städten Damen der Gesellschaft freiwillig in Hospitälern arbeiteten, Schulen für die Unterprivilegierten eröffneten und Spendengelder für alle Arten von Wohltätigkeiten sammelten. Als sie ihrer Schwägerin von der Frauenbewegung der Suffragetten in England und Frankreich erzählte, die von so vielen Mitstreiterinnen in Boston und New York unterstützt wurde, erbleichte Lenore und war zugleich fasziniert.

»Du meinst, ihr erwartet tatsächlich, das *Wahlrecht* zu bekommen?«, sagte sie eines Nachmittags ungläubig, als sie im Wohnzimmer saßen.

»Eine Frau hat Verstand und ist zum Denken fähig. Wenn sie dafür verantwortlich ist, neues Leben für die Welt zu gebären, warum sollte ihr dann nicht garantiert sein, über das Leben ihrer Kinder mitzubestimmen?«

Lenore dachte einen Moment darüber nach und entgegnete dann zögernd: »Meinst du, ein Mann wie Caleb würde vielleicht einer solch radikalen Yankee-Idee zustimmen? Georges würde das bestimmt nicht tun. Ebenso wenig Papa oder Rafael«, fügte sie traurig hinzu.

Deborah antwortete ehrlich: »Ich habe Mr. Armstrong niemals kennen gelernt, und so weiß ich es nicht. Nur weil er

Amerikaner ist, heißt das nicht, dass er für Frauenrechte eintritt. Ich weiß, dass Rafael dich an jenem Abend, an dem ihr über Mr. Armstrong gesprochen habt, nicht unterstützt hat, aber vielleicht ändert er im Laufe der Zeit seine Meinung und wird weicher.«

Lenore seufzte und nickte. »Ich hoffe es, aber ich muss tun, was er und Papa mir vorschreiben, auch wenn sie auf einer Hochzeit mit Georges bestehen.«

Deborah erinnerte sich daran, dass sie fast selbst eine Pleite mit Oliver Haversham erlebt hätte, und erklärte eindringlich: »Niemand kann dich zwingen, gegen deinen Willen zu heiraten. Du musst es auf eine Kraftprobe ankommen lassen, wenn du deinen Cousin so unangenehm findest.«

Es war jedoch müßiges Gerede, aus Ratlosigkeit geboren. Lenore war so behütet und verhätschelt und in ihre Rolle gedrängt worden, dass sie sich nicht vorstellen konnte, sich den Männern in ihrer Familie offen zu widersetzen.

Wenn sie auch bei Lenore die Hoffnung aufgab, so fand Deborah ihre eigene Situation nur wenig besser. Sie hasste das langweilige gesellschaftliche Karussell aus Tanzen, dem Besuch von Theatern, Pferderennen und Opern, die Ausflüge zu Mode- und Schuhgeschäften, den endlosen, kichernden Klatsch der jungen Matronen in Teeläden und Cafés. Boston war eine Stadt mit dem Motto: Das Geschäft hört gelegentlich wegen des Vergnügens auf. New Orleans hatte anscheinend das genau entgegengesetzte Konzept: Das Vergnügen hört gelegentlich wegen des Geschäfts auf.

Das Schlimmste von allem war für Deborah Celines Feindseligkeit. Der erste Punkt auf der Tagesordnung war ein Ausflug zum Damenschneider gewesen. Deborahs Kleidung war zu schwer für die feuchte tropische Hitze, und sie liebte die hauchdünnen Kleidungsstücke aus Musselin, Seide und Organza, die von den südländischen Frauen getragen wurden. Wenn es jedoch um den Stil ging, gerieten sich Deborah und Celine in die Haare. Wie die meisten kreolischen Frauen waren die Flamencos klein. In zarter, mit Rüschen und Krausen besetzter Kleidung in kunstvoll gearbeitetem Stil sahen sie attraktiv aus. Nicht so ihre angeheiratete Yankee. Deborah war groß und schlank; mit Rüschen und Schleifen wirkte sie bäurisch.

Madame Manlon, die Schneiderin, hatte Verständnis für Deborahs Geschmack, doch sie wusste, wer das Sagen hatte. Seit Jahren war Madame Flamenco ihre hoch geschätzte Kundin gewesen. Die Schneiderin zog sich schnell zurück, als das begann, was zum »Rüschen-Aufstand« in der Dumaine Street wurde.

Celine hielt verächtlich ein blassblaues Seidenkleid hoch und sagte naserümpfend: »Wir müssen wenigstens etwas Farbe in dieses Ding bringen. Ich weiß auch schon, wie! Etwas von diesem hübschen grob gerippten Rüschentuch aus Seide.« Sie schnappte sich die Stoffrolle von der Ladentheke. Der Stoff war leuchtend pinkfarben, schwer und glänzend. »Ja. Längs der Schultern und am Saum. Natürlich sollten die Schuhe auch entsprechende Schnallen bekommen.« Celine plapperte weiter und ignorierte völlig das wütende Aufblitzen in Deborahs violetten Augen.

»Mama, vielleicht wäre das Kleid schicker, wenn es schlichter wäre«, wagte Lenore zu äußern, doch Celine tat das mit einer Handbewegung ab.

Nach einem ganzen Morgen Streitereien über Farben und Stile, bei denen sie alle Arten von süßlich geäußerten Schmähungen über ihren Kleidergeschmack hatte ertragen müssen, reichte es Deborah endgültig.

»Mutter Celine« – sie hasste die Anrede, doch bestimmt nicht halb so sehr, wie ihn ihre Schwiegermutter hasste – »ich werde weder dieses noch irgendein anderes Kleid mit Firlefanz daran tragen. So etwas steht mir nicht.« Ihre Stimme hatte einen so stahlharten Klang, dass selbst Celine ihn nicht ignorieren konnte.

Die Schneiderin entschuldigte sich hastig und flüchtete in den überfüllten Anproberaum. Lenore war unglücklich gefangen, doch sie wich in eine Ecke zurück und reagierte instinktiv wie ein Kaninchen, das sich mit zwei Terriern konfrontiert sieht.

Celines Augen funkelten wütend. »Du hast keine Ahnung von Mode. Die Frauen aus dem Norden mögen dünn wie Bohnenstangen sein, aber wir sind hier in New Orleans, und hier kleiden sich die Frauen wie Damen.«

Deborahs Miene war jetzt überraschend kühl, obwohl sie innerlich kochte. Sie starrte geringschätzig auf ihre Schwiegermutter hinab. »Ich kleide mich, um meinem Mann zu gefallen, nicht den kreolischen Damen in New Orleans.«

Celine stampfte mit dem Fuß auf, drückte ihrer Schwiegertochter wütend das Kleid in die Hand und warf die Spule mit dem Seidenband auf den Boden, wo sich eine Menge von dem rosafarbenen Glitzerstoff abwickelte. »Ich werde mit meinem Sohn über deine Manieren reden müssen.« Damit wirbelte sie herum, um das Geschäft zu verlassen. Sie hielt das Kinn gebieterisch hoch, fiel jedoch kopfüber durch die Tür. Sie hatte sich in dem Seidenstoff verheddert, der zu einer Stolperfalle geworden war und sich um ihre Knöchel gewickelt hatte. Als sie sich am Türrahmen abfangen wollte, hörte sie das Reißen von Stoff, weil sich ihre Unterröcke irgendwo verfangen hatten. Sie schaffte es nicht, ihre von Glitzerseide umwickelten Füße oder ihre Unterröcke zu befreien, und sank schluchzend und gedemütigt auf den Boden, gerade außerhalb des Anproberaums.

Als Madame Manlon den Tumult hörte, eilte sie herbei und kniete sich zu ihrer Kundin, um ihr aufzuhelfen. Das pinkfarbene Band hatte sich wie ein Fischernetz mit Madame Flamencos steifem rotem Taftkleid verwickelt. Celine erinnerte an einen pinkfarbenen Fisch, der mit dem Netz frisch aus dem Golf gefischt worden war. Als ihr pummeliger Körper in ihren aufgebauschten Unterröcken hin und her zappelte, wirkte sie noch rundlicher. Die dichte Fülle ihres glänzenden kastanienbraunen Haares hatte sich gelöst und hing wirr herunter bis zu ihren Schultern. Als die Schneiderin, Lenore und Deborah sie befreit hatten, war Celines Gesicht so rot wie ihr Kleid. Deborah verkniff sich ein Lachen, verweigerte der ärgerlichen alten Vettel jedoch eine Entschuldigung. Stattdessen rief sie Celine hinterher, dass sie ihre Bestellung zu Ende ausführen und sich dann von einem Droschkenkutscher heimfahren lassen würde. Madame Manlon und sie beendeten den Tag friedlich in völliger Übereinstimmung über blasse, kühle Farben und gerade, saubere Linien.

»Ich sage dir, Claude, du musst etwas unternehmen! Sie wird Schande über uns bringen! Sie redet nur über Bücher und Philosophie und Politik, um Himmels willen! Und ihre Kleidung. Oh! Ich kann mich nie wieder bei Madame Manlon sehen lassen.«

Celine schluchzte, knetete das Taschentuch in ihren Händen und betupfte damit ihre Lider, während ihr Mann verzweifelt seufzte.

In diesem Augenblick betrat Rafael das Wohnzimmer, gerade rechtzeitig, um seine aufgeregten Eltern in einer Szene zu sehen, bei der er so oft Zeuge gewesen war – seine Mutter in Tränen aufgelöst und hysterisch, sein Vater ernst und beschwichtigend.

Als Celine ihn sah, brach sie in einen Weinkrampf aus und erzählte, von Schluchzern des Zorns und der Verlegenheit unterbrochen, ihr Debakel in dem Modegeschäft. »Sie verachtet so offen unsere Art und Weise, Rafael! Und diese schreckliche farblose Kleidung passt nur zu einer Gouvernante – es ist erniedrigend.«

Gewöhnt an ihr Heulen und Jammern, seufzte Rafael resigniert, fast wie sein Vater. »Mama, du musst Deborah Zeit geben, sich anzupassen. Ich werde mit ihr sprechen.«

Als er zu seiner Wohnung ging – jetzt *ihre* Wohnung –, wappnete er sich gegen einen weiteren Wutanfall. Stattdessen traf er eine nervöse, jedoch nicht weinende Deborah im Wohnzimmer lesend an. Bei seinem Eintreten legte sie das Buch beiseite und erhob sich. »Ich nehme an, deine Mutter hat dir erzählt, dass ich heute Morgen versucht habe, sie mit Glitzerband zu erdrosseln?«

Er lächelte dünn. »So etwas in dieser Art. Warum kannst du dich nicht nur ein bisschen von ihr anleiten lassen, Deborah? Sie will dir nur helfen, dich einzufügen. Du schuldest ihr wirklich eine Entschuldigung für dein heutiges Verhalten.«

Deborah begann langsam vor Zorn zu kochen. Dann kam ihr eine Idee. Sie lächelte süß. »Du hast Recht, mein Liebster. Ich werde sofort mit ihr sprechen.«

Rafael hätte bei ihrer so schnellen Kapitulation misstrauisch werden sollen.

Deborah entschuldigte sich bei Celine in aller Form und bat sie, ihr bei der Auswahl eines Kleides für den Ball bei den Gautiers zu helfen. Celine war erfreut darüber, dass ihr Sohn endlich die abscheuliche Schwiegertochter zur Räson gebracht hatte, und versprach, sich bei der Auswahl des Stils, Stoffs und der richtigen Farbe selbst zu übertreffen. Am nächsten Morgen fuhren sie noch einmal zum Modegeschäft. Die folgende Woche verging in scheinbarer Harmonie zwischen Schwiegermutter und Schwiegertochter. Vater und Sohn waren erleichtert.

Als Rafael ihr Schlafzimmer am Abend des Balls betrat, trug Deborah noch einen seidenen Morgenrock. Rosig nach einem Duftbad, sah sie köstlich bereit aus, um ins Bett getragen zu werden, nicht zu einer Gala! »Warum bist du nicht angekleidet, Mondblume? Es ist fast Zeit, um vornehm zu spät zu kommen, wie Mama es vorzieht.«

Breit lächelnd erwiderte sie: »Ich möchte dich mit dem Kleid überraschen, es *ist* etwas Besonderes. Wartest du mit deinen Eltern im Salon auf mich? Es wird nicht lange dauern.«

Er küsste sie auf die Nasenspitze, erklärte sich bereit, ihre Bitte zu erfüllen, und verließ pfeifend das Schlafzimmer.

Wie versprochen erschien Deborah kurz darauf auf der Türschwelle des Salons, wo Rafael und Claude in eine hitzige Debatte über ein Pferderennen verwickelt waren. Keiner sah Deborah, als sie ihre Gläser hoben und sich zuprosteten. Celine bemerkte sie aus dem Augenwinkel, schwebte zu ihrem Schützling hinüber und führte Deborah ins Zimmer.

Claude, der über die Schulter seines Sohnes schaute, hob die Augenbrauen, sagte jedoch nichts, als seine Frau zu sprechen begann. »Nun, endlich ist deine Frau hier, Rafael, gekleidet, wie eine schöne Kreolin es sein sollte.«

Rafael trank einen tiefen Schluck Cognac und wandte sich mit einem beginnenden Lächeln um. Als er seine Frau sah, gefror das selbstgefällige Lächeln, und er verschluckte sich fast am Cognac. Er hustete und schnappte nach Luft, versuchte, den Cognac hinunterzuschlucken und zugleich Deborah anzuschreien. »Was, zur Hölle, hasst du mit dir gemacht?«

Hoheitsvoll wie eine Königin verharrte Deborah mitten im Salon, und alle Blicke waren auf sie gerichtet. Sie war eingewickelt in fuchsienroten Satin, Meter um Meter davon aufgeschichtet zu sich bauschenden Rüschen, Reihen um Reihen davon, die von den Schultern, ihrer Taille und ihre Hüfte fielen und zu drei weiteren Reihen ausgestellt waren. Ihre fuchsienroten Schuhe hatten große goldene Schleifen, die mit der goldenen Spitze übereinstimmten, mit der jede Schicht des Rüschenkleides besetzt war. Ihr Haar war auf jeder Seite mit

Kämmen zurückgesteckt, auf denen goldene Spitzenschleifen prangten.

»Du siehst wie eine spanische Galeone unter vollen Segeln aus«, zischte Rafael, als er endlich wieder Luft bekam. »Zieh dich sofort um! Ich kann mich mit dir in dieser Ungeheuerlichkeit nicht in der Öffentlichkeit sehen lassen!«

Rafael war so entsetzt über das scheußliche Kleid seiner Frau, dass er seine Mutter völlig vergessen hatte. Celines Gesicht nahm fast die Farbe von Deborahs Kleid an, während sie sich mit ihrem Spitzentaschentuch hektisch Luft zufächerte. »Ist es meine Schuld, Junge, dass deine übergroße, überblasse Frau solch ein schönes Kleid nicht tragen kann? An Minnette Gautier würde es herrlich aussehen.«

Deborah sagte kein Wort, sondern blickte nüchtern von einem Flamenco zum anderen. Die Augen des alten Claude verrieten eine Art widerwilligen Respekt, obwohl er ihn sorgfältig verbarg. Er nippte an seinem Cognac und schwieg.

Rafael blickte von seiner wütenden Mutter zurück zum ruhigen Gesicht seiner Frau. *Du raffinierte silberhaarige Hexe hast dies ganz bewusst inszeniert*, dachte er.

Dann gruben sich Celines kurze Finger in den Ärmel seines Jacketts. »Gewiss hast du nichts an meinem Geschmack in Sachen Mode auszusetzen, nicht wahr, Rafael?« Ihre Stimme klang angespannt.

Jetzt spielte die Andeutung eines Lächelns um Deborahs Lippen. »Vielleicht bist du es diesmal, der sich bei deiner Mutter entschuldigen muss, Liebling.« Mit diesem Seitenhieb verließ sie den Salon, und fünf Schichten Rüschen und Spitze wirbelten um sie herum.

»Bei all dieser Luft, die ihr Kostüm aufwühlt, werden wir nie wieder einen Ventilator brauchen«, bemerkte Claude trocken. Als Celine wütend mit dem Fuß aufstampfte, hob er in spöttischer Kapitulation sein Glas und ließ sich in einen Sessel sinken.

Celine sah ihren Mann finster an, und dann wandte sie ihre Aufmerksamkeit wieder Rafael zu. »Nun, hast du deine glatte Zunge verloren? Wenn deine Schwester schöne Kleider trägt, machst du ihr stets Komplimente, warum nicht deiner Frau?«

»Sieh mal, Mama, es tut mir Leid, dass ich es eine Ungeheuerlichkeit genannt habe. Ich mache dir keine Vorwürfe und kritisiere nicht deinen Geschmack. Aber Deborah ist groß und hat einen anderen Teint, und so muss sie andere Kleidung tragen, damit ihre Schönheit zur Geltung kommt – nicht, dass das Kleid hässlich wäre«, fügte er schnell hinzu. »Wie du schon gesagt hast, es wäre perfekt für Minnette Gautier.«

»Dann hättest du Minnette Gautier heiraten sollen, nicht diese linkische und taktlose Ausländerin!« Celine betupfte sich mit dem Taschentuch die Augen und erklärte mit erstickter Stimme: »Ich werde nachsehen, ob Lenore fertig ist – das heißt, wenn ich mich etwas gefasst habe.«

Claude füllte Rafaels Glas auf und warf ironisch ein: »Ich glaube, dank deiner Yankee-Braut werden wir mehr als vornehm spät zu der Soiree eintreffen.«

Rafael hatte im ersten Impuls seine Frau erwürgen wollen, doch als er Claudes ruhige, zynische Art registrierte, sagte er sich, dass die Fähigkeit seines Vaters, solche Stürme im Wasserglas auszusitzen, vielleicht die beste Methode war, mit Frauen fertig zu werden. Er trank einen großen Schluck von seinem Cognac.

Zwanzig Minuten später kehrte Deborah in einem eleganten Abendkleid aus hellblauer Seide zurück. Sie wirkte strahlend schön.

»Zufrieden mit dir, *chérie*?«, flüsterte er auf Englisch, als sie zu ihm herüberschwebte.

»Ich hoffe nur, dass du dieses Kleid akzeptabel findest, *chéri«*, erwiderte sie unschuldig.

Claude ignorierte, dass sie ihren Wortwechsel in der abscheulichen ausländischen Sprache führten, und meinte resigniert: »Ich sollte bei deiner Mutter gut Wetter machen, Rafael. Führst du deine Braut zur Kutsche?«

Die Fahrt zu den Gautiers verlief in angespanntem Schweigen, doch glücklicherweise wohnten die alten Freunde der Flamencos nicht weit entfernt. Jacques Gautier war einer der führenden Bankiers der Stadt, und seine Tochter Minnette war eine der führenden Schönheiten. Lenore hatte Deborah bereits vor der schönen Minnette gewarnt, die Celine für ihr Ziel, Rafaels Frau zu werden, auf ihre Seite gezogen hatte.

Als sie aus der Kutsche stiegen, konnte Deborah Rafaels Blick auf sich spüren. Trotz seines Zorns wusste sie, dass ihm ihr blassblaues Abendkleid gefiel, das in geraden Linien geschnitten wie auf ihre schlanken Kurven geschneidert wirkte. Sie trug frische Jasminblüten in ihrem Haar, das auf ihrem Kopf zu einem flachen Knoten aufgesteckt war, aus dem ein paar Locken über ihre Schläfen fielen. Ihr einziger Schmuck waren die aquamarinfarbenen Ohrringe und das Halsband, die Schmuckstücke, die in ihrem kreolischen Heiratskorb gewesen waren.

Als Rafael seine Frau Minnette Gautier vorstellte, war das gereizte, schnippische Verhalten der verwöhnten Schönheit für jeden außer Celine offenkundig. Sie umarmte Minnette und plapperte über den bevorstehenden Ausflug zu ihrem Sommerhaus am See. Deborah hielt sich diskret abseits neben ihrem Mann, die Hand recht besitzergreifend auf seinem Arm, und beobachtete Minnette. Sie war nicht älter als siebzehn, klein und schwarzhaarig, mit aristokratischen Gesichtszügen und großen, schwarzen Augen, die sich verengten, wenn sie in Deborahs Richtung blickte. Sie war auf dieselbe klassische Latino-Weise wie Rafael schön. Deborah konnte verstehen, warum Celine sie für ihn ausgewählt hatte. Minnette war Kreolin bis in die Fingerspitzen, schüchtern und kokett, eine Schwiegertochter, bei der Celine keine Probleme haben würde, sie zu verstehen und unter Kontrolle zu halten.

Als Rafael seine Yankee-Braut dem Rest der Versammelten vorgestellt hatte, waren Deborahs Ängste, ein Mauerblümchen zu sein, völlig vergessen. Die Frauen verhielten sich ihr gegenüber überwiegend kühl und reserviert, doch die Männer waren galant, ja sogar überschwänglich. Ihre grazile silberblonde Schönheit hob sich in dem Raum voller plappernden kreolischen Hübschen mit ihrem dunkleren Teint und ihrer farbenprächtigen Mode auffallend ab. Sie ließ keinen Tanz aus.

Einige von Rafaels Cousins flirteten und scherzten beinahe auf unerhörte Weise mit ihr. Sie erklärten, sie seien entzückt, dass ihr Cousin solch eine Schönheit und Anmut nach New Orleans gebracht habe. Es sei ein Jammer, dass sie bereits vergeben sei. Als Rafaels Jugendfreund Jean versuchte, mit ihr durch die Doppeltür auf die Galerie hinauszutanzen, rettete Rafael sie im Nu.

»Du bist das Thema aller männlichen Unterhaltungen«, sagte er, als sie schließlich zusammen einen Walzer tanzten.

Sie blickte zu seiner finsteren Miene auf, und langsam breitete sich ein Lächeln auf ihrem Gesicht aus. »Aber Rafael Flamenco! Oh, ich glaube, du bist eifersüchtig.«

Er lockerte seinen heftigen Griff und entspannte sich mit einem Grinsen. »Merk dir nur, wem du gehörst, meine Liebe.«

»Das tue ich«, hauchte sie weich gegen seinen Nacken und zog ihn enger an sich, bis sie spürte, dass er erregt war.

»Hexe«, flüsterte er. Dann sah er über ihre Schulter hinweg zu der Gruppe von Leuten am Tisch mit den Erfrischungen und versteifte sich. »Wie, zum Teufel, hat *der* eine Einladung bekommen?«

»Wer?« Deborahs Blick folgte dem ihres Mannes zu Lenore, die angeregt mit einem großen, gut gekleideten Herrn mit rotblondem Haar und markanten Gesichtszügen plauderte. Seine Größe und Sprache entlarvten ihn als Amerikaner in dem Raum voller aristokratisch anmutenden kreolischen Männern mit ihrem dunklen Teint und dandyhaften Schmuck. Rafael war der einzige anwesende Mann, der ebenso groß wie der Amerikaner war.

»Dies ist Caleb Armstrong, und ich sollte ihn ausladen«, murmelte Rafael in unterdrücktem Zorn. Er führte sie schnell zur Seite der Tanzfläche. Deborah folgte ihm resolut, hielt ihn am Arm fest und wisperte heftig: »Sei nicht grob! Finde wenigstens heraus, wer ihn eingeladen hat, und sprich mit dem Mann, bevor du deiner Schwester den Abend verdirbst.« *Vielleicht auch ihr Leben*, dachte sie.

Rafael konnte seine hartnäckige Frau nicht loswerden. Er knirschte mit den Zähnen und durchquerte weiter den Raum. Als er sich Lenore und Caleb näherte, tauchte plötzlich Jacques Gautier hinter dem groß gewachsenen Amerikaner auf.

»Rafael Flamenco, Madame Flamenco, darf ich Ihnen Caleb Armstrong vorstellen, einen Geschäftspartner von mir«, bemerkte der alte Mann glatt in schwer akzentuiertem Englisch. Er hatte die aufgeregte Art bemerkt, in der Rafael auf den Amerikaner zugeeilt war, und fuhr fort: »Ich stelle fest, dass Mademoiselle Flamenco und Monsieur Armstrong bereits miteinander bekannt gemacht worden sind. Meine Minnette hat ihn zur selben Zeit kennen gelernt.«

Ohne die kleinste Spur eines Lächelns gab Rafael Caleb die Hand, der sie kurz schüttelte und sich höflich vor Deborah verneigte. Es war die am wenigsten überschwängliche Begrüßung, die sie seit ihrer Ankunft in dieser Stadt der Latino-Exzesse erlebt hatte. Sie mochte Caleb sofort. Der Amerikaner sah tatsächlich gut aus mit seinen leuchtend blauen Augen und seinen markanten Gesichtszügen.

Sein Lächeln für Deborah war offen und freundlich. »Ich hörte von Mademoiselle Flamenco, dass Sie wie ich aus Neuengland stammen, Madame?«

Deborahs Lächeln wurde breiter. »Aus Boston. Ich glaubte, ein wenig Akzent von Maine bei Ihnen zu entdecken, richtig?«

»Portland«, erwiderte er. »Obwohl ich bekennen muss, dass mir der tropische Golf besser gefällt als der kalte Atlantik. Nach sieben Jahren in New Orleans hasse ich es, an einen Winter in Neuengland zu denken. Diese Stadt wird Sie verwöhnen.«

Deborah, Caleb und Lenore plauderten über Belangloses, während Jacques Gautier Rafael in eine Diskussion über einen Hahnenkampf verwickelte, der am nächsten Tag stattfinden sollte. Abgesehen von einigen finsteren Blicken, die Rafael dem Trio zuwarf, zeigte er nicht mehr offen, dass ihm die Anwesenheit des Amerikaners missfiel, doch er sprach Französisch, wenn er mit seinem Gastgeber redete.

»Ah, Papa, da bist du ja mit Rafael ... und seiner charmanten neuen Braut«, fügte Minnette wie im Nachhinein in stark akzentuiertem Englisch hinzu. »Vielleicht beehrt Monsieur Armstrong die Tochter seines Gastgebers mit einem Tanz?« Es war eine offenkundige Masche, Rafael eifersüchtig zu machen, doch Jacques wirkte erfreut bei der Kühnheit seiner Tochter, und er lächelte, als Caleb sich bei Lenore und Deborah entschuldigte und Minnette zur Tanzfläche führte. Rafael ignorierte Minnettes List und bat Gautier, privat mit ihm zu sprechen.

Auf dem Nachhauseweg verlief die Kutschfahrt abermals angespannt. Nachdem Rafael und Deborah dem Rest der Familie gute Nacht gewünscht hatten, zogen sie sich in ihre Wohnung zurück. Deborah platzte fast vor Neugier, was zwischen dem alten Gautier und ihrem Mann geschehen war. Sie hatten kaum ihr Wohnzimmer betreten, als sie das Thema schon zur Sprache brachte.

»Erzähl mir, was du erfahren hast.«

Er hob eine Augenbraue auf diese herablassende Art, die sie verabscheute, und hakte nach: »Was erfahren, Liebste?«

Fast hätte sie mit dem Fuß aufgestampft. »Ich weiß, dass du mit Jacques Gautier über Caleb Armstrong gesprochen hast. Offenbar hat der Gentleman weit verbreitete Akzeptanz in kreolischen gesellschaftlichen Kreisen gefunden.«

Er lachte spöttisch. »Er ist kaum ein Gentleman. Gautier und du May sind Partner einer Bank, die in Schwierigkeiten steckt. Sie haben Armstrong in die besten Kreise eingeführt, weil sie hoffen, dass er in ihr kränkelndes Unternehmen investiert. Und obwohl er es nicht zugegeben hat, bin ich überzeugt, Gautier hofft, einen reichen Ehemann für seine liebe Minnette zu angeln, um den Handel zu zementieren.«

»Jetzt, nachdem diese liebe Minnette ihren Herzallerliebsten an eine räuberische Yankee verloren hat«, sagte sie schelmisch.

»Wer ist denn nun neidisch?«, scherzte er, und seine Stimmung besserte sich schlagartig, als er sie auf die Arme hob und sie zielbewusst zum Schlafzimmer trug.

Kapitel 8

Deborah erwachte mit der lethargischen Sattheit, die für sie inzwischen untrennbar mit Rafaels berauschender Leidenschaft verknüpft war. In der vergangenen Nacht hatte er sie heiß und besitzergreifend geliebt, und sie waren erst spät eingeschlafen. Sie vermisste nun die Wärme seines Körpers und sein Gewicht neben ihr, setzte sich auf und schaute sich im Schlafzimmer um. Rafael streifte gerade ein dünnes, weißes Baumwollhemd über seinen herrlichen dunkelhäutigen Körper. Sie sah, dass er nach einem Hausjungen läutete. »Wohin willst du?«

Er drehte sich zu seiner schläfrigen Frau um, lächelte und ging zum Bett. »Ich habe eine Verabredung mit Jacques und meinem Cousin Jean, um in einer Stunde einen Hahnenkampf zu besuchen. Aber nachdem wir uns beim Café zum Aperitif und Mittagessen getroffen haben, werde ich heimkommen.« Er gab ihr einen Kuss auf die Nase. Selbst diese kleine Geste, so natürlich und ungezwungen, hatte etwas Sinnliches.

»Wir sind jetzt seit zwei Wochen zu Hause, und du bist noch nicht zur Arbeit zurückgekehrt. Du bist bei deinem Schneider, bei Pferderennen und Hahnenkämpfen gewesen und hast mit deinem Cousin Martin auf dem Fluss Alligatoren geschossen. Musst du dich nicht um die Plantage oder das Transportgeschäft oder ... sonst etwas kümmern?« Deborah konnte sich keinen reichen Gentleman in Boston vorstellen, der kein Büro hatte und nicht wenigstens ein paar Stunden regelmäßig arbeitete.

Rafael lächelte nachsichtig, wie um ein neugieriges Kind zu beruhigen. »Natürlich arbeite ich nicht. Ich brauche mich nicht mit der Ernte oder dem Schiffstransport abzugeben. Wir haben einen Aufseher – Kent Austin – eingestellt, der die Zuckerplantage führt. Unser Verwalter James Rafferty handhabt den Transport und das Maklergeschäft. Oh, von Zeit zu Zeit müssen sich Papa oder ich mit ihnen zusammensetzen, um ihre Berichte zu überprüfen und Entscheidungen zu treffen, aber das Tagesgeschäft ist ihnen überlassen. Ein kreolischer Gentleman rackert sich nicht für Geld ab. Er genießt es.« Bei ihrer Bestürzung grinste er breit.

»Ich verstehe. Ihr heuert amerikanische Aufseher an, die sich für euch für das Geld ›abrackern‹. Und ihr habt eure Sklaven für die Arbeit.« Als sie es ausgesprochen hatte, klang es für sie gemein und undankbar, ja fast unloyal.

Rafael verschränkte die Arme vor der herrlich breiten und behaarten Brust und stand mit gespreizten Beinen da, starr in seinem Zorn. »Mama hat mir von deiner ärgerlichen Neigung zu manueller Arbeit erzählt und davon, dass du mit den Dienern auf dem Markt herumlungerst und dich beschwerst, nichts zu tun zu haben, außer dein Leben zu genießen. Eine undenkbare Sünde für eine Puritanerin, kann ich mir vorstellen.«

»Ich bin ans Arbeiten gewöhnt, Rafael. Meine ganze Familie hatte immer produktive Dinge zu tun. Ein Teil davon ist, den weniger Glücklichen zu helfen.«

»Eines musst du verstehen.« Er schritt zum Bett und umfasste mit seinen starken, gebräunten Fingern grob ihr Kinn. »Du bist die Frau eines Gentlemans. Du wirst dich wie eine richtige Dame benehmen und unsere Lebensweise akzeptieren. Wenn das bedeutet, unter den Härten von Partys, Bällen, Opernbesuchen und Ausflügen zum Schneider zu leiden, habe ich volles Vertrauen, dass du dies ertragen kannst. Und was die ›produktiven Dinge‹ anbetrifft ...« Sein Blick wurde weicher, als er sah, dass sie gegen Tränen ankämpfte. »Wir können gleich damit anfangen, diese Schar der Flamenco-Kinder zu zeugen. Das sollte dich ziemlich beschäftigen.«

Seine Hand stahl sich an ihrem Hals hinab, und seine Berührung wurde sanfter, als er unter ihrem hauchdünnen Nachthemd ihre Brüste streichelte. Er küsste ihre geöffneten Lippen, kostete mit der Zunge ihren Mund. Als sie reagierte und sich an seine Schultern klammerte, legte er sie aufs Bett zurück und senkte sich auf ihren schlanken Körper. Sein noch nicht zugeknöpftes Bauwollhemd klaffte auf, und er streifte es ab. Dann griff er nach dem Saum ihres Nachthemds, hob den dünnen Stoff und küsste ihre langen, wohl geformten Beine hinauf.

»Du wirst zu spät zum Hahnenkampf kommen«, hauchte sie zwischen lustvollem Aufstöhnen.

»Sollen sie auf mich verzichten.« Er zog das Nachthemd über ihren Kopf und warf es auf den Boden.

Warmes, nacktes Fleisch presste sich gegen warmes, nacktes Fleisch, und sie rollten mit umschlungenen Armen und Beinen in die Mitte des großen Bettes. Bald waren ihre Körper bei den erregenden Liebkosungen schweißnass. Sie strich eine feuchte schwarze Haarsträhne aus seiner Stirn, und er grub seine Hände in ihre Haarfülle, während er sie mit der Zunge und mit zärtlichen kleinen Bissen in den Hals reizte. Ihre Handflächen glitten über seinen Rücken hinab bis zu seinem kleinen harten Gesäß. Sie grub ihre Finger hinein, versuchte zu imitieren, wie er sie so oft rau berührt hatte, doch seine Muskeln waren hart wie Eisen. Sie konnte seine Gesäßbacken nicht kneten, aber sie konnte die Fingernägel hineingraben, was ihn vor Lust aufstöhnen ließ.

»Hungriges kleines Silberhaar«, keuchte er, erhob sich über ihr und griff zwischen ihre Beine, die jetzt verlangend für ihn gespreizt waren. Er beobachtete zufrieden, wie sie die Augen schloss und den Kopf ekstatisch hin und her warf, als er mit geschickten Fingern in ihr feuchtes, heißes Zentrum der Lust eindrang und es sanft und beharrlich streichelte. Als er die Hand aus den silbernen Löckchen zurückzog und sich darauf vorbereitete, sie zu nehmen, öffnete Deborah die Augen und packte dann kühn seinen heißen, harten Penis und führte ihn in sich ein. Sie beobachtete ihn, wie er ihn kraftvoll in sie hineintrieb, packte ihn an den Schultern und wölbte sich ihm entgegen, um seine Stöße zu empfangen.

»Danach kann ich wohl nicht lange warten, Liebste«, flüsterte er leidenschaftlich.

»Das brauchst du auch nicht«, raunte sie zurück und spürte den Ansturm der jetzt vertrauten Kontraktionen, die ihre Erfüllung signalisierten. Als sie spürte, dass er sich versteifte und seinen Samen tief in sie verströmte, hielt sie ihn in ekstatischer Umarmung fest, umklammerte mit den Knien seine schmale Hüfte und nahm ihn in sich gefangen.

Rafael erholte sich langsam als Erster, löste sich sanft aus ihren Armen und drehte sich auf den Rücken. Sie folgte ihm, schmiegte sich an ihn, wollte nicht das Gefühl verlieren, mit ihm vereinigt zu sein.

Rafael starrte zur Decke und kämpfte gegen den Aufruhr seiner Gefühle und Gedanken an. Nie, mit keiner Frau, war es so wunderbar gewesen; aber mehr noch – und das war das, was ihn beunruhigte –, sie beherrschte nicht nur seinen Körper, sondern auch sein Herz und seine Seele. In einem Augenblick konnte er mörderische Wut auf sie haben und im nächsten Zärtlichkeit und Leidenschaft für sie empfinden. Er hatte gehofft, schnell seine Besessenheit für seine Frau unter Kontrolle zu bekommen, wenn er sich erst hier in New Orleans in seine Routine eingelebt hatte. Sie hätte ihren Platz als richtige kreolische Dame einnehmen sollen, Einkaufsbummel unternehmen, Teepartys und Bälle besuchen, mit den Freundinnen seiner Mutter und Schwester gesellschaftlich verkehren sollen. Aber er wusste jetzt, dass Deborah niemals eine gehorsame kreolische Frau sein würde.

Was als überraschend wundervolle Entdeckung geteilter Leidenschaft begonnen hatte, war rapide zu einer Bedrohung für

Rafael geworden. Keine Frau sollte einen so beherrschenden Platz im Leben eines Mannes einnehmen. Gewiss hatte seine Mutter nicht so eine Macht über seinen Vater. Kreolische Frauen wurden verhätschelt und geliebt, aber ausrangiert, wenn es den Männern passte.

Bis jetzt war er erst etwas länger als einen Monat verheiratet. Die Zeit würde das Problem lösen. Die Zeit und schließlich die Mutterschaft.

Plötzlich schweiften seine Gedanken zu Lily. Vielleicht wäre auch ein Besuch in der Rampart Street eine gute Idee. Als sich Deborah regte und zu sprechen begann, ärgerte er sich über sein plötzliches Schuldgefühl. »Was?«, fragte er schärfer als beabsichtigt.

Deborahs Hand blieb still auf seiner Brust liegen, und sie wiederholte leise: »Ich habe nur gefragt, was du denkst. Du schienst Millionen Meilen weit fort zu sein.«

Er lachte dunkel. »Viel zu nahe daheim, *chérie*«, sagte er auf Englisch. »Viel zu nahe bei dir.«

Am Samstagabend kündigte Rafael beim Abendessen an, dass er seinen Vater zu einer Runde an den Spieltischen begleiten würde. Deborah hatte bereits Geschichten über die rund um die Uhr an sieben Tagen die Woche geöffneten Kasinos gehört, für die New Orleans, die Stadt der Sünde, berüchtigt war. Jede Art Spiel wurde angeboten: Ekarté, Siebzehnundvier, Poker, Faro und Roulette. Oftmals wechselten in einer Nacht fünfundzwanzigtausend Dollar den Besitzer. Sie hatte ebenfalls von den anderen Vergnügungen gehört, die in den oberen Zimmern solcher Etablissements angeboten wurden, doch als ihre Schwiegermutter die Ankündigung mit solch desinteressierter Ruhe hinnahm, sah sie keinen Grund zu protestieren. Wenn die Männer etwas anderes planten, als Karten zu spielen, würden sie gewiss nicht so beiläufig und offen ankündigen, dass sie »Toto« Davis' berühmtes Etablissement besuchen würden.

Als sie Rafael fragte, wann er heimkommen würde, sah Claude sie missbilligend an. Celine wirkte schockiert über ihre Frechheit, Ihr Mann zuckte nur mit den Schultern und antwortete, sie solle nicht erwarten, dass die Flamenco-Männer ihre Frauen am nächsten Morgen zur Messe begleiten würden. Als sie fort waren, warf Deborah ihre Serviette auf den Tisch und erhob sich, um den Raum zu verlassen.

Celines Stimme stoppte sie mit eisiger Gehässigkeit. »Du solltest lernen, deine Zunge zu hüten und keine Fragen zu stellen, wenn dir die Antworten nicht gefallen werden.«

Deborah sah Celine kühl an und ließ ihrem Zorn freien Lauf. »Ich habe nur eine vernünftige Frage gestellt. Rafael ist an den vergangenen drei Abenden zu Männerbelustigungen ausgegangen, und ich bin ein bisschen mehr Rücksichtnahme gewöhnt.«

»Ich habe dich eingeladen, mit uns bei den du Mays Domino zu spielen und das renovierte Haus der La Rues zu besichtigen, aber du hast abgelehnt. Du willst gar nicht zu uns passen. Du kannst nicht erwarten, dass dein Mann andauernd um dich herumscharwenzelt. So läuft das hier nicht.« Celines Stimme klang verächtlich.

»Ihr tut hier die meisten Dinge nicht auf die Weise, wie ich sie gewohnt bin«, entgegnete Deborah.

»Aber du hast in eine kreolische Familie eingeheiratet, und es ist die Pflicht einer Frau, sich anzupassen. Nicht wahr, meine Liebe?«, fügte Celine zuckersüß und scheinbar verständnisvoll hinzu, während sie sich hämisch über das erste Zerwürfnis zwischen ihrem Sohn und seiner Frau freute.

»Das ist mir schon erklärt worden«, entgegnete Deborah seufzend und verließ das Zimmer.

Rafael kam gegen vier Uhr morgens heim. Er roch schwach

nach Zigarrenrauch und Madeira, hatte aber nicht viel getrunken. Es war eine strikte kreolische Anstandsregel, nie in der Öffentlichkeit betrunken zu sein. Er zog sich sorgfältig aus und sank dann aufs Bett, nachdem er fröhlich verkündet hatte, dass er zweiundzwanzigtausend Dollar gewonnen hatte.

»Aber was wäre, wenn du so viel *verloren* hättest?« Sie war empört über seinen Leichtsinn.

»Ich habe schon oft verloren«, erklärte er ruhig. »Wir können es uns leicht erlauben, Deborah. Leg dich jetzt schlafen. Ich bin erschöpft.« Er schlief binnen Sekunden ein, und sie lag noch lange wütend und hellwach da.

Als sie am Morgen erwachte, war sie ärgerlich, weil Rafael sich weigerte, sie zur Messe zu begleiten. Er wälzte sich auf die Seite, drängte sie, sich seiner Mutter und Schwester anzuschließen, und schlief dann sofort weiter.

Deborah kleidete sich an und ging zum Esszimmer der Familie. Als sie an Celines Wohnzimmer vorbeiging, hörte sie ein scharfes Klatschen und ein unterdrücktes Schluchzen. Tonette rannte aus dem Zimmer, und Tränen glitzerten in ihren großen braunen Augen. Nach dem, was Deborah mitbekommen hatte, war offenkundig, dass Tonette Celines Kleid nicht zur Zufriedenheit der Herrin gebügelt hatte.

»Kreolische Nächstenliebe«, murmelte Deborah vor sich hin und ging zu dem Mädchen, das in die Küche geflüchtet war, um es zu trösten. Obwohl sie sich bei der Vorstellung, Sklaven zu haben und sie herumzukommandieren, unbehaglich fühlte, hatte Deborah allmählich eine gute Beziehung zu den meisten der »Leute«, wie die Sklaven von der Familie genannt wurden. Antoine, der Butler, und Wilma, die Köchin, waren herzlich und freundlich, doch es war die junge Tonette, Lenores Gefährtin und persönliches Dienstmädchen, zu der sie das vertrauteste Verhältnis hatte.

Als Tonette erst einmal ihr natürliches Misstrauen gegenüber der Yankee-Ausländerin überwunden hatte, war sie eine Quelle von Klatsch und Information gewesen. Mehrmals war Deborah Zeugin geworden, als Celine grausam gegenüber den jüngeren Sklavinnen gewesen war, doch die gerissene Frau versuchte nie, sich mit Antoine oder Wilma anzulegen. Bei einem siebzehnjährigen Mädchen war das jedoch etwas anderes.

Deborah setzte sich mit Tonette, deren hellbraune Schultern bebten, an den Küchentisch. *Sie ist so hübsch mit ihrem Teint wie Kaffee und Sahne, den goldbraunen Augen und der großen, schlanken Gestalt,* dachte Deborah. »Weine nicht, Tonette.« Sie tätschelte dem Mädchen den Rücken und blickte hilflos hinüber zu Wilma, deren Körpermassen fast die Hälfte des Herdes verdeckten, auf dem sie in einem Topf mit Gumbo, einer mit Gumboschoten eingedickten Suppe, rührte.

Wilma stammte aus Virginia, eine erfahrene Köchin und Haushälterin, die vor zwanzig Jahren gekauft worden war. »Mach dir nichts aus Miz Celine, Mädchen«, meinte die Sklavin. »Sie wird von einem Augenblick zum anderen wütend und kann dich im nächsten honigsüß behandeln. Das wechselt wie der Wind bei einem Hurrikan.«

Celine war unglaublich launisch. *In Boston würde sie mit ihren bizarren Wutausbrüchen und überschwänglichen Stimmungsumschwüngen keine Diener halten können. Natürlich kann man als Sklave nicht kündigen, ganz gleich, wie widerlich oder unerträglich die Herrin ist,* dachte Deborah bitter.

Sie schluckte ihre Empörung über Celines Verhalten hinunter und begleitete ihre Schwiegermutter und Lenore zur Messe. In der schönen alten St. Louis Kathedrale fühlte sie sich wie ein Störenfried. Rafael hatte die Kirche nur ein Mal mit ihr besucht. Als sie Lenore fragte, warum nur so wenige Männer die Messe besuchten, beantwortete ihre Schwägerin die geflüsterte Frage mit Verwirrung. Die meisten Männer machten ihren Pflichtbesuch zu Ostern und an Heiligabend, doch sonst, abgesehen von besonderen Anlässen wie Trauungen oder Taufen, setzten sie selten einen Fuß in eine Kirche. Deborah, im seriösen, puritanischen Boston aufgewachsen, war von solch unreligiösem Verhalten schockiert. Adam war ein überzeugtes Mitglied der Episkopalkirche und war jeden Sonntag mit seiner Tochter zur Kirche gegangen. Jetzt brauchte sie den Trost der Anwesenheit ihres Mannes. Als sie neben Celine Flamenco kniete, hatte sie ziemlich unchristliche Gefühle.

Nach der Messe ging Celine aus, um einige ihrer Freundinnen zu besuchen, und Lenore und Deborah blieben allein im Wohnzimmer zurück. Lenore versuchte, ihrer Schwägerin die Verzagtheit wegen Celines Verhalten zu nehmen. »Tonette wird bald Mamas Wutausbruch vergessen. Mach dir keine Sorgen, Deborah. Heute Nachmittag ist Freizeit, und die Congos werden auf dem Platz tanzen.«

»Congos?« Deborah blickte verständnislos drein.

Lenore lachte. »Ich vergesse immer noch, dass du ein Neuankömmling in der Stadt bist. ›Congo‹ bedeutet einfach Afrikaner. Jeder nennt das offene Feld oberhalb der Rampart Street den Congo Square. Die meisten Kreolen geben ihren Sklaven am Sonntagnachmittag frei zum Tanz bis Sonnenuntergang. Es sind die wahren Afrikaner, diejenigen, die sich an die alten Stammestänze erinnern und die beste Schau abziehen.« Sie erschauerte leicht und sagte hastig: »Das habe ich jedenfalls gehört.«

Deborah war fasziniert. Sie hatte die seelenvolle, bittere und durchdringende Musik der Afrikaner gehört, sowohl von den Sklaven als auch von jenen, die in der Zwielichtwelt der »Free People of Color« existieren. Darin war so eine betörende Schönheit und primitive Kraft, dass sie fasziniert gewesen war. In ihrer ersten Woche in New Orleans hatte sie einen schwarzen Sklaven eine Fähre staken sehen und ihn dabei ein Klagelied singen hören, das sie seither in ihren Träumen verfolgte.

Die Nacht ist dunkel, der Tag ist lang,
und wir sind fern der Heimat.
Weint, meine Brüder, weint.

Lenore bemerkte Deborahs Träumerei und war wieder einmal verwirrt. Wie ihr Bruder war sie umgeben von der schwarzen Subkultur aufgewachsen und dachte wenig darüber nach; sie existierte einfach. »Woran denkst du jetzt?« Lenore wartete fast ein wenig ängstlich auf die Antwort.

»Was hältst du von einem kleinen Ausflug heute Nachmittag, Lenore?« Deborah konnte die Mischung von Ungläubigkeit, Furcht und Neugier auf dem Gesicht ihrer Schwägerin sehen.

Als der große, offene Park sich vor Lenore und Deborah ausbreitete, sah sie hunderte von Leuten in verschieden großen Gruppen unter gewaltigen Sykomoren tanzen. Die Congos oder reinen Afrikaner waren kraushaarig und sehr dunkel. Eine Mischung von brauner, hellbrauner und goldbrauner Haut war ebenfalls sichtbar. Letztere jedoch mehr oder weniger unter den Zuschauern, statt unter den Tänzern. Rings um die springenden, sich wiegenden, wogenden Männer und Frauen standen zahlreiche Weiße – Kreolen und Amerikaner, Reiche und Arme. Einige waren fasziniert, andere angewidert. Die Zuschauer waren fast so zahlreich wie die Tänzer.

Deborah stieg schnell unter den teilnahmslosen Blicken ihres schwarzen Fahrers Guy aus der Kutsche. Lenore war etwas zurückhaltender, folgte jedoch Deborah, als sie sich einen Weg durch die Menge bahnte.

Die Tänze waren mannigfaltig. Einige Gruppen bewegten sich langsam in höchst stilisierten, sich ständig wiederholenden Schritten, andere waren wild und ausgelassen, aber alle waren graziös. Die Musik wurde auf primitiven Instrumenten gespielt,

Trommeln aller Größen und Formen, Reetpfeifen und Flöten und sonderbar geformten Saiteninstrumenten. Die Geräusche waren eine bizarre Mischung aus unheimlicher Lieblichkeit und misstönendem Lärm.

Deborah wurde auf einen Mann und eine Frau an der Seite aufmerksam. Das Paar tanzte ein äußerst sinnliches, erotisches Ballett und imitierte auf schockierende Weise die Bewegungen von Liebenden beim Geschlechtsverkehr. Deborah stieg beim Anblick der kreisenden, stoßenden Bewegungen das Blut in die Wangen, und sie fragte sich, ob Lenore wusste, was sie symbolisierten. Nach ihrem geröteten Gesicht und ihrem abgewandten Blick zu schließen, wusste sie es.

Deborah betrachtete verzückt den Auftritt, als das Geräusch streitender Stimmen sie aus ihrer Träumerei riss. Lenores gezischtes Wispern war unverständlich, aber die kalte, schneidende männliche Stimme, die antwortete, war deutlich zu verstehen. »Du bringst Schande über mich und die ganze Familie. Du wirst sofort heimkommen. Ich werde diesen Jungen auspeitschen lassen, weil er dich hierhin gefahren hat.«

Der Sprecher war ein eindrucksvoll aussehender mittelgroßer Mann, feinknochig und dunkelhäutig. Als er sich Deborah zuwandte, war sie erstaunt über seine Ähnlichkeit mit Rafael. Die gleichen hochmütigen, klassisch perfekten Latinozüge, jedoch weicher, erkalteter, fast erschöpft, der Körperbau erstklassig. Sie bemerkte, wie besitzergreifend er Lenore am Arm packte. Und plötzlich wusste sie, dass es Georges Beaurivage sein musste.

»Georges, bitte. Ich bin mit Deborah hergekommen.« Lenore griff nach der Hand ihrer Schwägerin, brauchte Beruhigung. Sie zitterte, entweder aus Angst oder vor Ärger, Deborah wusste es nicht.

Der Blick, den Georges auf sie richtete, hätte Holzgeist gefrieren lassen. Nach einer steifen Verbeugung glitt der Blick seiner eisigen schwarzen Augen unverschämt über ihren Körper. »Ah ja, die *nordische* Frau deines Bruders«, bemerkte er auf Englisch.

Er spricht das Wort »nordisch« aus, als hätte er ebenso gut »Mörderin« oder »Strichmädchen«, sagen können, dachte Deborah grimmig. Wenn Lenore jemals eine Verbündete gebraucht hatte, um sich dieser Ehe zu widersetzen, dann hatte sie jetzt eine.

»Guten Tag, Monsieur Beaurivage«, erwiderte sie auf Englisch. »Ich habe von der Familie so viel über Sie gehört.« Sie wurde für ihre Falschheit belohnt, als er schnell auf Französisch auf Lenore einzureden begann.

»Tante Celine hat mir von dieser katastrophalen Ehe erzählt. Der arme Rafael muss den Verstand verloren haben. Kein Wunder, dass Onkel Claude so aufgeregt ist. Du wirst nicht mit dieser Frau verkehren und dich gewiss nie wieder an einem solchen Platz sehen lassen, niemals mehr!« Dann wechselte er in hart akzentuiertes Englisch, ergriff beide Frauen am Arm und erklärte: »Ladys, erlauben Sie mir, Sie nach Hause zu begleiten.«

»Ich wäre betrübt, Ihnen so viel Mühe zu machen, Cousin, besonders wenn man bedenkt, wie Ihr Ruf leiden könnte, wenn Sie mit einer solchen Frau gesehen werden.« Deborahs Französisch war tadellos, ihr Lächeln vernichtend. Georges Beaurivage wurde blass und ließ seine Hand von ihrem Ellenbogen sinken.

Deborah ergriff Lenores Arm und schickte sich an, mit ihr davonzugehen, als eine andere Stimme ertönte.

»Ich wollte Wilma erst nicht glauben, als sie mir das erzählte!« Rafaels Gesicht war so finster wie ein Gewitterhimmel. Er blickte von seiner Frau zu Lenore und ihrem Verlobten und meinte ungläubig: »Sicherlich hast du diesen charmanten Ausflug nicht vorgeschlagen, Cousin Georges?«

Sofort richtete sich der kleinere Mann zu seinen vollen Einssechsundsiebzig auf. Empört erwiderte er: »Wie kannst du so etwas auch nur denken! Ich war unterwegs, um ... einen Freund zu treffen, als ich Guy und die Flamenco-Kutsche drüben auf der Rampart sah. Ich hielt sie sofort an und befragte Guy. Als ich erfuhr, dass meine Verlobte sich dieses abscheuliche barbarische Spektakel ansieht, kam ich her, um sie sicher nach Hause zu bringen.«

»Es war meine Idee, den Tanz anzusehen, Rafael«, gestand Deborah mit einem scharfen Blick in Georges Richtung. »Aber ich halte ihn nicht für abscheulich und barbarisch. Eigentlich ist er ziemlich faszinierend. Ich möchte so viel wie möglich über die Kultur von New Orleans lernen und ...«

»Dies kann kaum als Kultur bezeichnet werden, nicht wahr, lieber Cousin?«, unterbrach Georges mit herablassender Miene, jetzt sicher, dass Deborah und nicht er die Hauptlast von Rafaels berüchtigtem Zorn würde tragen müssen.

Deborah setzte zu einer Erwiderung an, doch Rafael ließ sie nicht zu Wort kommen. Er umklammerte schmerzhaft ihren Arm und wandte sich an Georges. »Bitte tu mir den großen Gefallen und bring Lenore heim, Cousin. Ich habe meiner Frau einige Dinge zu erklären.«

Mit Märtyrerblick folgte Lenore dem doch allzu besorgten Georges Beaurivage zu seiner Kutsche, die am Rande der Menge wartete.

Rafael spürte, dass Deborah versuchte, sich aus seinem schmerzhaften Griff zu befreien, und sagte leise: »Wenn du eine Szene vor diesem Pöbel machst, wäre es keine größere Schande als die, die du bereits über mich gebracht hast. In diesem Fall werde ich dich zappelnd und schreiend forttragen.«

Ein Blick in seine zu Schlitzen zusammengekniffenen Augen überzeugte sie, dass er es ernst meinte. Im Gegensatz zu Georges' kraftloser Besitzgier war Rafaels Verhalten fast wild und hemmungslos. Sie ging schweigend mit ihm zu der wartenden geschlossenen Kutsche.

»Ich habe versucht, geduldig zu sein, Deborah. Ich weiß, dass dies für dich ein anderes Leben ist als in Boston, aber du verweigertst eine Anleitung von Mama oder mir oder sonst jemandem. Jetzt hast du Lenore in eine deiner Eskapaden verwickelt. Sie ist ein unverheiratetes Mädchen, um Himmels willen! Ein unschuldiges. Ihr Ruf wäre ruiniert, wenn eine von Mamas Freundinnen sie an einem solchen Ort sehen würde.«

»Wie können sie Lenore sehen, wenn sie sich nicht selbst den Tanz anschauen?«, fuhr Deborah ihn mit aufreizender Logik an.

»Klatsch der Dienerschaft! Die Gerüchteküche ist fast übernatürlich in ihrer Wirkung. Ehrlich, Deborah, es gibt so vieles, was du nicht verstehst. Eine richtige kreolische Frau würde …«

Sie fuhr in mörderischer Wut zu ihm herum. »Wenn ich diesen Ausdruck noch ein Mal höre, werde ich mich übergeben! ›Eine richtige kreolische Frau‹ ist eine hirnlose, alberne Gans, die nie etwas tut, ohne ihre männlichen Verwandten um Rat zu fragen! Du hast gewusst, dass ich nicht so bin, bevor wir geheiratet haben, und ich werde mich niemals ändern!«

»Als Ehrenmann hatte ich wenig genug Wahl in der Sache, dich zu heiraten, Madame«, entgegnete er kalt.

Ihr erster Impuls war, ihm ins Gesicht zu schlagen, in dieses schöne, aristokratische Gesicht, das sie so liebte, doch Tränen nahmen ihr plötzlich die Sicht. Sie drehte sich um und stieg in die Kutsche, bevor Rafael ihr behilflich sein konnte.

Er hatte bemerkt, dass sie sich bei seiner grausamen Bemerkung versteift hatte. Warum brachte sie ihn stets so auf, dass er Dinge sagte, die er gar nicht so meinte? Er stieg hinter ihr ein und rechnete damit, einer Flut von Tränen ausgesetzt zu sein. Wieder einmal hatte er sie unterschätzt. Im Gegensatz zu seiner

Mutter und Schwester, im Gegensatz zu den meisten aller »richtigen kreolischen Frauen« weinte Deborah nicht. Sie saß kerzengerade da, zwang die Tränen zurück und starrte aus dem gegenüberliegenden Fenster, das Kinn stolz erhoben.

Sie war anders und unmöglich, und er hatte sie nie so sehr begehrt wie in diesem Moment. Er bekämpfte jedoch den Ansturm unvernünftiger Gefühle mit seinem Stolz und Zorn. Keine Frau würde sein Leben bestimmen und ihn vor seinen Freunden demütigen.

Die kurze Fahrt zur Royal Street verlief in lastendem Schweigen und schien ewig zu dauern.

Kapitel 9

Beim Essen am Sonntagabend war die Stimmung gedämpft. Lenore war von ihren Eltern gründlich getadelt worden, weil sie Deborah an diesem Nachmittag begleitet hatte. Georges Beaurivage hatte dafür gesorgt, dass Claude und Celine erfahren hatten, wie er seine Verlobte in letzter Sekunde vor der gesellschaftlichen Schande bewahrt hatte. Was Rafael und Deborah anbetraf, war ihr Schweigen am Tisch beredt genug.

Nach dem Abendessen rauchten Vater und Sohn im Arbeitszimmer eine Zigarre und tranken Madeira. Claude bemerkte Rafaels trübe Stimmung, nahm einen tiefen Zug an seiner Zigarre, stieß den Rauch aus und sagte dann in gemessenem Tonfall:

»Ich glaube, mein lieber Junge, die Flitterwochen sind vorüber. Du hast einen schlechten Handel gemacht, aber leider musst du damit leben. Wenn du sie schwängerst, wird sie wenigstens etwas haben, mit dem sie sich beschäftigen kann – außer für Skandale zu sorgen.« Er legte eine Pause ein und musterte seinen Sohn.

»Nein, sie ist nicht schwanger«, erwiderte Rafael mit einem Seufzen. »Aber ich bin überzeugt, dass sie das bald sein wird.«

Der ältere Mann stieß ein verächtliches Schnauben aus. »Das hat mir auch deine Mutter damals versichert. Das hat mir viel Gutes gebracht. Eine Fehlgeburt nach der anderen. In dreißig Jahren Ehe ist es ein Wunder, dass ich einen Sohn habe.«

Rafael drückte seine Zigarre aus und erwiderte ärgerlich: »Mir ist klar, dass es jetzt an mir liegt, den Namen Flamenco fortzuführen, wenigstens auf dieser Seite der Rassenschranke.«

»Da wir von unseren anderen Familien sprechen – hast du seit deiner Rückkehr Lily besucht?«, warf Claude ein. »Es könnte therapeutisch wertvoll für dich sein.«

Rafaels Gesicht verlor nicht den finsteren Ausdruck, doch er zuckte mit ironischer Resignation die Schultern. »Nein, ich habe auf diese Ablenkung verzichtet und stattdessen meine Pflicht getan, Papa. Ich habe jede Nacht mit meiner Frau geschlafen.«

Abermals schnaubte Claude höhnisch. Dann fixierte er seinen Sohn mit scharfen schwarzen Augen. »Ich glaube, wenn du aufhörst, es so verbissen zu versuchen, und dich stattdessen ›ablenkst‹, könnte das die Situation verbessern.«

»Vielleicht hast du Recht«, stimmte Rafael ruhig zu. »Vielleicht hast du Recht ...«

Deborah wartete darauf, dass Rafael in ihre Wohnung kam, denn sie wünschte, die hässliche Kluft zwischen ihnen zu überwinden. Sie war schwer gekränkt gewesen, als er gesagt hatte, er sei zu der Ehe gezwungen worden, aber sie waren verheiratet, und sie liebte ihn verzweifelt. Zum ersten Mal hatte sie über die Möglichkeit nachgedacht, dass er sie vielleicht überhaupt nicht liebte, doch dieser Gedanke war einfach unerträglich für sie. Zorn und kreolischer Stolz hatten ihn an diesem Nachmittag solche verletzenden Dinge von sich geben lassen. Er hatte nicht gemeint – *konnte* nicht gemeint haben –, dass er bereute, sie geheiratet zu haben.

Sie hatte ein schönes Negligee aus grauer Seide mit schwarzem Spitzenbesatz herausgelegt und ein langes Duftbad genommen. Doch nach ein paar Stunden vergeblichen Wartens in ihrer Reizwäsche wurde ihr klar, dass ihr Mann ausgegangen war. Aber wohin? Wieder in Davis' Kasino? Vielleicht war es ein weiterer ausschweifender Steifzug von Vater und Sohn. Sie entschloss sich, Lenore aufzusuchen und zu hören, was ihre Schwägerin wusste.

»Hat Rafael dir nichts gesagt, bevor er ging?«, fragte Lenore. Der Blick ihrer blauen Augen war verschleiert, als sie versuchte, ihr Unbehagen zu verbergen. Als Deborah verneinte, fügte sie hinzu: »Nun, Papa ist noch da, aber das heißt nicht, dass mein Bruder nicht allein losgezogen ist, um Karten oder Billard zu spielen. Das tut er des Öfteren – oder er fährt mit einigen Freunden runter zum Fluss, um zu schießen.«

Deborah blickte sie ungläubig an. »Im Dunkeln? Es ist nach zehn, Lenore. Nein, er ist vermutlich in diesem verfluchten Kasino.«

»Ja, bestimmt«, stimmte Lenore ein bisschen zu schnell zu.

Deborah blickte ihre Schwägerin an und hatte das unbehagliche Gefühl, dass sie etwas mehr wusste, als sie preisgab. War Rafael in ein Bordell gegangen? Gewiss würde ein vornehm aufgezogenes Mädchen wie Lenore nichts über so etwas wissen, aber wer konnte schon mit Sicherheit sagen, was sich in dieser fremden Kultur abspielte? Celine schien sicherlich bereit zu sein, bei Claude über vieles hinwegzusehen und es hinzunehmen. Deborah war jedoch entschlossen, nichts hinzunehmen.

Lily beobachtete, wie die Kutsche vorfuhr, und erkannte die große Gestalt, die ausstieg. Er hatte ihr vor Stunden eine Nachricht geschickt, und sie hatte ihn begierig erwartet. *Gott sei Dank kommt er endlich zu mir.* Lily hatte durch die Gerüchteküche der Diener gehört, dass Rafael geheiratet hatte, eine silberblonde Yankee mit eisigem Bostoner Verhalten. Sie war sofort in Panik geraten, denn Rafael hatte stets erklärt, dass er es nicht eilig mit dem Heiraten hatte. Tatsächlich hatte er seit dem Alter von neunzehn gutmütig abgewinkt, wenn seine Mutter sich als Ehestifterin versucht hatte.

Jetzt hatte er überraschend geheiratet. Zu stolz, um sich

selbst davon zu überzeugen, hatte Lily dem Klatsch der Diener über den exotischen Teint der jungen Madame Flamenco zugehört. Sie hatten ihr versichert, dass Deborah mager und reizlos sei, aber sie befürchtete das Schlimmste. Rafael musste so verrückt gewesen sein, sich ihretwegen seiner Familie zu widersetzen. Manchmal gab ein kreolischer Mann seine Mätresse auf, wenn er heiratete, und zahlte ihr eine Abfindung, damit sie den Lebensunterhalt bestreiten konnte, besonders wenn es eine Liebesbeziehung war.

Tagelang wartete Lily besorgt auf ihre Entlassung. Als dann keine kam und die regelmäßigen Zahlungen eintrafen, wartete sie erfreut darauf, dass ihr Gelieber in ihr Haus in der Rampart Street zurückkehrte. Nach ein paar Wochen wurde sie vom Warten und der Enttäuschung gereizt. Dann war früh an diesem Abend endlich eine Nachricht eingetroffen. Lily überprüfte ihr Äußeres von neuem im Spiegel. Tadellos hochgesteckte Frisur, große, goldbraune Augen mit dichten schwarzen Wimpern, feine Gesichtszüge, die heitere Gelassenheit verrieten. Sie strich über den rosafarbenen Morgenrock aus Satin, erfreut, dass ihre Figur mit der schmalen Taille nach zwei Geburten immer noch schlank war.

Das kleine, elegant möblierte Wohnzimmer war auf ihn vorbereitet, seine Lieblingszigarren und ein feiner weißer Bordeaux standen bereit. Zusammen mit einem späten Abendessen – Schellfisch auf Eis, kalte gegrillte Krabben und krustiges Brot mit allerlei Käsesorten. Das große Bett im Zimmer nebenan, in dem eine Duftkerze verlockend flackerte, war aufgedeckt.

»*Chéri*«, hauchte sie, als sie die Tür öffnete und zur Seite trat. Sie stellte sich auf die Zehenspitzen, zog seinen Kopf zu sich herab und küsste ihn langsam und sinnlich.

Ich hatte ganz vergessen, wie klein sie ist, dachte er, als er sich hinabneigte, um sie zu umarmen. »Du duftest immer noch nach Jasmin«, bemerkte er und knabberte zärtlich an ihrem Ohr.

»Hast du mich vermisst, *chéri?*« Sie ergriff seine Hände und zog ihn ins Wohnzimmer. »Setz dich, und ich schenke dir etwas Wein ein.«

Als er auf dem großen Sofa Platz nahm, stellte sie seine Füße auf eine Fußbank und zog seine Schuhe aus. Dann gab sie ihm Feuer für seine Zigarre. Er ließ seinen Blick über die elegante Ausstattung von Lilys kleinem Haus schweifen und bemerkte, dass sie ein neues silbernes Teeservice gekauft hatte, das auf dem Mahagonitisch in der Ecke stand. Das Kastanienbraun und Dunkelblau des orientalischen Teppichs und die mit Samt bezogenen Möbel schufen eine gedämpfte und schwüle Atmosphäre. Es gab zu viele Möbelstücke und Nippessachen, aber Lily war stets eine Sammlerin gewesen. Er lächelte in nachsichtiger Belustigung, als sie ihn bemutterte. »Ich habe etwas für dich«, meinte er und zog ein Etui aus seiner Jacketttasche.

Sie stieß einen kleinen Freudenschrei aus und öffnete das Etui. Der Anblick des schimmernden Elfenbeins nahm ihr den Atem. Es war eine Halskette, schwer und kunstvoll gearbeitet. Neben der Halskette lagen einige feine Kämme, ebenfalls aus kunstvoll bearbeitetem Elfenbein, und ein Paar dazu passende Ohrringe.

»Oh, Rafael, so etwas Wunderschönes habe ich noch nie gesehen«, hauchte sie und neigte sich zu ihm, um ihn zu küssen.

»Es ist feine Schnitzerei aus Neuengland.« Er schaute zu, wie sie vor dem Spiegel die Halskette und Ohrringe anlegte und die Kämme in ihre schwarzen Locken steckte. Als sie ihre entzückte Musterung beendet hatte, legte sie den Schmuck wieder in das Etui und ging zu ihm, um ihn wie ein Kind zu küssen, das die Aufmerksamkeit eines Elternteils gewinnen will, der lange abwesend gewesen war.

Sie hat Angst gehabt, ich würde sie verlassen, als sie von Deborah erfahren hat, dachte er. Bis jetzt hatte er nie über ihre Reaktion auf seine Heirat nachgedacht. Er hatte ihr wie immer

Geld geschickt, doch es war ihm niemals in den Sinn gekommen, ihr seine Pläne mitzuteilen. Eigentlich hatte er überhaupt keine gehabt. Er war stets davon ausgegangen, dass die Heirat sich nicht auf das Halten einer Mätresse auswirken würde. Für kreolische Frauen wäre das kein Problem gewesen. Er dachte flüchtig an Deborahs Reaktion und verdrängte die beunruhigende Vorstellung. Lily und sie gehörten kaum zu den gleichen gesellschaftlichen Kreisen! Rafael drückte seine Zigarre aus und leerte sein Weinglas. »Komm her.«

Sie gehorchte bereitwillig wie ein gehorsames junges Hündchen, doch ihr weicher, anschmiegsamer Körper erinnerte ihn mehr an eine sinnliche kleine Katze. Sie glitt neben ihn und begann, ihn mit ihrer kleinen rosigen Zungenspitze erregend zu küssen, während sie mit geschickten Fingern sein Hemd aufknöpfte. Dann liebkoste sie mit den Händen und dem Mund seine Brust. Während sie küsste und saugte, streifte sie ihm Jackett und Hemd ab. Langsam und sinnlich lehnte sie sich zurück und öffnete ihren Morgenmantel. Sie ließ den Satin über ihre Hüfte hinabrutschen. Er streifte die dünnen Träger ihres Negligees von ihren Schultern. Sie half ihm, wand sich aus dem dünnen Stoff, bis ihre großen, runden Brüste frei waren und er sie umfassen konnte.

Er reizte und streichelte sie, bis sie aufstöhnte und ihre braunen Brustspitzen hart wurden. Bei seinem zufriedenen Lächeln streichelte sie zum Bund seiner Hose, schnallte den Gürtel auf und knöpfte dann den Hosenschlitz auf. »Leg dich jetzt zurück, Rafael«, flüsterte sie und schob ihn in eine entspannte Haltung auf das Sofa. Ihre kleinen Finger befreiten seinen erigierten Penis aus der engen Hose. Sie spürte, wie sich sein Körper versteifte, und hörte sein leises lustvolles Aufstöhnen, als sie sein hartes Glied in ihren heißen, kleinen Mund nahm. Er zwang die Spannung aus seinem Körper und entspannte sich, genoss das Spiel ihrer Zunge, versuchte, alle

Gedanken zu verbannen und alle Frauen außer dieser einen zu vergessen. Er erreichte unter ihren erfahrenen Diensten plötzlich und schnell den Höhepunkt, doch die Nacht war jung, und sie hatten beide Zeit für viel, viel mehr in dem großen weichen Bett nebenan.

Lily erhob sich triumphierend wie eine edle, königliche Katze, die vor ihrem Herrn posiert. »Deine blasse Yankee-Frau könnte dich nie so sehr erfreuen!«

Sein Gesicht, dessen Züge in der Befriedigung weicher geworden waren, wurde plötzlich hart und verschlossen. »Ich pflege nicht mit meiner Mätresse über meine Frau zu diskutieren, Lily«, erklärte er kalt.

Sie schlug die Augen nieder, und ihr Mund bewegte sich halb zitternd, halb schmollend, als sie sich aufrichtete und den Morgenrock überzog. Dann ging sie, um vom Hausdiener Wasser für Rafael bringen zu lassen.

Während er sich schnell an der Schüssel mit dem warmen Wasser säuberte, brachte ihm Lily einen schwarzen, seidenen Morgenmantel und breitete ihn aus, damit er hineinschlüpfen konnte. Als sie um seine schmale Hüfte nach dem Gürtel griff, um ihn zu gürten, fuhr er mit den Fingern durch ihr Haar. Es war glatt und dick, blauschwarz und glänzend. Wenn er ihre leicht schrägen Augen und die hohen Wangenknochen sah, fragte er sich oftmals, ob eine ihrer Vorfahren eine Cherokee-Prinzessin gewesen war. Ihre Haut hatte einen schwach goldenen Schimmer, aber mit sieben Achtel Blut einer Weißen war ihr Teint weniger braun als seiner.

Sie tranken etwas Wein und aßen die leichte Mahlzeit, während er ihre Fragen über Boston und seine Reise mit der *Blue Lightning* beantwortete. Er erwähnte natürlich nichts von Deborah. Schließlich meinte er: »Genug von meiner Reise. Jetzt erzähl mir von Melanie.«

Seine schwarzen Augen forschten in ihrem Gesicht nach

irgendwelchen Anzeichen von Mutterliebe. »Kommt sie gut mit den Schulaufgaben zurecht?«

Lily winkte unbekümmert ab. »Natürlich, sie ist sehr intelligent. Was hast du denn gedacht? Sie ist schließlich deine Tochter.«

»Warum lässt du sie nicht hier wohnen, Lily? Ich könnte einen Lehrer einstellen und hätte die Möglichkeit, sie öfter zu sehen.«

Lilys Miene wurde eisig, und sie ergriff flehend Rafaels Hände. »Nein, sie ist glücklicher in St. Louis bei meiner Mutter. Sie hat die besten Lehrer.« Ihre großen goldbraunen Augen füllten sich mit Tränen, und ihre kleinen Hände spannten sich um seine größeren.

»Ich … ich kann sie nicht hier haben, seit mein Francois gestorben ist. Ich kann es nicht, Rafael! Ich wollte dir Söhne schenken, keine Töchter.«

»Wir können einen anderen Sohn haben, Lily«, erwiderte er geduldig.

Sie schüttelte heftig den Kopf. »Nein! Nein, ich könnte es nicht ertragen, einen weiteren kleinen Sohn zu haben und ihn auf den Armen zu halten, während er an dem verfluchten Fieber stirbt, nein! Keine weiteren Kinder, Rafael, bitte! Ich werde alles für dich tun. Alles, was dich erfreut. Ich liebe dich, aber verlange keine weiteren Kinder!«

Er nahm sie in die Arme und streichelte sie, fast wie ein Vater, der ein Kind beruhigt. Sie war im gleichen Alter wie er, doch seit ihr Sohn vor zwei Jahren bei einer Gelbfieber-Epidemie gestorben war, hatte sie sich verändert. Sie war nie glücklich darüber gewesen, dass ihr erstes Kind weiblich gewesen war. Lily war überglücklich gewesen, als Francois zur Welt gekommen war. Melanie war ein schönes kleines Mädchen, doch meistens hatte sich Lilys Dienstmädchen Morine um sie gekümmert.

Nachdem Francois gestorben war und Melanie die verheerende Epidemie von 1833 überlebt hatte, konnte Lily es nicht mehr ertragen, Melanie anzusehen. Sie hatte darauf bestanden, sie nach St. Louis zu schicken und dort wohnen zu lassen, wo die Großmutter und die Tante dieses Kindes hingezogen waren. Nicht bereit, Melanie in einem Haushalt zu behalten, wo sie ungeliebt war, und weil er keinen anderen Platz für sie gefunden hatte, war Rafael schließlich einverstanden gewesen. Melanie war jetzt fast sechs, eine süße junge Dame mit glänzenden braunen Augen und tiefschwarzem Haar. Ihr spanisches, französisches und afrikanisches Erbe hatten sich schön miteinander vermischt. Er ließ sie von ihrer Tante Therese mehrmals pro Jahr zu Besuchen den Fluss herunterbringen. Doch sonst sah er sie nicht, zahlte nur für ihren Lebensunterhalt und ihre Ausbildung.

»Weine nicht, Lily«, seufzte er. »Ich werde dir nicht untersagen, deine Zaubertränke zu nehmen.«

Sofort hellte sich ihre Miene auf, und sie stellte ihr herzzerreißendes Schluchzen ein. »Danke, Geliebter. Ich bin so dankbar für dein Verständnis.«

»Ich halte dich nicht hier, um mich mit Nachkommen zu versorgen, sondern um mich mit dir zu amüsieren, kleine Katze«, erwiderte er mit einem schiefen Lächeln. *Ich werde ohnehin bald legitime Erben mit Deborah haben.* Der Gedanke kam unerwünscht, aber er wollte nicht darüber nachdenken. Ärgerlich auf sich selbst und auf seine neurotische Mätresse, nahm er sie auf seine Arme und hob sie abrupt vom Sofa, trug sie ins Schlafzimmer und warf sie aufs Bett.

Er streifte schnell seinen Morgenmantel ab und kniete sich auf die Bettkante. Lily zog ihn aufs Bett und umschlang ihn mit ihrem kleinen wollüstigen Körper. Sie reizten sich mit sinnlicher Erfahrung, denn sie kannten ihre empfindsamsten geheimen Stellen. Schließlich rollte er sie auf sich und drang in sie ein. Als sie spürte, dass sein Höhepunkt kam, ließ sie sich mit einer letzten kreisenden Bewegung auf ihn sinken und fiel auf seine Brust, von den tiefen Wogen ihres eigenen Höhepunkts erfasst. Sie lagen schwer atmend ein paar Minuten in der warmen, dunklen Nacht und schliefen dann ein, immer noch miteinander vereinigt. Es war stets gut mit Lily.

Als er das erste Mal zu ihr gegangen war, war sie erst sechzehn und jungfräulich und er ein sechzehnjähriger Junge gewesen. Doch trotz seiner wilden Schmuserei mit einer Reihe von erfahrenen Mädchen der Unterklasse war er der Unschuldige gewesen. Lily war seit ihrer Kindheit offen in allen Arten, einen Mann zu erfreuen, unterwiesen worden. Sie verstand es wie die erfahrenste Kurtisane, einen Mann zu erregen und zur Ekstase zu treiben. Ihre eigene Mutter und ihre Tante, selbst *placées* in ihrer Jugend, waren ihre Lehrmeister gewesen. Für eine schöne Farbige war es die praktischste Methode, ihre Zukunft zu sichern.

Rafael war Lilys erster Geliebter gewesen. Zusammen hatten sie schnell gelernt, wie sie einander höchste Wonnen bereiten konnten. Sechs Jahre später hatte Rafael sich immer noch an der Beziehung erfreut. Es war ihm nie in den Sinn gekommen, sie nach seiner Hochzeit zu beenden. Jetzt, bedroht von seinen Gefühlen für Deborah, war er entschlossener denn je, Lily zu behalten, sozusagen als Gegengewicht zu dem beunruhigenden Einfluss seiner Frau.

Früh am nächsten Morgen stand Lily auf und gab dem Küchenmädchen Anweisungen für das Frühstück. Dann badete sie, erledigte ihre Morgentoilette und ließ ein heißes Bad für Rafael bereiten. Als er gebadet hatte, trug sie das Tablett mit dem Frühstück ins Schlafzimmer, und sie frühstückten zusammen im Bett.

»Ich muss wirklich heim, Lily. Es ist fast Mittag«, sagte er, wischte sich mit der schneeweißen Leinenserviette den Mund ab und legte sie auf das Tablett.

»Morine geht zum Markt, um frische Langusten zu kaufen, Rafael. Vielleicht wird sie dort Wilma und deine Frau sehen.« Sie nahm die Porzellantasse, nippte an ihrem starken schwarzen Kaffee und wartete, um seine Reaktion abzuschätzen.

»Deborah geht gelegentlich mit den Bediensteten einkaufen. Das beschäftigt sie und vertreibt ihr die Zeit«, meinte er beiläufig, während er sein frisch gebügeltes Jackett anzog.

»Es scheint sonderbar für eine Dame, mit schwarzen Sklaven über öffentliche Märkte zu ziehen, aber ich nehme an, Yankees sind anders als kreolische Frauen.« Sie konnte sehen, dass er zunehmend ärgerlich wurde. Lily konnte sich nicht zurückhalten. Sie warf sich in seine Arme. »Oh, Rafael, sie wird dich niemals befriedigen! Sie kann nie tun, was ich in der vergangenen Nacht getan habe.« Sie schob ihre geschickten kleinen Hände unter sein Jackett, zog ihn an sich und presste ihren Unterleib an ihn.

Er griff hinab, packte ihre Handgelenke und schob sie fort. »Ich habe es dir gestern Nacht gesagt: Ich diskutiere mit keiner meiner Frauen über die andere. *Niemals!* Du hast deinen Platz in meinem Leben, Lily. Sei zufrieden damit.« Der Blick seiner schwarzen Augen war hart wie Obsidian.

Sie senkte den Kopf und murmelte: *»Oui, chéri«*, und ihre dichten Wimpern verschleierten den gekränkten Zorn in ihren Augen.

Deborah war sonderbar unruhig, als sie erwachte. Sie fühlte sich einsam und fröstelte im Schlafzimmer trotz der Maiwärme. Sie hatte sich daran gewöhnt, neben Rafael zu liegen und seinen Herzschlag zu spüren, wenn er sie im Schlaf in den Armen hielt. Mutlos und bedrückt stand sie auf und läutete nach Tonette. Nach dem, was sie alles über die Zerstreuungen kreolischer Männer erfahren hatte, war es einfach wahrscheinlich, dass er die Nacht mit Wetten beim Hahnenkampf oder Kartenspielen verbracht ... oder mit einer anderen Frau geschlafen hatte. Der Gedanke, dass ihr Mann im billigen, mit Sperma befleckten Bett irgendeiner Hure lag, verursachte ihr Übelkeit. Sie zwang sich, diese widerlichen Gedanken zu verbannen und sich dem Tag zu stellen.

Sie wusste, dass Wilma an diesem Morgen zum öffentlichen Markt ging, um Schellfisch und Obst zu kaufen. Deborah liebte den Trubel und die internationale Atmosphäre im Einkaufszentrum der Stadt. Als Wilma festgestellt hatte, dass die neue Herrin leidlich Deutsch und sogar etwas Spanisch sprechen konnte, war die alte Köchin entzückt gewesen. Deborah konnte mit diesen Händlern weitaus wirkungsvoller handeln als sie, denn ihr Französisch war kaum verständlich, und sie konnte kein Wort in einer anderen Sprache außer Englisch sprechen.

Deborah bahnte sich in der Mittagshitze ihren Weg durch die Menge und beobachtete das bunte, laute Treiben auf dem Markt. Freie Farbige balancierten große Körbe auf ihren Köpfen mit den Turbanen, schritten in königlicher Haltung vorbei und verkauften Reiskuchen. Ein dunkelhäutiger Spanier pries Salzfisch an. Als Deborah sich Schweiß von der Schläfe wischte, fragte sie sich, weshalb Celine so erfreut gewirkt hatte, als ihre Schwiegertochter an diesem Morgen das Haus verlassen hatte. Für gewöhnlich machte Madame missbilligende Bemerkungen, wenn Deborah Wilma begleitete. Doch heute war Celine untypisch freundlich gewesen und hatte Deborah gebeten, die Austern für das Abendessen auszuwählen. Bereit, jeden vernünftigen Versuch zu unternehmen, um ihre Schwiegereltern versöhnlich zu stimmen, hatte Deborah zugestimmt, obwohl sie sich stinkend und schleimig wie der Schellfisch gefühlt hatte, nachdem sie die mit Seetang bedeckten Austernfässer durchwühlt hatte. Oh, nichts wie nach Hause und in eine Wanne mit frischem, kühlem Wasser sinken!

Wilma befahl Guy wie üblich mit barscher Stimme, behutsam das Obst und Gemüse im Wagen zu verstauen, als Deborah sich ihnen näherte. In diesem Augenblick sah sie eine Kutsche in die Dumaine Street biegen. Darin saßen Caleb Armstrong und Lenore! Es war eine geschlossene Kutsche, und Deborah erkannte ihre Schwägerin nur an dem Hut und dicken Schleier, die Lenore beim Verlassen des Hauses an diesem Morgen getragen hatte. *Kein Wunder, dass sie sich verkleiden wollte! Sie verabredete sich mit dem Yankee-Bankier!*

Deborah empfand wachsenden Zorn, weil alles so ungerecht war. Claude und Rafael konnten kommen und gehen, wann es ihnen beliebte, konnten sich alles Unmoralische oder Skandalöse erlauben, ohne dass jemand es ihnen ankreidete, während eine gute junge Frau wie Lenore, die sich nur von einem feinen jungen Mann umwerben lassen wollte, getadelt und gemaßregelt wurde.

Verdammt, wo war Rafael? Sie nahm sich fest vor, ihn nach seiner Rückkehr zur Rede zu stellen, und ebenso würde sie ihre Schwägerin beraten. Es war zu gefährlich, sich so offen mit ihrem Yankee zu zeigen. Wenn *sie* Lenore schon erkannte, dann konnten auch weniger verständnisvolle Leute sie sehen. Schwitzend und zornig stieg sie mit Wilma in den Kutschwagen und setzte sich zurück. Sie versuchte, sich mit ihren Röcken Luft zuzufächern. Würde sie sich jemals an die Hitze und Schwüle in New Orleans gewöhnen können? Es war erst Mai!

Als sie zu Hause eintrafen, half Deborah Wilma, die gekauften Lebensmittel auszuladen und in der Küche zu verstauen. Dann ging sie durch den Innenhof, begierig darauf, zu ihrer Wohnung zu gelangen, wo Tonette ihr ein Bad einlassen würde. Über dem Plätschern des Brunnens im Hauptinnenhof hörte sie das Gemurmel von Frauenstimmen. Sie wollte nicht gesehen werden und entschloss sich, das Haus leise über die Hintertreppe zu betreten. Sie hatte jedoch nicht mit den Falkenaugen ihrer Schwiegermutter gerechnet.

»Oh, Deborah, da bist du ja, gerade rechtzeitig zum Mittagessen.« Celines Begrüßung war überfreundlich und überschwänglich. »Komm runter und leiste mir Gesellschaft.«

Celine bemerkte Deborahs schweißgetränkte Kleidung und ihr strähniges, feuchtes Haar – der Knoten hatte sich halb aufgelöst – und lächelte falsch. Ja, Deborah roch sogar nach Austernfässern. Perfekt! Celine ging schnell zur Treppe, ergriff Deborahs Hand und zog sie um den Brunnen und den Schirm aus Büschen herum zu der Stelle, an der Minnette Gautier in reizender kühler Perfektion im Schatten eines Feigenbaums saß. Neben ihr saßen ihre Mutter, ihre Tante und mehrere andere von Celines Freundinnen, alle tadellos gekleidet und frisiert. Minnettes Augen weiteten sich erfreut, als sie ihr frisches, gelbes Kleid mit Deborahs schlaffer, nach Seetang riechender und verschwitzter Kleidung verglich. *Herrlich, sie sieht wie eine Vogelscheuche aus!*

»Oh, meine Güte, Sie sind anscheinend ohne Sonnenschirm in der Sonne gewesen«, gurrte sie boshaft. Ihre Tante starrte Deborah nur an, und einige der anderen Frauen tuschelten hinter ihren Fächern.

Deborah war starr vor Entsetzen, wie betäubt, als sie erkannte, welch hinterhältiges Spiel ihre Schwiegermutter mit ihr getrieben hatte. *Ich werde die Austern samt Schale und allem klein mahlen und in ihre Gesichtscreme geben,* dachte sie rachsüchtig. Sie zwang sich zur Ruhe und ignorierte die alberne Minnette und die kichernden Matronen. Stattdessen konzentrierte sie sich auf Celine.

»Das hast du tadellos geplant, Mutter Celine«, sagte sie ruhig. »Da muss ich dir ein Kompliment machen. Zu schade, dass Rafael nicht hier ist, um Zeuge meiner öffentlichen Demütigung zu sein, aber ich bin sicher, dass Miss Gautier bis zum

Abend mein Unbehagen in allen Einzelheiten in halb New Orleans herumerzählen wird – bis zu dem Gestank nach Fisch und Seetang«, fügte sie hinzu, als sie bemerkte, dass Minnette ihr Näschen rümpfte. Die kleine Kreolin raffte ihre Röcke und wich vorsichtig von Deborah fort, empört über die Unterstellung.

»Minnette braucht mir das nicht zu erzählen, Deborah. Ich bin hier, um es mit eigenen Augen zu sehen.« Rafaels Tonfall war so mörderisch wie sein Gesichtsausdruck. Er schritt schnell von der Treppe, die er soeben herabgestiegen war, in den Hof. Sein Blick glitt angewidert von ihrem strähnigen Haar über ihr schmutziges, verschwitztes Kleid, dann wieder hinauf zu ihrem Gesicht, auf dem der Schweiß glänzte und Schmutzflecken prangten. Er starrte sie wütend an und erklärte: »Wenn die Damen uns bitte entschuldigen wollen, meine Frau und ich haben oben über einiges zu reden.«

Zu schockiert, um weiter zu protestieren, sah Deborah zu, wie Rafael sich verneigte und Minnette einen Handkuss gab. Dann nickte er Celine und den restlichen anwesenden Frauen knapp zu, ergriff grob und schmerzhaft ihren Ellenbogen und zerrte sie zur Treppe zu ihrer Wohnung. Er sprach erst, als sie in ihrem Wohnzimmer waren. »Wenn du jemals wieder vor den Freundinnen meiner Mutter in dieser Verfassung erscheinst, werde ich dich den Fluss rauf zur Plantage bringen und dich ein Jahr lang einsperren, das schwöre ich!«

»Ich bin nicht vor ihnen erschienen – ich bin dazu gezwungen worden. Deine Mutter hat mich gebeten, auf dem Mark Austern zu kaufen, und dann hat sie absichtlich diese Einladungen verschickt – sie hat mich sogar in den Hof gezerrt, um mich ihren Gästen vorzuführen!« Was mit Zorn begonnen hatte, endete in Kummer. Sie war zu gedemütigt, um ärgerlich zu sein. »Deine Mutter verachtet mich, Rafael.« Ihr Blick flehte stumm um Beistand.

»Es wäre ein Wunder, wenn das nicht der Fall wäre! Du hast sie nur blamiert und geärgert. Wenn du daheim geblieben und dich wie eine Dame gekleidet und gepflegt hättest, anstatt dich mit den Dienern herumzutreiben, wäre diese ganze Sache niemals passiert.«

Verdammt, er hatte die Nase voll von Frauen – Lily, Celine und Deborah!

»Ich nehme an, wenn ich puppenhaft perfekt wie Minette wäre, würde ich dir gefallen.« Deborah hatte nicht so eifersüchtig klingen wollen.

Er warf angewidert die Hände hoch und ging dann wütend zum Schrank mit den Kristallgläsern und kühlem Wasser. »Diese etepetete kleine Kokette kam zum Teufel gehen. Mutter hat sie favorisiert, ich bestimmt nie. Vergiss Minnette Gautier und denk an mich. Du bist meine Frau, und du hast mir gegenüber gewisse Pflichten und Verpflichtungen. Du ...«

»Ja, und was ist mit deinen Pflichten und Verpflichtungen mir gegenüber, *Ehemann*?«, unterbrach sie ihn beißend, verletzt, weil er immer Partei für seine Eltern und gegen sie ergriff. »Du warst die ganze Nacht weg, ohne auch nur so freundlich zu sein, mir zu erklären, wo du sein wirst. Da du in meinen Handlungen immer nur das Schlechteste vermutest, sollte ich vielleicht dasselbe bei deinen tun.« Sie hielt den Atem an, entsetzt, was ihr in ihrem Zorn herausgeplatzt war, aber noch mehr Angst hatte sie vor einem möglichen Bekenntnis.

Er schüttete Wasser in ein Glas und trank, den Rücken ihr zugewandt. Dann drehte er sich zu ihr um, und ein Lächeln spielte um seine Lippen, das jedoch nicht die eisigen Tiefen seiner Augen erreichte. »Wenn ich eine süß duftende, schön gekleidete Frau zu Hause hätte, würde ich vielleicht lieber heimkommen.«

Deborah kämpfte gegen den Wunsch an, aus den Regalen hinter sich Bücher zu reißen und nach dem Schuft zu werfen.

Sie hatte gebadet und ein seidenes Spitzennegligee für ihn angezogen und die ganze Nacht allein in ihrem Bett gewartet, doch sie würde ihm jetzt niemals die Genugtuung geben, das zu hören. Wortlos wandte sie sich um und ging zum Schlafzimmer.

Kapitel 10

In den nächsten drei Tagen war der Flamenco-Haushalt in einem Chaos, als die Dienerschaft packte und sich auf den jährlichen Umzug zum Haus am See vorbereitete. Deborah war so mit Vorbereitungen beschäftigt, dass sie jeden Abend ins Bett fiel und zu erschöpft war, um zu weinen. Sie entfremdete sich immer mehr von ihrem Mann.

Rafael und Deborah sprachen nur das Nötigste miteinander, und ihr Gefühl, in der Familie isoliert zu sein, verstärkte sich. Celine brüskierte sie, Claude behandelte sie geringschätzig, und Rafael ignorierte sie. Nur Lenore war wohlwollend ihr gegenüber.

Lenore hatte jedoch ihre eigenen Probleme, wie Deborah nur zu gut wusste. Celine bedrängte ihre Tochter ständig, eine Verlobung mit Georges Beaurivage und Heiratspläne offiziell zu verkünden. Bis jetzt war ihr Vater geneigt, ihre tränenreichen Bitten, damit noch zu warten, zu erfüllen, doch Deborah wusste, dass er und Rafael die Ankündigung früher oder später erzwingen würden. Wenn sie von ihren heimlichen Treffen mit Caleb Armstrong erfuhren, würden sie keinen Moment mehr zögern. Deborah entschloss sich, das Thema zur Sprache zu bringen und herauszufinden, was zwischen ihrer Schwägerin und dem charmanten Yankee vorging.

Ein paar Tage lang ergab sich keine Gelegenheit, unter vier Augen mit Lenore zu sprechen, doch als sie sie von einem ihrer Ausflüge zurückkehren sah, angeblich vom Schuhmacher, entschloss sich Deborah zu handeln. Celine beaufsichtigte im Esszimmer das Packen, und die Männer waren außer Haus und trafen sich mit ihrem Verwalter. Deborah fing Lenore auf der Galerie ab und lud sie auf eine Limonade in ihre Wohnung ein.

Als Tonette die Erfrischung gebracht und sich zurückgezogen hatte, musterte Deborah Lenore mit ruhigem Blick und sagte: »Wie geht es Caleb?«

Vor Schreck verschüttete Lenore etwas Limonade auf ihr Kleid. »Woher weißt du? Wir waren so vorsichtig …«, flüsterte sie und konnte ihrer Schwägerin nicht in die Augen sehen.

Deborah setzte sich neben sie, nahm ihr das Glas aus der Hand und stellte es auf einen kleinen Tisch. Dann nahm sie Lenores kalte Hand in ihre und drückte sie leicht. »Sieh mich an, Lenore. Ich bin deine Freundin. Ich will sicher sein, dass du nicht verletzt wirst, dass dieser Mann kein vornehmes, wohl behütetes Mädchen ausnutzt.«

Lenores blaue Augen weiteten sich, und ihr Kopf ruckte zu Deborah herum. »O nein. Du meinst doch nicht, dass er … dass er … oh, Deborah, er ist ein perfekter Gentleman! Natürlich weiß ich, dass wir keine Anstandsdame haben, aber wie könnten wir eine haben, wenn meine Familie so gegen ihn eingestellt ist?«

»Wie lange kennst du ihn?« Deborah hatte tiefes Mitleid mit der traurigen, sanftmütigen jungen Frau.

»Wir haben uns im vergangenen Herbst kennen gelernt, als er mit Mister Gautier und Mister du May ins Geschäft kam. Wir prallten zufällig auf der Treppe zusammen. Oh, Deborah, er war so charmant und gut aussehend. Nicht wie kreolische Verehrer, die eitel sind und sich wie Pfauen kleiden!«

Lenore schilderte ausführlich, wie sich diese erste unschuldige Begegnung zu einer geheimen Romanze entwickelt hatte. Zuerst trafen sie sich in der Oper, auf dem Markt und in verschiedenen Cafés, die bei den jungen Leuten von New Orleans beliebt waren. Dann fragte er sie eines Abends bei einer Tanzveranstaltung, ob sie am folgenden Tag eine Kutschfahrt mit ihm unternehmen wollte. Sie war so kühn, die Einladung anzunehmen. Danach trafen sie sich heimlich jede Woche. Als er sich bei ihren Eltern vorstellen wollte, gestand sie ihm die Verlobungsvereinbarung zwischen ihr und ihrem Cousin Georges. Caleb schimpfte über etwas so Mittelalterliches im neunzehnten Jahrhundert.

»Liebst du ihn, Lenore? Genügend, um dich deiner Familie zu widersetzen und ihn zu heiraten?«, fragte Deborah sanft.

»Ich bin nicht wie Mama, Deborah. Ich will nicht ihre Art Leben führen. Seit ich Caleb kennen gelernt habe, habe ich so viel gelernt. Er ist viel gereist, nach St. Petersburg und Rom und London – sogar nach Afrika.« Ihr Gesicht spiegelte Verwirrung und Verlegenheit wider, als sie zögerte und dann fortfuhr: »Ich weiß, dass du gegen die Sklaverei bist, und Caleb ist ebenfalls dagegen. Oh, Deborah, er hat mir einige widerliche Dinge erzählt, wie die Congos gefangen genommen und in die Neue Welt verschifft werden. Ich hatte nie über diesen Teil nachgedacht – wie sie herkamen. Sie waren einst frei in ihrem eigenen Land.«

»Also umso mehr Grund für deine Familie, Caleb nicht zu mögen«, bemerkte Deborah trocken, erstaunt, wie sehr Armstrong Lenores Einstellung verändert hatte. »Bist du sicher, dass dich das nicht ein bisschen zu einem Blaustrumpf macht anstatt zu einer kreolischen Schönheit, Lenore?«, scherzte sie und hakte dann ernst nach: »Hat Caleb um deine Hand angehalten?«

»Oh ja, natürlich, aber ...« Lenore errötete und fuhr mit gesenkter Stimme fort: »Da ist etwas ...« Verlegen stand sie auf und ging zum Fenster. Sie blickte hinaus und gestand: »Ich habe Angst – oh, nicht vor Caleb. Er ist immer sanft und sieht so gut aus, doch wenn wir verheiratet sind, befürchte ich, dass sich das ändern wird. Mama hat mir erzählt, es ist schrecklich, aber Frauen müssen es ertragen. Dabei fühle ich mich gar nicht schrecklich, wenn er mich küsst, ganz und gar nicht – oh!« Sie errötete noch mehr, weil ihr das herausgerutscht war.

»Deborah, er hat mich nur ein paarmal geküsst. Mehr war nicht.«

Deborahs Abneigung gegen ihre Schwiegermutter wuchs. Sie ging zu Lenore und legte ihr eine Hand auf die Schulter. »Hör nicht auf deine Muter, Lenore. Sie irrt sich, und du hast Recht. Wenn du einen Mann liebst und er dich liebt, kann es schön, sogar atemberaubend herrlich sein. Wenn dir schon ein paar einfache Küsse gefallen haben, dann kann ich dir versichern, dass das, was folgt, noch tausendmal wundervoller ist.«

Lenores Verlegenheit hatte nicht nachgelassen, als sie sich am Fenster umwandte und Deborah in die Augen sah. »Ich … ich dachte, mit dir und Rafael wäre es nicht wie mit Mama und Papa. Ich habe euch tanzen gesehen und beobachtet, wie ihr Blicke tauscht und euch berührt. Oh, Deborah, ich hoffe, so wird es auch für Caleb und mich sein!«

Deborah erhoffte im Stillen eine andere Beziehung für Lenore und ihren Amerikaner. Für eine erfolgreiche Ehe war weitaus mehr nötig als das Vergnügen im Bett. Vergnügen bereiteten sie einander gewiss, aber jetzt wurde ihr klar, dass sie wenig sonst außer dem Körper ihres Ehemanns geheiratet hatte.

Deborah saß in der offenen Kutsche und hielt ihren Sonnenschirm trotzig zurück, sodass die Sonne ihr voll ins Gesicht schien. Jedem ärgerlichen Blick Celines folgte ein verstohlenes verschwörerisches Lächeln ihrer Tochter Lenore. Kreolische Damen hatten furchtbare Angst davor, dass ihre Haut vom Sonnenschein dunkler wurde. Es war nicht modisch. Außerdem drohte immer die Gefahr, »vom Teerpinsel geküsst zu werden«, eine südländische Beschönigung, wenn eine Familie schwache Merkmale von afrikanischem Blut in ihrer Ahnenreihe hatte.

Deborah fühlte sich noch mehr angespornt, sich zu sonnen, weil sie damit ihre Schwiegermutter ärgerte und sich der kreolischen Bigotterie widersetzte.

Die unangenehme Dunstglocke der Luftfeuchtigkeit in New Orleans lichtete sich, als sie sich dem Lake Pontchartrain näherten. Würziger Kieferrnduft hing in der Luft, und eine leichte Brise trieb den Wohlgeruch zu den Frauen in der Kutsche und den Männern auf den Pferden.

Auf dem Ritt beobachtete Rafael das Wechselspiel zwischen seiner Frau, Mutter und Schwester. Es beunruhigte ihn zunehmend, wie bereitwillig Lenore Deborahs Vorstellungen und ihre freimütige Art und Weise übernahm. Wenn das dumme Mädchen nicht aufpasste, konnte es seinen Ruf ruinieren. Er beobachtete die Art, wie Deborah und Celine sich mit Worten bekämpften und Lenore versuchte, für ihre Schwägerin Partei zu ergreifen. Heute Abend würde er damit seinen Vater konfrontieren und ihn drängen, den Zank zwischen den Frauen ein für alle Mal zu beenden. Lenore würde Georges heiraten und so auch dem Einfluss seiner Frau entzogen werden.

Sogar als er sich über Deborah ärgerte, fühlte er sich zu ihrer Mondscheinschönheit in der Mittagshitze hingezogen. Er hatte sie seit fast zwei Wochen nicht angerührt. In der Stadt hatte er Lily gehabt, um seine Bedürfnisse zu befriedigen, aber wenn sie erst im Haus am See sein würden, dann würde er wieder seine ehelichen Rechte wahrnehmen. *Verdammt, allein wenn ich sie ansehe, wird mein Verlangen so groß, dass ich sie auf der Stelle nehmen möchte,* dachte er ärgerlich. Monate der Ehe hatten seine glühende Leidenschaft für sie nicht abkühlen können. Er fragte sich besorgt, ob Jahre das schaffen würden.

Der Lake Pontchartrain nahm vor ihnen wie ein gekräuselter Wasserteppich Gestalt an, er lag glänzend in der Mittagssonne. Vor ihnen befand sich eines der beindruckendsten Häuser, das Deborah jemals gesehen hatte, zweigeschossig und mit einer breiten Veranda ringsum. Beide Stockwerke hatten große Doppeltüren, die jeden Hauch der Brise vom See hereinließen. Das Haus war pastellgrün gestrichen und wurde von großen Eichen beschattet. Es stand auf einer flachen Anhöhe, die etwa hundert Yards zum Wasser hin abfiel. Zier- und Gemüsegärten breiteten sich an der Seeseite des Hauses aus, und weiter zurück im Nordwesten stand ein großer Stall für Milchvieh zwischen einer Gruppe Eichen.

Als Deborah das Panorama in sich aufnahm, erzählte ihr Lenore von all den Annehmlichkeiten in dieser großen Domäne, die von der Familie Flamenco errichtet worden war, um dem Sommer auf der Zuckerplantage weiter flussaufwärts zu entkommen. »Wir haben sogar ein unterirdisches Kühlhaus gleich hinter dem Haupthaus. All unsere Getränke werden gekühlt sein«, kündigte Lenore an.

»Ich kann es kaum erwarten, es von innen zu sehen. Es sieht so kühl und einladend aus.« Nach der widerlichen Hitze von New Orleans sehnte sich Deborah danach, auf der oberen Veranda zu sitzen und die frische Brise vom See zu spüren.

»Du und Deborah werdet die Suite auf der Nordseite haben«, sagte Celine zu Rafael. Es gab nur ein Schlafzimmer in der Suite, aber das Wohnzimmer konnte leicht zu einem zweiten umfunktioniert werden, wenn es gewünscht wurde.

Als hätte er ihre Gedanken erraten, antwortete Rafael: »Mein altes Zimmer wird uns prima passen, Mama.«

Rafaels »altes Zimmer« war prächtig, mit einem herrlichen Ausblick auf den See, poliertem Zypressenholzboden und bequemen Ledermöbeln. Das große Himmelbett stand direkt gegenüber der offenen Doppeltür zur Veranda.

Rafael sah, dass Deborah das Bett betrachtete, als sie in der Mitte des großen Zimmers stand, ging zu ihr und legte seine Hände besitzergreifend auf ihre Schultern. »Heute Nacht«, er unterstrich seine Worte mit einem Kuss auf ihren Hals, »werden wir dieses Bett gut nutzen.«

Deborah versteifte sich bei der unerwarteten Umarmung und noch mehr bei seinen Worten. »Ich hatte den Eindruck, dass dir unsere ›erzwungene‹ Heirat so unangenehm ist, dass du nicht länger das Bett mit mir teilen willst«, fuhr sie ihn an.

Er lachte leise und drehte sie in seine Arme; dabei ignorierte er ihren Widerstand. »Ah, dir haben also meine nächtlichen Aufmerksamkeiten gefehlt, nicht wahr?«

Ihr schoss das Blut in die Wangen, und sie fühlte sich gedemütigt. Sie hasste sich, weil er ja so Recht hatte. »Ich bin sicher, du hast andere Vergnügungen gefunden, um mich zu ersetzen«, entgegnete sie und bemühte sich, uninteressiert zu klingen.

»Vielleicht«, erwiderte er mit dieser tiefen, samtigen Stimme, die sie liebte und über die sie sich zugleich ärgerte, weil sie hypnotisch auf sie wirkte, »aber auf diese Weise kann ich keinen gesetzmäßigen Flamenco-Erben zeugen.«

Rafael hätte keine schmerzlichere Reaktion auslösen können, wenn er Deborah geschlagen hätte. Er spürte, wie sie sich versteifte und ihn fortschob, ihr Gesicht abwandte, um zu verbergen, dass sich ihre Augen mit Tränen füllten. *Warum habe ich das gesagt?*, zürnte er mit sich selbst und erinnerte sich an seine früheren Worte, dass er gezwungen gewesen sei, sie zu heiraten. Damit hatte ihre Entfremdung begonnen, und jetzt hatte er alles noch verschlimmert. *Verdammt! Ich bin ein ungeschickter Idiot!*

Deborah riss sich aus seinen Armen los und flüchtete durch das Zimmer zur Türschwelle zur Veranda. Sie war kreidebleich. »Ich hätte wissen sollen, dass deine einzigen Motive, dich an mich heranzumachen, deiner familiären Pflicht gelten – wie es sich für einen Kreolen gehört!« Ihre Stimme troff vor Verachtung. »Warum beantragst du nicht eine Annullierung der Ehe, Rafael? Schließlich hast du mich gegen deinen Willen geheiratet, und ich werde nie eine richtige kreolische Frau sein. Dein Vater, deine Mutter und du, ihr sollt verdammt sein, wenn ihr denkt, dass ihr mich zu etwas machen könnt, was ich nicht bin!«

Sein erster Impuls war, sie aufs Bett zu werfen, ihr die Kleider vom Leib zu reißen und sie zu lieben. Er machte einige drohende Schritte auf sie zu, bevor er wieder zur Vernunft kam. Seine Eltern und die Schwester waren in den Nebenzimmern. Jeder würde den nachfolgenden Kampf hören, und ein Blick auf Deborahs rebellisch vorgerecktes Kinn überzeugte ihn, dass es in der Tat einen gehörigen Kampf geben würde.

Er verharrte und erklärte kalt: »Ich würde dich nicht im Traum zu etwas so Abscheulichem zwingen, meine Berührung zu ertragen, Madame. Was eine Annullierung der Ehe anbetrifft, so werde ich sie ernsthaft in Erwägung ziehen.« Damit machte er auf dem Absatz kehrt und stürmte aus dem Zimmer.

In dieser Nacht lagen sie steif in der Dunkelheit nebeneinander auf dem Bett. Beide waren froh, dass es groß genug war, sodass sie sich nicht berühren mussten. Jeder von ihnen fühlte sich elend in der warmen Sommerluft.

Am nächsten Morgen bot Lenore Deborah an, ihr den See und die Umgebung zu zeigen, und sie stimmte schnell zu. Sie brauchte unbedingt etwas körperliche Aktivität, um ihren Geist und Körper zu beschäftigen. Sie ritten in der Begleitung Gaspars, eines schwarzen Stallarbeiters. Lenore wies Deborah auf zahlreiche elegante Sommerhäuser hin. Die meisten gehörten Freunden der Familie, doch ein paar abseits gelegene am Nordende der Straße am See waren von Amerikanern errichtet worden.

Ein hübsches Ferienhaus in griechischem Stil stand zurückgesetzt auf einer abgeschiedenen Fläche, umgeben von Pinien. »Dieses Haus ist schön, Lenore.«

Lenores Gesicht rötete sich, und sie spielte nervös mit den Zügeln ihrer kleinen braunen Stute. »Es gehört Caleb.«

Debora lächelte. »Und deshalb bist du in diese Richtung geritten?«

»Oh, er ist jetzt nicht hier. Er kommt nur am Wochenende zum See, wenn er von seiner Arbeit frei hat.«

»Wenigstens arbeitet er«, sagte Deborah bitter. »Hast du mit ihm sprechen können, bevor wir die Stadt verlassen haben?«

Lenore blickte von neuem fort und antwortete im Flüsterton: »Ja, aber wir haben uns gestritten. Er besteht darauf, mit Papa zu reden und um seine Erlaubnis zu bitten, mir den Hof zu machen.«

Deborah blickte sie finster an. »Ich kann mir einfach nicht vorstellen, was das Gutes bewirken könnte!«

»Genau, aber ich befürchte, ich habe ihn nicht überzeugt. Er hasst es, sich heimlich mit mir zu treffen.«

»Du wirst bald eine Entscheidung treffen müssen, Lenore.« Deborah wusste, wie schwer es für ihre junge Schwägerin sein würde, mit Mutter, Vater, Bruder und der ganzen kreolischen Gesellschaft zu brechen. Es war gut möglich, dass sie zu dem Schluss gelangte, dass Caleb das Opfer nicht wert war. Eine kleine innere Stimme quälte sie. *War Rafael das Opfer für sie wert?*

Sie ritten in bedrücktem Schweigen zurück, jede vertieft in unglückliche Gedanken. Nachdem Gaspar die Pferde zum Striegeln fortgeführt hatte, betraten sie das Haus durch eine Seitentür. Laute, ärgerliche Stimmen hallten ihnen entgegen – Männerstimmen, die englisch sprachen –, Claude Flamencos schwerer Akzent und Caleb Armstrongs schneidige Sprechweise des Neuengländers.

»Ich habe nichts Unehrenhaftes getan, Sir. Ich liebe Ihre Tochter, und ich möchte sie heiraten.«

»Sie ist bereits verlobt. Es ist abgemacht. Verlassen Sie jetzt mein Grundstück, oder soll ich unsere Hunde auf Sie hetzen?« Claudes Stimme war bei jedem Wort schärfer geworden.

»Ich werde Lenore mit oder ohne Ihren Segen heiraten. Das können Sir mir glauben, Sir.« Calebs Stimme klang plötzlich lauter, als er durch die Tür des Arbeitszimmers in die Halle stürmte, wo er fast mit Lenore und Deborah zusammenprallte.

Lenore klammerte sich an Deborahs Ärmel und trat dann einen zögernden Schritt auf Caleb zu. Er streckte die Hände aus, um sie in die Arme zu nehmen, doch die Stimme ihres Vaters stoppte sie in dem Moment vor Calebs tröstender Umarmung.

Claudes ohnehin schon dunkle Gesichtshaut war noch eine Spur dunkler, als er auf Französisch zischte: »Lenore, geh sofort in dein Zimmer, oder ich lasse deinen Bruder diesen barbarischen Eindringling zum ehrenvollen Duell herausfordern – wenn er überhaupt Ehre besitzt, was ich bezweifle!«

Lenore zögerte nur eine Sekunde angesichts seiner Drohung. Rafael war tödlich mit Degen oder Pistole. Mit einem herzzerreißenden Schluchzen wirbelte sie herum und flüchtete die Treppe hinauf.

Caleb ballte die Hände an seinen Seiten in ohnmächtigem Zorn. »Dies ist weder die Zeit noch der Ort, um diese Diskussion fortzusetzen, aber das Thema ist noch *nicht* erledigt«, erklärte er unbeugsam zu Claude gewandt. Er drehte sich zu Deborah und nickte ihr höflich zu. »Guten Tag, Mrs. Flamenco.«

Als sie ihm nachschaute, hörte sie Celine rufen: »Ist er fort, Claude, Liebster?«

Claude sah Deborah an und antwortete seiner Frau, die jetzt in der Tür des Wohnzimmers stand. »Der *Amerikaner* wird dieses Haus nie wieder betreten.«

Deborah erkannte, dass die besondere Betonung des Wortes *Amerikaner* gegen sie gerichtet war, und sie ging ruhig die Treppe hinauf, ohne zurückzublicken.

»Oh, Deborah, was soll ich tun?« Lenore lag auf ihrem Bett, die Augen gerötet vom Weinen. »Caleb ist kein Duellant. Rafael wird ihn töten!«

»Vielleicht nicht. Wenn du bereits verheiratet wärst und es nichts mehr zu gewinnen gäbe, bezweifle ich, dass Rafael wünschen würde, seine eigene Schwester zur Witwe zu machen«, meinte Deborah ruhig.

Lenore setzte sich auf dem Bett auf, und ihr Gesicht hellte sich hoffnungsvoll auf. »Aber du hast Papa gehört. Caleb kann nicht mehr herkommen, und wenn ich versuche, von hier wegzugehen, werden sie mich aufhalten ...« Sie zögerte, wartete darauf, dass Deborah fortfuhr.

»Niemand wird es seltsam finden, wenn ich am Samstagmorgen ausreite. Du hast gesagt, dass Caleb oftmals seine Freizeit im Sommer in seinem Haus am See verbringt. Ich kann ihm eine Botschaft von dir bringen, in der steht, dass du seinen Antrag annimmst – du willst ihn doch immer noch heiraten, obwohl du weißt, was es bedeutet? Du würdest alle Bande zu deiner Familie durchschneiden.«

Lenore sah Deborah entschlossen an. »Du hast es getan, nicht wahr? Wenn eine Frau einen Mann genügend liebt, muss sie das Opfer bringen.«

Und was ist mit dem Mann?, dachte Deborah. *Kostet es ihn nichts?* Laut erwiderte sie: »Ja, Lenore. Ich habe es getan. Und ich werde dir und deinem Yankee helfen.«

Claude und Celine ließen Lenore keinen Moment aus den Augen, aber für Deborah war es nicht schwierig, sich am folgenden Morgen zu einem Ritt allein davonzustehlen. Rafael, der am Vortag flussaufwärts mit Freunden gezecht hatte, lag noch im Bett und schlief. Er war gestern Nacht spät heimgekehrt, lange nachdem die anderen sich zur Ruhe begeben hatten.

Der Boden war noch kühl und feucht vom Regen in der späten Nacht, und die Erde roch scharf und erfrischend. Es war ein bewölkter Morgen mit einer frischen Brise. Deborah trieb ihr Pferd an, begierig darauf, ihr Vorhaben hinter sich zu bringen und unentdeckt zum Haus zurückzukehren.

Sie brauchte fast eine Stunde bis zu Calebs Grundstück und eine weitere, um über Lenores Botschaft und ihr Durchbrennen zu sprechen. Caleb war überglücklich, dass Lenore ihn heiraten wollte, doch in seinem Stolz widerstrebte es ihm, sich von den hochmütigen Flamencos mit Lenore davonzustehlen.

»Was hätten Sie denn lieber – möchten Sie Lenores Bruder töten oder sich von ihm töten lassen? Claude hat keine leere Drohung ausgestoßen, Caleb. In diesem Augenblick hört Lenore zu, wie ihre Eltern eine große Verlobungsfeier planen. Georges Beaurivage wird am Freitag eintreffen, und heute Abend wird die Verlobung angekündigt.«

Calebs großer Körper war vor Sorge und Ärger angespannt. »Warum? Warum, zum Teufel, sind sie so verbissen feindselig gegen mich? Die du Mays und Gautiers haben mich wohlwollend in ihre feinen kreolischen Kreise aufgenommen. Ich bin gewiss wohlhabend genug, um für Lenore zu sorgen.«

Deborah lächelte traurig. »Das ist genau der springende Punkt, befürchte ich. Sie sind reich. Ihre kreolischen Geschäftspartner wollen Ihr Geld und Ihr Können für ihre schwächelnde Bank. Doch die Flamencos sind so reich wie Sie. Sie brauchen Ihr Geld nicht, und sie wollen ihr kostbares blaues Blut nicht noch mehr schwächen, als es bereits durch unpassende Ehen geschehen ist.«

Er schaute sie mitleidig an. »Sie wissen, wer den höchsten Preis für diese List zahlen wird, nicht wahr?«

Sie zuckte resigniert die Schultern. »Angesichts des jetzigen Zustands, dass ich noch gnädig geduldet werde, kann ich wenig tun, um bei den Flamencos noch tiefer in der Achtung zu sinken.«

»Auch in Rafaels Achtung?«

Sie seufzte. »Besonders in seiner.«

Als Deborah Caleb verließ, war es fast elf Uhr. Wenn sie nicht zum Mittagessen daheim war, würde man sie vermissen. Die Sonne stand jetzt hoch, war hinter den Wolken aufgetaucht, um ihre Strahlen in einem Flickwerk von Gold über die einsamen Wälder zu werfen. Es war so kühl und friedlich, dass sie nur ungern den Zauber des Waldes verließ.

Dann hörte sie das Knacken von Unterholz und gedämpften Hufschlag, der sich näherte. Panik erfasste sie, als sie sich daran erinnerte, dass Rafael sie vor Pöbel gewarnt hatte, der gelegentlich die verlassenen Waldgebiete um die Häuser der Reichen am See heimsuchte. Sie hatte eine ziemlich abgelegene Route gewählt, damit sie nicht gesehen wurde. Jetzt verblasste die Angst vor einer Entdeckung neben der Furcht vor dieser unbekannten Bedrohung.

Sie versuchte, ihr Pferd vom Pfad in das dichte Blätterwerk zu treiben, doch sie war nie eine vollendete Reiterin gewesen, und sie schaffte es nicht, bevor der Reiter sie entdeckte und nach ihr rief.

»Was, zur Hölle, machst du hier allein zu Pferde mitten im Niemandsland?« Rafael zügelte seinen großen Rappen neben ihrem kleineren Kastanienbraunen und schnappte sich dessen Zügel.

Weil sie von ihrer geheimen Mission ablenken wollte, fragte Deborah: »Warum sprichst du englisch?« Das hatte er selten getan, seit sie Boston verlassen hatten.

»Deine Muttersprache eignet sich so bewundernswert zum Fluchen, und genau danach ist mir jetzt zu Mute, *chérie.*« Er fluchte weiter, um es ihr mit bewundernswert fließendem Englisch zu beweisen.

»Verdammt, Rafael, lass mich reiten.« Sie versuchte, sich aus seinem harten Griff zu drehen, doch er hielt ihr Handgelenk fest.

»Ich bin vor einer Stunde aufgewacht und habe erfahren, dass meine Frau bei Tagesanbruch ausgeritten ist – ihr Ziel ein wegeloses Bayougebiet. Du hättest jetzt Alligatorfraß sein können, wenn nicht Schlimmeres – vergewaltigt und umgebracht von dem Abschaum, der sich hier herumtreibt!« Seine Augen glühten in schwarzem Feuer. Er hatte schreckliche Angst gehabt, dass sie verletzt war oder sich in den Wäldern verirrt hatte. Sie jetzt ruhig auf dem Heimritt zu sehen, erzürnte ihn über alle Maßen.

Deborah prallte vor seinem Zorn zurück, halb ärgerlich, halb ängstlich. »Wie praktisch für dich, wenn ich mir das Genick breche«, fauchte sie ihn an. »Das würde dir die Mühe ersparen, die Ehe annullieren zu lassen!«

»Führe mich nicht in Versuchung«, knirschte er. Als sie wieder versuchte, sich loszureißen, griff er hinüber und ignorierte ihr Schreien und ihre Schläge, als er sie von ihrem Pferd auf seines zerrte.

Jetzt jagte er ihr wirklich Angst ein. Sein Griff war so hart, dass sie sich wie in einem Schraubstock fühlte und keine Luft bekam, als er versuchte, sie zu bändigen. Deborah war trotz ihrer Schlankheit eine starke Frau. Sie schlug jedoch vergebens um sich und wand sich, wollte nicht nachgeben, obwohl er ihr Schmerzen zufügte.

Je mehr er ihren Körper an seinen presste und den süßen Lavendelduft ihres Haars von der Farbe des Mondlichts sah, desto mehr begehrte er sie. Es war unerträglich für ihn gewesen, in diesem großen Bett neben ihr auf Distanz zu liegen und sich zu zwingen, sie nicht anzurühren. »Nun, das musste irgendwann aufhören«, murmelte er in sich hinein, als er sie auf den moosbedeckten Boden neben seinem Pferd herabließ und schnell absaß.

Sie wandte sich um und versuchte zu fliehen, doch er holte sie mit ein paar geschmeidigen Sätzen ein. »Lass mich los!« Sie holte aus und schlug ihm ins Gesicht, dass seine Wange brannte.

»Du wiederholst dich, *chérie*«, erwiderte er, während er die Hand am Gelenk packte und auf ihren Rücken drehte. Schnell nahm er auch die andere Hand gefangen und hielt beide Hände hinter ihrem Rücken fest. Er presste sie an sich und fasste dann mit seiner freien Hand in ihre silberblonde Haarfülle.

Zu welchem Zeitpunkt ihr wilder Kampf zu einem atemlosen Zittern der Erwartung wurde, wusste sie nicht genau. Auf einmal starrten sie einander in die Augen, schwarze und violette in einem stummen Duell. Keiner wollte preisgeben, was die Augen dem anderen verrieten.

Sie atmeten beide schwer und zitterten, stumm und verzweifelt. Sehr langsam senkte er seinen Mund auf ihren, und sie hob die Lippen zu ihm. Es war zuerst ein sonderbar sanfter Kuss, versuchsweise, zögernd. Dann verstärkte er mit einem Aufstöhnen seinen Griff in ihrem Haar, presste ihr Gesicht an seines und vertiefte den Kuss.

Deborah öffnete sich ihm, empfing seine Zunge mit einem leisen Seufzen der Kapitulation. Sie wölbte ihm ihren Körper entgegen. Als er ihre Handgelenke losließ, schlang sie die Arme um seine Taille. Langsam sanken sie auf den weichen, moosigen Waldboden, Seite an Seite, eng umschlungen, während sie sich tief küssten und ihre Leidenschaft wuchs.

Sie spürte seine Hände unter der Jacke ihres Reitkostüms, als er ihr schnell und geschickt die Bluse aufknöpfte und dann ihre Brüste umfasste und durch die dünne Seide ihres Unterhemds streichelte. Die Spitzen wurden sofort hart, und heiße Wogen der Lust erfassten sie.

Er trug nur ein dünnes, weißes Batisthemd und eine gelbbraune Hose. Sie knöpfte schnell das Hemd auf und streichelte über die schwarzen Härchen auf seiner Brust. Sie spürte seinen heftigen Herzschlag.

Er zog ihr schnell die Reitjacke und den Reitrock aus und streifte sein Hemd ab. Dann streichelte er hinab zu ihrer spitzenbesetzten Unterwäsche, löste die Bänder ihrer Unterröcke und zog sie hinunter. Als er sie bis auf ihren Schlüpfer entkleidet hatte, küsste er eine erregende Spur über ihre schlanken Fesseln und ihre Beine hinauf. Sie lag atemlos und zitternd da und grub die Hände in sein dichtes, schwarzes Haar.

Eine seiner Hände glitt höher, um sie zwischen den Schenkeln zu streicheln. Ihr Verlangen wurde immer größer. Er spürte die Feuchtigkeit durch ihr Höschen. Sie schnappte nach Luft und bäumte sich ihm entgegen, als er sie leicht massierte. Als sie aufstöhnte, hob er seinen Kopf und zog ihr Gesicht zu seinem, um sie von neuem tief zu küssen. Und die ganze Zeit schürte er mit seinem erregenden Streicheln ihr Verlangen.

Die Welt schien in einem wirbelnden Strudel von Lust und Verlangen zu versinken. Deborah klammerte sich an Rafael, so entflammt, dass nichts mehr zählte. Sie wollte nur noch, dass er sich mit ihr vereinigte und ihre Sehnsucht stillte.

Er setzte sich abrupt auf, und sie sah, dass er seine Reitstiefel und die Hosen auszog. Als er sich ihr wieder zuwandte, umarmte sie ihn fieberhaft, während er ihr das Höschen abstreifte.

Er nahm ihre kleine Hand und senkte sie zwischen ihre Körper, um seinen Penis zu umfassen. Sie spürte das heiße, harte Fleisch, und ein süßer Schauer erfasste ihren gesamten Körper. Sie hörte ihn scharf einatmen, als sie sein Glied streichelte und die Spitze in sich einführte.

Die heiße Erregung und das Verlangen waren jetzt unerträglich. Er stieß in sie, und sie bäumte sich ihm entgegen, um ihn einzuhüllen. Sie waren verloren ineinander, vereint in hemmungsloser Lust. Keuchend trieben sie einander zu einem schnellen Höhepunkt, der für beide mit ungeheurer Wucht kam.

Er rollte sie herum, sodass sie auf ihm lag. Dann hob er ihren Oberkörper an, und als ihre Brüste vor ihm schwebten, saugte er an den perlenartigen Spitzen. Sie schloss die Schenkel fest um seine Hüfte und schloss ihre Augen, warf den Kopf zurück, um in der Erneuerung ihrer Leidenschaft zu schwelgen. Schließlich senkte er sie hinab auf sein wieder hart gewordenes Glied. Sie passte sich schnell dem Rhythmus an, kontrollierte ihrer beider Bewegungen, ließ sich sinken und hob sich mit kreisenden Bewegungen, bis sie in Ekstase geriet. Er legte den Kopf auf den Moosboden und bäumte sich auf, während sie ihn ritt.

Diesmal ließen sie sich Zeit, keiner wollte, dass es endete. Seine Hände glitten von ihrer Hüfte, ihre Wirbelsäule hinauf, dann um sie herum, um ihre Brüste zu streicheln. Sie strich mit ihren Fingernägeln über seine Brust, spürte, wie sich seine Schultermuskeln und Bizeps anspannten, und streichelte dann über sein Gesicht. Schließlich konnte sie sich nicht länger zurückhalten. Er schien es zu spüren und vergrub die Hände in ihrem Haar, zog sie zu sich herunter, um sie tief zu küssen, als sie sich in ihrem Höhepunkt versteifte. In rhythmisch pulsierenden Ausbrüchen ergoss er seinen Samen tief in sie.

Keiner von ihnen hätte sagen können, wie lange sie so dalagen, schweißgebadet und erschöpft, miteinander verschmolzen, nicht bereit, die Vereinigung zu unterbrechen. Schließlich streichelte er zärtlich ihre Wange und spürte Tränen darauf. Bei seinen sanften Liebkosungen hob sie ihr Gesicht von seiner Halsbeuge, und ihre Blicke trafen sich.

»Oh, Rafael, was machen wir jetzt?«, fragte sie mit gebrochener Stimme.

»Ich weiß es nicht, Mondblume, ich weiß es nicht«, antwortete er flüsternd.

Kapitel 11

»Meinst du, es wird klappen?« Lenore sah ihre Schwägerin angespannt an.

Deborah trug Lenores Kostüm für den Maskenball. Lenore hatte ihre Eltern überzeugt, dass sie die Art der Feier wählen durfte, wenn sie ihre Verlobung an diesem Abend verkünden mussten. Sie wünschte sich einen Maskenball. Kreolen liebten solche Kostümfeste, und ihr Vater, erfreut, weil sie sich endlich den Plänen fügte, hieß die Idee schnell gut.

Es war Deborahs Plan, nicht der Lenores. Jetzt stand Deborah bekleidet mit Lenores kunstvollem Kostüm einer Schäferin mit ihren gekräuselten Überröcken, den langen, spitzenbesetzten Handschuhen und dem breitkrempigem Hut da. Sie trug eine Perücke mit langen, gelben Locken und eine Maske. Das Kostüm war so sorgfältig ausgewählt, dass es fast jedes Unterscheidungsmerkmal der beiden Frauen vertuschen konnte.

»Sorge dafür, dass du deine Füße nicht sehen lässt«, mahnte Lenore. Sie war einen Kopf kleiner als ihre Schwägerin. Wenn Deborah jedoch Schuhe mit flachen Absätzen trug anstatt der hochhackigen Schuhe, die Lenore gewählt hatte, fiel der Unterschied vielleicht nicht auf. Deborah hatte stets die Feststellung gemacht, dass die Leute sahen, was sie erwarteten. Celine und Claude hatten Lenore die ganze Woche beobachtet, als sie das Kostüm anprobiert und sich geziert darin gedreht hatte. Deborah hatte die gleichen koketten Bewegungen geübt.

»Du benutzt deinen Fächer so geschickt wie jede kreolische Schöne, Deborah«, meinte Lenore staunend, als sie beobachtete, wie ihr Double eine spröde Geste übte.

»Nun, hoffen wir, das ich mit deiner ›erkälteten Stimme‹ ebenso zurechtkomme«, gab Deborah gespielt heiser zurück.

An diesem Morgen hatte Lenore eine plötzliche Erkältung vorgetäuscht, jedoch darauf bestanden, dass der Kostümball wie geplant stattfand, obwohl sie ein Problem mit ihrer Stimme hatte. »Wenn ich nur Georges am Reden halten kann, sollte er die Täuschung erst merken, wenn es zu spät ist.«

»Lass ihn nur über sich selbst reden. Damit kann er sich stundenlang amüsieren«, erwiderte Lenore bissig, und dann fragte sie noch einmal besorgt: »Bist du sicher, dass Caleb draußen hinter dem Stall sein wird?«

»So sicher, wie du in ihn verliebt bist und er in dich«, beruhigte Deborah sie.

An diesem Nachmittag, als Georges eingetroffen war, hatte Lenore zu große Nervosität wegen der Feier am Abend als Entschuldigung angeführt, um ihn nicht zu begrüßen. Deborah war ebenfalls oben geblieben und hatte mitgeteilt, dass sie ebenso wie Lenore erkältet sei und nicht zur Feier kommen könne. Wenn Rafael ärgerlich über ihre Absage war, so waren seine Eltern erleichtert.

»Bist du sicher, dass Rafael nicht raufkommen und sich vergewissern will, dass mit dir alles in Ordnung ist?« Lenore sah immer noch jede Menge Schwachstellen in ihrem Plan.

»Kurz bevor er nach unten gegangen ist, habe ich einen kleinen Streit provoziert«, erwiderte Deborah grimmig. *Als müsste ich ihn noch mehr verärgern!*, dachte sie betrübt. »Er wird sich nicht um mich sorgen. All seine Freunde und Cousins sind unten, um mit ihm zu feiern. Ich bin sicher, dass Minnette Gautier auch keine Zeit verloren hat, ihm schöne Augen zu machen.«

Lenore legte einen Arm um Deboras Schultern. »Minnette bedeutet Rafael nicht das Geringste.«

Deborah schluckte und sagte mit erzwungener Fröhlichkeit: »Oh, dann brauche ich mir wegen der albernen Gans ja nicht den Kopf zu zerbrechen. Ich kann mich darauf konzentrieren, meine Füße nicht zu zeigen und die Wimpern gesenkt zu halten, damit meine violetten Augen nicht zu sehen sind.«

»Bleib nur von den Kronleuchtern fern«, mahnte Lenore. »Lass Georges denken, dass du gern die romantischen dunklen Ecken mit ihm aufsuchst.« Sie schwieg kurz nachdenklich und bemerkte dann: »Sonderbar, jetzt wird mir erst richtig klar, dass er es eigentlich nie wollte – nun, du weißt schon, mir auf diese Weise nahe sein. Nur wenn er mich kontrollieren wollte, hat er mich wirklich berührt ...« Sie verbannte die widerliche Erinnerung und sagte: »Caleb und ich werden niemals vergessen, was du für uns tust, Deborah. Wenn wir dir jemals helfen können, weißt du, dass du sofort zu uns kommen kannst.«

Die beiden Frauen umarmten sich herzlich. Dann schob Deborah Lenore zu den offenen Türen hinten im Haus. »Ich muss nach unten in die Höhle des Löwen, und du musst durch die Küche und aus dem Haus zu Caleb. Geh jetzt.«

Der Raum war voller prächtig kostümierter Männer und Frauen. Griechische Musen lächelten geziert in silbernen und weißen Gewändern, exotische Piraten trugen Goldketten zur Schau und protzten mit funkelnden Säbeln. Deborah sah Rafael sofort. Er stand auf der anderen Seite des Raumes und überragte die Männer und Frauen ringsum. Mit seinem polierten Brustharnisch und der ledernen Kniehose eines spanischen Konquistadors sah er prächtig aus. Flüchtig fragte Deborah sich, ob er das Kostüm gewählt hatte, um sie an seine unbarmherzigen Ahnen zu erinnern oder weil es ihm zu seinen kühnen, dunkelhäutigen Zügen so gut stand.

Minnette Gautier ist nicht die Einzige, die ihn umschwärmt, dachte Deborah grimmig. All die Frauen schienen den spanischen Eroberer in ihrer Mitte zu schätzen. *Na, gut, dass er beschäftigt war!* In ihrer Verkleidung musste sie ihn um jeden Preis meiden. Sie konnte vielleicht Georges und ihre Schwiegereltern täuschen, doch niemals ihren Ehemann.

Fast sofort schwebte Celine heran, Georges im Schlepptau. Wegen der Menschenmenge, des Lärms und der flackernden Lichter durchschaute Celine Deborahs Verkleidung nicht. Sie schaute verzückt zu, als die vermeintliche Lenore schüchtern ihre behandschuhte Hand in Georges Rechte legte und einen Knicks andeutete.

Georges hielt sie steif, überhaupt nicht so, wie Deborah erwartet hätte, dass ein Verlobter seine geliebte zukünftige Frau halten würde. *Selbst Oliver Haversham ist ein weitaus besserer Schauspieler gewesen*, dachte sie, als ihr Ärger in nervöses Unbehagen überging. Ihre List schien jedoch zu funktionieren, denn er sprach von seinen Plänen für die Europareise, die sie nach ihrer Hochzeit unternehmen würden.

Deborah versuchte vergebens, sich einzureden, dass es nur seine Ähnlichkeit mit Rafael war, die sie beunruhigte. Sie warf schnelle, abschätzende Blicke auf sein Gesicht, sorgsam darauf bedacht, ihre Augen vor ihm zu verbergen. Seine wie gemalten Züge sahen zu gut aus, seine Gesten zu präzise. Da war nichts von der kühnen, männlichen Kraft, die sie immer in Rafael gespürt hatte, doch Georges' Art und Weise war ebenso arrogant und hochmütig, wie Rafael sein konnte. Etwas stimmte da nicht. Lenore musste verheiratet sein, bevor diese Nacht vorüber war, sicher vor diesem rätselhaften Mann!

Deborah war erleichtert, als Monsieur Gautier sich zu ihnen gesellte, aber sie hatte den Verdacht, dass Georges noch dankbarer dafür war. Er floh zur Punschschüssel und einer Gruppe seiner Freunde, während sie mit heiserer Stimme oberflächlich über Belangloses mit dem freundlichen alten Mann plauderte.

»Wie findet Ihr Verlobter New Orleans, nachdem er zwei Jahre in Paris verbracht hat?« Monsieur Gautier legte den Kopf schief, um ihre gekrächzte Antwort zu verstehen.

»Ich nehme an, ihm fehlt Europa. Wir unternehmen eine

große Rundreise in unseren Flitterwochen.« *Georges wird allein reisen müssen, aber ich nehme an, das wird ohnehin mehr nach seinem Geschmack sein.*

In den nächsten zwei Stunden tanzte und flirtete Deborah und sprach so wenig wie möglich. Sie mied Rafael und seine Eltern, die die List wahrscheinlich nicht durchschauten. Was Georges anbetraf, so tanzte er mit ihr nur so oft, wie er musste, um den Schein zu wahren. Die übrige Zeit unterhielt er sich mit seinem Freund Paul Ravat, einem Kommilitonen aus seiner Studienzeit in Frankreich. Wenn sie sich schon wegen Georges unbehaglich fühlte, war sie regelrecht angewidert, wenn der Blick von Pauls eisgrauen Augen ihr über die Tanzfläche folgte. Es war, als wüsste er irgendein Geheimnis, von dem Lenore keine Ahnung hatte.

Sie schalt sich eine Närrin, die sich etwas einbildete, und warf wieder einmal einen Blick zu der Uhr auf dem Kaminsims. Fast Zeit für ihren Abgang. Sie hatte Lenore und Caleb drei Stunden verschafft, mehr als ausreichend Zeit, um sich trauen zu lassen und die Ehe zu vollziehen, bevor die Familie Flamenco eingreifen konnte.

Die offizielle Verkündigung der Verlobung, bei der alle unmaskiert sein würden, sollte um Mitternacht erfolgen und anschließend ein üppiges Bankett stattfinden.

Wenn sie sich jedoch um Viertel vor zwölf entschuldigte und nicht wieder auftauchte, würde es keine Ankündigung und höchstwahrscheinlich auch kein Festessen geben. Deborah würde schlafend in ihrem Zimmer gefunden werden, und Lenore würde spurlos verschwunden sein. Eine Nachricht auf ihrem Frisiertisch würde die Geschichte erzählen. *Wenn ich mich nur unentdeckt davonstehlen kann.* Deborah beobachtete, wie sich der Minutenzeiger quälend langsam auf die Neun zubewegte.

Es ging auf Mitternacht zu, als Rafael beobachtete, wie Lenore eine langsame Quadrille mit Georges tanzte, sich dann entschuldigte und abwandte, um den Raum zu verlassen.

Plötzlich empfand er das Bedürfnis, ihr vor der unwiderruflichen Ankündigung zu versichern, dass sie glücklich werden würde. Lenore ging nach oben, um sich für den großen Moment frisch zu machen, daran bestand für ihn kein Zweifel.

»Lenore, warte, meine Kleine!«, rief er ihr nach, als er ihr in die vordere Halle folgte.

Sie wandte sich um und sah ihn, schnappte nach Luft und murmelte heiser: »Ich muss vor der Demaskierung meine Frisur richten, Rafael. Sag Papa und Mama, dass ich sie bei der Südtür treffen werde.« Damit raffte sie ihre Röcke und eilte die breite Treppe hinauf.

Im ersten Impuls wollte er ihr folgen. Doch er unterdrückte schnell den Drang. Es ließ sich nichts mehr rückgängig machen. Alles würde wie geplant verlaufen. Dennoch beschäftigte ihn etwas im Unterbewusstsein – was war es? Er grübelte beunruhigt darüber nach, während er nach seinem Vater und nach seinem zukünftigen Schwager suchte.

Als Lenore um Mitternacht nicht herunterkam, ging Celine schnell hinauf, um zu sehen, was sie aufhielt. Sie kehrte mit aschfahlem Gesicht zurück und zog Rafael und Claude in die Halle. »Sie ist nicht auf der Toilette. Keine der Damen, die dort sind, um sich frisch zu machen, haben sie gesehen. Ich habe den Dienern befohlen, in ihrem Zimmer und auf dem Grundstück diskret nach ihr zu suchen.«

Claude seufzte ungeduldig. »Sie kann nicht weit fortgegangen sein. Rafael sah sie vor kaum zehn Minuten nach oben gehen.«

Rafael riss sich plötzlich die Maske vom Gesicht und fluchte. Dann entschuldigte er sich automatisch bei seiner schockierten Mutter. »Die Schuhe, das war es!« Damit sprintete er zur hinteren Treppe und zu seiner Wohnung.

»Hast du das Kleid und die Perücke in ihr Zimmer gebracht und neben die unbenutzten Schuhe gelegt, Deborah?« Seine Stimme klang schneidend durch die warme Nachtluft, als er das Laken von ihrer reglosen Gestalt riss.

Deborah hatte sein Eintreten gehört und betete, dass er gehen würde, wenn sie sich schlafend stellen würde. Doch er ging nicht. Widerstrebend setzte sie sich im Bett auf. Ein Blick in seine zornsprühenden schwarzen Augen sagte ihr alles. »Woher wusstest du es?«

»Deine flachen Absätze. Als du so überstürzt die Treppe hinaufgelaufen bist, hast du deine Röcke etwas zu hoch gerafft, *chérie*. Ich hätte gleich die schönen Fesseln meiner Frau erkennen sollen.« Er umfasste mit harter Hand einen ihrer Knöchel und drückte ihn schmerzhaft. »Wo ist Lenore?«

Trotz der Hitze zitterte sie wie unter einem Kälteschauer.

»Ich warte auf eine Antwort! Ebenso warten meine Eltern, ihr Verlobter und über hundert Leute.« Er verstärkte noch den Druck.

Ihre Augen füllten sich mit Tränen, doch sie blinzelte dagegen an. »Es ist zu spät. Rafael. Caleb und sie haben vor Stunden geheiratet.«

Er fluchte, noch wütender als am Morgen im Wald, doch diesmal auf Französisch, als wollte er die Distanz zwischen ihnen betonen. Mit einem angewiderten Laut ließ er ihren Knöchel los und schob sie von sich fort.

»Wohin willst du? Rafael, lass sie in Frieden. Du kannst jetzt nichts mehr tun. Sie liebt Caleb, nicht Georges!« Doch Rafael war bereits aus dem Zimmer gestürmt.

Sie kleidete sich hastig an und schlüpfte dann leise in die Halle hinunter, wo sie die leisen Stimmen von Rafael und Claude hörte, durchsetzt von Celines schrillem Gekeife. Sie waren in dem privaten Wohnzimmer der älteren Flamencos, und Rafael stand an Claudes Schreibtisch und lud mit ruhiger Hand eine Pistole.

»Was werden wir Georges sagen? Unseren Gästen?«, jammerte Celine.

»Ich werde verkünden, dass Lenore plötzlich ernsthaft erkrankt ist. Schließlich war sie den ganzen Abend schon heiser von einer ›Erkältung‹. Die Verlobung ist nur aufgeschoben. Rafael wird Lenore heimholen. Du musst in ihr Zimmer gehen und warten. Die Leute werden erwarten, dass du dich um sie kümmerst.« Claudes Stimme klang ruhig, doch sein Gesicht war grau.

»Sie und dieser verdammte Kerl könnten in seinem Haus am See sein, aber das bezweifle ich. Sie haben vermutlich die Zeit genutzt, um nach New Orleans zu fliehen und einen Priester zu suchen. Ich sehe im Landhaus und dann in seinem Stadthaus nach.« Rafael schob die Pistole in seinen Hosenbund.

»Du bist prima gekleidet für die Rolle, die du spielen willst«, sagte Deborah von der Türschwelle her. Celine schnappte nach Luft und wollte sich auf ihre Schwiegertochter stürzen, doch Claude hielt sie zurück. Deborah ignorierte Celine und wandte ihre Aufmerksamkeit Rafael zu. »Wenn du ihn tötest, wirst du Lenore das Herz brechen. Sie ist jetzt mit ihm verheiratet.«

»Kein Priester in New Orleans würde ein kreolisches Mädchen aus guter Familie mit einem Amerikaner trauen – mitten in der Nacht, ohne dass ihre Familie anwesend ist«, zischte Celine giftig.

»Ein Priester der Episkopalkirche würde sich dazu bereit erklären. Caleb ist ein gutes Gemeindemitglied. Er hat alles schon vor Tagen abgemacht.« Deborahs Stimme klang matt. Welchen Sinn hatte es, ihre Rolle bei dieser Farce zu vertuschen? Sie musste Rafael von etwas Schrecklichem abhalten, selbst wenn es bedeutete, dass sie sich den Zorn der gesamten Familie zuzog.

»Sie würde niemals außerhalb der Kirche heiraten«, tat Claude den Gedanken mit ungeduldiger Stimme ab.

Celines Augen verengten sich, als sie Deborah anstarrte, die sie offen und selbstsicher ansah. »Du hast diesen Plan mit Armstrong ausgeheckt, nicht wahr? Du hast ihre unsterbliche Seele auf Abwege geführt.« In Wirklichkeit war Celine so wenig wegen ihrer Religion beunruhigt wie ihr Mann und ihr Sohn. Was würden ihre Freundinnen denken? Die Sorge vor dem Skandal, dass ihre Tochter durchgebrannt war, war weitaus schlimmer für sie als die Bedrohung ewiger Verdammnis.

Deborah erkannte, was die Gedanken ihrer Schwiegermutter beherrschte. »Ich habe deiner Tochter nur geholfen, den richtigen Mann zu heiraten.« Sie legte eine Hand zögernd auf Rafaels Arm, doch er zog ihn zurück, als hätte sie ihm wehgetan.

»Nichts von all dem ist wichtig. Ich suche sie. Deborah, wenn dir dein Leben lieb ist, dann gehst du jetzt zu Bett und bleibst da!« Damit stolzierte er aus dem Zimmer und knallte die Tür hinter sich zu.

Als Caleb auf die Rufe des Butlers reagierte, wusste Lenore, dass ihr Bruder oder ihr Vater vor der Tür stand. Sie hatte in der Stille des frühen Morgens den Hufschlag von nur einem Pferd vor Calebs Haus im Garden Distrikt nahen gehört. Wahrscheinlich war es ihr Bruder. Mit tauben Fingern mühte sie sich ab, ihren Morgenrock anzuziehen.

Dies war ihre Hochzeitsnacht. Warum musste etwas so Schönes und Privates durch Streit und Gewalt verdorben werden? Sie fuhr sich mit den Fingern durch ihre zerzausten Locken und schaute dann schnell in den Spiegel. *Sehe ich irgendwie anders aus? Wird Rafael Bescheid wissen?* Sie errötete, als sie sich den zärtlichen Sex mit ihrem neuen Mann in Erinnerung rief und an die süßen, atemlosen Wonnen dachte, die sie erst vor ein paar Stunden in seinen Armen gefunden hatte. Sie durfte ihn und seine Liebe niemals verlieren. Schnell ging sie nach unten und folgte den ärgerlichen Männerstimmen.

Caleb stand inmitten der getäfelten Eingangshalle Rafael gegenüber, in dem kalte Wut tobte. Der Amerikaner war genauso groß wie sein neuer Schwager, doch im Vergleich zu Rafael stämmiger. *Ein größeres Ziel beim Duell*, dachte Caleb mit grimmigem Humor, als er in Rafaels kalte, schwarze Augen blickte. »Ich will nicht gegen dich kämpfen, Rafael, zum Teufel mit deiner kreolischen Ehre. Ein praktisch denkender Yankee wie ich hält nicht viel von Duellen.« Er wartete, angespannt auf den Fußballen wippend und mit dem Wissen, dass er seinen Vorsatz nicht würde halten können, wenn der gefährliche junge Kreole ihn angriff.

»Du stellst dich nicht einer Herausforderung zum Duell?«, erwiderte Rafael verächtlich. »Niemand in New Orleans wird jemals noch mit dir Geschäfte machen.«

»Meine kreolischen Partner in der Bank haben bis jetzt Geschäfte mit mir gemacht. Ich denke, Sie werden selbst entscheiden müssen, ob dieser Verstoß gegen deine Etikette mich zum Ausgestoßenen macht!«, entgegnete Caleb fast freundlich.

»Wir haben ein Sprichwort in New Orleans«, erklärte Rafael eisig. »›Wenn man einem Maultier die Ohren abschneidet, wird trotzdem niemals ein Pferd daraus.‹ Ebenso wenig wird ein Amerikaner akzeptiert werden, der sich hinter den Röcken eines unschuldigen Mädchens versteckt. Ich bin gekommen, um meine Schwester heimzuholen, Armstrong, ob du meine Herausforderung annimmst oder nicht!« Er setzte sich in Bewegung, als wollte er um den schwereren Mann herum zu seiner Schwester gehen, doch Armstrong war schnell. Er verstellte Rafael den Weg und verharrte still, die Hände zu Fäusten geballt, aber er traf keine Anstalten, als Erster zuzuschlagen.

»Flamenco, ich verstecke mich weder hinter Lenore noch hinter sonst jemandem.«

Rafael machte einen weiteren Schritt auf Caleb zu und griff in seinen Hosenbund, um die Pistole zu ziehen.

Bevor er sie herausgezogen hatte, rief Lenore vom oberen Absatz der geschwungenen Mahagonitreppe: »Wenn du ihm etwas antust, werde ich mich umbringen, das schwöre ich!« Sie rannte die Treppe herab, das Gesicht aschfahl und die blauen Augen riesengroß.

Lenore legte einen Arm um Calebs Taille, doch bevor sie noch etwas sagen konnte, schob er sie sanft hinter sich. »Meine *Frau* geht nirgendwo mit dir hin. Du hast jedoch in einem Recht – ich bin ein Yankee-Maultier, und ich werde mich nicht von der Stelle rühren.«

Rafael sah Armstrongs kummervolle, jedoch entschlossene Miene und erkannte, dass er ihn jetzt schon kaltblütig erschießen musste, um seinen Willen durchsetzen zu können. Er wandte sich an Lenore, die von neuem neben ihren Mann trat. Ihr Morgenrock war nicht gegürtet, ihr Gesicht gerötet. Ein Blick auf sie verriet ihm die ganze Geschichte. Die Ehe war tatsächlich vollzogen worden. Unbändiger Zorn stieg in ihm auf. »Warum hast du das Mama und Papa angetan? Und Georges? Du hast Schande über den Namen Flamenco gebracht.«

»Es tut mir Leid, dass ich dir und unseren Eltern wehgetan habe, aber keiner wollte auf mich hören. Ich verabscheue Georges Beaurivage!« Sie wurde blass, als sie die Worte hervorstieß. »Bei ihm bekomme ich eine Gänsehaut. Er wollte mich nie um meiner selbst willen. Er wollte mich nur, weil ich eine geeignete Partie bin und unsere Familien zustimmten.«

»Du bist zu jung, um zu verstehen, warum Vernunftehen geschlossen werden«, gab Rafael angewidert zurück.

»Und ich nehme an, im stolzen Alter von zweiundzwanzig weißt du weitaus mehr«, warf Caleb sanft ein.

»Sagen wir einfach, ich lerne aus meinen Fehlern«, erwiderte Rafael, und grimmige Resignation ersetzte seinen mörderischen Zorn.

»Rafael, ich liebe Caleb. Das ist der beste aller Gründe für eine Ehe – das und Kinder.« Sie errötete und legte eine Hand auf Calebs Arm. »Ich könnte bereits ein Kind unter dem Herzen tragen. Ich will, dass mein Mann lebt, um es zu lieben, Rafael. Und du auch. Lass dich nicht vom Hass zerstören – euch *beide* nicht. Wenn du mich liebst, erzwinge diesen Kampf nicht.«

Besiegt, seufzte Rafael und nahm die Hand von seiner Waffe, ließ sie leer sinken. »Ich ziehe die Herausforderung zum Duell zurück, Armstrong.« Er starrte Caleb kalt an und wählte jedes folgende Wort sorgfältig. »Du weißt nicht, was du in dieser Nacht begonnen hast. Meine Schwester hat ihre Eltern verloren, ihre Freunde, das Leben, das sie immer gekannt hat. Sorge gut für sie.« Er wandte sich zum Gehen, doch Lenore löste sich von Caleb und hielt ihren Bruder am Arm fest. »Rafael, ich weiß, dass Mama und Papa mir nicht verzeihen werden, aber Deborah …« Sie spürte, dass er sich verstreifte, als sie den Namen seiner Frau erwähnte. »Deborah ist meine Freundin, und ich möchte, dass sie mich besucht. Würdest du ihr das erlauben?«

Er wandte sich langsam um, und der Ausdruck mühsam unterdrückten Zorns in den Augen traf sie wie ein Schlag. Sie ließ seinen Arm los. »Warum sollte sie jemals meine Erlaubnis brauchen? Sie wird tun, was ihr beliebt, wie sie es immer getan hat. Meinst du, ich weiß nicht, wer diesen Plan ausgeheckt hat? Du bist nicht annähernd verschlagen genug dafür, kleine Schwester. Und dein strammer Yankee musste vermutlich beschwatzt werden, damit er mitspielte, als meine Frau mich verriet!«

»Rafael, das ist nicht fair! Sie hat es nur mir zuliebe getan – sie hat dich nicht verraten.« Lenore erkannte an seiner Miene, dass nichts, was sie sagen konnte, die geringste Wirkung bei ihm haben würde.

Caleb trat näher und legte einen Arm um die Schultern seiner niedergeschlagenen Frau. Zusammen standen sie an der Tür und beobachteten, wie der stolze junge Kreole steif über den Rasen zu seinem wartenden Pferd ging.

Kapitel 12

Rafael kam um drei Uhr in der Früh heim. Er war grimmig und schweigsam und berichtete nur, dass er seiner Schwester versprochen habe, ihren Mann nicht zum Duell herauszufordern. Die Ehe war tatsächlich vollzogen. Er sprach die ganze Woche nicht mit Deborah, ging aus, um sie zu meiden, als fürchtete er sich vor dem, was er ihr antun könnte. Ein paar Nächte schlief er in ihrem Wohnzimmer auf einer schmalen Liege, die er von einem Diener hatte aufstellen lassen. Andere Nächte, einschließlich der letzten, verbrachte er in der Stadt. Deborah wollte nicht darüber nachdenken, wo.

Zum ersten Mal seit ihrer Trauung spielte Deborah mit dem Gedanken, ihrem Vater die Wahrheit über ihre zerrüttete Beziehung zu Rafael zu schreiben. Nach drei vergeblichen Versuchen gab sie ihr Vorhaben auf. Es war zu schmerzlich. Sie verließ ihren Schreibtisch, um sich erschöpft und deprimiert auf eine Chaiselongue auf der Galerie außerhalb ihrer Zimmer zu legen. Dann hörte sie Celine und Claude in einem Zimmer darunter streiten.

»Ich sage dir, Claude, das wird man mir nie vergessen. Die Leute sind zu verlegen, um mir in die Augen zu sehen. Gestern beim Mittagessen bei den Lacroix' wurde ich regelrecht geächtet.«

»Meine Liebe, warte nur bis zum Herbst. Bis wir in die Stadt zurückkehren und der Winter beginnt, wird sich ein halbes Dutzend anderer Skandale ereignet haben.« Claudes Stimme klang besänftigend.

»Nichts so Schreckliches! Unsere Tochter hat die Kirche verlassen. Wie kann ich bei der Messe auch nur den Kopf erhoben halten?«

Claude lachte nachsichtig. »Liebling, ich dachte, beim Beten in der Messe *senkt* man den Kopf.«

»Mach dich nicht lustig über mich, Claude! Ich habe mein Kind verloren, und es ist alles die Schuld dieser verfluchten Yankee. Oh, warum hat Rafael sie hergebracht? Wenn er doch Minnette Gautier geheiratet hätte!«

»Aber das hat er nun mal nicht. Was geschehen ist, lässt sich nicht ändern.« Claudes Stimme klang jetzt hart und bitter. »Lenore war meine einzige Tochter. Und ich habe sie geliebt. Ich trauere um ihren Verlust, doch wir haben immer noch Rafael, und seine Frau ist unsere einzige Hoffnung auf Enkelkinder. Mein Sohn hat mir versichert, dass er im Laufe des Jahres ein Kind zeugen wird. Hoffe darauf.«

»Und was ist mit dem zusätzlichen Skandal des Duells?« Celine schien entschlossen zu sein, Claudes Versuche, das Gespräch zu beenden, zu ignorieren.

Deborahs Reaktion wechselte von Demütigung zu Furcht. Jetzt neigte sie sich vor, um jedes Wort mitzubekommen.

»Da unser Sohn so dumm war, beeinflusst durch Lenore, das Leben dieses Hundes zu verschonen, war es Georges' Recht, ihn auf dem Feld der Ehre zu treffen. Er war auch äußerst clever. Er provozierte Armstrong, die Herausforderung auszusprechen, sodass er die Wahl der Waffen hatte. Der ignorante Amerikaner ist ein guter Schütze, aber ein lausiger Fechter.«

»Ich hoffe natürlich, dass unser Georges diesen ... diesen Verführer besiegen kann! Was wird geschehen, wenn Lenore Witwe ist?« Celines Stimme nahm einen überraschten Klang an, als wäre ihr der Gedanke erst soeben gekommen.

»Ich vertraue darauf, dass ihr Mann ihr genügend hinterlässt, sodass sie gut versorgt sein wird. Sie ist keine Flamenco mehr. Wir können sie nicht zurücknehmen, nachdem sie Schande über unseren Namen gebracht hat.« Seine Worte klangen kalt und endgültig.

Deborah zitterte, als sie aufstand und mit hölzernen Schritten in die Wohnung ging. Sie musste mit Rafael sprechen. Ganz gleich, wie sehr er sie jetzt hasste, er musste verhindern, dass Georges Lenores Mann tötete. Sie ging unruhig auf und ab und überlegte, was sie ihm sagen würde; sie fürchtete sich vor dem späten Nachmittag, an dem er den Fluss herunterkommen würde, um zu baden und sich auf seine abendlichen Vergnügungen vorzubereiten.

Das Gespräch verlief sogar noch schwieriger, als sie erwartet hatte. Nachdem Rafael an einem Pferderennen teilgenommen hatte, kam er staubig und verschwitzt nach Hause und verlangte barsch Badewasser.

Als sie an die Tür des Wohnzimmers klopfte, das ihm jetzt zusätzlich als Schlafzimmer diente, forderte er sie mit scharfer Stimme zum Eintreten auf. Offenbar hatte er gedacht, es sei einer der Sklaven, denn er war dabei, sich auszuziehen und trug nur eine Reithose. Er stand barfuß inmitten des Zimmers und knöpfte seine Hose auf.

»Beeil dich, Guy. Schütte das Wasser ...« Er verstummte abrupt. »Was, zum Teufel, willst du?« Er rührte sich nicht, starrte sie nur wütend an.

»Ich muss mit dir sprechen, Rafael, ganz gleich, wie ärgerlich du auf mich bist.« Sie zögerte und nahm all ihren Mut zusammen. Dann betrat sie das Zimmer, schloss die Tür und lehnte sich dagegen, um ihr Zittern zu verbergen. »Ich habe soeben erfahren, dass Georges Beaurivage sich mit Caleb duellieren wird. Mit Degen. Caleb ist kein Fechter. Er wird getötet werden, Rafael! Du musst sie aufhalten!«

Er blickte finster drein und zuckte angewidert die Schultern. »Ich hätte wissen sollen, dass du kommen und um das Leben deines Landsmannes betteln wirst. Ich kann mich nicht in eine Sache der Ehre einmischen. Georges hat das Recht ...«

»... einen Mann zu töten, der niemals Fechten gelernt hat?«, unterbrach sie ihn wütend. »Rafael, du hast Lenore versprochen, dass Caleb sicher sein wird.«

»Ich habe versprochen, ihn nicht zu töten, was ich leicht mit Degen oder Pistole hätte tun können«, widersprach er arrogant. »Aber ich werde das Duell nicht verhindern. Wenn ich das täte, wäre Armstrong entehrt. Er ist ein erwachsener Mann, und er muss die Konsequenzen für sein verachtenswertes Verhalten tragen. Es liegt nicht in meinen Händen.« Er drehte sich um und zog sich weiter aus. »Kannst du mich jetzt in Frieden baden lassen – oder bleib meinetwegen und schrubb mir den Rücken, wenn du das willst, *chérie*«, fügte er höhnisch hinzu. Sie flüchtete aus dem Zimmer.

Früh am nächsten Morgen ritt Deborah aus, angeblich zu einem morgendlichen Galopp am See. In Wirklichkeit ritt sie, so schnell sie konnte, zur Stadt zu dem Haus der Armstrongs im Garden District.

Deborah spürte, dass etwas nicht stimmte, sobald sie von einem Dienstmädchen mit unbewegtem Gesicht in die Eingangshalle gelassen worden war. Einen Moment später, als Lenore die Treppe herabeilte, um sie zu begrüßen, sah Deborah am aschfahlen Gesicht ihrer Schwägerin, dass das Duell stattgefunden hatte.

Lenores blaue Augen waren dunkel vor Furcht, als sie ihre Freundin zitternd umarmte. »Oh, Deborah, ich bin ja so froh, dass du gekommen bist!«

»Sobald ich es hörte, habe ich Rafael gebeten, es zu verhindern, aber …«

Lenore unterbrach sie. »Das konnte er nicht – Caleb hätte auf niemanden gehört, nicht einmal auf meinen Bruder. Ich bin nur dankbar, dass dieser Schakal Beaurivage ihn für tot hielt und schnell den Duellplatz verließ.« Ihr schönes Gesicht, stets so jugendlich und weich, sah jetzt erschreckend hart aus und spiegelte Abscheu wider.

Zögernd fragte Deborah: »Wie schlimm hat Georges ihn verletzt?«

Lenores Schmerz überschattete ihren Zorn. »Der Doktor ist jetzt bei ihm. Er sagt, Caleb habe Glück gehabt, dass er am Leben geblieben ist. Der letzte Stoß mit dem Degen hat sein Herz und die Lunge verfehlt. Er hat so viel Blut verloren! Oh, Deborah, wenn er stirbt ...«

»Wir Yankees sind hart im Nehmen, Lenore«, erklärte Deborah beruhigend. »Ruhig jetzt, du musst deine Kraft sparen, damit du ihn pflegen kannst. Wie kann ich helfen? Ich habe eine ausgezeichnete Ausbildung als Krankenschwester genossen.«

»Weiß Rafael, dass du hier bist?« Unbewusst blickte Lenore durch die Halle und zur Tür.

»Nein, ich bin allein gekommen.«

Lenore sah den schmerzlichen Ausdruck in Deborahs lavendelfarbenen Augen, und damit war für sie das Thema beendet.

Lenore berichtete von den Ereignissen, die zu dem Duell und seinen schrecklichen Nachwirkungen geführt hatten. Als ein Dienstmädchen herunterkam und ihrer Herrin mitteilte, dass ihr Mann nach ihr gefragt hatte, rannte Lenore nach oben, und Deborah folgte ihr schnell.

Obgleich schwach und blass, war der groß gewachsene Yankee bei klarem Bewusstsein und lächelte sogar, als die Frauen das Zimmer betraten. »Es tut höllisch weh, aber ich habe einen Bärenhunger. Verdammt blöde Sitten habt ihr Kreolen, Liebste, sich bei Tagesanbruch mit leerem Magen zu duellieren.«

Der Arzt, Dr. Lambert, schnaubte anerkennend. »Ich bezweifle, dass ein Axthieb zwischen die Ohren Sie umbringen könnte, Caleb, aber in den nächsten paar Tagen sollten Sie sich schonen und mit leichtem, gut verdaulichem Essen begnügen.« Der Doktor blickte zu Lenore. »Halten Sie ihn ruhig, sodass die Wundnähte nicht aufplatzen können. Ich möchte nicht gezwungen sein, noch weitere Stiche in diese harte Haut machen zu müssen!«

»Alle ihre Patienten sollten eine so dicke Haut haben, Harry!«, erwiderte Caleb gutmütig. »Denken Sie daran, dass Sie in den Ruf kommen, ein Wunderheiler zu sein, der jeden zusammenflickt, der so schwer zu töten ist wie ich!«

Der scherzhafte Wortwechsel zwischen Caleb und seinem Freund konnte Deborah nicht darüber hinwegtäuschen, wie sehr ihr Schwager gelitten hatte und wie stark seine Schmerzen jetzt noch waren. Um Lenore abzulenken, bemerkte sie: »Warum sorgst du nicht für eine gute Kraftbrühe und Obstbrei für unseren Patienten?«

Der Patient stöhnte auf. »Suppe und Brei sind was für Babys und alte Männer. Viel lieber hätte ich ein Steak!«

Als Deborah den Garden Distrikt verließ, war es später Nachmittag. Caleb war widerspenstig, doch weil er so schwer verletzt war, waren seine Proteste und Forderungen nach festerer Nahrung sehr schnell verstummt. Er schlief, während Lenore liebevoll an seinem Bett saß. Deborah betete, dass er genesen möge. Wenn er starb, würde Lenore, jetzt komplett von ihrer Familie isoliert, völlig allein sein.

In Gedanken versunken, galoppierte Deborah durch die sich vertiefenden Schatten über die verlassene Straße. Sie war länger in der Stadt geblieben als beabsichtigt, und jetzt wurde ihr klar, dass es wieder eine hässliche Szene geben würde, wenn sie zum Haus am See zurückkehrte.

Was solls?, dachte sie bitter. *Ich werde Celine und Claude ohnehin nicht gefallen, ganz gleich, was ich tue.* An Rafaels brütendes Verhalten ihr gegenüber dachte sie überhaupt nicht.

In diesem Augenblick wieherte ihr Pferd und wurde langsamer. »Was ist, Chamette?« Deborah hielt an, saß schnell ab und untersuchte ihr plötzlich lahmendes Stutenfohlen.

Hufschlag trommelte auf der Straße aus Richtung See heran.

Jemand, der ihr zu Hilfe kam, oder irgendein Pack, das eine Bedrohung für eine einsame Frau darstellte? Bevor sie auch nur versuchen konnte, sich hinter den Büschen am Straßenrand zu verstecken, sah der Reiter sie.

Mit lispelnder, einschmeichelnder Stimme sagte Georges Beaurivage: »Welch ein glücklicher Zufall! Ich habe gerade deinem Mann und seinen Eltern meine Aufwartung gemacht, aber du warst unerklärlicherweise abwesend, liebe Cousine. Und da bist du, unbegleitet auf der Straße wie ein gewöhnliches Strichmädchen.« Sein Gesicht legte sich in grausame Falten, und die gut aussehenden Züge verzerrten sich.

Sie zuckte kaum bei seiner primitiven Beleidigung zusammen, denn von Celines boshaftem Cousin hatte sie nichts anderes erwartet, doch als er absaß, stieg Furcht in ihr auf. Sie waren allein in der Abenddämmerung auf einer verlassenen Straße, und sie hatte Lenore geholfen, Georges' Klauen zu entkommen. *Er will mir doch nichts antun?*

Wie als Antwort auf ihre unausgesprochene Frage grinste er höhnisch. »Da du darauf bestehst, dich wie eine Hure aufzuführen, sollte ich dich vielleicht wie eine behandeln.« Damit packte er eine ihrer schlanken Hände am Gelenk und riss sie brutal zu sich.

Deborah klammerte sich am Sattelhorn fest, um das Gleichgewicht zu bewahren, während sie sich aus seinem abstoßenden Griff losriss. Sobald sie ihre Hand frei hatte, schlug sie ihm damit ins Gesicht. Als er schwankte, zerrte sie am Damensattel, um die Reitgerte zu packen, die sie bei ihrer sanften Stute nie benutzte. Sie würde keine Bedenken haben, die Peitsche bei Beaurivage einzusetzen.

Georges hatte sich von dem Schlag erholt. Er stieß ein paar französische Flüche aus und stürzte sich mit beiden Händen auf sie. »Dafür wirst du bezahlen, du amerikanische Dirne!«

Er riss ihre Reitjacke und Bluse auf und entblößte so ihr

Schlüsselbein und den Ansatz ihrer Brüste, doch bevor er sie weiter entkleiden konnte, gelang es Deborah, die Reitgerte loszubekommen, und sie begann, damit wild auf ihn einzuschlagen. Georges ließ sie sofort los, um sein Gesicht vor den Hieben der kleinen Peitsche zu schützen.

Chamette schnaubte und stieg ängstlich auf die Hinterhand, während sie kämpften. Deborah konnte sich zur Seite werfen, doch Georges, damit beschäftigt, sein Gesicht zu schützen, sah die herabsausenden Pferdehufe erst, als es fast zu spät war. Die Hufe der Stute verfehlten ihn nur knapp, als er im letzten Augenblick zur Seite sprang und stolperte.

Deborah rappelte sich schnell vom staubigen Boden auf und schnappte sich verzweifelt die Zügel von Beaurivages Wallach, der geduldig am Straßenrand stand. Als sie sich in den Sattel schwang, packte Georges sie am Haar und riss ein Büschel Haare aus den Nadeln los, doch er konnte Deborah nicht festhalten. Sie trieb das Pferd vorwärts und klammerte sich an dem Tier fest, als es zum Haus am See galoppierte.

Es war fast dunkel, als sie mit dem Wallach über den Zufahrtsweg trabte. Verstohlen und so leise wie möglich ritt sie zum Stall, wo sie einem Sklaven die Zügel übergab. Erstaunt betrachtete er ihr Äußeres.

Nachdem sie den Pfad zur Hintertür zurückgelegt hatte, wagte Deborah zu hoffen, unentdeckt zu ihrer Wohnung gelangen zu können. Sie schaffte es bis zur hinteren Treppe, als die wütende Stimme ihres Mannes durch die Stille schnitt. »Wo, zum Teufel, bist du gewesen? Ich sah dich soeben mit Georges' Pferd ankommen. Warum, zur Hölle, würde er dir sein bestes Rennpferd überlassen?«

Ihre Augen verdunkelten sich vor Zorn, während sie ihre ramponierte Reitjacke zusammenhielt. »Eigentlich hat er mir das Pferd nicht *überlassen*. Ich habe es dem verkommenen Bastard abgenommen!«

Rafaels Blick glitt über ihr durcheinander gebrachtes Haar und das schmutzige Gesicht und heftete sich dann anklagend auf die zerrissene Kleidung. Als sie ihre Hände fortzog, klaffte der Stoff auf, und ein Teil von Schulter und Brüsten wurde sichtbar. Mit kalter Stimme sagte er: »Willst du etwa behaupten, dass *Georges* dafür verantwortlich ist?«

Empört zuckte sie vor seiner Berührung zurück. »Meinst du, ich hätte ihn angegriffen, um ihm sein Pferd zu rauben? Ich befand mich auf dem Rückritt von Lenore, als meine Stute zu lahmen begann. Georges kam vorbei und hätte mich vergewaltigt, wenn ich sein schönes Gesicht nicht mit meiner Reitgerte bearbeitet hätte.

Rafael wurde sichtlich blasser. »Geh auf dein Zimmer und bleibe dort«, befahl er nur, dann wandte er sich ab und schritt durch die Halle zu seinem Arbeitszimmer.

Zu wütend und verängstigt nach dem schrecklichen Tag, um noch zu kämpfen, schleppte sich Deborah nach oben und läutete nach Tonette. Nach einem langen Bad in warmem Wasser aß sie ein wenig von dem kalten Abendessen, das Tonette in ihr Zimmer brachte, und fiel dann erschöpft in unruhigen Schlaf.

Als Deborah am nächsten Morgen erwachte, sah sie durch die Tür in den angrenzenden Raum. Rafael war in der vergangenen Nacht nicht zu seinem Bett zurückgekehrt. Mit wachsender Besorgnis kleidete sie sich hastig an und ging nach unten zum Wohnzimmer, wo sich Celine und Claude stritten.

»Aber Georges ist der einzige Sohn meines Cousins. Rafael kann dies nicht tun, Claude.«

Der Hausherr schnaubte angewidert. »Du scheinst es für garantiert zu halten, dass Rafael siegen wird. Was ist, wenn dein kostbarer Georges *unseren* einzigen Sohn tötet, Madame?«

Celine erbleichte und schnappte nach Luft. »Nein, das ist unmöglich! Rafael hat immer gesiegt.«

»Georges ebenfalls – bis jetzt«, erwiderte Claude bitter.

Deborah stockte der Atem. *Guter Gott, Rafael hat Georges Beaurivage meinetwegen zum Duell herausgefordert!* Sie stand wie erstarrt im breiten Zypressenholzrahmen der Tür zum Wohnzimmer.

Celine nahm sie schließlich wahr und fuhr wütend zu ihrer Schwiegertochter herum. »Das ist alles deine Schuld, du Yankee-Dirne – mein Sohn und sein eigener Cousin sind im Begriff, sich deinetwegen gegenseitig umzubringen!«

Fest entschlossen, das zu verhindern, fragte Deborah mit klarer Stimme: »Wo sind sie? Ich muss das stoppen. Es ist bereits genug Blut geflossen.«

Claude überraschte sie, indem er sie grob am Arm packte und sie herumzog, damit sie ihn ansehen musste. »Es findet bereits statt, heute Morgen – als *könntest* du es stoppen! Nicht, dass ich bezweifle, dass du es versuchen würdest«, fügte er angewidert hinzu.

»Du hast bereits genug Schande über unseren Namen gebracht, indem du die Männer unserer Familie gegeneinander ausgespielt hast«, zischte Celine.

»Ich habe nichts getan! Dieses Schwein hat mich angegriffen, und ich habe mich verteidigt!«, rief Deborah.

»Du bist auf einer verlassenen Straße allein geritten«, fuhr Claude sie an. »Kein Wunder, dass Georges dich für das hielt, was du bist. Der Jammer ist, dass Rafael wegen einer wie dir mit ihm kämpfen muss.«

Deborah sah den unversöhnlichen Hass ihrer Schwiegereltern und wandte sich zum Gehen. Sie hatte Geschichten über die berüchtigten Duell-Eichen auf der Allard-Plantage gerade außerhalb der Stadt gehört. Ihr Herz hämmerte, als sie zu den Ställen rannte und ihr Celines schrille Schreie und Claudes ärgerliche Drohung noch in den Ohren hallten.

Als Deborah auf der Plantage eintraf, war sie atemlos und verschwitzt. Ungeachtet der erstaunten Blicke der Diener, trieb sie das erschöpfte Pferd auf eine Gruppe hoher Eichen zu, die ihre langen, knorrigen Zweige erdwärts richteten, wie um die tödliche Gewalt zu verdecken, die immer wieder unter ihnen stattfand.

Sie sah Rafael und Georges in einiger Entfernung und glitt aus dem Sattel. Entschlossen schritt sie zu den beiden kämpfenden Männern.

Sie konnte Rafaels Cousin Jean-Pierre, der als sein Sekundant fungierte, erst sehen, als er sie fest am Arm packte und stoppte. »Nein, Madame, Sie können nicht stören. Dies ist eine Sache der Ehre«, sagte er steif und hielt sie eisern fest.

»Ich werde nicht zulassen, dass sie sich meinetwegen töten!« Sie bäumte sich auf, um sich loszureißen, während sie zu den beiden schlanken Gestalten starrte, deren tödliches Ballett trotz ihrer Ankunft weiterging.

Der Arzt mischte sich ernst ein. »Bitte, Madame Flamenco, es könnte den Tod Ihres Gatten zur Folge haben, wenn Sie ihn ablenken.«

Sie erkannte die Wahrheit seiner Worte und beobachtete stumm und reglos das Duell. Mit großer Angst wurde ihr klar, dass Claude Recht gehabt hatte. Rafael und Georges waren ebenbürtige Kämpfer. Beide waren schlank und bewegten sich mit der geschmeidigen Anmut und den schnellen Reflexen geborener Fechter, Experten, die denselben Fechtlehrer in New Orleans, Charles Bertin, gehabt hatten. Sie konnte sehen, dass auf ihren Gesichtern Schweiß perlte und in Rinnsalen über ihre Brust hinablief und die dünnen Batisthemden in der noch kühlen Morgenluft tränkte. Beide waren vom Kampf gezeichnet und bluteten aus einer Reihe oberflächlicher Wunden.

Rafael konzentriert sich auf das Gesicht seines Gegners, suchte nach verräterischen Nuancen im Ausdruck, die Georges' Aktionen preisgaben, bevor er seine Klinge schwang. Sein gegenwärtiger Gegner war kaltblütiger und geschickter als die meisten, die sich gegen Flamencos Fechtkunst hatten behaupten können.

Dennoch ermüdete Georges, obwohl er es gut verbarg. Aber er hatte sich bei vielem im Leben verstellt. Jetzt veranlasste ihn pure Verzweiflung, seinen Cousin aufzustacheln. »Ich sehe, deine amerikanische Hure hat nicht mal den Anstand deiner Achtelnegerin. Lily weiß sich wenigstens von den Eichen fern zu halten, statt eine Ehrensache zu stören.«

Er hoffte, mit diesem Spott Rafael abzulenken, doch es funktionierte nicht. Ohne den Blick von Beaurivage zu nehmen, erwiderte Rafael gepresst: »Mit ihr beschäftige ich mich, wenn ich dich erledigt habe, Cousin.«

Dann tat Georges genau das, was Rafael erhofft hatte. Er fintierte eine tief angesetzte Attacke und schnellte vor zum tödlichen Stoß auf Rafaels Herz, doch seine Augen verrieten ihn. Rafael fälschte die Klinge ab und stieß seinen eigenen Degen an Georges' Deckung vorbei in die Kehle seines Gegners. »Bertin hat uns stets gelehrt, nicht die Augen vor unserer Klinge zu bewegen, Georges«, sagte er mit kalter Gleichgültigkeit, als Beaurivage ins taufeuchte Gras stürzte.

Rafael hatte Deborahs entsetztes Luftschnappen gehört, als er beinahe von Georges' Klinge aufgespießt worden wäre. Sie war kreidebleich, und ihre lavendelfarbenen Augen waren vor Furcht weit aufgerissen, als sein Cousin Jean-Pierre sie losließ. Sie stand zitternd da, während er auf sie zuschritt. Er wirkte wie ein satanischer Engel. Eine Locke seines schwarzen Haars fiel ihm in die Stirn, und Schweiß perlte auf seinem Gesicht. Er reichte Jean-Pierre den blutigen Degen. Sein Cousin hatte so viel Anstand, ihn sofort zu nehmen und schnell fortzugehen.

Spannung knisterte zwischen ihnen. »Ich habe soeben einen Mann getötet, weil du gestern ohne Begleitung ausgeritten bist. Und hier bist du heute, unpassend gekleidet, allein und an einem Ort, den keine Dame jemals betreten würde.«

»Du hast einen Mann getötet, weil es dein absurder kreolischer Ehrenkodex verlangt hat, nicht, um mein Leben *oder* meine Ehre zu retten. Ich habe ihn geschlagen und mich selbst in Sicherheit gebracht! Und ich werde kommen und gehen, wann ich will, zum Teufel mit Anstandsdamen!«

Sie war von Zorn erfüllt, aber es war ein Zorn, der sonderbar mit der Furcht, er hätte sterben können, vermischt war. Rafael spürte nur ihren halsstarrigen Ärger, der seinen eigenen schürte. Er holte tief Luft und erklärte: »Entweder gehst du jetzt ruhig mit mir zu meinem Pferd und lässt dich von mir mit anständig bedeckten Beinen heimbringen, oder ich werde dich über meine Schulter und dann quer über den Sattel werfen wie einen Sack Reis. Entscheide dich.«

Den Kopf trotzig erhoben, drehte sie sich um und ging zu seinem großen schwarzen Hengst, ohne einen Blick zurück auf den Arzt zu werfen, der bei Georges' Leiche kniete und sie untersuchte, während die beiden Sekundanten zuschauten.

Während des langen Rückrittes zum See sprachen sie kein Wort miteinander. Als sie beim Haus eintrafen, zog Deborah sich schnell in ihr Zimmer zurück, überließ es Rafael, seinen Eltern vom Duell zu berichten. Deborahs Kleidung war nach dem engen Kontakt auf dem Heimritt von Rafaels Schweiß feucht und mit seinem Blut verschmiert. Sie wollte den Geruch von Gewalt von ihrem Körper spülen und läutete nach Tonette, damit sie ihr ein Bad zubereitete.

Als sie in dem beruhigenden warmen Wasser saß, betrachtete sie den Scherbenhaufen ihrer Ehe. Celines und Claudes nur mühsam verborgene Verachtung war jetzt zu offenem Hass geworden. Rafael hatte sie in den Wochen nach dieser ungeplanten Begegnung im Wald nicht mehr angerührt. Vielleicht würde er es nie wieder tun. *Aber das würde bedeuten, es gibt keine Erben für die Flamencos,* dachte sie bitter. *Ich kann so nicht leben!*

Sie ignorierte den Ruf zum Abendessen und begann, hektisch zu packen, schickte Tonette fort und wählte nur das aus, was sie in zwei leichten Koffern tragen konnte: hauptsächlich die alten Kleidungsstücke, die sie aus Boston mitgebracht hatte. Sie besaß einiges Geld, genügend, um eine Passage auf einem Dampfer zu buchen. Sie fürchtete sich vor dem enttäuschten Ausdruck, den sie sicherlich auf Adam Manchesters Gesicht sehen würde, und zwang sich, nur daran zu denken, welch gutes Gefühl es sein würde, von jemandem getröstet zu werden, der sie wirklich liebte und verstand.

Als sie den schweren Ehering abzog, kämpfte sie gegen Tränen an. Dann nahm sie entschlossen ihre Koffer und ging zur Treppe. *Ich kann mir gut vorstellen, wie erleichtert Claude und Celine sein werden. Was wird Rafael sagen?* Deborah hoffte, dass sie ohne die Qual einer letzten Konfrontation aus dem Haus würde schlüpfen können. Der Ehering, den sie auf dem Deckel ihrer Schmuckkassette zurückgelassen hatte, würde alles sagen.

Rafael kam soeben von einer weiteren miserablen Auseinandersetzung beim Abendessen mit seiner weinerlichen Mutter und seinem verschlossenen Vater. Beide hatten darauf bestanden, dass er etwas bezüglich seiner Frau unternahm. Mehrmals hatten Claude und er über die Möglichkeit einer Annullierung der Ehe gesprochen, eine drastische Maßnahme, die Celine früher schockiert hätte. Jetzt betrachtete selbst sie es als das kleinere Übel, als diese Ehe fortzuführen. Rafael hatte sie reden lassen, weder zugestimmt noch widersprochen, verwirrt wegen seiner eigenen Gefühle und äußerst unsicher über die seiner Frau.

Gerade als er daran dachte, blickte er auf und sah Deborah die Treppe herunterkommen, bekleidet mit einem Reisekostüm aus rosafarbener Seide und mit zwei Koffern. Er setzte einen gestiefelten Fuß auf die unterste Treppenstufe und verstellte ihr den Weg. »Was, zum Teufel, hast du vor?«

»Das sollte offenkundig sein, Rafael. Ich verlasse dich.« *Fang nicht an zu heulen, verdammt! Behalte die Kontrolle!*, ermahnte sie sich streng.

Er hob spöttisch und in gespieltem Erstaunen eine Augenbraue. »Und wohin willst du gehen? Zurück zu deinem geliebten Vater?«

»Ja.« *Er liebt mich. Du nicht.*

»Den Teufel wirst du tun!« Ihre kühle, selbstbeherrschte Antwort machte ihn wütend. Und der Gedanke, dass er noch vor Minuten darüber debattiert hatte, die Ehe zu beenden! *Als würde ich sie jemals gehen lassen, ganz gleich, was sie tat!* Er riss ihr die Koffer aus den Händen und warf sie achtlos auf den Boden.

»Du kannst mich nicht zum Bleiben zwingen, Rafael«, sagte sie rebellisch. »Du willst mich nicht.«

»Du bist *meine* Frau, und ich behalte stets, was mir gehört, Deborah.« Damit zog er sie grob in seine Arme, presste den Mund auf ihren und küsste sie wild und besitzergreifend. Er spürte ihren Widerstand, ihre steife und unnachgiebige Haltung, die zusammengepressten Lippen. Er versuchte weiterhin, mit der Zunge in ihren Mund einzudringen, während er sie an sich presste und mit den Händen sinnlich über ihren Rücken hinabstrich, über den Po und wieder hinauf, um ihre Brüste zu umfassen und zu massieren. Als sie in seiner harten Umarmung nach Luft schnappte, tauchte seine Zunge in ihren Mund, und er küsste sie tief.

Sie begann, schwach zu werden, zuerst zitternd und mit dem dringenden Bedürfnis, ihren verletzten Stolz zu retten, doch allmählich, als das Verlangen größer als ihr Schamgefühl wurde, öffnete sie sich ihm mit einem kleinen Seufzen der Kapitulation. Er spürte ihre Reaktion, als sie ihre Arme um seine Schultern schlang und ihre Zunge mit seiner verschmolz. Als er sich seiner Macht über sie sicher war, wurden seine Küsse und

Liebkosungen zärtlicher, langsamer, und er genoss das erregende Spiel der Münder und der Hände.

Als er sich nicht länger zurückhalten konnte, hob er sie auf seine Arme und trug sie nach oben. In seiner Hast, rasch zu ihrem Bett zu gelangen, nahm er die lange, steile Treppe mit schnellen Schritten. »Lass mich dir zeigen, wie sehr ich dich will«, flüsterte er. Und er dachte: *Lass mich dir zeigen, wie sehr ich dich liebe.*

Kapitel 13

Es war der Premierenabend der Oper, und Deborah hatte sich verspätet. Sie hasste diesen Opernbesuch, doch es wurde erwartet, dass die Familie Flamenco zur Premiere erschien, besonders Rafael und seine berüchtigte Yankee-Frau. *Wir müssen die Fassade eines glücklich verheirateten Ehepaars aufrechterhalten, damit der Klatsch der Leute aufhört,* dachte Deborah bitter, als Tonette sie frisierte.

Deborah saß untröstlich vor dem großen Spiegel in ihrem Zimmer und starrte auf ihr Spiegelbild. Sie hatte Cremes und sogar Puder benutzt, doch die dunklen Ringe unter ihren großen Augen wollten nicht verschwinden. Sie wirkte gequält. *Das liegt daran, dass ich von dem Albtraum verfolgt werde, zu dem mein Leben in den vergangenen sechs Monaten geworden ist.*

»Monsieur Flamenco wird Sie äußerst schön finden, Madame«, versicherte Tonette, als sie die letzte platinblonde Locke über Deborahs Schulter drapierte. Die kunstvolle Frisur war mit Perlen verziert, die zu den Zuchtperlen des Halsbands und der Ärmel ihres roséfarbenen Seidenkleids passten. Trotz der Blässe ihrer Wangen sah sie ätherisch schön aus.

»Ich hoffe es, Tonette«, erwiderte sie ruhig. *Ich bin schön für ihn – ein schönes Ding, eine geistlose Verzierung für sein Vergnügen. Ich muss nur meine Pflicht tun und für ihn gebären, das ist alles.* Sie erhob sich und nahm ihren Fächer und ihre Stola, dann machte sie sich mit bleiernen Füßen auf den Weg, um sich zum Rest der Familie im Wohnzimmer zu gesellen.

Seit sie versucht hatte, Rafael im vergangenen Sommer im Haus am See zu verlassen, hatte er wieder Sex mit ihr. Sie schliefen zusammen, doch wenn sie des Nachts leidenschaftliche

Geliebte waren, so waren sie tagsüber distanzierte Fremde. Allmählich war im Haushalt der Flamencos ein unsicherer Waffenstillstand entstanden. Claude und Celine waren eisig höflich zu ihr, als Gegenleistung dafür, dass sie es hinnahm, Rafaels Frau zu bleiben.

Sie hatte nie wieder versucht, ihren Ehemann zu verlassen, nachdem er sie genau über seine gesetzlichen Rechte informiert hatte. Er konnte sie aus Adam Manchesters Haus herausholen – in dem unwahrscheinlichen Fall, dass es ihr gelänge, so weit zu kommen. Niemand konnte einer davongelaufenen Frau Obdach geben, wenn ihr Mann sie zurückhaben wollte. Und Rafael hatte ihr klar gemacht, dass er sie wollte, zumindest körperlich. Laut Gesetz konnte sie genauso wenig über ihr Leben bestimmen wie ein Congo-Sklave.

Obwohl sie sich gedemütigt fühlte und sich über Rafaels Selbstherrlichkeit ärgerte, wünschte Deborah sich sehnlich, dass ihre Beziehung mit ihrem Mann wieder so wurde wie vor ihrer Hochzeit. Sie mussten einen Weg finden, um den Zauber, die Liebe wiederzugewinnen.

Ein Kind könnte uns wieder näher zueinander bringen, dachte sie wehmütig.

Doch selbst bei dieser wesentlichsten Pflicht erwies sich Deborah als unzulängliche Frau eines Kreolen. Rafael hatte jede Nacht mit ihr geschlafen, doch sie wurde nicht schwanger. *Vielleicht bin ich unfruchtbar*, dachte sie traurig, und dann verbannte sie den beunruhigenden Gedanken, als sie über den langen Flur ging.

Als sie den Salon betrat, begrüßte Rafael sie kühl, indem er sein Kristallglas mit Sherry ein wenig anhob. Dann nippte er am Sherry, während er sie mit seinen schwarzen Augen brütend beobachtete. »Dein Kleid ist vorzüglich«, sagte er mit Kennermiene. Die Andeutung eines Lächelns spielte um seine Lippen, als er bemerkte, wie sie bei seinem musternden Blick, der viel zu lange bei ihrem Dekolletee verweilte, leicht errötete. Er ergriff besitzergreifend ihren Arm und meinte: »Sollen wir gehen, meine Liebe?«

Als sie bei dem Opernhaus eintrafen, war die Orleans Street zwischen Bourbon und Royal verstopft mit Fahrzeugen und Fußgängern. Alle Leute trugen ihre feinste Kleidung für den Beginn der Gesellschaftssaison in New Orleans. Wegen des Staus der Kutschen mussten die Flamencos warten, bis sie an der Reihe waren, um vor der Oper vorzufahren.

Es war ein trockener Herbst gewesen, und die Straßen waren frei von Schlamm und gut zu passieren. Viele elegant gekleidete freie Farbige bahnten sich ihren Weg über die Straße zum besonderen Theatereingang, der für sie reserviert war. Der zweite Rang der Oper war seit vielen Jahren ihre exklusive Domäne, in die kein Weißer jemals eindringen würde. Die Trennung von Farbigen und Weißen durch separate Sitzreihen führte zu einem »Schichtkäse der Rassen«, bei dem viele reiche kreolische Gentlemen mit ihren Familien im ersten Rang saßen, während die Viertel- oder Achtelneger-Familien direkt oberhalb ihrer Herren saßen.

Es war ein warmer Abend, und die Flamencos hatten eine offene Kutsche genommen, was ihnen einen ausgezeichneten Blick auf das Kaleidoskop der Menschen auf dem Weg zur Premierenvorstellung erlaubte. Celine blickte über das Gedränge der Fußgänger und sagte: »Einige der Kostüme für die heutige Vorstellung kamen direkt aus Paris, das hat jedenfalls Madame du May gesagt. Der erste Sopran ...« Sie verstummte mitten im Satz und stieß einen kleinen überraschten Laut aus, den sie schnell unterdrückte. Dann wandte sie den Kopf zur Seite und fächelte sich mit dem Fächer heftig Luft zu. Claude hüstelte und begann ein ziemlich geistloses Gespräch mit Rafael über die Zuckerernte.

Deborah spürte die plötzliche Spannung und ließ ihren Blick

über die Menge schweifen, die ihre Schwiegermutter gerade noch genau betrachtet hatte. Der Anblick zweier junger Männer, elegant gekleidet und verblüffend gut aussehend, verschlug ihr den Atem. Wenn sie schon gedacht hatte, Georges Beaurivage ähnele ihrem Mann, dann waren die beiden großen, schlanken Männer auf der anderen Seite der schmalen Straße förmlich seine Doppelgänger – und sie waren offensichtlich freie Farbige! Mit einem flauen Gefühl erkannte Deborah, dass die ältere Frau in ihrer Begleitung der Anlass für Celines Aufregung sein musste. Die Viertelnegerin war groß und schlank und sah jugendlich aus, doch sie war vermutlich über vierzig. Ihre hellbraune Haut war rein, und ihre ebenmäßigen Gesichtszüge waren makellos. Schöne goldbraune Augen blitzten, als sie leicht über eine lustige Bemerkung von einem der beiden jungen Männer lachte. Das Trio betrat das Opernhaus, ohne die Kutsche der Flamencos zu beachten.

Die Intuition sagte Deborah, dass die kultivierte Frau die Mutter dieser beiden jungen Männer war; offenbar war Claude Flamenco ihr Vater. *Warum bin ich so schockiert?*, fragte Deborah sich und spürte Rafaels Blick auf sich.

Nach fast acht Monaten in New Orleans wusste sie einiges über die Halbwelt der Stadt und die Schattenwelt von Zweitfamilien reicher kreolischer Männer. Ein Lebemann wie Claude Flamenco würde gewiss an solchen fleischlichen Vergnügungen teilhaben. Rafael hatte Halbbrüder, die zusätzlichen Söhne, die Celine Claude nicht hatte schenken können. Aber es waren Söhne, die den Namen Flamenco nicht fortführen konnten. Vieles begann jetzt für Deborah einen Sinn zu ergeben – die unterschwellige Spannung zwischen Claude und Celine und die Art, wie Lenore es stets vermieden hatte, die wiederholte nächtliche Abwesenheit ihres Vaters zu thematisieren. Deborah versuchte, ihre Gedanken nicht logisch fortzusetzen, Gedanken, die von Claude zu Rafael führen würden.

Er muss keine schöne, junge Viertelnegerin haben. Ich bin keine kalte, schikanöse Frau wie Celine. Ich muss für ihn interessant bleiben! Seit ihrer Hochzeit hatte er sicherlich nur einige der eleganten Bordelle in der Stadt besucht, wenn er unzufrieden mit ihr gewesen war, nichts Bindenderes – gewiss keine andere Familie. Schließlich war er erst zweiundzwanzig!

Vor dem Eingang der Oper ließ sie sich benommen von ihrem Mann aus der Kutsche helfen. Celine plapperte wieder erzwungen munter. Zum ersten Mal empfand Deborah so etwas wie Mitleid für ihre Schwiegermutter.

Rafael fluchte in sich hinein, als er sah, dass Deborah beim Anblick Damons, Pauls und deren Mutter blass wurde. *Sie weiß Bescheid, verdammt!* Er verfluchte das Erbe der Flamencos, nach dem die Männer anscheinend stets das Abbild ihrer Väter wurden, ganz gleich, wer die Mutter sein mochte. *Wenn Deborah nur die kreolischen gesellschaftlichen Gepflogenheiten verstehen würde!* Er lachte innerlich bitter auf. *Wenn sie nur eine richtige kreolische Frau wäre!*

Als er spürte, dass sie zitterte, wünschte er, sie nicht mit einer solchen Besessenheit zu lieben.

»Also gut, heraus damit – was hat dich so aufgeregt, Deborah? Du bist blass und nervös.« Lenore saß in ihrem Wohnzimmer und schenkte ihrer Schwägerin Tee ein. Sie sprachen wie stets bei Deborahs Besuchen englisch, denn Lenore bestand darauf, ihre Kenntnisse in der Muttersprache ihres Mannes zu verbessern.

»Ich muss dir eine Frage stellen, Lenore. Eine, die keine richtige kreolische Dame jemals stellen würde.« Deborah nahm von Lenore eine Tasse entgegen und nippte an dem heißen, starken Tee.

Ein warnender Ausdruck trat in Lenores blaue Augen. »Warum habe ich das Gefühl, dass dies eine Frage sein könnte, die besser unbeantwortet bleibt?«

»Ich muss Bescheid wissen. Seit ich sie vor drei Tagen bei der Oper gesehen habe, konnte ich nicht mehr ruhig schlafen. Oh, Lenore, sie sehen genau wie Rafael aus, alle beide!«

Lenore stellte ihre Teetasse ab. »Ich nehme an, du hast zwei von Rafaels Halbbrüdern gesehen«, meinte sie ruhig.

»Zwei? Gibt es noch mehr?«

»Vier. Sophie schenkte Papa all die Söhne, die Mama ihm nicht schenken konnte.«

Deborah hätte fast ihre Tasse fallen lassen. »Wie kannst du dabei ... so gelassen bleiben? Wie kannst du ein solches Verhalten von deinem eigenen Vater akzeptieren?«

»Ich bin damit aufgewachsen, Deborah. Obwohl es nie ausgesprochen wurde, wussten wir davon. Wir hörten Diener klatschen, Getuschel in der Oper ... und wir sahen es. Wir mussten nur so tun, als wüssten wir es nicht oder als machte es uns nichts aus.« Sie lachte bitter auf. »Ich liebe meinen Vater, aber ...«

Deborah sprach den unvollendeten Gedanken ihrer Schwägerin zu Ende. »Du hättest nie einen Mann wie ihn heiraten wollen – oder einen wie deinen Bruder.«

Lenore legte einen Arm um ihre Schulter. »Ich meinte nur, dass ich Papa lieben kann, ohne sein Verhalten zu entschuldigen. Und ich weiß, dass Mama niemals ...« Sie errötete und fuhr fort: »Nun, sie hat es im Bett mit ihm niemals genossen. Ich glaube, sie war froh, wenn er woanders hinging.«

»Wie kann eine Frau wünschen, dass eine andere ihrem Mann Kinder schenkt? Dass er eine andere Familie hat – eine geteilte Treue?«

Lenore atmete tief durch und erkannte, dass sie ihre verwundbare Schwägerin auf das Unvermeidliche vorbereiten musste. »Ich erinnere mich, als ich das mit unseren Halbbrüdern herausfand – ich war erst zwölf. Ich ging mit Wilma und einigen anderen Dienern zum Markt. Tonette und ich waren nur Kinder und wurden ignoriert. Wir schlichen uns davon, um die Glasbläser zu beobachten, während die älteren Diener ihre Einkäufe erledigten. Ich kam wohl eher zurück als erwartet. Sonderbar, wie ein Kind spüren kann, wann es still sein muss, wie es weiß, dass es etwas Verbotenes hört! Wilma und die anderen Diener spekulierten, ob wohl Sophie oder Mama zuerst ein weiteres von Papas Babys bekommen würde. Ich wuchs auf und wusste über die *placées*, aber ich hätte eine solche Praxis nie mit meinem Papa in Verbindung gebracht. Als ich heimkam, lief ich heulend zu Mama und flehte sie an, mir zu sagen, dass die Diener gelogen hatten. Ich werde niemals ihren Gesichtsausdruck vergessen. Zum ersten Mal, seit ich mich erinnern konnte, verhätschelte sie mich nicht. Sie nahm mich mit ins Wohnzimmer und schloss die Tür. Dann begann sie, mir einige Dinge zu erklären, Dinge, die nie wieder erwähnt werden würden, wie sie mir kalt sagte. Und wirklich, sie sprach nie mehr über Sophie, und ich versuchte niemals wieder, das Thema zur Sprache zu bringen!«

»Aber du hast anderen Klatsch gehört?«, hakte Deborah nach. »Einigen davon vor kurzem?«

Lenore seufzte. »Ich nehme an, du wirst erst Ruhe geben, wenn du Antworten auf all deine Fragen bekommst, nicht wahr? Ganz gleich, wie schmerzlich die Antworten auch sind.«

»Ganz gleich, wie schmerzlich«, bekräftigte Deborah und wappnete sich. »Wie der Vater, so der Sohn. Vielleicht weiß ich es bereits, seit wir uns zum ersten Mal stritten und er die Nacht außer Haus verbrachte. Wer ist sie, Lenore?«

»Ihr Name ist Lily Duvall, eine Achtelnegerin. Papa arrangierte das für Rafael, als er sechzehn war.«

»Sechzehn! Er war nur ein Junge!«, begehrte Deborah empört auf, wütend über ihren verkommenen Schwiegervater.

Lenore lächelte traurig. »Im gleichen Alter, in dem *Grandpère* Flamenco etwas Gleichartiges für seinen Sohn arrangierte.«

Deborah fühlte sich schwindelig und zwang sich zur Ruhe. »Gibt es irgendwelche Kinder?« Ihre Stimme klang tonlos.

Lenore zuckte hilflos die Schultern. »Ich weiß es nicht.«

»Hast du sie jemals gesehen?« Warum musste sie sich selbst quälen und alles erfahren? Sie konnte sich anscheinend nicht mit Fragen zurückhalten.

»Deborah, du gewinnst nichts damit, wenn du dich so selbst zerreißt«, warnte Lenore eindringlich. »Die Verabredung wurde vor fast sieben Jahren getroffen, doch Rafael weigerte sich immer noch, ein kreolisches Mädchen zu heiraten, trotz des Drucks unserer Eltern. Er heiratete dich. Er liebt dich. Darauf kannst du dich verlassen. Vergiss Lily – sorge dafür, dass *er* Lily vergisst. »Es ist nicht beispiellos, dass ein kreolischer Mann seine Mätresse in Pension schickt, weil er eine glückliche Ehe führt. Nur ...« Sie verstummte und legte eine Hand über Deborahs kalte, zur Faust geballte Rechte. »Forciere das Thema nicht und konfrontiere ihn nicht damit. Ich kenne seinen Flamenco-Stolz. Das würde er nicht ertragen.«

Deborahs Augen waren dunkel vor Qual. »Stolz ist anscheinend ein Luxus, der nur für die Männer reserviert ist.« Sie erhob sich und nahm ihre Handtasche. »Danke, Lenore. Dafür, dass du mir die Wahrheit gesagt hast und meine Freundin bist.«

»Denk daran, mein Bruder liebt dich.«

Mein Bruder liebt dich. Die Worte hallten immer wieder in Deborah nach. Kreolische Männer schickten manchmal Mätressen in Pension. Es war möglich, dass Rafael das ebenfalls tun würde, wenn er sie genug liebte. Sie musste ihn für sich gewinnen, auf die älteste Weise, auf die eine Frau jemals einen Mann für sich gewonnen hatte – mit ihrem Körper. Sie musste die gleichen sinnlichen Künste anwenden, die seine schöne Mätresse einsetzte.

Deborah badete in einem Veilchenduftbad, während Tonette ihr Haar mit Regenwasser wusch und dann abtrocknete. *Wenn ich mich an die ständigen Dienste von Sklaven gewöhne, muss ich mich an das kreolische Leben angepasst haben,* dachte Deborah, als sie das schwarze Seidennegligee auf dem Bett ausgelegt sah.

Rafael war von seinem Schießabend auf dem Fluss heimgekehrt und badete jetzt, um sich darauf vorzubereiten, ins Bett zu gehen. *Bett.* Sie konnte nebenan das Plantschen von Wasser hören und wusste, dass er in ein paar Momenten mit seinem abendlichen Cognac in der Hand eintreten würde. Er würde erwarten, sie zitternd auf ihrer Seite des großen Betts vorzufinden, hoffend, dass er sie für eine Nacht in Frieden lassen würde. So war es in den vergangenen Monaten gewesen. Doch heute Abend würde es anders sein.

Sie entstieg der weichen Umarmung des parfümierten Wassers, ließ Tonette ein Handtuch um ihren schlanken Körper wickeln und entließ das Mädchen mit einem Dank. Dann bürstete sie ihr Haar zu glänzender Pracht. Als sie das Seidennegligee über ihre Schultern streifte, spürte sie, wie ihr Puls zu rasen begann.

Mein Gott, es zeigt alles!, dachte sie und fuhr mit den Händen über die Kurven ihres Körpers. Schnell zog sie den ebenfalls schwarzen Morgenrock an, gürtete ihn und arrangierte die Spitzenrüschen an ihrem Dekolletee.

Ein Hauch von Veilchenparfüm – und die Tür wurde geöffnet. Rafael hob sich gegen den schwachen Lichtschein von ihrem Ankleidezimmer ab und verharrte sehr still auf der Schwelle. Er trug nur einen blauen Morgenrock aus Samt, der nachlässig gegürtet war. Sein Gesicht lag im Schatten, doch seine schwarzen Augen glühten wie Kohlen.

Deborah ging kühn zu ihm und nahm ihm den Cognacschwenker aus der Hand. Sie drehte das Glas absichtlich, um es an der Stelle an die Lippen zu setzen, wo er getrunken hatte, und dann nahm sie einen Schluck. Als sie ihm den Cognacschwenker zurückgab, sah sie in sein Gesicht, konnte seine Miene jedoch nicht deuten – bis auf das offensichtliche Verlangen. Sie ergriff seine Hand und führte ihn zum Bett.

Nervös schlang Deborah die Arme um seinen Hals. »Bin ich zu kühn für eine richtige kreolische Frau?«

»Nicht kühner, als ich möchte«, murmelte er, bevor er sie glühend küsste.

Sie erwiderte sein Feuer mit ihrem eigenen, öffnete sich für ihn, erregte ihn mit dem Spiel ihrer Zunge an seiner, wie er es sie gelehrt hatte, presste sich an ihn und kreiste mit ihrer Hüfte gegen seine. Als sie die Hände unter seinen Morgenrock schob, über seine Schultern streichelte und den Morgenmantel abstreifte, stöhnte er auf und löste die Spitze, die ihre Brüste bedeckte.

»Lass mich«, flüsterte sie und schlüpfte langsam aus der spitzenbesetzten Außenschicht des Negligees.

Er umfasste die stolz aufgerichteten Brüste, als sie den Gürtel aufzog und den Morgenrock komplett von ihm zog. Dann trat sie zurück, um seine dunkle männliche Schönheit zu bewundern, in der er nackt vor ihr stand, die Haut noch warm und feucht von seinem Bad. Sie konnte nicht widerstehen, durch die Haare auf seiner Brust zu streicheln, hinab über seinen muskulösen Körper bis zu seinem pulsierenden Penis. Als sie ihn kühn in die Hand nahm, stöhnte er von neuem auf.

»Sei besser langsam, *chérie,* sonst werde ich nicht auf dich warten können.« Er kniete sich hin und ergriff den Saum ihres hauchdünnen Negligees. Langsam zog er die schwarze Seide aufwärts, enthüllte ihre langen Beine und die sanft gerundete Hüfte, die im schwachen Licht cremefarben schimmerten.

»Das Negligee ist schön, aber nicht annähernd so schön wie die Frau darunter«, flüsterte er, als er die fast durchsichtige Seide auf den Boden fallen ließ. »Alles Silber und Elfenbein, meine perfekte Mondblume.«

Deborah zog ihn mit aufs Bett und liebkoste ihn, während sie ihn tief küsste. Atemlos beendete sie schließlich den Kuss und tupfte schnelle Küsschen und leichte Bisse auf seinen Hals, die Schultern, seine Brust hinab und tiefer. Als sie sich seinem pulsierenden Glied näherte, wurde sie langsamer. Ihr Gefühl sagte ihr, dass es nur natürlich sein musste, ihn dort ebenfalls zu küssen, doch der Mut verließ sie.

Rafael, der ihre Zurückhaltung spürte, flüsterte: »Lass es mich dir zeigen, *chérie.*« Damit setzte er sich auf und drückte sie auf die Laken. Als er ihre Schenkel spreizte, versteifte sie sich alarmiert. Doch als sie dann die Wärme seiner Zunge fühlte, die ihren Bauchnabel umschmeichelte und dann die silberblonden Härchen zwischen ihren Beinen streifte, stellte sie fest, dass ihr Körper einen eigenen Willen zu haben schien. Sie wölbte sich ihm entgegen und schrie voller Lust auf, als er weitermachte, zärtlich leckte und saugte, das Zentrum ihrer Weiblichkeit kostete und sie zur Ekstase trieb.

Unbewusst grub Deborah im Rausch der Leidenschaft die Finger in sein schwarzes Haar, bis eine Folge von köstlichen Gefühlen sie von der süßen, süßen Qual erlöste und sie den Höhepunkt erreichte.

Rafael hob den Kopf und tupfte ein paar schnelle, zärtliche Küsse auf die Innenseiten ihrer Oberschenkel und den Leib und stemmte sich dann auf, um sich neben sie zu legen und sie in den Armen zu halten. Sie spürte seinen Atem warm auf ihrem Gesicht, als er wisperte: »So wird es gemacht, Deborah.« Er küsste sanft ihre Lippen.

»Du hast an mir gekostet«, murmelte sie atemlos. »Lass mich jetzt dich kosten.« Er wälzte sich auf den Rücken und ließ sie leichte Küsse über seine Brust und den Leib hinabtupfen. Diesmal zögerte sie nicht, als sich ihre Lippen seinem harten Glied näherten. Ihr langes platinblondes Haar fiel wie ein seidiger Wasserfall zwischen seine Beine, und sie nahm ihn in den Mund und begann, ihm die gleichen köstlichen Wonnen zu schenken wie er zuvor ihr. Er bäumte sich mit der Hüfte auf und krallte die Hände in ihr Haar, während er das erregende Auf und Ab ihrer Zunge genoss. Sie empfand ein prickelndes Gefühl der Macht bei dem Wissen, dass sie ihn auf diese Weise entzücken konnte wie er zuvor sie. Plötzlich ballte er die Hände, und sein ganzer Körper erbebte in einer Explosion der Lust.

Rafael lag benommen und erstaunt da, als er spürte, dass der geschmeidige weiche Körper seiner Frau neben ihn glitt. Er erinnerte sich an Lilys Frage, ob seine Frau ihm geben konnte, was sie selbst für ihn tat, und er hätte fast laut gelacht. Stattdessen meinte er: »Deborah, *chérie*, du bist eine ständige Überraschung … und Freude.« Er unterstrich seine Worte mit Küssen auf ihre Nase und die Augen und dann auf ihren Mund.

»Ich … ich wollte dir gefallen«, bekannte sie zögernd.

»Hast du jetzt noch Zweifel, ob es dir gelungen ist?«, fragte er gespielt ernst.

»Ich war schrecklich hemmungslos für eine richtige kreolische Frau«, erwiderte sie.

Er lachte tief und entgegnete: »Oder für eine richtige *Bostoner* Frau, aber ich möchte, dass dir dies gefällt, Deborah. Lass uns dieses Köstliche bewahren, *mon cœur*, für immer.«

»Für immer«, echote sie.

Kapitel 14

Der Januar 1836 begann mit Regen und Nebel, doch es war mild und warm für einen Winter in New Orleans. Das Wetter war die geringste von Lily Duvalls Sorgen. Mitte Dezember hatte Rafael eine Nachricht geschickt und gebeten, Melanie zu Weihnachten zu sehen. Eine Woche später hatte er Lily besucht, und sie hatte ihm erklärt, dass sie Melanie nicht im Winter allein reisen lassen wollte und darauf verzichtet hatte, ihre Mutter zu bitten, das Mädchen nach New Orleans zu bringen. Rafael hatte Lily kalt informiert, dass er seiner Tochter die Weihnachtsgeschenke per Post nach St. Louis schicken würde. Deren Geschenke waren auf dem gleichen Weg eingetroffen. Zum ersten Mal in sieben Jahren hatte Rafael sie nicht über die Feiertage besucht. Lily war aller Hoffnung beraubt und ärgerlich.

»Als wäre er nicht ohnehin in den vergangenen Monaten so selten zu mir gekommen«, murmelte sie vor sich hin, als sie in ihrem Wohnzimmer auf und ab ging. Seit er im letzten Frühjahr mit dieser verdammten Yankee-Braut nach Hause zurückgekehrt war, hatte er Lily vernachlässigt. Im Laufe des Sommers hatte er ihr eine Zeit lang wieder seine Aufmerksamkeit geschenkt, doch seit dem Oktober hatte er sie kaum ein halbes Dutzend Male besucht. *Und nicht zu Weihnachten!* Üppige Geschenke hatte er gemacht, ja, aber er hatte ihr nichts von sich geschenkt. Würde er sie in Pension schicken? Ihr schauderte. Sie musste sein Interesse wiedergewinnen. Er hatte keine andere Mätresse oder unerlaubte Geliebte. Ihre Diener hatten dies sorgfältig durch die in solchen Dingen unfehlbare Gerüchteküche der Sklaven überprüft. Ihre Feindin war zweifellos Deborah Flamenco. Keine andere.

Aber was konnte sie tun? Wie konnte sie gegen eine weiße Frau kämpfen, die eine Position, Reichtum und Macht – und den Namen ihres Geliebten hatte? Bei den wenigen Besuchen in jüngster Zeit, zu denen er sich herabgelassen hatte, war er mehr an Berichten über Melanies Schulausbildung interessiert gewesen als am Sex mit seiner verführerischen Mätresse. Wie konnte eine weiße Frau ihn so an sich binden – wenn es Lily und ihre sorgfältig verfeinerten Fähigkeiten einer Kurtisane gab?

Als Lily zuerst ihre Diener losgeschickt hatte, um Rafaels Braut auszuspionieren, hatten sie berichtet, sie sei dünn und groß, habe veilchenblaue Augen und silbernes Haar und sei weiß wie ein Fisch. Das hatte nach unattraktiv und fremdartig geklungen. Die wenig schmeichelhafte Beschreibung hatte seinerzeit Lilys Eitelkeit befriedigt, und genau das hatten ihre Sklaven beabsichtigt. Jetzt, da Rafaels Interesse so offensichtlich immer noch der Frau galt – obwohl es unwahrscheinlich war, dass sie das Zeug zu einer Verführerin hatte –, wollte Lily ihre Rivalin mit eigenen Augen sehen. Aber wie? Sie konnte zur Oper gehen und nach Deborah Ausschau halten, doch Rafael würde wütend sein, wenn er sie dabei erwischte, Nein, es musste irgendwo sein, wo er nicht anwesend sein würde. Aber wo?

Dann erinnerte sie sich an den skandalösen, pikanten Klatsch über Madame Flamencos Neigung, die im Haushalt gehaltenen Sklaven zum öffentlichen Markt zu begleiten und tatsächlich in den Austernkörben herumzuwühlen. Rafael hatte Lily genügend Haushaltshilfen gekauft, sodass sie sich nicht mit den primitiven Dingen wie Markteinkäufen herumplagen musste. Dennoch verspürte sie plötzlich den Wunsch, persönlich die Shrimps bei Adolfo auszuwählen.

Melanie musste ebenfalls nach Hause gebracht werden. Ihr Kind war ein Weg, Rafael an sich zu binden. Sie setzte sich an ihren Sekretär, um einen Brief an ihre Mutter zu schreiben.

Deborah spürte die kalte Morgenluft, als sie die Decken ihres warmen Bettes zurückwarf. Rafael wälzte sich zu ihr herüber, packte ihr Handgelenk und drückte einen Kuss auf die Handfläche. Mit schläfrigem, sinnlichem Gesichtsausdruck sagte er: »Warumso früh aufstehen, *chérie*? Wir sind gestern Nacht lange wach gewesen.«

Bei seinem subtilen Hinweis auf ihr Liebesspiel vom vergangenen Abend stieg ihr das Blut in die Wangen. »Es ist Markttag, und ich habe Wilma versprochen, ihr zu helfen, mit dem deutschen Wursthändler zu feilschen.«

Er verdrehte die Augen in gespielter Verzweiflung und legte sich aufs Bett zurück. »Nun, viel Glück, dumme Frau. *Ich* habe vor, noch ein Stündchen zu schlafen und dann ein äußerst unterhaltsames Pferderennen zu besuchen, wenn das Wetter so bleibt. Dort werden Damen anwesend sein. Willst du mitkommen?«

Sie fand es immer noch schwierig, seinen lässigen Lebensstil zu akzeptieren, doch allmählich gewöhnte sie sich daran. Dankbar für seine Einladung, erwiderte sie: »Es tut mir Leid, Liebling, aber ich habe bereits den du Mays versprochen, mit ihnen zu Mittag zu essen.« Es war stillschweigend von ihnen beiden vereinbart, dass Mrs. Armstrong ebenfalls als Gast von Anna du May eingeladen sein würde. Ihr Blick bat um Verständnis für ihre heimliche Freundschaft mit der verstoßenen Tochter der Flamencos.

Er zuckte die Schultern. »Wenn du bereits dein Wort gegeben hast, kannst du es nicht brechen.« Das war so nahe an einer Genehmigung für die Freundschaft zwischen seiner Frau und Schwester, wie er gehen konnte.

Als sie mit Wilma in der großen Kutsche zum geschäftigen Markt fuhr, dachte Deborah über ihre stets wechselnde Beziehung mit Rafael nach. Ihr Versuch, ihn für sich zu gewinnen und von seiner Mätresse fortzuholen, schien Erfolg zu haben. Er war nur noch selten über Nacht fort, und er verhielt sich ihr gegenüber fast wie damals in den Flitterwochen. Er blieb weniger Nächte von ihrem Bett fern, doch wenn es geschah, dann weigerte er sich immer noch, seine Abwesenheit zu erklären. *Genau wie Claude*, dachte sie bitter. *Aber ich bin nicht wie Celine. Es ist nicht fair!*

»Worüber ärgern Sie sich, Miz Debra?« Wilmas rundes schwarzes Gesicht verzog sich zu einem Stirnrunzeln. »Sie machen sich nicht immer noch Sorgen wegen Babys, oder? Irgendwann wird es geschehen. Sie dürfen nur nicht aufgeben, das ist alles.«

Deborah antwortete mit gesenkter Stimme: »Nein, Wilma, deswegen mache ich mir keine Sorgen. Ich weiß, dass es seine Zeit braucht.« Sie blickte auf zu Guy, der die Kutsche fuhr, doch schnell wurde ihr klar, dass er wie die anderen Sklaven der Flamencos nur Französisch sprach. Sie und Wilma konnten eine private Unterhaltung führen. Da gab es eine Frage, die sie der freundlichen älteren Frau stellen wollte, der einzigen Person im Haushalt der Flamencos, die nicht in die kreolische Kultur hineingeboren worden war. »Wilma, meinst du, dass …« Sie verstummte verlegen, wusste nicht, wie sie die richtigen Worte finden konnte.

»Was wollen Sie wissen? Über die Geburt von Babys?« Wilma grinste jetzt breit. »Hören Sie nicht auf Miz Celine. Es wird leicht sein.«

»Oh, das meine ich nicht, Wilma. Ich habe mich nur gefragt, wenn eine Frau schwanger wird …«, sie errötete wieder, »… nun, dann wird sie fett und unattraktiv … Ich weiß nicht mal, ob sie dann noch … Ich meine, würde es dem Baby schaden, wenn sie …«

Wilma nickte mit beginnendem Verständnis. Kein Wunder, dass die Herrin bei einem gut aussehenden Teufel von Ehemann, dem die Hälfte der Frauen in New Orleans zu Füßen liegen würde, Angst hatte. Lächelnd beruhigte sie die junge Frau. »Nein, Miz Debra. Es wird prima für jeden sein. Für Mama, Papa und das Baby. Machen Sie sich keine Sorgen. Wenn Sie schwanger werden, tun Sie es einfach weiter!« Sie schwieg kurz und fragte dann: »Meinen Sie, Sie hätten Massah Rafael etwas anzukündigen?«

»Ich ... ich bin mir noch nicht sicher. Meine Periode ist nur ausgeblieben, und ich will mir ganz sicher sein.« *Ich will auch, dass er mich begehrt, wenn ich schwanger bin.*

Diese Gedanken gingen Deborah durch den Kopf, als sie halbherzig mit dem deutschen Metzger feilschte. Sie sah, dass Wilma sie forschend betrachtete, als sie so durcheinander war, dass sie zu viel für die pikanten Würstchen bezahlte. »Hier, nimm dies, und dann gehst du zu den Gemüseständen«, bat sie nervös. »Ich werde die Austern von Adolfo holen und dich dann dort treffen.«

Normalerweise liebte Deborah das Flair und die Düfte des Marktes. Der weltoffene Trubel war Balsam für ihre Seele. Sie hörte Deutsch, Italienisch und Englisch. Manchmal glaubte sie, schreien zu müssen, wenn sie noch ein Wort Französisch hören würde. Sie hatte wenigstens Rafael überredet, englisch zu sprechen, wenn sie allein zusammen waren – ein bedeutendes Zugeständnis von ihm, das musste sie zugeben. »Alles in deinem Leben dreht sich um Rafael, der Teufel soll ihn holen! Wenn ich ihn nur nicht so sehr lieben würde«, murmelte sie vor sich hin.

Als sie die Austern und Shrimps auswählte, hatte Deborah plötzlich das unbehagliche Gefühl, beobachtet zu werden. *Vielleicht hätte ich nicht Guy mit Wilma fortschicken sollen,* dachte sie ärgerlich und drehte sich um, wollte einen unverschämten kreolischen Gigolo mit einem kalten, vernichtenden Blick abblitzen lassen, wie sie es so häufig tun musste. Als sie jedoch sah, wer sie anstarrte, erstarrte sie.

Die schönste freie Farbige, die sie jemals gesehen hatte, stand keine zehn Schritte von ihr entfernt. Sie war klein und sinnlich mit feinem Knochenbau und königlicher Haltung. Glänzendes rabenschwarzes Haar war zu einer kunstvollen Frisur aufgesteckt. Die unergründlichen goldbraunen Augen waren enorm groß, von dichten Wimpern beschattet. Sie strahlten Hass aus.

Deborah wäre fast vor dem giftigen Blick zurückgewichen, mit dem Lily Duvall sie ansah, doch ihr Schock über die Unverschämtheit der Frau wurde noch größer, als ihr Blick auf Lilys Hals fiel. Ihre langen, lackierten Fingernägel strichen über die schimmernde Patina eines Halsbands aus Elfenbein – ein einzigartiges Stück feiner Schnitzerei, das Deborah sofort wiedererkannte. Die dazu passenden Ohrringe schaukelten sanft an ihren Ohrläppchen. *Das Halsband und die Ohrringe, die ich an Bord des Schiffes in Rafaels Gepäck gefunden habe!* Jedenfalls war ihr jetzt nicht mehr rätselhaft, für wen der Schmuck bestimmt gewesen war.

Lily hatte beobachtet, wie die schöne Platinblonde an den Marktständen vorbeigegangen war. Sie war groß für eine Frau, aber Rafael war schließlich groß für einen Mann. Obwohl Lily es sich nicht eingestehen wollte, wusste sie, dass ihre Sklaven gelogen hatten. Die violetten Augen der Yankee waren von dichten goldbraunen Wimpern beschattet, und sie hatte aristokratisch feine Gesichtszüge. Die sanften Kurven waren unter dem ziemlich schlichten Baumwollkleid verborgen, doch Lily erkannte mit Kennerblick, dass sie eine gute Figur hatte. Nichts war jedoch so schön an ihr wie ihr Haar – wie der Schein der Sonne und des Mondes, der darin schimmerte. Lily hatte noch nie Haare von dieser Farbe gesehen. Diese Frau war eine weitaus gefährlichere Rivalin, als sie sich jemals in ihren schlimmsten Albträumen hätte vorstellen können.

Als sie bemerkte, dass Deborah blass wurde, während ihr Blick von der Halskette zu den Ohrringen glitt, wurde Lily plötzlich klar, dass Deborah den Schmuck wiedererkannt haben musste. Ja, Rafael hatte gesagt, er sei in Boston hergestellt worden. Seine Braut musste von dem Kauf gewusst haben. Jetzt wusste sie auch, für wen er den Schmuck gekauft hatte! Lily ging auf die statuenhafte Gestalt zu, die bei den Austernkörben stand, sagte nichts, aber riskierte viel. Als sie langsam an ihrer Rivalin vorbeischlenderte, starrte sie Deborah an, ließ den Blick über ihr unfrisiertes Haar und ihr schlichtes Tageskleid schweifen und blickte unverschämt geringschätzig.

Sic wandte sich mit klarer, lauter Stimme, die bis zu Deborah zurückklang, an ihren Hausdiener: »Komm, Jules, ich habe Besseres zu tun, als meinen Tag auf dem Markt zu verbringen.«

Sie wusste, dass die Botschaft, die sie zu Rafael geschickt hatte, ihn an diesem Abend in die Rampart Street bringen würde. Melanie würde heute aus St. Louis eintreffen.

Rafael fluchte, als er die Nachricht überflog, zerriss dann den Zettel und warf ihn achtlos ins Kaminfeuer. »Schlimm genug, dass Deborah sich den ganzen Nachmittag gekränkt und mürrisch verhalten und sich geweigert hat, mir zu erzählen, was nicht in Ordnung ist! Nun auch noch dies!«

Claude sah, dass sein Sohn unruhig und aufgeregt auf und ab ging. Er wusste, dass die Nachricht von Lily stammen musste. »Anscheinend ist der kurze Waffenstillstand zwischen dir und deiner Frau zu Ende, und ihr habt wieder das Kriegsbeil ausgegraben«, bemerkte er mit seinem üblichen Sarkasmus. »Ich hatte gehofft, dass du ihr ein Kind machst, bevor sie dich wieder aus ihrem Bett vertreibt.«

Rafael schaute verwirrt zu seinem Vater, der lässig und entspannt in seinem Lieblingssessel saß. »Papa, ich muss heute Abend ausgehen. Lass die Dinge zwischen Deborah und mir privat bleiben.«

»Du gehst zu Lily.« Es war eine Feststellung, keine Frage. Claude wusste, wie ein Mann Trost finden konnte, der eine kalte Ehefrau hatte.

»Ich besuche meine Tochter.« Rafael fluchte und trank seinen Brandy aus.

»Du solltest dich besser um gesetzmäßige Erben kümmern. Nicht um diejenigen, die vom schwarzen Pinsel geküsst wurden«, entgegnete der alte Mann trocken.

Rafael verharrte mit der Hand auf der Türklinke und hob eine Augenbraue. »Auch darum habe ich mich sehr sorgfältig gekümmert. Ich habe den Verdacht, dass die schlechte Stimmung meiner Frau und die häufige morgendliche Unpässlichkeit Anzeichen dafür sind, dass sie Neuigkeiten für uns hat – wenn es ihr passt.« Mit dieser überraschenden Ankündigung ließ er den alten Mann mit seinem Brandy allein.

Rafael hoffte nur, dass er Recht behielt. Seit einigen Wochen war Deborah launisch und gereizt, und er wusste, dass ihr gestern Morgen übel gewesen war, aber er war weit davon entfernt, sicher zu sein, dass sie schwanger war. Er hatte vorgehabt zu warten, statt sie direkt zu fragen, weil er ihr nicht das Gefühl geben wollte, nur eine Zuchtstute zu sein. Im letzten Sommer hatte er sie mit der Bemerkung schwer gekränkt, es sei ihre Pflicht, ihm die Erben seiner Familie zu schenken. So sehr er sich Kinder mit ihr wünschte, er hatte es nicht wirklich so gemeint, wie es ihm im Ärger herausgerutscht war.

Nachdem sie versucht hatte, ihn zu verlassen, hatte er sich eingestanden, dass er sich das Leben ohne sie nicht vorstellen konnte. *Ich liebe sie zu sehr, um sie jemals aufzugeben,* dachte er grimmig, als er sich am hinteren Eingang zu ihrer Wohnung auf seinen großen schwarzen Hengst schwang. *Eine Annullierung der Ehe kommt nicht infrage*! Er war entschlossen zu behalten, was ihm gehörte.

Deborah drückte sich an die Seite der Kutsche, und das Herz

klopfte ihr bis zum Hals. Verborgen im Schatten, das silberblonde Haar unter einem dunklen Schleier versteckt, beobachtete sie, wie Rafael vom Haus fortritt. Dann lehnte sie sich aus dem Fenster der Kutsche und gab dem Droschkenfahrer Anweisungen. »Das ist der Mann. Folgen Sie ihm, und ich werde Ihnen zahlen, was wir vereinbart haben.«

Am folgenden Morgen stand Deborah mit schweren Augen und Kopfschmerzen aus dem Bett auf, doch sie war entschlossen, bei der bevorstehenden Konfrontation gut auszusehen. Sie läutete nach Tonette und bat sie, ihr ein heißes Bad vorzubereiten. Am Vorabend war alles glatt gegangen. Sie wusste nun, wo Lily wohnte.

Als die Kutsche vor dem kleinen weißen Haus in der Rampart Street hielt, war es fast Mittag. Deborah überprüfte noch einmal ihr Aussehen und strich mit einer behandschuhten Hand glättend über ihr sorgfältig frisiertes Haar. Sie hatte ihr bestes neues Kostüm aus tiefviolettem Samt angezogen und trug ihren Amethystschmuck. Das Halsband und die Ohrringe waren reich verziert und elegant und übertrafen die feine Schnitzerei von Lilys Schmuck. *Lass mich jeden Zoll aussehen wie eine Flamenco-Dame,* dachte sie grimmig. Schließlich war sie die Ehefrau, diejenige mit den gesetzlichen und moralischen Rechten!

»Guten Tag, *Mademoiselle* Duvall.« Deborah betonte die Anrede für eine Unverheiratete mit kühler Geringschätzung und ging dann an Rafaels kleiner Mätresse vorbei in das teuer eingerichtete Wohnzimmer. Lily starrte sie aus großen Augen erstaunt an.

Sie verengten sich schnell zu Schlitzen, und ihr Ausdruck wechselte von Betroffenheit zu Wut. Mit einer Hand an ihrem fuchsienroten seidenen Morgenrock erwiderte Lily Deborahs abschätzenden Blick. Der Morgenrock war nachlässig gegürtet, und der Ausschnitt gewährte einen großzügigen Blick auf viel hellbraune Haut und üppige Brüste. Ihr Haar fiel wie ein Vorhang von blauschwarzem Satin um ihre Schultern.

Geschickt wischte sie einige Haarsträhnen aus der Stirn und warf die schwarze Haarfülle zurück. »Sie haben sich zu viel herausgenommen, Yankee. Dies ist meine Wohnung. Sie haben hier nichts zu suchen«, zischte sie.

»Stimmt, es sind Ihre ›Geschäftsräume‹«, konterte Deborah. »Aber das wird sich ändern – oder wenigstens Ihr Kunde wird ein anderer.« Sie blickte hinab auf die kleinere Frau im Morgenrock und zwang sich zu übersehen, dass ihr Haar zerzaust war und ihre Augen tiefe Befriedigung widerspiegelten.

»Und wie wollen Sie das erreichen?«, höhnte Lily. »Wollen Sie Rafael mein Bett verbieten? Oder ihm Ihres verweigern, wenn er nicht auf Sie hört? Ich würde es an Ihrer Stelle nicht herausfordern, Yankee. Sie sind mir nicht ebenbürtig, wenn es darum geht, einen Mann zu erfreuen.« Lily wirkte wie eine mit Sahne gefütterte Katze, und Deborah hätte ihr am liebsten die Augen ausgekratzt.

Stattdessen ballte die »Yankee« in den Falten ihres Kleides die Hände zu Fäusten. »Ich bin nicht gekommen, um Schlafzimmer-Rezepte auszutauschen. Mein Mann hat genug Freude mit mir, Lily, und er ist *mein* Ehemann, der Vater meines Kindes.«

Bei Lilys scharfem Luftschnappen schwieg Deborah kurz und schaute direkt in ihre unergründlichen Augen. »Ich weiß, dass Claude Flamenco mit Ihnen eine Vereinbarung getroffen hat, lange bevor Rafael und ich geheiratet haben. Jetzt bin ich bereit, eine großzügige Vereinbarung mit Ihnen zu treffen. Ich kann Sie in die Karibik schicken … oder nach Frankreich, wenn Sie das wünschen. Sie können dort leben und heiraten ohne jede Rassenschranke, die Sie stigmatisiert. Aber ich will

Sie aus dem Leben meines Mannes und seines Kindes heraushaben.«

Lily ließ sie zu Ende sprechen, halb neugierig, wie viel die unverschämte Ausländerin ihr anbieten würde. Sie hatte gehört, dass der Vater der Yankee reich war. Dennoch würde er nie reich genug sein. Mit einem listigen Lächeln ging sie zum Sekretär und nahm eine Daguerreotypie. »*Ihr* Kind ist nicht das einzige, das in Betracht gezogen werden muss«, erklärte sie rätselhaft. »Da ist noch die Sache mit Rafaels anderen Kindern – meinen Kindern.«

Deborah stockte der Atem, als Lily ihr das Porträt eines schönen kleinen Mädchens und eines Jungen sowie das eines männlichen Babys in die Hand drückte. Die Augen der Kinder strahlten sie an, und ihre Gesichter hatten die klassischen Züge der Flamencos.

»Melanie wird im Frühjahr sechs«, sagte Lily triumphierend und beobachtete, wie Debora bleich wurde.

Sechs. Er hatte mit erst sechzehn Jahren ein Kind gezeugt! Deborah schluckte und erwiderte mit erstaunlicher Ruhe: »Ich werde natürlich für die bestmögliche Ausbildung für Ihre Kinder sorgen.« Ein Blick auf Lilys unerbittliches Gesicht machte all ihre Hoffnungen zunichte.

»Melanies Vater hat bereits gut für ihre Ausbildung gesorgt. Genauer gesagt, er hat …«

Plötzlich flog die Hintertür auf, und ein kleines Mädchen mit wippenden schwarzen Zöpfen flitzte in das Zimmer. Die Kleine hatte ein fein geschnittenes Gesicht und lächelte strahlend, und sie war teuer bekleidet mit einer roten Samtjacke und glänzenden schwarzen Lackschuhen. Der rosige Schimmer von der Kälte im Freien färbte noch ihre Wangen, als sie plötzlich stehen blieb und vor der fremden Dame im Wohnzimmer ihrer Mutter einen Knicks machte. »Verzeih mir, Mutter. Papa wollte wissen …«

»Melanie, lass uns bitte allein!«, bat Lily und blickte dann nervös an dem Kind vorbei. »Wo ist Morine? Such sie, und dann soll sie dich zum Markt mitnehmen.«

Melanie knickste noch einmal unsicher, dann begann sie, sich zurückzuziehen und prallte fast mit ihrem Vater zusammen.

»Lily, warum bist du noch nicht angezogen?« Rafaels Stimme klang ärgerlich, als er seine Mätresse noch im Morgenrock bei der Schlafzimmertür stehen sah. Dann betrat er das Wohnzimmer, und sein Blick glitt von Lily zu Deborah – und er erstarrte ungläubig. »Was, um alles in der Welt, machst du hier?«

»Morine, geh mit Mellie spazieren«, befahl er dem jungen Dienstmädchen, das in der Tür auftauchte. Er nahm seine verängstigte Tochter auf den Arm, drückte sie kurz beruhigend an sich und gab sie dann in die Arme der Sklavin.

Deborah sah das kleine traurige Gesicht des Kindes verschwinden, als Morine das Mädchen forttrug. Der Schmerz zerriss sie fast. Warum war sie überhaupt hierhin gefahren? Wie verrückt von ihr anzunehmen, sie könne dieses heimtückische System besiegen! Sie hatte das Gefühl, dass das Zimmer sich drehte und sie keine Luft mehr bekam.

Lily schrie etwas, und Deborah zwang sich hinzuhören; sie wagte es nicht, sich dem wilden Zorn auf dem Gesicht ihres Mannes zu stellen. Jede Spur von Liebe und Freundlichkeit war aus seinen harten Zügen verschwunden, als seine Tochter fortgetragen worden war.

»Sie hat mir gedroht! Sie hat mir gesagt, sie würde dich dazu bringen, mich aufzugeben, Rafael. Nur weil sie schwanger ist, heißt das nicht, dass du uns verlassen wirst, oder?« Lily war sich sicher, dass sein kreolischer Stolz solch einen Schlag niemals ertragen würde.

»Das ist eine Lüge«, widersprach Deborah schwach, doch ihr Mann blickte sie derart wütend an, dass sie verstummte.

»Du bist also *enciente«*, meinte er. »Dies hatte ich bereits angenommen, aber es gibt dir nicht das Recht zu diesem abscheulichen Verhalten. Wenn du es jemals wieder wagst, dich in Dinge einzumischen, die dich nichts angehen, werde ich dich in deiner Wohnung einschließen und bewachen lassen.«

»Dinge, die mich nichts angehen!«, begehrte Deborah auf. Schmerz über seinen Verrat und vorhin der Anblick seiner Tochter führten dazu, dass ihr Zorn die Oberhand gewann. »Du hältst dir eine komplette separate Familie wie ein ... ein moslemischer Pascha und erwartest von mir, dass ich so tue, als existierte sie nicht!«

»Madame, entweder beherrschst du dich und gehst von hier fort wie eine Dame – wenn ich's mir genau überlege, ist das unmöglich. Keine Dame würde diese Situation heraufbeschwören. Geh durch diese Tür, steig in die Kutsche und warte auf mich.«

»Ich soll auf dich warten! Mir scheint, *chéri*, ich habe viel von meinem Leben auf dich warten müssen, während du dich bei anderen Frauen herumgetrieben hast.« Beißender Sarkasmus verbarg ihren Zorn. »Deine Mutter mag es hinnehmen – und *sie* wohl auch ...«, Deborah blickte Lily verächtlich an –, »aber ich nehme es *nicht* hin!«

Mit einem lästerlichen Fluch packte Rafael sie am Handgelenk, wollte sie zur Wohnungstür zerren.

»Fass mich nie mehr mit deinen dreckigen Händen an, du Ehebrecher!« Sie riss sich los, konnte seine Berührung nicht mehr ertragen.

»Ich werde tun, was immer ich mit dir wünsche – dich berühren, mit dir schlafen, meinen Samen in dich ergießen. Du bist meine Frau, Gott helfe uns beiden!« Damit warf er sie wie einen Sack Reis über seine Schulter, wie er es ihr am Tag des Duells bei den Eichen angedroht hatte.

Als sie nach ihm trat und sich in seinem Griff wand, ging er steif zur Tür, behandelte seine zappelnde Last, als wöge sie nichts. Lily öffnete schnell die Tür und ließ ihn hinaus. Ihr Blick war gesenkt, doch in ihren Augen glühte Triumph.

An der Ecke des Hauses versteckte sich Melanie, belauschte den Wortwechsel und beobachtete, wie ihr Papa die schöne Dame zur wartenden Kutsche trug. *Wenn sie seine Frau war, was war dann ihre Mutter?*

Kapitel 15

»Ich habe dir einmal geholfen. Jetzt bitte ich dich um Hilfe«, sagte Deborah zu Caleb Armstrong, als sie ihm in seinem Wohnzimmer gegenübersaß.

Lenore stand hinter Deborah, die Hände mitfühlend auf den Schultern ihrer Freundin.

Beim Anblick der beiden Frauen lächelte Caleb trotz der traurigen Situation. »Und ich nehme an, sie hat dich überredet, ihr zu helfen?«, fragte er seine Frau.

»Ich habe versucht, sie davon abzubringen, Caleb. Es ist gefährlich, und ich weiß, dass sie einsam sein wird, aber ich kann verstehen, wie sie sich fühlt. Ich würde dich nie mit einer anderen Frau teilen.« Sie errötete bei ihrer kühnen Äußerung.

»Ich habe meine Entscheidung getroffen, Caleb. Mit oder ohne deine Hilfe verlasse ich Rafael.« Deborah kämpfte gegen Tränen an.

Caleb entgegnete verwundert: »Ich kann nicht glauben, dass der Mann wegen einer Mätresse eine liebevolle Ehe zerstört. Er sollte natürlich für Lily Duvalls Kinder sorgen, aber das Verhältnis mit ihr beenden.«

»Kind«, korrigierte Lenore sanft. »Nur das Mädchen lebt noch. Der Junge ist bei einer Gelbfieber-Epidemie vor drei Jahren gestorben.«

»Du hast die ganze Zeit von ihnen gewusst«, stellte Deborah vorwurfsvoll fest.

Lenores Blick wurde weicher. »Was wäre damit gewonnen gewesen, wenn ich es dir erzählt hätte? Ich hätte im Traum nicht daran gedacht, dass du ihr gegenübertreten würdest. Was hat dich zu so etwas Leichtsinnigem getrieben?«

Deborah senkte nervös den Blick. Sie hatte Lenore und Caleb

nicht gesagt, dass sie schwanger war, obwohl in den Wochen nach ihrer Konfrontation mit Lily zum zweiten Mal ihre Tage ausgeblieben waren. Es gab jetzt keinen Zweifel mehr; wenn sie jedoch von ihrer Schwangerschaft wussten, würden sie ihr niemals helfen zu entkommen. »Ich habe diese Frau gebeten, New Orleans zu verlassen. Ich habe ihr angeboten, ihr die Reise nach Frankreich zu bezahlen und ihr Geld zu geben. Mein Vater …« Sie stockte, weil sie sich beschämt erinnerte, wie eindringlich Adam Manchester sie vor einer Ehe mit Rafael gewarnt hatte. »Mein Vater hat bei unserer Heirat eine große Summe auf ein Konto mit meinem Namen eingezahlt. Rafael weiß nichts davon.«

»Ich nehme an, Lily hat dein Angebot ausgeschlagen«, murmelte Caleb grimmig.

Deborah nickte stumm. »Die Ehe ist vorüber, Caleb.« Sie zuckte zusammen, denn sie erinnerte sich an den kalten, verschlossenen Ausdruck von Rafaels Gesicht, als er auf ihre tränenreichen Bitten, die schöne Achtelnegerin in Pension zu schicken, geantwortet hatte:

»Sie hat ihren Platz in meinem Leben, und du hast deinen. Deine Position ist sicherlich besser«, hatte er erklärt, und die Bemerkung hatte etwas Endgültiges gehabt.

»Rafael will sie behalten wie immer, und ich muss so tun, als existiere seine Zweitfamilie nicht. Ich will ihn nicht mit einer anderen teilen!« Sie erhob sich abrupt. »Der Emigranten-Trupp verlässt am ersten März die Stadt. Ich habe vor, mich ihm anzuschließen, auch wenn ich das selbst arrangieren muss.«

»Aber Deborah! Texas! Es ist so wild und gefährlich. Warum kannst du nicht stattdessen nach Boston zurückkehren? Ich weiß, dass dein Vater dich aufnehmen würde.« Lenore erschauerte bei dem Gedanken an das wilde Land jenseits des Sabine River.

»Mein Vater könnte Rafael nicht stoppen, wenn er käme und mich aus seinem Haus schleppte«, erwiderte Deborah. »Ich kenne die Gesetze und weiß, wozu mein Mann fähig ist. Wenn mein Vater versuchte, ihn aufzuhalten – oh, Lenore, Rafael könnte ihm etwas antun.«

Caleb räusperte sich, als er Lenore blass werden sah. Ihr Bruder war so gewalttätig, wie sie sanftmütig war. »Deborah hat Recht, Liebling. Das Gesetz steht auf Rafaels Seite. Wenn er es will, kann er sie zwingen, mit ihm zu leben.«

»Nur wenn er mich finden kann«, wandte Deborah grimmig ein.

»Aber warum gehst du dann nicht in eine andere Stadt im Osten – oder nach Europa?« Lenore war entsetzt über Deborahs Absicht, im Strom der Menschen unterzutauchen, die nach Texas auswanderten.

»Du könntest mitten in einen Krieg geraten, Deborah«, warnte Caleb sie. »Ich weiß, dass General Cos im Dezember kapituliert hat und die Texaner glauben, die Autonomie zu erlangen, aber sie sind noch weit davon entfernt, von Santa Anna frei zu sein. Sam Houston weiß, dass El Presidente nicht aufgeben wird.«

»Ich habe gelesen, dass *General* Houston Santa Anna in dem Moment besiegen wird, in dem er sich in Texas zu zeigen wagt«, entgegnete Deborah. In Wirklichkeit konnte sie ebenso wenig warten, bis sich in Texas die Lage klärte, wie sie darauf warten konnte, ein Schiff nach Europa zu nehmen. Bis alles vorbereitet werden konnte, würde ihre Schwangerschaft offensichtlich sein, und sie würde nicht mehr reisefähig sein. Dann hätte Rafael die Kontrolle über ihr Kind, und er würde es nie aufgeben. Nein, sie musste jetzt verschwinden, bevor er eine weitere Generation von egoistischen Flamenco-Männern oder vom Schicksal verdammten Flamenco-Frauen aufziehen konnte. »Ich will mit dem Pettyjohn-Trupp nach Texas, Caleb. Wirst du das arrangieren oder nicht?«

Seufzend ließ sich Caleb erweichen.

Rafael stand im Schlafzimmer bei Deborahs Frisiertisch, und Zorn und Furcht tobten in ihm. Er zitterte, als er Deborahs sorgfältig abgefassten Brief las.

Rafael,
wenn du dies findest, werde ich fort sein. Ich verlange nichts aus unserer unglückseligen Ehe, weder deinen Namen noch deinen Wohlstand, denn du konntest mir nicht deine Liebe schenken. Füge dich den Wünschen deiner Eltern und such dir ein richtiges kreolisches Mädchen, um es zu heiraten, nachdem du unsere Ehe hast annullieren lassen. Jeder wird dann glücklicher sein.
Mit Bedauern Deborah Manchester

Fluchend zerknüllte er den Brief, um ihn ins Feuer zu werfen, doch dann hielt er inne. Es konnten leicht die letzten Worte sein, die er jemals von ihr lesen oder hören würde. Er strich den zerknüllten Brief glatt, faltete ihn und steckte ihn mit zitternder Hand in seine Jacketttasche.

Nein. Ich schwöre, dass ich dich finden werde, Deborah Flamenco. Keine Annullierung, keine andere Frau. Nur Deborah Manchester!

»Ich kann dieses Haus durchsuchen lassen, das wissen Sie.« Das Licht in Rafaels Augen glühte wie eine kalte schwarze Flamme.

Caleb zuckte die Schultern und machte in der großen Eingangshalle eine einladende Geste. »Suchen Sie. Sie brauchen keinen Durchsuchungsbefehl. Ihre Frau ist nicht hier, Rafael.«

Lenore stand neben dem großen Yankee und starrte ihren Bruder an. Rafael erkannte mit sinkendem Mut, dass der Schmerz über die zerrissenen Familienbande, nicht die Furcht vor Deborahs Entdeckung der Grund für die Qual war, die ihr

Gesicht widerspiegelte. Seine Frau war tatsächlich nicht hier. Er wusste es mit plötzlicher Gewissheit, was ihn erzürnte und zugleich verzweifelt machte.

»Ihr habt nur eine Runde gewonnen. Ich weiß, dass ihr meiner Frau geholfen habt, eine Passage nach Boston zu buchen, aber das wird ihr oder Adam Manchester nichts nützen. Ich werde sie zurückholen.«

Lenore blickte ihm nach und empfand den Schmerz der Trennung sogar noch stärker als in der Nacht ihrer Hochzeit, als Rafael dieses Haus verlassen hatte.

»Nun, das wird Deborah einige Zeit verschaffen, um ihre Spuren zu verwischen«, murmelte Caleb.

»Ich bete nur, dass wir das Richtige getan haben«, erwiderte seine Frau mit tränenerstickter Stimme.

Die Reise nach Boston kam ihm sehr viel länger vor als im vergangenen Jahr. In den Wochen seit Deborahs Verschwinden hatte sich Rafaels Zorn abgekühlt. Er überlegte, wie er sie zurückgewinnen könnte. Trotz seiner Drohung bei den Armstrongs war er nicht gerade begeistert davon, seine Frau gegen ihren Willen aus dem Haus ihres Vaters zu holen und sie für die Dauer ihrer Schwangerschaft praktisch wie eine Gefangene zu halten. Unter solchem Stress verlor sie vielleicht sogar das Kind.

Rafael grübelte über seine Möglichkeiten nach. Unter Umständen war es am besten, bis zu ihrer Niederkunft in Boston zu bleiben. Sie war möglicherweise in vertrauter Umgebung sicherer. Während ihm vor dem Winter in Neuengland graute, sagte er sich, dass dies die ideale Art sein könnte, ihr seine Liebe zu beweisen. *Wenn sie erst ein Kind hat, das sie beschäftigt, wird sie keine Zeit haben, sich wegen Lily und Melanie zu grämen.*

Adam Manchester hatte den Brief seiner Tochter zum x-ten Mal gelesen und ihren Schmerz nachempfunden. Seine schlimmsten Befürchtungen hatten sich bewahrheitet. Er legte den Kopf auf seine Hände und überlegte noch einmal, wie er sich gegenüber ihrem Ehemann verhalten würde. Er wusste auch ohne Deborahs Warnung, dass ein Mann wie Rafael Flamenco seine Frau und seinen Erben nicht kampflos aufgeben würde.

Doch wie sollte *er* kämpfen? Gewiss stand das Gesetz auf Rafaels Seite. Adam Manchester sehnte sich mehr als alles andere danach, seine Tochter heimzuholen, dafür zu sorgen, dass sie sicher war und geliebt wurde, dass ihr Kind geliebt wurde und geschützt war vor der Falschheit der Familie Flamenco. Aber das sollte nicht sein. Sie war fortgegangen, in die Wildnis des Westens, nach Texas. Darüber hinaus hatte sie ihm nichts Genaues mitgeteilt, aus Furcht, dass die Informationen irgendwie in Rafaels Hände fallen könnten. *Gott sei Dank habe ich sie mit ausreichend Geld versorgen können, damit sie gut über die Runden kommt, aber irgendwann wird auch diese Summe aufgebraucht sein.*

Seine bitteren Gedanken wurden unterbrochen, als in der Halle ein Tumult entstand. Adam hörte die heftige Stimme seines Butlers und eine andere mit starkem französischem Akzent und versteifte sich. »Er ist also schon eingetroffen«, murmelte er grimmig vor sich hin.

Er erhob sich und ging zur Treppe. »Sie haben keine Zeit verloren, um herzukommen!«, rief er in die Halle. »Darf ich annehmen, dass die Sorge um meine Tochter Sie hergetrieben hat?« Adams Stimme klang ironisch, aber überraschend ruhig.

Rafael wandte sich von dem Butler ab und richtete den Blick auf seinen Schwiegervater. Er verneigte sich förmlich. »Ich bin gekommen, um mit meiner Frau zu reden.«

»Nur um mit ihr zu reden oder um sie unverzüglich in Ihr

Elternhaus zu entführen?«, hakte Adam nach und hob eine buschige weiße Augenbraue.

Rafael lächelte dünn. »Ungeachtet dessen, was sie Ihnen erzählt haben mag, liebe ich meine Frau, Monsieur, und ich werde weder sie noch mein Kind gefährden.« Er wartete, während er wie ein Fechter auf den Fußballen balancierte. Als Adam zögerte, fügte er sanft hinzu: »Ihnen ist sicherlich klar, dass ich die nötigen Dokumente von Ihren Gerichten habe, um einen Besuch bei ihr notfalls mit Gewalt zu erzwingen. Für welche Möglichkeit entscheiden Sie sich?«

Der große Yankee schien unter Rafaels kaltem Blick zu schrumpfen. Er wirkte plötzlich gealtert, als er mit ruhiger Stimme erwiderte: »Für keine von beiden.«

Er forderte seinen Schwiegersohn mit einer Geste auf, ihm in sein Arbeitszimmer zu folgen. Dort setzte er sich hinter seinen Schreibtisch, schob Deborahs Brief zu Rafael hin und lehnte sich zurück.

»Dieser Brief traf vor zwei Wochen ein, und ich habe Sie seither erwartet. Tun Sie Ihr Schlimmstes, Monsieur. Ich kann Ihnen Ihre Frau nicht herzaubern.« Manchesters Augen verengten sich, als er sah, wie Rafaels dunkles Gesicht eine Spur bleicher wurde.

Der junge Mann ließ sich plötzlich in einen großen Ledersessel hinter ihm sinken und las den langen, schmerzerfüllten Brief seiner Frau, den sie ihrem Vater geschickt hatte.

Er ist wirklich erschüttert, dachte Adam. Schließlich sagte er weich: »Durchsuchen Sie das Haus, wenn Sie dann ruhiger schlafen werden. Ich habe bereits eine Privatdetektei beauftragt, sie aufzuspüren – alle Transportmöglichkeiten zu überprüfen, die aus New Orleans hinausführen. Seetüchtige Dampfschiffe, Flussschiffe, Emigranten-Trecks, jede Transportmöglichkeit, bei der eine Frau hoffen kann, auf dem Weg nach Westen unterzutauchen ... Aber es ist ein großes Grenzgebiet …« Seine Worte verloren sich in hoffnungslosem Schweigen.

»Wie kann sie so etwas Gefährliches tun?« Rafaels Stimme klang jetzt mehr betroffen als ärgerlich, und seine bewusst zur Schau getragene Selbstsicherheit war verschwunden.

»Sie war verzweifelt – so erpicht darauf, ihrem Sohn oder ihrer Tochter Ihre Lebensweise zu ersparen und Ihrem verwerflichen Einfluss zu entkommen.« Adams anklagender Blick schien Rafael zu durchbohren. »Kehren Sie heim zu Ihrer Mätresse und kümmern Sie sich um Ihre Kinder. Ich werde mich um meine Tochter und mein Enkelkind kümmern.«

Rafael stand langsam auf. Neu entfachter Zorn erfüllte ihn und gab seinem Gesicht wieder Farbe. »Ihr Yankee-Puritaner seid immer schnell, den ersten Stein zu werfen. Oder raffinierter darin, eure Laster zu verheimlichen.« Er drehte sich um und ging zur Tür. Dort verharrte er kurz, um ruhig hinzuzufügen: »Wenn Sie herkommt, werden mich meine eigenen Detektive informieren. Wenn ich sie zuerst finde, werde ich Sie informieren – eine Gefälligkeit, die Sie wohl kaum erwidern würden.«

Der hohlwangige, erschöpfte Mann, der im Hafen von New Orleans von Bord des Schiffes ging, war ganz anders als der selbstsichere junge Mann, der knapp sechs Wochen zuvor aufgebrochen war, um seine widerspenstige Frau zu suchen.

»Ich habe nie geglaubt, dass ich sie verlieren würde, nehme ich an«, gestand er Claude an diesem Abend beim Essen.

Celine blickte kaum von ihrem Teller auf, bemerkte jedoch zwischen zwei Bissen: »Ich könnte mit dem Bischof sprechen …«

»Nein!« Rafael sprang vom Tisch auf und warf seine Serviette hin. »Wann wirst du es endlich begreifen? Ich will mich nicht scheiden lassen. Deborah ist meine Frau. Sie bekommt mein Kind. Es wird keine Annullierung der Ehe geben!«

Celine ließ ihre Gabel fallen. »Du hast mir nie erzählt, dass sie schwanger ist«, entgegnete sie vorwurfsvoll.

»Dazu war bei allem, was passiert ist, kaum Zeit«, erwiderte Rafael finster. »Ich habe Wochen vergeudet, während ihre Spur kalt wird. Ich finde, es wird Zeit, dass ich die Wahrheit aus meiner Schwester und ihrem Mann herausbekomme.«

»Das halte ich für aussichtslos, Rafael«, meinte Claude. »Dieser Amerikaner wird dir nichts erzählen.«

»Er vielleicht nicht, aber meine Schwester wird endlich reden. Ich bezweifle, dass Lenore meine Frau den Gefahren ausgesetzt hätte, mit einem Auswanderer-Treck nach Westen zu ziehen, wenn sie gewusst hätte, dass Deborah schwanger ist.« Je mehr er immer wieder über diese Möglichkeit nachgegrübelt hatte, desto überzeugter war er davon. Er würde die Wahrheit herausfinden!

Texas! Deborah war endlich dort, aber der erste Blick auf das Land war alles andere als viel versprechend. An der Mündung des Brazos River war die Golf-Ebene sumpfig und flach und schien sich bis zum Horizont zu erstrecken. Der überfüllte Schoner, der die Siedler des Pettyjohn-Trupps zu den Ufern des Brazos brachte, war seit über einer Woche in eine Flaute geraten. Der Wasservorrat ging zur Neige, und die feuchte Hitze verursachte Deborah Kopfschmerzen. Sie war seekrank trotz des unbewegten Ozeans.

Erschöpft trottete Deborah das schlammige Flussufer hinauf und schleppte mit der minimalen Hilfe von Mr. Pettyjohns mürrischem Sohn Thad ihren Koffer hinter sich her.

»Haben Sie Bücher oder Steine in diesem Koffer? Der ist höllisch schwer«, beklagte er sich. Seit sie die Annäherungsversuche des schlaksigen Jungen an Bord des Schiffes abgewiesen hatte, war er eingeschnappt.

»Ein paar Bücher, Mr. Pettyjohn, aber hauptsächlich Kleidung«, erwiderte sie müde.

»Ich habe Ihnen gesagt, Sie sollen mich Thad nennen, *Deborah«,* korrigierte er sie ärgerlich und stellte den Koffer abrupt in den Schlamm.

»Und ich habe Ihnen gesagt, Sie sollen mich Witwe Kensington nennen. *Mr.* Pettyjohn«, antwortete sie gereizt.

»Nur weil Sie sich auf Ihre Rolle als Lehrerin in San Felipe vorbereiten, heißt das nicht, dass Sie über mir die Nase rümpfen müssen, Mrs. Boston-Zicke!« Sein Gesicht lief vor Wut rot an.

Deborah hatte Rückenschmerzen, ihr Magen rebellierte, und sie hatte keine Geduld mehr mit dem zwanzigjährigen Lümmel. »Ihre Manieren sind schlecht wie Ihre Grammatikkenntnisse, Mr. Pettyjohn.«

»Nun, Sie könnten mich lernen, wie es richtig geht, wenn Sie Lust haben«, sagte er und blickte sich um, um sich zu vergewissern, dass sein Vater und die anderen Männer außer Hörweite waren.

Als er eine schmierige Hand auf ihren Arm legte, schlug Deborah sie wütend fort. »Was muss ich tun, um Ihnen klar zu machen, dass Ihre Annäherungsversuche unpassend und unwillkommen sind?«

Er ignorierte ihre Frage, fasste in ihr silberblondes Haar und zog sie plötzlich in seine Arme. »Wenn ich meinem Pa erzähle, dass du mich scharf gemacht hast, weil du eine einsame Witwe bist und so, glaubt er mir das und schließt dich aus dem Treck aus, bevor du auch nur blinzeln kannst. Du solltest also ein bisschen nett zu mir sein.«

»Du billiger Erpresser«, zischte Deborah, drehte den Kopf hastig zur Seite und bäumte sich in seinem Griff auf, als ihr sein schlechter Atem ins Gesicht schlug und Thad sie zu küssen versuchte.

Ihr Kampf wurde plötzlich unterbrochen, als eine große, rötliche Hand Thad hart am Kragen zurückzerrte. »Vielleicht solltest du einige Manieren lernen, bevor du dich an Frauen heranmachst, Jüngelchen.« Die laute Stimme gehörte einer Frau, die so stämmig und rau wie eine texanische Sykomore war. Sie trug ein schlichtes schwarzes Baumwollkleid, und ihr grau werdendes braunes Haar war zu einem dicken Knoten geflochten und aufgesteckt.

»Warum kümmern Sie sich nicht um ihre eigenen Angelegenheiten? Deborah ist mein Sweetheart, und ich werde mich um sie kümmern«, brummte Thad verdrossen, schüttelte die Hand der Frau ab und wandte sich wieder Deborah zu, um sie von neuem an sich zu ziehen.

Das breite Gesicht der Frau verfinsterte sich Furcht erregend, und ihre braunen Augen blitzten den jungen Rüpel gefährlich an. »Ojemine! Gibt es denn keine Jungs mit guten Manieren in diesem gottverlassenen Land?« Damit packte sie den dünnen Jungen unter den Achseln, hob ihn hoch und setzte ihn ein paar Schritte von Deborah entfernt wieder ab. Als er einen drohenden Schritt auf sie zu machte, wich sie keinen Zentimeter zurück. »Bevor du näher kommst, du Schmierlappen, solltest du dir das gut überlegen«, drohte sie und zog ein übel aussehendes Jagdmesser aus den tiefen Falten ihres verknitterten Kleides.

Mit einem gemurmelten Fluch wich der Junge einen Schritt zurück, stolperte über Deborahs Koffer und fiel der Länge nach hin. Als er im Schlamm lag, griff Deborahs Retterin hinab und hob den schweren Koffer an, als hätte er kein Gewicht.

»Ich bin Obedience Jones und ebenfalls Witwe. Gehören Sie zum Pettyjohn-Haufen?«

»Nicht mehr, befürchte ich«, seufzte Deborah, als sie der Witwe Jones die glitschige Uferböschung hinauf folgte. »Ich heiße Deborah Kensington und bedanke mich für Ihre Hilfe, Mrs. Jones.«

»Ojemine! Nennen Sie mich Obedience und machen Sie sich keine Sorgen wegen dieses Bengels. Ich kenne diese Typen. Große Klappe und nichts dahinter. Wo haben Sie Ihre Bleibe?«

Deborah zuckte hilflos mit den Schultern. »Mrs. Pettyjohn hat mich eingeladen, mit ihr und ihrer Familie zu übernachten, aber nach dem, was passiert ist, könnte ich mir denken, dass ich nicht mehr willkommen bin.«

»Sie sind willkommen in meinem Zelt. Hier entlang«, sagte die Witwe Jones, ohne ihre Schritte zu verlangsamen oder stehen zu bleiben, um zu fragen, ob Deborah ihre Gastfreundschaft in Anspruch nehmen würde.

»Sie sind sehr freundlich, Mrs. ... äh ... Obedience«, erwiderte Deborah und folgte der großen Frau durch den Schlamm zu einer primitiven Unterkunft aus Ästen und Zeltbahnen.

»Es ist kein feines Hotelzimmer, aber wenigstens trocken«, meinte Obedience, als sie Deborah in das Zelt führte und ihren Koffer auf den Erdboden legte. »Ich hörte den Tumult und dachte mir, Sie könnten Verstärkung gebrauchen. Wollte gerade was kochen. Ziehen Sie sich eine Kiste heran und leisten Sie mir Gesellschaft. Das Essen ist nicht so gut, wie ich es auf einem richtigen Herd kochen könnte, aber es ist heiß.«

Obediences Essen war besser als angekündigt. Sie servierte knuspriges, dampfendes Maisbrot mit Bohnen, in die Stückchen Räucherspeck geschnitten waren. Sie setzten sich zwischen Kisten und Behältern hin, und Obedience erklärte, dass sie Lebensmittel für die Pension ihres Bruders in San Antonio enthielten.

»Seine Frau und mein Mann, Gott habe sie selig, sind beide ungefähr zur gleichen Zeit verstorben. Seth braucht eine Frau, die für ihn kocht und putzt, und ich brauche einen Platz, um meinen Hut aufzuhängen. Was wollen Sie in Mr. Austins Kolonie machen?«

Deborah trank einen Schluck des duftenden schwarzen Kaffees, während sie sich die Antwort überlegte. Als Caleb sie für die Reise nach San Felipe eingetragen hatte, hatte er Mrs. Pettyjohn versichert, Deborah würde eine willkommene Bereicherung als Lehrerin der Siedlung sein. Natürlich hatte er nicht gewusst, dass sie in ein paar Monaten wegen ihrer Schwangerschaft ihre Pflichten nicht mehr würde erfüllen können. Deborah hatte den Mädchennamen ihrer Mutter angenommen und zusätzlich vorgegeben, eine Witwe zu sein, um ihre Verfassung erklären zu können, wenn sie für die anderen Siedler offensichtlich werden würde.

Unsicher antwortete sie Obedience: »Ich wollte als Lehrerin unterrichten. Die Siedler brauchen Lehrer, und ich hatte eine gute Ausbildung in Boston. Doch jetzt, nach all dem Ärger mit Thad Pettyjohn, könnte es sein, dass sie mich nicht mehr nehmen werden. Ich wünschte, ich hätte andere Fähigkeiten. Ich befürchte, hier in der Siedlungsgrenze werde ich ziemlich nutzlos sein. Ich kann ja noch nicht einmal kochen.«

Obedience zeigte grinsend eine Zahnlücke. »Ojemine! Das kann man leicht genug lernen. Ich bringe Ihnen bei, wie man kocht, wenn Sie mir zeigen, wie ich meinen Namen schreiben kann. Ich hatte nie die Möglichkeit, es zu lernen. Ich komme aus diesem Hügelland – aus dem östlichen Tennessee, genauer gesagt. Wie sind Sie so weit von Boston weggekommen? Hat Ihr Mann Sie in den Westen gebracht, um sich freies Land abzustecken?«

Deborah hatte sich ihre Geschichte zurechtgelegt, bevor sie New Orleans verlassen hatte, und sie überlegte jetzt, ob sie sie noch einmal erzählen sollte, doch etwas in Obediences klug wirkendem, freundlichem Gesicht hielt sie davon ab. »Jeder hier glaubt, mein Ehemann sei ein Seemann aus Neuengland gewesen, der ertrank, als wir nach Mobile kamen, aber ...«

»Aber er war kein Seemann«, ergänzte Obedience. »Wenn Sie nicht darüber reden wollen, dann will ich nicht neugierig sein. Viele Leute in Texas haben viel mehr zu verheimlichen, als Sie jemals verbergen werden. Machen Sie sich keine Sorgen.« Damit erhob sie sich und begann, das Geschirr zu spülen.

Als sie Obedience beim Spülen und Abtrocknen half, hörte sich Deborah fasziniert die haarsträubenden Geschichten der älteren Frau an, wie sie die Wildnis von Tennessee in einem Wagen durchquert hatte.

»Der härteste Teil war die Fahrt mit diesem Lastkahn den Mississippi runter. Flusspiraten brachten Mr. Ryan um.«

»Mr. Ryan?«, fragte Deborah.

»Mein zweiter Mann. Das ist fünf Jahre her. Lernte Mr. Jones vor drei Jahren in Arkansas kennen. Wir waren auf unserem Weg nach Texas, als ihn das Fieber erwischte. Er war immer etwas schwächlich gewesen, der Mann. Herrjemine!«

Deborah war verblüfft. »Sie hatten drei Ehemänner!« *Und ich konnte nicht mal mit einem fertig werden!*

»Und ich hoffe, einen vierten zu finden«, gestand Obedience unerschrocken. »Einen mit einem starken Rücken. Eine Frau von meiner Größe neigt dazu, die meisten Männer noch kleiner zu machen, zu domino...« Sie suchte nach dem richtigen Wort.

»Dominieren?«

»Genau. Jedenfalls, sie unter den Pantoffel zu bekommen. Mr. Jones pflegte zu sagen, Gott habe ihn selig, ›Obedience, niemals hat eine Frau einen so falschen Namen gehabt. Obedience – Gehorsam!‹ Herrjemine, ich nehme an, er hatte Recht. Ich kann schwerer heben, besser pflanzen, graben, fluchen, jemanden in Grund und Boden reden und unter den Tisch saufen als jeder Mann, seit Mr. Freeman umgebracht wurde.«

»Warum suchen Sie dann einen vierten Ehemann?« Deborah war überwältigt.

»Männer sind eigentlich die wertlosesten Kreaturen, die Gott jemals auf diese Welt losgelassen hat – bis auf das eine, wenn Sie verstehen, was ich meine.« Sie sah Deborah abschätzend an, bevor sie fortfuhr: »Ja, ich nehme an, Sie verstehen. Sie brauchen gar nicht rot zu werden. Das ist doch kein Grund. Haben Sie nie daran gedacht, wieder zu heiraten? Viele Männer in Texas suchen nach einer guten Frau.«

Deborah blickte auf ihre Hände und sah dann auf in Obediences klare, braune Augen. »Ich kann nicht wieder heiraten, Obedience. Mein Ehemann ist nicht tot. Ich habe ihn verlassen.«

Obedience dachte einen Moment darüber nach und bekannte dann: »Etwas Ähnliches habe ich mir gedacht. Aber wenn Sie einen richtigen Gentleman kennen lernen, der sie besser behandelt als Ihr erster Mann, heiraten Sie ihn! Niemand wird den Unterschied erfahren.«

In den nächsten paar Tagen regnete es stärker, und die Auswanderer waren gezwungen, in ihren vorübergehenden Quartieren zu bleiben und zu warten, bis der Brazos River sicherer sein würde für die Reise nach Norden und San Felipe. Obedience hielt Wort und gab Deborah einige Lektionen im Kochen, und Deborah brachte ihr bei, ihren Namen zu schreiben – Obedience Leon Morton Freeman Ryan Jones. Was alle Familiennamen durch Heirat anbetraf, so konnte Deborah nicht erwarten, dass ihre Freundin sie schreiben lernte, bevor sich ihre Wege trennten.

Der Gedanke an den bevorstehenden Abschied von Obedience stimmte Deborah traurig, denn sie hatte die unverblümte ältere Frau in ihr Herz geschlossen. Viele der spröden, gezierten Damen des Pettyjohn-Trupps mieden die laute Amazone, doch Deborah fand sie ehrlich, freundlich und erfrischend.

Nach ihren Zusammenstößen mit Thad Pettyjohn war Thads Mutter aufgebracht. Sie glaubte die Lügengeschichte ihres

Sohnes, der behauptete, Deborah hätte ihm schöne Augen gemacht und ihn an der Nase herumgeführt. Eine Woche später spitzte sich die Lage zu. Obedience erkannte schon an Deborahs niedergeschlagenem Gang, dass etwas nicht in Ordnung war, als sie von einer Versammlung der Siedler zurückkehrte. »Du wirkst wie ein Mann mit Holzbein, der in einem Raum voller Termiten ausgesetzt worden ist. Was ist passiert?«

»Die Pettyjohns haben mich gebeten, hier zu bleiben, wenn sie nächste Woche nach San Felipe aufbrechen. Ich bin anscheinend ein Problem für sie, eine Verführerin, die Männer in die Hölle lockt.« Sie sank mit zittrigen Knien auf ein Fass. »Wohin soll ich jetzt? Ich kann nicht nach New Orleans zurückkehren.«

»Herrjemine! Die Antwort ist doch kinderleicht! Mein Bruder Seth hat eine große Pension und keine Frauen, die den Laden schmeißen. Du wirst mit mir nach Santone kommen.«

Kapitel 16

Als sie in der kleinen Stadt Gonzales eintrafen, war Deborah fast bereit, nach Boston zu fliehen und das Risiko einer Konfrontation mit Rafael einzugehen. Sie hatte ständigen kalten Regen und primitive Lager neben dem Fahrweg ertragen müssen. Sie hatte auf dem feuchten, felsigen Boden unter Obediences Wagen geschlafen und den mageren Proviant essen müssen, der hastig über zischenden Feuern gebraten worden war. Schwäche und Übelkeit, die ihr seit New Orleans zu schaffen gemacht hatten, wollten nicht nachlassen.

Unterwegs begegneten sie Emigranten, die Gerüchte über eine mexikanische Invasion im Westen gehört und sich entschlossen hatten, nach Osten in Sicherheit zu flüchten. Südlich von Gonzales stießen sie auf ein großes Lager der Army mit fast vierhundert Soldaten und einer bunt zusammengewürfelten Mischung von Frauen, Kindern und anderen Zivilisten. Sie wirkten herunterkommen, unterernährt und undiszipliniert.

»Dies ist die Armee, die Texas verteidigen soll?«, fragte Deborah ungläubig.

»Uniformen machen nicht immer die feinsten Soldaten«, war alles, was Obedience erwiderte.

Als sie in Gonzales eintrafen, versuchte Obedience, Deborah aufzuheitern: »Heiße Wanzen schmecken sicher prima nach dem Zwieback mit Getreidekäfern. Ojemine!« Sie verzog angewidert das Gesicht. Als sie die Bruchbude betrachtete, die als Gasthaus für Reisende diente, war sie sich nicht sicher, ob ihre Einschätzung der Speisekarte dieser Spelunke zutraf.

»Sieht aus, als wäre das Dach undicht«, meinte Deborah und sprach Obediences Gedanken aus, als sie vom Wagen stieg. »Vergiss das warme Essen – ich will ein heißes Bad!« Sie rieb sich mit einer Hand über ihren schmerzenden Po und massierte mit der anderen ihren knurrenden Bauch.

»Macht dir die Magenverstimmung immer noch zu schaffen?« Obediences kluger Blick nahm das Unbehagen ihrer Freundin ebenso wahr wie ihre Blässe.

»Nur zu viel harter Zwieback«, wich Deborah aus.

»Sag mal, kann es sein, dass dein Magen Gefühle aussendet, die einen anderen Grund haben könnten, abgesehen davon, dass du ein Greenhorn bist?«

Deborah stieg das Blut in die Wangen. Sie war nervös und unschlüssig, ob sie Obedience ihre Schwangerschaft preisgeben sollte oder nicht. »Ich … ich will dir nicht zur Last fallen, Obedience. Ich kann meinen Teil der Arbeit tun und …«

»Andere Umstände sind kein Grund für eine Frau, sich zur Ruhe zu setzen, Deborah«, unterbrach Obedience sie. »Da ist eine Frau ziemlich empfindlich und kribbelig, weil sie das Essen nicht so gut vertragen kann und erschöpft ist, doch es geht in ein paar Monaten vorbei. Jedenfalls war es bei mir so, jedes Mal.«

Deborah war verblüfft. »Du hast mir nie erzählt, dass du Kinder hast! Oh, ich hoffe, ich habe keine schmerzlichen Erinnerungen zur Sprache gebracht.« Sie wusste von der schrecklichen Kindersterblichkeit, der so viele Kinder an der Siedlungsgrenze zum Opfer fielen.

»Es ist nicht so, dass ich mich beklagen könnte, Schätzchen.« Der Ausdruck von Obendiences braunen Augen wurde weicher. »Ich habe drei Babys für Mr. Freeman geboren. Zwei prächtige Söhne sind jetzt verheiratet und leben in Tennessee. Ich könnte inzwischen sogar Großmutter sein, aber weil ich wieder geheiratet habe und fortgegangen bin, konnten wir nicht in Verbindung bleiben. Ich habe mir immer vorgestellt, irgendwann nach Tennessee zurückzukehren, wenn ich es in Texas geschafft habe, das Grab meiner Tochter zu besuchen und die Jungs und ihre Familien vielleicht herzuholen. Wenn du ein

Baby bekommst, nun, dann werde ich hier und jetzt ein Enkelkind haben!«

Alle Gedanken, Texas und diese liebe Frau jemals zu verlassen, waren vergessen, und Deborah umarmte Obedience liebevoll.

Sie bekamen in dem Gasthaus eine recht anständige Mahlzeit. Deborah zog sich dann auf die Strohmatratze zurück, die sie sich mit Obedience teilen würde, nachdem ihre Freundin dem Regen getrotzt und nach ihrem Wagen gesehen hatte. Die beiden Männer, die sie in Brazoria angeheuert hatten, um sie nach San Antonio zu begleiten, versorgten das Maultiergespann.

Jeder außer mir leistet seinen Teil, dachte Deborah betrübt, bevor sie erschöpft einschlief. Das stimmte nicht ganz. Sie hatte ebenfalls ihren Beitrag geleistet, denn sie hatte darauf bestanden, Zebulon Moore und Ira Shroeder zu bezahlen, die als Helfer und Tierpfleger arbeiteten und den Frauen Schutz boten. Beide Männer hatten langläufige Kentucky-Büchsen und waren ausgezeichnete Schützen, was den Frauen Sicherheit gab und auf der scheinbar endlosen Fahrt durch die Wildnis für frisch geschossenes Wild sorgte.

Wenn Deborah ein »Greenhorn aus den Staaten« war, so lernte sie schnell. Sie bestand darauf, dass Zeb ihr Lektionen im Laden eines Gewehrs und im Schießen gab, und sie bewies dabei fast so viel Geschick wie bei ihren kulinarischen Bemühungen. Obedience versprach, Deborah beizubringen, das leichteste, leckerste und knusprigste Brot westlich des Mississippi zu backen, wenn sie sich in San Antonio eingelebt haben würden. Schon jetzt waren Deborahs Brötchen locker und weich, und ihr Maisbrot war schmackhaft. Sie träumte von einem Gemüsegarten.

Am nächsten Abend wurde ihr Essen plötzlich unterbrochen, als Zeb mit einigen verblüffenden Nachrichten hereinplatzte.

»Wir bekommen Gesellschaft, Leute«, kündigte er der Gruppe an, die am Tisch saß, »General Houston persönlich mit Colonel Hockley und drei Männern aus Washington-on-the-Brazos. Er ist gekommen, um unsere Miliz zu führen. Wir bekommen eine echte Unabhängigkeitserklärung!«

Marsh Plunket, der Besitzer des Gasthauses, sprang vom Tisch auf und klatschte seinen Löffel in den Maisbrei. »Wie herrlich, wenn wir endlich frei von den Klapperschlangen von Greasern im Süden sind.«

»Mir scheint«, bemerkte Obedience gescheit, »dass wir nur frei sein werden, wenn General Houston Santa Anna besiegen und all die Männer beim Alamo retten kann.«

Deborah wusste, dass ihre Freundin an ihren Bruder dachte, der zweifellos zu den Verteidigern des Alamo zählte. Er war ein getreuer texanischer Patriot.

»Wenn dieser blöde Fannin endlich hier antanzt, wie vom General befohlen, könnten sie morgen marschieren«, warf Zeb ein. »Ihr hättet den General fluchen hören sollen, als er erfuhr, dass Fannin und seine Männer immer noch in Goliad festsitzen.«

Jeder am Tisch lachte, denn Houstons farbige Flüche waren legendär. Deborah hatte über die Taten des brillanten Politikers gelesen, der vor seinem fünfunddreißigsten Geburtstag zum Gouverneur von Tennessee gewählt worden war, Andrew Jacksons sorgsam ausgewählter Nachfolger für das Präsidentenamt. Dann musste er nach einem Eheskandal die Politik verlassen und unter den Cherokees in der Wildnis Mississippis leben. Drei Jahre später tauchte Houston wieder auf der politischen Bühne in Texas auf, wo er in die lange verfassungsmäßige Schlacht verwickelt wurde, die letztendlich dazu führte, dass es zwischen Texas und Mexiko zum Bruch kam. Jetzt übernahm er das Kommando über die Miliz, einschließlich der pöbelhaften, undisziplinierten Freiwilligen, die außerhalb von Gonzales lagerten.

Nach dem Abendessen setzten sich Obedience und Deborah mit Marsh und Fannie Plunket sowie Zeb und Ira auf die vordere Veranda des Gasthauses. Aus den Häusern an der Straße kamen die Bewohner und wollten das Neueste vom Kriegsrat wissen, den Houston gerade außerhalb der Stadt abhielt. Einige Männer lungerten auf den schlammigen Straßen herum und plauderten, während andere mit Gewehren und Faustfeuerwaffen protzten. Ein paar Frauen in Calico-Kleidern, die vom Nieselregen feucht waren, drängten sich bei den Häusern in Gruppen zusammen. Eine erwartungsvolle Atmosphäre erfüllte die kleine Stadt, als die Dämmerung hereinbrach und es wieder zu nieseln begann.

»Sie haben verdammt lange palavert, scheint mir«, meinte Marsh Plunket.

»Nach dem, was ich über General Houston gehört habe«, entgegnete Obedience lachend, »haben alle nur zugehört, während er palavert hat!«

»Wird auch verdammt Zeit, dass jemand das Kommando über die verdammte Miliz übernimmt – verzeihen Sie mein Fluchen, Ladys«, bat Zeb und wirkte verlegen.

Obedience schnaubte. »Herrjemine, wir wissen, was getan werden muss. Wenn ich das Sagen hätte, würde ich alle Männer mit Waffen und Mumm nehmen und nach Santone aufbrechen, und zwar pronto!«

»General Sam wird es tun«, erklärte Fannie Plunket überzeugt.

Straßenabwärts sprachen zwei Männer, vom Ritt mit Schlamm bedeckt und nass, mit einem von Houstons Männern, die dann aufsaßen und sie in Richtung des Armeecamps eskortierten.

»Was meint ihr, was die Mexe tun, wenn sie mit dem General sprechen wollen?«, spekulierte Marsh.

»Ist das nicht Smith der Taube?«, fragte Zeb. Sie alle beobachteten den in Wildleder gekleideten Scout mit seinem Gefährten

Henry Karnes, die zum Camp ritten. Binnen weniger als fünf Minuten galoppierten sie zurück durch die Stadt und preschten in Richtung San Antonio, obwohl der Himmel sich verdunkelte und der Regen stärker wurde.

In den nächsten beiden Tagen grassierten Gerüchte, doch Houston und die anderen Militärs behielten ihre Absichten für sich. Einige Leute sagten, der Alamo sei gefallen, einige meinten, Santa Anna sei über den Nueces River zurückgetrieben worden. Niemand wusste es mit Sicherheit.

Obedience und Deborah waren, wie viele Reisende in Texas in diesem Frühjahr, weit vor ihrem Ziel gestrandet. Die Kriegswirren würden das Schicksal für jeden bestimmen. In der Abenddämmerung des dreizehnten März kehrten Houstons Scouts nach Gonzales zurück. Mit ihnen ritt eine junge Frau, die ein Baby auf dem Arm hielt. Als Smith der Taube ihr beim Absitzen half, drückte sie das schreiende Kind an ihren Busen und brach fast zusammen, als ihr verletztes Bein nachgab. Ihr Gesicht war grau vor Schmerzen, und sie sah heruntergekommen und schmutzig aus. Aber es war der Ausdruck ungläubigen Entsetzens in ihren Augen, der jeden erschütterte.

»Ich weiß, dass ich gar nicht hören will, was dieses arme Mädchen zu sagen hat.« Obedience saß auf der Strohmatratze in ihrem Zimmer und strich mit den großen Händen glättend über ihren verknitterten Baumwollrock. Die Stadtbewohner waren hastig aufgefordert worden, sich auf einer Lichtung außerhalb der Stadt einzufinden. Mit bleiernen Füßen gingen Obedience und Deborah zu der Versammlung.

Die Menge war von unruhiger Erwartung erfüllt. In diesem Augenblick führte ein Hüne mit angegrauten Haaren sanft und gütig eine kleine Frau in die Mitte der Leute. Sam Houston war stets ritterlich und höflich zu Frauen, doch er war noch nie liebenswürdiger gewesen als zu dieser jungen Frau, die solch eine grauenvolle Geschichte erzählen musste.

Deborah hielt Obedience am Arm, als Suzannah Dickerson den Fall des Alamo schilderte. Sie war am sechsten März innerhalb der Mauern gewesen, kurz vor Tagesanbruch, als der letzte blutige Angriff begonnen hatte. In weniger als neunzig Minuten waren einhundertdreiundachtzig Texaner gefallen. Die Leichen waren wie Klafterholz zu Scheiterhaufen aufgeschichtet und verbrannt worden. Nur die gerade zur Witwe gewordene Mrs. Dickerson und ihr Kind waren von dem Diktator verschont und angewiesen worden, die Kunde dem Rest von Texas mitzuteilen: keine Gnade.

Deborah spürte, wie Obedience erschauerte, doch die große Frau blieb anschließend ruhig und gefasst, während viele der anderen Frauen schrien und weinten, weil sie ihre Männer, Brüder und Söhne niemals wiedersehen würden. Deborah sah, wie der sanfte Löwe Houston beschützerisch einen Arm um die junge Witwe Dickerson legte und sie tröstete, als sie zu überwältigt von Trauer und Erschöpfung war, um weitersprechen zu können.

Aber Suzannah Dickerson war aus dem gleichen Holz geschnitzt wie Obedience Jones. Sie straffte die Schultern, kämpfte gegen die Tränen an und berichtete der versammelten Menge weitere Furcht einflößende Neuigkeiten. Der Diktator hatte ihr gesagt, dass er mit General Sesma direkt nach Gonzales marschieren würde. Über siebenhundert Elitesoldaten der Vorhut waren bereits auf der Straße, inzwischen gewiss nur noch ein paar Tage entfernt!

Gonzales war in nahe bevorstehender Gefahr! Ein paar Heißsporne bedrängten die Soldaten, sich dem Feind zu stellen und zu kämpfen, andere flüchteten in Panik, doch die meisten irrten herum und warteten darauf, dass jemand das Kommando übernahm. Sie brauchten nicht lange zu warten. Sam Houston, einen Kopf größer als jeder in der Menge, gebot mit gewaltiger Stimme Ruhe.

»Ich will, dass jeder Mann, jede Frau und jedes Kind in diesem Camp mir zuhört!«

Hysterische Frauen und beschämte Männer wurden still und warteten auf die Befehle des Generals.

»Ich habe weniger als vierhundert Männer hier, doch andere werden sich um die texanische Flagge sammeln. Wir müssen am Leben bleiben, damit wir kämpfen können, *wenn der Zeitpunkt der richtige ist.* Bis dahin müssen unsere Familien in Sicherheit evakuiert werden. Dann werden wir uns zu einer Armee massieren und Santa Anna vernichtend schlagen! Geht in eure Häuser und packt schnell. Nehmt nur mit, was ihr tragen könnt. Wir brechen heute Nacht auf.«

Die sonore, klare Stimme des Generals klang ruhig und entschlossen. Die Leute waren empfänglich dafür. Deborah und Obedience gingen mit Zeb und Ira zum Gasthaus der Plunkets, um ihren Wagen zu holen. Anstatt auf der San-Antonio-Straße nach Westen brachen sie in die andere Richtung nach Burnham's Crossing auf. Houston sagte sich, dass es eine gute Verzögerungstaktik sein würde, wenn sich zwischen den Texanern und den Mexikanern ein paar Flüsse befinden würden und er seine verstreuten Einheiten neu gruppieren konnte.

Um dreiundzwanzig Uhr an diesem Abend verließ eine lange, gewundene Karawane die Stadt Gonzales. Der Nieselregen hatte nachgelassen, sodass alle Dinge, die nicht mitgenommen werden konnten, verbrannt wurden. Ein paar Explosionen zerrissen die Stille des späten Abends. Jemand meinte, es seien Whiskyfässer in den Flammen in die Luft geflogen. »Ich hätte liebend gern einen guten Schluck davon gehabt!«, brummte Obedience.

Obediences Wagen, einer der wenigen verfügbaren, wäre von der Armee für den Transport von Zivilisten requiriert worden, doch die Witwe Jones bot ihn gern an. Durchnässt und unglücklich saß Deborah auf dem Wagenbock zwischen Obedience und Fannie Plunket. Ein halbes Dutzend andere Frauen und drei kleine Kinder hockten zusammengekauert zwischen Kisten und Bündeln von Lebensmitteln und Vorräten auf der Ladefläche. Nach Mitternacht begann es wieder stark zu regnen.

In den folgenden Wochen wuchsen allmählich die Reihen von Houstons Pöbelhaufen, der sich Armee nannte. Doch größer als die Zahl der Freiwilligen war die der verängstigten, flüchtenden Zivilisten und vieler Männer, die zwar kämpfen wollten, es jedoch für ihre erste Pflicht hielten, ihre Familien in Sicherheit zu bringen, wenn der General sich nicht sofort zum Kampf stellen würde.

Was in Gonzales als geordneter Rückzug unter militärischem Schutz begonnen hatte, artete schnell in eine wilde Flucht aus. Farmer stellten ihre Pflüge auf den Feldern ab, Schmiede ließen ihre Eisen rot glühend zurück, Ladenbesitzer legten ihre Schürze ab und sprangen über ihre Ladentheken, um sich den Flüchtlingen anzuschließen. Essen und Kaffee wurden auf den Abendbrottischen zurückgelassen, und Milch gerann. Ganz Anglo-Texas war mitten im Flüchtlingsstrom nach Osten, um der einfallenden mexikanischen Armee zu entkommen.

Als Houstons Armee Burnham's Crossing am Colorado erreichte, schuf die auseinander gezogene zivile Horde Chaos. Houstons Männer brauchten zwei Tage, um den Zivilisten bei der Durchquerung des Flusses zu helfen, bevor die Hauptstreitmacht der Armee am neunzehnten März folgen konnte.

Deborah und Obedience waren unter den Ersten, die das aufgewühlte rote Wasser des Flusses durchquerten, der durch die starken Regenfälle des Frühjahrs angeschwollen war. »Halte dich an den Seilen fest und schau nicht zurück«, riet Obedience nur, als sie hinter Deborah auf das primitive Holzfloß stieg, die sich nahe der Mitte ihrer Habe hinkauerte und betete. Treibholz trieb rings um das Floß, eine tödliche Bedrohung.

Männer zu Pferde trieben störrische Maultiere, Ochsen und schwimmende Pferde durch den Fluss. Deborah schloss die Augen. Am liebsten hätte sie sich die Ohren zugehalten, um nicht die wütenden Flüche von Männern, das schrille, ängstliche Wiehern von Pferden und das Brüllen der Ochsen hören zu müssen, aber sie musste sich an die Seile klammern, als das Floß gegen die Wellen ankämpfte. Warum konnten Mädchen aus Boston nicht schwimmen wie Jungen? *Ich werde in dieser Wildnis ertrinken!*

In diesem Augenblick rammte ihr Floß einen entwurzelten Baum. Ein kleiner Junge, der nahe bei der Kante stand, taumelte zwischen Iras Beine, als er mit all seiner Kraft stakte, um das Floß freizubekommen. Das Kind stürzte halb auf, halb neben das Floß. Instinktiv sprang Deborah auf den kleinen Jungen zu und schob ihn in die ausgestreckten Arme seiner Mutter, doch plötzlich kam das Floß von dem entwurzelten Baum frei, und ihre Röcke verfingen sich daran. Sie wurde ins Wasser gezogen, fort von dem auf und ab schlingernden Floß. Je stärker sie sich abmühte, desto mehr wurde sie unter das Wasser gezogen, als sich ihr Haar und ihre Kleidung in den Zweigen des Baumes verfingen. Sie ging unter, hustete und schrie: »Hilfe! Helft mir! Oh bitte, lieber Gott!« *Oh Rafael, ich will nicht, dass unser Kind stirbt!*

Wie aus dem Nichts schlang sich ein Arm um sie, zerrte sie vor dem sicheren Tod in den Zweigen des im Wasser treibenden Baumstamms frei. »Ruhig, Ma'am, mein Pferd Polvo ist ein guter Schwimmer. Er wird uns schnell ans Ufer bringen, wenn Sie nicht gegen uns ankämpfen.« Die Stimme klang rau und heiser, jung, aber befehlsgewohnt. Trotz des stechenden Schmerzes, als ihr Haar von den Zweigen losgerissen wurde, beruhigte sich Deborah und klammerte sich an den Sattel des Pferdes ihres Retters. Er hatte Recht. Der große graue Hengst stieß nahe des Ostufers auf Grund und stieg nach ein paar Minuten trittsicher aus den eisigen Fluten des Colorado.

Als der Reiter sie behutsam von der Seite seines großen Falben gleiten ließ und auf festen Boden stellte, atmete Deborah ein paarmal tief durch und blickte dann zu dem jungen Mann auf, der absaß. Er war groß und schlank, hatte goldblondes Haar und markante Züge in einem von der Sonne gebräunten Gesicht. Er sah gut aus und hart für sein Alter. Er trug Wildlederkleidung und war schwer bewaffnet, einer von Houstons Freiwilligen.

»Ich möchte mich bei Ihnen bedanken. Sie haben mir das Leben gerettet, Mister ...?« Sie blickte fragend in seine bernsteinfarbenen Augen.

»Slade, James August Slade, Ma'am.« Als er an seine Hutkrempe tippte, verzog sich sein hartes, unrasiertes Gesicht zu einem breiten Lächeln, und er wirkte jünger, etwa wie ein Achtzehnjähriger.

»Ich bin Deborah Fla... Kensington.« Sie hüstelte, um ihren Fehler zu verbergen. Kaum überraschend, wie sehr eine Todesgefahr die Geistesgegenwart beeinträchtigen konnte!

Der für Deborah peinliche Moment wurde beendet durch ein gebelltes: »Herrjemine! Du hast mir eine Heidenangst eingejagt, Deborah! Du wärst fast ertrunken!« Obedience sprang überraschend gewandt für eine so große Frau vom Floß, das am Ufer angelegt hatte, und rannte durch den Schlamm, um ihre durchnässte Freundin in die Arme zu nehmen. Sie wandte ihre Aufmerksamkeit Jim Slade zu. »Vielen Dank, dass Sie ihr das Leben gerettet haben, Sohn. Nein, zwei Leben. Sie ist eine schwangere Witwe. Ich weiß nicht, was ich getan hätte, wenn sie mir gestorben wäre.«

»Dann bin ich doppelt froh, dass ich zu Diensten sein konnte, Ma'am«, sagte der junge Mann zu Obedience und lächelte Deborah noch einmal herzlich an. »Sie sind eine tapfere Frau. Ich sah, wie Sie Ihr Leben riskierten, um diesen Jungen zu retten.«

»Ja, Texas braucht Frauen wie Deborah«, pflichtete Obedience ihm bei. »Wir werden ein Stück weiter stromabwärts kampieren. Sie sind zum Abendessen bei uns eingeladen, Sohn.«

»Ja, Mr. Slade, bitte, kommen Sie. Es wäre uns eine Ehre«, bekräftigte Deborah.

An diesem Abend fluchte Obedience leise, weil das nasse Holz zischte und nicht richtig brennen wollte, aber schließlich servierte sie aus ihrer rußgeschwärzten Eisenpfanne überraschend knuspriges Maisbrot und schmackhafte Bohnen. Sie hatte all ihren Ehrgeiz dareingelegt, eine passable Mahlzeit für Deborahs gut aussehenden jungen Retter zuzubereiten.

Als Deborah starken schwarzen Kaffee in seinen Becher goss, erklärte Jim: »Dies ist das beste Essen, das ich gehabt habe, seit ich die Bluebonnet verlassen habe, Mrs. Jones, Mrs. Kensington.«

»Bluebonnet?«, fragte Deborah.

»Meine Ranch, meine und die meines Vaters. Als ich von Santa Annas Invasion erfuhr, ritt ich nach San Antonio, um mich dort der Armee anzuschließen.«

Obedience blickte plötzlich auf und stellte die Pfanne auf den Boden. »Mein Bruder, Seth Morton, war mit Colonel Bowie beim Alamo. Haben Sie ihn vielleicht gesehen?«

»Ich kannte Mr. Morton, ja, Ma'am. Ich habe ihn nicht gesehen, als ich in dem Fort gewesen bin, aber ich erinnere mich an ihn und seine Frau aus der Stadt. Mein Beileid, Mrs. Jones.«

»Es heißt, jeder, der dort war, ist getötet worden.« Obedience fragte Jim Slade nicht, wieso er überlebt hatte. Gewiss war ein Junge, der mutig genug war, eine ertrinkende, in Panik um sich schlagende Frau aus dem Colorado River zu ziehen, kein feiger Deserteur.

Slade verstand ihren Gedankengang. »Ich habe das Fort mit Captain Seguin am fünfundzwanzigsten Februar verlassen. Mit

Botschaften von Colonel Travis, in denen er um Verstärkung bat.«

»Sie ist nie dort eingetroffen«, murmelte Obedience leise.

»Verzeihen Sie mir, Mrs. Jones«, bat Slade und wählte seine Worte sorgfältig. »Ich weiß, dass diese Männer, die fielen, tapfere Patrioten waren, Ihr Bruder eingeschlossen, aber wenn Travis und Bowie nicht Befehle missachtet hätten, wäre wahrscheinlich keiner von ihnen gestorben.«

Obedience kniff die Augen zu Schlitzen zusammen. »Was meinen Sie damit, Sohn?«

»Ich sah die Befehle, die sie von General Houston erhielten. Sie sollten die Festung schleifen und aufgeben. Es war eine Todesfalle. Houston wusste, dass sie zahlenmäßig hoffnungslos unterlegen und umzingelt waren.«

»Wie es unsere Armee jetzt ist. Deshalb marschiert der General nach Osten und verlangt mehr Freiwillige, nicht wahr, Lieutenant Slade?« Deborahs Augen spiegelten wider, dass sie plötzlich verstand.

»Ja, Ma'am. Dies ist nicht der Ort, sich zum Gefecht zu stellen. Houston wird wissen, wann die Zeit gekommen ist. Dann wird er sich entscheiden.«

»Zum richtigen Zeitpunkt«, bemerkte Obedience. »Das hat er gesagt, als wir Gonzales verlassen haben. Einige Leute sind wirklich begierig darauf, sich jetzt zum Kampf zu stellen und zu kämpfen.«

Ein langer Rückzug zum Sieg schien für viele eine unwahrscheinliche Lösung zu sein, aber Houston hatte den Befehl erteilt. Noch einmal würde sich die Armee zurückziehen und den Rückzug der Zivilisten decken, die sich über die wegelose Prärie nach Zielen im Osten verstreuten.

Am einundzwanzigsten März zogen Deborah und Obedience mit einem kleinen Trupp anderer nordostwärts zur »Groce's Plantation«, einem abgelegenen Gasthaus, wo Unterkunft und

Essen für einen Wucherpreis zu bekommen waren. Die Plantage lag im fruchtbaren Flachland des Brazos-Beckens und war berühmt für ihren Wohlstand und berüchtigt wegen der Wucherpreise, die dort Reisenden abgeknöpft wurden.

Deborah wünschte sich nichts sehnlicher, als unter einer trockenen Decke und in einem richtigen Bett zu schlafen. Obedience brannte darauf, nach ihrem wochenlangen nassen und strapaziösen Marsch etwas Wohlschmeckendes zu kochen und zu backen. Jared Groce begrüßte die Gruppe und bemerkte sofort, dass Deborah bereit war, für Zimmer und Essen mit amerikanischen Banknoten zu bezahlen. Als ihre Gefährtin den Wunsch äußerte, die Verantwortung für die Küche zu übernehmen, stimmte er sofort zu.

Die Plantage war überfüllt mit Flüchtlingen und gestrandeten Reisenden, und die überlasteten Sklaven waren dankbar für Obediences Hilfe. Sie erfuhren am ersten Abend, dass die Interimsregierung vier Tage unter Jared Groces Dach verbracht hatte. Sie hatten Präsident Burnet und sein Kabinett, die auf der Flucht zum Golf waren, nur knapp verpasst.

»Herrjemine! Diese so genannte Regierung hat eine geschmierte Maschinerie, wenn ihr mich fragt. Korruption untergräbt die Treue zu Texas«, schimpfte Obedience am nächsten Morgen, als sie den Brötchenteig knetete.

»Der gute Sam wird die Dinge ändern«, meinte Zeb, der Brennholz neben dem Herd aufschichtete,

»Hm«, schnaubte Obedience, »wenn er seine Armee ändern und siegen kann.«

Während der nächsten Woche aß und schlief Deborah viel, und ihre Verfassung besserte sich. Sie fühlte sich nicht mehr so erschöpft und die Übelkeit verschwand. Aber auch wenn sich ihr Körper erholte, verschlimmerte sich ihre seelische Verfassung. Jeden Tag strömten mehr Siedler in das Schwemmland. Einige bettelten, und nur wenige konnten es sich leisten, bei

Groce etwas zu kaufen. Deborah sah den bohrenden Hunger in den schmutzigen Gesichtern der zerlumpt gekleideten Kinder, aber sie konnte nicht mehr als Mais und Bohnen für die Familien kaufen, von denen viele nur mit dem geflüchtet waren, was sie auf dem Leib getragen hatten.

»Aber wann wird die Armee endlich kämpfen? Wo, zum Teufel, ist sie überhaupt?«, fragte Ira.

»Der gute Sam wird sich nicht von einer Horde Mexe aus Texas verjagen lassen«, erklärte Plunket. »Wir werden siegen.«

Zeb überlegte. »Wenn du so sicher bist, dass wir siegen werden, Marsh, warum suchst du dann nicht die Armee des guten Sam und kämpfst mit ihr?«

Plunket wurde rot, aber ihm wurde eine Antwort abgenommen, weil sich Hufschlag näherte. Jim Slade war eingetroffen, und alle versammelten sich auf der vorderen Veranda, um zu hören, welche Neuigkeiten er brachte. Houstons Armee biwakierte jenseits des Flusses in der Nähe der Plantage, und der General hatte gerade die Botschaft erhalten, dass Colonel Fannins Einheit bei Goliad unter den direkten Befehlen von Santa Anna massakriert worden war.

»Das ist der Grund, weshalb der General auf den Kampf mit Sesma am Colorado verzichtet hat. Er hatte schon da die Nachricht erhalten, dass Fannin eingekreist war und wahrscheinlich mit all seinen Männern niedergemetzelt werden würde. Er wusste, dass seine sechshundert Männer alles waren, was zwischen drei mexikanischen Invasionsarmeen und der Bevölkerung von Texas übrig war.« Der junge Lieutenant beendete seinen Bericht mit den Worten: »Wenn Fannin seine Befehle befolgt und sich wie von General Houston befohlen nach Victoria zurückgezogen hätte, wären wir nicht in die tödliche Falle geraten.«

»Herrjemine!«, explodierte Obedience. »Hat denn keiner so

viel Verstand, wie Gott den Regenwürmern gegeben hat? Wie viele gute Männer müssen denn noch sterben, bevor diese Idioten lernen?«

Als Mr. Groce ihm Gastfreundschaft zusicherte und ihm ein Abendessen anbot, grinste Slade breit und bedankte sich, doch dann sagte er entschuldigend: »Mr. Groce, äh, der General wird Proviant brauchen – Rindfleisch und Mais, um genauer zu sein, und vielleicht etwas Tabak. Ich nehme an, dass er die Dinge requirieren wird.«

»Welche Wahl habe ich denn, Lieutenant Slade? Wenn Santa Anna siegt, werde ich hingerichtet. Wenn die texanische Armee siegt, werde ich nur verarmt sein.« Mit einem Schulterzucken fügte er hinzu: »Nehmen Sie sich, was Sie brauchen.«

In den nächsten zwei Wochen versuchte Houston, die ungebärdige Horde von Freiwilligen zu einer Armee zu formen. Die Männer waren grobe und raue Individualisten der Siedlungsgrenze, die es gewohnt waren, ihre Offiziere selbst zu wählen und sie ganz nach Lust und Laune zu entlassen. Ständig drohte Meuterei, und Informationen aus dem Camp sickerten bis zum Haus der Plantage. Houston schickte oftmals seinen Requirierungsoffizier zu Groce. Bei einer solchen Versorgungsmission aß er mit Obedience und Deborah zu Abend und erzählte von den Sorgen des Generals.

»Dieser Poet aus Georgia namens Lamar bildet sich ein, die Männer Hals über Kopf in einen Angriff zu führen, um Santa Anna zu besiegen. Hatte die Unterstützung von Lieutenant Perry und einigen anderen Offizieren. Auch viele der Männer brüllten, dass sie angreifen wollen«, berichtete Slade angewidert.

»Und was ist geschehen?«, fragte Deborah.

Slade erwiderte grinsend: »Houston ließ ein halbes Dutzend Gräber ausheben und sagte Lamar, dass er jeden hineinlegen würde, der noch von Ruhm und Sieg quasseln würde.«

Obedience lachte prustend. »Ich wette, das ist jetzt geregelt.«

»Der Gentleman ist nun Colonel in Houstons Kavallerie, drillt seine Männer und erwartet Befehle«, fügte Slade hinzu.

Am folgenden Abend nahmen General Houston und eine Reihe seines Stabes ein seltenes Abendessen mit den Groces und ihren Gästen ein. Deborah und Obedience waren in die bunt gemischte Gruppe eingeschlossen. Obedience tat ihr Bestes, um aus den schwindenden Lebensmitteln ein schmackhaftes Mahl zu zaubern. Houston machte ihr galant Komplimente.

Er heftete den Blick seiner blauen Augen auf sie und sagte: »Nach all dem halb rohen Rindfleisch und dem Maisbrei über rauchenden Campfeuern lässt mich so eine ausgezeichnete Mahlzeit denken, ich wäre schon im Himmel.« Und er fügte mit einem Zwinkern zu Deborah hinzu: »Natürlich gibt es einige Leute, einschließlich Präsident Burnet, die überzeugt sind, dass ich nicht in den Himmel kommen werde, sondern in die andere Richtung!«

Alle lachten, als Deborah eine solch unwahrscheinliche Möglichkeit bezweifelte.

Als bei der Unterhaltung der Krieg zur Sprache kam, wurde jeder ernst, und keiner mehr als Houston. Doch der nachdenkliche Mann schien auf die Versammelten Ruhe und Stärke auszustrahlen. Er tauschte Gedanken über die Strategie mit anderen Männern am Tisch aus und neigte seinen großen, zottigen Kopf, um über einen Vorschlag von Jared Groce oder Anson Jones nachzudenken, bevor er eine gemessene Antwort gab.

Kein Wunder, dass er diese Bande von meuternden Freiwilligen zusammenhalten kann, dachte Deborah. *Er hat nicht nur eine gewaltige Körpergröße und beeindruckende Stimme, sondern auch eine scharfe Intelligenz. Er kann zuhören und seine Meinung für sich behalten. Wenn die letzte Entscheidung getroffen wird, ist es seine.* Dieser Gedanke war irgendwie beruhigend für Deborah. *Wenn es der richtige Zeitpunkt ist,* erinnerte sie sich an Houstons Worte.

Während Houston seine erste richtige warme Mahlzeit an einem Tisch seit fast einem Monat genoss, kampierten seine Männer drei Meilen flussabwärts auf dem Farmland eines anderen wohlhabenden Plantagenbesitzers namens Thomas Donahoe. Bevor der General sich nach dem Abendessen verabschiedete, erzählte er noch die Geschichte über den Farmer Donahoe. »Donahoe kam mir äußerst aufgeregt vor, weil Lieutenant Slade mit einem Trupp von Männern seine Krüppelkiefern für Brennholz fällen wollte. Ich ließ meinen Blick schweifen«, er tat, als spähte er an einer Kompanie vorbei, die auf der Veranda stehe, »und da sah ich einen gespaltenen Zaun. Muss eine Meile lang gewesen sein, alles erstklassiges Hartholz. Ich äußerte bei dem Lieutenant die Meinung, dass der gute Farmer ganz Recht hatte. Warum sollten Soldaten für die Sache der Freiheit marschieren, um Holz zu schneiden? Hier war all dieses schöne Zaunholz und brauchte nur genommen zu werden. Die Feuer sollten hell lodern, um mir heute Nacht den Weg ins Lager zu weisen! Ladys und Gentlemen, ich sage euch *adieu.*« Nach einer galanten Verbeugung zu Mrs. Groce, Obedience, Deborah und den anderen Frauen verschwand er in der Dunkelheit.

Am nächsten Morgen kam eine Nachricht von Houston, dass General Sesmas Armee den Brazos unterhalb von ihnen bei Fort Bend durchquert hatte. Um ihre Südflanke zu schützen, musste Houstons Armee vom offenen Schwemmland aus südostwärts marschieren und eine günstige Position erreichen, aus der sie kämpfen konnten.

Seine Rückzugs-und-Geplänkel-Taktik hatte Houston viel verunglimpfende Kritik eingebracht, doch Deborah stimmte mit Obediences Einschätzung des Generals überein. Obedience Jones hatte ihn gekannt, als er Lehrer in der Provinz und später Kongressmitglied von Tennessee gewesen war. »Er wird tun, was er tun muss, wenn der Zeitpunkt der richtige ist«, war ihr letztes Wort zu diesem Thema.

Am späten Nachmittag des einundzwanzigsten April war der Zeitpunkt endlich der richtige. Der Ort war ein sumpfiger Landstrich neben Buffalo Bayou, der sich die Ebene von San Jacinto nannte. Die Schlacht dauerte achtzehn Minuten. Es war eine vernichtende Niederlage für Santa Annas Armee, die eine nachmittägliche Siesta hielt. Nicht ganz achthundert entschlossene Texaner stürmten die Befestigungen und fielen über mehr als zwölfhundert von Santa Annas besten Soldaten her, massakrierten sechshundert von ihnen und machten sechshundertfünfzig Gefangene. Der selbst ernannte »Napoleon des Westens« floh vom Ort des Debakels, nur um schmachvoll gefangen genommen zu werden, als er sich mit der Uniform eines Private getarnt hatte. Santa Annas diamantenbesetztes seidenes Unterhemd hatte ihn verraten. Als Houston den Diktator in seiner Gewalt hatte, wurde ihm der Rückzug aller Invasionsarmeen zugesichert.

Die Kunde von der glorreichen Befreiung breitete sich in ganz Texas wie ein Präriefeuer aus. Während sich die Flüchtlinge auf der Groce's-Plantage auf die Rückkehr in ihre Heimatorte freuten, waren Obedience und Deborah nachdenklich. Obedience dachte an ihren Bruder, der im Alamo gefallen war.

»Ich hoffe nur, dass dieser nette Lieutenant Slade nicht einer derjenigen gewesen ist, die bei San Jacinto gefallen sind«, sagte sie zu Deborah. Die beiden Frauen packten ihre Habe und brachen wieder einmal nach Westen, gen San Antonio auf. Jetzt würden sie sich in der Republik Texas niederlassen.

Kapitel 17

Die Reise nach San Antonio fand unter weitaus angenehmeren Bedingungen statt als die wilde Flucht nach Osten. Das Wetter wurde warm und sonnig, der elende Nieselregen hörte auf, und es wurde endlich verspätet Frühling. Deborah freute sich über ihr gutes, stetiges Vorankommen auf der San-Antonio-Straße.

Die Szenerie war herrlich in der trockenen, klaren Luft. Des Nachts war der Himmel mit Sternen übersät, und jeder leuchtete, als beanspruchte er das Recht, der Stern in der texanischen Flagge zu sein. Tagsüber fuhren sie über sanft gewellte Hügel, vorbei an sprudelnden, klaren Quellen, die wie durch Zauberei aus unterirdischen Quellen auftauchten und das Land mit bunten Teppichen von Wildblumen erblühen ließen: Glockenblumen, Butterblumen und Indianische Wucherblumen. Ihre herrlichen Farben und ihr starker Duft waren Balsam für Deborahs Seele und Körper.

Sie streckte sich und rieb über ihren schmerzenden Rücken. Ihr Bauch war nun nicht mehr zu übersehen, und sie trug jetzt Röcke mit hohem Bund und vorne Falten, damit sie Bewegungsfreiheit hatte.

»Fühlst du dich schlecht?«, fragte Obedience besorgt, als sie die steifen Bewegungen sah, mit denen ihre junge Freundin vom Wagen kletterte.

Deborah lächelte. »Nein, nur ein bisschen müde und wund von all diesem Treten.« Sie strich über ihren Bauch. »Sie wird eine richtige texanische Range sein.«

Obedience schnaubte. »Oder *er* wird ein Bengel sein. Hast du dich schon auf Namen festgelegt?«

»Ich neige immer noch zu Katherine, aber vielleicht nenne

ich sie auch Lenore. Das ist eine sehr liebe Freundin, die ich nie wiedersehen werde. Wie klingt Lenore Obedience für dich?« Sie legte den Kopf schief, und ein schalkhaftes Lächeln spielte um ihre Lippen.

Obedience warf die Hände samt Schöpflöffel hoch. »Ojemine! Was für ein langer Name! Ich wette die Hälfte meiner Wagenladung Waren, dass es ein Junge wird, damit dem armen Kleinen erspart bleibt, mit meinem hässlichen Namen gestraft zu sein.«

Deborah unterdrückte ein Kichern und erwiderte: »Warum nur die *halbe* Wagenladung, Obedience?«

Die ältere Frau blickte ihre Greenhorn-Schutzbefohlene seufzend an. »Ich muss dir beibringen, Poker zu spielen. Die Chancen, dass du ein Mädchen bekommst, stehen fünfzig zu fünfzig, und so werde ich nur die Hälfte wetten, dass ich meinen Jungen bekomme.«

»Nun, wenn er wird wie deine Söhne, werde ich es nicht bereuen«, meinte Deborah und zwang sich, nicht daran zu denken, dass das Kind auf Rafael kommen würde.

Obedience spürte die Richtung, die Deborahs Gedanken nahmen, und wechselte das Thema. »Wir sollten morgen in Santone eintreffen. Ich kann es kaum erwarten, die Stadt zu sehen, nachdem ich von Seth all die Geschichten darüber gehört habe.«

»Sieht wirklich alles sehr spanisch aus? Ich hoffe, die mexikanischen Stadtbewohner werden keinen Groll gegen uns haben.«

Obedience machte eine wegwerfende Geste. »Du meinst die *Tejanos*? Ach herrjemine! Hast du noch nie vom texanischen Vizepräsidenten Lorenzo Zavala oder Colonel Juan Seguin von General Sams Armee gehört? Die *Tejanos* waren von Santa Anna gefürchtet wie jeder Texaner. Viele von ihnen schickten Essen und Vorräte zu den Männern im Alamo, und einige kämpften sogar an ihrer Seite. Nein, wir haben nichts zu befürchten von *Tejanos* – so werden die mexikanischen Texaner genannt.«

»*Tejanos ...*« Deborah ließ das fremde Wort auf ihrer Zunge zergehen. »Jim Slade, der junge Lieutenant, der mir das Leben gerettet hat, ist ein *Tejano* oder so was wie einer. Seine Mutter war eine mexikanische Frau namens Sandoval, die einen Mann aus Virginia geheiratet hat. Ich hoffe, es ist ihm nichts passiert.«

»Ich auch. Gut aussehender junger Gentleman. Sag mal, hat er nicht irgendwo hier eine Ranch – außerhalb von Santone?« Obedience erinnerte sich an das auffallend gute Aussehen des jungen Mannes und seine kultivierten Manieren. Ein möglicher Verehrer für Deborah!

Deborah erriet die Gedanken ihrer Freundin. »Ja, sein Vater besitzt hier *irgendwo* eine Ranch, und nein, ich bin nicht auf diese Weise an ihm interessiert. Ich habe dir bereits erzählt, dass mein Ehemann lebt und sich in New Orleans befindet. Außerdem ist Jim Slade zwei Jahre jünger als ich – fast noch ein Junge!«

Obedience warf den Kopf zurück und lachte schallend. »Herrjemine! Das hat in Texas nichts zu sagen. »Dieser *Junge*, wie du ihn nennst, hat mehr Kämpfe erlebt und mehr Arbeit geschafft, als die meisten Großväter im Osten in ihrem Leben! Du könntest eine viel schlechtere Partie machen.«

»Ich habe bereits eine. Jedenfalls werde ich nicht noch einmal den Fehler begehen, auf ein gut aussehendes Gesicht hereinzufallen«, erwiderte Deborah finster.

»Wenn ich dich so ansehe, kann ich mir nicht vorstellen, dass du dich jemals mit einem potthässlichen Taugenichts zufrieden geben musst.«

Unwillkürlich musste Deborah lachen, und sie hielt sich den Bauch.

Als die Karawane am nächsten Nachmittag in San Antonio eintraf, rief Deborah: »Oh, Obedience, es ist so schön hier!« Sie sah die Turmspitzen einer alten spanischen Kathedrale über üppigen Zypressenhainen aufragen. Die warme Junisonne fiel auf dickwandige, flache Gebäude. Sie waren weiß getüncht, und viele hatten rote Dachziegel und schmiedeeiserne Balkone. Breite, saubere Straßen, gesäumt von Eichen und Pappeln, waren voll mit den verschiedensten Verkehrsmitteln, als sie sich der Haupt-Plaza näherten. Einige Bäuerinnen mit weißen Blusen und leuchtend bunten Baumwollröcken trugen große Tonkrüge mit Wasser auf ihren Schultern. Ein *Caballero,* dessen eng anliegendes Jackett und Hose mit silbernen Verzierungen besetzt waren, ritt auf einem prächtigen Rappen vorbei. Ein Fuhrmann fluchte und peitschte auf sein Maultiergespann ein, das eine schwere Frachtladung über die Straße zog. Hier und dort bahnten sich Frauen in Calico-Kleidern und mit Sonnenschirmen einen Weg durch den Verkehrstrubel, und Deborah sah auch Farmer in grober Homespun-Kleidung und hart aussehende Mountain Men in Wildlederkleidung, die mit Messern und Handfeueraffen ausgerüstet waren.

Die Stadt enthielt ein buntes Gemisch aus Menschen, Hispanier und Angelsachsen, Reiche und Arme, Verzweifelte und Gefährliche. Deborah nahm den Anblick in sich auf, der auf seine Weise so farbenprächtig und exotisch war wie in New Orleans. *Bitte, lieber Gott, lass dies die Heimat für mich und mein Kind werden.*

Obedience ließ Zeb anhalten und fragte nach dem Weg zur Haupt-Plaza, während Deborah den großen, von Bäumen gesäumten Platz in der Nähe bewunderte. Sie hörte eine Mischung aus Englisch und Spanisch und gelegentlich Dialekte, die ihr unbekannt und vielleicht indianisch waren. Sie vernahm jedoch kein Französisch und war darüber dankbar und traurig zugleich.

»Nur noch ein paar Blocks in diese Richtung«, wies Obedience Zeb an, der die Maultiere mit einem scharfen Schlagen der Zügel antrieb. »Dann werden wir daheim sein.«

»Ich kann es kaum erwarten, das Haus zu sehen«, gestand Deborah lächelnd.

»Nun, ich habe dich gewarnt, dir keine Hoffung auf ein luxuriöses Haus wie im Osten zu machen. Mein Bruder, Gott habe ihn selig, hat manchmal ein bisschen geflunkert, wenn er was erzählt hat.«

Trotzdem war Deborah nicht auf den Anblick des verfallenen Gebäudes am Ende der Commerce Street vorbereitet. Es war zweigeschossig und hatte eine breite vordere Veranda. So weit hatte Seth nicht gelogen, doch die nackten Bretter waren schlecht verfugt, und die Fenster hatten keine Scheiben. Die Türen hingen schief in den Angeln, und das Geländer der Veranda war nur halb fertig. Der ganze Bau sah nur halb fertig gestellt aus.

»Nun, Obedience, es … es hat eine Menge Substanz«, sagte Deborah, als sie vor dem Bau hielten.

»Ojemine! Wenn das heißen soll, dass es eine Bruchbude ist, hast du Recht«, meinte Obedience, sprang vom Wagen und ging durch und den staubigen vorderen Hof zur Tür.

In ihrer Verfassung konnte Deborah ihr nur langsam folgen. Obediences Ruf an der Haustür wurde von einer kleinen, mürrischen Schwarzen beantwortet, deren Miene so finster war wie die der großen Frau aus Tennessee.

»Wollen Sie Zimmer? Mr. Seth vermietet nicht an weibliche Gäste.« Die Schwarze sagte es kühl und sachlich.

»Wir wollen keine Zimmer mieten. Ich bin die Besitzerin. Mein Name ist Obedience Jones, und ich bin Seth Mortons Schwester. Er hat mich vor dem Krieg erwartet. Wer sind Sie?«

»Ich bin Sadie, und ich führe dieses Haus für Mr. Seth, seit Miss Mathilda gestorben ist.«

»Ich halte nichts vom Sklaventum, auch wenn meine Schwägerin sich Sklaven hielt. Ich werde dafür sorgen, dass Sie frei werden ...«

»Sie können mich nicht befreien«, unterbrach Sadie sie mit einem triumphierenden Funkeln in den Augen und blockierte immer noch die Tür. »Ich bin bereits frei. Ich habe Papiere, um es zu beweisen. Ich *arbeite* für Mr. Seth!«

»Herrjemine! Das hätten Sie gleich sagen können«, erwiderte Obedience verstimmt.

»Vielleicht hast du ihr keine Gelegenheit dazu gegeben«, warf Deborah sanft ein, bemüht, die Lage zu entspannen. Sie spürte den Blick der Schwarzen auf sich gerichtet, lächelte und stellte sich vor. »Ich bin Deborah Kensington. Mrs. Jones ist wirklich die neue Besitzerin. Ich weiß, sie schätzt es sehr, dass Sie die Pension geführt haben, während wir durch den Krieg aufgehalten wurden.«

Sadie lächelte. »Kommen Sie rein und setzen Sie sich. Es ist warm draußen.« Sie forderte sie mit einer schwungvollen Geste ihres arthritischen Arms auf einzutreten und schlurfte dann durch die breite Eingangshalle in ein Zimmer zur Rechten. »Dies ist das Wohnzimmer. Ich werde Limonade bringen. Nehmen Sie Platz.« Sie wies auf eine große Ledercouch und auf Deborahs Bauch. *Schwangere Frauen sollten sich schonen*, bedeutete offensichtlich ihre Geste.

Deborah setzte sich, während Obedience schnell den großen, dürftig eingerichteten Raum inspizierte. Sadie zog sich zurück, um die versprochene Erfrischung zu holen.

»Nun, das Zimmer ist schön groß«, bemerkte Deborah.

»Dreckig wie ein Schweinestall. Und es gibt kaum Möbel!«, regte sich Obedience auf.

Es gab darin außer der Couch zwei alte Ledersessel, ein hässliches Rosshaarsofa und einen kleinen, wackligen Tisch, auf dem ein Unterteller mit Talg und einem Docht stand, offenbar die einzige Lichtquelle im Raum.

»Wir sollten versuchen, Zeb und Ira zu überreden, noch eine Weile länger zu bleiben, um einige Arbeiten zu erledigen«, schlug Deborah vor und fügte dann hinzu: »Ich habe genügend Geld, um sie zu bezahlen, und ich möchte meinen Beitrag leisten, Obedience.«

Die ältere Frau grinste. »Ziemlich stur für so ein mageres kleines Ding, nicht wahr?«

Am nächsten Tag wusste Obedience alle Antworten auf ihre Fragen. Seth hatte dieses große Haus gebaut und vorgehabt, es fertig zu stellen. Er hatte Möbel aus New Orleans bestellt und Handwerker angeheuert, um die Wände anstreichen und die Fenster verglasen zu lassen. Doch die Arbeiten hatten kaum begonnen, als Mathilda schwer erkrankt war. Sie war die Planerin gewesen, verantwortlich für die Farbauswahl des Anstrichs, der Möbel und Tapeten, für die gesamte Innenausstattung.

Nach Mathildas Tod hatte Seth Morton seiner Schwester geschrieben und sie gebeten, nach San Antonio zu kommen, doch er hatte das Interesse an der Erfüllung des Wunschtraums seiner Frau verloren. Er war mit der Leidenschaft eines entwurzelten Mannes in den Krieg gezogen und hatte das Haus mit sechs alten männlichen Pensionsgästen in die Obhut von Mathildas Dienerin Sadie gegeben.

In den folgenden Monaten verwandelte Deborah mit Obedience die halb fertige Pension in ein gemütlich eingerichtetes Heim.

Wie von Obedience vorausgesagt, ließen Deborahs Lethargie, das morgendliche Unbehagen und andere Unpässlichkeiten nach, und sie fühlte sich in den trockenen, sonnigen Tagen des Sommers in San Antonio überraschend gesund und energiegeladen. Ihr Appetit war unersättlich, doch ihr Eifer, an Obediences Seite zu arbeiten, verhinderte, dass sie viel zunahm. Sie erinnerte sich an die Schauergeschichten über die Niederkunft, über die Celine und deren Freundinnen geflüstert hatten, und lachte oftmals darüber, wenn sie ungeachtet ihres dicken Bauches in der Stadt spazieren ging und in der Pension arbeitete.

Am zweiten Tag nach dem Beginn der Arbeiten tauchte ein dünner, nervöser Mann von unbestimmbarem Alter namens Chester Granger auf. Mit dem Hut in der Hand und während sein Adamsapfel auf und ab ruckte und er nervös von einem Fuß auf den anderen trat, fragte er, ob die neuen Besitzerinnen ein Faktotum wünschten. Er könne ein Gespann lenken, Vieh hüten, im Obstgarten die Bäume schneiden und praktisch alles erledigen, was in einer Pension zu tun war.

Deborah, der klar war, dass Zeb und Ira im folgenden Frühjahr in ihrer Heimat siedeln wollten, war geneigt, Chester einzustellen. »Wir brauchen jemanden, der Mädchen für alles für uns sein kann«, sagte sie zu Obedience, als sie in der Küche beratschlagten, während der Bewerber nervös auf der Veranda wartete.

»Herrjemine! Der ist zu mickerig und zu schusselig, um einen Mehlsack anzuheben, ohne ihn auszuschütten«, wandte Obedience ein und schrubbte geschickt einen festgeklebten Essensrest von einem Topf.

»Er hat Erfahrung in Gartenarbeit. Ich möchte wirklich die Obstbäume hinter dem Haus kultivieren und einen großen Gemüsegarten anlegen, damit wir unsere Speisekarte ergänzen können.« Deborahs Stimme klang bittend. »Er wird bestimmt hilfreich sein.«

»Ha, wie diese verkrüppelte alte Sadie hilfreich ist! Ich finde, wir führen ein Waisenheim für erwachsene Außenseiter, die nicht allein zurechtkommen können.« Ihr Tonfall war brüsk, aber Deborah spürte, dass sie weich wurde.

»Bei all deinen großen Tönen, Obedience Jones, hast du anscheinend mehr als genug Außenseiter auf deinem Weg aufgenommen, einschließlich einer verängstigten, schwangeren Ausreißerin«, erwiderte sie und stellte sich auf die Zehenspitzen, um einen Kuss auf die faltige Wange der großen Frau aus Tennessee zu drücken. »Ich werde Chester erklären, dass er sofort anfangen kann!«

Während Chester säte, die Bäume schnitt und hegte, schwitzte Deborah im Garten und baute süße Kartoffeln, Mais und ein großes Sortiment von Bohnen, Karotten, Brokkoli und Kohlarten an. In diesem Herbst würden sie gesundes frisches Gemüse ernten. »Ich kann in dieser fruchtbaren, warmen Erde alles anbauen, was auch im ekligen Wetter von Louisiana wächst«, versprach sie sich selbst, als sie sich den Schweiß von der Stirn wischte und sich wieder der Aussaat widmete.

»Du übertreibst es, denk daran«, schalt Obedience und kniete sich mit einem Ächzlaut neben Deborah.

»Zeb hat die Erde für mich umgegraben und vorbereitet. Ich setze nur die Samen ein und hebe nichts Schweres. Außerdem habe ich gehört, dass du gepflügt und die Kühe gemolken hast, als du schwanger gewesen bist«, entgegnete Deborah und ignorierte ihre Rückenschmerzen.

»Herrjemine! Sieh dich an und dann mich. Ich bin einfach ein bisschen größer und kräftiger. Das wäre ja, als ob du diesen kleinen, mickrigen Feigenbaum dort drüben mit dem Zypressenbaum bei der San-Fernando-Kirche vergleichen würdest!«

Deborah musste bei dem Vergleich kichern. Die Zypressen um die Kathedrale überragten all die umliegenden Gebäude, während ihr Feigenbaum klein und noch schwächlich war. »Ich nehme an, ich bin trotz allem wie der Feigenbaum – bereit, um in diesem Herbst Früchte zu tragen.«

Als die große Feier vom vierten Juli nahte, musste Obedience Deborahs Entwicklung bewundern. Die dünne junge Frau, die sie im kalten Regen des Frühjahrs kennen gelernt hatte, war unter der Sommersonne erblüht. Ihre weiße Haut war jetzt mit einem zarten Bronzeton überzogen, und ihr Haar leuchtete sogar noch silberner. Immer noch schlank bis auf ihren wachsenden Bauch, war Deborah nicht mehr hohläugig und hager, sondern dank der Bewegung in frischer Luft und ihres herzhaften Appetits sah sie blühend gesund aus. Vor allem gewann sie durch ihre Zufriedenheit.

Die Pension beherbergte jetzt zehn Gäste. Drei der vier Neuzugänge waren Frauen, zwei Witwen und eine alte Jungfer. Der feine Tisch, gedeckt von Obedience und Deborah, wurde von jedem gelobt.

Deborahs Bostoner Kultiviertheit verschaffte ihr anscheinend bei allen Pensionsgästen Respekt für ihre Regeln, selbst bei dem alten Mountainman Racine Schwartz. Er liebte es, Frauen mit grässlichen Geschichten vom Skalpieren, von Pferdedieben und Messerkämpfen zu erschrecken, doch jetzt achtete er auf seine Sprache, wenn er solche Räuberpistolen zum Besten gab. Deborah erlaubte kein Priemen oder Ausspucken von Tabaksaft in der Pension, ein unglaubliches Verbot in Texas, wo oftmals schon sechsjährige Jungen dem Laster frönten. Gentlemen trugen Hemden und Jacketts beim Abendessen, und jeder folgte Deborahs Beispiel, Messer und Gabel richtig zu benutzen und auf gute Tischmanieren zu achten.

»Wir haben drei weitere männliche Pensionsgäste auf der Warteliste, Deborah. Es scheint sich herumzusprechen, dass du für saubere Laken sorgst und fantastische Menüs zusammenstellst«, bemerkte Obedience, als sie sich darauf vorbereitete, zum Tanz und der Feier auf der großen Plaza zu gehen.

»Du kannst mir deine Kochkunst nicht zugute halten, Obedience«, erwiderte Deborah.

»Ojemine! Ich habe ihnen Süßkartoffeln und Fleisch mit Brötchen serviert. Du hast all dieses tolle Gemüse angebaut. Ich lernte ein Zeug kochen, von dem ich noch nie etwas gehört hatte, bevor ich dich kennen lernte. Ich kann gar nicht glauben, wie gut diese Brokkoli-Dinger schmecken.

»Du, Chester und Sadie, ihr habt alle geholfen«, entgegnete Deborah.

»Und wer hatte die verrückte Idee, mit den Tonks Handel zu treiben?«

Deborah hatte eine außergewöhnliche Abmachung getroffen. Als einige freundliche Tonkawa-Indianer zu ihrer Küche gekommen waren, um ein paar Wachteln zu verkaufen, war Sadie schreiend davongelaufen, weil sie gefürchtet hatte, skalpiert zu werden. Deborah hatte sich gesagt, dass feindliche Krieger kaum höflich anklopfen und Waren anbieten würden, nachdem sie offen mitten durch die Stadt geritten waren. Chester, der sein Leben lang in Mitteltexas gelebt hatte, hatte ihr versichert, dass diese Indianer Überbleibsel eines kleinen, dezimierten Stammes waren, der am Rande der weißen Gesellschaft existierte.

Deborah wollte frisches Wild für den Küchentisch als Ergänzung für die ständigen Menüs mit Rind- und Schweinefleisch haben, und sie gewann Chester als Dolmetscher. Sie tauschte Salz und Mais gegen die Wachteln und vereinbarte mit den Tonkawas weitere Lieferungen von frischem Fleisch. Truthahn, Kaninchen und Wild bereicherten jetzt ebenso die Hauptgänge wie die Hühner, die sie wegen des Eierlegens und für den Kochtopf züchtete.

»Ich nehme an, wir haben an diesem vierten Juli viel zu feiern, nicht wahr?«, sagte sie mit einem herzlichen Lächeln zu Obedience. Die Pension florierte.

»Ja, das haben wir. Konzentrieren wir uns auf einen der Gründe zum Feiern. Ich habe fast das Gefühl, wieder in den guten alten Vereinigten Staaten zu sein, wenn ich sehe, wie lustig es die Leute hier treiben.«

Texaner suchten stets einen Vorwand zum Feiern – amerikanische Ferien, mexikanische Feste zu Ehren von Heiligen, jeden Tag, an dem sie Pferderennen und Feuerwerke veranstalten, Bälle geben und trinken und schlemmen konnten. Leute, die hart arbeiteten, spielten ebenso hart – nirgendwo mehr als in Texas.

»Rechnest du damit, Jim Slade beim Fandango zu sehen?«, fragte Obedience, als die beiden Frauen zur Haupt-Plaza schlenderten.

»Nur wenn er seine Verlobte, Señorita Aguilar, begleitet«, erwiderte Deborah.

Jim Slade war gerade rechtzeitig zu seiner Ranch zurückgekehrt, um zu erleben, dass sein Vater an einem Herzleiden verstorben war. Obwohl Obedience die Freundschaft zwischen dem jungen Besitzer der Bluebonnet Ranch und ihrer Freundin förderte, kam nichts dabei heraus. Binnen weniger Monate war Jim mit Tomasina Aguilar verlobt, deren Vater Don Simon ein alter Freund der Slades war. Die besten *Tejano*- und Texaner-Familien San Antonios billigten die bevorstehende Heirat.

»Da wir gerade von den beiden sprechen – da kommen sie«, meinte Obedience und ließ ihren Blick über die Menge auf dem Platz schweifen. Jim Slade, bekleidet mit einem eleganten braunen Anzug, blickte verliebt auf das grazile, schwarzhaarige Mädchen an seinem Arm hinab.

Als er Obedience mit Deborah nahen sah, lächelte er herzlich. »Hallo, Mrs. Jones, Mrs. Kensington.«

»Hallo, Jimmy. Ich dachte mir schon, dass Sie sich den Trubel hier ansehen werden. Guten Tag, Miss Aguilar.« Obedience nickte seiner schönen Begleiterin zu.

Tomasina lächelte die große Frau zwar an, doch als der Blick ihrer pechschwarzen Augen auf Deborahs lavendelfarbene Augen fiel, kühlte sich ihre Miene plötzlich ab. Sie nickte den »Pensionswitwen« zu, wie viele Leute in San Antonio Deborah und Obedience nannten.

Deborah zwang sich, Tomasina anzulächeln, und sie sagte zu Jim: »Wir haben Sie eine Zeit lang nicht in der Stadt gesehen,

Mr. Slade. Ich hoffe, die Dinge laufen gut auf der Bluebonnet Ranch.«

Sie plauderten ein wenig über das Rindergeschäft und darüber, wie es Jim ergangen war, seit er die große Ranch nach dem Tode seines Vaters allein leitete.

Nach ein paar Minuten erklärte Tomasina in ihrem korrekt akzentuierten Englisch: »Wenn Sie so freundlich sein wollen, uns zu entschuldigen, Señoras, ich sehe einige alte Freunde, die wir unbedingt begrüßen müssen.«

Obedience blickte ihnen nach und bemerkte scharfsinnig: »Er folgt ihr jetzt noch brav wie ein Schoßhündchen, aber ich habe das Gefühl, dass dies nicht so bleiben wird, obwohl sie so schön ist wie eine der Madonnen in der San Fernando Church.«

Deborah schnaubte höhnisch. »Schöne Madonna! Sie verabscheut mich, weil ich mich schwanger in der Öffentlichkeit zeige. Hast du gesehen, wie sie mich angestarrt hat?«

Obedience lachte laut. »Man könnte meinen, sie bildet sich ein, du willst ihr den Mann wegnehmen. Du würdest viel besser zu ihm passen als sie. Sie ist eine hochnäsige Person, diese Tomasina.«

Deborah stieg das Blut in die Wangen. »Ehrlich, Obedience, wie oft muss ich dich daran erinnern, dass Jim Slade nur ein Freund ist – und obendrein einer, der zwei Jahre jünger ist als ich!«

»Ja«, erwiderte Obedience, die das alles schon zuvor gehört hatte. »Ja, du verwelkst in deinem hohen Alter! Aber ein toll aussehender Hengst wie dieser blonde junge Teufel könnte dich prima aufblühen lassen.«

Jetzt musste Deborah lachen, und sie hielt sich den vorgewölbten Bauch. »Ich kann im Moment kaum irgendwelche sexuellen Begierden auslösen, Obedience. Sieh mich an, wie ich herumwatschele, im siebten Monat schwanger.«

»Ha! Das ist nur vorübergehend. Glaube mir, ich sollte das wissen«, entgegnete die unerschrockene Amazone.

Deborah betete stumm, dass Obedience nicht Recht behalten würde, denn sie wollte nicht, dass die peinigenden bittersüßen Träume von ihrem kreolischen Geliebten wiederkehrten. Zu Obedience sagte sie nur: »Ich bin immer noch eine verheiratete Frau, und damit ist das Thema beendet.«

Der Sommer ging in einen langen, goldenen Herbst über, voller Versprechen auf eine ertragreiche Ernte. Deborah arbeitete zusammen mit Obedience und Sadie im hinteren Hof der Pension und rührte in dampfenden Kesseln Apfelbutter um. Der aromatische Duft hing in der warmen Septemberluft.

»Wir werden in diesem Winter die beste Küche in San Antonio haben, die es jemals gegeben hat, merk dir meine Worte, Obedience«, meinte Deborah stolz, als sie auf der Veranda der Pension standen und auf ihre Domäne hinausschauten. Sie hatte soeben den Auftrag für die Ausgrabungsarbeiten hinten auf dem Grundstück gegeben, wo ein richtiger Kühlkeller entstehen sollte, tief unter einem felsigen Hügel. Wenn der Keller fertig war, würde er im Winter mit Eis gefüllt werden, und das Vorratslager würde im folgenden Sommer kühle Getränke garantieren.

»Sündhafter Luxus, würde der Baptistenprediger in Tennessee unser Leben auf großem Fuß nennen«, entgegnete Obedience mit einem Strahlen, das reuelosen Stolz verriet.

Deborah lachte. »Nun, dies ist Texas, und ich bin ein Mitglied der Episkopalkirche, keine Baptistin. Wir machen uns keine Sorgen über Sünde. Wir genießen einfach den Luxus.«

»Du hast gearbeitet, um ihn zu verdienen, nehme ich an. Eigentlich gefällt mir heute gar nicht, wie du aussiehst«, bekannte Obedience und musterte besorgt Deborahs Gesicht.

»Oh, es sind nur diese Kopfschmerzen, mit denen ich am Morgen aufgewacht bin, das ist alles. Mir geht's sonst prima.

Eigentlich möchte ich in die Stadt gehen und wählen. Es ist der erste Wahltag in der Republik Texas, und Frauen sind hier genauso wenig wahlberechtigt wie in Boston oder New Orleans.

»Ich nehme an, General Sam wird auch ohne unsere Stimmen zum Präsidenten gewählt«, konterte Obedience trocken und wusste, dass eine weitere flammende Rede über Frauenrechte bevorstand.

Doch stattdessen zuckte ihre Freundin zusammen und schnappte überrascht nach Luft. »Oh, du Frechdachs, welch ein Tritt«, stöhnte sie und stützte sich auf das Verandageländer.

»Wie lange bekommst du schon diese ›Tritte‹?«, fragte Obedience beiläufig.

»Einen jede Viertelstunde oder so, seit dem Mittagessen. Sie sind nichts im Vergleich zu diesen verflixten Rückenschmerzen, aber ...« Deborahs Worte verklangen, als sie zu Obedience aufsah und es ihr dämmerte. Sie richtete sich auf und rief: »Du meinst, ich bekomme ein Baby und weiß es nicht mal?«

»Herrjemine!« Obedience lachte. »So kommt es dir sicherlich vor, aber wenn du noch nie ein Kind bekommen hast, wie kannst du dann wissen, was es für ein Gefühl ist?«

Deborah dachte an Celines Horrorgeschichten über die Geburt und die Wehen, lachte herzhaft und meinte: »Ich glaube, du solltest von Chester Doktor Weidermann holen lassen. Sag ihm, dass ich hinten sein und den Fortschritt des Kühlhauses überprüfen werde!«

Als der junge Arzt außerhalb der Stadt ausfindig gemacht worden war, wo er medizinische Kräuter gesammelt hatte, hatten bei Deborah starke Wehen eingesetzt, und sie hatte schließlich zugestimmt, auf ihr Zimmer zu gehen und sich auszuruhen.

Lächelnd beruhigte der Doktor Deborah in seinem korrekten Englisch. »Ihre Kontraktionen folgen jetzt alle vier Minuten. Es sollte nicht mehr sehr lange dauern.«

»Das freut mich zu hören, denn seit ungefähr einer Stunde ist es ziemlich unangenehm geworden«, erwiderte Deborah.

Obedience kam mit einem Krug Brunnenwasser ins Zimmer und begann, Deborahs Stirn mit dem Wasser zu betupfen. »Eine Frau vergießt mehr Schweiß bei der Geburt eines Kindes als ein Mann beim Zureiten eines Mustangs!«

»Alle Männer der Welt, die niemals so hart gearbeitet haben, dürfen wählen, und wir nicht«, stieß Deborah gepresst hervor, als sie den Beginn einer besonders starken Kontraktion spürte. »Ich habe ebenfalls das Recht, meine Stimme für Sam Houston abzugeben!«

»Du hast dich um Wichtigeres zu kümmern«, wandte Obedience ein.

Und so war es. Um neunzehn Uhr fünfzehn an diesem Abend, dem fünften September 1836, wurde Adam Samuel Kensington geboren, ein gesunder Junge, ein sieben Pfund schwerer Schreihals mit schwarzen Haaren und Augen. Er war das Abbild seines Vaters, dessen Namen er niemals tragen konnte.

Binnen dieses Monats erhielt Adam Manchester einen weiteren Brief von seiner Tochter, der ihn erfreute und zugleich traurig stimmte.

Lieber Vater,
du bist Großvater geworden. Sein Name ist Adam Samuel, benannt nach dir und dem ersten Präsidenten der Republik Texas, der am Tag seiner Geburt gewählt wurde. Wir sind gesund und munter. Dein Namensvetter wiegt sieben Pfund, hat einen unersättlichen Appetit und eine Lunge, auf die jeder Walfänger Neuenglands stolz wäre …

Als er die weitere Beschreiung seines Enkelsohns las, konnte sich Adam den Jungen mit seinem pechschwarzen Haar, den schwarzen Augen und den markanten, stolzen Gesichtszügen der Flamencos vorstellen. Er konnte ebenfalls zwischen den Zeilen lesen, wie sehr sich seine Tochter nach ihrem abwesenden Ehemann sehnte und sich wünschte, ihm seinen Sohn zu zeigen. Aber sie war unabhängig und erfolgreich, betrieb mit einer anderen Witwe ein Geschäft und lebte in guten Verhältnissen. Wenn nur ihre einsame, stolze Seele ebenso triumphieren könnte.

Kapitel 18

Als Rafael Flamenco in San Felipe von Bord des kleinen Schiffes ging, war die Luft über dem Brazos River sonnig und warm und roch nach den Düften des Mais. Es war eine willkommene Erleichterung nach den bitterkalten Regenfällen im April.

Erstaunlich. Ich bin in einem fremden Land. In der Republik Texas. Besorgt spekulierte er über die gesetzlichen Konsequenzen, wenn er eine entlaufene Ehefrau in diesem wilden Land zurückfordern wollte. »Zuerst sollte ich sie besser ausfindig machen«, murmelte er vor sich hin, als er seinen Blick über die trist aussehende Siedlung schweifen ließ – oder über das, was übrig geblieben war, nachdem Santa Annas Armeen sich ihren Weg durch den verlassenen Ort gebrannt hatten.

So viel hatte sich in weniger als einem Monat verändert. Während er kostbare Zeit auf einer falschen Spur nach Boston verloren hatte, hatte Texas das Joch von Santa Annas Diktatur abgeworfen. Doch der Preis war hoch gewesen. In ländlichen Gegenden herrschte das Chaos. Nach der Flucht waren tausende heimatloser Wanderer auf den Straßen zurückgeblieben, und viele waren zurückgekehrt, um zu finden, was die Siedler der Austin-Kolonie angetroffen hatten: niedergebrannte Hütten, zertrampelte Felder, das Vieh weggetrieben oder konfisziert.

Es wäre ein Wunder, wenn ich Deborah in diesem Chaos finden könnte. Er hatte die Spur der Pettyjohn-Siedler bis hierhin verfolgt. Wenn er jetzt nur seine Frau bei ihnen finden konnte!

Die Kolonie, einst die kultivierte und blühende Vorzeigesiedlung von Texas, war jetzt ein Durcheinander ausgebrannter

Heime und verbissen sturer Leute. Die Siedler waren aus dem Exil zurückgekehrt, mit erneuerter Entschlossenheit, von vorn anzufangen. Ein Nachmittag der Befragungen war erfolglos gewesen.

»Pettyjohn-Trupp? Nein. Nie davon gehört.«

»Großes Mädchen mit silbernem Haar? Mister, ich wünschte, ich hätte sie vor Ihnen kennen gelernt!«

»Wir wurden bei den Wirren der Flucht in alle Winde zerstreut. Einige Leute durchquerten den Sabine und kehrten nie zurück. Schwer zu sagen. Bedaure.«

Am nächsten Morgen kaufte Rafael einen kleinen, zähen Mustang. Er ritt vom Fluss fort ins Binnenland. Drei Tage lang waren die Auskünfte, die man ihm gab, genauso entmutigend, doch die Gastfreundschaft der Leute erstaunte ihn. Farmer und Viehzüchter boten ihm Bett und Essen an, obwohl sie kaum selbst genug hatten, um satt zu werden. Es war nicht der Luxus, an den er gewöhnt war, doch er war trotzdem willkommen.

Am vierten Tag hielt er vor einer neu errichteten Hütte. Ohne große Hoffnung ging er über den staubigen Pfad zur Tür und zog seinen Hut. Ein großer, schlaksiger Junge mit strähnigem Haar hockte auf der Veranda und schnitzte.

»Guten Tag. Ich bin Rafael Flamenco aus New Orleans«, sagte er in korrektem Englisch.

»Was kann ich für Sie tun?«

»Ich suche nach den Siedlern des Pettyjohn-Trupps, die Anfang März in Texas eintrafen.«

»Ja. Und was wollen Sie von ihnen?«

»Eine der Frauen bei dem Trupp ist meine Ehefrau, Deborah Flamenco, obwohl ich bezweifle, dass sie diesen Namen benutzt hat. Eine große Frau mit violetten Augen. Ihr Haar ist dicht und silberblond. Sie ist sehr schön.« Rafael hielt den Atem an, als der Junge den Stock fallen ließ, an dem er geschnitzt hatte, sein Messer in die Scheide schob und aufstand.

»Ihre Frau, sagen Sie? Hölle, sie behauptete, sie wäre Witwe. Ich bin Thad Pettyjohn, und sie war beim Trupp meines Vaters. Warum ist sie Ihnen weggelaufen?«

Rafael nahm an, dass der Junge Deborah schützen wollte, und wählte seine Worte vorsichtig. »Wir hatten einen Streit in New Orleans, weil sie von einer Geliebten erfahren hatte. Sie war schwanger und nicht sie selbst.«

Thads blässliche Haut wurde rot. Sie war schwanger mit dem Gör dieses Franzosen, und er hatte sie heiraten wollen! Jetzt wollte sich ihr reicher Mann wieder mit ihr versöhnen und sie zurückholen. *Nun, »Lady Deborah«, das kannst du dir abschminken*, dachte er rachsüchtig. »Es tut mir außerordentlich Leid, aber sie ist nicht hier, Mister. Sie wollte nicht bei uns bleiben. Ich nehme an, die Arbeit war ihr hier zu hart.«

Rafael, der bei seiner Ankunft den Jungen faul herumsitzen und schnitzen gesehen hatte, bezweifelte das. »Wohin ist sie gegangen?«

»Sie schloss sich einer anderen Frau an, einer wirklich spröden alten Jungfer, einer Lehrerin aus dem Osten namens Marshall, ja, Rose Marshall. Die beiden sind nach Nordosten aufgebrochen. Sie hatte irgendwo in der Gegend von Nacogdoches Verwandte, nehme ich an. Natürlich sind bei dem Krieg und allem 'ne Menge Leute unterwegs gewesen. Ich nehme an, sie können überall sein. Texas ist groß.« Thad Pettyjohn beobachtete, wie sich die Miene des gut aussehenden Franzosen verdüsterte, und er empfand hämische Freude. *Ja, lass sie in Texas verrotten, sie und diese fette, großmäulige alte Kuh Obedience Jones!*, dachte er boshaft.

»Herrgott, Jules, fächere schneller. Ich verbrenne. Dies ist der heißeste August, an den ich mich erinnern kann«, sagte Lily zu ihrem Hausdiener, der einen großen gefiederten Fächer schwenkte.

Es war bedrückend schwül und ruhig an diesem Spätnachmittag. Melanie war soeben mit ihrer Tante und Großmutter nach St. Louis zurückgekehrt, wofür Lily dankbar war. Doch sie war unglücklich, weil sie jetzt allein war. *Diese Langeweile! Ich langweile mich zu Tode, und Rafael fehlt mir so sehr.*

Nach dieser schrecklichen Konfrontation mit seiner Frau hatte Lily sich triumphierend ihres Platzes in Rafaels Leben sicher gefühlt. Natürlich hatte Melanie geweint und war wegen der weißen »Dame« sehr verwirrt gewesen. Wenn das Kind ein bisschen älter sein würde, dann würde sie ihr alles erklären, oder besser noch, sie würde es ihr von *maman* erklären lassen. Rafael war am nächsten Abend zurückgekehrt, jedoch nur um das Kind zu verhätscheln. Er hatte Lily praktisch ignoriert, nachdem er herausgefunden hatte, dass Melanie den ärgerlichen Wortwechsel zwischen den Erwachsenen belauscht hatte. Lily hatte keine Ahnung, was er seiner Tochter erzählt hatte, und es war ihr auch gleichgültig. Es war ihr jedoch ganz und gar nicht gleichgültig, dass er in den folgenden Wochen zu beschäftigt gewesen war, um sie zu besuchen.

Von neuem wurde sie von eifersüchtigen Ängsten befallen, als sie sich vorstellte, dass Rafael sie vernachlässigte und sich seiner schwangeren Frau widmete. Im folgenden Monat hatte er sie zwei Mal besucht, sie leidenschaftlich und grob geliebt, sie anscheinend nur benutzt, ohne Freude dabei zu empfinden. So war es zuvor niemals gewesen, und sie gab der Yankee die Schuld und hasste sie deswegen.

Dann traf eine Nachricht ein, dass er vier bis sechs Wochen fort sein würde. Ihre Diener fanden heraus, dass er nach Boston gereist war, um seine Frau zu suchen, die ihm fortgelaufen war. Im April kehrte er jedoch allein zurück. Eine Woche später brach er wieder auf, diesmal nach Texas.

In den ersten beiden Monaten wartete Lily und kochte vor Zorn. Im Juli verwandelte sich ihre Wut in Furcht. In der

Wildnis von Texas drohten viele tödliche Gefahren. Dort gab es Giftschlagen und Raubtiere, Wüsten und plötzliche Überschwemmungen, ganz zu schweigen von allen Arten gefährlicher Krimineller. Was war, wenn er getötet wurde? Alles wegen dieser verrückten, silberhaarigen Hexe!

Schließlich hatte sie in der letzten Woche die Nachricht erhalten, er sei zurück in Louisiana. Abermals war er mit leeren Händen gekommen. *Die Hexe sind wir gut los,* hatte Lily gedacht, doch er hatte sie immer noch nicht besucht. Dann hatte er an diesem Nachmittag eine Botschaft geschickt, dass er sie morgen besuchen werde. Seither waren die Stunden scheinbar endlos gewesen.

Gebadet und parfümiert, in ihrem besten roten Seidennegligee, bürstete Lily ein letztes Mal über ihr Haar, als die Haustür geöffnet und geschlossen wurde. Es war Rafael, zur Abwechslung mal früh. Nervös erhob sie sich, und plötzlich überfiel eine böse Ahnung sie. Etwas Schreckliches würde geschehen, das sagte ihr das Gefühl. Sie setzte ihr verführerischstes Lächeln auf, ging zur Schlafzimmertür und erhaschte einen ersten Blick auf ihn, als er sich an der Bar einen Brandy einschenkte. *Er sieht abgespannt aus,* dachte sie.

Rafaels Gesicht war durch die gnadenlose texanische Sonne noch dunkler, und sein Haar war lang und zottig geworden. Er hatte es sich nicht einmal schneiden lassen! Sie wollte zu ihm eilen und sich in seine Arme werfen, doch der Ausdruck seiner Augen stoppte sie. »*Chéri,* du quälst dich ihretwegen«, bemerkte sie ruhig, als sie zu ihm ging und eine Hand auf sein Leinenjackett legte.

Er traf keine Anstalten, sie zu berühren, und sie hatte das Gefühl, ihr Herz würde einen Schlag aussetzen. Sie zog seinen Kopf herab und küsste ihn leicht und versuchsweise. »Ich bin ja so froh, dass du zu mir zurückgekommen bist, mein Liebling!«

Als er sich sanft von ihr löste und sich noch einen Brandy einschenkte, sank ihr Mut. Sie hielt dem Atem an und wartete beklommen darauf, dass er sprach.

Rafael konnte in ihren schönen goldbraunen Augen Liebe und Furcht sehen – und, ja, Eifersucht und Ärger. Schuldgefühle und Mitleid stiegen in ihm auf, sonderbar gemischt, als er ihre Hand ergriff und sie zum Sofa führte. »Wir haben vieles zu besprechen, Lily. Du hast Recht. Ich quäle mich wegen Deborah. Ich liebe sie. Diese letzten Monate, seit sie mich verlassen hat, haben mir gezeigt, wie tief meine Gefühle für sie sind. Ich bin ein Narr gewesen, ein spießbürgerlicher Kreole, der wollte, dass sie sich meiner Welt anpasst und nach deren Regeln lebt. Ich habe nicht an ihren Schmerz gedacht oder …«, er zuckte mit einem traurigen kleinen Lächeln die Schultern, »… an ihre Rechte.«

»Rechte? Welche Rechte hast du ihr versagt? Sie hat deinen Namen, die Position und den Reichtum deiner Familie, alles, was eine weiße Frau jemals verlangen kann«, wandte Lily mit einer Spur von Bitterkeit in der Stimme ein.

Rafael seufzte. »Alles außer dem, was ich ihr geschworen habe. Alle anderen Frauen aufzugeben und ihr treu zu sein.«

Lilys Augen weiteten sich ungläubig. »Kein Mann tut das! Oh, einige geben ihre Mätressen auf oder verstecken sie. Einige besuchen diskret Bordelle, aber alle Männer sind gleich. Was kann eine Frau erwarten, wenn sie dick und hässlich in der Schwangerschaft ist? Oder nach der Geburt?«

»Wenn eine Frau dick mit dem Kind ihres Mannes ist, sollte er sie umso mehr lieben. Was das andere anbetrifft, so dauert es nur einen Monat oder so, bis sie wieder ihre alte Figur hat. Ich glaube, ich könnte eine solche Abstinenz ertragen. Tatsächlich bin ich jetzt seit fast fünf Monaten mit keiner Frau zusammen gewesen.«

Lily konnte diese Ungeheuerlichkeiten kaum glauben. »Heilige Madonna! Die texanische Sonne muss dir das Gehirn verbrannt haben, Rafael!«

Zum ersten Mal bei diesem Besuch lachte er und wirkte ein bisschen mehr wie der alte Rafael. »Oh, Lily, vielleicht hat sie das. Oder sie hat mir ein bisschen Verstand in meinen Dickschädel gebrannt; ich weiß nicht, was von beidem. Ich weiß nur, dass sich mein Leben verändert hat. Ich kehre nach Texas zurück.«

»Aber für wie lange?«, fragte sie und hatte Angst vor der Antwort.

»Ich habe nicht vor, jemals zurückzukehren«, erwiderte er grimmig und erinnerte sich an seinen wilden, erbitterten Streit mit seinem Vater. »Ich bin nur zurückgekommen, um die Dinge mit meiner Familie zu regeln und mich um dich und Melanie zu kümmern. Ich habe alles mit meinem Anwalt, Louis Ducet, besprochen. Du besitzt dieses Haus und wirst lebenslang ein monatliches Einkommen haben, und Melanie wird die beste Erziehung erhalten, die Frankreich ihr bieten kann, wenn sie alt genug ist, und eine beträchtliche Mitgift. Ich werde stets mit ihr in Kontakt bleiben, Lily. Du bist jung und schön. Such dir einen guten Mann und heiratete ihn. Es gibt gebildete Männer deiner Rasse, die dir viel bieten können – Geschäftsleute, Wissenschaftler.«

»Nein, nein, ich liebe dich, Rafael!« Schluchzend warf sie sich in seine Arme.

Er hielt sie und beruhigte sie bei ihrem hysterischen Ausbruch mit sanften Worten. »Oh, Lily, nach allem, was wir gemeinsam erlebt haben, war ich zu dir am unfairsten. Verzeih mir, Liebling. Du bedeutest mir viel, aber ich kann einfach nicht weitermachen wie bisher. Ich muss mir ein neues Leben in Texas aufbauen, und du musst hier neu anfangen – oder, wenn du das wünschst, in Frankreich.«

»Ich will nirgendwo ohne dich leben«, schluchzte sie.

»Lily, Lily«, seufzte er. Er hatte geahnt, dass dies schwierig werden würde, aber es war sogar noch schlimmer, als er befürchtet hatte.

Sie schmiegte sich in seine Arme, presste sich gegen seine Brust, streichelte mit ihren schlanken, kleinen Händen über seine Arme hinab und schob sie unter sein Jackett.

Als hätte er ihre Gedanken erraten, lachte er freudlos auf und hielt ihre streichelnden Hände fest. »Nein, Lily, es wird nicht klappen. Ich verlasse in einer Woche die Stadt für immer. Nichts wird etwas an diesem Entschluss ändern.«

Sie saß einen Moment starr da und verarbeitete seine endgültigen Worte. Dann blickte sie in sein Gesicht auf, und in ihren Augen glänzten Tränen. »Wenn ich dich niemals wiedersehen werde, Rafael, dann liebe mich noch dieses eine Mal, bitte.«

Er hörte die Wehmut in ihrer Stimme, und er verstand, was sie meinte. Er hatte Lily benutzt, seit er Deborah geheiratet hatte. Die Liebe für seine Frau hatte er sich nicht eingestehen wollen. Lily war wie ein Gegengewicht gewesen, eine Ablenkung. Sie verdiente Besseres. Vielleicht verdienten alle Frauen in der Rampart Street Besseres. Er konnte die Vergangenheit nicht ändern, aber er konnte sie eine letzte, bittersüße Nacht wie früher lieben.

»Um unserer Jugend und der alten Zeiten willen, Liebes«, flüsterte er, als er sie sanft küsste, sich aufs Sofa sinken ließ und sie mit sich zog.

Früh am nächsten Morgen verließ Rafael das kleine weiße Haus. »Jedenfalls wird unser Haus in der Stadt verlassen sein, denn meine Eltern sind am Lake Pontchartrain«, murmelte er vor sich hin, als er sich auf den Weg zum Stadthaus machte. Bei seiner Ankunft sprintete er die Treppe hinauf und öffnete die Tür. Das dunkle Innere war einladend kühl und still. Er trat ein und versteifte sich, als er Claudes spöttische Stimme hörte.

»Ich hatte mir vorgestellt, dass du Lily besuchst. Nach all den primitiven Huren in Texas muss es köstlich gewesen sein, eine kultivierte Frau zu haben.« Er saß im Wohnzimmer und erwartete, dass sein Sohn ihm Gesellschaft leistete.

Rafael blieb in der Tür stehen und blickte finster auf die träge Gestalt in dem großen, mit Samt bezogenen Sessel. »Es gibt nichts mehr zu sagen, Papa. Warum bist du in die Stadt zurückgekehrt?«

»Mein untröstlicher, liebeskranker Sohn, der nicht von seiner Frau getrennt sein kann – willst du leugnen, dass du die Nacht mit Lily Duvall verbracht hast?« Er hob eine Augenbraue und wartete.

»Ja, ich habe mit ihr die Nacht verbracht und ihr gesagt, dass ich sie für immer verlasse. Sie hat es verstanden, im Gegensatz zu dir.«

Claude erhob sich aus dem Sessel. »Ich bin keine Mätresse, die du mit einem Bonus aus deinen Diensten entlassen kannst! Ich bin dein Vater! Du hast einen Namen und eine Familientradition zu ehren. Du kannst dich nicht einfach vor deiner Pflicht drücken!« Sein Gesicht war dunkel vor Zorn. »Ich habe deine Mutter in Tränen aufgelöst am See zurückgelassen. Sie kann immer noch nicht glauben, dass du diesen wahnsinnigen Plan durchführen willst.«

»Er ist kaum wahnsinnig. Tausende Leute sind vor mir nach Texas gegangen. Die politische Lage ist jetzt stabil. Ich habe dort ein urkundlich übertragenes Grundstück und ausreichend Geld, um mir ein Heim darauf zu bauen.«

»Ein Heim! Pah! Das unbewiesene Stück Wildnis von deinem Großvater. Ich wünschte nur, ich wäre nicht so dumm gewesen, dir dein Erbe direkt zu überlassen.«

»Selbst wenn du mich ohne einen Cent wegschicken könntest,

würde ich gehen, Papa«, erklärte Rafael müde. »Das meiste des Geldes habe ich ohnehin für den Unterhalt für Lily und Melanie ausgegeben. Ich werde in Texas ein Pionier sein.«

»So, du wirst arbeiten, bis du Schwielen an den Händen hast, und im Dreck kriechen wie ein Amerikaner?«, spottete Claude und lachte höhnisch. »Und wer sorgt für meine Enkelkinder? Wer tröstet deine Mutter im Alter?« Sein Blick brannte in Rafaels Augen.

»Du hast eine Tochter, Papa. Und ihr Kind wird in ein paar Monaten gleich hier in New Orleans zur Welt kommen.«

Claude schnaubte verächtlich. »Ein amerikanisches Kind! Diesen Pöbel werde ich nie in meinem Haus akzeptieren.«

Irgendetwas in Rafael brach, als er den gleichen spießbürgerlichen Hochmut erkannte, den die Familie stets an den Tag gelegt hatte. Er sah Claude mit flammendem Blick an. »Sei wenigstens dankbar dafür, dass seine Tochter einen Mann geheiratet hat, der Kinder zeugen kann!«

»Was soll das heißen?«, fragte Claude vorsichtig.

»Mein Cousin, Jean-Pierre, traf mich am Kai und erzählte mir einige saftige Gerüchte. Die Familie versuchte natürlich, es totzuschweigen, doch ich war so entsetzt, dass ich einiges überprüfte und feststellte, dass es stimmte. Anscheinend hat Georges Beaurivages Kommilitone, Paul Ravat, in St. Louis Selbstmord begangen. Er war unglücklich über den Tod seines homosexuellen Geliebten ...«

»Ich weigere mich, mir solchen Jauchegruben-Klatsch anzuhören!« Claudes Gesicht war bleich. Er hatte Gerüchte gehört, bevor Georges nach Paris geschickt worden war, hatte ihnen jedoch keine Bedeutung zugemessen. »Dein Cousin hatte einen tadellosen Ruf und wollte Lenore heiraten.«

»Du meinst, er war ein Beaurivage – er stammte aus solch einer illustren Familie, dass seine Eltern ihm mit Enterbung drohten, falls er nicht heiratet, um zu vertuschen, dass er homosexuell ist. Meine Schwester könnte jetzt mit diesem Schwulen verheiratet sein und als Tarnung benutzt werden, während er es vor ihren Augen mit Männern und sogar Jungen treibt!« Rafael wandte sich mit angewiderter Miene von seinem Vater ab. »Und wir alle, Jean-Pierre, du, Mama und ich – wir alle hätten zugesehen, dass Lenore einen Mann heiratet, der sie verachtet hat wie alle Frauen. Wir hätten tatenlos zugesehen, weil er ein kreolischer Gentleman, ein Beaurivage war. Gott sei Dank hat meine Frau Lenore gerettet! Wenn ich Deborah noch mehr lieben könnte, als ich es ohnehin schon tue, dann würde ich sie allein deshalb noch mehr lieben! Vielleicht kannst du mit dem leben, was wir getan haben, Papa, aber ich kann das nicht.« Er hielt inne, zu erschöpft, um weiterzusprechen, als er das versteinerte Gesicht seines Vaters sah. »Du glaubst mir nicht, wie? Oder du wirst jedenfalls so tun, als glaubtest du mir nicht.« Er zuckte mit den Schultern, wusste, dass es sinnlos war, doch er empfand tiefes Bedauern.

Er atmete tief durch und empfand noch etwas anderes – Freiheit von dem engstirnigen Leben, dass er in dieser geschlossenen Gesellschaft geführt hatte. *Ich bin frei von all dem alten Hass und den Wunden, die hier so lange geschwärt haben. Texas kann mir eine zweite Chance bieten. Aber Deborah hat mir die erste geschenkt.*

»Rafael, ich kann kaum glauben, dass du es bist!« Lenore umarmte erstaunt ihren Bruder und musterte seine grobe Kleidung, sein zottiges Haar und sein von der Sonne noch brauner gebranntes Gesicht.

»Ich breche morgen früh nach Texas auf, Lenore. Ich wollte mich vorher von dir verabschieden.«

Ihre Miene spiegelte Verwunderung wider. »Das klingt, als wolltest du dorthin *umziehen*.«

»So ist es. Erinnerst du dich, dass mir Großvater ein Stück Land als ein Teil meiner Erbschaft hinterlassen hat? Nun, es liegt im nördlichen Texas, in der allgemeinen Gegend, in der ich Deborahs Spur verloren habe. Ich werde es als Ausgangsbasis benutzen, dort eine Ranch aufbauen und zwischendurch weiter nach Deborah suchen. Ich kann nicht hier bleiben.«

Lenore sah den Schmerz und den Kummer in seinen Zügen und konnte sich gut die Reaktion ihrer Eltern vorstellen. »Du bist also auch noch verstoßen worden«, bemerkte sie traurig.

»Sagen wir, ich habe gelernt, einige harte Entscheidungen zu treffen, genauso wie du«, erwiderte er sanft.

»Bist du sicher, dass sie noch dort ist? Sie ist vielleicht nach Boston zurückgekehrt, als der Krieg begann.«

»Ich habe Agenten in Boston, doch auch ohne ihren Bericht bin ich überzeugt, dass sie noch in Texas ist. Sie und eine andere Frau waren auf dem Weg nach Nacogdoches. In dem Chaos während der mexikanischen Invasion war es fast unmöglich, aus dem Land herauszukommen.«

»Oh, Rafael, ich fühle mich so schuldig, so dumm, weil ich sie in die Gefahr geschickt habe, besonders weil sie schwanger war«, schluchzte Lenore und legte unbewusst eine Hand auf die Wölbung ihres Leibes.

Er tätschelte liebevoll ihren Arm. »Mach dir keine Vorwürfe. Deborah hätte sich auch von dir nicht umstimmen lassen. Meine Frau ist eine erstaunlich starke und findige Persönlichkeit. Sie wird überleben. Und ich *werde* sie finden.«

»Ich werde jeden Tag für dich beten.« In Lenores Augen schimmerten Tränen.

»Weine nicht, kleine Schwester. Ich habe ein gutes Gefühl bei all dem, bei dem Gedanken an Texas, nehme ich an. Deborah hat dieses Land gewählt, aber nachdem ich dort monatelang nach ihr gesucht habe, nun, da habe ich es ebenfalls ausgewählt. Es ist schwer zu erklären, das Gefühl, etwas Neues zu erleben, einen Neuanfang zu wagen. Wenn ich sie finde, werden wir dort bleiben und von vorne anfangen. Wenn sie eine schlechte Kreolin geworden wäre, dann wäre ich ein furchtbar schlechter Bostoner geworden, aber ich glaube, wir zwei werden gute Texaner werden.« Er lächelte seine Schwester schief an, und ihre Augen füllten sich von neuem mit Tränen.

Sie umarmte ihn unbeholfen, denn ihr Bauch war im Weg. »Oh, Rafael, ich fühle mich, als wären wir wieder Kinder! Du bist der beste große Bruder, den sich ein Mädchen nur wünschen kann. Pass auf dich auf.«

»Kaum noch ein Mädchen«, scherzte er und betrachtete ihren Bauch, »aber ich bin so froh, dass wir uns wiedergefunden haben, selbst wenn wir unsere Eltern verloren haben.«

»Ich bezweifle, dass Deborah es riskieren wird, uns zu schreiben, doch wenn sie schreibt, werden wir es dir mitteilen, sobald wir dich erreichen können. Mein Wort darauf«, versprach Caleb, der in der Tür auftauchte und gerührt die zärtliche Szene zwischen seiner Frau und ihrem Bruder beobachtete.

Rafael wandte sich seinem Schwager zu. »Caleb, ich habe einige Dinge gesagt und getan, die mir Leid tun ...«

Armstrong streckte ihm die Hand hin. »Ich habe mich auch nicht genau an die Regeln gehalten, als ich Lenore umwarb. Das ist vorbei und am besten vergessen.«

Rafael schüttelte dem groß gewachsenen Amerikaner die Hand. »Ich erwarte, bald zu erfahren, ob ich eine Nichte oder einen Neffen habe. Ich werde euch eine Adresse mitteilen, damit ihr mir nach Nacogdoches schreiben könnt.«

»Dies schreit geradezu nach einem Drink«, meinte Caleb.

Als er für Lenore ein Schlückchen Cherry und für seinen Schwager und sich großzügig Brandy eingeschenkt hatte, hoben alle drei die Gläser und prosteten einander zu.

»Auf Deborah und Texas«, sagte Caleb. »Wir wünschen dir, dass du sie dort findest.«

Rafael schlug nach den ständig quälenden Stechmücken und kauerte sich ans Lagerfeuer. Er schenkte sich Kaffee in einen Becher ein, trank einen Schluck von dem bitteren Gebräu und schüttete den Rest fluchend aus. Als er aufstand, zuckte er vor Schmerz zusammen. *Ich hoffe, meine Gefährten bemerken nicht, wie kaputt der »Dandy« ist.* Selbst Micah Brandish, ein harter alter Schmied weit über sechzig, ritt von der Morgendämmerung bis zum Einbruch der Dunkelheit, ohne irgendein Anzeichen auf Unbehagen zu zeigen. Himmel, Rafael hatte gedacht, sein Leben mit Fechten und Reiten hätte hervorragend seine Muskeln gestärkt, doch nach einer Woche, in der er mit diesem Auswanderer-Trupp über Land zog, war er nahe daran zusammenzubrechen. Widerstrebend gestand er sich ein, dass er nicht das Zeug hatte, um mit einer Gruppe von Männern der Unterklasse mitzuhalten, die an mörderische Arbeit gewöhnt waren wie seine Sklaven.

Er erinnerte sich an die Worte seines Vaters, dass er im Dreck herumkriechen und Schwielen an den Händen bekommen würde, und schnitt eine Grimasse. Welche Ironie! Seine zuvor glatten, gepflegten Hände hatten Blasen und waren schmutzig. Gott, er stank nach Schweiß und Pferd und fettigem Schweinefleisch! Er betastete seinen zwei Wochen alten Bart und versprach sich selbst ein Bad und eine Rasur, sobald sie eine Stadt erreichten.

Als sie in Nacogdoches eintrafen, war Rafael zu sattelwund und erschöpft, um sich über den Mangel an Annehmlichkeiten und die primitive Bevölkerung aufzuregen. Die Stadt war ein sonderbares Gemisch, eine spanische Siedlung aus dem frühen achtzehnten Jahrhundert, im neunzehnten Jahrhundert von angelsächsischen Kolonisten überlaufen. Die Mexikaner und Yankees hielten sich ziemlich für sich, und die Stadt war voller primitiver Hütten, die sich um einen Stadtkern mit älteren Adobebauten in spanischem Stil verstreuten.

Rafael verabschiedete sich mit wenig Bedauern von seinen Reisegefährten. Er war bei Amerikanern immer schon reserviert gewesen, und sein kreolischer Stolz und ihr Verhalten der Unterklasse machten ihn sogar noch distanzierter, besonders, wenn er sich vor Augen hielt, wie schlecht er im Vergleich zu ihren Überlebensfähigkeiten an der Siedlungsgrenze abschnitt. Aber er erinnerte sich grimmig daran, dass er gelernt hatte, ein Campfeuer zu entfachen, Eichhörnchen und Kaninchen zu schießen, sie auszunehmen und zu kochen, sein Pferd zu füttern und zu tränken und zwölf Stunden klaglos ohne längere Pause im Sattel zu bleiben. Wenn sie nicht bemerkt hatten, wie viel seelische Kraft ihn das gekostet hatte, dann gratulierte er sich selbst dafür.

Es war wunderbar, sich bei einem warmen Bad den Schmutz vom Körper zu spülen. Die Taverne, in der er sich einquartiert hatte, war nach den Maßstäben von New Orleans kaum mehr als eine Baracke, doch in Texas erschien sie ihm wie eine Oase des Luxus.

»Noch mehr heißes Wasser, Señor?« Ein vollbusiges junges Mädchen verharrte mit einem dampfenden Eimer Wasser in der Tür. Ihre großen braunen Augen musterten ihn offen und abschätzend, als sie hereinrauschte und mehr Wasser in den großen hölzernen Badezuber schüttete.

»Wäre hier zufällig ein Barbier verfügbar?«, fragte er auf Spanisch.

»Ja, aber sein Laden ist abends geschlossen«, erwiderte sie, überrascht darüber, dass er ihre Sprache fließend beherrschte.

Er seufzte. Der Gedanke, dass in Texas ein Barbier zu einem Gentleman ins Quartier kommen und ihm die Haare schneiden würde, war natürlich absurd. Er schenkte dem Mädchen ein strahlendes Lächeln, bat um Rasierzeug und Rasierseife und dachte: *Vermutlich werde ich mir angewöhnen müssen, wie ein Indianer meine Haare zu Zöpfen zu flechten, bevor ich jemanden finde, der mir einen anständigen Haarschnitt verpasst!*

Nach einer einfachen Mahlzeit in der Taverne entschied sich Rafael, sich die Beine zu vertreten und sich die aufblühende Stadt anzusehen. Als er durch eine schmale Gasse ging, lockte ihn raues Gelächter aus einer Schänke an. Er warf einen Blick hinein und sah mehrere Tische, an denen Männer Karten spielten und würfelten. An einer Wand erstreckte sich eine lange Bar aus groben Planken, und eine bunte Mischung aus Grenzstrolchen in Wildlederkleidung und schlichter Wollkleidung stand daran und trank Whisky.

Rafael betrat die Schänke und ging zur Bar. Von Brandy oder Rum hatte man hier vermutlich noch nichts gehört. Er bestellte einen Whisky. Als er feurig seine Kehle hinabrann und er das Gesicht verzog, bemerkte er, dass mehrere Gäste ihn anstarrten. Er erkannte, dass er mit seinem sauberen weißen Leinenhemd, der Cordhose und den glänzend polierten Reitstiefeln fehl am Platze wirkte. Aber er war die kratzende, grobe Baumwollkleidung, die er auf der Reise getragen hatte, so leid gewesen, dass er begierig darauf gewesen war, diese schlichte, jedoch teure Kleidung aus dem Osten anzuziehen.

»Seht mal, welch ein schöner Junge! Sieht aus wie ein Greaser, aber kleidet sich wie ein Dandy«, bemerkte ein stämmiger Typ mit strähnigem roten Haar, während er Flamenco mit grauen Augen von oben bis unten musterte.

»Du bist nur neidisch, Lew«, meinte eine junge Frau mit starkem Grenzstaat-Akzent. Sie war groß wie Deborah, doch da endete schon die Ähnlichkeit. Ihr braunes Haar war glanzlos und gekräuselt, und ihr Gesicht war stark geschminkt. Sie strich glättend über ihr Satinkleid und tänzelte zu Rafael. »Sie sind neu in dieser Gegend, das sehe ich. Sind Sie Pflanzer oder was?«

»Oder was«, antwortete er ruhig.

»Woher kommen Sie?« Sie ließ sich nicht abschrecken.

»New Orleans, Mademoiselle.« Er war bestimmt nicht an ihr interessiert, doch sie schien das nicht zu bemerken.

»Einer von diesen Kreolentypen mit Spitzentaschentüchern und Kettchen an den schlaffen Handgelenken«, spottete der streitlustige Rothaarige hämisch.

Rafael, der nie ein ruhiges Temperament besessen hatte, wandte sich langsam zu seinem Widersacher um, die schwarzen Augen unheilvoll zu Schlitzen zusammengekniffen. »Zu Hause würde ich niemals meine Ehre beschmutzen, indem ich mich mit einem so primitiven Mann wie Ihnen abgebe, Monsieur. Selbst jetzt finde ich es ekelhaft.« Er berührte die kunstvoll verzierte Duellpistole an seinem Gurt. »Aber wären Sie so freundlich, sich draußen mit mir zu treffen und Ihre Pistole mitzubringen? Sicherlich werden Sie keinen Sekundanten brauchen. Ich werde ebenfalls ohne auskommen.«

Rafael kam nicht weiter als bis zur Tür, bevor ihn von hinten ein harter Schlag traf und er auf den irdenen Boden krachte. Im nächsten Augenblick war Lew Grazer auf ihm und presste ihm die Luft aus der Lunge.

»Hier tragen wir keine Duelle aus wie blöde Dandys, Frenchy. Wir kämpfen mit Messern und Fäusten.« Eine von Grazers großen Pranken packte Rafael am weißen Leinenhemd und riss ihn hoch.

Rafael schüttelte benommen den Kopf, kämpfte gegen seine Schwäche an und rang um Atem. Bevor er sich aus Grazers Griff befreien konnte, packten ihn zwei weitere in Wildleder gekleidete Männer. Einer hielt ihn an den Armen fest, während der andere Rafaels Duellpistole aus dem Gurt riss und einem dritten Mann zuwarf.

»Seht euch diesen Griff an – Perlen oder so 'n Zeug! Wenn Lew ihn totschlägt, werde ich dieses Ding behalten«, meinte der kleine, hagere Mann.

In diesem Augenblick zog Lew ein großes, übel aussehendes Messer aus seinem Gurt und blieb mit gespreizten Beinen vor Rafael stehen. »Hast du jemals eines von Mr. Bowies Messern benutzt, Dandymann? Vielleicht sollte ich dir damit eine Lektion erteilen.« Er näherte sich einen Schritt, während Rafael, den Blick jetzt auf die silbrig glänzende Messerklinge gerichtet, einen Schritt zurückwich.

Rafael fluchte in sich hinein und suchte in dem sich lichtenden Kreis der Männer nach einer Waffe. Gerade als der Rothaarige sich mit dem Messer auf ihn stürzen wollte, trat Rafael blitzschnell einen Stuhl in seinen Weg, sodass der Angreifer stolperte und stürzte. Die rauen Grenzbewohner mochten den fremden Kreolen offensichtlich nicht und wollten, dass er eine Lektion erteilt bekam, vielleicht eine dauerhafte. Von der Menge konnte er keine Hilfe erwarten. Er hatte nie mit dem Messer oder den Fäusten gekämpft, und jetzt ging es um sein Leben. Von neuem verfluchte er seine Dummheit, tölpelhaft in diese Spelunke von Halsabschneidern geraten zu sein. Er wich Lew aus, der sich aufrappelte und erneut angriff.

»Wenn ich an deiner Stelle gewesen wäre, hätte ich meinen Gegner ausgeknockt, während du am Boden lagst, Dandymann, aber dafür bist du ein zu feiner Pinkel, ha!« Er lachte, weil er es für blöd hielt, nach den Regeln der Fairness zu kämpfen.

Im Augenblick war Rafael einer Meinung mit ihm. Er musste an das Messer des Kerls herankommen. Aber wie? Ein wackliger Stuhl, mit Hanf zusammengehalten, stand halb unter den Planken der Bar. Rafael sprang darauf zu, packte ihn mit einer Hand und riss ihn hoch. Einige Männer riefen anerkennend durcheinander.

»Der Dandy ist schnell!«

»Frenchy hat Mumm, Lew!«

»Schlag ihn zusammen, Süßer!«, grölte die Dirne.

Diese Anfeuerungen für den Franzosen schienen Lew Grazer

zu elektrisieren. Er schwang sein großes Messer weit ausholend und wollte damit zustoßen. Rafael tänzelte wieder außer Reichweite. Anstatt den Stuhl als Schild zu benutzen, schlug er ihn mit aller Kraft auf die Planken der Bar. Er flog krachend auseinander, und Rafael hielt plötzlich ein langes, stabiles Stuhlbein in der Hand. Ohne den Schwung seiner überraschenden Aktion zu verlieren, schwang er das Stuhlbein herum und hinauf zu Grazers Messerhand. Es war eine primitive Waffe im Vergleich zu einem Fechtdegen, doch seine Treffsicherheit und Behändigkeit waren schon immer gut gewesen. Das Stuhlbein traf Lews Hand, und er verlor das Messer. Als es in hohem Bogen durch die Luft flog, beeilten sich Männer, aus seiner Flugbahn zu gelangen.

In dem Durcheinander trat einer von Grazers Freunden Rafael die Beine weg, und er stürzte. Lew warf seine zweihundertzwanzig Pfund auf seinen gefallenen Feind, doch Rafael rollte sich zur Seite.

Beide Männer rappelten sich auf, keuchend und mit Sägemehl und Dreck vom Boden bedeckt. Rafael hatte das Stuhlbein verloren. Grazer ballte die Hände zu gewaltigen Fäusten und griff an. Rafael wusste, dass er diesen Fäusten ausweichen musste, doch das war nicht leicht. Grazer erwischte ihn mit einem üblen Schlag und verfehlte zum Glück knapp den Solarplexus. Dennoch litt Rafael höllische Schmerzen und hatte Mühe, auf den Beinen zu bleiben und zugleich einem wilden Schwinger auszuweichen. Er biss die Zähne zusammen, rang um Luft, duckte sich vor Grazers nächstem Hieb und landete selbst einen Treffer an der Schläfe des großen Mannes. Rafaels Knöchel schmerzten, doch der Hieb ließ Grazer für ein paar Sekunden taumeln. Rafael wollte die Initiative behalten und setzte mit einem soliden Körpertreffer nach. Grazer stieß einen erstickten Fluch aus, und die Luft blieb ihm weg, doch er blieb auf den Beinen und erholte sich so schnell, dass er einen Treffer an Rafaels linkem Augenwinkel anbringen konnte. Beide Gegner waren jetzt angeschlagen.

Rafael hielt sich mit eisernem Willen noch auf den Beinen und konterte Grazers mörderischen Hiebe, aber er verlor zunehmend an Kraft und war zu erschöpft, um auszuweichen und zu fintieren. Er gab sich keinen Illusionen hin, dem großen, massigen Schläger konnte er nicht mehr lange standhalten. *Ich darf nicht fallen,* durchfuhr es ihn. *Wenn ich erst am Boden liege, wird er mich niedertrampeln!*

Ziemlich viele der Zuschauer waren beeindruckt von der Zähigkeit des schlanken jungen Kreolen. Als Grazer sich wieder auf ihn stürzte und sie beide zu Boden gingen, feuerten mehrere Männer Rafael an. Doch diesmal konnte er sich nicht mehr rechtzeitig zur Seite rollen. Lew hielt ihn am Boden, packte ihn an der Hemdbrust und drosch auf sein Gesicht ein. Rafael verlor das Bewusstsein.

Als einer von Grazers Freunden, der kleine, wieselartige Mann namens Acuff, ihm sein Messer zuwarf, ertönte eine tiefe Stimme, und der Hahn einer Donnerbüchse wurde gespannt. »Der Dandy hat fair gekämpft, was ich von dir nicht sagen kann, denn du lässt dir von deinen Freunden helfen, Grazer. Du hast ihn besiegt. Lass ihn jetzt in Ruhe.«

Kapitel 19

In der Schänke war es plötzlich totenstill, als die Männer eine Gasse für Cherokee Joe De Villiers bildeten. Die britische Donnerbüchse des mittelgroßen, drahtigen Mannes war eine tödliche Waffe. Die Männer in der Bar wussten, dass Joe sie mit rostigen Nagelköpfen lud. Sein Blick glitt von Grazer zu dessen beiden Freunden Acuff und Ryan. Lew Grazer spürte den Stimmungsumschwung der Menge, die jetzt ebenso wie De Villiers den bewusstlosen Kreolen unterstützte, und er ließ ihn langsam auf den Erdboden sinken, stand auf und schob sein Messer in die Scheide.

»Ich habe keinen Streit mit dir, Joe. Der Dandy hat eine Lektion im Kämpfen im Grenzland erteilt bekommen, nehme ich an.« Grazer schnitt eine Grimasse wegen seiner eigenen Blessuren. Seine Lippen waren aufgeplatzt, und sein Schädel und Bauch schmerzten.

»Mir scheint, für jemanden, der nur halb so viel wie du wiegt, hat der Junge dir ziemlich zu schaffen gemacht, Lew«, bemerkte Joe freundlich. Er forderte die beiden Männer neben dem Kreolen, der sich zu regen begann, auf: »Ihr Jungs tragt ihn zu meinem Pferd.« Dann wandte er seine Aufmerksamkeit Grazer zu, spuckte einen Priem auf den Boden und sagte: »Wenn du dem Dandy noch ein paar Lektionen erteilst, könnte er dich verprügeln, Lew. Besonders, wenn er dich allein erwischt und dir deine *Compañeros* nicht helfen können.«

Das Gelächter aus der Schänke verklang, als Joe mit dem halb bewusstlosen Rafael Flamenco quer über seinem Pferd über die Straße davonritt.

Irgendwann konnte Rafael den Geruch von Kaffee und noch etwas Starkem, Aromatischem wahrnehmen, das jemand kochte.

Als er sich mühsam aufrichtete, schossen Schmerzen durch seinen Körper. Aufstöhnend sank er wieder zurück.

Schritte näherten sich durch das trockene Gras, und jemand sprach in sonderbar akzentuiertem Englisch: »Hätte nicht gedacht, dass du so schnell zu dir kommst. Du solltest besser schlafen. Hier, trink dies.«

Etwas Bitteres wurde ihm zwischen den blutigen, aufgeschlagenen Lippen eingeflößt, und er verlor von neuem das Bewusstsein. Er wusste, dass er die Stimme schon gehört hatte, konnte sich jedoch nicht erinnern, wo und wann.

Joe De Villiers blickte auf den jungen Mann hinab. Dessen Augen waren beide zugeschwollen, einige seiner Zähne waren locker, eine hässliche Wunde klaffte von der Wange bis zum Kinn und vermutlich waren mehrere Rippen gebrochen. Joe kannte die Heilkraft des Schlafs und einiger wirksamer Kräuter der Cherokees und hoffte, dass der Junge bis zum Einbruch der Nacht schlafen und die Breiumschläge, die er ihm machen würde, die Schmerzen und Schwellungen lindern würden.

»Wie lange war ich weggetreten?« Rafael spähte durch schmale Schlitze der geschwollenen Augen. Ein Campfeuer flackerte gelb und orangefarben vor ihm, und ein Mann saß auf der anderen Seite davon.

»Fast einen Tag, schätze ich«, erwiderte Joe, nahm die Kaffeekanne und schenkte in einen Becher ein. Als er aufstand und um das Feuer herum zu Rafaels Lager ging, stieß der jüngere Mann einen schmerzerfüllten Fluch aus, weil er versucht hatte, sich zu schnell aufzusetzen.

»Sei vorsichtig mit deinen Rippen. Ich habe sie verbunden, aber ich glaube, sie sind gebrochen. Hätte schlimmer sein können. Du hast verdammt Glück gehabt. Wirklich starke *Puha*, Yessir.« Er lachte wie über einen geheimen Scherz und reichte dem jungen Kreolen den Becher. Er grinste, als Rafael ihn wegen der Steifheit seiner aufgeschlagenen Knöchel fast fallen ließ, ihn jedoch eisern umklammerte und zu nippen begann.

»Ich fühle mich wirklich nicht glücklich«, gestand er und betastete seinen Mund, um festzustellen, ob ihm Zähne fehlten. Hölle und Verdammnis! So gut wie kein Zoll von ihm war unbeschädigt!

»Du wirst schon wieder gesund. Für einen feinen Pinkel aus New Orleans hast du allerhand Mumm, Junge. Du hast dich gegen Lew besser gehalten, als ich das von vielen erfahrenen Kämpfern erlebt habe.«

Rafael betrachtete seinen Wohltäter. Er war mittelgroß, drahtig, hatte sehr dunkle Haut und schulterlanges schwarzes Haar, dass von einem Calico-Stirnband zurückgehalten wurde. »Wer bist du, und warum hast du mich gerettet?« Er rieb sich den Kopf. »Wenigstens kann ich mich daran erinnern.«

Joe lachte. »Ja, ich nehme an, ich habe dich da rausgeschleppt. Es war blöd von dir, dich so gekleidet in ein Schlangennest zu wagen und was zu trinken zu bestellen, obendrein auch noch mit einem ausländischen Akzent. Ich bin Joe De Villiers, Cherokee Joe De Villiers. Ein weiterer Frenchy aus Louisiana, nur keiner wie du. Ich nehme an, ich habe dir geholfen, weil mir dein Mut gefiel oder vielleicht, weil ich Lew Grazer nicht mag.«

Rafael lächelte schmerzlich. »Ich stehe auf jeden Fall in deiner Schuld, Monsieur De Villiers. Mein Name ist Rafael Flamenco. Warum nennt man dich Cherokee?«

»Weil ich ein Halbblut bin. Ich weiß, die sind bei den meisten Kreolen vielleicht nicht so gut angesehen, aber da du jetzt nach Texas gekommen bist, wirst du dich mit ihnen abfinden müssen. Meine Ma war eine Cherokee, und mein Pa war ein französischer Trapper.«

Rafael nickte. Er bemerkte die falkenartigen Gesichtszüge des Mannes und den Bronzeton seines Teints. Joe trug speckige

Wildlederkleidung und eine mit Perlen besetzte Halskette aus ungegerbtem Leder. »Wie du schon sagtest, dies ist Texas, und ich kann damit zurechtkommen. Wenn du Grazer jedoch nicht gestoppt hättest, käme ich überhaupt nicht damit zurecht. Wenn dein Vater Franzose war, solltest du diese Sprache sprechen. Ist das so?« Er fragte jetzt offen neugierig. De Villiers' Akzent verwirrte ihn.

»*Oui.* Ich spreche ebenfalls Cherokee, Englisch, Snake und ziemlich passables Spanisch des Grenzlands. Für einen ungebildeten Typen bin ich ein Wunder«, antwortete er treuherzig.

Rafael musste lachen, unterdrückte es jedoch schnell, als seine angeknacksten Rippen und seine aufgeplatzten Lippen schmerzten. »Ich spreche auch Spanisch, Französisch und Englisch. Was ist Snake?«

Joe stieß einen Grunzlaut aus. »Snake ist ein Kauderwelsch, das äußerst nützlich für jemanden ist, der mit allen Prärieindianern Handel treibt. Die Snakes sind eigentlich zwei Stämme, das waren sie jedenfalls in den letzten hundert Jahren oder so, seit sie sich spalteten. Oben im Norden nennt man sie Shoshonen. Ihre Feinde, die Utes, gaben ihnen einen anderen Namen, als die südlichen Stämme in die Ebenen auf Büffeljagd zogen – *Koh-mahs.* Das heißt Feind. Das ist irgendwie hängen geblieben. Nur sagt jetzt jeder Comanche.«

Rafael stieß einen Grunzlaut aus. »Von *denen* habe ich gehört.«

De Villiers lachte. »Von ihnen hat jeder gehört. Es hat niemals wildere, listigere berittene Indianer gegeben.«

»Ich nehme an, du bist mit ihnen geritten«, erkannte Rafael fasziniert, denn er hatte im letzten Frühjahr bei seinem ersten Besuch in Texas Horrorgeschichten über die Comanchen gehört.

»Ich habe ein wenig Pferdehandel mit ihnen getrieben. Sie sind nicht wie das Volk meiner Ma oder die meisten anderen.

Sie lassen keine Außenseiter mit ihnen leben und überlassen ihnen auch nicht ihre Frauen. Bist du daran interessiert, mit den Comanchen zu handeln?«

»Das bezweifle ich, aber ich habe gehört, sie streifen auf meinem Land umher. Wenn ich es für mich zu beanspruchen beginne, muss ich mich vielleicht mit ihnen auseinander setzen – friedlich, hoffe ich«, erwiderte Rafael.

»Comanchen tun nicht viel oder gar nichts Friedliches«, spottete Joe. »Sie glauben auch nicht, dass jemand Land besitzt.«

»Das sagt das Dokument, mit dem der König von Spanien meinem Urgroßvater Flamenco das Land übertragen hat«, erwiderte Rafael mit einem überlegenen Grinsen.

»Hat jemand in letzter Zeit darauf gelebt – in den letzten fünfzig Jahren oder so?«

»Nein«, sagte Rafael. »Mein Großvater ging 1779 nach New Orleans, um sich eine Braut zu suchen. Er heiratete Louise Beaurivage, die ihn davon überzeugte, dass sie in einem fremden Land dahinsiechen würde. Er kehrte nie dorthin zurück. Ich kann mir vorstellen, dass wenig von dem Steinhaus übrig ist, das sein Vater erbaute, doch das Land hat eine gute Wasserversorgung, und wilde Pferde und Longhorns streifen in Hülle und Fülle frei darauf herum. Ich habe vor, dort ein neues Haus zu bauen.«

Joe kratzte sich nachdenklich am Kinn. »Da das Volk – die Comanchen – in die texanischen Ebenen gezogen ist, hat es sich ziemlich ausgebreitet, die anderen Indianerstämme besiegt und die Mexikaner vertrieben. In meinem Leben hat sich kein weißer Siedler gegen sie ihnen behaupten können. Wo ist denn deine Ranch?«

Rafael verzog verlegen das Gesicht. »Ich habe Landkarten, bin mir jedoch nicht sicher. Ich brauche einen Führer, der mit dem Land nordwestlich des Brazos River vertraut ist.«

De Villiers stieß einen leisen Pfiff aus. »Es könnte mitten in den Ebenen sein, wo die Comanchen frei herumsteifen. Du sagst, du hast eine Landkarte?«

»In meinem Zimmer in der Taverne.«

Joe grunzte. »Wenn du dich besser bewegen kannst, werden wir uns die Karte ansehen.«

»Könntest du mich dorthin führen? Mir ist jetzt klar, dass ich ein ›Greenhorn‹ bin«, gab Rafael betrübt zu, als er an seine Dummheit vom vergangenen Abend dachte.

Joe sah ihn abschätzend an. »Ja, ich könnte dich führen. Ich habe jahrelang in der Prärie Mustangs gefangen. Ich brauche keine Landkarten.«

Im Laufe der nächsten paar Tage entwickelte sich zwischen Joe und Rafael eine äußerst ungleiche Freundschaft. Das hartgesottene Halbblut war schnell und gerissen, hatte einen feinen Sinn für Humor und großes Einfühlungsvermögen. Rafael wusste, dass er noch viel über sein ererbtes Land wissen musste und ein Mann wie De Villiers es ihn lehren und ihn ebenso zu seinem Besitz führen konnte.

Joe beschrieb das texanische Klima und die Gebiete im Westen, die nur von indianischen Wanderstämmen bevölkert waren. Er erklärte, wie er Wildpferde eingefangen und abgerichtet hatte. De Villiers bewies mehr praktische Heilkunst als die meisten Ärzte in New Orleans und kannte die Geschichte von Texas besser als Rafaels Universitätsprofessoren. Joe wusste über Waffen und Überlebenskunst Bescheid. Rafael, dem nun bekannt war, dass Duellpistolen und Degen in Texas nicht von Nutzen waren, wollte lernen, wie er Fäuste, Messer und Handfeuerwaffen einsetzen konnte.

»Zuerst müssen deine gebrochenen oder angeknacksten Knochen heilen«, war Joes Antwort auf seine Bitte. »Dann werden wir weitersehen. Ich nehme an, du hast das Zeug zu gewinnen, wenn du kämpfst. Hast du jemals einen Menschen getötet?«

»Ja«, lautete die knappe Antwort.

»Das dachte ich mir.«

Joe beobachtete anerkennend, wie Rafael am Lagerfeuer kauerte und ein aufgespießtes Kaninchen aß, das über der Glut geröstet worden war.

Am Ende der Woche konnte er mit Joe zur Stadt reiten.

Er bezahlte die Rechnung für sein Zimmer in der Taverne, sammelte seine Ausrüstung ein und nahm sie mit zu Joes Camp. An diesem Abend betrachteten sie im Schein des Lagerfeuers seine alten Landkarten.

Joe studierte die Karte. »Ja, schönes Land. Du hast Recht, es ist gut mit Wasser versorgt, und dort laufen Mustangs und Longhorns frei herum.«

»Du bist dort gewesen – hast es gesehen?«, fragte Rafael aufgeregt. Zuerst hatte das ererbte Land nur so etwas wie eine Ausgangsbasis bei der Suche nach Deborah sein sollen. Allmählich war es mehr geworden. Er würde darauf ein Haus errichten, ein Heim, zu dem er sie bringen würde, ein neuer Start für sie beide.

»Ich kenne das Land. Ziemlich isoliert. Dort sind nur wenige Comanchen, weil es da kaum Büffel gibt. Das heißt nicht, dass es leicht sein wird, sich dort zu behaupten. Ist dir das klar?«

»Sagen wir, ich fange an zu lernen«, murmelte Rafael und strich über die Narbe, die sich über seiner linken Augenbraue bildete.

Binnen drei Wochen hatten sie den Trinity und Brazos River durchquert, die im trockenen Herbstwetter Niedrigwasser hatten. Das mit Kiefern und Laubbäumen bewaldete Gebiet um Nacogdoches ging allmählich in Ebenen mit schwarzem, fruchtbarem Erdreich und Savannen über. Sie passierten Haine von gigantischen Pappeln in Flussbecken. Zwischen den üppigen Waldstreifen erstreckten sich sanft gewellte Ebenen, wo

Herden von Wildpferden und wilden Rindern frei grasten, Vermächtnisse, die Jahrhunderte zuvor von spanischen Entdeckern zurückgelassen worden waren.

»Du könntest eine gleich große Strecke durch Europa reiten und würdest keine Landschaft sehen, die so abwechslungsreich ist wie die, die wir durchquert haben«, meinte Rafael, als sie in einem Canyon rasteten, um ihren Pferden eine Ruhepause zu gönnen.

»Und dies ist nur der halbe Weg durch Texas«, erwiderte Joe lachend. »Weiter westlich wird es wirklich flach, heiß und trocken. Da gibt es viel mehr Kakteen als sonderbar bizarr geformte Berge. Kahl, aber auch irgendwie schön mit all den rot und purpurn gefärbten Felsen.«

»Gibt es solche Quellen dort überall – sogar in der Wüste?« Rafael beugte sich vornüber, langsam und vorsichtig, um seine immer noch schmerzenden Rippen zu schonen, und schöpfte mit beiden Händen das klare Wasser des Quellflüsschens, das durch den Canyon floss.

»Die in der Wüste gehen viel tiefer unter den Boden, besonders in trockenen Jahreszeiten wie dieser, aber es gibt viele davon.«

Joe beobachtete, wie sein junger Gefährte auf sein Pferd stieg und sich bemühte, die Schmerzen seiner Rippen und verschrammten Hände zu verbergen. Rafael hielt sich hervorragend. Er schlief auf dem harten Erdboden, half bei den Aufgaben im Camp und feuerte sogar mit einer Kentucky Long Rifle Kaliber .45. Vor zwei Tagen hatte er einen Hirsch geschossen und für einen reichlichen Fleischvorrat gesorgt, doch der Preis war schrecklich gewesen. Der Rückstoß des Gewehrs hatte seinen gerade erst genesenden Körper so sehr erschüttert, dass Joe befürchtet hatte, er würde ohnmächtig werden. Rafael war erbleicht und hatte um Atem gerungen, doch schließlich hatte er sich erholt und darauf bestanden, beim Ausweiden des Tieres zu helfen. *Ich habe noch nie einen Blaublütigen erlebt, der wie er* Cojones *hat*, dachte Joe.

Am späten Machmittag erreichten sie den Kamm einer Anhöhe und sahen hinab in ein Tal mit einem Flüsschen, das sich tief durch das fruchtbare Schwemmland wand. Joe spürte Rafaels Aufregung.

»Die ist es, nicht wahr, Joe?«

»Sieh zu der Gabelung des Creeks – schau genau hin«, wies ihn das Halbblut an.

»Das Haus! Ich kann das Haus sehen!« Mit einem Jubelschrei spornte Rafael sein drahtiges Pony zum Galopp an.

Als sie das Haus erreichten, war der Anblick aus der Nähe keine Überraschung für De Villiers. Aber er befürchtete, dass es eine für Flamenco war. Die dicken Steinwände waren an mehreren Stellen zusammengebrochen, und das Dach war völlig eingestürzt. Türen und Fenster waren mit wildem Wein und Efeu überwuchert.

Joe taxierte seinen jungen Gefährten, der so viel ertragen hatte, um hierhin zu gelangen, und erinnerte ihn: »Ich habe dich gewarnt, dass es so sein würde.«

Rafaels Augen leuchteten, als er sich das Haus mit intaktem Dach und dicken Wänden vorstellte, die es in der Hitze des Sommers kühl hielten und in der Winterkälte wärmten. »Es kann wieder aufgebaut werden. Die Grundsubstanz ist anscheinend gut. Und sieh dir die Lage an – die Bäume ringsum und das Wasser. Es ist herrlich, Joe!« Er saß ab und begann, die Weinranken vor der Tür wegzuzerren.

Joe half ihm, und sie betraten den großen vorderen Raum. Selbst in der Augusthitze war es darin kühl, genau wie Rafael es sich vorgestellt hatte.

»Dies wird mein Zuhause werden, Joe«, erklärte er andächtig.

»Das Heim, in das du deine Frau bringen wirst? Deborah?«

Rafael fuhr herum. »Woher weißt du ...?«

»Du warst einen Tag und eine Nacht im Delirium. Selbst nachdem ich dir die Medizin gegeben hatte, um dich schlafen zu lassen. Du hast im Schlaf fantasiert, Rafael. Ich habe deinem Gerede entnommen, dass du nach einer silberhaarigen Frau suchst, die dir in New Orleans davongelaufen ist und dein Baby bekommen wird. Du wirst sie finden – wenn einer das kann. Ich habe so ein Gefühl. Weißt du, Cherokees haben einen sechsten Sinn. Glaube daran. Glaube an dich selbst.«

Rafael spürte eine starke Seelenverwandtschaft, eine Bindung zu diesem älteren Halbblut, die sich in der Wildnis gefestigt hatte. Wie bemerkenswert, dass er sich mehr zu Cherokee Joe hingezogen fühlte als jemals zu seinem eigenen Vater.

»Ich glaube, Joe, ich glaube. Ich werde diese Ranch Renacimiento nennen – Wiedergeburt. Sie wird ein neues Zuhause sein, ein neuer Anfang für Deborah und mich und unsere Kinder.« Er reichte Joe die Hand und drückte sie fest.

Sie machten eine sorgfältige Inventur der Vorräte, die sie beim Wiederaufbau der Gebäude und dem Betrieb einer Ranch brauchen würden. Sie mussten ein paar Monate Wildpferde einfangen und sie abrichten – das würde eine Basis für die Arbeitstiere der Ranch sein und auch beträchtlichen Profit abwerfen, wenn sie die überzähligen Tiere den Horden von Siedlern verkauften, die nach Texas strömten. Jetzt, da der Krieg vorüber war, bot die neue Republik Siedlern kostenlose Parzellen von zwei Quadratmeilen pro Familie. Es würde vielleicht Jahre dauern, aber bei diesem fruchtbaren, verborgenen Tal voll üppiger Vegetation und wildem Vieh wusste Rafael, dass er eine Ranch für seine Familie aufbauen konnte.

Seine Familie. Deborah und ihr Kind. Die Zeit der Entbindung war nahe. Würde es ein Mädchen oder ein Junge sein? Er betete, dass sie wohlbehalten und in Sicherheit war und er sie bald finden würde.

Auf dem Ritt zurück nach Nacogdoches erzählte ihm Joe von seiner Zeit bei den verschiedenen Indianerstämmen in Texas, besonders von den vorherrschenden – den Comanchen oder Nerm, die sich selbst »das Volk« nannten.

»Ihre Kriegsbemalung ist schwarz, und sie beginnen nur nachts eine Mission; sie bewegen sich schnell und leise. Schleichen sich an und töten rasch. Sie leben, um den Sieg zu genießen. Sie sind nicht so dumm, in gerader Linie aufzustehen, um zu kämpfen und zu schießen, wie es die Weißen tun. Das halten sie für eine blöde Verschwendung von Leben.«

»Wie das Duellieren?«, fragte Rafael und grinste.

»Ja, wie das Duellieren. Kämpfe nie nach Regeln, Junge. Kämpfe nur, wenn du mit dem Rücken zur Wand stehst. Dann kämpfe, um zu töten. Benutze deinen Kopf und bringe den Gegner dazu zu verlieren. Und zeige niemals Furcht. Ich nehme an, jeder hat Furcht, nur ein Narr hat keine Angst vorm Sterben, aber die Comanchen haben es darauf abgesehen, dem Gegner Furcht einzujagen, und das macht ihn fertig. Er spürt es und wird immer nervöser. Es ist bessere *Puha,* die Furcht zu besiegen.«

»Du hast mal gesagt, ich hätte eine starke *Puha*«, bemerkte Rafael nachdenklich. »Was ist das?

»Das Wort der Nerm für Zauber oder Kraft. Eine Art Medizin, die einen Mann an sich glauben lässt.«

»Und dann glauben ihm andere Männer ebenfalls«, schlussfolgerte Rafael.

Joe nickte. Das Greenhorn lernte schnell. Sehr schnell.

Als sie wieder in Nacogdoches eintrafen, gingen sie zuerst in »Browns Taverne«, um etwas zu trinken.

»Joe! Verdammt, ich suche dich seit Wochen! Wohin musstest du so schnell?« Der Mann, der Joe angesprochen hatte, war ein hoch gewachsener Grenzbewohner mit einem wuchernden roten Bart.

»Sabine!« Joe schüttelte dem Mann die Hand und drehte sich zu Joe um. »Rafael Flamenco, begrüße Sabine Mike Forkness. Ein guter Mann.«

Sie schüttelten sich herzhaft die Hände. Rafael war froh, dass seine lädierten Hände in den vergangenen Monaten geheilt und kräftiger geworden waren.

»Joe, ich habe eine Nachricht für dich aus Louisiana. Dem Mann deiner Schwester geht es wirklich schlecht, und sie bittet dich, zu kommen und ihr zu helfen. Hier – das hat sie mir geschickt.« Er zog einen schlimm verknitterten und mit Schmutz- und Wasserflecken übersäten Brief aus seiner Wildlederhose.

Joe las den Text, der auf Cherokee geschrieben war, langsam und sorgfältig, und seine Miene war ernst. »Ich muss reiten, Rafael. Felice braucht meine Hilfe. Sie ist meine kleine Schwester, und ich muss mich um sie kümmern.«

»Wann wirst du zurückkehren?«, fragte Rafael. Er dachte an Lenore und wusste, dass er das Gleiche getan hätte.

»Ich nehme an, in einem Monat oder so. Bestell deine Waren und besorge einige Männer. Sabine hier wird dir helfen.«

Der große, stämmige Rotbart nickte sofort. »Ja. Das werde ich, Rafael.« Er hatte Schwierigkeiten mit dem ausländischen Namen und fügte hinzu: »Rafe. Ja – Rafe, das passt besser, wie?«

Rafael Flamenco blickte von einem Mann in Wildleder zum anderen und lachte herzhaft. »Wie wäre es, aus mir einen richtigen Texaner zu machen – Rafe Fleming? Das ist von jetzt an mein Name.«

Sabine schlug dem Jüngeren auf den Rücken und erschütterte seine fast verheilten Rippen. »Willkommen in Texas, Rafe Fleming.«

Joe war vor zwei Wochen nach Louisiana aufgebrochen und hatte Rafe gesagt, er solle ihn in vier bis sechs Wochen auf der Ranch erwarten. Sabine und Rafe hätten fast ebenfalls losreiten können, doch es mangelte ihnen noch an genügend Männern, um die schwierige Aufgabe zu beginnen, das Ranchland urbar zu machen.

Rafe saß mit Sabine beim Mittagessen in »Browns Taverne«, und ihre Gedanken beschäftigten sich mit diesem problematischen Thema, als eine glatte, tiefe Stimme in Englisch, jedoch mit deutlich spanischem Akzent erklang: *»Pardón, Señors,* aber hörte ich richtig, dass Sie *Mesteñeros* suchen?«

Rafe blickte auf in das harte Gesicht eines dunkelhäutigen Mannes, der die einfache Kleidung eines *Vaqueros* trug. Auf den ersten Blick sah er wie viele andere *Tejanos* aus, doch da war ein lauernder Ausdruck in seinen Augen, der bei Rafe eine Spur von Unbehagen auslöste. *Er hat Augen wie Georges Beaurivage,* dachte er.

Er verbannte den Gedanken als allzu fantasiereich und entgegnete: »Haben Sie jemals auf den Ebenen westlich von hier Mustangs gefangen?«

»Erlauben Sie mir, dass ich mich vorstelle. Ich bin Enrique Flores und dies ...«, er legte eine Pause ein, als ein gedrungener, schwerer Mann mit Bartstoppeln hinter ihm auftauchte, »... dies ist Ray Garter. Wir haben Mustangs eingefangen, zugeritten und viele Herden von hier bis Santa Fe verkauft.«

»Viele Comancheros benutzen Santa Fe als Ausgangspunkt«, erklärte Sabine ruhig.

Flores blickte Rafes Gefährten ernst, aber ruhig an. »*Sí,* ich habe ein paar kennen gelernt, doch wer in Texas hat sie nicht gesehen? Ich hörte, dass Sie gute Männer suchen, und wir sind die besten, Señor Fleming.«

»Sie haben Recht. Ich brauche erfahrene Männer«, stimmte Rafe entschieden zu. »Wir brechen in zwei Tagen auf. Sie können morgen in Gareson's General Store die Ausrüstung kaufen, die Sie benötigen werden.

Eine Woche Rückritt auf derselben Route zur Renacimiento Ranch brachte sie zu ihrem ersten trockenen Camp. Nach all den Regenfällen des Frühjahrs, die sowohl den mexikanischen als auch den texanischen Armeen bei der Revolution so zu schaffen gemacht hatten, war das Wetter des späten Sommers extrem trocken.

»Faste oder verhungere in Texas«, meinte Sabine, als einige Männer wegen des ausgetrockneten Quellflüsschens murrten, an dem sie lagerten. »Wartet, bis ihr die Quellen auf der Ranch seht. Der gute Joe sagte, sie seien so tief, dass sie glatt bis nach China führen. Und die haben dort immer Wasser.«

Mort Soller spuckte einen Strahl Tabaksaft aus und nickte. »Ich wünschte, wir könnten dieses Trockengebiet schneller hinter uns lassen. Ich würde leichter schlafen, wenn ich wüsste, dass Wasser in der Nähe ist.«

»Wohin ist Enrique geritten, Ray?«, erkundigte sich Sabine, weil er die Männer von den Gedanken an den harten, gefährlichen Ritt ablenken wollte, der vor ihnen lag.

Garter blickte von Sabine zu Fleming. »Er erkundet eine Abkürzung. Südlich von hier gibt es Wasser. Eine kleine Siedlung von Anglo-Farmern lebt dort.«

»Joe hat nie etwas davon erwähnt«, wunderte sich Rafe und musterte Ray argwöhnisch.

Garter zuckte die Schultern. »Selbst Cherokee Joe De Villiers wird nicht allwissend sein.«

»Mir gefällt das nicht, Rafe«, flüsterte Sabine, als er beim Lagerfeuer kauerte und Kaffee in einen Zinnbecher schenkte.

»Stell heute Nacht einen zusätzlichen Wachtposten auf. Ich werde selbst aufbleiben und auf Enrique warten«, gab Rafe raunend zurück.

Mit schmerzenden Gliedern und müde saß Rafe dann am Campfeuer, starrte in die emporzüngelnden Flammen und wartete auf Flores' Rückkehr. Er träumte mit offenen Augen von einer Frau mit langen, silberblonden Haaren und violetten Augen.

Plötzlich brach im gesamten Camp Chaos aus. Schüsse peitschten, Männer fluchten und brüllten, als wilde Kriegsschreie ertönten. Rafe sprang auf die Füße, sah jedoch nur dunkle Flecken und Schwärze. Nachdem er in die hellen Flammen gestarrt hatte, war er in der Dunkelheit wie blind. Joe hatte ihn gewarnt, so etwas niemals zu tun! Als er spürte, wie ihn eine sehnige Hand am Hemd packte, blockte er den Angriff instinktiv mit seinem rechten Arm ab und spürte, wie ein Messer sein Jackett aufschlitzte und in seinen Unterarm schnitt.

»Ein scharfer Schrei *»Aaa-hey«* zerriss die Luft, als er den Angreifer von sich schleuderte, doch im nächsten Moment stürzte sich von der anderen Seite ein weiterer Krieger auf ihn und packte sein Haar mit brutaler Kraft, gewiss, um ihn zu skalpieren. Rafe drehte sich und ließ sich fallen, um sich abzurollen und sich von seinem Feind loszureißen, doch er hatte nicht damit gerechnet, dass der Erste so schnell wieder angreifen würde. Beide waren über ihm und rangen mit ihm, als er versuchte, sein Messer aus der Scheide zu reißen. Dann traf ihn einer der Wilden mit einem harten Hieb an der Schläfe, und er verlor das Bewusstsein.

Rings um den Bewusstlosen wurden seine Gefährten niedergemacht, von den heimtückischen Angreifern im Schlaf überfallen, die jetzt systematisch alle töteten, die Widerstand leisteten. Sabine lag lang ausgestreckt mit dem Gesicht nach unten gegenüber des Feuers und Rafe, und der rote Fleck auf seinem Rücken vergrößerte sich. Mort Soller und Jose Ramirez lagen auf dem Rücken, die Augen im Tod weit aufgerissen. Felix Solidad lebte kaum noch. Eine Kriegslanze ragte aus seinem

Unterleib. Die Schreie der Sterbenden vermischten sich mit dem Triumphgeschrei der Comanchen.

»Wach auf, *Amigo*. Iron Hands Männer haben sich viel Mühe gegeben, dich am Leben zu lassen. Du darfst sie nicht enttäuschen!«, rief Ray Garter mit rauer Stimme in Rafes Ohr.

Die Bastarde haben uns eine Falle gestellt. Sabine hatte Recht!, dachte Rafe bitter. Warum hatte er sich bei Garter und Flores nicht auf sein Gefühl verlassen? Er stellte sich bewusstlos und ließ sich von Garter in eine sitzende Position hochziehen. Er war nicht gefesselt. Gut. Rafe wusste nur zu genau von Joes Schilderung, was bei den Comanchen mit Gefangenen geschah!

Mit einem panterhaften Satz sprang er auf und rammte Garter, dass er rücklings stürzte. Blitzschnell riss Rafe das Messer aus dem Gürtel des Comancheros und stieß es ihm in die Kehle. Er rechnete jede Sekunde damit, von einer Kugel oder Lanze getroffen zu werden, und duckte sich, schwang das Messer hin und her, als er die teuflische Schar ringsum anstarrte.

»Ich habe dir gesagt, dass er *Puha* hat«, erklang eine tiefe Stimme auf Spanisch. Rafe wirbelte zu Enrique Flores herum, der neben einem Comanchen mit nacktem Oberkörper und dämonisch aussehendem gehörnten Kopfschmuck stand. Flores' Zähne blitzten weiß im Feuerschein, als er lachte. Es klang schaurig. Der Kriegshäuptling grunzte und überlegte, wie er seinen Gefangenen am besten entwaffnete.

»Dies ist für all meine Männer, Flores!« Rafe sprang auf den Comanchero zu, das Messer ausgestreckt. *Wenn ich nur den Bastard in den Tod mitnehmen kann!*, war sein letzter Gedanke, bevor entsetzliche Schmerzen durch seinen rechten Arm schossen. Eine Kriegslanze der Comanchen hatte ihn getroffen. Das Messer flog aus seiner plötzlich tauben Hand. Dennoch unbesiegt, rappelte er sich auf und sprang mit bloßen Händen auf Flores zu, und in seinen Augen glühten Hass und Verzweiflung. Vier Krieger waren nötig, um ihn niederzuwerfen und festzuhalten.

»Lebend! Ich will ihn lebend!«, befahl der Kriegshäuptling. Rafe verstand das erste Wort. Joe hatte ihm ein bisschen Snake beigebracht. Weil er wusste, was es bedeutete, lebend gefangen genommen zu werden, kämpfte er noch verzweifelter, während Enrique Flores die Szene wie ein gelangweilter Zuschauer beobachtete, so gleichgültig, wie ihm der Tod seines Partners Garter und all der anderen Männer war, die er verraten hatte.

Schließlich verdrehte einer der Krieger Rafes gebrochenen Arm. Der glühend heiße Schmerz war ein Schock, der ihm das Bewusstsein raubte. Als er wieder zu sich kam, war er an Händen und Füßen gefesselt und über ein Kriegspony gebunden. Bei jeder Erschütterung, bei jedem Hufschlag stachen unerträgliche Schmerzen durch seinen Arm. Er biss die Zähne zusammen und konzentrierte sich auf die Informationen über die Comanchen, die er von Joe De Villiers bekommen hatte. Sie hatten sich große Mühe gegeben, ihn am Leben zu lassen. Flores hatte – wie Joe – gesagt, er habe *Puha* – das Snake-Wort für Kraft, Zauber, Medizin. Vielleicht überlebte er, wenn es ihm gelang, die Nerven zu behalten – und die Schmerzen zu ertragen.

Kapitel 20

Ich bin am Leben gelassen worden, weil sie etwas Besonderes mit mir vorhaben, so viel ist sicher, dachte Rafe. Ob es ein Segen oder ein schrecklicher Albtraum sein würde, blieb abzuwarten, doch Rafe vermutete Letzteres. In den nächsten drei Tagen verhinderte nur sein Hass auf Flores, dass er nicht den Verstand verlor. Sie ritten in einem mörderischen Tempo, rasteten nur des Nachts, um Streifen von Trockenfleisch zu essen, ein paar Schlucke stinkendes Wasser zu trinken und eine Stunde zu schlafen. Allzu bald setzten sie den Rückritt zu ihrem Hauptlager tief im Herzen der südwestlichen Ebenen fort.

Die Männer des Kriegstrupps waren leicht bekleidet, nur mit Lendenschurz und Beinkleidern. Ihr Haar war sehr lang, zu Zöpfen geflochten, mit Büffeldung beschmiert und mit Knochen und Federn geschmückt. Viele trugen die Furcht erregenden Kriegshelme, einzigartig bei den Comanchen, große Bisonskalps mit den Hörnern daran. Auf dem Kriegspfad waren ihre Gesichter mit schwarzen Streifen bemalt.

Das Erste, was Rafe wahrnahm, als sie im Hauptlager eintrafen, war der überwältigende Gestank von verfaultem Fleisch und menschlichen und tierischen Exkrementen. Primitive Laubhütten waren in einer engen, von steil aufragenden Felswänden begrenzten Schlucht nach keinem erkennbaren System verstreut. Die Schlucht folgte dem gewundenen Verlauf eines Baches. Auf dem Boden lagen Berge von Knochen und verwesendem Abfall herum.

Frauen, bekleidet mit fettigen gelben Kleidern aus Büffelhaut, jubelten, als die Rückkehrer die Gefangenen und die Beute heimbrachten. Ihre Gesichter waren verzerrt, als sie schrill »Yee-Yee-Yee!«, schrien. Orangefarbene Kreise schmückten ihre Wangen und die Ohren. Ihre Haare waren kurz geschnitten, und viele der Frauen waren grotesk mit schwarzen gepunkteten Linien rund um ihre Brüste tätowiert.

Rafe konnte nicht sagen, was einschüchternder wirkte – die Krieger oder ihre Frauen. Er hatte gehört, was die Frauen einem männlichen Gefangenen antun konnten, nachdem die Männer seine *Puha* gebrochen und ihn zum Schreien gebracht hatten. Er schwor sich noch einmal, nicht zu schreien.

Es war eine Nacht zum Feiern. Zwei Gefangene waren zwischen Pfosten aus Esche angebunden, die Hände und Füße mit Rohhautstricken gefesselt. Mit gespreizten Armen und Beinen fest angebunden, kämpfte Rafe bei jedem Atemzug gegen die Schmerzen an. Das Strecken seines gebrochenen Arms hatte wenigstens die Bruchstelle gerichtet, aber wenn er ihn lange so ungeschient ließ, würde er zweifellos niemals richtig heilen. Er lachte in seiner Qual auf. *Heilen! Ich werde bis zum Morgen tot sein, wenn ich Glück habe!*

Sid Lattimer, der andere Gefangene, war ein großer, stämmiger Fuhrmann aus Ohio, der in Texas zu spät eingetroffen war, um in Houstons Armee zu dienen, jedoch nicht zu spät, um in Texas zu sterben. Rafe konnte sehen, wie der Mann zusammenzuckte und zitterte und seine Augen groß vor Entsetzen wurden, als sich ihm zwei Krieger näherten. Er knirschte mit den Zähnen und krächzte:

»Lass dir deine Angst nicht anmerken! Verhöhne sie, damit sie dich schnell töten – sonst werden sie dich den Frauen überlassen!«

Noch während er kostbare Energie zum Sprechen aufwandte, wusste er, dass es nutzlos war. Sobald Lattimer eine Messerklinge auf seiner nackten Brust spürte, schrie er gellend und jammerte und zitterte. Rafe ließ seinen Kopf sinken, wollte nicht mit ansehen, wie Lattimer mit Messern und heißen Kohlen verstümmelt wurde. Bald genug würde er wissen, welches

Gefühl das war. Nach ein paar Stunden wurden die Stricke durchgeschnitten, und Lattimer wurde zu einer Gruppe Frauen am Rand des Feuers geworfen. Sie nahmen begierig ihre Trophäe entgegen und schleiften seinen verstümmelten Körper fort, um ihn auf dem Erdboden anzupflocken. Der arme Teufel würde vielleicht noch Tage leben, bis sie mit ihm fertig waren.

Dann hörte Rafe Stimmen, die einen Mischmasch aus Snake und Spanisch sprachen. Eine der Stimmen gehörte Flores, die andere Iron Hand. Flores erzählte dem Comanchen von Rafes Kampf mit Grazer in Nacogdoches, beschrieb, wie er die Schläge eingesteckt und weitergekämpft hatte. Flores' Worte liefen darauf hinaus, dass Iron Hand die *Puha* des Kreolen bekommen würde, wenn er ihn brechen konnte. *Der sadistische Bastard will zuschauen! Es ist ein Spiel für ihn!*

Als Rafe spürte, dass sie näher an ihn herangekommen waren, hob er den Kopf und starrte in Flores' Augen. Er nutzte das letzte bisschen Kraft und den wenigen Speichel, den er noch in seinem trockenen Mund hatte, und spuckte dem Comanchero mitten ins Gesicht. Flores wollte sich auf ihn stürzen, doch der Häuptling hielt seine erhobene Faust fest, verhinderte den üblen Schlag, der auf Rafes Unterleib gezielt gewesen war.

Iron Hand gab einen Befehl, und ein junger Krieger ging zum Feuer. Die Menge wurde überraschend still nach dem vorherigen chaotischen Singen und Schreien. Erwartungsvolle Stille senkte sich über jeden, als der Krieger mit einer primitiven Eisenzange zurückkehrte, die rot glühend erhitzt war. Er blieb stehen und wartete auf Iron Hands Befehl. Der Häuptling sprach mit Rafe in seinem gutturalen, jedoch leidlich verständlichen Spanisch. »Verstehst du mich? Die anderen Weißaugen behaupten, deine Medizin sei stark. Ich frage mich, *wie* stark.« Damit zog er sein Messer aus der Scheide und schnitt eine dünne, lange Linie in Rafes Brust, sodass Blut hervorquoll und in Rafes Brusthaaren versickerte. Als Rafe keinen Schmerzenslaut von sich gab und sich nicht rührte, sondern ihn nur gelassen anstarrte, brummte er anerkennend. »Ich glaube, du kannst viel vertragen«, stellte der Häuptling nachdenklich fest, als der junge Krieger mit der glühenden Zange näher trat.

Rafe blickte zu dem böse grinsenden Jungen und sah dann wieder Iron Hand an. »Ich weiß, dass du ihm befehlen wirst, damit meine Manneskraft auszureißen«, erwiderte er mit erzwungener Ruhe auf Spanisch. »Ich lache über dich. Du wirst niemals meine *Puha* haben!« Damit grinste er den Jungen böse an, der bei seinem bizarren Verhalten erbleichte. Dann begann Rafe zu lachen, so verächtlich, wie es ihm nur möglich war. Sollten sie denken, er sei wahnsinnig. Auch darin war Zauberei. Er heftete den Blick auf Iron Hand und sah ihm starr in die Augen.

Plötzlich, in einem jähen Stimmungsumschwung, entließ Iron Hand den Jungen mit einer herrischen Handbewegung. Er wandte sich Rafe zu und erklärte: »Deine Medizin ist heute Nacht stark. Vielleicht werden wir warten und sehen, ob das anhält.« Damit gab er einen Befehl, und zwei andere Krieger schnitten den Gefangenen zwischen den Pfosten los. Als sich die Anspannung seines gebrochenen Arms löste, verschoben sich wieder die Bruchstellen des Knochens. Zum Glück packte ihn einer der beiden Krieger gerade, als er ohnmächtig wurde.

Rafe erwachte durch den hellen Sonnenschein und die Schreie von Lattimer. *Die Frauen quälen ihn,* dachte er hilflos und versuchte, sich zu orientieren. Er lag auf einem primitiven Lager aus verlausten Fellen in einer der offenen Laubhütten. Seine Füße waren mit Rohhautstricken an Pflöcke gefesselt, die tief in den Erdboden getrieben worden waren, doch seine Arme waren frei. Der gebrochene Arm, in dem immer noch stetige Schmerzen pochten, war mit Weidenstöcken geschient und fest mit Rohhautstricken umwickelt. Es war immer noch peinigend schmerzhaft, ihn zu bewegen, doch er musste es versuchen. Trotz der hämmernden Schmerzen gehorchte ihm der Arm.

»Die Schwellung hat nachgelassen. Du bist ein starker Mann. Es war ein sauberer Bruch, und er ist gerichtet worden, damit er gut heilt«, hörte er eine Frau in klarem Spanisch sagen.

Rafe setzte sich langsam auf und spürte das scharfe Brennen der Messerwunde auf der Brust. Er beschattete seine Augen und lugte zu der schlanken Gestalt der Frau hoch, die vor ihm stand, bekleidet mit der gleichen fettigen gelben Wildlederkleidung, die er bei den anderen Frauen gesehen hatte. Sie war zierlich und klein, und ihr kurz geschnittenes Haar war leicht kraus.

»Du bist weiß«, entgegnete er auf Spanisch.

Sie zuckte die Schultern. »Ich bin Little Willow, die Frau von Iron Hand. Einst war ich Lucia Maria Gonzales y Garcia, aber das war vor langer Zeit. Ich wurde von Comancheros gefangen genommen, genau wie du.«

Seine Miene verdüsterte sich. »Derjenige, der mich verraten hat, ist er noch hier?«

»Nein. Er hat heute Morgen mit vielen Pferden das Lager verlassen. Die Waffen und Kugeln, die du bei dir hattest, waren Iron Hand viel wert.«

»Aber er wird zurückkehren«, murmelte Rafe.

»Er wird zurückkehren«, wiederholte sie verstehend.

In diesem Augenblick kam eine andere Frau um die Ecke der Hütte. Sie sprach scharf in ihrer Sprache mit Little Willow, die daraufhin davonhastete. Dann wandte die Nerm sich Rafe zu und betrachtete ihn langsam und unverschämt von oben bis unten. Sie war groß für eine Nerm und galt nach ihren Maßstäben mit ihren glatten, unbemalten und nicht tätowierten Zügen und den großen, spitz aufgerichteten Brüsten vermutlich als schön. Sie stank jedoch wie alle Comanchen, mit denen er in

Kontakt gekommen war. Joe hatte ihm erzählt, dass sie nur für religiöse Anlässe badeten. Und Indianer waren nicht sehr religiös.

Ihre stumme Musterung machte ihn nervös. Als sie mit einem schweren Stock nach ihm stieß und das kleine Fell zur Seite schob, mit dem sein Unterleib bedeckt war, wusste er, dass ihn sein Gefühl nicht trog. Sie inspizierte ihn, als wäre er ein Hengst! Oder ein Sklave, der versteigert wurde. Dieser Gedanke kam ihm in den Sinn, als sie kokett grinste und einige geschwärzte Zähne zeigte.

»Du bist stark – vielleicht zu mager, aber gut«, meinte sie in primitivem, jedoch verständlichem Spanisch.

Gut wofür?

Sie beugte sich vornüber und schnitt mit einem scharfen Messer die Stricke an seinen Füßen durch. Dann, als sich mehrere andere Frauen versammelten, um zuzuschauen, band sie einen langen Rohhautstrick an seinen gebrochenen Arm und an ihre Hüfte. Jedes Mal, wenn er trödelte, würde ein Ruck an dem Strick ihn auf die Füße bringen.

»Viel Arbeit. Komm.«

Rafe achtete sorgfältig darauf, bei ihrem Tempo mitzuhalten, als sie ihn zwang, ihr mit einem schweren eisernen Kochtopf zum Fluss zu folgen. Dann befahl sie ihm, den Topf mit Wasser zu füllen und hügelaufwärts zu ihrem Kochfeuer zu schleppen. An diesem Tag musste er schwere Aufgaben für sie erledigen und auf den leisesten Wink gehorchen, ohne Ruhepause und ohne etwas zu essen zu bekommnen. Als die Sonne hoch am Himmel stand, wusste er, dass sein Sonnenbrand schlimmer schmerzen würde als die Demütigung, splitternackt durch das Lager marschieren zu müssen. Joe hatte ihm erzählt, dass neue Gefangene so behandelt wurden, weil man versuchen wollte, ihren Willen zu brechen. Er ignorierte das Kichern und Starren der pubertierenden Mädchen, als sie die Male an seiner braunen Hüfte betrachteten. Die untere Hälfte seines Körpers war entschieden heller als die obere.

Binnen zwei Wochen war sein sonnenverbrannter Unterkörper dunkler geworden, und er zwang sich, unempfindlich gegen seine Nacktheit zu sein. Nach der zermürbenden harten Arbeit, dem Schleppen von Brennholz und großen Hautsäcken mit Nüssen und Wurzeln, die von den Frauen gesammelt worden waren, war er am Abend erschöpft. Nur in unregelmäßigen Intervallen erhielt er etwas zu essen. Anscheinend aßen die Stammesmitglieder nur, wenn sie Appetit hatten, zu keiner festgesetzten Zeit. Wenn sich seine Herrin hinsetzte, um zu essen, erlaubte sie ihm, es ihr nachzutun. Er war froh, nicht zu wissen, woraus der fettige, faulig riechende Brei in den Schalen hergestellt war.

Sand Owl, seine Herrin, war Iron Hands Hauptfrau, der ihr den einarmigen Sklaven geliehen hatte, bis sein Armbruch geheilt war. Rafe wusste nicht, was Iron Hand dann mit ihm vorhatte, aber er war überzeugt, dass es kaum schlimmer sein konnte als die Squaw-Arbeiten, die ihm Sand Owl gab. Bei der Arbeit mit einer Hand war er ungeschickt, und Sand Owl schlug ihn dann mit ihrem langen Stock. Beim ersten Mal beging er den Fehler zu versuchen, ihr den Stock abzunehmen. Drei Krieger tauchten wie aus dem Nichts mit *seinen* neuen Gewehren auf. Einer schlug ihn hinterrücks mit dem Gewehrkolben bewusstlos.

Sonderbarerweise schien sein Widerstand Sand Owl zu gefallen. Nach diesem Zwischenfall beobachtete sie jedes Mal, wenn sie ihn schlug, wie es in seinen schwarzen Augen wütend aufblitzte, und das schien für sie wie ein Aphrodisiakum zu sein.

Am Ende des Monats war sein Arm fast verheilt, und er konnte ihn beugen und seine Hand zur Faust ballen. Er übte jede Nacht, wenn alle schliefen. Sie banden ihn mit ausgebreiteten Armen und Beinen an Pfosten fest, damit er nicht flüchten konnte. Rafe dachte jedoch unaufhörlich an Flucht.

»Was ist mit dem anderen Gefangenen passiert?«, fragte er eines Abends Little Willow, als sie ihm Essen brachte. Es war spät, und nur wenige Stammesmitglieder hielten sich in der Nähe auf. Bald würden sie ihn an die Pfosten fesseln.

Sie sah ihn nicht an, als sie antwortete: »Sie taten eine böse Sache. Sie erdrosselten ihn nach nur einem Tag.«

Rafe, dem klar war, dass die Frauen Lattimer viele weitere Tage hätten quälen können, war erleichtert. »Es ist gut. So musste er nicht länger leiden«, erwiderte er.

»Aber sie denken, dass er lange gelitten hat. Ich ... ich weiß nicht.« Als sie seinen verwirrten Blick sah, gab sie eine Erklärung. »Das Volk glaubt, wenn ein Mann durch Erdrosselung stirbt, verfault seine Seele mit dem Körper. Sie ist gefangen.« Offenbar erinnerte sie sich an vieles von ihrem Leben als Weiße. Sie drückte sich auf Spanisch gewählt aus, offenbar war sie gebildet.

»Wie lange sind Sie hier, Lucia?«

»Zu lange, um jemals zurückzugehen. Ich habe einen Sohn«, fügte sie ruhig hinzu.

Er verstand. Sie konnte niemals ihr Kind verlassen, und ihre mexikanische Familie würde sie nie akzeptieren, selbst dann nicht, wenn sie befreit werden würde.

Sie wechselte das Thema. »Sand Owl will mit dir schlafen. Der Medizinmann sagt, sie ist unfruchtbar, doch sie glaubt ihm nicht. Sie gibt Iron Hand die Schuld und nimmt an, wenn du ihr ein Kind machen kannst, wird der Häuptling es als seins akzeptieren.«

Rafe erbleichte, war jedoch nicht wirklich überrascht über Sand Owls Wollust und ihre Verschlagenheit. »Du hast doch einen Sohn von Iron Hand. Warum bist du nicht seine Hauptfrau?«

Sie senkte den Kopf. »Ich wurde von vielen Kriegern vergewaltigt, als ich gefangen genommen wurde. Iron Hand heiratete mich, als ich ein Kind bekam, weil das ein Beweis meiner Fruchtbarkeit war. Das Volk hat nur wenige Kinder, und noch weniger überleben die Kindheit. Die meisten Frauen haben viele Fehlgeburten.«

»Er hat also keine Kinder, und sie hält das für eine Möglichkeit, um ihre Position zu sichern und ihm eins zu schenken. Warum will sie dann einen weißen Sklaven benutzen? Warum keinen Krieger?« *Ich muss einen Ausweg aus diesem tödlichen Durcheinander finden!*

Sie schüttelte ungeduldig den Kopf. »Eine Frau kann getötet werden oder die Nase abgeschnitten bekommen, wenn sie ihrem Mann untreu ist. Kein Krieger würde seinen Häuptling auf diese Weise verraten.«

»Sie denkt also, sie kann ihn durch ein Kind von mir täuschen. Ich nehme an, es hätte mit Sicherheit schwarzes Haar.« Rafe wurde es fast schlecht vor Abscheu. »Was geschieht, wenn ich mich weigere? Vergewaltigung im umgekehrten Fall ist ziemlich schwierig.«

»Sie wird behaupten, du hast flüchten wollen, und wird dich von ihren Schwestern töten lassen«, erwiderte Little Willow.

Er atmete tief und pfeifend aus. Sein Leben bei den Nerm erinnerte ihn unbehaglich an das eines Feldsklaven auf einer Plantage in Louisiana. Er hatte Gerüchte über die Aufseher und sogar über die Gelüste einer ihrer Frauen gehört. Oftmals hatte er sich gefragt, ob sie wohl der Wahrheit entsprachen.

In den vergangen fünf Wochen hatte Sand Owl ihn nur lüstern betrachtet und ihn zum Fluss mitgenommen, wo sie sich gelegentlich entkleidet und ihr Kleid ausgespült hatte. An der Art, wie sie sich herausgeputzt und ihre Brüste vorgereckt hatte, hatte er erkannt, dass sie ihn sexuell locken wollte.

Bei dem Gedanken an ihren Gestank wusste er, dass er lieber bis in alle Ewigkeit enthaltsam leben würde, als mit ihr das Lager zu teilen. Doch dann blickte er an seinem eigenen verschwitzten, schmutzigen Körper und dem schulterlangen, verfilzten Haar und ungepflegten Bart hinab und wusste, dass er nicht viel besser riechen musste.

Als Sand Owl an diesem Abend kam, um ihn zu fesseln, beobachtete sie ihn genau. Ihre Blicke verursachten ihm eine Gänsehaut. Wenn nur Iron Hand bemerken würde, dass sein Arm geheilt war! Er überlegte, wie er den Häuptling auf diese Tatsache aufmerksam machen und somit Sand Owl entkommen konnte. Am nächsten Tag bat er Little Willow, die Schiene am Arm zu entfernen.

»Nein, das kann ich nicht«, erklärte sie. »Diese Entscheidung muss der Medizinmann treffen.«

Er wusste, dass sie Angst hatte und er sie nicht mehr bedrängen konnte. An diesem Nachmittag, als er einen Korb mit Beeren zum Lager trug, entdeckte er einige aus dem Boden ragende Schieferzacken. Er täuschte ein Ausrutschen vor und ließ den Korb fallen. Sand Owl fuhr ärgerlich herum und schlug ihn ein paarmal hart mit ihrem Stock. Sein Körper war mit Beulen und Schrammen von ihren Schlägen bedeckt, doch er war daran gewöhnt. Beim Aufsammeln der verstreuten Beeren gelang es ihm, ein scharfes Stück Schiefer in dem Korb zu verbergen. Später, als sie zum Essen anhielten, drehte er sich vorsichtig und scheuerte die Stricke der Schiene an dem scharfen Schieferstück, bis sie nachgaben. Dann ließ er sie zwischen die Beeren in den Korb fallen. Niemand bemerkte etwas, bis sie zurück im Lager waren. Sand Owl war wütend und begann, ihn zu schlagen. Rafe sah keine Männer in der Nähe, wollte jedoch jetzt die Aufmerksamkeit von Kriegern erregen, und so sprang er auf Sand Owl zu, packte ihren Stock und riss sie zu Boden. Er trat auf ihr Kleid, nagelte sie an den Erdboden und benutzte den Stock, um ihr das Messer, das sie zog, aus der Hand zu schlagen.

Mehrere Krieger rannten herbei. Ihnen war sofort klar, dass Broken Arm – diesen Namen hatte man ihm gegeben – seinen verletzten Arm wieder benutzen konnte. So fand Iron Hand Rafe, der über der um sich schlagenden, zornigen Sand Owl stand, ihren langen Stock schwang und Angreifer von allen Seiten abwehrte.

Lag in dem zerfurchten, unbewegten Gesicht des Comanchenhäuptlings ein Lächeln? Rafe war sich nicht sicher, aber er wusste, dass sein Schicksal nicht mehr in Sand Owls Händen lag, sondern in denen ihres Mannes.

»Wenn du einen des Volks tötest, stirbst du«, erklärte Iron Hand.

»Wenn ich deiner Frau dies gebe, werde ich ohnehin sterben«, entgegnete Rafe. Jetzt war er sicher, dass Iron Hand lächelte.

»Dein Arm ist geheilt. Du kannst jetzt mit der Frauenarbeit aufhören. Der Büffel ist gesichtet worden. Oder möchtest du lieber Brennholz sammeln?« Es war die verächtlichste Frage, die ein männlicher Nerm einem anderen Mann stellen konnte.

Rafe trat vorsichtig um Sand Owl herum und nagelte ihr Kleid mit dem Stock an den Boden, bis er vor Iron Hand stand. Er wies auf den langen Strick, der ihn mit der Frau verband. Iron Hand befahl einem der Krieger, ihn durchzuscheiden. Rafe folgte dem Häuptling, ohne zurückzublicken, doch er wusste, dass er sich eine gefährliche Feindin gemacht hatte.

Am nächsten Morgen verließen sie das Lager auf der Suche nach Büffeln. Gegen Mittag hatte der Jagdtrupp die große Herde gefunden, eine bräunliche Masse, die vor dem Horizont wogte, so weit das Auge reichte. Rafe war erstaunt über ihre Anzahl. Die Bisons bedeckten das hohe Gras. Er beobachtete, wie die anderen Sklaven absaßen, und folgte ihrem Beispiel. Die meisten der Sklaven waren Caddoes oder Shawnee mit ein wenig mexikanischen Sprachkenntnissen. Er war der einzige Amerikaner. Der Großteil der Gefangenen war kastriert worden – sie waren fügsame, geschlagene Kreaturen, die sofort sprangen, wenn ihr Herr es wünschte.

Die Comanchen waren die kleinsten aller indianischen Reitervölker. Als Rafe bei der Jagd zuschaute, erkannte er jedoch, warum die Nerm die Herren der Prärie genannt wurden. Ein Nerm-Krieger ritt sein Pony in halsbrecherischem Tempo und konnte dabei einen Jagdpfeil auf einen großen Büffelbullen abschießen, genau hinter die kurzen Rippen. Als Sättel dienten nur Decken und Stricke, an denen Steigbügel befestigt waren. Die Reiter klebten scheinbar in gefährlicher Haltung an ihren galoppierenden Ponys, während sie Pfeile abschossen. Es erschien Rafe, der den anderen Sklaven folgte, um die erlegten Büffel auszuweiden und zu zerlegen, wie artistische Zauberei.

Im Laufe des Tages holten Frauen und Kinder die Männer ein, begierig darauf, ihren Anteil an den Delikatessen der Jagd zu bekommen. Nachdem eine große Büffelkuh getötet worden war, glitt ein Krieger von seinem Pony, während die Sklaven die Büffelkuh zu schlachten begannen. Er griff in den aufgeschnittenen Bauch, riss die warme Leber heraus, beschmierte sie mit den salzigen Säften der Gallenblase und verschlang sie heiß aus der Bauchhöhle. Als Frauen und Kinder eintrafen, wurden die Lieblingssöhne und -frauen mit Köstlichkeiten wie warmem Blut, Gehirn und süßem Knochenmark bewirtet. Als ein Krieger einen langen Streifen Darm nahm und den schleimigen grünen Inhalt aussaugte und das vorverdaute Abendessen des Bisons verschlang, musste sich Rafael abwenden, um sich nicht zu übergeben. An diesem Abend ging er mit leerem Magen schlafen.

Der Winter kam bitterkalt mit viel Schnee, was für die geschützten Schluchten in Mitteltexas unüblich war. Als die Jagdzeit zu Ende war, war Rafe von der Sonne dunkel gebräunt, und seine Muskeln waren gestählt. Er konnte neben einem Pferd herlaufen, bis es erschöpft stehen blieb, tagelang auskommen, ohne zu essen oder zu trinken, und Hitze oder Kälte mit der unempfindlichen Gelassenheit eines Comanchen ertragen.

Sein Hass hielt ihn am Leben. Zwei Mal im Laufe des Winters kam Enrique Flores mit einer anderen Gruppe Comancheros, doch Rafael hatte keine Gelegenheit, in seine Nähe zu gelangen. Er wartete.

Sein Leben hatte sich leicht verbessert, seit er kein Sklave der Frauen mehr war. Jetzt trug er dicke Büffelfelle und schlief in Iron Hands Haupt-Tipi. Aus irgendeinem perversen Grund hatte Iron Hand eine Zuneigung zu Broken Arm gefasst, der jetzt in Tall Stealer umbenannt worden war, wegen seiner Größe und der Tatsache, dass er Sand Owl den Stock weggenommen hatte. Die Männer fanden es höchst amüsant, doch Rafe ging Sand Owl und ihren Stammesschwestern so gut wie möglich aus dem Weg.

Der Winter war eine Zeit der Ruhe und relativen Sorglosigkeit. Nach einer guten Ausbeute bei der Herbstjagd hatte der Stamm viel Trockenfleisch. Als die Schneefälle begannen, blieb er in warmen Tipis aus Bisonhäuten in einem geschützten Canyon weit im Süden und mied die Winterwinde. Die Männer aßen, schliefen und arbeiteten an ihren heiligen Kriegsschilden und anderen Kriegsutensilien. Die Frauen erledigten all die harten Arbeiten im Lager. Iron Hand erlaubte nicht, dass Sand Owl und ihre Stammesschwestern Rafe zum Brennholzsammeln mitnahmen, obwohl die meisten der anderen Gefangenen dazu eingeteilt wurden.

Er weiß, dass sie versuchen würde, mich zu töten, aber warum macht ihm das etwas aus? Rafe konnte die geheimnisvolle Denkweise der Nerm immer noch nicht ergründen. Nachdem er sechs Monate unter ihnen gelebt hatte, verstand er genügend von ihrer Sprache, um sich leicht mit ihnen zu verständigen. Sein Magen rebellierte längst nicht mehr gegen rohe Bison-Innereien. Der Hunger war stärker als der empfindlichste Gaumen. Iron Hand beobachtete, wie er lernte und sich anpasste, und Rafe wusste, dass das Interesse des Häuptlings schließlich über seine Freiheit oder seinen Tod entscheiden würde.

Eine Fähigkeit, die er bereits gehabt hatte, verschaffte ihm einen Vorteil gegenüber den anderen Gefangenen – sein Umgang mit Pferden. Dutzend Generationen iberischer Reiter waren seine Flamenco-Ahnen. Selbst unter seinen kreolischen Pferderenn-Gefährten, nun wirklich keine schlechten Reiter, war er ein außergewöhnlich guter Reiter. Die Nermernuh waren die Zureiter der Prärien. Sie fingen Wildpferde, ritten die Mustangs zu und verkauften sie an andere Stämme wie auch an die abtrünnigen Weißen wie Flores' Comancheros. Pferde waren das Kapital der Comanchen. Und die großen Kriegshäuptlinge wie Iron Hand waren reich. Er besaß fast dreihundert Pferde und war stets begierig darauf, seine Herde zu vergrößern.

Rafe beobachtete, wie die Krieger die harten, drahtigen kleinen Ponys zuritten und dressierten. Er bewunderte das Können der Zureiter und staunte über ihre Geduld. Obwohl ein Nerm seine Gefangenen folterte und seine Frauen schlug, misshandelte er niemals sein Pferd, es sei denn, er war in einer Lage, bei der es für ihn um Leben und Tod ging. Tall Stealer half oftmals Kriegern, die frisch gefangene Mustangs zuritten, hielt die wilden Tiere und half, sie zu beruhigen. Sein geschickter und einfühlsamer Umgang mit den Tieren wurde des Öfteren bemerkt und trug schließlich dazu bei, dass sein Ansehen trotz seines niedrigen Standes stieg.

Big Wing, ein anderer Kriegshäuptling und Iron Hands Freund, ritt einen Schimmel zu. Das an sich war bedeutsam, denn weiße Pferde waren die seltensten und wertvollsten aller Mustangs. Dieses Tier war besonders groß und stark – und wild.

Der Häuptling wurde wiederholt abgeworfen und erhob sich stur von der harten Erde, um es von neuem zu versuchen. Eine Menge von Zuschauern, einschließlich vieler Frauen und Sklaven, hatte sich versammelt, um ihn anzufeuern. Rafe hielt den Kopf des Schimmels, während sich der krummbeinige, stämmige Häuptling von neuem auf den Pferderücken schwang. Der Schimmel besaß eine für Menschen gefährliche Gerissenheit. Er suchte nach Felsen und Bäumen, um daran die unwillkommene Last auf seinem Rücken abzustreifen. Schließlich gelang es ihm. Big Wing wurde gegen scharfe Schieferzacken geschlagen, die aus dem Boden ragten, und zwischen der zerklüfteten Felswand des Canyons und dem mächtigen Körper des Schimmels eingeklemmt und fast zerquetscht. Er fiel dann zu Boden, blutig und mit vielen Knochenbrüchen. Der weiße Hengst trampelte ihn tot, bevor ihm irgendeiner der Krieger helfen konnte.

Rafe war als Erster bei dem Schimmel. Er wusste, dass Big Wing tot war, und es war ihm klar, dass die Freunde des Häuptlings den Hengst töten würden. Er ergriff die hin und her fliegenden Zügel und zog das Pferd von der Leiche fort. Ein Plan formte sich in seinem Kopf. Ungeachtet der Gefahr krallte er eine Faust in die Mähne des Schimmels und sprang auf dessen Rücken. Verzweifelt tastete er mit den Füßen, um die Rohhaut-Steigbügel zu finden, während er mit aller Kraft an den Zügeln zog, um den Schimmel unter Kontrolle zu bekommen. Er rechnete damit, dass ein Kugelhagel der Comanchen den bösartigen Mustang töten würde, doch er konzentrierte sich nur darauf, sich auf dessen Rücken zu halten.

Sein Vater und die meisten seiner Freunde hatten über die Art, wie er mit Pferden sprach, nur gelacht, doch Rafe wusste, dass er das besaß, was eine alte Zigeunerin »die Stimme der Ruhe« genannt hatte. Er schaffte es, dass die Pferde auf seine tiefen, sanften Kommandos reagierten. Jetzt kombinierte er diese Gabe mit purer Körperkraft und angeborener Reitkunst.

Er ahnte die Bewegungen des Pferdes voraus und hielt es von Felsen und Baumgruppen fern. Der Schimmel drehte sich und bockte, kreiselte herum und galoppierte, aber er konnte den Kreolen einfach nicht abschütteln, dessen lange Beine und Arme ihm einen Vorteil verschafften, während er sich hartnäckig auf dem Pferderücken hielt.

Er gab einen stetigen Strom französischer Worte von sich, fluchte und betete abwechselnd, als er das Pferd in den Canyon laufen ließ – eine Sackgasse –, fort von dem Lärm und der Ablenkung der Menge.

Allmählich wurde der weiße Hengst langsamer, erschöpft, aber nicht besiegt. Er war wild und gefährlich und hätte unbedingt kastriert werden sollen. Big Wing war jedoch von seiner Größe und der Magie seines weißen Fells so begeistert gewesen, dass er sich gegen diese vernünftige Vorsichtsmaßnahme entschieden hatte.

Schließlich unterwarf sich der Hengst Rafe, und dieser zwang ihn zurück zu den wartenden Zuschauern. Niemand hatte ihn verfolgt, denn sie wussten, dass er in diesem Canyon, der an seinem Ende durch Felsen begrenzt war, nicht entkommen konnte. Vielleicht hatten sie erwartet, dass das Pferd ihn töten würde wie den Häuptling.

Kurz darauf ritten Iron Hand und einige Krieger heran und betrachteten Rafe mit einem Ausdruck, der an Staunen grenzte und den er noch nie auf den normalerweise unbewegten Gesichtern der Nerm gesehen hatte. Gut. Dies konnte einen Wechsel seines Status bedeuten, doch launisch und unberechenbar, wie sie waren, konnten die Krieger ihn ebenso schnell töten wie belohnen. Er hielt den keuchenden, schnaubenden weißen Hengst unter eiserner Kontrolle und wartete darauf, dass Iron Hand sprach.

»Du hast ein Killerpferd gezähmt«, sagte er und betrachtete die Art, wie Rafe auf dem Pferd saß.

»Nur, bis er wieder zu Atem kommt. Er wird sich nie zähmen lassen«, erwiderte Rafe schlicht.

»Warum hast du es getan?«

»Ich bin die Sklavenarbeit leid.«

Der Häuptling lachte. »Dennoch bist du immer noch mein Sklave, und ich lasse dich nicht frei. Du würdest nicht bei uns bleiben, wenn du uns verlassen könntest.«

»Nein«, antwortete Rafe wahrheitsgemäß, »das würde ich nicht.« Es wäre nicht gut zu lügen. Iron Hand war nicht dumm. Rafe war zu alt, um sich die Lebensweise der Comanchen zu Eigen zu machen und ein Mitglied des Volkes zu werden, obwohl dies viele weiße Jugendliche im Laufe der Jahre getan hatten.

»Dennoch hast du Big Wings Killer besiegt. Dein Geschick mit Pferden ist groß. Vielleicht werde ich dir eine weitere Chance geben, dir den Arm zu brechen.« Iron Hand lachte, und die Krieger, die bei ihm standen, fielen ein. »Du wirst meine wilden Ponys zähmen.«

Als im südlichen Mitteltexas das Frühjahr kam, ritt Rafe feurige, schnelle Mustangs zu und lebte bevorzugt unter den Sklaven des Stammes. Er besaß größere Privilegien, und man zollte ihm mehr Respekt als den anderen männlichen Gefangenen wegen seines bemerkenswerten Talents im Umgang mit Pferden, doch er war immer noch Iron Hands Sklave und Sand Owls Feind.

Normalerweise wurden den unkastrierten männlichen Sklaven keine Privilegien mit den Frauen der Comanchen zugestanden. Aber Iron Hand erwies Rafe die Ehre, ihn unter den weiblichen Sklaven auswählen zu lassen. Die meisten davon waren Apachen, Shawnees und Tonkawas mit der oberflächlichen Kenntnis junger mexikanischer Mädchen. Nach fast einem Jahr des Zölibats war Rafe fast versucht, doch sie waren allesamt schlimm misshandelt worden, und alles in ihm sträubte sich bei dem Gedanken, ein verängstigtes, heranwachsendes Mädchen zum Sex zu zwingen. Einige waren älter und inzwischen weniger ängstlich, doch ihre stoische Art war wenig stimulierend für ihn.

Um die Wahrheit zu sagen, die einzige Frau im Lager, die ihm gefiel, war Little Willow, Iron Hands attraktive junge Frau, aber er war nicht so dumm, diesen gefährlichen Gedanken weiterzuverfolgen. Während des Winters war ihr Sohn an Fieber gestorben. Iron Hand hatte jetzt keine Kinder, und seine Beziehung zu Little Willow war von Besorgnis und Zurückhaltung geprägt.

Als Rafe keine der Sklavinnen anrührte, begann Sand Owl Gerüchte zu verbreiten, dass er impotent sei und die von ihrem Mann angedrohte Folter nicht gefürchtet habe, weil er nichts zu verlieren habe. Rafe ignorierte sie und widmete sich denselben Aufgaben, auf die er sich seit dem vergangenen Herbst konzentriert hatte – alles über die Sprache des Stammes und seinen Standort zu lernen. Wenn er entkommen wollte, musste er sich orientieren können.

Bald würde die Zeit des Comanche-Monds sein, der erste Vollmond des Frühlings, wenn das Gras gut war für die Pferde und der helle Mondschein es den Kriegern erlaubte, schnell und heimlich umherzuziehen. Sklaven wurden auf solche Raubzüge niemals mitgenommen. Viele der tauglichen Männer des Stammes würden mitreiten, und es würde weniger Wachen und mehr Chancen zur Flucht geben. Rafe lauschte und plante.

Er betete auch, dass Flores ein letztes Mal zurückkehren würde, bevor er seinen Fluchtversuch unternahm. Jetzt, da er einen quasi freien Status erreicht hatte, würde er mehr Chancen haben, den Comanchero zu töten, als jemals zuvor. Aber Flores schien mit den Schneefällen des Winters verschwunden zu sein.

Als Rafe zufällig mit angehört hatte, dass Iron Hand und seine Krieger über einen großen Raubzug gegen die Mescaleros sprachen, hatte er sich heimlich ein Versteck mit Trockenfleisch und einem Wasserschlauch angelegt. Er grübelte noch, wie er an eines der Gewehre herankommen konnte. Vielleicht würde er einfach nehmen müssen, was er bei der Leiche des Wächters fand, den er vor der Flucht töten musste.

»Tief in Gedanken, Horse Tamer?« Little Willow kam zu ihm, als er am Kochfeuer auf Iron Hands Lagerplatz saß. Die vier Tipis des Häuptlings waren dicht beieinander, verbunden mit einem Rohhautstrick vom Hauptzelt aus, wo der Häuptling schlief, bis zu jedem Tipi seiner Frauen. Er rief seine bevorzugte Frau zu sich, indem er an dem Strick zu ihrem Tipi zog. Rafe wusste, dass Sand Owls Position als Hauptfrau untergraben war, weil sie als einzige der drei Frauen nie ein Kind geboren hatte. Spotted Deer und Little Willow hatten geboren, obwohl die Kinder nicht von ihrem Ehemann waren. In jüngster Zeit hatte Iron Hand das schlanke mexikanische Mädchen der untersetzten Comanchin Spotted Deer vorgezogen und in den meisten Nächten mit Lucia geschlafen. Rafe konnte die dunklen Ringe unter ihren Augen sehen, und sie tat ihm Leid.

Er lächelte. »Nennt jeder mich jetzt ›Horse Tamer‹?«

»Seit du dem weißen Pferd den Teufel ausgetrieben hast, ja. Es ist ein viel kühnerer Name als Tall Stealer.« Sie erwiderte sein Lächeln. »Ich habe dich schon einmal gewarnt. Hör jetzt auf mich.« Little Willow schaute sich um, vergewisserte sich, dass sie nicht belauscht werden konnten. »Ich weiß, dass du planst zu flüchten, wenn der Kriegstrupp wegreitet.«

Rafe wollte leugnen, weil er befürchtete, sie in sein gefährliches Vorhaben hineinzuziehen, doch etwas in ihren Augen, ein wilder, verzweifelter Schmerz, ließ ihn innehalten.

Sie fuhr fort: »Du kannst Proviant und Wasser nehmen,

Pferde stehlen und schnell reiten, aber wohin wirst du fliehen? In welche Richtung?«

Er zuckte die Schultern. »Ich weiß es nicht, doch ich muss es versuchen.«

»Ich werde dir helfen. Wir kennen einen Weg zu einer kleinen Siedlung südöstlich von hier. Wir haben sie bei meinen Reisen mit den Comanchen oftmals passiert. Ich kann dir eine Karte zeichnen.«

Rafe blickte sie genauer an. Sie war blass und abgespannt. Lucia ging ein verzweifeltes Risiko für einen völlig Fremden ein, der jedoch nicht wirklich ein Fremder war, wie ihm klar wurde. Seit ihrer ersten Begegnung existierte ein sonderbares, unerklärliches Band zwischen ihnen.

»Komm mit mir, Lucia. Du hast jetzt keinen Grund mehr, hier zu bleiben. Du könntest neu anfangen.«

Sie sah ihn gequält an. »Jeder würde wissen, dass ich acht Jahre lang bei den Comanchen gelebt habe. Ich war eine Comanchen-Frau. Meine Familie hält mich für tot, und es ist besser so.«

»Wenn du mit mir kämst, könnte ich dich nach Osten schicken oder nach Mexiko, ganz gleich, wo du neu anfangen willst, Lucia. Du könntest deiner Vergangenheit entkommen. Niemand würde dich kennen.« Was er nicht anbot, lastete so schwer zwischen ihnen wie das, was er vorhatte, und sie beide wussten es.

»Ich ... ich werde darüber nachdenken, Rafe.« Zum ersten Mal benutzte sie seinen Vornamen.

Zwei Tage lang wartete Rafe und fragte sich, wie sich Lucia entscheiden würde. Als er sie in der zweiten Nacht allein beim Feuer fand, wusste er, dass er sie fragen musste. »Die Krieger verlassen morgen Nacht das Lager. Ich ebenfalls. Es wird einen Kriegstanz geben, und alle im Lager, die zurückbleiben, werden erschöpft schlafen. Es ist gefährlich, Lucia, aber es ist unsere einzige Chance.«

Sie nickte. »Ich werde bereit sein.«

Die Feuer waren heruntergebrannt, und die Stille war unheimlich nach dem Lärm der Kriegsgesänge und dem Schreien der Frauen. Der Hufschlag der vielen Ponys war verklungen; der Kriegstrupp war fortgeritten, als der Mond seinen höchsten Stand erreicht hatte.

Als sie sicher war, dass Sand Owl und Spotted Deer schliefen, schnitt die Mexicana Rafe los. Wortlos schlich sie los, um den Proviant und die gefüllten Wasserschläuche aus ihrem Versteck zu holen, während er Pferde besorgte.

In der Dunkelheit kroch Rafe bis an den Pferch, in dem Iron Hands Ponys gehalten wurden. Er hatte zwei der neuen scheckigen Ponys zugeritten und dressiert, die der Häuptling zurückgelassen hatte. Jeder hielt sie für noch zu wild, um sie bei einem Beutezug zu reiten, doch Rafe wusste es besser. Sie würden Lucia und ihn weit tragen.

Die Posten waren in der Weite der Comancheria sorglos. Alle Sklaven waren festgebunden, und wer würde es wagen, die Herren der Prärie zu überfallen? Rafe fand einen alten Krieger, Single Antler, der bei Iron Hands Pferde-Korral schlief. Wie alle im Lager gebliebenen Nermernuh war er erschöpft vom Kriegstanz und schlief tief und fest. Neben ihm lag ein Krug Mescal. *Zweifellos ein »Geschenk« von Flores,* dachte Rafe mit aufwallendem Hass. Single Antler hatte ein gutes Jagdmesser an seinem Gürtel, und eine von Rafes Kentucky Long Rifles lag neben ihm. Sie würden die Waffen brauchen. Er hob einen schweren Stein an und holte damit aus.

Ein zischender Stöhnlaut war das einzige Geräusch in der Stille, als er Single Antler tötete. Die Pferde bewegten sich unruhig im Korral, doch weil er vertraut roch, wieherte keines. Er legte den beiden Ponys, die er ausgesondert hatte, Kandaren an und führte sie leise aus dem Korral zum Rand eines Weidendickichts, wo er sich mit Lucia treffen wollte.

Er band die Zügel der Pferde an einen tiefen, herabhängenden Zweig und spähte durch die Schatten angestrengt in die Dunkelheit. Sie waren nicht außer Hörweite aller Schläfer, und so rief er nicht nach Lucia, sondern beobachtete nur und wartete. Irgendetwas stimmte da nicht.

Rafe stockte der Atem, als er ein gezischtes Flüstern und dann ein schmerzerfülltes Aufstöhnen hörte. Lucia wurde auf die kleine Lichtung gestoßen und brach zu seinen Füßen zusammen. Er starrte auf Sand Owls hassverzerrtes Gesicht, als sie aus den Schatten hervortrat, flankiert von zwei Kriegern.

»Ich weiß, dass sie Iron Hand mit diesem Sklaven betrogen hat! Jetzt habe ich ihre gemeinsame Flucht vereitelt, und mein Mann wird auf mich hören. Little Willow wird getötet werden, und dem da ...«, sie glitt zu Rafe und strich mit der Hand über seine Brust hinab, »... wird mit glühenden Zangen und Messern die Manneswurzel herausgerissen werden!«

Sie konnte nicht widerstehen, die hämische Drohung Rafe ins Gesicht zu zischen, und das war ihr Verderben. Lucia, die noch vor ihr lag, griff hinauf und packte Sand Owls Kleid, und ihr Hass verlieh der kleineren Frau Kraft. Sie riss ihre Peinigerin herunter, und sie wälzten sich, ineinander verkrallt, auf dem Boden, als Rafe an ihnen vorbei auf den älteren der überraschten Krieger zuschnellte.

Er prallte gegen den Mann und hatte ihm sein Messer in die Kehle gestoßen, als sie zu Boden stürzten. Der andere Krieger, ein unerfahrener Junge, warf sich herum, um einen Warnschrei auszustoßen, doch bevor er ein paar Schritte durch das Weidendickicht gerannt war, brachte Rafe ihn mit seinem Messer zum Verstummen.

Binnen Sekunden war er wieder auf der Lichtung, wo Lucia über Sand Owl stand. Die kleine Frau hatte sich schließlich für die Jahre der Schläge und Demütigungen gerächt. Sie hatte die Comanchin mit deren Messer getötet. Aber zu welchem Preis!

Ihre Hände und der Oberkörper waren mit Schnitt- und Schürfwunden bedeckt, und eine Messerwunde in ihrer Schulter blutete stark.

Rafe hob sie auf die Arme und setzte sie auf eines der Pferde. »Kannst du dich an der Mähne festhalten?« Als sie zustimmend nickte, sagte er: »Reite runter zum Fluss. Ich werde dich einholen.«

Er rannte in Richtung Lager. Wegen des Alkoholkonsums und der erschöpfenden Hektik des Kriegstanzes hatten die im Lager verbliebenen Comanchen von den jüngsten Ereignissen nichts mitbekommen, doch Rafe wusste, dass es eine schnelle und gnadenlose Verfolgungsjagd geben würde, wenn auch nur einer Alarm schlug. Er musste sie ablenken und mit etwas Dringenderem beschäftigen.

Er rannte zu dem Lagerfeuer vor Iron Hands Tipi, nahm ein trockenes Stück Stoff, band es an Sand Owls Stock und tauchte ihn in Fett aus einer Schale neben Lucias Kochutensilien. Dann schürte er die Glut im Lagerfeuer und zündete schnell die provisorische Fackel an.

Auf dem Weg zu den Korrals legte er sieben Feuer. Viele Mitglieder des Volkes hatten bereits ihre schweren Tipis aus Häuten abgebaut und schliefen in Laubhütten. Der Frühling war bis jetzt trocken gewesen, und die Äste und das Gestrüpp fingen leicht Feuer. Er versetzte die Pferde in Panik, indem er das trockene Gras in Brand steckte und die flackernde Fackel vor den erschreckten Tieren schwenkte. Chaos entstand, als sie in alle Richtungen durchgingen und dabei Schläfer und Laubhütten niedertrampelten. Hunde kläfften wild, während Krieger durch die lodernden Flammen taumelten und nach angreifenden Apachen oder Rangers suchten. Frauen und Kinder schrien durcheinander und flüchteten.

Rafe hatte es fast aus dem Inferno und zurück zu seinem wartenden Pferd geschafft, als ein Schuss peitschte und eine Kugel über seinen Kopf pfiff. Dann fand ein zischender Pfeil sein Ziel. Er verspürte den Einschlag in seine Seite, krallte sich jedoch an der Mähne des Ponys fest, schwang sich hinauf und floh aus dem Lager.

Er ritt westwärts und schlug dann, als er sicher war, dass er nicht verfolgt wurde, einen Bogen nach Südosten. Lucia wartete an der Gabelung des Flusses. Wortlos ritt sie voran am südöstlichen Arm des Flusses entlang. *Wenn sie sich auf dem Pferd halten kann, dann schaffe ich das auch, verdammt!*, dachte Rafe und biss die Zähne zusammen.

Kapitel 21

Deborah stand auf der Veranda der Pension und beobachtete, wie ihr Sohn mit langen Beinen über den Hof rannte. Wenn man bedachte, wie groß gewachsen seine Eltern waren, war es kaum überraschend, dass Adam für sein Alter groß war. »Kaum zu glauben, dass er in diesem Herbst sechs Jahre alt werden wird«, sagte sie gedankenverloren zu Obedience.

»Er ist ein prächtiger Junge. Könnte jedoch einen Vater gebrauchen. Hast du über Whalen Simpsons Antrag nachgedacht? Er mag den Jungen.«

Deborahs Miene verdüsterte sich, und sie ballte die Hände zu Fäusten. »Nein, ich ermuntere Mr. Simpson nicht. Ich weiß, dass er Adam mag und mich heiraten will, doch ich kann nicht seine Frau werden, Obedience. Ich bin immer noch verheiratet – wenigstens soweit ich weiß. Wenn Rafael die Ehe hat annullieren lassen, ist das seine Sache. Ich werde niemals mehr nach der Pfeife eines Mannes tanzen.«

Obedience schnaubte eine wüste angelsächsische Verwünschung. »Wir reden nicht von Pfeifen, und das weißt du! Es gibt größere Dinge zu bedenken.« Sie beobachtete, wie Röte über Deborahs Gesicht kroch, und fuhr unnachgiebig fort: »Du bist seit sechs Jahren ohne Mann gewesen. Du bist jung, und all deine Säfte fließen. Du solltest deinem Jungen Brüder und Schwestern schenken, damit er Spielgefährten hat, und du solltest bei der Zeugung deinen Spaß haben.«

»Nun, sagen wir, dass Whalen dazu neigt, meine Säfte auszutrocknen, und belassen es dabei«, entgegnete Deborah gereizt.

»Ja. Er, Mike Barberton, Malachi Foster und wie viele andere im Laufe der letzten Jahre? Es liegt einfach nicht in der Natur, dass ein Mädchen wie du allein lebt. Ich weiß, dass du keine dieser frigiden Blaublütigen bist, die keinen Spaß am Sex haben.«

Deborah wandte sich ihrer Freundin zu. »Obedience, warum gräbst du das gerade jetzt aus? Wir haben das Thema vor fünf Jahren immer wieder durchgekaut. Könnte es etwas mit deinem neuen Bewunderer, Mr. Oakley, zu tun haben?«

Zum ersten Mal in all den Jahren, die sie Obedience Jones kannte, sah Deborah ihre Freundin verlegen und nervös wie ein Schulmädchen. »Nun, Wash und ich, wir haben in Erwägung gezogen zu heiraten.« Sie sah Deborah an, und ihre großen braunen Augen blickten schuldbewusst.

»Aber Obedience, das ist ja wunderbar!«, rief Deborah und umarmte ihre Freundin. »Warum solltest du nicht glücklich sein? Wash Oakley ist ein feiner Mensch ... und ich bin sicher, er ist sogar Manns genug für eine wie dich!«

Dennoch war Obedience nicht besänftigt. Sie legte einen Arm um Deborahs Schultern und führte sie die Hintertreppe hinab. Die beiden Frauen gingen langsam über das schattige Plätzchen zwischen einer Baumgruppe. »Wir müssen miteinander plaudern, und es ist immer jemand im Haus, der mithört.«

Deborah lächelte. »Ich weiß. Mit zwanzig Pensionsgästen ist das Haus voll.«

»Ja, das ist ein Teil des Problems.«

»Aber es wird Platz für Wash sein, um Himmels willen! Deshalb brauchst du dir doch keine Sorgen zu machen.« Deborah sah sie ungläubig an.

Obedience schüttelte den Kopf. »Nein, es hat nichts damit zu tun. Es gibt Platz genug – meine Sorge hat mit einem leer stehenden Haus zu tun. Weißt du, Schätzchen, Wash ist ein Mann der Berge. Er hat zwanzig Jahre in den Rockies verbracht, bevor es ihn durch das Bergland von New Mexico und durch die Comancheria nach Santone verschlagen hat.«

»Und jetzt will er in den Norden zurückkehren, Texas verlassen und dich mitnehmen«, ergänzte Deborah für ihre Freundin.

»Ich habe ihn fast eine Woche lang hingehalten, um Mut zu sammeln und es dir zu erzählen. Oh, Deborah, ich möchte dich und Adam nicht verlassen.«

Deborah sah den schmerzlichen Ausdruck im Gesicht der groß gewachsenen Frau und erkannte, was sie durchgemacht haben musste. »Erinnerst du dich, als wir über Adams Aufwachsen gesprochen haben und du mir von deinen Söhnen Gabriel und Joseph erzählt hast? Du sagtest, du hast sie großgezogen, um sie dann gehen zu lassen. Jeder hat ein Recht auf sein eigenes Leben, und jeder ist seines eigenen Glückes Schmied. Das gilt nicht nur für unsere Kinder, sondern auch für uns selbst. Du liebst Washington Oakley, und dein Platz ist bei ihm.«

»Du bist mir eine, weißt du das? Ich nehme an, du hast es wirklich gut gelernt, allein zurechtzukommen, aber ich ... ach, ich wünsche mir nur, mich mit einem guten Mann zur Ruhe zu setzen, bevor ich von dieser Welt abtrete.« Obedience blickte Deborah verlegen an.

Nun weinten beide Frauen und lächelten zugleich, und ihren Gesichtern und dem Klang ihrer Stimme war anzumerken, dass ihre Herzen überflossen.

»Du wirst Adam und mir fehlen, aber wir werden zurechtkommen. Und zwar ohne jede Hilfe von Whalen Simpson. Viele der Männer in der Stadt haben Adam in ihr Herz geschlossen – sogar Jim Slade reitet den weiten Weg von der Bluebonnet Ranch her, um ihn auf Ausflüge mitzunehmen.«

»Herrjemine! Bei dieser eingebildeten Witwe, die von ihm geheiratet werden will, nehme ich an, dass er zu beschäftigt sein wird, um vor dem Herbst wieder herzukommen«, brummte Obedience verdrossen.

»Ich gebe zu, es hat mich überrascht zu hören, dass Jim wieder Tomasina den Hof macht, nachdem sie ihn vor sechs Jahren hat abblitzen lassen, um den alten Jake Carver zu heiraten, aber ich verstehe nicht, warum sich dies auf Jims Gefühle für Adam auswirken sollte.«

Obedience schnaubte ärgerlich. »Das ist ein eiskaltes Biest, das kannst du mir glauben. Sie wird verdammt versuchen, Jim von all seinen texanischen Freunden wegzubekommen, warte es nur ab. Du solltest ...«

»... ihr Jim wegnehmen«, unterbrach Deborah die bekannte Litanei. »Obedience, ehrlich, was muss ich tun, um dich zu überzeugen, dass ich weder in Jim Slade verliebt bin noch in Whalen Simpson noch in irgendeinen Mann in ganz Texas, den ich kennen gelernt habe? Ich kann auf meinen eigenen Füßen stehen, diese Pension betreiben und Adam aufziehen, ohne mich auf einen Mann stützen zu müssen. Der Himmel weiß, dass du niemals einen Mann als Krücke gebraucht hast. Also erzähl mir nichts anderes.«

Was Deborah nicht aussprach, war so bedeutsam wie das, was sie sagte, und beide Frauen wussten das. *Ich liebe keinen Mann in ganz Texas, den ich kennen gelernt habe.* Aber was war mit dem Mann in New Orleans, vor dem sie geflüchtet war?

»Ich werde dir und Adam schreiben. Ich bin froh, dass du mir das beigebracht hast, wenn ich auch nicht die beste Schülerin gewesen bin.«

Die beiden Frauen blickten in den großen, ordentlich bepflanzten Garten und erinnerten sich, wie sie vor sechs Jahren ihre Partnerschaft mit einem nur halb fertigen Haus und einem von Unkraut überwucherten Grundstück begonnen hatten.

Eine Woche später wurden Obedience und Washington von einem Methodisten-Prediger getraut, der auf seiner Rundreise in San Antonio Station gemacht hatte. Wegen der Menge der Gratulanten fand die Feier im Hof der Pension statt.

»Menschenskind, du verschlägst einem Mann den Atem, Obedience«, meinte Wash Oakley, als er seine Braut auf einen großen, braunen Wallach hob.

»Das heißt, dass es dem armen Pferd den Atem verschlägt, wenn eine Frau meiner Größe auf ihm sitzt«, sagte Obedience zu Deborah, Adam und allen, die auf dem Rasen versammelt waren.

Wash nahm ihr Gelächter gut gelaunt hin, genau wie er und seine Braut bei dem Hochzeitsessen, zu dem Deborah früher an diesem Tag einladen hatte, die Glückwünsche entgegengenommen hatten. »Es wird Zeit, dass wir reiten, Mrs. Oakley, wenn wir heute Abend ein gutes Camp am San Marcos aufschlagen wollen.«

Wash grinste, als er sich in den Sattel seines großen Kastanienbraunen schwang. Mit fast zwei Metern war er ein auffallend großer Mann, breitschultrig und mit wallendem roten Bart, der von grauen Strähnen durchzogen war. Selbst Obedience wirkte angesichts seiner imposanten Statur und seiner dröhnenden Stimme neben ihm klein.

»Ich habe mein Schreibpapier und Bleistifte gepackt. Sobald ich eine Minute Ruhe vor diesem Kerl hier habe, werde ich euch einen Brief schicken.« Obediences Stimme klang fröhlich, als sie in flottem Trab über die Plaza ritten. Deborah hielt Adam auf den Armen, damit er zum Abschied über die Köpfe der Menge winken konnte.

»Ich wünschte, ich hätte einen Papa wie Wash! Er hat mit seinem Bowie-Messer gegen Indianer gekämpft und sogar Büffel mit einem Gewehr zerschossen«, berichtete Adam und blickte sehnsüchtig auf seine Mutter herab.

»Erschossen, nicht zerschossen, Adam«, korrigierte Deborah automatisch. Dann setzte sie ihn langsam ab und fragte ruhig: »Adam, würde es dir gefallen, Mr. Simpson als deinen Vater zu haben?«

»Den? Nö. Der ist nur ein Stallmann. Der trägt ja nicht mal 'ne Waffe«, fügte er abfällig hinzu.

Deborah lächelte über seine Beurteilung von Whalen. Dennoch fühlte sie sich gezwungen zu erklären: »Mr. Simpson besitzt den größten Mietstall in San Antonio. Er ist ein erfolgreicher Geschäftsmann, Adam, nicht nur ein Stallmann.«

»Ich wette, er weiß nicht, aus welchem Ende eines Schießeisens die Kugel rauskommt.« Damit flitzte er um die Seite der Pension, bevor sie ihn daran erinnern konnte, dass er seine guten Sachen ausziehen und Kleidung zum Spielen anziehen sollte.

»Na gut, er hat bereits Eiscreme auf die Hose gekleckert«, murmelte Deborah vor sich hin, erleichtert, weil ihr Sohn und sie in ihrer Meinung über Whalen übereinstimmten. Aber der Junge wünschte sich einen Vater. Einen großen und maskulinen, einen wahren Grenzbewohner wie Wash Oakley, der Adam auf seinen Knien geschaukelt, in die Luft geworfen und ihn gekitzelt hatte – ganz zu schweigen davon, dass er dem leicht zu beeindruckenden Jungen haarsträubende Geschichten über wilde Indianer, Banditen und Grizzlybären erzählt hatte. Deborah seufzte, dachte an Rafael und fragte sich, was ihr texanischer Sohn wohl von seinem eleganten, stutzerhaften Vater in New Orleans halten würde.

Rafael war jedoch nicht in New Orleans. An diesem Nachmittag traf der Reisende todmüde in Boston ein. Als er den schweren Türklopfer aus Messing an der Tür von Adam Manchesters Haus betätigte, lachte Rafe Fleming über sich selbst. Bei seinem letzten Besuch vor sechs Jahren hatte er die tadellose Kleidung eines kreolischen Gentlemans getragen und völlig anders ausgesehen als jetzt nach sechs Wochen harten Ritts. Der Butler Ramsey bestätigte seine Vermutung. Sein sonst unbewegtes Gesicht nahm einen peinlich berührten Ausdruck an. Er konnte nicht glauben, dass so ein verkommener Satteltramp so frech war, bei ihm an der Tür anzuklopfen.

»Sir?« Der eisige, angewiderte Tonfall war eine höfliche Form der Beleidigung.

Rafes unrasiertes Gesicht verzog sich zu einem Haifischlächeln. »Erkennen Sie mich nicht, Ramsey? Ich bin hier, um mit meinem Schwiegervater zu sprechen. Sie arbeiten doch noch für Adam Manchester?«

Ramsey nahm steif Haltung an. »Mr. Flamenco? Natürlich, Sir, treten Sie ein.« Trotz jahrelanger Einhaltung der Bostoner Etikette konnte er seine Ungläubigkeit nicht verbergen.

Adam würde jeden Augenblick von der Bank nach Hause kommen. Rafe ging ungeduldig auf und ab, nachdem er seinen staubigen, schweißgetränkten Hut achtlos auf einen Sessel geworfen hatte. Der Butler war zu schockiert gewesen, um ihn entgegenzunehmen, als er Rafe in Adams Arbeitszimmer geführt hatte.

Vermutlich hat er mich hier reingebracht, weil er befürchtet hat, ich beschmutze die Samtpolster im Salon, dachte Rafe mit grimmigem Humor. In diesem Augenblick schwang die Tür auf, und Deborahs groß gewachsener, grauhaariger Vater betrat den Raum. Er blieb abrupt stehen, griff dann hinter sich und schloss die Tür.

»Nun, Ramsey sagte mir, Sie hätten sich verändert, aber ich muss zugeben, dass ich überrascht bin, wie sehr«, begann Adam und starrte Rafe an. Seine raue Wildlederhose, das grob gesponnene Hemd und die abgetragenen Reitstiefel waren ebenso eine Überraschung wie sein unrasiertes Gesicht, auf dem jetzt mehrere Narben zu sehen waren, die seinen bronzefarbenen Zügen etwas Verwegenes gaben.

»Verzeihen Sie, dass ich mir nicht die Zeit genommen habe, mich umzuziehen, aber nachdem ich so lange zu Pferde unterwegs war, konnte ich es kaum erwarten, mit Ihnen zu sprechen«, entgegnete Rafe und streckte ihm die Hand hin.

Adam schüttelte sie und spürte die harten Schwielen. »Ich nehme an, Sie sind den weiten Weg von Texas hergekommen, Rafael. Warum?« Seine blauen Augen blickten ruhig und zurückhaltend.

»Es ist lange her, dass man mich mit Rafael angesprochen hat. In Texas werde ich Rafe Fleming genannt.«

»Sie haben also Ihren Akzent ebenso verloren wie Ihren kreolischen Namen. Ich wiederhole, warum kommen Sie den weiten Weg nach Boston?«

Rafe lächelte traurig. »Viel mehr als mein Äußeres ist in den vergangenen sechs Jahren anders geworden. Ich bin jetzt Rancher. Genauer gesagt, mein Partner Joe und ich besitzen eine der größten Ranches in Nordtexas. Wir haben sie mit nichts anderem als einem verfallenen Steinhaus und ein paar hundert wilden Mustangs und Longhorns aufgebaut. Jetzt ist das Haus restauriert und so groß wie jedes Gebäude, das vom Volk meines Großvaters errichtet wurde, mit Teppichen auf den Steinböden und weiß gestrichenen Wänden. Wir halten über dreitausend Rinder und verkaufen die besten zugerittenen Reitpferde in der Republik.« Er schwieg einen Augenblick und schaute Adam an, der still blieb. »Ich nehme an, ich versuche, Ihnen klar zu machen, dass ich die Bande zu meiner alten Lebensweise durchtrennt und mir etwas aus eigener Kraft aufgebaut habe.«

»Und jetzt wollen Sie, dass Deborah es mit Ihnen teilt«, führte Adam für ihn den Gedanken zu Ende. »Ich habe Ihren Werdegang verfolgt, Rafe. Meine Agenten haben berichtet, dass Sie von Wilden im Jahre siebenunddreißig getötet worden sind. Sie haben mehr Leben als eine Katze, das garantiere ich Ihnen – und ich weiß über Ihren Erfolg mit der Renacimiento Bescheid.«

Rafe hob überrascht eine Augenbraue, »Sogar den Namen der Ranch kennen Sie. Wenn Ihre Agenten bei der Suche nach meiner Frau nur auch so gut gewesen wären!«

Adam zögerte, schätzte sein Gegenüber ein. »Nein, Sie haben keine Spur von Deborah gefunden. Das ist die Wahrheit, doch ich habe von ihr gehört.« Er sah, wie sich Rafes Körper erwartungsvoll anspannte.

»Geht es ihr gut? Was ist mit dem Baby?« In seiner Sorge und Aufregung hätte er Adam fast bei den Schultern gepackt und geschüttelt. Er riss sich eisern zusammen und ließ seine Hände sinken, doch er konnte die Qual in seinen Augen nicht verbergen.

Adam seufzte und wandte sich zu seinem Schreibtisch um. Er zog die oberste Schublade auf, entnahm ihr eine kleine, mit Leder bezogene Schachtel und öffnete den Deckel. »Sie dürfen diese Briefe lesen. Nach allem, was sie durchgemacht haben, ist es Ihr Recht«, fügte er müde hinzu und überreichte Rafe ein unordentliches Bündel von Korrespondenz.

Die Seiten waren schlimm in Mitleidenschaft gezogen worden. Auf ihrem langen Transport von Texas nach Boston hatten sie Flecken und Eselsohren bekommen und waren verknittert und eingerissen.

»Sie hat die Briefe über Galveston und St. Louis geschickt, einen sogar in New Orleans aufgegeben. Meine Agenten haben alles versucht, um ihre Spur zurückzuverfolgen, aber sie hat es raffiniert verstanden, ihren Aufenthaltsort zu verbergen.«

Die Briefe waren chronologisch geordnet. In dem Brief vom sechsten September 1836 stand etwas, bei dem Rafes Gesicht kurz Freude widerspiegelte, denn er las, dass er einen Sohn hatte, doch seine Hochstimmung wurde schnell von bitterem Schmerz überschattet. Sein Sohn war fast sechs Jahre alt und hatte ihn niemals gesehen! Er las weiter, stellte sich Deborahs Kummer und ihren Triumph vor und erkannte, als sich die Seiten und die Jahre vor ihm entfalteten, wie sie gereift und eine erfolgreiche, unabhängige Geschäftsfrau geworden war, die von keinem Hilfe erbat, nicht einmal von ihrem Vater. Wie ähnlich ihre Lebensumstände gewesen waren! Sie hatten sich beide ein Leben in Texas aufgebaut, mit Traditionen und Familienbanden gebrochen. *Ob sie jemals an mich gedacht hat? Hat sie sich einen Geliebten genommen?* Rafe bewegte sich unbehaglich in seinem Sessel.

Adam ließ ihn allein, damit er ungestört lesen und grübeln konnte. Es war eine sehr schmerzliche, private Erfahrung, und die Seelenqual und Wehmut im Gesicht dieses harten Tramps zu sehen, berührte Adam zutiefst. *Ich hoffe, verdammt, dass er sie nach all diesen Jahren findet,* dachte er und war selbst darüber erstaunt.

Ohne Obedience war es einsam für Deborah, aber sie musste zugeben, dass sie selten Zeit hatte, über die Abwesenheit ihrer Freundin zu grübeln. »Wenn wir nur jemanden finden könnten, der die Küche übernimmt«, murmelte sie zum x-ten Mal vor sich hin. Seit Obedience aus San Antonio fortgeritten war, hatte Deborah die doppelte Belastung als Chefköchin übernommen, und nur Sadie und eine *Tejana* halfen ihr. Bei all ihren anderen Pflichten – dem Führen der Bücher, dem Bestellen der Waren, dem Feilschen und Handeln mit Händlern und Tonkawa-Jägern – hatte Deborah das Gefühl, Adam zu vernachlässigen.

Gerade in diesem Augenblick stürmte das Thema ihrer Gedanken ins Büro. »Mama, Jim ist hier, um mit dir zu sprechen!« Sein glänzendes schwarzes Haar war durcheinander und nass vom Nieselregen, der früh an diesem Morgen eingesetzt hatte.

Deborah stand auf und verwuschelte sein nasses Har, als er in ihre Arme flog. »Bitte ihn, im Salon Platz zu nehmen, ich werde gleich zu ihm kommen«, gab sie zurück, schlug ihr Hauptbuch zu und verkorkte das Tintenfässchen, während Adam davonflitzte.

Als sie den Salon betrat, sah sie Jim Slade aufgeregt hin und her gehen. Trotz des kühlen, stetigen Regens trug er keine Jacke, und sein Hemd war durchnässt. Er tigerte auf und ab wie ein Puma im Käfig.

»Nimm Platz, Jim, bevor du meinen neuen Teppich ruinierst«, bat Deborah und lächelte verwundert. »Es ist schrecklich früh für einen Ritt in die Stadt. Ist etwas auf der Bluebonnet nicht in Ordnung?«

Slade hielt in seiner unruhigen Wanderung inne und nickte ihr zu. Er fuhr sich mit den Fingern durch sein nasses dunkelblondes Haar, als er geistesabwesend antwortete: »Nein, auf der Ranch ist alles in Ordnung. Ich habe nur gedacht, nun, ich habe gehört, dass du keine Frau gefunden hast, die die Küche übernimmt, seit Obedience fort ist, und ich glaube, ich habe die Lösung für dein Problem.«

»Warum sagt mir eine plötzliche Eingebung, dass es auch die Lösung für eines deiner Probleme sein könnte?«

»Ich hatte dieses Mädchen … äh, diese junge Frau einen Monat lang oder so auf der Ranch. Ihr Bruder war Dick McAllister.«

»Du meinst diesen Cowboy, der ertrunken ist?«, fragte Deborah verwirrt.

»Ja, sie ist seine verwaiste Schwester. Sie hat Weevils beim Kochen geholfen, aber ein achtzehnjähriges Mädchen, das mit einer Horde von Männern arbeitet und zusammenlebt – nun, das ist nicht das Beste. Lee sagte, er hat zufällig gehört, wie du bei Paul Bainbridge erzählt hast, dass du immer noch eine Köchin suchst. Ich dachte, vielleicht könntest du ihr eine Chance geben.«

»Das könnte ich vielleicht«, stimmte Deborah zu, die jetzt

verstand, weshalb ihr Freund so durcheinander und aufgeregt war. Tomasina billigte es also nicht, dass ein achtzehnjähriges Mädchen unter dem Dach ihres Verlobten lebte. Kein Wunder! »Du sagst, sie kann kochen. Hat sie jemals in einer Pension oder einem Restaurant gearbeitet?«

Jim zuckte hilflos mit den Schultern. »Charlee ist ziemlich ... äh, ungewöhnlich. Ich bezweifle, dass sie jemals eine solche Arbeitsstelle gehabt hat, aber sie ist eine fantastische Köchin!«

»Charley?« Deborahs violette Augen weiteten sich.

Jim Slade zappelte nervös herum und erklärte, dass Charlee den Namen bei ihm so ausgesprochen hatte.

Hier war etwas äußerst sonderbar. Aber wenn Jim für das Mädchen bürgte, war Deborah bereit, es mit ihr zu versuchen. Der Himmel wusste, dass sie eine fähige Köchin brauchte.

Obwohl es immer noch regnete, brachte Jim Charlee an diesem Abend kurz nach dem Essen in die Stadt. Deborah hatte ein hübsches, sinnliches Geschöpf in einem aufreizenden Kleidchen erwartet, das Jim anhimmelte, und war erstaunt, ein Mädchen zu sehen, das wie ein verlorenes, halb ertränktes, mageres Kätzchen wirkte.

Ein Blick auf die nasse kleine Gestalt, die Mitleid erregend im Sattel des scheckigen Pferdes hockte, und Deborahs Herz flog ihr zu. Charlee umklammerte einen orangefarbenen Kater, als wäre er ihr Talisman gegen die Grausamkeiten des Lebens. Ihre stolze, steife Haltung und ihr trotzig vorgerecktes Kinn, als sie Jims Hilfe beim Absitzen ablehnte, sprachen Bände.

Deborah bemühte sich sehr, nur auf die Kleidung der Kleinen zu starren. Charlee trug eine ausgefranste, ausgebeulte Männerhose und ein zu großes Hemd. Obwohl die Kleidung gut geflickt und sauber war, war sie entschieden zu schlecht und hing wie ein Sack an ihrem zierlichen Körper. Ihr Haar war zu Zöpfen geflochten und im Nacken zu einem Knoten gebunden, bedeckt gegen den Regen mit einer verschlissenen Fellmütze.

Nun, sie ist unscheinbar, dachte Deborah, als sie schnell von der hässlichen Kleidung zu dem kleinen, sommersprossigen Gesicht unter der Mütze aufblickte. Die Katze sprang aus ihren Armen und huschte auf die trockene Veranda. Deborah ging in die Hocke und streichelte sie, als sie um ihre Röcke strich und ihr Zeit gab, sich von ihrem Schock zu erholen. Sie musste Charlee McAllister das Gefühl geben, willkommen zu sein. Als das Mädchen und Jim die Verandatreppe hinaufstiegen und unter dessen Dach traten, richtete es sich auf und streckte die Hand aus.

Obwohl sie dünn und klein war, hatte Charlee einen festen Händedruck und klare grüne Augen. Sie lächelte zögernd und sagte: »Hallo, Mrs. Kensington. Es freut mich, Sie kennen zu lernen.«

Als Jim fort war, führte Deborah Charlee zu ihrem Zimmer, wo sie ihre wenige Habe ablegte. Dann stellte Deborah sie Sadie und Chester vor und ebenfalls den Pensionsgästen Racine Schwartz und Otis Bierbaum, die im Aufenthaltsraum Schach spielten. Zum Glück hielt sich kein weiblicher Pensionsgast im Aufenthaltsraum auf. Sie musste das Mädchen anständig kleiden, bevor sonst jemand es sah und schockiert war.

Sind Celine und Claude von mir schockiert gewesen? Der Anblick der einsamen Außenseiterin hatte in ihr eine Saite zum Klingen gebracht. Unwillkürlich verglich sie sich mit Charlee. Sie hatte die fremde und abschreckende Eleganz des Hauses der Flamencos mit der gleichen Beklemmung registriert, die das Mädchen aus dem Hügelland Missouris offensichtlich hier in San Antonio empfand. Und wie Charlee, die offenbar in Jim Slade verliebt war, hatte sie einen Mann geliebt, der ihre Liebe ebenfalls nicht erwidert hatte. Sie spürte, dass Charlee und sie sehr schnell Freundinnen werden würden.

Es ist ein langer, heißer Ritt von Boston zur Renacimiento Ranch gewesen, dachte Rafe, als er zur Pferdekoppel ging. Er ritt ein besonderes neues Pferd zu, einen großen Rotfuchs mit weißer Mähne und weißem Schweif, ungewöhnlich wegen seiner Farbe und Größe. Der Hengst war nicht von seinen Mustangjägern eingefangen worden, sondern Rafe hatte ihn von einem reisenden Händler gekauft, der behauptet hatte, ihn auf den Hochebenen im fernen Norden gefangen zu haben. Rafe argwöhnte, dass das Pferd gestohlen war, aber er konnte nichts beweisen. Das prächtige Tier war schlecht behandelt worden, so viel stand fest, und so hatte er es dem brutalen Händler zu einem horrenden Preis abgekauft. Er wollte den Hengst beruhigen und zu seinem eigenen Reitpferd machen.

Als er das Fell des schönen Tieres in einem hellen Orange-Braun im Sonnenschein glänzen sah, dachte er an den Farbton der Ahorn-Möbel, die Adam Manchester zur Renacimiento geschickt hatte. Es waren besondere Lieblingsstücke von Deborah gewesen, und ihr Vater hatte sie Rafe als Geste des guten Willens zum Abschied geschenkt.

Das Pferd scheute, als der Mensch sich ihm näherte, doch es beruhigte sich beim Klang von Rafes Stimme, weich und flüsternd, hypnotisch. »Ja, du glänzt wie poliertes Ahorn aus Neuengland. Wenn ich mit dir fertig bin, wirst du auch die polierten Manieren der Bostoner haben.« Er überlegte einen Moment und lachte dann. »Ich habe nachgedacht, wie ich dich taufen soll – wie klingt Bostoner?« Während er sprach, schwang er sich in den Sattel und nahm die Zügel von einem Cowboy entgegen, wobei er weiterhin sanft mit dem Pferd redete. Der Hengst war gelehrig und feurig. Wenn er nur seine Zuneigung gewinnen konnte, die in der Vergangenheit durch die Grausamkeit und gedankenlosen Taten von Menschen verloren gegangen war.

Joe De Villiers beobachtete, wie Rafe mit dem Hengst arbeitete, und er staunte wie stets darüber, dass sein Partner mit

Pferden kommunizieren konnte. Wenn Rafe im Sattel saß, schien sich aller Schmerz und Kummer in Luft aufzulösen, und er wurde eins mit dem Tier. Es war gut, dass er diese neue Ablenkung hatte. Seit seiner Rückkehr aus Boston war Rafe mürrisch und verschlossen gewesen.

Das Halbblut seufzte, als es sich Lucias Reaktion in Erinnerung rief, als all die schönen Dinge von Deborah eingetroffen waren. Sie hatte Rafe geholfen, die Stühle und Tische im großen Esszimmer aufzustellen und die Truhe ins Schlafzimmer zu stellen – das Schlafzimmer seiner Frau.

»Er errichtet einen Schrein für sie, weißt du«, hatte Joe der Mexikanerin erklärt, nachdem Rafe das Haus verlassen hatte.

Lucia hatte die traurigen braunen Augen verdreht. »Was können wir tun? Nach all diesen Jahren sucht er sie immer noch.«

»Wünschst du, dass Rafe seine Frau findet, Lucia?«, hatte Joe leise gefragt, denn er wusste, dass sie ihren Boss stumm leidend liebte, seit er sie vor all den Jahren vor den Comanchen gerettet hatte.

»Ich wünsche, dass er glücklich ist«, hatte sie sehr vorsichtig geantwortet. »Aber nur Deborah kann das bewirken.«

Joe, der Lucy auf die gleiche – gezwungenermaßen – zurückhaltende Weise liebte wie sie Rafe, dachte wieder an den Mann im Korral. Er hatte soeben einige Nachrichten erhalten, Neuigkeiten, die er nur ungern seinem jungen Freund und Partner mitteilte.

Als Rafe schließlich absaß, nahm Joe die Zügel des Rotfuchses, während der große Kreole hinüber zum Wassertrog schritt und seinen schweißgetränkten Hut hineintauchte, um ihn dann wieder aufzusetzen, sodass das kühlende Wasser über seine bronzefarbenen Schläfen lief und an seinem Nacken hinabtropfte.

»Der heißeste August, seit ich in Texas bin, nehme ich an«,

sagte er zu Joe. »Wer war der Reiter, mit dem ich dich vorhin sprechen sah?«

Die beiden Männer schlenderten zu den Ställen, und Bostoner trottete folgsam hinter ihnen her. Die Stille dehnte sich, während Joe überlegte. Rafe wusste, dass sein Partner ihm nichts verschweigen würde, wenn er erst einmal zum Sprechen bereit war. Im Laufe der Jahre war eine einzigartige Freundschaft zwischen ihnen entstanden, sie hatte sie zusammengeschmiedet, wenn sie unter der erbarmungslosen Sonne geschwitzt und im bitterkalten Nordwind gefroren hatten, wenn sie Steine für das Haus geschleppt und Mustangs gezähmt hatten.

Schließlich brach Joe sein Schweigen. »Erinnerst du dich an einen Herumtreiber namens Rameriz?«

Rafes Blick schien Joe durchbohren zu wollen. »Ja. Es gab auch Gerüchte, er wäre ein Comanchero. Zuletzt hörte ich, dass er mit einigen mexikanischen Guerillas reitet und angelsächsische Siedler überfällt.«

»Das ist er. Er ritt mit einem Typen namens Perez. Große Dinge mit der mexikanischen Armee liegen in der Luft. Perez hat jetzt ein richtiges Offizierspatent. Er und seine ›Verteidiger‹ waren unterwegs nach San Antonio. Rameriz hat sich von ihnen getrennt.«

Rafe verharrte sehr still. Da gab es noch mehr, als Joe bis jetzt angedeutet hatte. »Warum sollte mich interessieren, wohin Perez und seine Banditen reiten?«

»Rameriz nahm an, es könnte dich interessieren, denn beim letzten Mal, als du ihn gesehen hast, hast du ihm 'ne Menge Fragen über seinen alten Kumpan Enrique Flores gestellt.« Joe hörte Rafe scharf einatmen.

Es war das eine, von dem Rafe Fleming fast so besessen war wie von der Suche nach seiner Frau: der Hass auf den Comanchero, der ihn in die Sklaverei verkauft hatte.

»Sprich weiter.« Rafes Augen glühten wie schwarze Kohlen.

»Flores könnte mit Perez reiten. Anscheinend will Santa Anna versuchen, Texas wieder einzunehmen, so lauten jedenfalls die Gerüchte. Viele Truppen marschieren südlich der Grenze auf, und die Irregulären planen einen Überfall in Texas oder organisieren ihn heimlich. Rameriz sagte, dass er Flores mit Perez' Einheit an dem Tag gesehen hat, ›an dem er seinen Abschied nahm‹.«

»Wie viel hat uns diese kleine Information gekostet?«, hakte Rafe zynisch nach.

Joe zuckte die Schultern. »Ein paar amerikanische Banknoten und einige nur halb zugerittene Mustangs. *Quien sabe?* Vielleicht wird er abgeworfen und bricht sich das Genick.« Er grinste teuflisch, und Rafe musste ebenfalls grinsen.

Kapitel 22

»Verdammter Nebel«, murmelte Rafe Bostoner zu, als er den großen Rotfuchs zu langsamerem Tempo parierte. Die Waschküche folgte einer Nacht von elendem Nieselregen, der den Boden schlammig und glitschig gemacht hatte, tückisch für Mensch und Tier. Rafe ging nicht das Risiko ein, dass Bostoner vielleicht auf dem unebenen Morast scheute. Er war noch nie so weit im Südwesten von Texas gewesen. Das schwüle, feuchte Wetter war unerträglich. Er würde froh sein, nie wieder in die Nähe von San Antonio reiten zu müssen, wenn die Sache mit Flores beendet sein würde.

Rafe war nach dem langen, heißen Ritt nach Süden müde. Weil er allein ritt, hatte er zu viel Zeit, an Deborah und Adam zu denken. »Adam«, sagte er laut und ließ sich den Namen seines Sohnes auf der Zunge zergehen. Er mochte dessen Schlichtheit. Der Gedanke, den Jungen vielleicht nie sehen zu können, machte ihm zu schaffen. »Er ist sechs Jahre alt, fast die Hälfte seiner Kindheit ist vorbei, und ich habe sie versäumt.«

Gegen Mittag lichtete sich der Nebel. Stattdessen brannte die Sonne glühend heiß. Der Reitweg war jetzt, da Rafe sich der größten Stadt der Republik näherte, sehr zerfurcht, und er konnte ihr gut folgen. Rafe gab Bostoner die Zügel frei, als er plötzlich Hufschlag hörte, der sich rasch näherte. Er suchte den Horizont ab, und seine Hand glitt automatisch zu der Hawken Rifle an seinem Sattel und zog sie aus dem Scabbard.

Ein großer, untersetzter Reiter mit herabhängendem Schnauzbart galoppierte in seine Richtung. Nach seinem hellbraunen Haar und seinem bunt karierten Baumwollhemd zu schließen, war er Angelsachse. Sie betrachteten einander abschätzend, als sie die Pferde zügelten.

Rafe sah niemanden außer dem Reiter und schob das Gewehr ins Sattelholster zurück. Dennoch hielt er die rechte Hand dicht über dem Patterson Colt an seiner Hüfte. »Tag«, grüßte er zurückhaltend. »Reitet jemand auf Ihrer Fährte?«

Die Miene des Texaners zeigte Verwirrung und entspannte sich ein bisschen, als er sich vorneigte. »Sie sind kein Mex, oder?« Er klang erleichtert, als er den leichten gedehnten Texaner-Akzent hörte, den Rafe im Laufe der Jahre angenommen hatte.

Rafe spürte, dass etwas nicht stimmte, und antwortete: »Nein. Ich besitze nördlich von hier eine Ranch. Mein Name ist Rafe Fleming. Kommen Sie aus San Antonio?«

»Stimmt. Ich bin Whalen Simpson. Besitze einen Mietstall – so war es jedenfalls, bevor die Stadt heute Morgen von mexikanischen Soldaten eingenommen worden ist«, fügte er ärgerlich hinzu.

Rameriz' Information war also richtig! Rafes Puls beschleunigte sich. »Sie sagen, eine ganze mexikanische Armee hat San Antonio eingenommen?«

»Ja. Bei Tagesanbruch wehrten wir sie noch ab. Nahmen an, es wären nur ein paar Hundert. Als sich der Nebel lichtete, sahen wir, dass es tausende von diesen Bastarden waren, mit Kanonen und allem. Ein paar von uns entkamen und verbreiteten den Alarm. Sie wollen doch nicht nach Santone reiten, oder?« Er musterte Rafe. »Da ist es für Texaner heutzutage wirklich ungesund«, fügte Simpson hinzu.

Rafe grinste. »Mein Ritt nach San Antonio könnte genauso ungesund für jemand anders werden. Ich werde das Risiko eingehen.« Als Rafe an seine Hutkrempe tippte und davonritt, musste er über Simpsons Warnung lachen. Der ängstliche Stallbesitzer wusste wenig, was Rafael daran hindern würde, wieder Rafael Flamenco zu sein. Bis Rafe gesprochen hatte, hatte Simpson geglaubt, einen Mexikaner vor sich zu haben. Sein spanisches Erbe und sein fließendes Spanisch sollten ihm Zutritt in die Stadt verschaffen. Er würde einfach darauf setzen müssen.

Es war leichter, als er sich das vorgestellt hatte. Der junge Posten vor der Stadt, der ihn zuerst stoppte, sah aus wie ein Kadett, der kaum trocken hinter den Ohren war. Der Junge verwies ihn an seinen Lieutenant, einen älteren Soldaten, der ihn flüchtig befragte und dann dem Private befahl, ihn zum mexikanischen Hauptquartier zu eskortieren.

Als sie zu General Wolls Büro ritten, bemerkte Rafe, dass die Stadt tatsächlich unter Kriegsrecht stand, besetzt von ausländischen Invasoren. Nur wenige Leute hielten sich auf den Straßen auf, und diejenigen, die sich aus den Häusern wagten, waren bedrückt und vorsichtig. Rafe erfuhr viel von den Ereignissen, als er sich wie beiläufig mit dem Soldaten unterhielt. Adrian Woll war ein französischer Söldner im Sold von Santa Anna, ein kultivierter Europäer und ein brillanter militärischer Taktiker. *Das kann ich zu meinem Vorteil nutzen. Wenn Woll sich wie die meisten Franzosen im Ausland aufhält, wird er überglücklich sein, sich mit jemandem unterhalten zu können, der fließend seine Muttersprache beherrscht.*

Zuerst musste Rafe Woll für sich gewinnen und dann etwas über Perez herausfinden. Wenn er erst den Captain und seine Irregulären aufgespürt hatte, konnte er nach Flores suchen. Er hatte sich eine Geschichte zurechtgelegt, dass er nach seiner ausgerissenen Schwester suchte, die von einem schurkischen Yankee aus den Armen ihrer liebenden Familie gelockt worden war. Jetzt wollten die verzweifelten Flamencos die entehrte junge Frau zurückholen und in ein Kloster bringen. Die erfundene Geschichte kam nahe an die Wahrheit heran, denn er erinnerte sich traurig, wie schändlich seine Eltern und er Lenore behandelt hatten. Gott sei Dank war sie jetzt wohlauf und glücklich mit zwei Kindern, nach dem letzten Brief zu schließen, den er von Lenore und Caleb erhalten hatte. Er verbannte die beunruhigenden Gedanken, als sein Begleiter vor einem großen, weiß getünchten Adobegebäude sein Pferd zügelte und absaß. Das Gebäude war ein imposantes Privathaus, das offenbar als Wolls Hauptquartier requiriert worden war. *Ich werde meine Karten sehr sorgfältig ausspielen müssen, um an Flores heranzukommen.*

Nachdem er fast eine Stunde in einem luxuriös eingerichteten Vorzimmer gewartet hatte, wurde Rafe zum General geführt. Adrian Woll war ein überraschend jung aussehender Mann mit ziemlich groben Gesichtszügen und dem blassen Teint, der für Leute aus Elsass-Lothringen typisch war. Trotz seines Rufs als listiger und fähiger Söldner war seine Art blumig und freundlich, was zweifellos auf seinen langen Aufenthalt in Mexiko zurückzuführen war.

»Ich bitte tausendmal um Verzeihung dafür, dass ich Sie so lange habe warten lassen. Wie ich hörte, sind Sie den weiten Weg von Nacogdoches gekommen, weil Sie Ihre irregeleitete Schwester suchen, Mr. Flamenco«, begann der General auf Spanisch, und sein Tonfall war teilnahmsvoll und fürsorglich, als er Rafe die Hand schüttelte.

»Ich hoffe nur, ich kann sie schnell finden und ins Kloster zurückbringen, General«, erwiderte Rafe in tadellosem Französisch.

Woll hob überrascht die Brauen. »Sie sind Franzose mit einem spanischen Vornamen?« Er war offensichtlich fasziniert.

»Ich bin ein Kreole aus New Orleans.« Rafe schmückte die Geschichte von der verführten Schwester aus, die sich mit einem gemeinen Yankee in San Antonio versteckt hatte. »Ihr Name ist Rosa Louisa. Und sie hat langes, schwarzes Haar und dunkelbraune Augen. Eigentlich ein sehr schönes Kind.« *Das sollte vage genug sein, um auf mindestens hundert Mädchen zu passen, die in der Stadt leben,* dachte Rafe.

Woll strich über seinen Spitzbart und schien zu überlegen. »Wir haben die Stadt heute Morgen eingenommen, Mr. Flamenco, und ich muss mich um tausend Einzelheiten kümmern, ganz zu schweigen von meinen Berichten an meine Vorgesetzten in Mexiko. Ich werde Zeit brauchen, um Befragungen durchführen zu lassen. Wenn Sie so nachsichtig wären, mir einen Tag oder zwei zuzubilligen?«

Nachdem Rafe zugestimmt hatte, mit dem General am nächsten Tag zu Mittag zu essen, verließ er ihn, damit er sich mit seinen Berichten befassen konnte. Mit einem Passierschein, der von Woll persönlich unterzeichnet war, ging er zu einer Cantina gegenüber der Plaza, um den Staub des Ritts hinunterzuspülen. Vielleicht konnte er dort einige Informationen über Flores aufschnappen.

In der Cantina war es schummrig und roch nach dem Schweiß von Männern und Pferden. Der ältere *Tejano* hinter der Theke lächelte nervös. Rafe bestellte Whisky und ging damit zu einem wackligen Tisch in einer Ecke, wo er vielleicht mehrere kleine Gruppen mexikanischer Soldaten belauschen konnte. Sie waren die einzigen Gäste, abgesehen von ein paar älteren *Tejanos* und einem alten Anglo mit einem faltigen Gesicht.

Die Soldaten sprachen über den langen Marsch vom Rio Grande, der am vierundzwanzigsten August begonnen hatte, und über die Schlacht früh an diesem Morgen, bei der viele ihrer Kameraden gefallen waren. Über fünfzig texanische Männer, einschließlich einiger prominenter Politiker der Republik, hatten sich ergeben, als sie erkannt hatten, dass Widerstand sinnlos war.

»Wohin hat man die Bastarde geschafft?«, fragte ein Soldat, der während der Kämpfe nicht auf der Plaza gewesen war.

»Sie werden unter Bewachung in einem großen Haus an der Ecke Commerce und Soledad Street gefangen gehalten – in dem Haus, aus dem sie auf uns gefeuert haben.«

»Ich hoffe, der General setzt sie auf Wasser und Brot«, meinte ein anderer und lachte hämisch.

Der Mann, der die Schlacht beschrieben hatte, sagte: »Ich bezweifle, dass sie verhungern werden – schließlich ist General Woll ein Gentleman. Als die Frauen der Stadt anboten, die Gefangenen zu beköstigen, konnte er das kaum ablehnen. Das spart uns Rationen und hält die Zivilisten glücklich.«

»Ja, und der General ist auch ein Franzmann mit einem Auge für schöne Frauen. Diese große silberblonde Witwe, die Anführerin der Delegation, schadet ihrer Sache auch nicht gerade.« Alle lachten und machten witzige Bemerkungen über die große blonde Yankee-Lady mit den sonderbar violetten Augen, die am Morgen in das Büro des Generals marschiert war und verlangt hatte, die Gefangenen zu versorgen.

Rafe saß wie erstarrt auf seinem Stuhl. Der Whisky vor ihm war vergessen, und sein Herz hämmerte. Er hörte weiter zu. Die Witwe betrieb eine Pension am Ende der Commerce Street, und sie sprach mit Woll in fließendem Französisch! Es musste Deborah sein! *Ich muss sie um nur um eine Stunde oder weniger in Wolls Büro verpasst haben!*

Es ging jetzt auf die Essenszeit zu. Würde sie in ihrer Pension oder im Haus an der Plaza bei den Gefangenen sein? Rafe stand auf und ging auf wackligen Beinen zur Tür. Er würde zum Quartier der Gefangenen gehen und nachschauen, ob sich Deborah dort aufhielt, und wenn nicht, weiter durch die Commerce Street zu ihrer Pension gehen. Seine Gedanken waren durcheinander, und ein Teil seines Verstandes warnte ihn, erst zu denken, bevor er unbesonnen zu ihr stürmte und etwas falsch machte, doch er konnte sich nicht zügeln – nicht nach sechs Jahren.

Wie magisch angezogen näherte er sich dem großen niedrigen Wohnhaus, das von Wächtern umgeben war. Er zeigte den Passierschein mit Wolls Unterschrift vor und verlangte den Offizier zu sprechen, der für die Gefangenen verantwortlich war.

»Ja, Sir, der Captain ist hinten im Haus und streitet sich mit der Witwe herum, die der General ...«

Der Junge konnte nicht mehr sagen, denn Rafe fuhr herum und stürmte um die Seite des Gebäudes. Er konnte die scharfe Stimme seines verhassten Feindes Enrique Flores und die zornig erhobene Stimme Deborahs hören. Er versuchte, seine Gefühle unter Kontrolle zu bekommen, und beruhigte sich, bevor er Flores und seiner Frau gegenübertrat. *Ich kann Flores hier nicht töten. Ich würde Deborah und Adam gefährden. Er ist ein Offizier, dem Woll vertraut.* Deborah und Enrique Flores sahen ihn nicht nahen.

»Ich würde kaum versuchen, dreiundfünfzig Männer auf eigene Faust aus Ihrem Gefängnis zu befreien, Captain.« Deborahs Stimme klang spöttisch, als sie Flores auf Spanisch mit einer Spur des charmanten Akzentes Neuenglands ansprach.

»Ah, aber wenn Sie solche großen Töpfe und Kessel bringen, wer weiß dann, was vielleicht darin versteckt ist? Wenn Sie nur mich und meine Männer zuschauen lassen würden, wie das Essen in Ihrer Küche zubereitet wird, dann könnten wir sicher sein ...«

»... dass Sie Zutritt zu meinem Haus bekommen, was der General seinen Soldaten bereits verboten hat«, unterbrach sie heftig.

»So ein schönes Gesicht und so eine misstrauische Seele«, spottete Flores.

»Ein Fehler, den sie schon immer gehabt hat, befürchte ich, Enrique«, warf Rafe ruhig ein. Jeder tödliche Instinkt, den er in den sechs Jahren des Überlebenskampfes in der texanischen Wildnis entwickelt hatte, war jetzt geweckt. Er würde seine Frau schützen und sich später mit seinem Feind befassen.

Deborah erstarrte, wagte es jedoch nicht, sich umzuwenden und den Mann anzuschauen, der Flores mit tiefer, weicher Stimme auf Spanisch ansprach. Sie sah, wie die Gesichtszüge des Captains eine schnelle Folge von Gefühlen widerspiegelten, als er sich Rafael zuwandte. Sie erkannte Überraschung, Erstaunen, vielleicht Furcht oder Zorn in seinem Gesicht – sie konnte nicht entscheiden, was es genau war. Dann hatte er sich wieder unter Kontrolle, und sein Gesicht war wie eine anmaßende Maske.

»Eine unglaubliche Wiederauferstehung, aber nicht ohne Preis, wie ich sehe«, bemerkte Enrique, als er Rafes narbiges, von der Sonne noch dunkler gebranntes Gesicht musterte.

»Ein Preis, für den du teuer bezahlen wirst, wenn der richtige Zeitpunkt gekommen ist«, erwiderte Rafe ruhig, und seine Rechte schwebte über dem Patterson Colt an seiner Seite.

Flores lächelte und blickte von Rafe zu der Frau. »Du kennst die Witwe Kensington?«

»Wir haben uns vor langer Zeit kennen gelernt – im fernen Boston, aber da hieß sie nicht Kensington«, entgegnete Rafe vorsichtig. »Ich habe die Dame seit sechs Jahren nicht mehr gesehen. Du wirst uns verzeihen, wenn wir um eine private Wiedervereinigung bitten?« Rafe trat lässig einen Schritt vor, doch seine Haltung war bedrohlich.

Flores zuckte gleichgültig die Schultern. »Wie Sie wünschen, Mr. Flamenco, Witwe Kensington.« Er schenkte Deborah ein strahlendes Lächeln und tippte an seinen Hut. Dann ging er an Rafe vorbei und flüsterte ihm zu: »Bis später, nehme ich an.«

Während Rafe beobachtete, wie er großspurig davonstolzierte und um die Ecke verschwand, schaute Deborah Rafael an. Ihr Ehemann war der gleiche arrogante Mann wie der, den sie in New Orleans verlassen hatte, doch er hatte sich so verändert, dass sie ihn kaum wiedererkannt hätte, wenn sie nicht seine sanfte Stimme gehört hätte. Er trug eine staubige Wildlederhose und abgenutzte Stiefel. An seiner Hüfte hing ein tief geschnallter Colt, an der anderen Seite ein großes, übel aussehendes Messer. Seine schwarze Weste und der flachkronige

Hut waren mit silbernen Conchos besetzt, wodurch er wie ein mexikanischer *pistolero* wirkte.

Aber sein Gesicht hatte sich am dramatischsten verändert. Er war stets dunkelhäutig gewesen, doch jetzt war seine Haut von der Sonne noch dunkler gebrannt, und Deborah sah Fältchen an den Winkeln seiner pechschwarzen Augen. Von der linken Augenbraue führte eine dünne, weiße Narbe bis zu seinem Haaransatz. Eine andere, dickere Narbe war durch seinen dunklen Bartschatten an der rechten Seite seines Kinns sichtbar. Sein schwarzes Haar musste dringend geschnitten werden.

Er zeigte weiße Zähne, als er langsam, fast zögernd lächelte, und als er den Hut zurückschob, sah sie ein paar Haare an seinen Schläfen, die leicht grau schimmerten. »Nach all den Jahren und Orten, an denen ich gesucht habe, hätte ich mich dem Anlass entsprechend gekleidet, wenn ich gewusst hätte, dass du hier bist«, sagte er auf Englisch, als er die Art bemerkte, wie sie sein Äußeres betrachtete. »Gott, Mondblume, du bist schöner denn je, wenn das möglich ist.« Ihre Haut war nicht mehr porzellanweiß, wie er es in Erinnerung hatte, sondern hatte jetzt einen cremigen Goldton. Ihre Figur, obwohl immer noch schlank, war etwas fülliger geworden. Sie stand ihm stocksteif gegenüber. Er wusste, dass er behutsam vorgehen musste. »Sollten wir nicht besser zu deiner Pension gehen, damit du die Damen beauftragen kannst, das Essen zu den Gefangenen zu bringen?«

Deborahs Gedanken wirbelten durcheinander, und ihre Knie schienen weich wie Gummi zu sein, doch sie zwang sich, einen Fuß vor den anderen zu setzen und neben ihm zur Pension zu gehen, wobei sie es vermied, ihn zu berühren. *Er weiß bereits, wo ich wohne. Ich kann mich nicht vor ihm verstecken.* »Wie hast du mich hier gefunden, inmitten einer Invasionsarmee?«

Er ging neben ihr, nahm den schwachen Duft ihres Lavendel-Parfüms wahr und wählte vorsichtig seine Worte. »Ich habe deine Spur vor sechs Jahren im Krieg verloren. Ich habe in ganz Nord- und Osttexas nach dir gesucht, aber ich kam nie in den Südwesten. Dass ich dich hier gefunden habe, ist ein glücklicher Zufall.«

Sie blickte ihn verwirrt an. »Lebst du jetzt in Texas?«

Sein Blick wurde hart, als er antwortete: »Ich habe New Orleans im Herbst 1836 für immer verlassen. Ich war nie wieder dort, und ich habe auch nicht vor, jemals dorthin zurückzukehren.«

»Aber deine Familie, dein Leben ...«

»Du und Adam, ihr seid meine Familie, und mein Leben findet jetzt hier statt«, unterbrach er sie.

Sie blieb abrupt stehen und entgegnete mit rebellisch erhobenem Kinn: »Woher weißt du seinen Namen? Bist du in der Pension gewesen und hast ihn gesehen?«

Nicht in der Lage, sich zurückzuhalten, ergriff er eine ihrer zarten Hände, streichelte über die schlanken Finger und zog sie näher an sich. »Dein Vater hat ihn mir verraten.« Er spürte, wie sie sich versteifte.

»Ich glaube dir nicht!« Sie riss ihre Hand aus seiner und ging schnell weiter. *Er hat Schwielen an den Händen!*, hatte ein Teil ihres Verstandes erstaunt registriert.

»Ich ritt in diesem Frühjahr nach Boston. Dein Vater ließ mich von seinen Agenten verfolgen, ebenso wie er versuchte, dich von ihnen aufspüren zu lassen. Er ließ mich deine Briefe an ihn lesen, Mondblume«, bekannte er leise und hörte sie scharf einatmen.

»Nenn mich nicht so«, bat sie ärgerlich.

»Wie möchtest du von mir genannt werden – Frau?« Eine Spur von Spott klang jetzt in seiner Stimme mit.

Panik erfasste sie. Er konnte sie und Adam nach New Orleans zurückschleppen oder ihr den Sohn abnehmen.

Als hätte er ihre Gedanken erraten, berichtete er ernst:

»Adam Manchester wünscht, dass ich dich finde, weil er glaubt, dass ich mich verändert habe und dir jetzt ein guter Ehemann sein werde. Ich habe eine Ranch, Deborah. Das Stück Land, auf dem sie steht, ist wild und abgelegen, aber es ist auch schön, und die Ranch ist erfolgreich. Mein Partner und ich haben dreitausend Rinder und verkaufen Reitpferde.«

»Du siehst mehr wie ein Schurke des Grenzlands aus, weniger wie ein Rancher«, gab sie spröde zurück. Als er den Kopf zurückwarf und lachte, rief das vertraute Geräusch schmerzliche und bittersüße Erinnerungen in ihr wach. *Ich kann ihn nicht immer noch lieben! Das kann einfach nicht möglich sein!*

Er spürte, dass sie schwach wurde. »Lassen wir uns einfach ein wenig Zeit, bis du zu Atem gekommen bist, in Ordnung, Mondblume? Du kannst mich Adam vorstellen und deine Samariter-Armee losschicken, damit sie die tapferen Verteidiger von San Antonio beköstigt. Und dann werden wir miteinander reden.«

»Was willst du von mir, Rafael?« Sie musste etwas klarstellen, bevor er die Welt ihres Sohnes auf den Kopf stellte.

»Noch eine Chance – für mich, für uns, für unseren Sohn. Ich war ein verzogener Junge, als ich New Orleans verließ. Ich habe mich verändert, Deborah. Ich möchte eine Chance haben, euch beiden das zu beweisen – auf der Renacimiento, meiner Ranch … unserer Ranch. Ich habe sie für dich und unsere Kinder aufgebaut. Ich habe stets daran geglaubt, dass ich dich eines Tages finden werde, ganz gleich, wie lange ich suchen muss. Ich habe niemals aufgegeben.«

»Dann hast du nicht vor, Adam oder mich nach New Orleans mitzunehmen?« Das war wenigstens etwas, wofür sie dankbar sein konnte! Sie ignorierte sein Angebot, ihre Ehe zu erneuern, und seine Erwähnung weiterer Kinder.

»Als ich mit meinem Vater gebrochen habe, verstieß er mich

genauso wie Lenore. Ich kehre nie nach New Orleans zurück.«

Deborahs Augen verdunkelten sich vor Schmerz und Wehmut. »Ich wollte stets Lenore und Caleb schreiben und sie über Adams Geburt informieren, aber ich hatte solche Angst …«

»… dass meine Schwester dich an mich verraten könnte?«, ergänzte er. »In gewisser Weise hat sie das getan. Als ich ihr erzählte, dass du schwanger warst, erzählten Lenore und Caleb mir alles, was sie wussten. Sie waren besorgt um dich, Deborah. Sie haben jetzt zwei prächtige Söhne, aber unser dummer Vater wird sie nie kennen lernen.«

»Doch er wird *deinen* Sohn kennen lernen, nicht wahr, Rafael?«, hakte sie anklagend nach.

»Diese Chance wird er nie bekommen«, erwiderte er mit harter Stimme. »Adam wird aufwachsen, um später die Renacimiento zu übernehmen, und nicht, um sein Leben zu verschwenden und ein gelangweilter kreolischer Dilettant zu werden.«

»Ich verstehe, dass du all die Entscheidungen für unsere Zukunft getroffen hast«, sagte sie steif. »Was ist mit meinem Geschäft und dem Leben, das ich mir hier aufgebaut habe? Ich besitze eine florierende Pension, Rafael.«

Verdammt! »Wir werden das schon irgendwie deichseln, Deborah, gib uns nur Zeit«, wich er aus. »Ist dies das Etablissement?« Er wies auf das hohe, getünchte Gebäude, dem sie sich näherten. Es war groß und von einer breiten Veranda umgeben. Eichen und Zypressen beschatteten das Haus, den gepflegten Hof und Blumenbeete dahinter.

»Meine Partnerin, Obedience Jones – jetzt Oakley, hat die Pension von ihrem Bruder geerbt. Sie war nur halb fertig und schäbig, als wir uns an die Arbeit machten«, erzählte sie mit Stolz in der Stimme.

»Ihr habt Wunder bewirkt«, erwiderte er ehrlich. Jetzt wusste er, was es bedeutete, etwas mit schweißtreibender Arbeit zu erbauen. »Es muss die florierendste Pension der Stadt sein.«

Sie blickte ihn überrascht an. »Das meinst du wirklich im Ernst, oder?«

Bevor er darauf antworten konnte, kamen zwei entschlossen wirkende Frauen aus dem Haus. »Deine Engel – oder die Armee der Samariterinnen, glaube ich«, bemerkte er grinsend.

»Oh, Mrs. Gardner, Mrs. Sandoval!«, rief Deborah atemlos und erstarrte, als die beiden Damen und ihre Freundinnen sie grüßten und fragend zu Rafael blickten. *Ladys, darf ich Ihnen meinen toten Ehemann vorstellen? Nein, er sieht nicht aus wie ein Bostoner Kensington, oder? Aber er sieht nicht schlecht aus für jemand, der aus dem Grab auferstanden ist!*

Rafe nahm seinen Hut ab und verneigte sich höflich vor den Damen. »Ladys, Sie müssen meiner Frau verzeihen. Sie hat soeben einen großen Schock erlitten; sie hat mich für tot gehalten. Wir haben uns erst heute nach sechs Jahren bitterer Trennung wiedergefunden.«

Für den Rest ihres Lebens würde sich Deborah nicht mehr erinnern, wie sie die von Staunen ergriffenen Frauen auf ihre Mission geschickt und sie zum Hof geführt hatte, wo sie und Rafael ihnen geholfen hatten, die Kisten, Kessel und Körbe auf den Wagen zu laden. Chester fuhr dann die tuschelnde, kichernde Gruppe zum Maverick House, um den Gefangenen das Essen zu bringen.

Als Rafael die Frauen ansprach, fiel der benommenen Deborah zum ersten Mal auf, dass er seinen französischen Akzent verloren hatte. Diese samtweiche, tiefe Stimme war dieselbe, doch Rafael sprach Englisch mit schwachem Texaner-Slang! Und der Name – Fleming, Rafe Fleming. *Ich bin mit einem völlig Fremden verheiratet.*

Wenn sich Deborah verwirrt und besorgt fühlte, dann erging es Rafe ebenso. Er erfand eine absurde Geschichte, nach der

Deborah so von Kummer erfüllt gewesen war, als sie ihn in Mobile ertrunken gewähnt hatte, dass sie ihren Namen geändert hatte, um nicht an ihren tragischen Verlust erinnert zu werden. Sonderbarerweise hielten die meisten Frauen das für romantisch und seufzten bei der Widervereinigung der Liebenden. Wie fühlte sich Deborah? Sie war bemerkenswert unabhängig geworden, teilte die Frauen zu den verschiedenen Aufgaben ein und verhielt sich so gelassen, wie sie nur konnte, als sie ihm Sadie und Chester vorstellte. Er war Mr. Fleming, ihr Ehemann. Doch ihre unausgesprochene Botschaft für ihn war, dass sie immer noch für *Mrs.* Fleming arbeiteten!

Er war stolz auf sie, befürchtete jedoch, ihr hier in ihrem eigenen Element zu viel freie Hand zu lassen. Bevor er ihr seine Seele offenbarte und sie wissen ließ, wie verzweifelt er sie brauchte, wollte er sie nach Hause bringen – nach Renacimiento, in seine Welt. Dann würde er sich ihr schutz- und bedingungslos ausliefern.

Er stand auf der Veranda und sah, wie sie den Damen nachwinkte und dann zum Haus ging. Gerade als er seine Hand ausstreckte, um ihr die Treppe zur Veranda hinaufzuhelfen, schoss ein kleines, kreischendes Energiebündel durch die Küche und aus der Hintertür.

Adam verharrte abrupt und betrachtete den dunklen Revolverhelden, der seine Mama am Arm festhielt. »Wer sind Sie, Mister?« Beschützerisch und fasziniert zugleich, schritt er mannhaft herüber und ergriff Deborahs andere Hand.

Rafe bemerkte den schmerzlichen Ausdruck in Deborahs Gesicht. Er wünschte sich verzweifelt, dem Jungen sofort die Wahrheit zu sagen. Adam musste sie früher oder später ohnehin erfahren. Weshalb also jetzt lügen? Er entschied sich für die halbe Wahrheit. »Mein Name ist Rafe Fleming, und ich besitze eine Ranch nördlich von hier. Ich wollte gerade deine Mutter und dich dorthin einladen.«

»Bist du ein *pistolero*?«, fragte Adam und betrachtete ehrfürchtig Rafes Waffen.

Lächelnd ging er vor dem Jungen in die Hocke und meinte: »Kein richtiger. Oh, es ist manchmal gefährlich, wenn man Mustangs fängt oder Rinder bei einem Round-up treibt, und so muss ich wissen, wie man mit Revolver und Messer umgeht, aber hauptsächlich bin ich Viehzüchter.«

»Ich habe einen Freund namens Wash Oakley, der gegen die Comanchen gekämpft hat. Hast du jemals gegen die Comanchen gekämpft?« Seine großen, schwarzen Augen funkelten jetzt vor Aufregung.

Rafe lächelte grimmig. »Ja, ich habe ein paarmal gegen Comanchen gekämpft.«

Deborah stand wie angewurzelt auf der Veranda und beobachtete die Szene. Wie ähnlich sie sich waren mit ihren glühenden schwarzen Augen und ihrem gekräuselten schwarzen Haar! Jeder aristokratische, wie gemeißelte Zug von Rafaels Gesicht spiegelte sich in Adams jungenhaften Gesichtszügen wider.

Rafe glaubte, sein Herz müsste vor Freude zerspringen, als er seinen Sohn anhob und das entzückte Kind zurück in die Küche trug. *Sein Sohn*, er hielt ihn nach all diesen Jahren des Wartens in seinen Armen! Er schluckte, denn er glaubte, einen Kloß in der Kehle zu haben, als er sich wieder seiner Frau zuwandte und ihr ins Ohr flüsterte: »Ich danke dir für Adam, Mondblume, ich danke dir.«

Kapitel 23

Wie lange, glaubst du, wird es dauern, bis er erfährt, dass ich sein Vater bin? Halb San Antonio weiß es jetzt vermutlich.« Rafe und Deborah saßen allein in ihrem Arbeitszimmer.

»Niemand in San Antonio würde es wissen, wenn du nicht Mrs. Garner und diesen anderen Frauen erzählt hättest, dass du mein Mann bist«, entgegnete sie angespannt.

»Wie lange hätte es deiner Meinung nach denn gedauert, bis diese Frauen es sich angesichts der Ähnlichkeit zwischen ihm und mir selbst zusammengereimt hätten?«, konterte er. »Sadie warf nur einen Blick auf mich und nickte, als wüsste sie die ganze Geschichte.«

Deborah rieb sich über die Schläfen, um ihre pochenden Kopfschmerzen zu besänftigen. Sie war auf, seit das Geschützfeuer bei Tagesanbruch begonnen hatte. »Du musst mir verzeihen, dass ich nicht klar denken kann, Rafael. Ich nehme an, eine Invasion und eine Wiederauferstehung an einem Tag sind ein bisschen zu viel für eine Frau.«

Rafe lachte leise. »Nichts, so weit ich das sehen kann, meine Liebe, wird jemals zu viel für eine willensstarke Yankee-Frau wie dich sein.«

»Ich bin jetzt Texanerin«, erklärte sie, wie um sich zu verteidigen.

»Wir haben noch etwas Gemeinsames«, erwiderte er grinsend. Dann wurde er ernst. »Ganz gleich, wie sehr du ihn abschirmen willst, Deborah, Adam ist mein Sohn. Selbst wenn ich mein Recht, ihn für mich zu beanspruchen, wegen der Vergangenheit verloren habe, verdient er einen Vater. Ein Junge sollte nicht ohne Vater aufwachsen.«

Deborah seufzte, stand auf und begann dann unruhig hin und her zu gehen. »Viele Leute haben mir das gesagt. Whalen, Obedience und sogar Sadie!«

»Whalen?« Rafes Augenbrauen ruckten hoch.

»Er besitzt den Mietstall hier in der Stadt. Er hat mir einen Heiratsantrag gemacht«, berichtete sie geistesabwesend.

»Großer, bulliger Typ mit einem Schnurrbart und Hängeschultern?«, rief er sich den Mann in Erinnerung, der ängstlich über die Straße aus San Antonio geflüchtet war. Als sie verwirrt nickte, spottete er: »Das wäre aber ein großartiger Vater für meinen Sohn!«

»Ich habe deine Eifersucht und deine tyrannische Art gründlich satt! Wenn du Erben für dein Rinder-Königreich haben willst, warum setzt du dann nicht deine üblen Gewohnheiten fort – du hättest inzwischen ein Dutzend Söhne haben können!« *Verdammt! Ich werde ihm meinen Schmerz nicht zeigen – nicht nach all diesen Jahren!*

Er schloss die Augen und gab zurück: »Ich bräuchte mir jetzt nicht mal eine Mätresse zu halten, Deborah. Niemand in Texas weiß, dass ich verheiratet bin. Ich hätte mir einfach eine andere Frau nehmen und eheliche Kinder haben können – wenn es mir nur darum ginge.«

Als sie sich an den ähnlichen Rat erinnerte, den Obedience ihr gegeben hatte, stieg Deborah das Blut in die Wangen, und sie wandte den Blick ab und schaute aus dem Fenster. »Angesichts dieser zufälligen Begegnung nehme ich an, dass es für keinen von uns gut wäre, dies zu tun, nicht wahr?«, flüsterte sie.

»Dass ich dich gefunden habe, ist mehr als eine zufällige Begegnung, Deborah. Ich habe dich sechs Jahre lang gesucht. Ich habe niemals aufgegeben. Aber dieser Pettyjohn-Junge erzählte mir, du und deine alte Jungfer von Freundin wärt von Austins Kolonie fort nach Norden gezogen. Ich hatte einfach an den falschen Orten gesucht.«

Deborah fuhr erstaunt herum. »Thad Pettyjohn? Er hat behauptet, ich wäre nach Norden gezogen? Und mit einer *alten Jungfer?«* Sie wusste nicht, ob sie über die Lügen dieses boshaften Jungen lachen oder weinen sollte.

Als sie in einem halb sarkastischen Lächeln ihre Lippen verzog, wallte Ärger in ihm auf. Wie konnte sie denken, dass all diese höllischen, einsamen Jahre erheiternd gewesen waren? »Ich finde nichts Lustiges an den sechs verlorenen Jahren«, bemerkte er steif.

Deborah dachte darüber nach. »Nein, ich nehme an, seit ich Adam hatte und du ... du nicht, war es schwieriger für dich. Aber ...«

»... vielleicht war es zu meinem Besten?«, ergänzte er. »Es gab mir Zeit, erwachsen zu werden. Doch was ist mit dir, Frau? Ist etwas von dieser unbeugsamen Yankee-Sturheit mit den Jahren milder geworden?« Seine schwarzen Augen forschten in ihrem Gesicht.

Was konnte sie sagen? Dass er ihr immer gefehlt hatte? Dass sie jede Nacht an ihn gedacht hatte, wenn sie einsam in ihrem Bett gelegen hatte? Dass sie ihn immer noch liebte? »Deine Idee eines Kompromisses scheint mir sehr einseitig zu sein. Du planst, Adam zu offenbaren, dass du sein lange verlorener Vater bist, und willst uns zu irgendeiner Ranch in der Wildnis mitnehmen, wo du das Kommando über alles hast.«

»Selbst wenn wir hier blieben, würden die Leute wissen, dass wir verheiratet sind. Sie können sehen, dass Adam mein Sohn ist. Dein Kind und dein Besitz würden nach texanischem Gesetz wie nach amerikanischem automatisch mir zufallen«, argumentierte er sachlich.

Deborah seufzte, denn sie wusste, dass es stimmte. Sie musste ihrem Sohn wenigstens den Schock und Schmerz ersparen, die ihn erwarteten, wenn er die Wahrheit von Fremden erfuhr. »Willst du es Adam erzählen, oder soll ich es ihm sagen?«

Rafe ging zu ihr und legte sanft und beschützend einen Arm um sie. Dann streichelte er über ihr langes, silberblondes Haar. »Erzählen wir es ihm gemeinsam, Mondblume.« Er umfasste ihr Kinn und hob es an, sodass sie gezwungen war, ihm in die Augen zu schauen. Sie nickte resigniert.

»Aber wo bist du gewesen? Warum ... warum bist du nicht hier bei Mama und mir gewesen?« Adams Stimmchen verriet seine Verwirrung. Ein Teil von ihm war begeistert darüber, dass der große *pistolero* sein Papa war, doch ein anderer war gekränkt wegen all der Jahre, in denen er mit dem Wissen aufgewachsen war, anders als die anderen Kinder keinen Vater zu haben.

Rafe ging in die Hocke und griff nach Adam, der ihn misstrauisch beobachtete. »Komm her, Sohn. Es ist eine lange Geschichte. Und vielleicht wird es leichter sein, sie dir zu erzählen, wenn du auf meinem Schoß sitzt, während deine Mutter und ich dir alles erklären.« Rafe hielt den Atem an, als der Junge zögerte, dann ergriff er dessen kleine Hand und drückte sie mit seiner großen braunen Hand. Adam ließ sich von seinem Vater zu einem großen Sessel führen.

Als sich Rafes und Deborahs Blicke begegneten, lag darin viel Verständnis, aber ebenso auch Unverständnis. Er begann, dem Jungen zu erzählen, in welch unterschiedlichen Welten seine Eltern aufgewachsen waren und wie schwer es für Deborah gewesen war, in New Orleans glücklich zu sein, wo die Sitten und die Sprache fremd und ausländisch gewesen waren. »Ich konnte nicht in Boston leben, und deine Mama konnte nicht in New Orleans leben. Aber Texas war ein gutes Land für einen Neuanfang für uns – ganz neu für beide von uns. Doch da gab es eine Revolution, ein großer Krieg im Jahre 1836 ...«

»Aber in diesem Jahr bin ich geboren«, unterbrach Adam ihn aufgeregt.

Rafe nickte. »Während dieses Krieges und all seinen Wirren ging mir deine Mutter verloren. Keiner von uns beiden wusste, wo der andere war. Ich habe euch beide seither in ganz Texas gesucht, und jetzt habe ich euch gefunden. Es tut mir nur Leid, dass es so lange gedauert hat, Sohn. Wirst du mir verzeihen?«

»Klar, Papa«, versicherte Adam, warf seine Arme um Rafes Nacken und drückte ihn fest.

Als Rafe die Augen schloss und den Jungen umarmte, beobachtete Deborah Vater und Sohn. *Wie kann ich die beiden jemals wieder trennen? Aber wie kann ich dir unser Leben übergeben, Rafael?*

Deborah fürchtete sich vor dem Dinner an diesem Abend, doch sie wusste, dass sie sich ihm stellen musste. Sie hatte bereits Sadie und Chester von Rafael erzählt. Jetzt würde sie es den Pensionsgästen offenbaren müssen. *Wenn nur Charlee hier wäre,* dachte sie unglücklich, doch dann überlegte sie es sich anders: Sie konnte ihre Freundin nicht in ein solches Durcheinander hineinziehen.

Charlee hatte derzeit genug eigene Probleme. Vor etwas über zwei Wochen hatte ein zu allem entschlossener Comanchero das Mädchen fast entführt. Nur Jim Slades rechtzeitiges Eingreifen hatte Charlee vor einem undenkbaren Schicksal gerettet. Etwas Geheimnisvolles ging zwischen Slade und dem fast jungenhaft wirkenden Mädchen vor, das eine solch enge Freundin und Vertraute Deborahs geworden war. Deborah konnte die Sache noch nicht durchschauen, und Jim hatte sich geweigert, ihr seine Beziehung zu Charlee zu erklären. Er hatte nur gesagt, dass er das Mädchen wieder auf die Bluebonnet Ranch zurückbringen wolle, wo es in Sicherheit wäre, bis die Dinge geregelt sein würden.

Deborah vermutete, dass die beiden Geliebte gewesen waren, trotz Jims Verlobung mit Tomasina Carver, doch Charlee hatte sie nicht ins Vertrauen gezogen, und sie war zu verlegen, um neugierige Fragen zu stellen. *Wenn ich Obedience wäre, hätte ich keine Hemmungen, mich einzumischen,* dachte sie trocken, als sie Sadie half, letzte Hand an das Abendessen zu legen. Dann wurde ihr klar, dass sie Obedience niemals ihre wahren Gefühle für Rafael gestanden hatte. Eine neue Woge des Mitgefühls für Charlee erfasste sie.

Miss Clemson fiel fast in Ohnmacht, als an diesem Abend der dunkelhäutige, bedrohlich wirkende Fremde am Kopfende des Tisches neben Adam seinen Platz einnahm. Deborah war dankbar dafür, dass Rafael sich wenigstens vor dem Essen rasiert und seine Waffen abgelegt hatte. Die meisten der Pensionsgäste waren überrascht, aber erfreut bei seiner Geschichte über ihre Trennung und glückliche Wiedervereinigung. Am Ende des Essens war Deborah überzeugt, dass sie jetzt für jedermann Mrs. Fleming war.

Sie half Sadie beim Servieren und beim Abräumen des Tisches und verlor etwas von der Spannung, die sich aufgebaut hatte, als sie beklommen an die vor ihr liegende Nacht gedacht hatte. *Ich quartiere ihn in Charlees Zimmer ein, das ist die Lösung. Keiner braucht zu wissen, dass wir nicht miteinander schlafen, obwohl wir verheiratet sind.*

»Machen Sie sich keine Sorgen um den Abwasch, Miss Deborah.« Sadie scheuchte sie aus der Küche. »Sie haben jetzt Ihren *Mann,* um den Sie sich kümmern müssen!« Sadie lachte, als Deborah errötete und sich abwandte, um die Küche zu verlassen.

»Ich gehe nach oben und sehe nach Adam«, erklärte Deborah spröde. Aber Rafael war bereits schneller gewesen. Sie fand Vater und Sohn auf dem Bett sitzend. Rafael erzählte Adam, wie es bei den Comanchen gewesen war.

»Und du hast für Iron Hand Pferde zugeritten?«, staunte er mit großen Augen.

Rafael schnaubte spöttisch. »Ich habe mich hochgearbeitet –

erinnerst du dich? Zuerst war ich Wasserträger und Arbeitsjunge für seine Frau, bis ich eine Chance ergriff und auf diesen weißen Hengst sprang. Ungeachtet dessen war ich immer noch sein Sklave, bis ich entkam.«

»Vielleicht hast du jetzt etwas Mitgefühl mit den Ausreißern aus den Zuckerplantagen«, bemerkte Deborah spitz von der Tür her.

Rafe drehte sich zu ihr um und sah zu ihr auf. »Das habe ich tatsächlich«, war alles, was er erwiderte, bevor er sich wieder Adam zuwandte. »Jetzt unter die Decken mit dir, junger Mann. Es ist für dich längst Schlafenszeit.«

Deborah stahl sich aus dem Zimmer; sie beschloss, frische Bettwäsche für Rafael in Charlees Zimmer zu legen. Sie konnte ja kaum Sadie bitten, das zu erledigen! *Ich könnte gewiss ein schönes, entspannendes Bad vertragen,* dachte sie, als sie zur anderen Seite des Flurs ging, wo sich ihr großes Schlafzimmer befand. Etwas früher am Abend hatte sie Chester gebeten, heißes Wasser für ihre Badewanne zu bringen. Sie war gefüllt mit dampfendem Wasser, als sie das Zimmer betrat. Deborah gab großzügig Badesalz ins Wasser und begann, ihre Bluse aufzuknöpfen, dann runzelte sie die Stirn und hielt inne. Sie ging zur Tür und schob den Riegel vor. *Gewiss wird Rafael nicht annehmen, er könnte uneingeladen hier reinkommen!*

Deborah zog sich aus und kramte dann eines ihrer Nachthemden hervor, das sie über einen Stuhl neben der Wanne legte. Nackt vor dem Frisiertisch, steckte sie ihr Haar zu einem losen Knoten auf. Danach nahm sie ein Stück Seife und ließ sich wohlig aufseufzend in das duftende Wasser sinken.

Rafe stand in der Tür, die Adams Zimmer mit dem großen Schlafzimmer der Hausherrin verband, und starrte gebannt auf die Schönheit seiner Mondblume. Sie war von ihm abgewandt, und ihr Kopf ruhte auf dem hinteren Rand der Wanne, als sie die Augen schloss und ein wenig vor sich hin döste. Er konnte die stolz aufgerichteten Brüste mit den rosigen Spitzen sehen, die sich bei jedem ihrer Atemzüge unverschämt aus dem Wasser hoben und senkten. Er unterdrückte ein Aufstöhnen des Verlangens, schlüpfte in den Raum und schloss die Tür zum Zimmer ihres schlafenden Sohnes. Er blickte hinüber zur Tür am Flur und lächelte.

Sie hat die Tür verriegelt, genau wie ich es vorausgesehen habe, dachte er amüsiert. Dann verschwand all seine Belustigung, als er überlegte, wie er vorgehen sollte. Seit er sie an diesem Nachmittag bei ihrem Wortgefecht mit Flores gesehen hatte, sehnte er sich nach ihr und musste sich gewaltig beherrschen, um sie nicht zu packen und in rasendem Verlangen zu nehmen. Was, wenn sie sich ihm verweigerte? Konnte er sie zwingen? Selbst wenn es sein Recht als ihr Ehemann war, wollte er ihren Körper nicht auf diese Weise. Er wünschte alles von ihr, Herz und Seele ebenso.

Es gibt nur eine Möglichkeit, das herauszufinden, Rafe! Er nahm das Handtuch, das auf dem Stuhl lag, und trat näher an die Wanne heran. Rafe konnte den Lavendelduft riechen, der sich so köstlich mit ihrem eigenen Duft vermischte, und sein Herz begann zu hämmern. Er spürte, wie sein Verlangen wuchs, als er das Handtuch nachlässig über seinen Arm legte und vor sich hielt. »Du wirst ganz schrumpelig, wenn du noch länger im Wasser bleibst, Mondblume.«

Deborah riss die Augen auf und setzte sich ruckartig in der Wanne auf, dass Wasser aufspritzte. »Wie kannst du es wagen …?« Sie verstummte und glitt unter Wasser, als sich ein rötlicher Hauch über ihre nackten Brüste stahl.

»Nicht so laut, du wirst sonst Adam aufwecken«, meinte er leise.

»Wie hast du … oh!« Ihr Blick flog zu der Tür zum Zimmer ihres Sohns. Diese Möglichkeit hatte sie völlig übersehen!

»Hier, steh auf und lass dich von mir abtrocknen«, bot er fürsorglich an.

Sie ließ sich noch tiefer in die Wanne gleiten. »Nein! Ich meine, ich kann mich selbst abtrocknen. Ich habe dir dein Zimmer am Ende des Flurs gerichtet, wo meine Assistentin sonst zu schlafen pflegt.« Sie musterte ihn argwöhnisch, um seine Reaktion zu sehen.

Er lächelte langsam, wie um ein dummes Kind aufzuheitern. »Warum sollte ich ein anderes Zimmer nehmen, wenn meine Frau gleich hier das größte und bequemste Bett hat? Jeder wird von uns erwarten, dass wir zusammen schlafen, Deborah. Du trägst immer noch meinen Ring an deinem Finger.« Er blickte auf den kostbaren, mit Filigran geschmückten Goldring, den sie all diese Jahre getragen hatte – wegen der gesellschaftlichen Konventionen, hatte sie sich stets eingeredet.

»Und was, wenn ich nicht bereit bin, dort zu beginnen, wo wir aufgehört haben, Rafael?«

»Dies ist nicht, wo wir aufgehört haben. Wir sind in Texas, falls du das vergessen hast. Und wir sind beide anders als die Menschen, die wir vor sechs Jahren gewesen sind.«

»Umso mehr Grund zu warten«, gab sie leise zurück, als er sich an den Rand der Wanne kniete.

»Ich habe sechs lange Jahre gewartet, meine Liebe. Ich kann nicht länger warten«, entgegnete er, und seine Stimme klang rau vor Leidenschaft, als er mit seiner dunklen Hand ihren blassen Arm ergriff. Er spürte, dass sie leicht zitterte, als er sie aus der Wanne hochzog. Dann hüllte er sie in das Handtuch und rieb damit sanft über ihren Rücken hinauf und hinab, über ihre Schultern, die Brüste hinab über ihren Leib.

Deborah stand still und zitterte, aber nicht vor Kälte. Die Berührung seiner warmen, schwieligen Hände unter dem dünnen Leinentuch bewirkte den alten, vertrauten Zauber bei ihr.

»Ich glaube, du bist trocken genug«, erklärte er mit belegter Stimme, ließ das Handtuch fallen und hob sie aus der Wanne. Er setzte sie neben dem Bett ab, gab sie jedoch nicht frei. Stattdessen sah er ihr tief in die Augen, bat um ihr Einverständnis, bis sie langsam die Hände hob, seine Brust berührte und dann über seine Schultern streichelte. Erst dann zog er sie fester an sich, um sie verzehrend zu küssen.

Seine Zunge stieß gegen ihre Lippen, bis Deborah sie öffnete. Leise aufstöhnend, grub sie eine Hand in sein langes, schwarzes Haar, zog seinen Kopf näher und vertiefte den Kuss. Langsam, um Atem ringend, beendete er den Kuss, hob sie unter den Knien an und legte sie sanft aufs Bett. Dann begann er schweigend seine Kleidung abzustreifen, während sie ihm zuschaute.

Wenn er schon zuvor dunkel und muskulös ausgesehen hatte, war er jetzt bronzefarben von der Sonne und sehnig. Als ihr Blick über die vertrauten Linien seines Körpers glitt, sah sie die Narben auf seiner Brust, den Armen und sogar eine übel aussehende Narbe auf seinem linken Oberschenkel.

»Ein Souvenir von einem Mustang, den ich zuritt und der nicht mitmachen wollte«, meinte er. Er lächelte, als er merkte, wie sie die längst verheilte Risswunde anstarrte.

»Haben die Indianer ...« Sie verstummte entsetzt, als sie sich den Schmerz vorstellte, den einige der größeren Wunden verursacht haben mussten. Deborah tastete über die Pfeilnarbe an seiner Seite.

»Ja, die Comanchen sind an dieser Narbe und an ein paar anderen schuld«, flüsterte er, neigte sich hinab und fuhr mit seinen Fingerspitzen federleicht über ihre Hüfte und ihren Leib hinauf, über die winzigen weißen Linien bis zu ihrem Bauchnabel.

»Ich habe ebenfalls Narben«, sagte sie. »Schwangerschaftsstreifen von deinem Sohn. Missfallen sie dir?«

Er neigte sich hinab und folgte den Malen mit der Zungenspitze bis zu ihrem flachen Bauch und schmiegte sich an ihn. »Nein«, erwiderte er. »Sie missfallen mir überhaupt nicht. Findest du meine abstoßend?«

Deborah presste ihre Lippen auf die verblasste Narbe an seiner Seite, während sie hinab zu der Oberschenkelnarbe streichelte. »Ich finde dich wunderschön.« Sie spürte, wie ihr Herz heftig pochte, als er sie auf das Bett drückte, wie er die Spitzen ihrer Brüste erregend streichelte, und sie wölbte sich ihm entgegen und stieß seinen Namen hervor. »Rafael!«

»Ich wollte nie, dass jemand meinen alten Namen benutzt, weil er mich daran erinnert, wer ich gewesen bin«, flüsterte er. »Aber ich liebe den Klang dieses Namens aus deinem Mund, Mondblume.« Er barg jetzt sein Gesicht zwischen ihren Brüsten, umschmeichelte mit Lippen und Zunge erst eine, dann die andere. »Nenn mich bei meinem alten Namen«, wisperte er an ihrem Hals, und sie spürte seinen warmen Atem, die Glut seiner Lippen.

»Rafael«, flüsterte sie. »Rafael.«

Er spürte, wie sie sich zu ihm aufbäumte, und er spreizte aufstöhnend ihre Beine, verharrte über ihr und sammelte einen kleinen Rest von Selbstkontrolle, bevor er in sie eindrang. Sie war feucht, als sie sich ihm öffnete. Langsam füllte er sie aus, und ihm stockte der Atem, als er feststellte, wie jungfräulich eng sie sich anfühlte; er hatte Angst, ihr wehzutun.

Weit davon entfernt, Schmerz zu empfinden, fühlte Deborah nur ein verzehrendes, verzweifeltes Verlangen. Sie spannte die Beine um ihn, bäumte sich zu ihm auf, zog ihn tief in sich hinein und seufzte vor Freude, als er ihr gab, was sie so viele Jahre entbehrt hatte. Sie verloren sich im Rhythmus der Lust, ließen die Wellen der Wonne immer höher steigen. Deborah umklammerte seinen Nacken und schmiegte sich mit dem Mund an seine Halsbeuge, erstickte ihr Stöhnen und Luftholen an seiner heißen, schweißbedeckten Haut. Er flüsterte zärtliche Worte in ihr Ohr, wie sehr er sie begehrte, sie brauchte, wie gut sie sich anfühlte, so gut, wie es bei keiner anderen Frau jemals gewesen war, und zum ersten Mal in sechs Jahren verfiel er unbewusst in seine Muttersprache. Deborah war so lange ohne seine Berührung gewesen, ohne die herrlichen Wonnen, die nur die Vereinigung mit ihm ihr schenken konnte, dass sie gar nicht bewusst wahrnahm, dass er Französisch sprach. Sie spürte nur, dass es nach so vielen Jahren wie eine Rückkehr zum Guten war, die wunderbare Vereinigung ihrer Ehe. Bald, viel zu bald schlugen die Wogen der Lust über ihr zusammen, und ihr Höhepunkt war süßer und stärker als alles, was sie jemals erlebt hatte. Sie gab sich ganz dieser köstlichen Erfüllung hin, die sie erfasste wie eine sommerliche Welle an einem Strand von Nantucket. Als sie spürte, dass Rafael sich versteifte, wusste sie, dass auch er den Höhepunkt erreicht hatte.

Mit keiner anderen Frau erlebte er das, dieses Gefühl der Vollkommenheit, diese Zärtlichkeit, die jede Faser seines Seins erfüllte. Allmählich beruhigte sich sein Atem, und sein Puls raste nicht mehr. Er blickte in Deborahs violette Augen, die immer noch verdunkelt vor Leidenschaft waren. »Einige Dinge sind zu perfekt, um sie auch nur in Erinnerung zu erleben«, sagte er und küsste zärtlich ihren Hals. Unbewusst war er wieder ins Englische gewechselt.

Obwohl er ihr aus dem Herzen sprach, verspürte Deborah zunehmend Furcht. Er hatte sich zu einem Texaner verändert, doch er war noch der wilde, launische Kreole, dem sie so hilflos in New Orleans verfallen gewesen war. Ein Teil von ihm würde immer *dieser* Rafael sein, arrogant und manipulierend, der Rafael, der sie benutzte und beherrschte. Unmut stieg in ihr auf, doch seine sanften Zärtlichkeiten, als sie sich an seinen heißen Körper schmiegte, weckten in ihr ein überwältigendes Gefühl der Befriedigung und Erschöpfung.

Tageslicht. Der Morgen war klar und warm. Deborah erwachte langsam. Von unten drangen Geräusche zu ihrem Zimmer, Pensionsgäste gingen durch die Halle. Sie hatte verschlafen! Sie spürte das Kratzen von Rafaels Bart und die Wärme seines Körpers. der sie besitzergreifend umschlang. Deborah versuchte, sich aus seinen Armen zu lösen, ohne ihn zu wecken. Da waren sie, beide nackt im Bett, und die Hälfte der Pensionsgäste war gleich hinter ihrer Tür ... und Adam! O Gott. Ihr Sohn kam stets in ihr Zimmer, um ihr guten Morgen zu sagen, wenn sie sich ankleidete und frisierte.

Genau in diesem Augenblick öffnete sich langsam die Tür von Adams Zimmer. Das leise Knarren bewirkte offenbar, was Deborah nicht geschafft hatte, als sie sich aus Rafaels Umarmung gelöst hatte, denn er erwachte sofort und setzte sich auf. Adam zögerte auf der Türschwelle, war unsicher, wie er sich verhalten sollte. Seine großen, schwarzen Augen weiteten sich, als er sah, dass seine Mutter immer noch im Bett lag – mit seinem Vater. Er hatte nie in Betracht gezogen, dass sein neuer Papa mit ihr schlafen würde!

Rafe schaute seinen Sohn an, dessen Gesicht deutlich seine Überraschung, Verlegenheit und Eifersucht widerspiegelte, alles zu gleichen Teilen. Lächelnd klopfte er auf die Bettkante und rief: »Guten Morgen, Schlafmütze. Sieht aus, als hätten wir alle verschlafen. Komm her.«

Der unbeschwerte Willkommensgruß war alles, was Adam brauchte. Der Junge flitzte zum Bett und warf sich in die Arme seines Vaters. Er war immer noch willkommen. »Ich habe gewartet und gewartet, aber ich habe nicht gehört, dass du aufgestanden wärst, Mama. Ist alles in Ordnung mit dir?« Er blickte fragend seine Mutter an, die Laken und Bettdecke bis zum Hals hochgezogen hatte.

Rafe unterdrückte ein Lachen und antwortete für sie: »Deiner Mutter geht es prima, Sohn, sie hat nur zu hart gearbeitet.«

Deborah errötete und setzte zu einer scharfen Erwiderung an, doch sie konnte Rafael vor Adam nicht tadeln. »Adam, warum ziehst du dich nicht an und siehst nach, ob Sadie Hilfe bei der Zubereitung des Frühstücks braucht? Sag ihr, dass ich gleich runterkomme.«

»Da es zum Teil meine Schuld ist, werde ich mit dir gehen«, fügte Rafe hinzu, hob den Jungen hoch und setzte ihn leicht am Boden ab. Er warf die Decke zur Seite, glitt aus dem Bett und stand splitternackt auf.

Adam starrte ihn an. »Wie kommt es, dass du nichts ... nichts anhast? Mama besteht immer darauf, dass ich das blöde alte Nachthemd anziehe.«

Rafe griff nach seinen Hosen, lächelte und sagte: »Nun, aus mehreren Gründen. Zuallererst, Jungen müssen anziehen, was ihre Mama ihnen herauslegt. Und weil Papas mit Mamas schlafen, hilft das, sie warm zu halten.« Er zwinkerte Deborah zu. »Eines Tages, wenn du groß bist und heiratest, wirst du das verstehen. Warte es nur ab.«

Adam dachte darüber nach, während Rafe in seinen Satteltaschen kramte und ein sauberes Hemd und einige Toilettenartikel herausnahm. »Zieh dich schnell an, und wir treffen uns im Waschraum für Männer, damit du dir die Zähne putzen kannst«, wies er Adam an.

»Kann ich dir auch beim Rasieren zuschauen?«, bat Adam und musterte Rafes dunkle Bartstoppeln.

»Nur wenn du dich mit dem Anziehen beeilst.« Der Junge verschwand blitzschnell in seinem Zimmer. Rafe schloss die Tür, blickte zu seiner Frau und meinte lächelnd: »Du kannst jetzt aus deinem Bau herauskommen, du kleiner Maulwurf.«

Sie warf ein Kissen nach ihm.

Er duckte sich flink. »Pass auf, damit du nichts zerdepperst. Wie würdest du das deinem Sohn erklären?«

»Warum sollte ich ihm irgendetwas erklären? Du hast

anscheinend genug Erklärungen für jede Situation, die sich ergibt!«, stieß sie wütend hervor. »Du brauchtest nur in sein Leben zu spazieren und mit den Fingern zu schnippen, und er sprang in deine Arme.« *Du brauchtest mich nur zu verführen, und ich tat das Gleiche.*

Rafe hielt im Zuknöpfen seines Hemdes inne und ging zum Bett. Er setzte sich und zog sie in seine Arme. »Sei nicht ärgerlich. Adam ist natürlich eifersüchtig gewesen, weil ich in deinem Bett lag – und es ist an der Zeit, dass er die einfachen Tatsachen des Lebens versteht. Er braucht einen Vater ebenso wie eine Mutter, *Chérie.*«

Sie versteifte sich bei dem französischen Kosewort. »Sprich nicht Französisch mit mir!«, entfuhr es ihr, und dann hätte sie sich am liebsten auf die Zunge gebissen.

Rafe blickte verwirrt drein. »*Chérie?* Dich so zu nennen ist wohl kaum ein Rückfall in mein altes schlimmes Verhalten, Deborah ...« Seine Stimme verlor sich. Ihm fiel ein, wie er in der vergangenen Nacht Französisch zu ihr gesprochen, sein Verlangen, seine Schwäche offenbart hatte. Seine Miene wurde verschlossen. »Du willst also immer noch die Vergangenheit ausgraben und dich daran klammern. Anscheinend, Frau, bin ich dazu verdammt, ein Fremder zu sein, dazu verdammt, der Mann zu sein, den du geheiratet hast. Vielleicht bin ich beides zugleich. Du bist immer noch dieselbe dickköpfige Yankee – das hat sich nicht geändert.« Er seufzte und stand auf, um sein Hemd zuzuknöpfen. Als er in den Spiegel schaute, sah er, dass Deborahs Blicke ihm begierig folgten, während sie wie erstarrt auf dem Bett saß. »Einige andere Dinge haben sich ebenfalls nicht verändert, nicht wahr, Mondblume?«

Rafe entriegelte die Tür. Bevor er aus dem Zimmer schlenderte, verharrte er einen Moment auf der Schwelle, um zu flüstern: »Und schließ nie wieder eine Tür vor mir ab. Adam würde die Erklärung nicht gefallen, die ich ihm geben würde, weil ich eingebrochen bin!«

Rafe überredete seinen Sohn, sich die Zähne zu putzen und sogar das Gesicht zu waschen, abscheuliche Pflichten für einen sechsjährigen Jungen. Als er Adams widerspenstiges, schwarzes Haar zurückkämmte und es gespielt kritisch musterte, wurde ihm klar, wie viel er vom Leben seines Sohns versäumt hatte. Er konnte den Gedanken nicht ertragen, jetzt den Jungen oder seine Mutter zu verlieren.

Doch er wusste, dass er die Dinge mit Deborah heute Morgen schlecht angepackt hatte. Er fluchte in sich hinein. Adam brauchte die Hand eines Mannes, verdammt. Sie verwöhnte ihn. Erst jetzt hatte er erfahren, dass der Junge nie auf einem Pony gesessen hatte! Jeder kreolische Junge bekam sein erstes Pony, sobald er aufsitzen und sich darauf halten konnte, eines der wenigen Dinge, die sie mit Texanern gemein hatten. Er würde das in Ordnung bringen, sobald sie auf der Renacimiento eintreffen würden.

»Wie würde es dir gefallen, heute Nachmittag mit mir zu den Ställen zu gehen und Bostoner kennen zu lernen?«, fragte Rafe das zappelige Kind, als er mit dem Kämmen seines Haars fertig war.

Adams Augen leuchteten auf. »Der große Hengst, von dem du mir erzählt hast? Oh, prima!«

Deborah ignorierte Sadies wissendes Grinsen, als sie verspätet in die Küche kam, und begann, Brötchen aus dem Ofen zu ziehen und Würstchen auf einer großen Platte aufzuschichten. Als sie das Essen in den Essraum brachte, bemerkte sie, dass Rafael und Racine Schwartz in der Halle standen und angeregt miteinander plauderten.

»Nehmen Sie sich vor diesem Skunk in Acht, Mr. Fleming, merken Sie sich meine Worte. Kaum war Miss Deborah fort, um diesen General Woll aufzusuchen, kam dieser Flores her und schnüffelte ihr nach wie ein liebeshungriger Mustang. Er ist ein widerliches Stinktier.«

»Und Sie sagen, er drückte sich heute Morgen wieder hinter dem Haus herum?«, hakte Rafe beiläufig nach.

»Ja, er fragte Chester, ob Sie und Miss Deborah tatsächlich verheiratet sind und wo Sie sich jetzt aufhalten – er war wirklich neugierig. Natürlich hat Chester ihm nichts verraten, und ich kam bei meinem morgendlichen Bummel zum Garten vorbeigeschlendert und habe den Mistkerl verscheucht«, endete der Mann mit glitzernden Augen. Er klopfte auf eine alte Steinschlosspistole in seiner Jackentasche.

»Ich treffe mich heute mit dem General. Ich glaube, ich werde ihn beim Essen nach Enriques Auftrag befragen«, erwiderte Rafe.

Deborah bekam es mit und hatte eine böse Vorahnung. Sie eilte in die Halle. »Kennst du diesen Captain Flores, Rafael?«

»Sagen wir, ich hege einen starken Groll gegen ihn«, gestand er ruhig.

»Du wirst ihn töten, nicht wahr?« Sie sah seine verschlossene, harte Miene und wusste, dass es so war.

Kapitel 24

Ich hörte, Sie haben einen Mann namens Enrique Flores unter Ihrem Kommando, stimmt das?«, erkundigte sich Rafe beiläufig, als er einen Bissen des ausgezeichneten Beefsteaks aufspießte, das der Koch des Generals zum Mittagessen serviert hatte.

Der Franzose nippte an seinem Wein und überlegte einen Moment. »Ah, ja, ein Captain, einer der Irregulären unter Colonel Antonio Perez, die sich freiwillig gemeldet haben. Aber weshalb interessiert Sie das?« Wolls Blick war scharf und abschätzend.

Rafe wich der Frage aus. »Habe ich Ihnen schon erzählt, dass ich mit meiner Frau und meinem Sohn wiedervereinigt bin, die während des Aufstands von 1836 von mir getrennt worden waren?« Er schwieg kurz und fuhr dann fort: »Es war eine riesige Überraschung, sie nach sechs Jahren hier zu finden.«

»Eine freudige, dessen bin ich sicher«, fügte Woll hinzu. »Nachdem ich Ihre Gattin kennen gelernt habe, kann ich bestätigen, dass sie eine sehr schöne Frau ist.«

»Das ist ein Teil des Problems«, gab Rafe zurück und wählte vorsichtig seine Worte. »Wissen Sie, ihre Schönheit ist es, die Flores zu ihr hingezogen hat.«

»Wenn Captain Flores' Verhalten gegenüber Ihrer Gattin in irgendeiner Weise unkorrekt war, Mister Flamenco, werde ich Schritte unternehmen …«

»Nein, bitte, ich versichere Ihnen, General, dass ich in einer so explosiven Stadt keine Unstimmigkeiten zwischen dem Militär und der Bürgerschaft möchte. Dem Captain war wohl nicht klar, dass Madame Fleming verheiratet ist, als er ihr Komplimente machte. Wenn Sie so freundlich wären, ihm zu erklären, dass sie unter Ihrem Schutz steht, muss die Sache bestimmt nicht weiterverfolgt werden, da bin ich sicher.« Als der General verständnisvoll nickte, atmete Rafe erleichtert auf. Solch ein Tadel würde Flores davon abschrecken, Deborah und Adam in seine Pläne zu verwickeln. Zuerst musste Rafe seine Familie in Sicherheit bringen, dann konnte er sich mit Enrique befassen.

»Ich bedaure, dass es keine neuen Ergebnisse bei der Suche nach Ihrer Schwester und diesem amerikanischen Schurken gibt, Mister Fleming.«

Rafe zuckte bedauernd mit den Schultern. »Ich auch, aber ich habe an so vielen Orten gesucht, dass ich diesmal zweifellos nur einer weiteren falschen Spur gefolgt bin. Doch es war ein gütiges Schicksal, das mich nach San Antonio geführt und mich mit meiner Frau und meinem Sohn wieder vereint hat.«

Als die Ordonnanz Wein nachschenkte und den Tisch abräumte, dachte Adrian Woll: *Äußerst sonderbar, dass es für einen Mann wie Rafael Flamenco so schwierig sein sollte, die weiblichen Mitglieder seiner Familie ausfindig zu machen.* Aber er behielt seine Gedanken für sich.

»Ich habe eine Verantwortung gegenüber diesen Gefangenen, und ich werde mich nicht wegen irgendeiner lächerlichen Blutrache zwischen dir und Captain Flores vor meiner Pflicht drücken«, sagte Deborah an diesem Abend auf der hinteren Veranda der Pension wütend zu ihrem Mann.

»Der Kerl ist ein Killer, ein Comanchero. Du lebst seit sechs Jahren in Texas und weißt, was Comancheros sind«, erwiderte Rafe ruhig.

Deborah erinnerte sich an den großen, hässlichen Rohling, der Charlee entführt hatte, und erschauerte. »Ich weiß, welche Art Männer Comancheros sind, aber ich bezweifle, dass Flores zu dieser Kategorie zählt. Du hasst ihn aus irgendeinem anderen Grund, und ich will nicht darin verwickelt werden.«

Er knirschte ungeduldig mit den Zähnen. »Du *bist* darin verwickelt, einfach weil du meine Frau bist. Er wird dich und Adam benutzen, um an mich heranzukommen. Deshalb musst du von den Gefangenen fortbleiben. Flores hat das Kommando über sie.«

»Ich kann mich nicht im Haus verstecken und hoffen, dass die Mexikaner abziehen, Rafael. Du hast dich mit General Woll angefreundet. Bitte ihn, sich mit dem Problem Flores zu befassen.«

»Ich habe Woll erzählt, dass Flores bei dir Annäherungsversuche unternommen hat, und der General hat versprochen, ihn zu tadeln. Aber das heißt nicht, dass es sicher für dich ist, auf den Straßen zu paradieren.«

Sie stemmte die Hände in die Hüfte. »Oh, darauf läuft es also wieder hinaus. Auf den Straßen paradieren – unbegleitet. Ich bin in den vergangenen sechs Jahren allein meiner Wege gegangen, unbegleitet, ohne Anstandsdame. Ich bin nicht mehr das zwanzigjährige Mädchen, das in Tränen aufgelöst aus New Orleans flüchtete.«

Er lächelte schief und zog sie an sich. »Ich weiß, dass du dich verändert hast, und ich versuche nicht, deinen texanischen Geist zu unterdrücken, Deborah. Ich will, dass du so bleibst, wie du bist – aber du sollst sicher sein, *das* möchte ich, verdammt!« Er neigte sich vor, um sie zu küssen.

Einen Moment widerstand sie dem Kuss und Rafes Umarmung, doch dann gab sie nach und küsste ihn ebenso leidenschaftlich. Erst als sie Sadie zur Küchentür schlurfen hörte, löste sie sich schwer atmend aus seinen Armen. »Ich muss das Essen zubereiten. Ich werde es heute Abend durch Mrs. Parker und Mrs. Sandoval zu den Gefangenen bringen lassen.«

Am nächsten Vormittag wurde ihr Waffenstillstand gebrochen.

»Was, zum Teufel, meinen Sie damit, sie ist mit Doktor Weidemann gegangen?«, wollte Rafe von Racine Schwartz wissen. »Kann ich sie denn keine Stunde unbeaufsichtigt lassen, ohne dass sie etwas Verrücktes tut?«

»Ich habe verdammt alles versucht, um sie aufzuhalten, aber sie und dieser russische Doc hauten ab, um einen der Soldaten zu behandeln, der bei der Verteidigung der Stadt angeschossen wurde«, verteidigte sich der alte Mann. Er war, so schnell er konnte, von der Pension zum Stall gehumpelt, wo Rafe Bostoner striegelte.

»Ma geht immer mit dem Doc. Sie ist die beste Krankenschwester«, krähte Adam. Er umklammerte einen Striegel, und sein kleines Gesicht spiegelte Verwirrung wider, weil sein Vater so ärgerlich war.

»Bringen Sie bitte Adam zurück zur Pension, Racine«, bat Rafe und ignorierte die Bemerkung des Jungen. »Ich kümmere mich darum, dass seiner Mutter nichts passiert.« Rafe eilte zum Hauptplatz davon.

Die Stirn des Arztes war in tiefer Konzentration gefurcht, als er vorsichtig die Stiche der Wunde betupfte. Der Verwundete lag geduldig auf einem Küchentisch im Maverick House, in dem die Verteidiger von San Antonio gefangen gehalten wurden.

»Oh, Doc, das tut ziemlich weh«, klagte Walt Mabry.

»Aber es heilt sauber. Das ist das Wichtigste.« Dr. Weidermanns Englisch war korrekt und hatte nur einen leichten europäischen Akzent ungewissen Ursprungs. »Mrs. Kensing … Fleming, geben Sie mir bitte die Salbe.«

Deborah spürte, wie Hitze in ihre Wangen stieg, als sie dem Doktor ein Fläschchen mit stark riechender Wundsalbe reichte. *Jeder in der Stadt weiß über Rafael und mich Bescheid.* Sie fluchte in sich hinein und blickte nervös über ihre Schulter zu Captain Flores. Sie fühlte sich unbehaglich, weil sie sich davongestohlen hatte, um den Doktor zu begleiten, aber sie war die einzige ausgebildete Krankenschwester. Und im Grunde ihres Herzens musste sie sich eingestehen, dass sie ihrem Mann hatte zeigen wollen, dass sie ein eigenes Leben hatte.

Als sie ihre Runde in dem provisorischen Krankenlager beendet hatten, ging Deborah zur Pension zurück. Tief in Gedanken versunken, hörte sie nicht die Schritte, die ihr folgten. Als sie plötzlich die raue, flüsternde Stimme hörte, schrak sie zusammen und blickte auf.

»So sehr in Gedanken, Mrs. Fleming! Eine Lady braucht auf der Straße Begleitung, besonders eine so schöne Lady, die nicht aufpasst, wo sie hingeht.« Enrique Flores starrte ihr in die Augen, als er besitzergreifend ihren Arm ergriff.

»Lassen Sie mich los, Captain – sofort«, sagte Deborah ruhig.

In Flores' schwarzen Augen glitzerte es kalt und unheilvoll, und so klang auch sein Lachen. »Ich denke nicht daran. Ich hatte schon immer eine Vorliebe für Blonde, aber als ich herausfand, dass du Rafael Flamenco gehörst – nun, das versüßt das Ganze noch.« Anstatt sie loszulassen, verstärkte sich sein Griff sogar, als er sie zu einem baufälligen Haus schob, dessen Tür einen Spalt offen stand. Verzweifelt sah sich Deborah auf der verlassenen Straße um. Bei dem Kriegsrecht wagten sich nur wenige Leute vor die Tür, wenn es unbedingt nötig war. Die Gegend, durch die sie ging, war verlassen, und einige Häuser standen leer. *Ich Närrin! Rafael hat Recht gehabt!*, schalt sie sich, als sie versuchte, sich aus Flores' Griff zu winden. Ihre Schuhe hatten harte Ledersohlen, und als sie gegen sein Schienbein trat, schrie er vor Schmerz und Überraschung auf. Deborah hob ihren Arm und wollte ihm die Fingernägel durchs Gesicht ziehen, doch eine tiefe, scharfe Stimme beendete ihren Kampf mit Flores.

»Lass sie los, Flores. Ich würde es hassen, wenn du so schnell und schmerzlos stirbst.« Die Worte wurden von einem Stoß mit der Mündung des Patterson Colts Kaliber .36 unterstrichen, der gegen Flores' Nacken drückte.

Rafe war lautlos wie ein Comanche aufgetaucht. Alles in ihm schrie danach, seinen Feind zu töten, doch er erkannte, wie dumm es wäre, einen von Wolls Captains am helllichten Tag zu erschießen. Er selbst würde binnen vierundzwanzig Stunden vor einem Hinrichtungskommando stehen.

Flores grinste teuflisch und ließ Deborah los. »Du sehnst dich danach abzudrücken, wie? Das kann ich spüren. Sieh nur, deine Hand zittert, weil du dich zurückhältst, aber wir müssen beide unseren Oberbefehlshaber respektieren, nicht wahr?«

»Treib es nicht auf die Spitze, Flores«, keuchte Rafe und zog den kalten Stahl vom Nacken des Mexikaners fort.

Flores zuckte die Schultern und wich zurück. »Du kannst mich nicht auf einem so öffentlichen Platz erschießen, mein Freund. Du musst auf eine bessere Gelegenheit hoffen, wie?« Er tippte mit spöttischer Höflichkeit vor Deborah an seine Hutkrempe und schlenderte davon.

Deborah sah den Zorn ihres Mannes und erschauerte.

»Ich habe dich gebeten, nicht auszugehen. Vielleicht verstehst du jetzt, warum.« Rafe wollte sie in die Arme nehmen, doch sie schob ihn ärgerlich fort.

»Du hast mir befohlen, nicht ohne Anstandsdame spazieren zu gehen«, erwiderte sie und fühlte sich pedantisch, noch während sie die Worte aussprach.

Er lehnte sich gegen die Wand des Hauses und schob seinen Hut aus der Stirn zurück. »Er hätte dich vermutlich nicht getötet – nur misshandelt, vielleicht vergewaltigt und dich dann mit einer Botschaft zu mir geschickt.«

»Wenn du versuchst, mir Angst einzujagen, dann funktioniert es«, antwortete sie und zwang sich zu einem ruhigen Tonfall, um gelassen wie er zu wirken. »Warum hasst er dich so sehr?«

Rafe zuckte die Schultern. »Vor sechs Jahren raubte er meine

Waffen und meinen Proviant, tötete meine Männer und verkaufte mich an die Comanchen. Er tat es für Geld, aber ich bezweifle, dass dies sein einziges Motiv war. Ein Typ wie er liebt es, Leute bluten und leiden zu sehen. Er blieb in jener Nacht im Comanchenlager, um sich die Folter anzuschauen. Vermutlich hat er …« Er sah das Entsetzen in ihren Augen, verstummte und zog sie von neuem an sich. »Lass uns jetzt einfach zur Pension zurückgehen. Du bleibst dort und passt gut auf Adam auf.« Er sah die schreckliche Furcht in ihren Augen und nickte. »Ja, er würde auch versuchen, durch meinen Sohn an mich heranzukommen. Du musst mich dies regeln lassen, Deborah.« Als er diesmal den Arm um sie legte, widersetzte sie sich nicht. Sie gingen schnell nach Hause.

Als der Abend hereinbrach, nahm Deborahs Nervosität mit zunehmender Dunkelheit zu. Sie musste eine weitere Nacht in Rafaels Armen verbringen und all ihr Verlangen, ihre Einsamkeit und Sehnsucht enthüllen – alles, was sie so lange vor anderen verborgen hatte. *Wie kann ich ihm vertrauen?*, fragte sie sich. Und die Dunkelheit gab höhnisch zurück: *Wie kannst du dich ihm versagen?*

Nach dem Abendessen ging Rafe zum Stall, um Bostoner zu versorgen. Deborah beschäftigte sich in der Küche mit dem Abwasch. Als Sadie und sie fertig waren, schickte sie die alte Frau ins Bett und setzte sich hin, um die Menüs für den Rest der Woche zu planen. Sie konnte sich kaum konzentrieren, rieb sich die Schläfen und begann von neuem. Plötzlich klopfte es zaghaft an der Hintertür, und eine vertraute Stimme erklang: »Oh, Gott sei Dank bist du da und wohlauf!«

»Charlee! Wie bist du nach San Antonio gekommen?« Deborah eilte zu ihrer Freundin, um sie zu umarmen. Charlee war wieder mit denselben schäbigen Männersachen bekleidet, die sie vor Monaten aufgegeben hatte.

»Manchmal zahlt es sich aus, sich wie ein Junge zu kleiden,

besonders, wenn man mitten in der Nacht als Eichhörnchenjägerin auf einer geheimen Mission ist!« Charlee drückte Deborah an sich.

»Aber überall stehen Wachtposten, und sie haben den Befehl, auf jeden zu schießen, der gegen das Ausgehverbot verstößt.«

»Um jemanden zu erschießen, müssen sie ihn erst sehen. Hölle, Deborah, ich könnte jeden dieser Soldaten in die besten Eichhörnchenwälder in St. Genevieve mitnehmen, und sie würden nie ein Eichhörnchen erwischen! Jedenfalls bin ich wirklich gut darin, mich durch schmale Lücken zu zwängen und unsichtbar zu bleiben.«

»Es ist trotzdem gefährlich. Da du jetzt hier bist, wirst du hier bleiben müssen, es sei denn, Jim ist …«

»Jim ist nicht bei mir«, unterbrach Charlee und machte Deborahs Hoffnung zunichte, dass sie vielleicht zur Bluebonnet Ranch fliehen und Rafael ausweichen konnte. »Er würde mir die Haut abziehen, wenn er wüsste, dass ich mich heimlich hier eingeschlichen habe. Lee und er jagen Comanchen. Wir haben erst heute erfahren, dass die Stadt besetzt ist. Ich bin sofort hergekommen. Ist Adam wohlauf?«

»Ja, dem gehts prima. Er ist eigentlich überglücklich.« Ihre Stimme verriet, wie aufgeregt sie war.

»Diese mexikanischen Soldaten gehen dir wirklich auf die Nerven, nicht wahr?«

»Oh, Charlee, das ist es nicht, es ist … Oh, du musst von hier verschwinden. Es ist nicht sicher. Du wirst auf der Bluebonnet vermisst werden.«

Rafe unterbrach sie. »Das finde ich ebenfalls.« Er sah Deborah wissend an. Sie würde zur Ranch ihrer Freundin fliehen, wenn sie das könnte! Er sah das zierliche Mädchen in ausgebeulter Männerkleidung an. Rafe hatte gesehen, dass die beiden Frauen sich umarmt hatten, und er wusste, dass dies

Charlee sein musste. Grinsend über die ehrfürchtige Scheu, mit der sie ihn betrachtete, legte er einen Arm um Deborahs Taille.

»Wer sind Sie?«, fragte das Mädchen mit dünner Stimme.

Sein Blick befahl Deborah, für ihn zu antworten. *Du musst dich der Realität stellen, Deborah.* Er spürte, wie sie tief Luft holte, bevor sie erklärte: »Charlee, dies ist Rafael Beaurivage Flamenco, mein Ehemann.«

»Auch bekannt als Rafe Fleming«, fügte er lächelnd hinzu.

»Sie sind Adams Vater! Aber wie ... warum ...?«

»Es ist spät, und wir haben morgen einen langen Ritt vor uns, Miss ... Du hast mich ihr niemals vorgestellt, Frau«, neckte er Deborah. Er wusste nur zu gut, wer dieses Mädchen war, doch er wollte beide Frauen zappeln lassen.

»Charlee McAllister«, gab die jüngere Frau sofort zurück. »Ich habe für Deborah gearbeitet. Sie und Adam sind meine Freunde.« In ihrer Stimme klang ein warnender Unterton mit. Die Tapferkeit dieser kleinen zierlichen Person nötigte Rafe Respekt ab, doch bevor er eine versöhnliche Antwort finden konnte, kam Adam in die Halle gerannt.

Er warf sich in die Arme seines Vaters und rief: »Papa! Du bist weg gewesen!«

Deborah ergriff Charlee am Arm. »Ich erkläre dir das später, Charlee. Kannst du sie sicher aus der Stadt bringen, Rafael?«

»Das wird kein Problem sein. Ich habe einen Passierschein vom General. Ich sollte in der Lage sein, einen alten Freund der Familie zu *seinen* Eltern zurückzubringen«, bemerkte er scherzhaft mit einem Blick auf Charlees Jungenkleidung.

»Wie haben Sie diesen Passierschein ... oh!« Charlee errötete und verstummte.

Rafe antwortete kalt: »Sie irren sich in Ihrer Annahme, Miss McAllister. Ich gehöre nicht zu General Wolls Armee, weder zur regulären noch zur irregulären, sondern ich bin nur ein texanischer Rancher aus dem Norden.«

Bitter fügte Deborah hinzu: »Rafael meint, dass er aus einer alten Kreolenfamilie in New Orleans stammt. Bei seinen französischen und spanischen Vorfahren verspürt er keine Liebe zu den Yankee-Eindringlingen in Texas.«

Rafe grunzte angewidert. »Das denkt jedenfalls der General, und ich wäre ein Narr, ihn eines Besseren zu belehren, nicht wahr, meine Liebe?« Er zerzauste Adams Haar und sagte zu Deborah: »Jetzt solltest du deiner Freundin etwas zu essen und ein Quartier zum Ausruhen geben, während ich diesen schläfrigen jungen Frechdachs zu Bett bringe.« Als er sich mit Rafael, dessen Kopf auf seine Schulter sank, umwandte, konnte er sich eine letzte Bemerkung nicht verkneifen. »Ich werde in unserem Schlafzimmer auf dich warten.«

Er konnte sich die Geschichte von Untreue und Grausamkeit vorstellen, die seine Frau ihrer Freundin erzählen würde. Er glaubte, einen bitteren Kloß in der Kehle zu haben, schluckte, trug Adam nach oben ins Bett und deckte ihn zu. Der Junge döste bereits ein, doch dann hob er noch einmal den Kopf und fragte: »War das nicht Tante Charlee, oder habe ich nur von ihr geträumt?«

Rafe lächelte. »Ja, das war sie, aber sie ist nur hergekommen, um nachzusehen, ob mit dir und deiner Mutter alles in Ordnung ist. Sie verlässt die Stadt am Morgen, Sohn. Schlaf jetzt.«

Er setzte sich zu Adam, bis der Junge tief und fest schlief. Dann ging er hinunter in den Waschraum für Männer und nahm ein Bad. Sein müder Körper entspannte sich etwas in dem warmen Wasser. Verdammt, Flores hatte Recht gehabt. Es hatte ihm an diesem Morgen in den Fingern gejuckt, diesen Dreckskerl zu töten. Er seufzte. »Und jetzt verunglimpft meine Frau meinen bereits zweifelhaften Namen noch mehr.« Er grübelte, wie er heute Nacht mit der Situation fertig werden sollte.

Deborah bewegte das Gleiche, während sie Charlee eine Kurzfassung der Geschichte erzählte, wie sie Rafael kennen gelernt und geheiratet hatte. Sie erklärte ihrer Freundin einfach, dass es Unstimmigkeiten über die Rolle einer Frau gegeben hatte. Die Tatsache, dass sie weder aus dem Süden noch katholisch noch Kreolin war, hätte zu ihrer Trennung geführt.

Charlee versuchte, Deborah zu trösten, stellte Rafaels zielstrebige Verfolgung seiner Frau Jim Slades kaltem Verhalten zu ihr gegenüber, doch Deborah konnte ihr Unbehagen vor der kommenden Nacht nicht überwinden.

Während sie sich noch gegenseitig Mut zusprachen, kehrte Rafael zurück, offensichtlich frisch gebadet. Wassertropfen hafteten noch an den glänzenden, schwarzen Locken an seinen Schläfen und im Nacken, wo er die Haare nicht abgetrocknet hatte. Er trug weiche Mokassins, und sein Hemd war nicht zugeknöpft. »Es ist längst an der Zeit fürs Bett, Frau«, bemerkte er mit flüsterweicher, einschmeichelnder Stimme.

Rafe legte seine Hände auf Deborahs Schultern, massierte sie sanft, streichelte über ihr Schlüsselbein und den Nacken. Fast unbewusst und gegen ihren Willen gab sie seiner sanften Zärtlichkeit nach und genoss das Streicheln seiner schwieligen Hände.

»Adam schläft tief und fest. Und sicherlich ist Charlee nach ihrem Abenteuer ebenfalls müde. Am besten zeigst du ihr *ihr* Zimmer.« Er lächelte, überzeugt davon, dass es das Zimmer war, das Deborah für ihn vorgesehen hatte.

»Ich nehme an, ich bin müde«, murmelte Charlee. Sie spürte die Spannung zwischen Rafe und Deborah. »Ich kenne den Weg zu meinem alten Zimmer und kann mir selbst die Bettwäsche nehmen und mein Bett beziehen.«

Deborah fühlte sich, als würde sie verlassen, doch zugleich wollte sie Rafes Hände auf sich spüren, die einen hypnotischen Zauber auf sie ausübten. Gerade als Charlee ging, kam Chester in die Küche. Nervös räusperte er sich, um Mr. Fleming auf sich aufmerksam zu machen. Rafe wandte sich zu ihm um und fragte: »Was ist, Chester?«

Als ob er hier das Sagen hätte, nicht ich, dachte Deborah ärgerlich. Während Chester und Rafael über eines der Wagenpferde sprachen, das erkrankt war, schlenderte Deborah auf die Veranda hinaus. *Er hat Adam, meine Angestellten und meine Pensionsgäste auf seiner Seite. Selbst Charlee lässt sich von ihm einwickeln. Oh, zum Teufel mit ihm, warum übernimmt er alles in meinem Leben? Ich habe mich niemals so in sein Leben eingemischt!*

Rafe spürte an der steifen Haltung ihrer Schultern, dass sie angespannt und ärgerlich war. Er glitt lautlos aus der Küche zu ihr, umfasste ihre Schultern und flüsterte in ihren Nacken: »Es wird nichts lösen, wenn du dich hier draußen versteckst, Deborah. Wenn es sein muss, werde ich dich strampelnd und schreiend ins Bett tragen, und die Pensionsgäste, Nachbarn und die ganze mexikanische Armee können zum Teufel gehen.«

Sie versteifte sich sogar noch mehr. »Ich verstecke mich *nicht.*« Sie löste sich schnell aus seiner Umarmung und drehte sich ihm zu. »Ich wollte nur etwas frische Luft schnappen, bevor ich zu Bett gehe.«

Er schnaubte ungläubig bei ihrer spröden Antwort. »Komm her, Frau«, befahl er leise, verführerisch. Rafe hielt den Atem an und wartete auf sie, zwang sie durch Willenskraft, den ersten Schritt zu tun, und musste sich selbst eisern beherrschen, um sie nicht in die Arme zu reißen, bevor sie ihn zuerst berührte. *Du willst es so sehr wie ich, Mondblume.*

Wie in Trance gehorchte Deborah, zögernd und langsam, bis sie dicht vor ihm stand und ihre zitternden Hände auf seine Brust legte.

Er konnte sich nicht länger zurückhalten, presste sie an sich und küsste den Hals hinauf bis zu ihren Ohren, den Schläfen und Lidern. Dann, als er spürte, dass sie die Arme um seinen Nacken schlang und ihre Finger in seine Haare grub, stieß er einen leisen grollenden Laut aus und küsste sie leidenschaftlich auf den Mund. Mit einem Aufseufzen der Kapitulation öffnete sie unter seinem sinnlichen Ansturm die Lippen und erwiderte den Kuss. Ihre Zungen duellierten sich, verschmolzen miteinander, tasteten und erkundeten, bis beide vor Erregung zitterten. Rafe grub seine Hände in ihr langes silbriges Haar und zog ihren Kopf zurück. Ihre Körper pressten sich intim aneinander. Schließlich unterbrach er den tiefen Kuss, hielt Deborah jedoch immer noch fest an sich gepresst.

Schluchzend stieß sie hervor: »Du magst mich Verlangen gelehrt haben, aber du machst dir nichts aus meinem Geist, meiner Seele.«

Ihre Worte versetzten ihm einen Stich, und er keuchte: »Es ist dein Geist, deine Seele, die ich von allem am meisten besitzen möchte, Deborah.«

»Dann wirst du mir nichts mehr lassen«, flüsterte sie in der stillen Nachtluft.

»In diesem Fall ist es ein fairer Handel, denn du hast mir auch nichts gelassen, Mondblume«, murmelte er an ihrem Hals, als er sie auf die Arme hob und ins Haus trug.

»Nur weil seine Frau eine Anglo ist, heißt das nicht, dass er ein Spion ist, Captain«, sagte Adrian Woll, als er um den kleinen Schreibtisch im Wohnzimmer herumging, das in ein Büro verwandelt worden war. Flores hatte ihn bedrängt, Rafael Flamenco für zwei Tage festzunehmen, genauso wie Flamenco wollte, dass Flores festgenommen wurde. Er seufzte. »Ich weiß, dass Sie und er euch wegen der Frau gestritten habt. Gibt es da vielleicht mehr an dieser Fehde als nur Rivalität?«

Enrique Flores atmete tief durch, um sich zu beruhigen. Woll war Berufssoldat für drei Länder gewesen. Er war nicht zum General befördert worden, weil er ein Dummkopf war oder ein schlechtes Einschätzungsvermögen hatte. Bei mehreren Anlässen hatte er seine Abneigung gegen Irreguläre ziemlich klar gemacht. Wenn Woll erfuhr, dass er, Enrique, ein Comanchero war, konnte sich das als fatal erweisen. Flores musste sehr vorsichtig vorgehen.

»Mein Misstrauen gegenüber Flamenco reicht viele Jahre bis nach Nacogdoches zurück. Er und einige seiner Freunde begannen in einer Bar einen Kampf mit mir und schlugen mich fast tot. Er ist ein Feigling und Verräter.«

»Sonderbar, dass ein offenbar so gebildeter und kultivierter Mann in dieser Wildnis lebt«, überlegte Woll laut.

Flores stürzte sich sofort auf diese Gelegenheit. »Ja, bedenken Sie, wenn er wirklich aus einer vornehmen Familie stammt, was treibt er dann hier in San Antonio? Und warum nennen ihn alle Anglos in der Stadt Rafe Fleming, nicht Rafael Flamenco? Seine Frau ist eine Yankee, die sich mit Gefangenen und Aufständischen abgibt. Ich habe ihre Pension beobachten lassen. Gestern Nacht ist irgendein Bote ins Haus geschlichen und hat sich mit Fleming und seiner Frau getroffen.«

Sofort besaß er Wolls völlige Aufmerksamkeit. »Warum bin ich nicht sofort informiert worden? Ich habe strikte Befehle bezüglich Verstößen gegen die Sperrzeit und Personen gegeben, die sich aus der Stadt oder hineinschleichen.«

Flores breitete in einer beschwichtigenden Geste die Arme aus. »Ich weiß bis jetzt nur, dass ein Mann zu Fuß durch die Wachen hindurchschlüpfte und die Pension betrat. Ich habe veranlasst, dass zwei meiner besten Männer heute Morgen das Gebäude beobachten, um zu sehen, was sie als Nächstes unternehmen.«

»Ach, wirklich? Sorgen Sie dafür, dass mir sofort gemeldet wird, was geschieht. Wegtreten!« Woll sah, wie der Guerilla salutierte, eine Kehrtwendung vollführte und aus dem Büro marschierte. Er setzte sich auf das große Sofa in der Ecke des Zimmers und rieb sich über den Nasenrücken. Allmächtiger! Wie er es hasste, dass er Abschaum wie Flores unter seinem Kommando hatte, aber seine Befehle waren klar und deutlich. Er musste die Irregulären benutzen, die entlang der Grenze raubten und plünderten und mit Wilden handelten, doch alles in ihm sträubte sich, mit Banditen, die ihr eigenes Volk beraubten, gemeinsame Sache zu machen.

Er traf eine rasche Entscheidung. Er klingelte nach einer Ordonnanz und ließ einen seiner eigenen vertrauenswürdigen Offiziere holen. »Ich will, dass Mrs. Kensington oder Fleming, wie auch immer sie sich jetzt nennt, observiert wird. Stellen Sie fest, wer kommt und geht, und melden Sie mir sofort alles, auch das, was Captain Flores und seine Agenten tun.« Captain Rodriguez salutierte schneidig seinem General und ging, um seine Befehle zu befolgen.

Als Rafe an diesem Morgen erwachte, fand er Deborah schlafend neben sich. Er stemmte sich auf einen Ellenbogen und betrachtete ihr schönes, ausdrucksvolles Gesicht. Im Schlaf sah sie arglos und kindlich aus, doch er wusste, dass sich ihre Augen vor Selbstanklage und Schuldgefühlen verdunkeln konnten. *Sie gibt sich mir mit einer Leidenschaft hin, die sie nicht leugnen kann, aber ich erreiche ihre Seele nicht. Sie sieht nur einen gefährlichen Fremden in mir und hat mich als egoistischen Jungen in Erinnerung.*

Er betete, dass die gemeinsame Zeit, in der sie die Renacimiento aufbauten und Adam großzogen, es ihr erlauben würde, ihn vorbehaltlos zu lieben und ihm zu vertrauen, und stand leise aus dem Bett auf. Er würde sie noch etwas schlafen lassen. Dunkle Ringe hatten unter ihren Augen gelegen. Er rief sich ihr Liebesspiel der vergangenen Nacht in Erinnerung und lächelte. Sie hatte guten Grund, müde zu sein!

Als er mit Adam im Schlepptau im Essraum eintraf, war das Frühstück fast fertig. Er beobachtete Charlees tüchtiges Hantieren und bewunderte ihren Mut. Sie hatte sich als Junge verkleidet und war durch Wolls Linien geschlüpft. Er musste sie aus der Stadt bringen, bevor sie entdeckt und als Spionin festgenommen und ins Gefängnis gesteckt werden konnte. Er verfluchte die Gefahr durch Flores und den schlechten Zeitpunkt von Charlees Ankunft.

Als er am Frühstückstisch den Unterhaltungen zuhörte, wurde offenkundig, dass Charlee für einen sehr prominenten Texaner arbeitete, einen Veteran von San Jacinto, der in der Nähe eine große Ranch besaß. Wenn er nur seine Frau und seinen Sohn zu dieser Bluebonnet Ranch bringen könnte, damit sie vor Flores sicher wären, bis er sich mit ihm befassen konnte! Er würde seinen Passierschein nutzen, um den »Jungen« aus der Stadt und zur Ranch zurückzubringen, bevor in San Antonio jemand dahinter kam, dass sie sich in die Stadt geschlichen hatte. Dann würde er auch wissen, wo sich die Ranch befand. Er konnte nur beten, dass es ihm bei seiner Rückkehr gelang, von General Woll die Erlaubnis zu bekommen, dass Deborah und Adam die Stadt verlassen durften.

Gleich nach dem Frühstück gab Rafe Deborah einen Kuss auf die Stirn, umarmte Rafe und machte sich dann auf den Weg zum Mietstall. Dort sattelte er Bostoner und mietete ein Pony, das geeignet für einen Jungen war, den er angeblich zu seinem Cousin nach Gonzales bringen wollte.

Auf dem langen Ritt zur Bluebonnet Ranch gab Charlee schließlich ihre misstrauische Reserviertheit auf und stellte ihm Fragen über seine Vergangenheit und seine Beziehung zu Deborah.

Sie will ihre Freundin beschützen, dachte er, als er versuchte, ihre forschende Frage zu beantworten, warum er nicht wie ein kreolischer Gentleman aussah. Schöner Gentleman! Narbig und mit schwieligen Händen, bekleidet in Wildleder. Lebte er mehr wie ein wilder Indianer als wie ein zivilisierter Franzose? Er wusste, dass seine Familie gedemütigt zusammenzucken würde, wenn sie ihn in seiner gegenwärtigen Verfassung sehen könnte – sofern sie ihn überhaupt wiedererkennen würde.

»Es ist so lange her, dass ich mich an dieses Leben kaum erinnern kann. »Ich war ein verwöhnter, junger Narr, reich, gelangweilt.« Bevor es ihm richtig bewusst wurde, redete sich Rafe viel bei der mitfühlenden Charlee McAllister von der Seele, was ihn belastete. Seine Frau hatte ihrer Freundin anscheinend nur wenig über ihre gescheiterte Ehe anvertraut und nur gesagt, dass sie in verschiedenen Dingen anderer Meinung waren. Jetzt wollte er ironischerweise von Deborah genau das, worum sie ihn vor sieben Jahren gebeten hatte – und er wünschte verzweifelt, es ihr zurückzugeben: völlige Treue und Hingabe, vorbehaltloses Vertrauen und bedingungslose Liebe.

Als er Charlee bei ihrem großen Ranchhaus ablieferte, hatte er in ihr eine Freundin gewonnen. »Ich habe die Einsamkeit in Deborahs Augen gesehen, seit ich sie kennen gelernt habe. Ich glaube, sie liebt Sie, Rafe. Seien Sie geduldig mit ihr und zwingen Sie sie zu nichts. Sie hat einen starken Willen, aber sie ist es wert, auf sie zu warten.«

»Nach sechs Jahren der Suche, nehme ich an, haben wir den Rest unseres Lebens vor uns«, erwiderte er mit einem traurigen Lächeln. »Danke, Charlee.«

Auf dem Rückweg zur Stadt grübelte Rafe über Charlees Worte nach. Er musste sein Temperament und seinen Sarkasmus zügeln, aufhören, Deborah aufzuziehen, und sich mehr bemühen, die Dinge aus ihrer Sicht zu sehen. Schließlich hatte sie für sich und ihr Kind ohne Hilfe von ihm oder irgendeinem anderen Mann ein neues Leben aufgebaut. Solch eine unabhängige Frau wäre befremdend und nicht begehrenswert für

Rafael Flamenco gewesen, doch Rafe Fleming wusste, dass er keine andere lieben konnte.

»Sind Sie sich dessen sicher?« Unter General Wolls scharfem Blick fühlte sich Captain Rodriguez unbehaglich.

»Völlig sicher, General. Der ›Junge‹, den Fleming mit seinem Passierschein aus San Antonio herausschmuggelte, ist in Wirklichkeit ein Mädchen namens Charlee McAllister, eine ziemlich berüchtigte Person. Sie war darin verwickelt, dass ein Comanchero namens Rufus Brady erschossen wurde, und lebt mit einem texanischen Rancher zusammen, der bei der Rebellion von 1836 einer von Sam Houstons Offizieren gewesen ist.«

Woll blickte durch das Büro zu Captain Flores, der Rodriguez begleitet hatte. »Nun, es hat den Anschein, dass Ihr Verdacht vielleicht berechtigt gewesen ist. Ich will, dass Flamenco bei seiner Rückkehr nach San Antonio festgenommen wird.«

»Was macht Sie so sicher, dass er zurückkehren wird?«, fragte Rodriguez.

Flores grinste teuflisch. »Oh, er wird bestimmt zurückkehren. Seine Frau und sein Balg sind hier.«

»Ich wiederhole, Captains, ich will ihn lebend haben, um ihn zu verhören – nicht um ihn zu erschießen!« Woll hob kaum die Stimme, doch beide Männer wussten, wie gefährlich es war, gegen solch einen strikten Befehl zu verstoßen.

Enrique Flores plante, dieses Risiko einzugehen.

Als Rafe sich dem Stadtrand von San Antonio näherte, war er tief in Gedanken. Er überlegte, was er Deborah an diesem Abend sagen würde. Geistesabwesend tastete er in seiner Tasche nach dem Passierschein. Gerade als er ihn hervorzog und aufblickte, sah er einen der Wachtposten am Straßenrand auf ihn zielen! Der Schuss krachte über seinen Kopf hinweg, als er Bostoner parierte, herumzog, auf eine Seite des Pferdes glitt und seine Pistole zog. Mehrere Kugeln pfiffen um ihn herum, als er das Feuer erwiderte und sich hastig zurückzog. Im Zickzack preschte er von der Straße in einen Busch- und Waldstreifen.

Einer der Soldaten brach zusammen, und zwei andere sprangen in Deckung. Rafe gab Bostoner die Sporen, ritt durch einen Arroyo und galoppierte, so schnell er es wagen konnte, über den felsigen, unebenen Boden.

»Ihr Narren! Blöde Hurensöhne!« Enrique Flores tobte, als er den Bericht des Sergeants hörte, der das Kommando über seine sorgsam ausgewählten Männer hatte. »Nach all meinen Warnungen vor seiner Cleverness – verdammt, ihr habt es mit einem Mann zu tun, der den Comanchen entkommen ist!«

Sergeant Ortiz zuckte bei dem Wutanfall zusammen. »Ich habe zwei meiner besten Männer auf die Suche nach ihm geschickt. Sie werden ihn bestimmt schnappen.«

Flores schnaubte und fluchte von neuem. »Das kann ich mir vorstellen! Einen Mann zu schnappen, der bei den Comanchen lebte, sollte ein Kinderspiel für Leute sein, die zu blöde sind, erst zu feuern, wenn er in Schussweite kommt!«

Flores' Einschätzung war richtig. Rafe hatte keine Mühe, die beiden Männer auf seiner Fährte abzuschütteln. Er machte kehrt und erkundete die mexikanischen Stellungen um die Stadt. Mit Glück konnte er vielleicht an ihnen vorbeikommen, aber er war sich jetzt sicher, dass er mit einem neuen Hinterhalt bei der Pension rechnen musste, wenn er erst in die Stadt gelangen würde. *Wenn ich in der Stadt nur jemanden kennen würde, dem ich vertrauen kann!* Aber er kannte keinen. *Ich werde bis zum Einbruch der Dunkelheit warten und mich dann in die Stadt schleichen. Irgendetwas wird sich ergeben, das mir hilft.*

Das Irgendetwas erwies sich als kein anderer als der nervöse Überbringer der Hiobsbotschaft, den er vor drei Tagen auf der Straße nach San Antonio getroffen hatte. Der Gedanke, dass

Whalen Simpson Deborah umworben hatte, machte ihn bei Rafe nicht gerade beliebt. Allein die Vorstellung, dass der Mann vielleicht Deborahs Ehemann oder Adams Vater geworden wäre, entsetzte ihn, besonders als er Simpson schlafend neben einem Lagerfeuer fand.

Selbst das metallische Knacken, als Rafe seine Waffe über Simpsons Kopf spannte, weckte den Mann nicht auf. Rafe schüttelte ihn.

»Wer … was, zum Teufel … wieder Sie!« Der Stallbesitzer setzte sich jäh auf und schüttelte den Kopf. »Ich hatte seit Tagen kein Auge zugetan. Da bin ich einfach eingedöst. Ich weiß, dass das riskant war.« Er blickte verlegen auf Rafes verächtliche Miene.

»Sie haben Glück, dass ich keine von Wolls Erkundungspatrouillen bin«, sagte Rafe ruhig und trat Erde über die Glut des Feuers. »Was treiben Sie ganz allein hier draußen?«

»Ich bin nicht allein. Jedenfalls wenn ich mich mit ›Ole Paint‹ Caldwell treffe, werde ich es nicht mehr sein.«

Selbst in der Wildnis von Nordtexas hatte Rafe von Matt Caldwell gehört. Caldwell war ein erfahrener Indianerkämpfer und Veteran der Revolution. »Caldwell trommelt Männer zusammen, um die Stadt wieder einzunehmen?«

»Er hat bereits sechshundert, einschließlich eines Trupps Rangers, unter einem jungen Kämpfer namens Hays.«

»Jack Hays?« Bei Simpsons zustimmendem Nicken bemerkte Rafe: »Den habe ich vor ein paar Jahren kennen gelernt. Guter Mann, wenn man den auf seiner Seite hat.«

Simpson kniff abschätzend die Augen zu Schlitzen zusammen. »Wollen Sie sich uns anschließen?«

»Anscheinend lässt mir General Woll keine Wahl«, erwiderte Rafe grimmig.

Kapitel 25

Der Geruch von Rauch war schwach, doch Rafes geschärfte Sinne nahmen ihn wahr, bevor er den Wachtposten sah, der sie in der Stille der Morgendämmerung mit einem scharfen Ruf stoppte. Der Mann war einer von Jack Hays Rangers. Ein harter, drahtiger Typ, der Simpson zunickte, Rafe abschätzend von oben bis unten musterte und sie dann zum Camp durchwinkte. Männer erhoben sich aus ihren Deckenrollen und hoben sich dunkel vor den ersten rosafarbenen Lichtstreifen am Horizont ab. Rafe schätzte, dass Caldwell etwa hundertfünfzig Männer um sich geschart hatte. Schlechte Chancen angesichts Wolls tausendvierhundert Soldaten.

Rafes Blick schweifte über die bunt zusammengewürfelten Gruppen von Männern, die an den Ufern des Creeks lagerten. Er raunte Simpson zu: »Es würde mich interessieren, was Jack Hays im Sinn hat. Sicherlich will er nicht Wolls Stellungen mit ein paar hundert Männern angreifen. Sie sagen, er war im vergangenen Jahr in der Stadt stationiert?«

»Ja. Er und seine Männer haben Wolls Armee ausgekundschaftet, schon bevor sie sich der Stadt näherten. Seine Männer sind dort drüben, nahe bei dem Weidendickicht.« Er wies in die allgemeine Richtung einer großen Gruppe Männer, die bereits auf war und Rationen verzehrte.

Rafe saß ab und bahnte sich einen Weg durch Hays Rangers. Etwa auf halbem Weg entdeckte er John Coffee Hays an einem Lagerfeuer, wo er mit drei schwer bewaffneten Männern sprach. Hays war schmächtig und ruhig und wurde von vielen Leuten unterschätzt, wenn sie ihm zum ersten Mal begegneten, doch Rafe war vor ein paar Jahren Zeuge gewesen, wie er einen ganzen Mob betrunkener, gefährlicher Texaner in Owl Creek zurechtgestutzt hatte. Rafe hatte nie einen besseren Mann kennen gelernt, was Kaltblütigkeit und gesunden Menschenverstand anbetraf.

Hays hörte Rafes Nahen, wandte sich von seinen Gesprächspartnern ab, und seine ausdrucksvollen Gesichtszüge verzogen sich zu einem breiten Grinsen. »Rafe Flaming! Sie sind aber weit fort von der Renacimiento.«

Rafe schüttelte ihm die Hand. »Das bin ich, aber wer weiß schon, wo das Schicksal uns hinführt? Ich bin hier, um mich Ihrem Kampf anzuschließen. Meine Frau und mein Sohn sind in San Antonio, Jack.«

Die Miene des jüngeren Mannes spiegelte Erstaunen wider. »Sie haben sie in San Antonio gefunden?« Er sah Rafe ungläubig an. »Eine blonde Frau, groß – Mrs. Kensington von der Pension?«

Rafe grinste schief. »Ja. Sie nahm eine völlig neue Identität an.«

»Ich hätte es herausfinden sollen – ihr silberblondes Haar und ihr Yankee-Akzent und sogar die Gesichts- und Haarfarbe ihres Sohnes. Ich habe den Jungen nie gesehen, aber mehrere Leute erzählten mir, dass er dunkel ist.«

»Sie hätten es unmöglich wissen können. Sie wollte nicht gefunden werden, Jack.« Rafe verfiel in Schweigen.

Hays wechselte schnell das Thema. »Sie haben vor, mit uns zu kämpfen?«

Rafe nickte. »Ich hatte von Woll einen Passierschein. Jemand hat ihn anscheinend für nichtig erklärt, während ich einen Tag aus der Stadt fort war. Haben Sie jemals von einem Comanchero namens Enrique Flores gehört? Er ist jetzt ein Captain der Invasionsarmee.«

»Er hat etwas Persönliches gegen Sie?«

Rafe grinste finster. »Sagen wir, ich habe etwas Persönliches gegen ihn. Was meinen Sie, wie viele Männer wird Caldwell aufbieten, und wie bald können wir die Stadt wieder einnehmen?«

Hays zuckte die Schultern. »Seit ich von Wolls Invasion am Zehnten erfuhr, habe ich mich über den gerissenen Teufel auf dem Laufenden gehalten. Er verließ die Straße und suchte seinen eigenen Weg durch unmögliches Terrain. Wir fanden nicht mal eine Spur von ihm, bis er die Stadt am Elften eingenommen hatte. Man darf ihn nicht unterschätzen. Ich nehme an, wir können in ein paar weiteren Tagen sechs- bis siebenhundert Männer aufbieten.«

»Und unterdessen spazieren Flores und seine Irregulären durch die Straßen von San Antonio«, murmelte Rafe grimmig.

»Wir können sehr schnell ein Ablenkungsmanöver starten, glaube ich, selbst wenn wir nicht genügend Männer haben, um einen Großkampf riskieren zu können. Der Trick besteht darin, diesen Franzosen zu täuschen, damit er denkt, wir haben mehr Männer zusammengezogen, als es in Wirklichkeit der Fall ist. Diese Täuschung ist nicht leicht – Woll ist der beste Taktiker im Feld, seit Präsident Houston General war.«

Rafe war beeindruckt bei dem Vergleich, der jedem Texaner schwer fallen musste. »Haben Sie eine Idee, wie wir einen so scharfsinnigen Typen wie Woll täuschen können?«

»Lassen Sie mich Ihnen einige meiner Männer vorstellen, und dann reden wir bei einem heißen Kaffee über unsere Ideen«, erwiderte Hays lächelnd.

»Genau, wie Sie gesagt haben, Capt'n, Sie kommen alle für uns raus«, meinte Jinx Ferguson und spuckte einen Priem auf den Boden. Die Männer unter Hays Kommando befanden sich auf einem Höhenrücken etwa vierhundert Yards östlich des Alamo. Er hatte zwanzig Mann mit den schnellsten Pferden losgeschickt, die um die Peripherie der Stadt ritten und die schläfrigen Soldaten mit Flüchen und Beleidigungen weckten, damit sie aus der Stadt kamen und kämpften.

Rafe war einer der Reiter, und er zog viel Feuer auf sich, als er den Mexikanern eine Reihe besonders wüster Schmähungen in ihrer Muttersprache entgegenschleuderte. Als er mit Bostoner auf dem Höhenrücken zu Hays trabte, grinste er. »Ich glaube, sie haben den Köder geschluckt.«

»Ja. Hoffen wir, das sie ihn nicht zu gut verdauen – und mehr Männer schicken, als wir schaffen können«, erwiderte Hays trocken. »Wir müssen ein paar Hundert gleichzeitig rauslocken und sie aus einem Hinterhalt erledigen.«

»Da wir vom Teufel reden, ich glaube, die erste Welle kommt«, erklärte Rafe, der die Aktivitäten vom Alamo beobachtete.

Hays fluchte, als der die Zahl der Kavalleristen schätzte, die in ihre Richtung ritten. »Lasst sie uns ein bisschen ärgern und sehen, wie schnell ihre Pferde sind!«, rief er an der Linie entlang. Weniger als fünfzig erfahrene Kämpfer unter Hays formierten sich zu einer lockeren Reihe. Ihr Anführer spornte seinen großen Braunen an und preschte den Hügel hinab, dicht gefolgt von seinen Männern, die markerschütternde Drohungen und Beleidigungen zu der Kolonne der Kavalleristen schrien, die sofort die Verfolgung aufnahmen. Die Rangers schlugen einen weiten Bogen und jagten dann auf den Salado Creek zu, wo Caldwells viel größere Streitmacht im Hinterhalt lag.

Rafe duckte sich auf Bostoners Hals und gab dem großen Rotfuchs die Sporen, als Musketenkugeln rings um ihn pfiffen und einschlugen. Wie durch ein Wunder wurde keiner der Rangers getroffen. Es waren fast fünf Meilen bis zu dem Treffpunkt, und Rafe hoffte, dass die Mexikaner bis dahin keine Übung im Schießen bekamen und nicht treffsicherer wurden.

Gerade als die Texaner sich auf ihren erschöpften Pferden der Schlucht näherten, in der zwischen Büschen die Miliz im

Hinterhalt wartete, signalisierte Hays den Männern, zum Creek hin abzuschwenken. Ihre Pferde preschten in das kalte Wasser. Die mexikanischen Soldaten kamen gefährlich nahe, und von der texanischen Miliz war nichts zu sehen.

Plötzlich erkannte Rafe Hays Plan. Ihre einzige Hoffnung zu entkommen bestand darin, zu ihrem Camp zurückzureiten und der verspäteten Miliz zu begegnen. Etwa eine Meile bachabwärts erwachten die Büsche am Ufer plötzlich mit texanischen Schützen zum Leben, die ein mörderisches Feuer auf die mexikanischen Kavalleristen eröffneten. Colonel Carrascos Männer gaben schnell die Verfolgungsjagd auf und zogen sich in Deckung auf dem von Felsbrocken übersäten Höhenrücken östlich von Caldwells Milizionären zurück.

Ein vernichtender Kampf mit den zahlenmäßig unterlegenen Texanern folgte und führte zu starken Verlusten bei der mexikanischen Kavallerie, die schlechtere Waffen und die entschieden schlechteren Schützen hatte.

»Wir haben sie festgenagelt, Capt'n«, verkündete Jinx, als er dorthin robbte, wo Hays und Fleming in Deckung gegangen waren.

»Seien Sie nicht zu sicher, wer wen festgenagelt hat«, warnte Hays.

Rafe stieß einen zustimmenden Grunzlaut aus und fluchte. »Warum, zum Teufel, sind diese Männer bei der Furt nicht bereit? Dies ist ein verdammt mieser Platz zum Kämpfen. Wenn Woll seine Infanterie und Kanonen einsetzt, sind wir hier lebende Zielscheiben.«

»Ich habe mich vor einer Minute mit einem von Ole Paints Männern unterhalten«, berichtete Jinx. Anscheinend wollten ein paar Jungs warten, und die Freiwilligen mussten erst abstimmen, ob sie uns unterstützen.«

Rafe stieß eine Verwünschung aus. »Wir haben gestern Nacht über diesen Plan abgestimmt, verdammt noch mal!«

Hays zuckte nur mit den Schultern. Er war die geteilten Loyalitäten und die Launen der texanischen Miliz gewohnt. »Wir müssen jetzt wissen, wo der General ist und was er tut. Haben Sie noch diesen Comanchen–Instinkt, sich an heikle Stellen ranzuschleichen und wieder wegzustehlen, Fleming?«

»Ich werde Woll finden und seine Stärke sondieren«, versicherte Rafe und erwartete Hays Befehle. Behände wie ein Panter verschwand er dann zwischen den Weiden. Er holte Bostoner aus seinem Versteck und führte ihn leise von der Schießerei fort.

Binnen einer Stunde kehrte er zurück und meldete Hays, dass Woll soeben mit über zweihundert Infanteristen und zwei Kanonen die Stadt verlassen hatte.

»Sie sollten in ein paar Stunden hier sein«, endete er.

Hays grunzte und nahm den Stock, den Rafe benutzt hatte, um eine primitive Landkarte in den Dreck zu zeichnen. »Verlassen Sie sich nie darauf, dass Woll so lange braucht. Er marschiert auf keinen Straßen und hat es Wochen früher nach San Antonio geschafft, als wir für möglich gehalten haben.« Er blickte zu Matt Caldwell hinüber, der bei der schnellen Strategiebesprechung während sporadischen Feuerns anwesend war.

Caldwell, untersetzt und steif durch zahlreiche Wunden, die sich in den Jahren als Indianerkämpfer im texanischen Grenzland angesammelt hatten, setzte sich zurück und rieb sich über seinen buschigen Schnurrbart. »Ich erwarte, dass er ziemlich bald hier sein wird. Wenn die Bewaffnung dieser Jungs typisch ist, können wir viele der Soldaten ausschalten.«

»Der Trick ist es, das Kanonenfeuer zu vermeiden, während wir das tun«, fügte Hays hinzu.

»Sie wissen, dass sie uns zahlenmäßig überlegen sind. Wenn wir uns zurückfallen lassen, gerade wenn der General hier eintrifft, können wir ihn vielleicht dazu verleiten, diesen Hügel hinab anzugreifen und in ein kleines Kreuzfeuer zu geraten«, meinte Rafe. »Bevor er seine Artilleriegeschütze gerichtet hat.«

»Nein, wir müssten vorher handeln«, entgegnete Hays und grübelte über eine Idee nach.

Als sie die Infanterie um die Kurve in der Schlucht kommen hörten, standen die Pläne der Texaner fest. Beim ersten Anblick der mexikanischen Kolonne begannen die texanischen Offiziere verwirrt durcheinander zu brüllen, ihre Männer zum Rückzug anzutreiben, und eine Hand voll von Hays Rangers blieb im Weidendickicht längs des Creeks.

Woll hielt seine Männer wohl geordnet, ließ ein Hornsignal blasen, ein paarmal eine der Kanonen abfeuern und gab den Befehl zum Angriff. Das Kartätschenfeuer verfehlte sein Ziel, doch als die mexikanischen Soldaten angriffen, trafen die texanischen Gewehrschützen ihre Ziele. Der Boden war schnell mit gefallenen und verwundeten Mexikanern übersät, als die texanische Miliz sie umzingelte und das Feuer eröffnete.

Rafe hatte mehrmals mit seiner Hawken Rifle geschossen, doch er bevorzugte im Nahkampf sein Bowie-Messer. Eine kleine Gruppe Mexikaner war an der rechten Flanke der texanischen Linien eingefallen, und Rafe und einige andere erfahrene Grenzbewohner schlugen sie zurück. Die ganze Zeit während des Kämpfens suchte Rafe nach Flores. *Lass mich nur diesen mörderischen Bastard töten, damit Deborah sicher ist.*

Gerade als er die Hoffnung verlor, seinen Feind zu finden, erhaschte er einen Blick auf ihn. Flores saß auf einem prächtigen Rappen. Rafe kroch auf eine Felsleiste oberhalb des nichts ahnenden Offiziers, der in dem rauen, unübersichtlichen Terrain vorübergehend von seinen Männern getrennt worden war.

Mit einem wilden Grollen sprang Rafe auf Flores hinab und riss ihn von seinem Pferd. Sie stürzten zu Boden, während der schwarze Hengst in Panik auf die Hinterhand stieg und dann davongaloppierte. Rafe stieß mit seinem Messer zu, und die tödliche Klinge schlitzte den Ärmel von Flores' schwerem Uniformrock auf, als sie über den Boden rollten. Die doppelläufige Windsor-Pistole des Comancheros war leer geschossen. Wütend benutzte er sie als Keule und drosch nach Rafes Messer, während er ein Stilett hervorzog. Die beiden Todfeinde kamen auf die Füße und starrten einander an.

Angespannt wartete Rafe auf einen Angriff Enriques. Mit einem erstickten Fluch sprang der Comanchero auf ihn zu, prallte gegen ihn und warf sie beide in den Staub. Er holte mit dem Stilett aus und stieß zu, doch Rafes schweres Messer blockte den Hieb ab. Dann zerbrach der Griff des Stiletts. Mit einer schnellen Drehung seines Handgelenks wand Rafe es Flores aus der Hand und wälzte sich über den Comanchero. Er schwang den blitzenden Stahl zu Enriques Kehle, doch bevor er zustoßen konnte, krachte ein Schuss, und die Kugel streifte ihn am Kopf. Rafe wurde zurückgeschleudert und prallte gegen einen Felsbrocken. Alles wurde schwarz um ihn.

»Dieser französische General hat eine Belohnung auf seinen Kopf ausgesetzt, Mrs. Fleming«, berichtete Racine Schwartz aufgeregt. »Irgendein Idiot hat behauptet, er sei ein texanischer Spion. Das Kopfgeld ist fast so hoch wie der Preis, den er auf Jack Hays ausgesetzt hat, weil der ihm die Hölle heiß gemacht hat. Dahinter steckt dieses Stinktier Flores, das spüre ich in den Knochen.«

Als Rafael am Abend des Tages, an dem er Charlee zur Bluebonnet Ranch begleitet hatte, nicht zurückgekehrt war, war Deborah außer sich vor Sorge gewesen. General Woll hatte sie nicht empfangen, und so hatte sie am nächsten Morgen Racine beauftragt, einige Nachforschungen anzustellen. Ihr blasses Gesicht war besorgt, als sie fragte: »Und Sie sind sicher, dass er den Posten, die auf ihn geschossen haben, entkommen ist?«

Racine schnaubte verächtlich. »Ihm wurde kein Haar gekrümmt, aber einer der Mexe wird nie wieder auf einen Texaner zielen, der kann in der Hölle üben!«

Die nächsten beiden Tage waren schlimm für Deborah, als sie wartete, eine Gefangene in ihrem eigenen Haus. Ihr zweiter Besuch bei General Woll war katastrophal verlaufen. Kalt hatte er sie informiert, dass seine Männer gesehen hatten, wie ein texanischer Agent ihre Pension betreten hatte und Rafe »ihn« dann mit dem von ihm selbst unterschriebenen Passierschein aus der besetzten Stadt geschmuggelt hatte. »Ihr Mann wird steckbrieflich gesucht. Und Sie stehen unter Hausarrest«, hatte er kühl geendet.

Deborah ließ den Vorhang fallen und wandte sich vom Fenster ab, durch das sie den mexikanischen Soldaten beobachtet hatte, der vor ihrer Pension auf Posten stand. In diesem Augenblick eilte Sadie in die Halle. »Miz Deborah, kommen Sie schnell. Chester hat herausgefunden, was los ist.« Deborah rannte in die Küche, wo der Angestellte nervös wartete.

Er nahm den Hut ab und berichtete schnell von den gestrigen Ereignissen. »Wir haben ihnen eine Abreibung verpasst, Miz Deborah! Dieser Hays und seine Ranger haben den Frenchy in einen Hinterhalt gelockt! Ole Paint und die Miliz haben ihm am Salado Creek Zunder gegeben!« Sein Gesicht war hochrot, und er blickte triumphierend, als wäre er bei dem Kampf dabei gewesen.

Deborah dachte nur daran, dass Rafael dort draußen war, vermutlich in die Schlacht verwickelt, und sie war nicht getröstet. »Was war denn der Grund für all den Lärm, den wir gestern Nacht hörten – das Läuten der Kirchenglocken und all das Geschrei auf der Plaza?«

»Sie hätten die vielen Verwundeten und Toten sehen sollen, die sie mitgebracht haben. Der General hat den Abmarsch befohlen! Sie packen, um sich zurückzuziehen, zur Grenze abzuhauen wie geprügelte Köter!«

»Wann ziehen sie sich zurück, Chester?« *Wenn nur Rafael nichts passiert ist! Ich muss es wissen!*

»Einige sagen, heute, andere, morgen. Rings um die Plaza geht es zu wie in einem Tollhaus. Viele *Tejanos* bereiten sich vor, mit ihnen die Stadt zu verlassen. Sie fürchten sich vor dem, was die Miliz mit ihnen machen könnte, wenn sie herkommt.«

»Aber das ist lächerlich«, entgegnete Deborah. »Warum sollten die *Tejanos* die Männer fürchten, die die mexikanische Armee vertrieben haben? Sie hatten nichts mit der Besetzung zu tun. Viele von ihnen haben geholfen, die Gefangenen zu verpflegen.«

Chester zuckte die Schultern. Misstrauen und Bigotterie beeinträchtigten immer noch die Koexistenz zwischen hispanischen und angelsächsischen Siedlern.

An diesem Nachmittag war es offiziell. General Wolls Armee verließ die Stadt bei Tagesanbruch. Am Abend des Zwanzigsten würde die texanische Miliz wieder in der Stadt sein. Wenn Deborah verzweifelt und besorgt wegen Rafaels Abwesenheit war, konnte Adam es kaum erwarten, dass sein geliebter Vater glorreich zurückkehrte, nachdem er fast allein die gesamte mexikanische Armee besiegt hatte, wie der Junge glaubte.

Am nächsten Morgen nahm Deborah ihren Sohn mit in den Garten, um Gemüse zu ernten und ihn von seinen offenbar endlosen Fragen über die Kämpfe abzulenken. Seit der Morgendämmerung hatte sich die Armee zurückgezogen. Nur ein paar schwer beladene Bagagewagen und ihre Eskorten waren in der Stadt geblieben. Captain Flores hatte das Kommando über die dreiundfünfzig Gefangenen, die allesamt zum gefürchteten Kerker Perote, Santa Annas besondere Hölle, gebracht werden würden. Deborah erschauerte, als sie an das Schicksal der Gefangenen dachte.

Plötzlich fiel ein Schatten auf die beiden im Gemüsebeet knienden Gestalten. Adam spürte die Anwesenheit des Mannes als Erster. »Was wollen *Sie* hier?!«, fragte er frech, »Mein Pa kommt zurück und jagt Sie davon!«

Enrique Flores' kalte schwarze Augen fixierten den Jungen, und ein schwer zu deutendes Gefühl war in seinem Blick verborgen. »Ein wilder Bengel. Aber wie könnte es anders sein bei Rafael Flamenco als Vater und einer so feurigen Lady als Mutter?«

Deborah packte ihre kleine Heckenschere, mit der sie Gemüse geschnitten hatte, fester und zwang sich, wieder normal zu atmen. Sie empfand nichts von der gespielten Tapferkeit ihres Sohnes. Sie nickte Flores angespannt zu, als sie aufstand, und verbarg die Schere in den Falten ihres Rocks. »Adam, bring diesen Korb Kartoffeln zu Sadie.«

Störrisch verharrte der Junge, denn er spürte die Gefahr, die drohte, wenn er seine Mutter mit dem Captain allein ließ. »Ich kann nicht – ich habe den Korb noch nicht voll, Mama.«

Deborah zwang sich zur Geduld, sah Adam mit ihrem strengsten Blick zwingend an und hoffte, dass er verstand, wie dringend ihr Befehl war. »Sadie muss wissen, wie viel Kartoffeln wir jetzt geerntet haben, damit sie Chester zum Einkaufen schicken kann, wenn wir mehr brauchen.«

Adam begriff, dass seine Mutter ihn fortschickte, damit er Hilfe holen konnte, und er gehorchte widerstrebend. Mit einem trotzigen Ruf über die Schulter ging er und ließ den Korb mit Kartoffeln zurück. »Mein Pa wird Ihnen den Bauch aufschlitzen! Warten Sie's nur ab!«

Deborah stellte sich schnell zwischen Flores und den davonlaufenden Jungen, bereit, mit der Schere zuzustechen, wenn es nötig sein sollte, doch der Comanchero warf nur den Kopf zurück und lachte. »Ich spende Beifall für sein Vertrauen – und deine Tapferkeit, meine silberhaarige Schönheit.«

Deborah wich einen Schritt zurück, als er die Hand ausstreckte, um über ihre Haare zu streicheln. »Ich dachte, Ihr General hat Ihnen Marschbefehl erteilt, Captain. Sollten Sie jetzt nicht auf halbem Wege zum Rio Grande sein?«

»Oh, wir verlassen die Stadt, das stimmt, aber zuerst musste ich mich um etwas Unerledigtes kümmern«, erwiderte Flores und grinste gemein. »Der Vater des frechen Bengels wird nicht zurückkommen, leider, leider.« Bei ihrem scharfen Einatmen fuhr er unbarmherzig fort: »Einer meiner Männer hat ihn gekillt, als er mich fast ins Jenseits befördert hätte. Zum Glück, denn wir mussten uns in einem Kreuzfeuer zurückziehen. Aber ich konnte dich ja kaum als trauernde Witwe zurücklassen, ganz allein, ohne Mann, der dich tröstet …«

Seine Worte hatten Deborah einen Schock versetzt, doch seine letzte Bemerkung riss sie aus ihrer Benommenheit. »Sie Scheusal!« Sie hob die Schere, um nach ihm zu stechen, als er nach ihr griff.

Flores wich aus, doch sie fügte ihm eine blutige Schramme an der Wange zu. Er packte brutal ihr schmales Handgelenk. Sie wollte ihre einzige Waffe nicht loslassen und trat nach ihm, während er auswich und sie zu bändigen versuchte. Als sie die Pistole an seiner Seite an sich reißen wollte, fing er ihre Hand ab und hielt nun ihre beiden Hände fest. Er riss sie brutal an sich heran und ließ ihre linke Hand gerade lange genug los, um ihr einen schnellen Schlag ans Kinn zu versetzen. Sie brach ohnmächtig zusammen.

Bewaffnete Bürger von San Antonio patrouillierten auf den verlassenen Straßen. Jeder war nervös, seit sich die mexikanische Armee zurückgezogen hatte und am frühen Nachmittag Caldwells Männer eingetroffen waren. Rafe ritt zur Pension, so schnell er es mit seinem immer noch schmerzenden Kopf wagte. Caldwells Sanitäter hatte die tiefe Furche in Rafes Kopfhaut genäht. Die Wunde war unter dem dichten Haar nicht zu sehen, doch er hatte pochende Kopfschmerzen. Gestern war er den ganzen Tag lang bewusstlos gewesen und hatte viel Blut verloren. Er fühlte sich immer noch schwach, und gelegentlich verschwamm alles vor seinen Augen. *Wenn ich mich nur auf Bostoner halten kann, bis ich weiß, dass sie sicher sind!* Er hatte gegen den Befehl verstoßen, bei den anderen Verwundeten im Camp zu bleiben, und war zur Stadt aufgebrochen, sobald er erfahren hatte, dass die Mexikaner abgezogen waren.

Vor der Pension zügelte er Bostoner und schwang sich hinab, gerade als Adam aus der Haustür gerannt kam.

»Papa! Ich wusste, dass du kommst! Ich wusste es!« Adam warf sich in die Arme seines Vaters.

Rafe hielt den Jungen fest und drückte ihn an sich. Erleichterung durchflutete ihn. Dann ließen ihn die nächsten Worte seines Sohnes erstarren.

»Er hat Mama! Er hat sie mitgenommen. Wir konnten sie nirgendwo finden. Aber er war heute Morgen hier im Garten, und ich weiß, dass er sie mitgenommen hat!«

Der Junge war völlig außer sich. Rafe versuchte, ihn zu beruhigen. »Langsamer, *niño.* Wer hat sie mitgenommen?« Sein Magen verkrampfte sich vor Angst, denn er glaubte zu wissen, von wem sein Sohn sprach.

»Dieser Verbrecher von Captain – Flores. Ich wollte bei ihr bleiben, doch Mama schickte mich weg. Ich ging zu Chester. Als wir zum Garten liefen, waren sie fort. Ich hätte bei ihr bleiben sollen«, endete er, und seine großen, braunen Augen füllten sich mit Tränen.

Rafael tröstete seinen Sohn. »Du hast dich genau richtig verhalten, indem du die Anweisung deiner Mutter befolgt hast, Sohn. Flores hätte euch beide erschießen können, und dann hätte ich keinen von euch zurückbekommen. Ich werde sie heimholen, Adam, das verspreche ich.«

Rafael ließ Adam in Racines Obhut und beeilte sich, Jack Hays und die anderen Milizionäre einzuholen, die Wolls Armee und seine Gefangenen verfolgten. Seine stechenden Kopfschmerzen wurden noch durch die kalte Luft des späten Septembers verstärkt. Einige Tage lang hatte es mit nur wenigen Unterbrechungen geregnet, und der texanische Staub war bereits zu dickem Schlamm geworden. Durchnässt, mit Kopfschmerzen und fast verrückt vor Angst um seine Frau, trieb Rafe sich und Bostoner an die Grenzen der Leistungsfähigkeit und darüber hinaus.

Binnen weniger Stunden hatte er den Haupttrupp der Texaner eingeholt und stellte fest, dass Hays und ein paar seiner sorgsam ausgewählten Männer Wolls Stellung erkundeten. Sie lagerten in dieser Nacht am Medina und ritten früh am nächsten Morgen weiter. Gegen Mittag hielten sie an und warteten auf Hays und seine Männer. Sobald Rafe Hays großen Kastanienbraunen erkannte, suchte er seinen Freund auf. Hays Männer hatten vier Gefangene gemacht und verhörten sie, als Rafael dort eintraf.

»Was, zum Teufel, treiben Sie hier, Rafe? Der Doc meinte, Sie müssen mindestens eine Woche im Verwundetenzelt bleiben.« Jack Hays wandte sich sofort von den mexikanischen Soldaten ab und blickte dem großen, bedrohlich wirkenden Rafael entgegen. »Flores hat meine Frau entführt, Jack«, war alles, was Rafe sagte, bevor er vor einem vor Angst schlotternden mexikanischen Corporal in die Hocke ging. Er befragte ihn schnell auf Spanisch, beschrieb Deborah und wollte wissen, ob sie bei Flores war.

Der mexikanische Soldat leugnete, etwas über den Captain zu wissen oder eine blonde Frau unter den Zivilisten gesehen zu haben. Als Rafe ihm jedoch mit seinem Bowie-Messer drohte, flehte der Soldat: »Bitte, Mister, ich habe keine Anglo-Frau gesehen, aber ich habe Captain Flores gesehen. Er fährt mit einigen großen Bagagewagen. Vielleicht hat er die Frau in einem davon versteckt, wer weiß?«

»Das ergibt Sinn, Rafe«, warf Jack Hays ein. »Der Corporal hat Recht. Woll degradiert Flores, wenn er eine Anglo-Frau mitnimmt. Er muss sie versteckt haben.«

Rafe schob sein großes Messer in die Scheide und blickte den mexikanischen Corporal kalt an. »Du solltest beten, dass deine Vermutung zutrifft.«

Die Führer der Miliz hielten Kriegsrat. Angesichts Hays' Bericht über Position und Marschrichtung von Wolls Truppen entschieden sie, bis dicht an Wolls Feldlager jenseits des Medina vorzurücken, an strategisch wichtigen Punkten in Position zu gehen und im Morgengrauen anzugreifen. Als sie die Besprechung verließen, blickte Hays in Rafes angespanntes Gesicht.

»Ich weiß, Sie sind wahnsinnig besorgt um sie, aber Sie können sie nicht auf eigene Faust retten.«

»Ich kann keine weitere Nacht warten, verdammt! Sie können sich nicht vorstellen, wozu ein Kerl wie Flores fähig ist, was er ihr antun kann, während die anderen schlafen.«

Hays erwiderte ruhig: »Nach vier Jahren Kampf gegen Comanchen habe ich davon eine ziemlich gute Vorstellung, mein Freund. Aber wenn Sie sich umbringen lassen, hilft das Ihrer Frau nichts. Es wird jedoch unsere Chancen vermindern, die Mexe im Morgengrauen zu überraschen.«

Rafe wollte nicht bei der langsamer marschierenden Armee warten und schloss sich Hays und einigen anderen Männern an, die während der Nacht das Gelände, das vor ihnen lag, erkundeten. »Diese Lagerfeuer wirken schrecklich schwach und weit auseinander, Jack. Ich habe ein ungutes Gefühl«, bekannte Rafe, als sie auf einer Anhöhe oberhalb von Wolls Lager im feuchten Gras lagen und herabspähten.

»Sehen wir uns das von nahem an«, antwortete Hays. Sie schlichen sich äußerst vorsichtig zum abgelegensten der verstreuten Feuer. Rafes Fluch zerriss die Stille der Nacht. »Verlassen! Eine gottverdammte Finte! Der Hurensohn ist vermutlich meilenweit von hier entfernt!«

»Ruhig – denken Sie daran, solange sie auf dem Marsch sind, hat Flores keine Zeit, Deborah etwas anzutun. Wir schnappen sie«, beschwichtigte ihn Hays.

Sie trafen Caldwells Haupttruppe kurz vor Tagesanbruch. Gegen Mittag hatten sie die Nachhut von Wolls Armee eingeholt.

Einige der Texaner eröffneten unbesonnen das Feuer auf die Mexikaner, und es kam zu Schusswechseln, sehr zum Ärger von Hays und Rafe, die sie hatten überraschen wollen. Während des sporadischen Feuerns zwischen Verfolgten und Verfolgern, das mehrere Stunden andauerte, erkundeten Ranger das Terrain voraus und an den Flanken von Wolls Linien und suchten nach einem geeigneten Platz, um sie aus dem Hinterhalt anzugreifen.

»Wenn wir sie nicht stoppen, gehe ich heute Nacht in ihr Lager – allein, Jack«, erklärte Rafe grimmig, als sein jüngerer Gefährte einen schmalen, gewundenen Canyon begutachtete, der Arroyo Hondo oder Dry Creek genannt wurde.

»Ich glaube, hier können wir zuschlagen, Rafe.« Hays winkte Jinx zu sich und sprach dann mit ihm. »Sag Caldwell, er soll seine Männer zum Zugang zu diesem Arroyo bringen, und zwar schnell. Wenn Wolls Truppen hineinmarschieren, sind sie beengt und auseinander gezogen. Wir können sie wegputzen wie Läuse auf einem kahlen Köter.«

»Caldwell hat nicht viel Zeit, bevor Woll zu diesem Arroyo gelangt, Jack«, meinte Rafe und ging in Gedanken angestrengt die Möglichkeiten durch.

Hays grinste, was bei ihm selten war. »Hölle, Pilger, dann

nehme ich an, wir werden die Party einfach ohne ihn anfangen müssen. Ich nehme an, fünfzig berittene Ranger sind dreimal so viel wert wie drei- oder vierhundert von Santa Annas besten Soldaten. Meinen Sie nicht auch?«

Rafe lächelte wie ein Hai und nickte stumm.

Als sie ihren Plan in die Tat umsetzten, waren Caldwell und seine Männer nirgendwo zu sehen. Die Abenddämmerung wurde dichter, als die mexikanischen Soldaten durch den Schlamm in die gewundene Schlucht marschierten.

Hays' Rangers galoppierten plötzlich brüllend und schießend auf die sich zurückziehende Kolonne zu und griffen die Mexikaner überraschend an. Die Artilleristen feuerten nur ein Mal, richteten in der Hast ihr Geschütz nicht richtig aus und schossen über die Texaner hinweg, wie Hays vermutet hatte. Dann wurden sie alle getötet. Rafe war in vorderster Linie, feuerte vom galoppierenden Bostoner, lud nach und schoss weiter, ohne auch nur an seine Kopfschmerzen zu denken. Einige Rangers holten ihn ein und griffen die Mexikaner im Nahkampf an. Ein paar Rangers mit Hays an der Spitze kämpften sich bis zur Spitze der mexikanischen Kolonne vor und erschossen viele der desorganisierten Soldaten.

Rafe bahnte sich einen Weg durch das Schlachtgetümmel und hielt nach Flores Ausschau, ritt jedoch zu den größeren Bagagewagen. Nur ein paar waren groß genug, um eine Frau darauf verstecken zu können.

Deborah konnte den Kampflärm und die Schüsse hören. Sie fror in ihrem engen Versteck. Zwei Tage lang lag sie gefesselt unter einer schweren Zeltplane auf dem Wagen, auf dem Flores sie versteckt hatte. Nur zwei seiner vertrauten Handlanger wussten von ihrer Gefangenschaft und holten sie nachts aus dem Versteck, um ihr etwas zu essen zu geben und ihr zu erlauben, ihre Notdurft zu verrichten. Mehrmals hatte sie Schüsse gehört und um ihre Befreiung gebetet.

Doch Rafael konnte sie nicht retten. *Er war tot.* Dieser Gedanke peinigte sie mehr als die grausamen Stricke an ihrem gequälten Körper und der Knebel. Jetzt wurde sie abermals von lautem Gewehrfeuer aus ihrer Lethargie gerissen, in die sie nach fast drei Tagen in ihrem engen Gefängnis verfallen war. Deborah hatte jedes Zeitgefühl verloren und wusste nicht, ob es außerhalb des dunklen Wagens, auf dem sie zwischen Fässern und Kisten lag, Tag oder Nacht war.

Plötzlich stellte sie ihr verzweifeltes Aufbäumen in ihren Fesseln ein, als die Segeltuchplane über ihr mit einem Messer aufgeschlitzt wurde. Sie erstarrte, blickte nach oben und blinzelte ungläubig. Dann versuchte sie, durch den dicken Knebel seinen Namen zu rufen: *Rafael! Er lebte!*

Sofort sprang er auf den Wagen und befreite sie von dem Knebel. Dann löste er behutsam die Stricke um ihre Handgelenke und Knöchel, während sie immer wieder seinen Namen schluchzte. Als sie befreit war, warf sie sich in seine Arme. »Oh, Rafael, er behauptete, du wärst tot – dass seine Männer dich getötet hätten! Mein Liebling, meine Liebe«, stieß sie schluchzend hervor.

Rafael drückte sie fest an sich und grub die Hände in ihr zerzaustes silbriges Haar. »Pst, es ist alles in Ordnung. Flores sollte inzwischen wissen, wie schwer es ist, mich umzubringen.«

»Ja, ich habe dich anscheinend unterschätzt, Kreole.« Enrique Flores saß gelassen auf seinem Pferd neben dem Wagen und zielte mit seiner Pistole kalt auf Rafes Brust.

Nervös durch den Höllenlärm ringsum, scheute Flores' Pferd, als er abdrückte, und der Schuss ging daneben. Blitzschnell drückte Rafe Deborah auf den Wagenboden und sprang Enrique an, riss ihn vom Pferd und stürzte mit ihm zu Boden.

Sie überschlugen sich, rollten fort von den auskeilenden Hufen des Pferdes. Dann sprangen sie auf und griffen nach ihren Waffen. Langsam richteten sich beide Männer auf und belauerten sich. In Flores' Augen glühte ein unheilvolles Licht, und Rafes verschlossene Miene gab nur wenig von dem Hass preis, von dem er seit sechs Jahren erfüllt war.

Flores' bleckte die Zähne, als er ein großes, schweres Messer anhob. »Nach unserer letzten Begegnung bin ich vorbereitet, Kreole.« Er spuckte das Wort aus wie ein Schimpfwort, während er Rafe umkreiste.

Rafe stand still, wartete darauf, dass Flores' angriff, hielt seinen heißen Zorn unter Kontrolle. »Ich hätte meine Chance nutzen und dich in San Antonio töten sollen, Enrique.«

»Ah, aber dann hätte ich nicht die Zeit gehabt, mit deiner Frau allein zu sein. Sie kann sehr ... äh ... amüsant sein.« Als er spürte, wie sein Gegner sich versteifte, stieß er sein Messer vor und verfehlte Rafe nur knapp.

Mit katzenhafter Gewandtheit wich Rafe der zustoßenden Klinge aus, riss sein Messer hoch und fügte Flores einen blutigen Schnitt am rechten Arm zu. Die beiden Feinde stießen zu und parierten, hoch, tief, dann wieder hoch, ein tödlicher Kampf, bei dem sie die Schüsse und das Chaos ringsum gar nicht wahrnahmen.

Deborah spürte den Hass beider Männer. Sie starrte auf den wilden, von Narben gezeichneten Barbar, der ihr Ehemann war, wie versteinert vor Entsetzen über die kalte, tödliche Art, wie er sein großes Messer handhabte. Es war, als wäre sie zurückversetzt in die Zeit bei den Duell-Eichen in New Orleans, als sie zugeschaut hatte, wie Rafael Flamenco einen anderen Gegner mit kalter, berechnender Präzision getötet hatte.

Doch dieses Mal war es anders. Trotz all seiner Gewandtheit und seiner beinahe kunstvollen Kampfweise war Rafael unendlich brutaler, als er auf Flores einstach und ihn am Waffenrock, Arm und Hals traf. Es war, als wären urzeitliche Instinkte, bisher von der kreolischen Gesellschaft unter Kontrolle gehalten, in der texanischen Wildnis entfesselt worden. Einst hatte sie in ihm einen spanischen Konquistador gesehen. Jetzt schien er sogar noch brutaler und primitiver zu sein als ein wilder Comanche.

Als spräche er ihre Gedanken aus, sagte Flores: »Ich sehe, du hast einiges gelernt, während du *Gast* bei meinen roten Brüdern gewesen bist.«

»Du hast mich als Sklave verkauft. Du wusstest, was sie mit diesen glühend heißen Zangen und Messern vorhatten, du mörderischer Bastard«, knirschte Rafe.

»Zu schade, dass sich Iron Hand anders besann. Ich wollte ihn um deine Eier als Trophäe bitten, seit ich dich für ihn gefangen genommen hatte.«

Deborah schnappte entsetzt nach Luft, sodass es sogar bei dem Kampflärm ringsum zu hören war, doch beide Männer blieben voll konzentriert.

»Ich bitte keine anderen Leute, die Drecksarbeit für mich zu machen, Enrique. Ich schneide dir die Eier selbst ab.« Während Rafe sprach, fintierte er an Flores' Messer vorbei und fügte dem Mexikaner eine lange Schnittwunde an der Innenseite des Oberschenkels zu. Sofort färbte sich die Hose dunkel vom Blut.

Flores zuckte zusammen, wehrte den Angriff jedoch ab und öffnete einen Schnitt an Rafes Brust. Rafael konnte sehen, dass der Mexikaner müder wurde, geschwächt vom Blutverlust von der tiefen Beinwunde und einem halben Dutzend anderer Schnitte. Er selbst wurde ebenfalls langsamer und kämpfte gegen den stechenden Schmerz hinter seinen Augen an. Er wünschte Flores einen langsamen Tod, aber er wusste, dass er ihn schnell erledigen musste, um Deborah in Sicherheit zu bringen. Er konzentrierte sich auf Flores' kaltes Grinsen. »Zeit zu sterben, Comanchero. Du wist nie wieder eine andere Frau anrühren.«

»Aber ich habe deine angerührt, Kreole. Denk daran, wenn ich dich zur Hölle schicke ...« Enrique Flores' plötzlicher Stoß mit dem Messer nach Rafes Kehle endete mit einem Aufschrei. Der Mexikaner erbleichte, ließ sein Messer fallen und taumelte zurück, die Augen glasig, das Gesicht schmerzverzerrt. Rafael war unter der zustoßenden Klinge des Comancheros hinweggetaucht, hatte ihm seine Klinge in den Unterleib gestoßen und nach unten gerissen.

»Wie gesagt, du rührst keine andere Frau mehr an – weder hier noch in der Hölle«, keuchte Rafe, als er sein Messer in die Scheide schob. Er hörte Hufschlag nahen, packte Deborah, sprang mit ihr auf den Wagen und zog ihren schreckensstarren Körper unter sich, um sie zu schützen.

Es war Jinx, der Bostoner am Zügel führte. »Dachte mir, du kannst dies gebrauchen!«, rief er und spuckte einen Priem auf Flores' blutüberströmte Leiche, während er Rafe eine Pistole zuwarf und ihm die Zügel seines Pferdes überreichte.

»Danke. Ich stehe in deiner Schuld!«, rief Rafe zurück, sprang auf Bostoner und beugte sich dann über die aufgeschlitzte Zeltplane, um Deborah vom Wagen zu ziehen.

Sie wurde durchgeschüttelt, als der große Hengst davonpreschte. Rafe schirmte sie mit seinem Körper ab, wich mexikanischen Soldaten aus, trat sie aus dem Weg und schoss einige nieder, als er sich dem Rückzug der Rangers aus der Schlucht anschloss. Deborah klammerte sich an ihren blutgetränkten Wilden, ihren Retter, und war zwischen dem Hochgefühl, weil sie überlebt hatte, und dem Entsetzen über die soeben erlebte schaurige Tötung seines Feindes hin- und hergerissen. Welcher Art Mann hatten Adam und sie ihre Zukunft anvertraut?

Kapitel 26

Als sie in dieser Nacht im Lager eintrafen, wurde Rafe von all den Texanern mit herzlichen Glückwünschen begrüßt, und Deborah wurde mit höflicher Besorgtheit behandelt. Nach drei Tagen gefesselt in Gefangenschaft war sie unsicher auf den Beinen. Auch ihre Hände waren noch taub, als Rafe sie behutsam von Bostoner hob. Seine Sanftheit stellte einen starken Kontrast zu seiner Brutalität beim Kampf mit Flores dar.

»Kannst du allein stehen? Ich besorge etwas gegen diese Abschürfungen«, entschied er und betrachtete ihre wund gescheuerten Handgelenke.

»Ja, es geht schon. Nur etwas Wasser, bitte. Dieser Knebel – mein Mund ist so trocken.«

Rafe setzte sie an das prasselnde Lagerfeuer und nahm dann von einem stämmigen Texaner eine Feldflasche entgegen. »Trink langsam, Mondblume«, mahnte er und stützte sie, als sie die Feldflasche ansetzte und einen Schluck nahm. »Wir rasten heute Nacht hier und reiten bei Tagesanbruch nach San Antonio, wenn du dazu in der Lage bist …« Seine Worte verklangen unsicher, als er sie hielt und über ihr Haar streichelte.

»Er hat mich nicht angerührt, Rafael«, versicherte sie ruhig, als sie seine Gedanken erriet. »Er kam in dieser ersten Nacht zu mir, und zwei Männer hielten mich fest, aber ein Bote des Generals traf ein, bevor Flores sein gemeines Vorhaben in die Tat umsetzen konnte. Danach konnte er sich nicht von den Soldaten fortstehlen, nehme ich an. Die beiden, von denen er mich bewachen ließ, hatten zu viel Angst vor ihm, um mich anzurühren.«

Rafael seufzte erleichtert auf, streichelte über ihr Haar und küsste sie leicht auf ihre Schläfe und den Hals, mehr tröstend als leidenschaftlich. »Es ist alles gut. Rede jetzt nicht darüber. Wir werden alles hinter uns lassen, *chérie.* Ich bin nur dankbar, dass du unverletzt bist.«

Er klang so aufrichtig, doch eine Spur des Zweifels blieb bei ihr. »Du würdest mich nicht ablehnen, wenn er mich vergewaltigt hätte?« Die Frage schien sich von selbst zu stellen.

»Ich liebe dich, Deborah. Nichts kann das jemals ändern; gewiss nicht, was ein Verbrecher wie Enrique Flores dir hätte antun können. Ich habe nur gebetet, dass er dich nicht verletzt.« Er blickte ihr bei seinen Worten in die Augen, und sie wusste, dass er die Wahrheit gesagt hatte. Als er sie von neuem in die Arme nahm, übermannte sie die Erschöpfung. Sie brach an ihm zusammen, und bevor sie ohnmächtig wurde, zwang sie sich, die hässlichen Bilder der Gewalt zu vergessen und sich zu daran zu erinnern: *Dies ist Rafael, mein Ehemann, der mich liebt.*

Am nächsten Morgen verließen sie Hays und Caldwell, die Wolls demoralisierte Armee auf deren Rückzug verfolgten. Deborahs lange Tortur auf Flores' holperndem Bagagewagen forderte immer noch ihren Tribut von Deborahs schmerzendem Körper. Hays hatte ihr ein Pferd geschenkt, das seine Männer von der mexikanischen Armee erbeutet hatten, und auf dem Ritt beobachtete Deborah ihren Mann. Er sah immer noch gut aus, trotz seiner Narben, aber ihr kam die hart aussehende Gestalt in Wildleder, die Feuerwaffen und Messer trug, als wären sie Teile seines Körpers, fremd und Furcht einflößend vor. Immer wieder erlebte sie in Gedanken den grauenhaften Kampf mit Flores.

Jedes Mal, wenn sie rasteten, überprüfte sie die Verbände, die sie um die Messerwunden an Rafaels Arm und seiner Brust angelegt hatte. Sie hatte zwar Dr. Weidermann assistiert und viel schlimmere Wunden gesehen, doch keine hatte sie so berührt wie die ihres Mannes. Sie war Zeugin gewesen, wie sie ihm zugefügt worden waren, und jetzt erlebte sie, wie gleichgültig er sie abtat. *Ich habe damals in New Orleans erlebt, dass er töten kann, doch jetzt scheint es ihm viel leichter zu fallen, als wäre es ein Teil seiner Natur …*

Rafe war ebenfalls erschöpft und nachdenklich. In seinem Kopf pochte es scheußlich, und immer noch plagten ihn Schwindelgefühle und gelegentlich verschwamm alles vor seinen Augen. Ihn quälte jedoch mehr Deborahs distanziertes Verhalten. Als er sie in diesem Wagen gefunden und befreit hatte, hatte sie geweint und sich an ihn geklammert, überglücklich, weil er nicht tot war, wie Flores behauptet hatte. Doch seitdem er den Comanchero getötet hatte, war sie bedrückt und verschlossen. Er erinnerte sich an den Blutdurst, der ihn dazu getrieben hatte, Flores auf solch schaurige Weise zu vernichten, und zuckte zusammen, als ihm klar wurde, wie barbarisch es gewirkt haben musste.

Als sie bei der Pension eintrafen, war es fast Mitternacht. Deborah ging ins Haus, während Rafe die Pferde in den Stall brachte, striegelte und versorgte. Sadie und Adam waren beide wach und überglücklich über den Ausgang von Deborahs schrecklichem Abenteuer.

»Ich wusste, dass mein Papa meine Mama retten würde!«, verkündete Adam am nächsten Tag jedem Pensionsgast und Bediensteten, dem er die Geschichte erzählen konnte.

Erschöpft und in einem Aufruhr der Gefühle verbrachten Rafe und Deborah ihre erste Nacht zurück in San Antonio, indem sie zusammen schliefen, jedoch auf Sex verzichteten. Früh am nächsten Morgen offenbarte Rafe seine Pläne.

»Ich sammele alle Vorräte, die ich finden kann – was Wolls verdammte Armee zurückgelassen hat –, damit wir binnen einer Woche zur Renacimiento Ranch aufbrechen können.«

Er sprach nicht darüber, was aus der Pension werden würde, obwohl es sie beide quälte. Rafe fürchtete sich davor, seine Frau zu bitten, die Pension auf der Stelle zu verkaufen, und Deborah befürchtete, dass er einfach selbst darüber bestimmen würde, wie es ihm das Gesetz erlaubte. Wie zwei misstrauische Degenfechter belauerten sie einander und mieden jede direkte Konfrontation.

Als Rafe an diesem Abend in die Pension kam und feststellte, dass Deborah nichts von ihrem Besitz eingepackt hatte, wusste er, dass er das Thema schnell regeln musste.

»Wenn du über den Rechnungsbüchern sitzt, kannst du nicht deine Koffer packen, Deborah. Adam hat lobenswerterweise sein Spielzeug und andere Schätze verpackt.« Rafe stand in der Tür zum Büro und betrachtete sie, als sie erschrak und nervös ihren Bleistift fallen ließ.

»Ich muss viel Arbeit nachholen, Rafael. Adam kann sich mit Spielen vergnügen«, fügte sie gereizt hinzu.

»Packen, um umzuziehen, ist kein Spiel, Frau«, erwiderte er scharf. »Du willst immer noch nicht mit mir gehen, wie?« Seine Stimme verriet, dass er gekränkt und zornig war.

Deborah stand vom Schreibtisch auf und ging zum Fenster. »Ich ... ich weiß es nicht. Ehrlich, Rafael, ich weiß nicht, was ich will. Adam ist überglücklich. Alles ist so einfach, wenn man erst sechs ist. Als ich in seinem Alter war, dachte ich, mein Vater könnte alles schaffen. Aber jetzt brauche ich ... wir ... wir brauchen mehr Zeit.« Sie wandte sich zu ihm um und sah ihn bittend an.

Mit ein paar panterhaften Schritten durchquerte er das Büro und nahm ihre Hände in seine. »Mondblume, ich habe seit sechs Jahren nach dir gesucht. Wir haben genug von unserem Leben getrennt vergeudet. Ich will, dass wir von jetzt an zusammen sind.«

»Zusammen nach deinen Bedingungen, Rafael – auf deiner Ranch«, gab sie zurück und entzog ihm ihre Hände.

»Verdammt, ich habe mich abgeschuftet, um die Renacimiento für dich aufzubauen, für unsere Kinder. Ich kann nicht noch länger fortbleiben. Ich muss einen Job erledigen.«

»Und ich wohl hier nicht! Ist dir jemals in deiner grenzenlosen männlichen Eitelkeit in den Sinn gekommen, dass *ich* mich für diese Pension abgeschuftet habe?«

»Du willst also, dass ich die Ranch verkaufe und ein Städter werde?«

»Du pflegtest ziemlich gut als Städter zu faulenzen, wie ich mich erinnere«, konterte sie bitter.

Rafe fluchte innerlich. »Dieser Mann bin ich nicht mehr, Deborah, und ich will nicht, dass mein Sohn so aufwächst – verwöhnt und verweichlicht. Du verhätschelst ihn! Er hat noch nie auf einem Pferd gesessen, um Himmels willen!« Er war nun sehr laut geworden.

»Er ist erst sechs, um Himmels willen!«, schrie sie zurück.

»Texaner lernen reiten, sobald sie gehen können – wenn sie einen Vater haben, der dafür sorgt«, fügte er kalt hinzu. »Und glaube mir, Frau, ich *werde* dafür sorgen.«

Nach dem Essen an diesem Abend ging Rafe allein in den hinteren Hof, um eine Zigarre zu rauchen und seine Gedanken zu sammeln. Er hatte sich vorgenommen, geduldig und versöhnlich zu sein, und sich dann wieder von ihr aufstacheln lassen, die Beherrschung zu verlieren. *Ich habe Zeit genug, um ihr Vertrauen zu gewinnen, wenn wir daheim sind. Jetzt werde ich auf das setzen, über das sie viel weniger Kontrolle hat – ihre Leidenschaft.* Er trat den Zigarrenstummel aus und ging ins Haus und nach oben.

Deborah saß am Frisiertisch und bürstete ihr Haar. Adam lag schlafend nebenan, und sie hatte ein paar Momente allein, um zu entspannen. Sie hielt jedoch im Bürsten des glänzenden Haars inne, als sie den vertrauten Klang der Schritte ihres Mannes wahrnahm. Er betrat die Halle und kam die Treppe herauf.

Allzu bald wurde die Tür zum Schlafzimmer geöffnet, und Rafael trat ein und schloss sie schnell hinter sich. Er lehnte sich gegen die Tür und betrachtete Deborah.

Das Zimmer war von erwartungsvollem Schweigen erfüllt. Deborah spürte den glühenden Blick schwarzer Augen auf ihrem Rücken. Als sie aufblickte, um in den Spiegel zu sehen, ertappte sie Rafael bei einer kühnen, langsamen Musterung. Sie spürte, wie Hitze in ihre Wangen stieg.

»Du bist immer noch zu fair, um deine Gefühle zu verbergen«, sagte er mit tiefer, weicher Stimme, als er das Zimmer durchquerte, hinter ihren Stuhl am Frisiertisch trat und mit den Fingerspitzen leicht über ihr Schlüsselbein und den Hals hinauf streichelte.

Unter seiner zärtlichen Berührung begann ihr Puls zu rasen, und sie wusste, dass er es ebenfalls spürte. *Warum dagegen ankämpfen?*, flüsterte eine Stimme in ihr. Trotz des unausweichlichen Ausgangs kämpfte Deborah gegen Rafes hypnotische Anziehungskraft.

Rafael spürte ihren Widerstand, trat zurück und schlenderte zum Bett. Er setzte sich und zog seine Stiefel und die Hose aus. Dann erhob er sich, knöpfte sein blaues Baumwollhemd auf und streifte es von den Schultern. Mit nackter Brust und barfuß stand er mitten im Schlafzimmer und schaute zu ihrer erstarrten Gestalt. »Für alle guten kleinen Frauen ist es Zeit, im Bett zu liegen, Mondblume«, bemerkte er mit einem leisen Lachen.

»Deine Wunden müssen behandelt werden«, erwiderte sie und ignorierte seine provokative Bemerkung. Sie ging entschlossen zu dem kleinen Tisch beim Bett und begann, ein Fläschchen mit einem Desinfektionsmittel zu entkorken.

Er streckte einen langen, muskulösen Arm aus und stoppte sie. »Ich habe schon schlimmere Wunden gehabt. Das sind nur Kratzer.« Er verstärkte seinen Griff um ihr Handgelenk und zog sie in seine Arme.

»Sag mir, Rafael, bedeutet jede Narbe auf deinem Körper einen Mann, den du getötet hast?« Sie spürte, wie er sich versteifte, und bereute, die Frage gestellt zu haben.

»Nein, ich habe viele Männer getötet, ohne selbst verletzt zu werden«, antwortete er kalt. »Jetzt wird Flores zwischen uns stehen wie alles sonst in der Vergangenheit«, sagte er bitter, ließ ihre Hand los, wandte sich ab und schritt zum Fenster.

Sie stand einen Moment hilflos da, empfand eine plötzliche Leere, als er sie losließ. Deborah sah die steife Haltung seiner Schultern, und sie wusste, dass sie ihn gekränkt hatte. Zögernd ging sie zu ihm, blieb hinter ihm stehen und legte eine Hand auf seinen Rücken. Sie schmiegte ihren Kopf an seine Schulter und bemerkte leise: »Du hast Flores getötet, um mich zu retten. Du hast dein Leben aufs Spiel gesetzt. Verzeih mir, Rafael.« Sie streichelte zärtlich über den Schorf der langen, rötlichen Schnittwunde, die zu heilen begann. »Lässt du mich nach deinen Verletzungen sehen, bitte?«

Er atmete tief ein, seufzte leise und wandte sich zu ihr um. »Behandle meine Wunden, wenn du es für nötig hältst, Frau«, meinte er mit einem schiefen Grinsen.

Deborahs Hände zitterten leicht, als die den Verband an seiner Brust löste. Zwischen seinen dichten, schwarzen Brusthärchen war immer noch eine rote Furche zu sehen. Sie spürte unter ihren Fingern seinen Herzschlag, als sie sich zur Ruhe zwang und eine antiseptische Salbe und dann eine Heilsalbe auftrug. Als sie um ihn herumgriff, um ihn mit dem frischen Verband zu umwickeln, klaffte ihr Morgenrock auf, und er sah die Umrisse ihrer Brüste durch das hauchdünne Nachthemd. Sein Herz begann noch schneller zu schlagen, und sie spürte es. Sie trat zurück, um den Verband zu befestigen, folgte seinem heißen Blick und zog schnell den Morgenrock zusammen. Deborah spürte das Lachen in seiner Brust aufsteigen, noch bevor sie es hören konnte.

Langsam hob er seinen Arm und ließ sie die heilende Schnittwunde begutachten. Gerade als sie ein bisschen Salbe auftrug, streifte er ihren seidenen Morgenrock von einer Schulter. Bevor sie protestieren konnte, hatte er ihre andere Schulter ebenso entblößt. »Schön«, war alles, was er sagte, als er an den Brustspitzen kostete, die deutlich unter dem hauchdünnen Nachthemd zu sehen waren. Im Reflex drückte sie die Hände gegen seine harte Brust. Sie spürte, wie sich die Muskeln unter den schwarzen Härchen spannten.

Er umarmte sie, umfasste mit einem Arm ihre Taille und band mit der anderen Hand den Gürtel ihres Morgenrocks los. Sie half ihm, ihn abzustreifen, und er fiel achtlos zu Boden. Deborah streckte die Arme hoch, als er das Nachthemd über ihren Kopf zog und es dann auf den Morgenrock fallen ließ.

Dann trat er zurück, um ihre Nacktheit im flackernden Kerzenlicht zu bewundern. »Die bist eine silberhaarige Göttin«, flüsterte er.

Er ergriff ihre Hand und führte sie an den Bund seiner Hose. »Ich habe dich entkleidet, jetzt bist du an der Reihe«, verlangte er sanft. Mit ihrer begierigen Hilfe streifte er die eng sitzende Hose über seine schmale Hüfte hinab und trat sie fort. »Lass mich dich lieben, Deborah«, raunte er, zog sie mit sich und sank mit ihr auf das große Bett.

Sie erbebte unter unzähligen köstlichen Gefühlen, als Rafe zärtlich ihren Körper hinab küsste und sie das erregende Spiel seiner Zunge auf ihrer Haut spürte. Er saugte an ihren Brüsten und küsste eine heiße Spur bis hinab zu den Innenseiten ihrer Oberschenkel. Deborah erzitterte vor Verlangen, zog seinen heißen, harten Körper näher an sich, fuhr mit den Fingernägeln seinen Rücken hinauf und hinab, streichelte die Muskelstränge seiner Schultern und auf der Brust. Als sie auf dem Bett hin und her rollten, bäumte sie sich instinktiv gegen ihn auf. Sie zog die Hand aus seinem Haar und griff hinab, um seinen erigierten Penis zu umfassen. Sie stieß einen unverständlichen Laut aus, halb Seufzen, halb Lustschrei, und wölbte sich ihm entgegen, öffnete sich für ihn, um ihn zu empfangen, als er in sie hineintauchte. Er konzentrierte sich und hielt sich zurück, um sie zuerst an den Rand der Ekstase zu bringen, bewegte sich langsam und glaubte, in ihrem warmen, feuchten Fleisch zu ertrinken. Allmählich schlang sie die Beine um seine Hüfte, um seine Stöße aufzufangen, bis sie in purer Ekstase erzitterte und atemlos die Erfüllung fand.

Er spürte, wie ihr schlanker Körper erbebte, steigerte das Tempo, und dann erreichte auch er den Höhepunkt, und sie fühlte, wie er sich mit einem letzten herrlichen Stoß tief in ihr ergoss. Dann keuchte er: »Oh, Mondblume, du bist sicher bei mir. Ich werde nie zulassen, dass dir jemand Schmerz zufügt. Bleib für immer bei mir.«

»Für immer ist eine lange Zeit«, murmelte Deborah am nächsten Nachmittag, als sie im Schlafzimmer saß und von Kisten und Koffern umgeben war. Sie hatte den Tag mit Packen verbracht. Bald würde sie die lange Reise zur Renacimiento antreten. »Aber wie kann ich einfach meine Wurzeln hier rausreißen – all meine Freunde hier verlassen?« Sie dachte an Sadie und Chester, an den alten Racine Schwartz, an Dr. Weidermann.

Aber am häufigsten dachte sie an Charlee. Deborah würde zur Bluebonnet Ranch reiten und sich von ihrer Freundin verabschieden müssen. Sie wusste, dass sie Charlee außer Obedience am meisten von allen vermissen würde. *Jedenfalls werden sie und Jim gut füreinander sein,* dachte sie und versuchte, etwas Tröstliches im Chaos des Lebens zu finden. Als hätte sie ihre Freundin herbeigezaubert, hörte sie Charlees Stimme unten in der Halle und dazwischen Adams Kichern.

»Hallo«, lachte dann Charlee und blickte auf das Durcheinander von Deborahs Packen.

Sie umarmten einander, und Deborah rief: »Oh, Charlee, ich

freue mich so, dich zu sehen! Es ist so viel geschehen, dass ich kaum weiß, wo ich mit dem Erzählen anfangen soll.«

Deborah schickte Adam in die Küche, wo er sich von Sadie Plätzchen und Milch geben lassen sollte, und schilderte all die Ereignisse der vergangenen Tage, seit Rafael Charlee bei der Bluebonnet Ranch abgeliefert hatte. Schmerzlich bekannte sie ihre verwirrten Gefühle für ihren Ehemann und endete ihre Erzählung, indem sie sagte: »Ich bin verheiratet, und nach dem Gesetz habe ich gewisse Verpflichtungen, vor denen ich mich nicht länger drücken kann.«

Charlee legte beschützend einen Arm um Deborahs Schulter. »Wo auch immer du hingehst, du sollst wissen, dass ich deine Freundin bin und dir immer helfen werde. Wir können einander schreiben, einander vielleicht sogar von Zeit zu Zeit besuchen.«

Der Gedanke, hunderte Meilen von ihrer engsten Vertrauten entfernt zu sein, war schmerzlich für Deborah, besonders weil Charlee schrecklich unglücklich war. Auch für Charlee war die Straße der Liebe steinig und grausam. Jim Slade blieb bei seiner Verlobten Tomasina Carver, pflegte sie gesund, nachdem es gestern in ihrem Stadthaus eine Schießerei gegeben hatte. Charlee war überzeugt, dass Jim Slade seine alte Liebe heiraten würde, und sie war entschlossen, weiterhin ihr eigenes Leben zu führen. Männer waren ja solche Narren! Wie konnte Jim Slade sich mit einer gefährlichen und niederträchtigen Frau wie Tomasina Carver einlassen, wenn ein munteres, nettes Mädchen wie Charlee ihn liebte? Aber Charlees gescheiterte Romanze hatte ein Problem geregelt. Sie wollte von Deborah die Pension kaufen. Überraschenderweise hatte sie genügend Geld, um eine beträchtliche Anzahlung zu leisten. Beide Frauen waren zufrieden mit ihrem Handel. Charlee würde ein florierendes Geschäft haben und eine unabhängige Frau mit einer Existenzgrundlage sein, und Deborah würde ihre Angestellten und Pensionsgäste jemandem überlassen können, der sich ausgezeichnet um sie kümmern würde. Angesichts ihrer ungewissen Zukunft betrachtete Deborah dies als Trost.

Rafe war ebenso wie Deborah in Gedanken ständig mit ihrer Zukunft beschäftigt. Als er an diesem Tag zum Mittagessen in die Pension kam, sah er Charlee, die wieder für die Küche verantwortlich war. In ihm keimte eine Idee, und nach dem Essen suchte er Charlee auf und führte sie zu einem Gespräch unter vier Augen ins Arbeitszimmer, während Deborah und Adam anderweitig beschäftigt waren.

»Meinen Sie, Sie können mit all dem fertig werden und diese Pension führen, wenn wir an Sie verkaufen?« Er machte eine umfassende Geste zu den Büchern und Papieren, von denen Deborahs Schreibtisch übersät war. Er brauchte jemanden, der Deborahs Geschäft so schnell wie möglich übernahm, sodass er seine Familie zur Renacimiento bringen konnte.

Charlee hob eine Augenbraue. »Oh, das ist es also. Ich nehme an, Sie hatten noch keine Zeit, Deborah nach ihren Plänen zu fragen, oder? Ich kaufe *ihre* Pension. Wir haben alles heute Morgen abgemacht!«

Diese Neuigkeit versetzte ihm einen Dämpfer. Rafe betrachtete es als gutes Omen, dass Deborah ihre Bindungen an San Antonio durchtrennt hatte, aber verdammt, er hasste es, dass zwei selbstgefällige Frauen ihn vor vollendete Tatsachen stellten, als wäre er ein Dummkopf!

Schließlich gab er Deborahs Freundin widerwillig seinen Segen. Sie ermahnte ihn, gut für seine Frau zu sorgen, denn sonst würde er es mit ihr, Charlee, zu tun bekommen. Er versprach, Deborah ein guter Ehemann zu sein.

Die Reise nach Norden dauerte beträchtlich länger als Rafes Ritt nach San Antonio, als er nur seine Waffen und Satteltaschen bei sich gehabt hatte. Jetzt transportierten sie eine Wagenladung Besitz. Um diesen und seine Familie zu schützen, hatte er vier Männer als Begleiter angeheuert, harte Milizionäre, die die Gefahren unterwegs kannten.

Bei dem offenen Lagern im Freien und der Anwesenheit eines neugierigen sechsjährigen Kindes hatten Rafe und Deborah keine Gelegenheit, sich zu lieben. Rafael sagte sich, dass es vielleicht am besten war, für ein paar Wochen getrennt zu schlafen. Deborah musste sich an viel Neues gewöhnen. Ein ganz neues Leben als Frau eines Ranchers lag vor ihr, und während sie zur Ranch reisten, würde er sie nicht bedrängen.

»Willst du mitkommen? Ich habe eine Überraschung für dich«, meinte Rafael eines frühen Morgens zu Adam, als sie das Lager abbrachen. Flussaufwärts lag ein abgeschiedener Teich, zu dem oftmals Rotwild kam, um zu trinken. Die beiden Verschwörer stahlen sich davon, während Deborah im Wagen war und sich ankleidete und die angeheuerten Männer die Ausrüstung verpackten.

Als sie etwa eine halbe Stunde später zurückkehrten, konnte Deborah Adams Piepsstimme hören. »Oh, Mama, du hättest ihn sehen sollen! Er hatte ein so großes Geweih.« Er streckte die kleinen Arme weit aus, um die Größe anzuzeigen, dann rannte er zu ihr, um sie aufgeregt zu umarmen.

»Wer, Schatz?«, fragte sie und ging in die Hocke, um ihn an sich zu drücken.

»Der Hirsch – Papa zeigte mir, wo sie trinken –, nein, es heißt nicht trinken, sondern saufen, das hat er mir erklärt. Es waren zwei von ihnen – eine Frau und ein Mann. Er hatte das größte Geweih, dass ich je gesehen hab.«

Sie lachte und zerzauste seine schwarzen Locken.

»Ich habe mich an diesen Teich erinnert. Auf dem Hinweg habe ich denselben Hirsch hier gesehen. Großer Bursche«, erzählte Rafe, begeistert wie sein Sohn.

»Du hast ihn nicht erschossen, oder?«, erkundigte sie sich, nur halb im Scherz. Es gefiel ihr nicht, dass Adam umgeben von Waffen aufwuchs, obwohl dies an der Siedlungsgrenze offenbar nötig war.

Ihr Mann schenkte ihr ein geduldiges Lächeln. »Nicht nötig, sie zu erschießen. Wir haben so viel Fleisch und andere Nahrung, wie wir transportieren können. Aber ich werde Adam lehren, wie man in der Natur überlebt, Deborah. Als Erstes wird er das Reiten lernen.«

»Mein eigenes Pony!« Adams Gesicht leuchtete von neuem auf, und er fuhr aus der Umarmung seiner Mutter herum, um sich seinem Vater in die Arme zu werfen. »Und ich will auch die Jagd lernen – und Indianer erschießen wie du und Wash.«

»Alles zu gegebener Zeit, Sohn, du wirst die Jagd erlernen, das stimmt. Was das Erschießen von Indianern angeht, so kommt es darauf an. Viele Stämme sind freundlich. Mein Partner auf der Ranch ist ein halber Cherokee. Ich glaube, du wirst ihn mögen«, sagte er und zwinkerte Deborah zu.

Im Laufe des Tages sah Deborah noch weitere Seiten an ihrem Mann. Er war ein liebender Vater, der Adams kindliche Aufregung und Begeisterung mit natürlicher Ausgelassenheit teilte, als wäre er selbst noch ein Kind. Dennoch war er auch streng und vernünftig und erklärte die Gefahren, die von geladenen Waffen und unbeaufsichtigten Lagerfeuern ausgingen.

Natürlich ist er ein guter Vater, dachte sie bitter, *er hat ja bereits eine Menge Übung gehabt.* Sie sah immer noch vor ihrem geistigen Auge Rafael mit seiner Tochter an jenem Tag, als sie zu Lilys Haus gegangen war. Deborah zwang sich, diese traumatischen Gedanken aus ihrer Erinnerung zu verbannen. Wenn sie fair war, musste sie zugeben, dass sich Rafael sehr verändert hatte und nicht mehr der arrogante junge Aristokrat war, den sie in New Orleans gekannt hatte. Sie beobachtete ihn, wie er mit Sanch Walters, einem der Revolvermänner, die er angeheuert hatte, am Lagerfeuer hockte. Walters war ungebildet und nicht sehr sauber, aber der harte Mann war ein erfahrener Spurenleser und tadellos höflich zu ihr.

Sanch reichte einen Krug texanischen Whisky am Feuer herum, und Deborah bemerkte, dass ihr einst so anspruchsvoller Mann, der nur Cognac aus Kristallgläsern getrunken hatte, nicht abgeneigt war, gelegentlich einen Schluck aus dem Krug zu trinken – ohne den Hals des Krugs zuvor abzuwischen! Rafael beteiligte sich an der harten Arbeit der angeheuerten Männer und hielt Adam an, es ebenso zu halten. Er entfachte Feuer, hackte Holz und scheuerte sogar für Deborah den schweren eisernen Kochtopf mit Sand. Sie war einst erstaunt über die Schwielen an seinen feingliedrigen, aristokratischen Händen gewesen, und jetzt wusste sie, wie er die Schwielen bekommen hatte. Er striegelte und fütterte die Maultiere, die sie zum Ziehen des Wagens gekauft hatten, und er übernahm seine Schicht bei den einsamen Nachtwachen. Vielleicht war das Erstaunlichste von allem die Kameraderie zwischen Rafael und diesen rauen, ungebildeten Männern.

Außer Sanch war da ein junger *Tejano* namens Lopez, ein ergrauter alter Veteran der Red Stick Rebellion namens Red Eye, und ein freigelassener Sklave – nach seinem Teint zu schließen, vermutlich ein halber Schwarzer – namens Otis Fisher. Rafael aß mit ihnen zusammen, arbeitete an ihrer Seite und respektierte sie offensichtlich. Sie erinnerte sich an das starre Kastensystem in New Orleans und Rafes frühere Sicht der Sklaverei und fand es schwer, sich vorzustellen, wie jemand sich so dramatisch verändern konnte.

Deborah hörte zu, als die Männer haarsträubende Geschichten über ihr Leben als Mustangjäger erzählten, und sie erschauerte bei dem Gedanken, dass ihr Mann in ein solch gefährliches Geschäft verwickelt gewesen war, während er seine Ranch aufgebaut hatte. Der Gedanke, ihn zu verlieren, war unerträglich für sie, erkannte sie jetzt. Was auch immer die Zukunft bringen mochte, sie war wesentlich mit der Rafael Flamencos – oder Rafe Flemings verbunden. *Sonderbar, dieser englische Name passt besser zu ihm, aber für mich wird er immer Rafael sein.*

»Ich nehme an, dass wir morgen um diese Zeit auf der *Renacimiento* sein werden, Deborah«, unterbrach Rafe ihre Träumerei. Als er ihre Verlegenheit sah, fragte er: »Du siehst aus, als grübeltest du, Mondblume – worüber?«

»Ich habe nur daran gedacht, welch eine schöne Reise es gewesen ist«, antwortete sie ausweichend. »Morgen werden wir auf der Ranch sein?« Sie wollte das Thema wechseln.

»Auf *unserer* Ranch«, erwiderte er sanft. »Sie gehört uns und Joe.«

»Ich freue mich darauf, deinen Freund, den Cherokee, kennen zu lernen. Ist er wie Red Eye oder Otis?« Sie konnte sich De Villiers kaum vorstellen.

Rafe lächelte. »Oh, Joe ist ein bisschen wie Sanch, er liebt es, Geschichten zu erzählen und zu scherzen.«

Am späten Nachmittag des nächsten Tages überquerten sie den letzten Hügel und blickten in das Tal hinab, in dem Pinien und Erlen wuchsen, die nach den letzten Regenfällen üppig grün waren. »Verstehst du jetzt, warum ich nicht versucht habe, es dir zu beschreiben?«, fragte Rafe leise.

Deborah blickte hingerissen und staunend auf die Schönheit des weiten, versteckten Tals. »Ein atemberaubender Anblick.« Sie sah auf dem Talgrund einen sanft gewundenen Bach, der von Weiden und stattlichen Pappeln gesäumt wurde. In der Ferne, gerade jenseits der Gabelung des Baches, stand ein Steingebäude, von Bäumen beschattet.

Sie ritten schnell zum Haus. Es war alt, die Steine waren verwittert und an einigen Stellen von wildem Wein berankt. Aber es wirkte solide und kühl im Sonnenschein des Nachmittags. Es war zweigeschossig und hatte ein neues Dach aus hölzernen Schindeln. Ein gepflegter Garten neben dem Haus erinnerte Deborah an den Garten hinter der Pension in San Antonio, doch sie verdrängte diesen Gedanken und schaute zu den Korrals. Einer war voller nervöser Wildpferde, hauptsächlich mit dem gefleckten Fell texanischer Mustangs.

»Joe muss in meiner Abwesenheit sehr fleißig gewesen sein«, stellte Rafe lachend fest. »Wenn man vom Teufel spricht!« Ein drahtiger, schwarzhaariger Mann kam um die Ecke des großen Hauses.

Er näherte sich mit geschmeidigen Schritten den absitzenden Reitern. De Villiers' Gesicht verzog sich zu einem breiten Willkommenslächeln, und er zeigte auffallend weiße Zähne. »Kein Zweifel, dies muss Deborah sein, und die kleine Version von dir ist Adam.« Er verneigte sich überraschend vornehm und höflich. »Nach all den Jahren, in denen ich von Ihnen gehört habe, ist es ein Vergnügen, Sie kennen zu lernen, Ma'am.«

Deborah fand ihn sofort sympathisch. Sie streckte ihm die Hand hin, und er ergriff sie und drückte sie fest. »Ich könnte das Gleiche sagen, Mr. De Villiers. Rafe hat mir erzählt, er könnte diese Ranch ohne Sie nicht führen.«

»Nennen Sie mich Joe, Ma'am.« Er wandte sich an seinen Partner. »Gib diesen jungen Mann mal her, Rafe. Ich muss sehen, ob aus ihm ein richtiger Texaner werden wird.« Er nahm den langbeinigen Jungen mühelos von seinem Vater entgegen. Adam kicherte, als Joe so tat, als untersuchte er seine Muskeln, Augen und Zähne, und ihn dann als stark genug erklärte, um der nächste Besitzer der Renacimiento werden zu können. In diesem Augenblick erschien eine schwarzhaarige Frau in der Tür.

»Rafe – endlich bist du sicher zurück!«, rief sie auf Spanisch und rannte zu ihm, um ihn in die Arme zu schließen. »Wir haben uns solche Sorgen gemacht!«

Als sie und Rafe einander herzlich begrüßten, schaute Deborah sich die mexikanische Frau genauer an. Sie war jung, vermutlich Ende zwanzig, klein und üppig, und ihr lockiges, tiefschwarzes Haar reichte ihr fast bis zur Hüfte. Sie war schön.

Deborah erstarrte, als sie Rafael sagen hörte: »Deborah, ich möchte, dass du unsere Haushälterin Lucia begrüßt.«

Kapitel 27

Deborahs Ankunft in ihrem neuen Zuhause wurde durch die Anwesenheit der »Haushälterin« verdorben. Zu stolz, um ihren Argwohn gegenüber der hübschen Frau zu zeigen, lächelte sie gezwungen und reichte Lucia die Hand. Dann hob Rafael seine Frau auf die Arme und trug sie über die Schwelle in einen großen Raum mit hoher Decke und poliertem Schieferboden.

»Du bist daheim, Mondblume«, flüsterte er ihr ins Ohr, als er sie langsam in der Mitte des Raumes von seinen Armen gleiten ließ. In dem Raum war es luftig, und er hatte eine große doppelflügelige Tür, die in einen zentralen Innenhof führte. Aber das Erste, was Deborah ins Auge fiel, war ein wunderschöner marineblauer und violetter Teppich, den Lenore vor so langer Zeit in New Orleans zu ihrem Geburtstag geknüpft hatte.

Sie ging schnell über den Läufer und strich liebevoll mit der Hand darüber. »Ich hasste es, ihn zurücklassen zu müssen ... wie so viele Dinge«, bekannte sie leise.

»Wie zum Beispiel dies?« Er wies auf eine große Kristallvase, die mit Wildblumen des Herbstes gefüllt war. Rafe beobachtete, wie sie durch den Raum ging, der mit Lieblingsstücken gefüllt war, die sie bei ihrer Flucht aus New Orleans nicht hatte mitnehmen können – eine Ottomane, mit braunem Samt bezogen, eine Spieldose aus schwerem Silber, ein paar massive Kerzenhalter, die neben dem Kamin standen.

Deborah war sprachlos und vergaß im Moment sogar Lucia. Sie ging herum, berührte die verloren gewähnten Erinnerungsstücke und erkannte, wie viele Gedanken er sich gemacht haben musste, um genau diese Dinge auszuwählen, die sie am meisten geschätzt hatte.

Er führte sie aus dem Wohnzimmer zu einer breiten Tür, die zum Esszimmer hinausging. Darin standen der massive Ahorntisch und die hochlehnigen Stühle aus dem Esszimmer ihres Vaters in Boston!

Bei ihrem verblüfften Staunen erklärte Rafael: »Das traf gerade ein, bevor ich nach San Antonio aufbrach. Adam scheute keine Kosten, um es nach Galveston verschiffen zu lassen. Aber komm, da ist noch mehr.«

Er ergriff ihre Hand und geleitete sie durch eine Tür an der anderen Seite des Zimmers, das zu einer steilen Treppe führte. Als sie die Treppe hochstiegen, sagte er: »Unten zu deiner Rechten befindet sich die Bibliothek. Darin könnte das eine oder andere deiner Lieblingsbücher sein. Und jetzt ...« Er verstummte auf dem oberen Treppenabsatz. Ein langer Flur erstreckte sich in zwei Richtungen, offensichtlich umgab er den zentralen Innenhof. Sie wandten sich nach links durch den Flur, und als sie zu einer Tür gelangten, schob Rafe sie auf. »Das Elternschlafzimmer«, erklärte er weich. »Es gibt noch vier andere Schlafzimmer – für Joe, Lucia, eins für Adam und noch eines, in dem bald eine Kinderschwester wohnen sollte.«

Sie ignorierte seine Andeutung und betrat das Schlafzimmer. Ihre Truhe und der Frisiertisch aus Boston standen an der fernen Wand, dazwischen ein großes Bett. Als hätte er ihre Gedanken erraten, meinte Rafe: »Es ist zu groß für eine Person ganz allein, Mondblume.«

Nachdem sie den Rundgang durch das Haus beendet hatten, war Deborah überwältigt, weil Rafael es mit so vielen ihrer Lieblingsmöbel aus Boston und New Orleans eingerichtet hatte. Als sie ihre Sammlung von Büchern von Wollstonecraft, Rousseau und Thoreau und anderer Lieblingsschriftsteller sah, schimmerten Tränen in ihren Augen. »Es ist, als fände man alte Freunde wieder«, flüsterte sie und strich mit den Fingerspitzen über die Buchrücken.

»Ich bin mir nicht sicher, ob ich dieses revolutionäre, staatsgefährdende Material unter meinem Dach dulden soll …« Er spürte, wie sie sich versteifte und zu einer heftigen Erwiderung ansetzte, und fuhr lachend fort: »Meinst du, dir wird dein neues Zuhause gefallen, Mondblume?«

Sie seufzte und entspannte sich in seinen Armen. »Es ist wunderschön, bis zu den Bougainvillea- und Oleander-Kübeln im Hof. Sie waren immer meine liebsten Zierpflanzen.«

»Ich ließ sie aus dem Garten beim Haus am See ausgraben und hierhin transportieren.« Er nahm sie fester in die Arme und streichelte von ihrem Arm zu ihrer Hüfte.

»Warst du dir so sicher, dass du mich finden würdest?«, fragte sie und drehte sich in seinen Armen, um ihm in die Augen zu schauen.

»Ich wusste nur, dass ich die Suche nach dir niemals aufgeben würde«, antwortete er.

Bevor sie noch mehr sagen konnte, kam Adam durch den Flur und stürmte in die Bibliothek. »Mama, Papa, Joe meint, ich darf mir mein eigenes Pony aussuchen! Er hat einen ganzen Korral voller Ponys!«

Rafe hob den Jungen hoch. »Gehen wir einfach dorthin und sehen wir mal, was da ist.«

»Wir sind gerade erst eingetroffen, Rafael. Denkst du nicht, wir sollten ein bisschen warten – bis Adam sich an sein neues Zuhause gewöhnt hat?« Deborahs Worte klangen beschützerisch. Das alles ging ihr zu schnell!

Eine Spur von alter Arroganz war in seinem Verhalten, als er entgegnete: »Ich dachte, du hättest verstanden, Deborah, dass Adams Reitstunden längst überfällig sind. Wenn Joe einige geeignete Ponys zugeritten hat, dann gibt es keinen Grund, weshalb Adam sich nicht jetzt eins aussuchen sollte.«

»O ja, Mama, ja!«, schloss sich Adam ihm an.

Widerstrebend ging sie mit ihnen vom Haus zum Korral, der

an einer Gabelung des Creeks lag. Joe stand dort bei einem jüngeren Cowboy, den er als Micah Torrance vorstellte. »Bist du bereit, Junge?«, fragte der junge Cowboy, und seine grauen Augen leuchteten, als er sah, wie fasziniert Adam von den Ponys war. Der Junge nickte aufgeregt, und der Cowboy sprang mit Zaumzeug in der Hand in den Korral.

»Dieser kleine Schecke mit der sternförmigen Blesse sieht schön und feurig aus«, meinte Rafe und wies auf ein lebhaftes Pony, das am Ende des Corrals zu ihnen äugte.

»Es ist schrecklich groß, Rafael«, wandte Deborah ein.

»Das ist es gar nicht, Mama!« Bei Adams Ausbruch gab Rafe Micah einen Wink, das Pony zu zäumen und zu ihnen zu bringen.

In der nächsten Viertelstunde lernte Adam Blazer kennen, wie er das tänzelnde, schöne kleine Pony taufte. Dann überließ Rafe es Joe und Micah, auf den Jungen aufzupassen, und er begleitete die besorgte Mutter zum Haus. Er war etwas enttäuscht über ihre erste Reaktion auf ihr neues Zuhause, aber auch unsicher, was genau er von ihr erwartet hatte. Sie war offensichtlich erfreut, ihre Lieblingsdinge hier zu sehen, doch es war eine Zurückhaltung in ihrem Verhalten, die bestimmt wenig damit zu tun hatte, dass Adam sein erstes Pony bekam.

Als sie das Wohnzimmer betraten, bemerkte Rafe: »Geh nach oben, und ich werde Lucia bitten …«

»Was brauchst du, Rafe?« Die hübsche Mexikanerin trat vom Hof aus ein, eine Schürze in der Hand und lächelnd.

»Deborah würde vor dem Abendessen gern baden«, erklärte Rafe. »Lass von Dom Wasser aus dem Brunnen holen und die Wanne füllen.« Er erwiderte Lucias Lächeln und sah nicht die schmerzliche Art, wie Deborah sie anstarrte.

Lucia hingegen entging es nicht. Sie nickte und ging, um Rafes Bitte zu erfüllen. *Sie ist also eifersüchtig auf mich!*, dachte sie. Ein wehmütiges Lächeln spielte um ihre Lippen. *Wenn sie nur Grund dazu hätte!* In den fünf Jahren, in denen sie die Renacimiento aufgebaut hatten, hatte Rafe niemals mehr als einen Ersatz für seine geliebte Schwester in New Orleans in ihr gesehen.

Nachdem der Küchenhelfer ein Dutzend Eimer mit warmem Wasser auf Deborahs Zimmer geschleppt hatte, ging Lucia mit frischen Handtüchern hinauf. Sie klopfte zögernd an und trat ein, als Deborah sie dazu aufforderte.

Rafes Frau stand an ihrem Frisiertisch und bürstete ihr langes, silberblondes Haar. Sie blickte auf und schaute kurz Lucia an.

Die Kälte in ihren Augen war für die Mexikanerin unübersehbar. »Ich habe Handtücher für Ihr Bad gebracht. Sie werden mindestens zwei brauchen, um all dieses schöne Haar abzutrocknen, Señora.« Sie lächelte herzlich.

»Ich danke Ihnen. Legen Sie sie bitte einfach aufs Bett.«

Lucia zögerte. »Señora, ich glaube, Sie missverstehen einiges. Rafe war davon besessen, Sie zu finden. Er hat diese Ranch als Zuhause für sie aufgebaut – *nada,* nichts, weder Hilfe noch Geld, kam von seinem Vater aus New Orleans. Er hat sein Haus zu einem Schrein für Sie gemacht. *Sie* sind es, die er liebt.«

Deborah legte die Bürste ab und wandte sich um. Sie wünschte, sie könnte die Frau, die sie beinahe flehend ansah, hassen, doch das fiel ihr schwer. »Das sagt er, und auf seine Weise liebt Rafael mich immer, nehme ich an. Aber es gibt Liebe … und Treue zu dieser Liebe, was nicht zwangsläufig dasselbe ist«, endete sie mit angespannter Stimme.

Lucia nickte. Sie wusste wenig von Rafes Leben in New Orleans, doch viel über die doppelten Maßstäbe von Männern in ihrem eigenen Kulturkreis. »Ich will Ihnen nicht erzählen, dass er in den vergangenen fünf Jahren, seit wir den Comanchen entkommen sind, im Zölibat gelebt hat, aber ich will Ihnen versichern, dass ich niemals seine Geliebte gewesen bin.« Sie sah Deborah offen in die Augen.

Braune und lavendelfarbene Augen maßen einander, als die Frauen einander abschätzten. »Ich möchte dir glauben, Lucia, aber die Ranch liegt so weit draußen in der Wildnis, und keine anderen Frauen sind in der Nähe, und du bist so attraktiv und so …«

»Verfügbar?«, ergänzte Lucia für sie. »Ich will gar nicht leugnen, dass ich zugestimmt hätte, wenn er mich gefragt hätte. Aber das hat er nicht. Was das andere anbetrifft« – sie zuckte die Schultern – »ist er ein Mann, der von Sehnsucht und Verzweiflung getrieben worden ist, solange ich ihn kenne. Er arbeitet, bis er jeden Abend müde ins Bett fällt. Ein paarmal im Jahr reitet er mit den Vaqueros zu den kleinen Städten, die einige Tagesritte entfernt im Osten liegen. Doch das war, bevor er Sie gefunden hat. Er wird nie wieder mit Huren schlafen, Señora.«

»Ich bete, dass du Recht hast, Lucia, ehrlich, ich bete darum«, gab Deborah mit erstickter Stimme zurück. »Ich weiß deine Aufrichtigkeit mir gegenüber zu schätzen und möchte gern deine Freundin sein. Bitte, nenn mich Deborah. Du sagtest, du bist mit meinem Mann den Comanchen entkommen. Ihr habt viel miteinander durchgemacht. Du kennst ihn jetzt besser als ich … Er hat sich seit New Orleans so sehr verändert. Der Aufbau dieser Ranch muss ihn hart gemacht haben. Er hat außerhalb von San Antonio einen Mann getötet …« Ihre Stimme stockte, als sie sich an die grauenhafte Szene erinnerte.

»Enrique Flores«, erriet Lucia mit eisiger, ruhiger Stimme. »Rafe hat ihn also endlich gefunden.«

»Woher wusstest du das?« Deborah sah Lucia verblüfft an.

»Flores war ein Satan – Abschaum, der deinen Mann an die Comanchen verkaufte«, erwiderte Lucia heftig.

»Aber du hast nicht gesehen … du warst nicht dabei, als er

diesen Mann grausam tötete«, gab Deborah mit erstickter Stimme zurück.

»Dieses Schwein ist schnell gestorben, da bin ich mir sicher – zu schnell! Ich *bin* dabei gewesen, Deborah, als Flores zuschaute, wie Iron Hands Krieger Rafe nackt auszogen und an Pfosten fesselten. Sie holten rot glühende Zangen, um ihm seinen Penis abzureißen – so ein Monster war Flores –, und der Häuptling tötete viele Männer auf diese Weise. Nur Rafes *Puha* – seine Tapferkeit – rettete ihm das Leben.«

Deborah war erschüttert und aschfahl. »Er hat so viel durchgemacht.« Sie blickte in Lucias Augen auf. »Es ist sonderbar, weißt du. Ich dachte, ich hätte ebenfalls viel durchgemacht – mir ein neues Leben in Texas aufgebaut, ein Geschäft betrieben, Adam aufgezogen. Aber mir ist nie klar gewesen, was er erlitten hat, um die Renacimiento aufzubauen.«

»Er hat Dinge überlebt, deren bloßer Anblick die meisten Männer nicht ertragen hätten«, entgegnete Lucia. »In der Nacht, in der wir entkamen, wurde er von einem Pfeil in die Seite getroffen. Kriegspfeile sind mit drei Stacheln auf jeder Seite versehen. Ich musste sie aus seinem Fleisch herausziehen, während er auf einen grünen Weidenzweig biss, um nicht zu schreien. Ich verband die Wunde, und er ritt damit drei Tage und blutete die ganze Zeit.«

Deborah dachte an all seine Narben und ihre grausamen Bemerkungen darüber und fühlte sich beschämt. »Ich kenne ihn wirklich überhaupt nicht. Ich nehme an, das hat mir Angst eingejagt – er hat so viel Gewalt und Böses durchgemacht, dass er gewalttätig geworden ist, aber …«

»Es hat ihn *nicht* böse gemacht, Deborah. Kein Mann, der mit der bedingungslosen Hingabe von Rafe Fleming liebt, kann jemals böse sein. Er ist der sanfteste Mann, den ich jemals gesehen habe, wenn er Pferde zähmt. Vergiss Enrique Flores. Dieser Verbrecher hat es nicht verdient, dass jemand Mitleid mit ihm hat. Denk nur daran, wie gut es ist, einen Mann wie Rafe Fleming an deiner Seite zu haben«, sagte Lucia mit Stolz. »Er hat mir das Leben gerettet.«

»Rafael hat mich ebenfalls gerettet. Flores hatte mich entführt, als die mexikanische Armee die Stadt verlassen hatte. Rafael folgte ihm, um mich mitten im Kampfgetümmel zwischen Rangers und mexikanischen Soldaten zu retten.«

»Wir beide haben Grund, ihn zu lieben, Deborah, aber er liebt *dich*. Du bist seine Liebe, seine Frau. Mich behandelt er wie eine Schwester. Ich bin nicht deine Rivalin und werde es niemals sein.« Sie streckte ihr die Hand hin. Deborah ergriff sie stumm, und sie umarmten einander.

Nach einem langen, entspannenden Bad ging Deborah nach unten zum Abendessen. Sie sah, dass Lucia einige große Präriehühner mit Fett übergoss, die in dem großen offenen Kamin aufgespießt waren, und bot an, ihr zu helfen. »Ich habe jahrelang für zwanzig hungrige Pensionsgäste gekocht, so musst du mir nur sagen, was ich tun soll, und ich erledige es.« Ihr Lächeln war so erwärmend wie die Luft, die um den Kamin zirkulierte.

Lucia wischte sich mit dem Handrücken Schweiß von der Stirn und nickte lächelnd. »Nun, für gewöhnlich deckt Dom den Tisch, während ich Kaffee koche und das Fleisch schneide. Netter Kerl, aber ungeschickt. Er zerschlägt pro Woche ein halbes Dutzend Teller.«

Deborah lachte. »Dann decke ich den Tisch und fülle die Schüssel mit Gemüse, während du das Fleisch schneidest.«

Während des Essens spürte Deborah Joes Blick auf sich und sah dann, wie er listig zu Lucia schaute und dann wieder zu ihr. *Er weiß, dass sie Rafael liebt, und fragt sich, ob ich eifersüchtig bin*, erkannte sie erstaunt. Während der Reise zur Renacimiento hatte Rafael oft über seinen Partner, den halben Cherokee, gesprochen, der ihm das Leben gerettet und ihn das Überleben in der Siedlungsgrenze gelehrt hatte. *Jetzt beginnt mir klar zu werden, wie viel Grauenvolles er überleben musste.*

Als Lucia und Deborah den Tisch abräumten, nahm Rafe auf Adams Drängen hin seinen Sohn mit zu den Korrals, um Blazer noch einmal zu besuchen. Da Lucia Dom als Helfer beim Spülen hatte, führte sie Deborah aus der warmen, dampfenden Küche. »Du hast einen langen Ritt und allerhand Aufregungen hinter dir. Unternimm einen kühlen Abendspaziergang, bevor du zu Bett gehst.«

Deborah beherzigte den freundlichen Rat und ging zum Hof mit den schönen Topfpflanzen und Bäumen. Jenseits des Hauses erstreckte sich ein Gewürz- und Gemüsegarten. Neugierig, zu sehen, was er enthielt, schlenderte sie an den ordentlichen Reihen der Beete entlang und ging in die Hocke, um eine Gruppe Zitronenmelisse zu betrachten.

»Ich bin froh, Sie daheim zu haben, Ma'am.« Joe schlenderte heran. »Rafe wird jetzt wohl endlich Ruhe finden können.«

Deborah zuckte zusammen, als die Stimme ertönte, und blickte auf. Doch bevor sie sich aufrichten konnte, ging er neben ihr in die Hocke. »Ich konnte schon stets eine Frau danach beurteilen, ob sie ein Händchen für Pflanzen und Tiere hat. Sie werden hier prima zurechtkommen, Deborah.«

»Ich ... ich möchte hierhin gehören, Joe«, gestand sie unsicher.

»Das werden Sie«, antwortete er schlicht. »Sie haben einen guten Anfang gemacht, indem sie Lucia akzeptiert haben.« Sein Blick forschte in ihrem Gesicht.

Unter seiner freundlichen Musterung stieg Deborah Hitze in die Wangen. »Ich wusste, dass Sie meine Eifersucht auf sie gespürt haben. Aber jetzt glaube ich, dass sie und mein Mann keine Geliebten waren. Rafael und ich sind uns in so vielerlei Hinsicht fremd. Wir haben uns in den vergangenen sechs Jahren verschiedene Leben aufgebaut ...«

»Sie haben ihre Zukunft in Texas aufgebaut, nicht wahr?« Als sie nickte, fuhr er fort: »Sagen Sie mir, haben Sie in all den Jahren allein jemals aufgehört, an Rafe zu denken?«

»Nein, nie«, bekannte sie fast flüsternd.

»Nun, er hat sie ebenfalls nie vergessen.«

»Das konnte ich in dem Moment sehen, in dem ich das Wohnzimmer betreten habe«, entgegnete sie mit einem unsicheren Lächeln.

»Machen Sie sich keine Sorgen, weil er nicht mehr der Dandy ist, den Sie gekannt haben«, meinte Joe. »Er ist ein harter Mann in einem harten Land, aber wenn Sie sechs Jahre lang in Texas gelebt haben, dann sollten Sie das wissen.«

Die Andeutung eines Lächelns spielte um ihre Lippen, als sie ihn betrachtete. »Einige Dinge bei seiner Verwandlung sind überraschend, das muss ich zugeben.«

»Zum Beispiel, mit wem er sich abgibt?« Joe grinste. »Ich mag ein Frenchy sein, aber ich bin kein blaublütiger Kreole.«

»Ich hatte nie erwartet, dass sich die Ansichten meines Mannes hinsichtlich Rassenfragen so dramatisch zum Positiven verändern. Das wird jedenfalls eines der Dinge sein, über die wir nie wieder streiten werden«, sagte sie lächelnd.

»Komisch, wie sich die Ansichten eines Menschen in diesem Punkt ändern können, wenn er selbst Betroffener ist.« Joe drehte sich um und spuckte einen Priem in die Büsche.

»Sie meinen, dass er Sklave bei den Comanchen war?« Deborah erschauerte.

»Ja. Rafe wird nie wieder dulden, dass jemand einen anderen Menschen besitzt, ob weiß, rot oder schwarz.«

»Er hat seine Lektionen gelernt, aber in anderen Dingen ist er immer noch derselbe arrogante, egoistische und dominante Kerl, der er immer gewesen ist«, brummte Deborah und dachte an die eigenmächtige und selbstherrliche Art, wie er sie zur Renacimiento gebracht hatte.

»Wollen Sie ihn anders haben? Würde es Ihnen gefallen, wenn er immer nachgäbe und Ihnen das Zepter überließe?«, fragte Joe und wusste die Antwort.

»Nein ... so nicht. Ich möchte keinen Mann, der sich von mir herumkommandieren lässt ...« Sie verstummte verwirrt, konnte ihre Gefühle nicht in Worte kleiden.

Joe lachte. »Nachdem ihr beide allein überlebt habt, solltet ihr in der Lage sein, es auch gemeinsam zu schaffen. Er ist ein starker Mann – seien Sie eine starke Frau. Vielleicht konnte er in New Orleans damit nicht fertig werden. Ich habe Rafael Flamenco nicht gekannt, aber ich kenne Rafe Fleming.«

Seien Sie eine starke Frau. Die Worte hallten noch in Deborahs Kopf nach, als sie sich an diesem Abend für das Bett vorbereitete. *Bett.* Anscheinend begann all seine Dominanz mit der hypnotischen Kontrolle, die er über sie hatte, von den ersten glühenden Zärtlichkeiten an, die sie auf dem Landsitz der Beechers in der vom Gewitter umtobten Hütte ausgetauscht hatten. Entschlossen stand Deborah von ihrem Frisiertisch auf und ging zu einem ihrer Koffer.

Ein paar Minuten später stand sie vor dem Spiegel und betrachtete sich kritisch. Das Nachthemd war aus weißer Seide, schlicht geschnitten, mit einem Satinbündchen am Hals und hochgeschlossen. Die Ärmel waren am Saum mit dem gleichen Satin verziert. Es war jungfräulich rein, doch es war fast durchsichtig! Bei dem Versuch, Deborah zu einer Wiederheirat zu drängen, hatte Obedience dieses gewagte Modell für sie gekauft.

»Jedem Mann, der dich darin sieht, werden die Augen aus dem Kopf fallen.« Deborah glaubte die Stimme ihrer Freundin zu hören, als hätte sie diese Worte erst gestern gesagt.

Sie nahm Rafaels Schritte unten in der Halle wahr, atmete tief durch und verharrte mitten im Zimmer. Ihr Haar war zu glänzender silbriger Pracht gebürstet und fiel offen über ihre Schultern, und sie war barfuß.

»Adam schläft tief und fest in seinem neuen Bett und …« Rafael blieb jäh stehen und verstummte bei dem Anblick, der sich ihm bot. Er zog die Tür zu und lehnte sich gegen den Eichenrahmen, um sie von oben bis unten zu mustern. »Oh, Mondblume. Während des tagelangen Rittes habe ich davon geträumt«, flüsterte er und ging langsam zu ihr. Behutsam, als wäre es etwas überaus Kostbares, berührte er das Nachthemd »Ist es aus Mondstrahlen gewebt?«, fragte er leise mit samtweicher Stimme.

»Nur aus Seide, nicht aus Mondstrahlen«, entgegnete sie, und ihr Herz schlug schneller, als er spielerisch eine ihrer Brüste durch den Hauch von Stoff streichelte. Er trat einen Schritt zurück und nahm eine Locke ihres silbernen Haars und ließ es durch seine Finger gleiten, während er von ihren Brüsten hinab auf die sanften Rundungen ihrer Hüfte blickte. Als sein Blick tiefer zu dem silbrigen Dreieck zwischen ihren Beinen glitt, glaubte Deborah, unter seinem glühenden Blick zu schmelzen.

Rafe sah, dass sich eine sanfte Röte auf ihrem Hals und ihrem Gesicht ausbreitete, und lächelte. »Komm her, Mondblume.« Sie gehorchte. »Jetzt«, raunte er weich, ergriff ihre Hand und legte sie auf seine Hemdbrust. Deborah konnte das stetige Trommeln seines Herzschlags spüren, als sie das Hemd aufknöpfte und abstreifte. Als seine schwarz behaarte Brust entblößt war, streichelte sie mit beiden Händen durch die dichten Härchen und spürte, wie sich seine Muskeln anspannten. Langsam senkte er den Mund auf ihren.

Sie spürte, dass sich sein Puls beschleunigte. Ihrer ebenfalls. Als er ihre Arme zu seinem Hosengürtel hinabzog, ließ sie es nur zu gern geschehen. Dann begann sie quälend langsam seinen Hosenschlitz aufzuknöpfen.

Deborah streifte seine Hose über seine Hüfte und sein Gesäß. Ungeduldig zog er sie ganz hinab, trat aus ihnen heraus und schlüpfte aus den weichen Mokassins.

Als wickelte er ein kostbares Weihnachtsgeschenk aus, ergriff Rafe eine ihrer Hände am Gelenk und zog das Satinband am Ärmel auf, küsste das Gelenk und wiederholte die Prozedur am anderen Arm. Als er fertig war, legte er ihre Arme auf seine nackten Schultern. Dann widmete er sich der Satinschnur, mit der das Nachthemd am Hals geschlossen war. Als das Nachthemd zu Boden glitt, nahm er seine Frau auf die Arme und trug sie zum Bett. Er legte sie darauf, und der Blick seiner schwarzen Augen ruhte besitzergreifend auf ihr. »Ich habe so lange gewartet, Mondblume«, flüsterte er.

Deborahs Blick erwiderte das Kompliment und glitt über seinen muskulösen, bronzefarbenen Körper. Sie streichelte hinab über die schwarzen Härchen bis zu seinem erigierten Glied. Als sie es berührte, spürte sie tatsächlich, dass er erzitterte. »Komm«, raunte sie einladend.

Er glitt neben sie auf das Bett.

Sie lagen beide auf der Seite, eng umschlungen. Mit der Zungenspitze zeichnete er die Konturen ihrer Lippen nach. Deborah schloss die Augen, und ihre Lippen öffneten sich leicht als Reaktion auf seine Zärtlichkeiten. Rafe schob die Zungenspitze gegen ihre Zähne und umschmeichelte in leichten kreisenden Bewegungen die Innenseiten ihrer Lippen. Als er mit einem leisen Aufstöhnen belohnt wurde, begann er, tiefer in ihren Mund vorzudringen.

In diesem Moment schloss Deborah ihre Lippen sanft, doch fest, und mit einer leicht saugenden Bewegung hielt sie ihn gefangen. Er wurde überrascht. Seine gehemmte Bostonerin hatte bisher nie so kühn reagiert. Seine Überraschung wurde von leichter Unsicherheit abgelöst, als sie seine Zunge freigab und einen eigenen Angriff auf seinen Mund wagte. Sie drang in ihn ein und eroberte ihn sogar noch leidenschaftlicher als er zuvor ihren. Verblüfft wollte er sich zurückziehen, doch Deborah presste ihre Hand auf seinen Nacken und ließ sich nicht abwehren.

Rafael rollte sich auf sie, presste sie auf den Rücken und unterbrach den Kuss. Als er in ihr schönes Gesicht hinabblickte, fühlte er sich verwirrt und ein wenig argwöhnisch. Doch die Schönheit, die ihn stets immer wieder entflammt hatte, steigerte die Hitze in seinen Lenden.

»Mondblume, du bist so schön«, murmelte er, nach all diesen Jahren immer noch teils ärgerlich, teils besorgt wegen der Macht, die sie über ihn hatte.

Als Deborah über seinen Mund und das Kinn streichelte, nahm ihr Gesicht einen ernsten Ausdruck an. »Du bist auch so schön, Liebster.«

Im Kerzenlicht schimmerte ihr Haar silbern, und ihr Gesicht strahlte wie weiß glühendes Gold. Rafael verlagerte sein Gewicht auf seine Knie und Ellenbogen, drückte den Körper seiner schlanken Frau jedoch absichtlich aufs Bett. Trunken vor Verlangen, schmiegte er sein Gesicht an ihre Schulter. *Gott, ich will dich, ich brauche dich.* Seine Arme glitten über die Laken, und seine Finger gruben sich in ihre silberblonde Haarfülle. Mit den Lippen und der Zunge zog er eine erregende Spur über ihren Hals und ihr Gesicht.

Sie grub ihre Fingernägel in das gekräuselte Haar an den Schläfen ihres Geliebten. »Rafael, ich liebe dich.«

Als er sie weiterhin unersättlich küsste, packte Deborah sein schwarzes Haar fester. Er starrte in das fragende Gesicht seiner Frau. »Ja, ich brauche dich«, stieß er erstickt hervor.

Fast beschämt glitt Rafe rückwärts auf seinen Knien zurück, das Gewicht seines Oberkörpers lastete immer noch auf der schlanken Gestalt unter sich. Seine Lippen und die Zunge umschmeichelten die kleinen, harten Brustspitzen, er war wie berauscht und genoss Deborahs Lustlaute, als sie sich unter ihm wand. Er streichelte erregend an ihrer Hüfe und ihren Oberschenkeln hinab.

Deborah stöhnte auf. Sie hob die langen Beine und wollte sie um seine Taille schlingen, doch Rafe verhinderte den Versuch, indem er ihre Beine an den Kniekehlen packte und fest vorwärts zog. Mit starken Händen massierte er das weiche Fleisch an den Rückseiten ihrer Oberschenkel und knetete dann ihre festen, runden Pobacken. Seine Hände packten ihre Arme. Dann verlagerte er sein Gewicht leicht nach vorne.

Deborah spürte seine harten Armmuskeln, die sich gegen die Rückseite ihrer Oberschenkel pressten, und schob ihre Knie noch näher an ihre Brüste. Der leichte Druck spreizte ihre Beine. In einem Blitzstrahl der Erkenntnis wurde ihr klar, dass sie machtlos war, eine Gefangene ... aber eine bereitwillige Gefangene.

Von Begierde getrieben, senkte Rafe seinen Kopf auf den Leib seiner Gefangenen, um von ihrem Schamhügel aufwärts zu küssen und mit der Zungenspitze dann ihren Nabel zu umkreisen. Sie wusste nicht, wie lange die köstliche Folter dauerte, doch plötzlich hörte sie auf. Bestürzt öffnete sie die Augen und sah, dass Rafe sich jetzt leicht auf die Seite gerollt hatte, die Hüfte und sein hartes Glied gegen die Weichheit ihrer Schenkel gepresst. Deborah konnte nur ein wenig von ihrem Aufschrei unterdrücken, als er wenig später in sie eindrang.

Rafe atmete heftig ein und verharrte, um sich wieder unter Kontrolle zu bekommen. Instinktiv zog Deborah ihre Beine an, sodass ihre Knie fast die harten Spitzen ihrer Brüste berührten. Als hätten sie einen eigenen Willen, spreizten sich die zitternden Schenkel sogar noch weiter, um ihn willkommen zu heißen.

Als er sich mit der Hüfte langsam vor und zurück zu wiegen begann, schloss Deborah die Augen. Sie spürte seine Finger erregend an der Innenseite eines ihrer Oberschenkel hinab und dann an der anderen hinauf streicheln. Sie seufzte auf, als die tastende Hand auf den silbrigen Härchen ihres Schamhügels zur Ruhe kam. Ihr Körper wölbte sich ihm entgegen, als er die gekräuselten Härchen mit sanften, kreisenden Bewegungen zu streicheln begann.

So schön, so wunderschön, dachte Rafe, während er die Feuchtigkeit unter den Schamhaaren streichelte. Ihr Körper erbebte. Unbehindert durch die Last seines Gewichts, zuckte sie ekstatisch. Rafe bewegte sich weiterhin langsam in ihr vor und zurück, während seine Finger zuerst hinauf und hinab und dann in kleinen Kreisen um die feuchte, empfindliche Stelle streichelten.

Völlig überwältigt von ihrer Leidenschaft, presste Deborah ihre Schulterblätter aufs Bett und ihren Kopf in das zerwühlte Kissen. Kleine, keuchende Laute und Seufzer entfuhren ihr in einem Rhythmus, der perfekt im Einklang mit den langsamen, kraftvollen Stößen ihres Mannes waren. Plötzlich hörten alle Bewegungen auf.

Deborah riss die vor Leidenschaft dunkler gewordenen Augen auf. Sie blickte zu ihrem Geliebten auf, der immer noch auf der Seite lag, den Kopf auf einen Hügel von Decken aufgestützt. Sein gut aussehendes Gesicht war angespannt. Voller Verlangen griff sie hinauf, um seine Wange zu berühren, doch er fing ihre Hand mit einem Kuss ab, bewegte dann leicht den Kopf und ließ seine Zungenspitze über ihre Handfläche gleiten. Deborah empfand ein heißes prickelndes Gefühl, das ihren Arm hinauf und durch ihren Körper strömte. Sie flehte: »Liebe mich, bitte, jetzt!«

Rafe musterte ihr Gesicht sorgfältig. »Nein, Mondblume, noch nicht.«

Deborah schluchzte fast vor Enttäuschung auf. Sie schloss die Augen und drehte den Kopf zur Seite, fort von seinem forschenden Blick. Langsam begann das Stoßen und Streicheln von neuem. Jetzt spürte sie zwischen ihren Beinen flüssiges Feuer, ein Feuer, das allmählich ihren gesamten Körper einhüllte. Die wimmernden Laute wurden zu einem animalischen Aufschrei. Sie wusste nicht, dass sich ihr Körper hin und her wand, hatte nur das Gefühl, dass etwas in ihr anschwoll und anschwoll – und dann begann es irgendwo tief in ihr. Sie schrie auf, während ihr Körper von einer Ekstase erfasst wurde, die so heftig war, dass sie fast quälend war. Sie riss die violetten Augen auf und sah über sich das angespannte, ernste Gesicht ihres Mannes.

»Rafael, oh, meine Liebe!«

Allmählich, trotz seiner langsamen, fast peinigenden Stöße, begannen die Krämpfe in ihr nachzulassen, doch in diesem Moment bewegte Rafael seine Hüfte in immer schnellerem Rhythmus vor und zurück. Sie warf den Kopf hin und her, und ihr silbriges Haar flog. Aus dem Tal ihres Orgasmus wurde sie auf einen neuen Gipfel emporgetragen, der so hoch war wie der erste.

Als sie wieder zu sich kam, erkannte sie, dass Rafael während ihres Sturms der Leidenschaft nun eine Position über ihr eingenommen hatte. Seine harten Armmuskeln pressten wieder gegen die Rückseite ihrer Oberschenkel und hielten buchstäblich ihre Hüfte über dem Bett. Obwohl er seine Bewegungen eingestellt hatte, konnte sie ihn immer noch in sich spüren – hart.

Er stützte sein Gewicht mit den ausgestreckten Armen ab und begann, sich von neuem langsam vor und zurück zu wiegen. Er konnte spüren, wie ihn ihre Scheide umfing, ihn zu streicheln schien. Er schloss die Augen, als seine eigene Leidenschaft, so lange unter Kontrolle gehalten, sich dem Höhepunkt zu nähern begann.

Deborah hatte den herrlichen Männerkörper über sich betrachtet. Als Rafe zu keuchen begann und seinen Kopf zurückwarf, trieb Deborah mit aller Kraft, die sie aufbieten konnte, ihre Hacken hinab, bis sie auf dem Bett ruhten. Gleichzeitig griff sie hinauf, um in seine dichten schwarzen Haare zu fassen und seinen Kopf zu ihr zu ziehen. Er sah in das schöne Gesicht seiner Frau. Ihre Augen glänzten jetzt wie blauviolette Flammen.

»Nein, Liebster, noch nicht – und nicht so!« Deborah schlang die Arme um ihren verblüfften Geliebten und zog ihn dicht zu ihren Brüsten. Ihre Beine umschlangen seine sehnigen Oberschenkel, und plötzlich spürte Rafael überrascht, wie er auf den Rücken gerollt wurde. Sie legte die Handflächen auf seine behaarte Brust und schob sich selbst hoch, rittlings auf seine Hüfte. Rafe versuchte, sich auf die Ellenbogen aufzustemmen. »Deborah?« Seine Stimme klang unsicher.

Ihr zu entkommen, war nicht so leicht. Deborah spürte seine Härte immer noch tief in sich, und sie drückte hinab auf seine Brust und hob ihre Hüfte. Rafe war mit dem Rücken auf das Bett gepresst, als seine Frau langsam ihre Hüfte sinken ließ und an seinem steifen Glied herunterglitt. Ein halb ersticktes Keuchen drang über seine Lippen. Sie lächelte auf ihren Gefangenen hinab. Von neuem hob sie ihre Hüfte, ihre Muskeln schlossen sich um sein Glied, das in ihr gefangen war, und sie ließ sich hinabsinken. Diesmal schaffte es Rafe nicht einmal, sein Aufstöhnen zu unterdrücken, das ihre Bewegungen hervorrief.

Deborah ritt ihn absichtlich langsam, quälte ihn aufreizend mit kreisenden Bewegungen ihres Beckens, bis er schwer und stoßweise atmete. Sie beobachtete, wie sich sein Körper unter ihr aufbäumte und wand, als säße sie auf einem wilden, noch nicht zugerittenen Hengst. Ihre violetten Augen musterten ihn gespannt, als die Sehnen an seinem Nacken zu schwellen begannen und die Muskeln seiner Brust sich spannten. Am Rande des Höhepunkts schloss Rafael die Augen.

Deborah hielt in ihren Bewegungen inne. »Jetzt, Liebster, öffne die Augen!«

Die Stimme klang sanft und weich, doch gebieterisch. Als er die Augen öffnete, schaute sie auf ihn herab. Erst dann setzte Deborah ihre langsamen, peinigenden kreisenden Bewegungen fort.

»Vor einer Minute, Rafael, hast du in meine Seele geblickt. Jetzt musst du mich in deine sehen lassen.«

Rafe stöhnte auf, konnte jedoch den Blick nicht abwenden. Sie beschleunigte den Rhythmus ihrer Hüfte. Von neuem spannten sich die Muskeln und Sehnen seines Körpers. Sein Blick wurde glasig, doch er wandte ihn keinen Moment von ihr ab. Deborah setzte ihre Bewegungen fort, neigte sich hinab, bis ihr Gesicht dicht vor seinem war. »Jetzt, Liebster, jetzt!«

Sein dunkler Körper bäumte sich mit solcher Wucht auf, dass sie fast abgeworfen worden wäre. Sie spürte, wie er tief in ihr den Höhepunkt erreichte, und schrie erstaunt auf. Rafe sank auf das Bett zurück, völlig verausgabt.

Deborah neigte sich vor, und ihr Gewicht drückte auf ihren erschöpften Liebsten. Sie küsste ihn auf die Wange. »Rafael?«

Es entstand eine lange Pause, bis Rafe, der zu ihr emporsah und den fragenden Ausdruck ihrer Augen bemerkte, flüsternd antwortete: »Ja, Mondblume, ich liebe dich.«

Abermals küsste sie ihn auf die Wange, und ihr Gesicht erhellte ein zärtliches Lächeln – ein Lächeln der Liebe und des Triumphs.

Sie lagen einen Augenblick schweigend da, noch immer vereinigt, schweißgebadet und verausgabt, doch befriedigt. Schließlich rollte Rafe sie auf die Seite. »Was wolltest du mir damit beweisen?«, fragte er, während er liebevoll über ihr Schlüsselbein streichelte.

»Oh, hat es dir nicht gefallen?«, gab sie unschuldig zurück.

»Du konntest verdammt gut sehen, wie sehr es mir gefallen hat«, entgegnete er grollend. »Aber du hast nie zuvor so völlig die Initiative übernommen.« Er wirkte ziemlich aus der Fassung gebracht.

»Rafael, seit wir uns kennen gelernt haben, hast du die Kontrolle über unser Leben gehabt«, begann sie zögernd.

Er lachte tief. »Du hast ein kurzes Gedächtnis, meine glühende Verfechterin der Abschaffung der Sklaverei! Du hast es immer geschafft, mir einen Strich durch die Rechnung zu machen.«

»Nur in einem Punkt nicht – oh, Rafael!«, rief sie, als sie spürte, wie er sich ärgerlich versteifte. »Ich will dich nicht dominieren, wenn wir uns lieben – du weißt, wie sehr ich dich begehre. Ich *liebe* dich, und ich brauche dich ...« Ihre Stimme verlor sich.

Er hatte fast Angst vor der Frage, doch er sprach sie aus. »Und es gefällt dir nicht?«

»Doch, manchmal sehr«, antwortete sie wahrheitsgemäß. »Wir haben etwas sehr Besonderes, ich weiß das, doch ... manchmal hat es für mich den Anschein ...«

Er erkannte ihren Schmerz, zog sie an sich, küsste sanft ihren Hals und flüsterte: »... dass ich den Sex mit dir benutzt habe, um dich ... anzuketten?« Er schwieg kurz, um seine eigenen Gefühle zu erforschen, und bekannte dann: »Manchmal habe ich das getan ... aus Furcht, dich zu verlieren. Ich liebe dich so sehr, Deborah, kannst du daran zweifeln?«

»Ich glaube, dass du mich stets geliebt hast, Rafael, selbst als du Lily neben mir gehabt hast.« Da war es heraus! Sie hatte endlich ausgesprochen, was sie im Unterbewusstsein gequält hatte, seit er in ihr Leben zurückgekehrt war.

Rafe seufzte. »Ich nehme an, ich wusste, dass wir uns früher oder später mit diesem Problem beschäftigen müssen. Als ich New Orleans verlassen habe, Deborah, habe ich Lily in Pension geschickt. Ich hatte seither keine Mätresse und werde auch niemals wieder eine haben.« Er umfasste ihr Kinn und zwang sie, ihm in die Augen zu sehen. »Melanie ist in St. Louis bei ihrer Großmutter und Tante. Ich habe die Verantwortung, sie zu unterstützen, und ich werde mich auch niemals davor drücken. Möchtest du, dass ich diese Verantwortung ablehne?«

»Nein, natürlich nicht«, erwiderte sie leise. »Aber ich nehme an, es schmerzt immer noch zu wissen, dass sie dir Kinder schenkte und diese Erfahrung mit dir teilte.«

»Lily und ich teilten nichts als das Schlafzimmer, Deborah. Wir waren beide sechzehnjährige Kinder, als mein Vater die Vereinbarung für uns traf. Es hat danach lange gedauert, bis ich erwachsen geworden bin. Was Lily anbetrifft«, er zuckte schmerzlich die Schultern, »so hat sie unsere Tochter niemals geliebt. Sie war krank, nehme ich an, psychisch labil, und hatte verzweifelte Angst davor, nach dem Tod unseres Sohns ein weiteres Kind zu bekommen. Wenn ich jetzt zurückblicke, kann ich besser die Gründe für ihre Ängste und seltsamen Handlungen erkennen. Aber schließlich war sie zu einem unnatürlichen Leben gezwungen. Ich habe Mitleid mit Lily, doch ich habe sie niemals geliebt.«

Bei dem Gedanken daran, dass seine Tochter so weit entfernt aufwuchs, sagte Deborah: »Fehlt dir Melanie?«

Er streichelte sanft über ihren Arm. »Ja. Und ich liebe sie, aber sie ist bei der Familie ihrer Mutter in St. Louis aufgewachsen, nicht bei mir oder Lily in New Orleans. Es war das Beste für sie, dass sie nicht bei ihrer Mutter war.« Er schwieg kurz und bemerkte dann langsam: »Deborah, wir können eine Tochter haben, einen weiteren Sohn, viele Kinder – wenn du dir ein Leben mit mir aufbauen willst. Willst du das? Kannst du mir die

Vergangenheit verzeihen?« Er wartete mit angehaltenem Atem auf die Antwort.

Deborah sah in sein angespanntes Gesicht. »Oh ja, Rafael, ich will mir ein Leben mit dir aufbauen, ein Leben mit unseren Kindern hier. Ich brauche dich so sehr. Ich nehme an, deshalb wollte ich auch etwas Kontrolle, als wir uns vorhin geliebt haben.«

»Etwas Kontrolle?«, wiederholte er ungläubig. »Lady, du hast mich fast um den Verstand gebracht!«

Sie schmiegte sich an ihn, presste ihre Lippen auf seinen Nacken und lachte leise. »Ich weiß. Es hat mir gefallen.«

Rafe war ein bisschen bestürzt, doch er lächelte nachsichtig. »Dann, glaube ich, sind wir quitt, Mondblume.«

Er spürte ihren warmen Atem, als sie leise dicht an seiner Haut murmelte: »Oh nein, mein arroganter Liebling ... noch nicht ganz quitt ... nicht für Jahre und Jahre ...«

Kapitel 28

»Warum jetzt? Warum nach all diesen Jahren muss dies ausgerechnet gerade dann passieren, wenn wir uns wiedergefunden haben?«, fragte sich Rafe gequält. Er erhielt keine Antwort in der Stille der Bibliothek. Er blickte wieder auf die Botschaft, die auf seinem Schreibtisch lag.

Lieber Rafael,
ich weiß, dass wir abgemacht haben, nie wieder miteinander Kontakt aufzunehmen, doch die Umstände machen dies erforderlich. Ich habe in diesem Monat einen doppelten Verlust erlitten. Meine Mutter und Therese sind bei einem Wagenunfall ums Leben bekommen. Zum Glück saß Melanie nicht bei ihnen in der Kutsche. Die Behörden haben sie sofort nach New Orleans geschickt.

Aber es gibt ernste Komplikationen, sie bei mir heimisch zu machen. Ich habe deinen Rat beherzigt und einen freien Farbigen geheiratet, Charles Bertin, ein Duellmeister von einiger Berühmtheit. Charles wünscht keine Erinnerungen an meine Vergangenheit.

Du hast versprochen, für Melanie zu sorgen, als wir uns trennten, Rafael. Ich habe eine feine Schule in Virginia gefunden, aber sie ist natürlich nur für Weiße bestimmt. Melanie verrät kein Blut von Schwarzen, und wenn du dich dafür einsetzen könntest, bin ich sicher, dass man sie als deine gesetzliche Tochter akzeptieren würde. Ich habe die Adresse beigefügt.

Ich vertraue dir, dass du das Beste für Melanie willst.

In liebevoller Erinnerung
Lily

Rafe schnaubte spöttisch. Ihm war klar, dass Lily Melanie abschieben würde, ganz gleich, was irgendein Ehemann ihr sagen würde. *Ich vertraue darauf, dass du das Beste für Melanie willst.* Die Worte waren für ihn wie eine Anklage. Ja, es würde an ihm liegen, denn Lily hatte ihre Tochter nie geliebt. Sie hatte ihm auch eine saubere, einfache Lösung des Problems geliefert. Er konnte sich die Schulgebühren leisten und das Mädchen auf ein gutes Internat schicken, wo es leicht als weiß durchgehen würde.

Aber konnte er das wirklich tun? Ein trauriges zwölfjähriges Mädchen der Obhut von Fremden übergeben? Er fühlte sich schuldig genug, weil er Melanie in den vergangenen Jahren, seit er in Texas lebte, kaum besucht hatte, doch es hatte sein Gewissen beruhigt, dass Marie und Therese ihr all die mütterliche Liebe gegeben hatten, zu der Lily nicht fähig gewesen war.

Aber wenn ich sie hierhin bringe ... wie wird Deborah reagieren? Melanie wird eine ständige Erinnerung an all die schmerzlichen Erlebnisse sein, die wir hinter uns gelassen haben. Er stellte seine unruhige Wanderung in der Bibliothek ein, setzte sich und stützte seinen Kopf in die Hände.

»Was, zum Teufel, ist bloß in diesen Halunken gefahren? Ich habe ihn nur über die Pferde befragt, die Micah im Spider Creek Canyon frei herumlaufen sah.« Joe kratzte sich ratlos am Kopf.

»Ich weiß es nicht«, antwortete Lucia. »Rafe ist die ganze Woche gereizt und nervös gewesen.«

Deborah kam in den Hof und ging zu ihnen.

»Morgen, Deborah«, sagte Joe mit einem herzlichen Lächeln.

»Ich muss mit euch reden ...« Sie zögerte und fuhr dann fort: »Vorige Woche erhielt Rafael einen Brief per Kurier. Weiß einer von euch etwas über den Inhalt?«

»Nein, er hat keinem erzählt, was in dem Brief stand, weder mir noch Joe«, erwiderte Lucia.

»Was auch immer es ist, es hat ihn so gereizt gemacht wie eine Klapperschlange, die jemand erschreckt hat. Aber es hat bestimmt nichts mit dir und Adam zu tun«, versicherte Joe.

»Da bin ich mir nicht so sicher, Joe«, meinte Deborah und nagte an ihrer Unterlippe. »Ich habe den Verdacht, dass es eine große Menge mit mir zu tun haben könnte.«

»Hat er das angedeutet?« Joe hob fragend eine Augenbraue und spuckte einen Priem neben Lucias Basilikum.

»Nein«, murmelte Deborah und dachte flüchtig, dass sie bald etwas gegen Joes hässliche Angewohnheiten unternehmen musste. »Seit er diesen Nachmittag in der Bibliothek verbracht hat, hat er kaum ein Dutzend Worte am Tag mit mir gesprochen. Jedes Mal, wenn ich versuche, den Brief anzusprechen, wird er ärgerlich und geht mürrisch fort. Es muss irgendeine Nachricht von seiner Familie in New Orleans sein.«

»Sein komischer Daddy macht wohl weiteren Ärger – oder vielleicht gibt es schlimme Neuigkeiten von seiner Schwester«, mutmaßte Joe.

»Nein, nicht von Lenore. Über sie würde er mir alles erzählen. Es könnte eine Nachricht von seinem Vater oder seiner Mutter sein.« *Oder von seiner anderen Familie,* dachte sie bedrückt.

Der beißende Wind und wirbelnde Staub passten zu seiner Stimmung. Der Atem der Männer und Pferde bildete weiße Wölkchen in der Kälte. Rafe suchte den azurblauen Horizont ab und beobachtete, wie seine Mustangjäger die Pferde auf einen Canyon zutrieben, der in einer Sackgasse endete. Er erinnerte sich an seinen Winter als Horse Tamer im Lager der Comanchen. Da war das Leben einfach gewesen. Nur von Tag zu Tag überleben. Wehmütig erkannte er, dass er jetzt genau dies tat. *Ich friere mir hier draußen den Hintern ab, arbeite bis zum Umfallen, um wilde Pferde zu fangen, damit ich Deborah nicht fragen muss, was mit Melanie geschehen soll.* Fluchend gab er seinem großen Rotfuchs die Sporen, trieb ihn zum Galopp und schwenkte sein Lasso zu den erschreckten Mustangs, um sie auf die sorgfältig ausgelegte Falle zuzutreiben.

»Wie lange dauern diese Jagden für gewöhnlich?«, fragte Deborah Joe, als sie beim Kaminfeuer im Wohnzimmer saßen. Rafe war seit zwei Tagen fort, und Deborahs Besorgnis wuchs.

»Das kommt ganz darauf an«, erwiderte Joe und schürte das Feuer, bis die Glut zu seiner Zufriedenheit aufloderte. »Diesmal sollte es nicht lange dauern, weil Micah die Herde ja bereits entdeckt hatte.«

»Aber es ist zu kalt, um sich im Freien aufzuhalten«, erwiderte sie und blickte zum sternenübersäten Abendhimmel hinauf.

Joe lachte. »Rafe ist hart. Sogar Lucia hat jahrelang mit den Comanchen im Freien gelebt. Sie hat mir mal erzählt, dass sie zwei Tage lang in einem Blizzard durch den Llanco Estaccado ritt.«

Deborah sah den liebevollen Ausdruck in seinem Gesicht, als er beschrieb, wie tapfer und tüchtig Lucia war. Plötzlich traf sie die Erkenntnis: Joe war in die hübsche Mexikana verliebt! Wenn sie an die vergangenen Wochen zurückdachte, wurde ihr klar, wie offenkundig es war. Er folgte ihr mit den Blicken, wenn sie nach den Mahlzeiten den Tisch abräumte, fand Vorwände, um sich in der Küche aufzuhalten, brachte ihr wilde Kräuter und Arzneipflanzen mit, die er in der Wildnis gefunden hatte. Joe zog jeden scherzhaft auf – Micah und all die Vaqueros, Rafael und Adam, sogar sie, doch er hatte sich nie über Lucia lustig gemacht.

Lucia schien in Joe nichts anderes als einen Freund zu sehen. Natürlich war Deborah klar, dass Lucia insgeheim all diese Jahre in Rafael verliebt gewesen war. Diese bittersüße Illusion war mit der Ankunft seiner Frau und seines Kindes zunichte gemacht worden. Wie schmerzlich musste es für beide, Lucia und Joe, gewesen sein.

Ihre Gedanken wurden unterbrochen, denn Lucia und Adam gingen plaudernd am Wohnzimmer vorbei zur Bibliothek. Als sie außer Hörweite waren, sagte Deborah unschuldig: »Lucia versteht sich so gut mit Adam. Wäre es nicht schön für sie, selbst Kinder zu haben?«

Sie hätte Joe kaum mehr überraschen können, wenn sie ihn mit dem glühenden Feuerhaken angestoßen hätte. »Ich nehme an, dazu müsste sie erst einen Mann finden, Deborah«, brachte er mit rauer Stimme heraus.

»Wie alt bist du, Joe?«

Seine braunen Augen starrten in ihre großen lavendelfarbenen. »Was soll das?«

»Hm, kein nennenswertes graues Haar. Gute Zähne – wenn du aufhören würdest, auf diesem scheußlichen Kautabak herumzukauen. Du siehst gut aus für einen Mann von ...« Sie ließ ihre Worte verklingen, als sie den sich windenden Joe gespielt ernst von Kopf bis Fuß musterte.

»Einundvierzig«, ergänzte er unbehaglich. »Deborah, du denkst doch nicht etwa, *ich* und Lucia ...?« Er endete halb flüsternd, halb krächzend.

»Warum nicht? Du liebst sie, nicht wahr, Joe?«

Er sah sie einen Moment schmerzlich an und wandte dann schnell den Blick ab. »Ich brauche nicht zu betonen, was ich bin – ein Halbblut, ein halber Indianer –, und du kannst dir nicht vorstellen, was sie bei den Indianern durchgemacht hat.«

»Es waren wilde Comanchen, die sie versklavt haben, Joe. Sie hasst nicht alle Indianer, und gewiss keinen sehr zivilisierten Mann, der von den Cherokees abstammt.«

»Es gibt noch andere Dinge ...« Er verstummte, zu verlegen, um seinen wahren Einwand auszusprechen.

»Du meinst die Tatsache, dass Lucia in meinen Mann verliebt war?«, entgegnete Deborah leise.

Sein Kopf ruckte hoch, und ihre Blicke trafen sich. »Sie sind nie auf diese Weise zusammen gewesen, Deborah. Das weißt du. Rafe liebt dich zu sehr, um auch nur auf diese Weise an sie zu denken, und sie hat ihm nie Grund gegeben, es in Erwägung zu ziehen.«

»Ich weiß, Joe. Lucia und ich hatten am Tag meiner Ankunft ein langes Gespräch.«

Seine klugen Augen musterten sie abschätzend. »Ich konnte sehen, dass ihr nach dieser Nacht freundlicher miteinander umgegangen seid. Nachdem die Fetzen flogen, als du Lucia zum ersten Mal sahst, muss ich sagen, dass ich froh darüber war, als mit dir und Rafe wieder alles im Lot war.«

»Ich brauchte etwas länger, um zu erkennen, welches natürliche, schöne Paar ihr beide abgeben würdet«, bemerkte Deborah lächelnd.

Joe schüttelte heftig den Kopf, und seine langen schwarzen Haare flogen ihm um die Schultern.

»Da bist du auf dem Holzweg, Deborah. Sie ist eine *Lady*, ganz gleich, was diese mörderischen Comanchen ihr angetan haben. Ich bin nur ein Halbblut. Ich habe keine Schule besucht, und ich habe auch nicht das feine Gehabe eines *Caballeros*.«

»Joe, wir könnten daran arbeiten, dich zu einem perfekten *Caballero* zu machen. Ich habe ziemliche Erfahrung darin, aus einem Kieselstein einen Diamanten zu schleifen«, sagte sie spitzbübisch, denn sie erinnerte sich daran, wie sie Charlee McAllister in die Schöne von San Antonio verwandelt hatte. »Das heißt, wenn du dir wirklich etwas aus Lucia machst. Sie verdient eine Chance, glücklich zu sein, nach allem, was sie erlitten hat.« Sie wartete, während Joe zu überlegen schien.

»Was müsste ich tun?«, fragte er schließlich.

»Wir fangen damit an, *dies* ins Feuer zu schmeißen.« Deborah wies auf den Lederbeutel mit Kautabak. »Wenn ich's mir recht überlege, nicht ins Feuer – es würde im ganzen Haus stinken. Wir werden das Zeug vergraben!«

Joe umklammerte den Lederbeutel wie einen geliebten Freund. »Das meinst du doch nicht ernst?«

Ein Blick in ihre lavendelfarbenen Augen, die jetzt stählern blickten, überzeugte ihn, dass es ihr wirklich ernst war. Mit einem abgrundtiefen Seufzen überreichte er ihr den Lederbeutel.

In den nächsten paar Tagen half die Arbeit mit Joe Deborah, sich von den Sorgen um Rafael abzulenken. Wenn Charlees Verwandlung in eine feine Dame eine Herausforderung dargestellt hatte, so stellte sie nun fest, dass es bei Joe bei einigen Dingen bedeutend leichter war, doch bei anderen auch viel schwieriger. Charlee hatte so vieles lernen müssen, wie eine feine Dame geht und sich kleidet. Joes natürlich höfliche Manieren waren gut genug und brauchten nur minimal aufpoliert zu werden. Er brauchte nicht gut zu tanzen, Tee einzuschenken oder zu lernen, in höflicher Gesellschaft das Fluchen einzustellen. Er hatte dieses Laster bereits weitaus besser unter Kontrolle, als es Charlee bis zu Deborahs Abreise gelungen war!

Joe zum Baden zu bewegen, erwies sich jedoch als schwierig. Nicht, dass er jemals schmutzig gewesen wäre, denn er wusch sich jeden Abend im Creek. Es war jedoch mehr ein schnelles Schwimmen als ein Baden, und er verzichtete auf Seife. Bei sehr kaltem Wasser müsse er sich mit einer Katzenwäsche in einer Waschschüssel begnügen, informierte er sie. Frauen badeten in Wannen, nicht Männer – wenigstens keine unerschrockenen texanischen Grenzbewohner! »Zu viel Seife und warmes Wasser schwächen nur die Zeugungskraft eines Mannes!«, behauptete er allen Ernstes.

»Stellst du die Zeugungskraft meines Ehemannes infrage?«, konterte sie.

An diesem Abend badete er in der Wanne – und seifte sich gründlich ein.

Am nächsten Tag brachte sie ihm bei, wie er sich die Fingernägel schneiden sollte. Und sie zeigte ihm, wie er sogar den Schmutz darunter entfernen konnte! Als er aufgehört hatte, Kautabak zu priemen, wurde sein Lächeln strahlend schön.

Die speckige Wildlederkleidung musste verschwinden. Micah besaß ein paar gute Hemden, die ihm seine Mutter aus Santa Fe geschickt hatte. Sie waren etwas zu klein für den Jungen, der gewachsen war, seit er sein Elternhaus verlassen hatte, aber sie passten perfekt auf Joes schlanken, drahtigen Körper. Deborah verkürzte eine von Rafes sauberen Wildlederhosen und nähte die Beine an den Seiten ab.

»Wenn ich nicht bereits verheiratet wäre, würde ich dich mir selbst angeln«, scherzte Deborah mit einem Zwinkern und bewunderte ihr Werk.

Während Lucia oben in ihr Bad versunken gewesen war, hatte Deborah Joes frisch mit Shampoo gewaschene Haare ordentlich geschnitten. Blitzsauber und in seine neuen Kleider gekleidet, sah Joe auf raue, texanische Weise überraschend gut aus. Ohne das lange strähnige Haar und das verschlissene Stirnband wirkten seine Gesichtszüge jünger, und sein Lächeln war wunderbar.

»Ich fühle mich wie ein alter Narr, der versucht, ein Galer … Gal – wie hast du diesen Typen genannt?«

»Galan«, antwortete Deborah ernst. »Warum wartest du jetzt nicht draußen im Hof auf Lucia? Ich werde Adam nach oben scheuchen und beschäftigen und Lucia in den Hof schicken.«

Als Rafe am Korral eintraf, übergab er Bostoner an Micah und fragte, wo er Joe finden könne. Er würde mit seinem Freund über sein Dilemma sprechen, bevor er sich entschied, was er Deborah sagen sollte. Der Junge grinste breit und erwiderte, dass Joe oben im Haupthaus zu finden sei. »Sie werden Schwierigkeiten haben, ihn wiederzuerkennen, nehme ich an.«

Als Rafe vom Korral aus zum Hintereingang des Hauses ging, sah er Joe im Hof und wusste sofort den Grund für Micahs rätselhafte Bemerkung. »Ich hätte dich fast für einen Städter gehalten, nicht für Joe De Villiers«, meinte er und betrachtete erstaunt die Verwandlung seines Freundes.

»Rafe! Wann bist du zurückgekommen? Deborah hat sich große Sorgen gemacht.« Joe bemerkte, dass sein Partner ihn entgeistert anstarrte, und errötete. »Äh, Deborah hat mir beigebracht, wie man sich benimmt und gut genug kleidet, um bei Damen Chancen zu haben – sag nur ja nichts!«, fügte er streitlustig hinzu, als er Rafes beginnendes Lächeln und das lustige Funkeln in seinen schwarzen Augen sah.

»Aber Joe, ich fand deine Manieren immer schon prima. Und Lucia gefielen sie auch. Meine Frau hat dir während meiner Abwesenheit doch keinen Ärger bereitet, oder?«, hakte er mit gespieltem Ernst nach.

Joe fiel auf die spaßige Finte herein. »Sag nur ja nichts gegen Deborah! Sie hat mir geholfen – das heißt, sie … oh, Scheiße …« Er verstummte, als er Lucia aus der Hintertür und in ihre Richtung kommen sah. Frisch gebadet, ihr Haar in feuchten Löckchen auf ihren Schläfen, sah sie für Joe mit ihrer weißen Bluse und dem roten Rock wie ein schöner Traum aus. Doch ihr Blick flog zu Rafe, und sie ging an Joe vorbei, ohne ihn überhaupt zur Kenntnis zu nehmen. »Rafe, du bist so lange fort gewesen. Deborah ist vor Sorge fast verrückt geworden.«

»Wo ist sie?«, erkundigte sich Rafe und blickte besorgt zum Haus.

»Oben mit Adam«, antwortete Joe mürrisch.

Rafe spürte den Ärger seines Freundes und wunderte sich über dessen untypisches Verhalten. Er traf eine Entscheidung. »Ich muss mit ihr reden.« Damit wandte er sich ab und eilte zum Haus.

Es hat keinen Sinn, dies noch länger mit mir herumzutragen und Joe in meine Sorgen zu verwickeln. Ich muss mich dem Problem jetzt *stellen.* Mit grimmig entschlossener Miene stieg Rafe die Treppe hinauf, ging in die allgemeine Richtung, als er Plantschen und Lachen hörte. Adam war soeben aus der Wanne gestiegen, und Deborah rubbelte ihn mit einem Handtuch ab, während er zappelte und sich schüttelte wie ein spielendes Hündchen.

»Wer wird nass, und wer wird abgetrocknet?«, fragte Rafe und wurde mit einem Freudenschrei von Adam belohnt, der sich seinem Vater in die Arme warf und dabei ein verheddertes Handtuch über den Boden schleifte.

»Papa, wir haben dich vermisst! Beim nächsten Mal will ich mitkommen und auch wilde Pferde fangen!«

Rafe zerzauste das nasse Haar des Jungen. »Vielleicht nehme ich dich beim nächsten Mal mit. Aber jetzt ziehst du dein Nachthemd an und gehst ins Bett.« Damit setzte er den Jungen ab und gab ihm einen spielerischen Klaps, schickte ihn in sein Zimmer, wo ein frisches Nachthemd für ihn bereitlag.

»Du kommst so spät zurück, Rafe. Hast du zu Abend gegessen?«, fragte Deborah.

Er sah sie an. Seine schöne Mondblume stand so nahe und doch so fern von ihm da. *Ich darf sie nicht verlieren, das könnte ich nicht ertragen.* «Ich habe wirklich keinen Appetit«, erwiderte er und zog sie in seine Arme, »Du hast mir gefehlt, Frau«, flüsterte er und schmiegte sein Gesicht an ihr seidiges Haar.

Deborah nahm den Geruch von Schweiß, Pferd und Leder

wahr, all die vertrauten Gerüche ihres Mannes, des texanischen Ranchers. Begierig umarmte sie ihn und spürte sein Zögern und seine Anspannung. »Und du hast mir gefehlt, Liebster«, gab sie leise zurück.

»Es tut mir Leid, Mondblume«, sagte er gequält und suchte nach Worten, um sich für sein kurz angebundenes und distanziertes Verhalten in der letzten Zeit zu entschuldigen.

»Teile mit mir deinen Kummer, Rafael«, bat sie.

Er nickte stumm. Sie brachten ihren Sohn zu Bett, und Deborah ging nach unten, um zu veranlassen, dass Dom Badewasser für ihren vom Ritt staubigen Mann holte.

Als sie mit einem kleinen Tablett mit Resten vom Abendessen in ihr Zimmer kam, lag Rafael in einer Wanne und schrubbte sich den Schmutz von Tagen vom Körper.

»Ich befürchte, deine Ankunft hat meine Pläne einer Ehestifterin für heute Abend verdorben, aber wir müssen Geduld haben«, lachte sie und stellte das Tablett auf dem Nachttisch ab.

»Ehestifterin ... Joe und Lucia?«, fragte er ungläubig.

»Ja, aber Joe ist eingeschnappt, weil Lucia mehr daran interessiert war, dich anzuhimmeln, statt seine Verwandlung zu bemerken.«

Rafe dachte einen Moment darüber nach und schüttelte staunend den Kopf. »Ich hätte nie geglaubt, dass aus den beiden ein Paar wird, doch ich habe gesehen, was du aus ihm gemacht hast, und ich nehme an, es könnte klappen.«

»Er liebt sie seit Jahren, genauso wie sie dich geliebt hat, Rafael«, erklärte Deborah weich.

Er blickte plötzlich zu ihr auf, versuchte, die Gefühle hinter ihren Worten zu ergründen. »Ich habe niemals ...«

»Ich weiß, Lucia hat es mir gesagt, und ich glaube ihr, aber sie war so vernarrt mit ihrer unerwiderten Liebe, dass sie die Chance auf echtes Glück mit einem Mann, der sie liebt, verpasst hat«, entgegnete sie, als sie mit einem Handtuch zu der Wanne ging.

»Joe und Lucia, das ist ein Ding!«, murmelte er. Dann erinnerte er sich an sein eigenes Dilemma und begann zögernd: »Deborah, ich habe einen Brief von Lily erhalten.« Er spürte, dass sie erstarrte, als sie ihm das Handtuch reichte. »Sie ist jetzt verheiratet.« Er legte unsicher eine Pause ein.

»Das sollte dich glücklich machen«, erwiderte sie steif.

»Ehrlich gesagt, ich bin darüber überglücklich.« Wieder schwieg er kurz, bevor er dann fortfuhr: »Ihre Mutter und Schwester sind in St. Louis bei einem Unfall ums Leben gekommen ...«

»Oh.« Sie schlug eine Hand vor den Mund. »Sie will nicht, dass Melanie bei ihr lebt!«

»Sie hat mir rücksichtsvoll den Namen eines Mädcheninternats in Virginia mitgeteilt. Melanie kann als Weiße aufgenommen werden, und somit wäre das Problem für uns beide sauber gelöst.« Er trocknete sich zu Ende ab und griff nach einem grauen Flanell-Morgenrock, der auf dem Bett lag.

»Aber du willst nicht, dass deine Tochter als Waise aufwächst, allein in einem Internat«, vermutete sie. Es versetzte ihr einen schmerzlichen Stich, seinen Kummer zu sehen, doch zugleich befürchtete sie, dass Lilys Tochter ihre immer noch anfällige Beziehung komplizieren würde.

Er gürtete seinen Morgenrock und wandte sich ihr zu. »Ja, ich glaube, das ist es. Einst hätte ich sie, ohne zu zögern, nach Virginia geschickt, aber jetzt ...«

Sie lächelte wehmütig. »Nein, Rafael, so sehr du dich auch verändert hast, mein Liebster, du warst immer ein liebevoller Papa. Du würdest nie dein Kind in der Obhut von Fremden lassen, weder früher noch jetzt. Aber nun bist du bereit, deine Tochter unter dein Dach zu holen und ihr deinen Namen zu geben. Ich werde aus dir noch einen Gegner der Sklaverei machen, mein geliebter Mann.«

Er ging zu ihr und umfasste ihre Schultern. »Oh, Mondblume, ich liebe dich so sehr und wollte dir nie wieder mit meiner Vergangenheit Schmerz zufügen. Ich habe geschworen, dir dies niemals mehr anzutun, aber jetzt ... jetzt ...« Er ließ hilflos die Arme sinken.

Deborah glaubte, einen Kloß in der Kehle zu haben, und sie kämpfte gegen Tränen an. Sie nahm sein Gesicht in beide Hände und sagte: »Rafael, ich sehe sie noch als kleines Mädchen vor mir, an jenem Tag, an dem ich in Lilys Haus in der Rampart Street platzte. Sie war so klein und verängstigt. Melanie ist deine Tochter. Ich werde sie auch zu meiner machen. Hol sie heim auf die Renacimiento!«

Kapitel 29

Deborah suchte den Horizont ab, hielt Ausschau nach Reitern in der dunstigen Ferne. Nichts. Vier Wochen waren vergangen, seit Rafael mit vier bewaffneten Vaqueros nach Galveston aufgebrochen war. Natürlich würde die Rückkehr mit einem jungen Mädchen sie beträchtlich verlangsamen.

»Du machst dir immer noch Sorgen wegen dieser Kleinen, Deborah.« Joe formulierte es nicht als Frage, sondern als Feststellung. Er schlenderte durch den vorderen Hof heran und folgte ihrem Blick nach Südwesten.

»Ich … ich nehme an, ich bin mir nicht sicher, was ich von ihr zu erwarten habe und wie ich mich ihr gegenüber verhalten soll«, bekannte sie unsicher.

»Sie wird ein verängstigtes zwölfjähriges Mädchen sein, das ist alles, nichts, weswegen du dich verrückt machen solltest.«

»Wie du dich nicht wegen eines gewissen neunundzwanzigjährigen Mädchens hast verrückt machen lassen?«, gab sie ohne Groll zurück.

»Das war was anderes, und jeder mit dem Verstand eines halb gebackenen Ziegelsteines weiß das«, entgegnete er ein wenig gereizt. Er war mit seinen Heiratsabsichten bei Lucia nicht weitergekommen, hauptsächlich wegen seiner Zurückhaltung, ihr einen Heiratsantrag zu machen. Nach dem unglücklichen Beginn am Abend von Rafes Rückkehr von der Mustangjagd war Joe nicht bereit gewesen, es noch einmal zu versuchen.

Deborah hatte ausschließlich an Melanies Ankunft gedacht und daran, was sie für ihre Ehe bedeutete, und hatte ihre Rolle als Ehestifterin nicht sehr konzentriert verfolgt. Angesichts der traurigen Pattsituation zwischen Charlee und Jim in San Antonio bezweifelte sie ernsthaft, dass sie dafür taugte, die Beziehungsprobleme anderer Leute zu lösen.

Rafe lächelte bei dem schönen Anblick, den Melanie bot, als sie auf dem Wagensitz saß. Er konnte kaum glauben, dass die bildschöne junge Dame, die so hoheitsvoll neben ihm fuhr, tatsächlich seine kleine Tochter war. Wie bezaubernd würde sie in ein paar Jahren sein! Dennoch konnte er bereits Probleme voraussehen. Dieser junge *Tejano,* Lee Velasquez, war von ihrem süßen Aussehen und ihrer Persönlichkeit ganz hingerissen gewesen, dessen war er sicher.

Er erinnerte sich an seinen überraschenden Empfang in Galveston. Melanie war eine Woche zu früh eingetroffen, und Jim Slades junger Freund, der dort Zuchtpferde hatte abholen sollen, hatte sie offenbar mehrmals vor einem Missgeschick bewahrt und aus der Klemme gerettet. Rafe war sich überhaupt nicht sicher, ob er Velasquez dankbar sein sollte, der die Woche in Galveston sozusagen als ihre Anstandsdame verbracht hatte – als ob ein achtzehnjähriger Junge der Hüter eines zwölfjährigen Mädchens sein könnte!

»Melanie, du bist schrecklich still gewesen, seit wir den Dampfer verlassen haben«, begann Rafe. »Hast du mit offenen Augen von dem jungen Lee Velasquez geträumt?«

Melanie zog einen reizenden Schmollmund. »Kaum, Papa! Er war ein absolutes Scheusal und hat mich behandelt, als wäre ich ein Kind.«

»Das war gewiss ein schlimmer Fehler«, pflichtete er ihr ernst bei.

Sie lächelte ihn an. »Oh, Papa, ich bin so froh, dass ich dich wiedergefunden habe!«

Die Freude in ihrem ausdrucksvollen kleinen Gesicht rührte

ihn zutiefst. »Und ich bin froh, dass ich dich gefunden habe, Prinzessin.«

Ihre Unterlippe zitterte einen Moment, als sie sagte: »Wenn nur *Grandmère* und *Tante* Therese ebenfalls hier sein könnten! Dann wären wir wieder eine Familie.«

»Darüber haben wir doch gesprochen«, erwiderte Rafe sanft. »Zwei Menschen zu verlieren, besonders so plötzlich, ist sehr hart, doch du musst dich an all die guten Zeiten erinnern, die du mit ihnen hattest, und daran denken, wie sehr sie wünschten, dass du glücklich bist. Und ich verspreche dir, du wirst in deinem neuen Zuhause glücklich sein, meine Kleine.«

Mit dem quicklebendigen Temperament eines Kindes wechselte ihr Gesichtsausdruck von traurig zu bittend. »Ich kann immer noch nicht verstehen, warum ich im selben Haus mit *ihr* leben muss. Könnten wir nicht in einem anderen Haus wohnen, in der Nähe, aber getrennt? Sie war so wütend auf dich und mich in New Orleans. Warum will sie mich jetzt? Sie hat selbst einen kleinen Jungen.« Melanie konnte es nicht über sich bringen, Deborahs Namen auszusprechen.

O Gott, Deborah, du wirst die Geduld deiner puritanischen Heiligen haben müssen, um Melanie für dich zu gewinnen, dachte Rafe sorgenvoll. Laut versicherte er: »Deborah war nicht wütend auf dich, Melanie. Sie und ich hatten eine Meinungsverschiedenheit, aber das war nicht deine Schuld. Deborah möchte, dass ihr, du und Adam, wie richtige Geschwister aufwachst.«

»Du bist mein Papa und seiner auch, ich weiß, aber *sie* ist nicht meine Mutter«, beharrte Melanie mit der sturen Logik eines Kindes.

»Melanie, wer hat dich mehr geliebt, deine Mutter oder *Tante* Therese?«

Melanie starrte ihn an, und in ihren Augen begannen Tränen zu schimmern. »Du weißt, dass *Mère* mich nie geliebt hat. Sie wollte sogar niemals, dass ich bei ihr lebe, doch *Grandmère* und *Tante* Therese wollten mich bei sich haben. *Sie* haben mich geliebt.«

»Deborah möchte, dass du bei uns lebst. Sie wird dich auch lieben, genau wie deine Großmutter und Tante dich geliebt haben, wenn du ihr eine Chance gibst, Melanie. Wirst du es versuchen, Prinzessin?« Er wartete mit angehaltenem Atem auf die Antwort.

Sie schluckte, als hätte sie einen Kloß im Hals, und nickte verdrossen. »Ich werde es versuchen, Papa.«

Das Mittagessen auf der Renacimiento war fast halb vorüber, und Adam hatte nur einmal seine Milch verschüttet. Deborah betrachtete das als gutes Omen, als sie Hufschlag vor dem Haus hörte.

Adam, der ganz aus dem Häuschen gewesen war, weil sein Vater mit einer neuen Schwester zurückkehren würde, sprang von seinem Stuhl auf und kippte seinen Milchbecher von neuem um. »Sie sind da, sie sind da!«

Lucia griff über den Tisch und legte ihre Hand auf Deborahs Hand. »Sieh nicht drein, als gingest du zu einer Hinrichtung, Deborah. Sie ist nur ein kleines Mädchen.«

»Das hat mir Joe gesagt«, erwiderte Deborah mit zittriger Stimme. Es war sechs Jahre her, seit sie Rafaels kleine, dunkelhaarige Tochter gesehen hatte. Die verdrossen dreinblickende, schöne junge Dame, der aus dem Wagen geholfen wurde, wirkte auf den ersten Blick wie eine jüngere Version von Lily Duvall. Erst als sie näher kam, konnte Deborah sehen, wie jung sie war – und wie müde. Ihre Figur hatte zu sprießen begonnen, aber sie war immer noch ein sehr hübsches Kind, nicht die junge *Femme fatale*, deren Rolle sie zu spielen versuchte. Ihre großen goldbraunen Augen spiegelten Verwirrung wider, und das reservierte Auftreten, das Deborah zuerst für Hochmut hielt, war in Wirklichkeit Furcht.

Deborah eilte aus dem Haus, um die Ankömmlinge zu begrüßen. Sie umarmte das Mädchen und drückte es sanft an sich. »Melanie, willkommen in deinem neuen Zuhause. Dein Vater und ich möchten, dass du hier sehr glücklich bist.«

»Ja, Ma'am«, kam die Antwort mit einem korrekten Knicks.

»Bitte, Melanie, ich möchte, dass du mich Deborah nennst.« *Jedenfalls vorerst,* dachte Deborah und hoffte, von dem einsamen kleinen Mädchen die Liebe einer Tochter zu gewinnen.

Adam stand abseits und betrachtete in ehrfürchtigem Staunen seine neue Schwester. Sie war größer als er und bekleidet wie eine erwachsene Dame, kaum die lustige Gefährtin, die mit ihm Ponys ritt und auf Bäume kletterte, wie er sich das vorgestellt hatte!

Rafe ging in die Hocke, zog Adam und Melanie zu sich und stellte sie einander vor. »Melanie, dies ist dein Bruder Adam. Adam, das ist deine Schwester Melanie. Ich möchte, dass du dich besonders bemühst, ihr das Gefühl zu geben, dass sie in ihrem neuen Zuhause willkommen ist.«

Der Junge nickte und blickte mit sichtlichem Unbehagen zu Melanie auf. Er mochte nicht, wie sie anscheinend hochnäsig auf ihn herabblickte. »Ich kann dich zum Korral bringen und dich ein Pony auswählen lassen. Dann könnten wir morgen ausreiten«, sagte er und blickte Beifall heischend und Billigung suchend zu seinem Vater.

Bevor Rafe etwas einwerfen konnte, sprach Melanie. »Ich reite nicht auf Pferden. Die Damen in St. Louis fahren in Kutschen.«

Adam schnaubte angewidert. »Hier sind wir nicht in St. Louis, sondern in Texas, wo jeder reitet, sogar meine Mama, nicht wahr, Papa?«

»Melanie, in Texas wirst du das Reiten lernen müssen«, stimmte er seinem Sohn sanft zu.

»Und ich werde es dir sehr gern beibringen. Obwohl ich noch keine sehr gute Reiterin bin. Wir können es zusammen lernen.« Deborah lächelte Melanie zu, doch das Kind reagierte nicht.

Melanie wandte sich Rafe zu und ignorierte Deborah. »Ich werde das Reiten lernen, wenn du das willst, Papa«, erklärte sie steif.

»Ich finde, du hast für den Augenblick genug Aufregung gehabt, Prinzessin. Die Pferde und das Reiten werden wir uns für einen anderen Tag aufheben. Ich möchte, dass du einige besonders liebe Freunde von mir kennen lernst, und dann wird Deborah dir dein Zimmer zeigen.«

Melanies Reaktion auf Lucia und Joe war genauso korrekt und kühl wie zuvor die auf Deborah und Adam.

»Sie hat eine Heidenangst, das arme kleine Ding«, bemerkte Joe später am Abend Lucia gegenüber, als Deborah und Rafe ihre Kinder nach oben gebracht und ins Bett gesteckt hatten.

Lucia rührte in ihrem Kaffee. »Das stimmt, aber sie ist auch verwöhnt und eigensinnig. Sie wird versuchen, einen Keil zwischen ihren Papa und dessen Frau und Sohn zu treiben.«

Joe schnaubte. »Rafe ist vernarrt in den Jungen! Und seine Frau ... du weißt, dass er all die Jahre, in denen sie getrennt waren, nur an sie denken konnte.«

»Schuldbewusstsein kann ein sehr mächtiges Gefühl sein«, gab Lucia rätselhaft zurück.

»Du hast mir nie gesagt, dass sie ganz erwachsen ist. Sie ist *größer* als ich«, jammerte Adam.

Rafe stelle einen Fuß auf eine Stange des Korralzauns und schaute seinen Sohn mitfühlend an. »Sie ist zwölf Jahre alt, Adam. Wenn du zwölf bist, wirst du viel größer sein als Melanie, das verspreche ich dir.«

»Aber das wird *Jahre* dauern«, maulte er und vergrub die

Hände in den Hosentaschen. »Außerdem sagte sie heute Morgen, sie will nicht mit mir ausreiten, obwohl Joe ihr diesen blöden Damensattel gegeben hat. Sie will warten, bis *du* sie mitnehmen kannst«, fügte er anklagend hinzu und schaute seinen Vater wütend an.

Rafe seufzte. »Vielleicht werden wir alle zusammen reiten. Lass uns zum Haus gehen und mal sehen.« Mit Adam im Schlepptau ging Rafe zur Küche, wo die Frauen bei der Arbeit waren.

Melanie war jetzt seit zwei Wochen auf der Renacimiento und verhielt sich immer noch wie eine Fremde, lehnte höflich alle freundschaftlichen Annäherungsversuche von Deborah, Adam, Joe und Lucia ab. Sie klammerte sich verzweifelt an ihren Vater und wetteiferte ständig mit Deborah und Adam um seine Aufmerksamkeit. Sie war eine perfekte kleine Dame mit guten Manieren und korrekt, aber sehr distanziert. Das war wenigstens Rafes bisheriger Eindruck gewesen, bis er den Hof erreichte und den Lärm wütender weiblicher Stimmen aus der Küche hörte.

»Das können Sie nicht von mir verlangen! Das ist Arbeit der Dienstboten! Zu Hause in St. Louis – sogar bei *Mère* in New Orleans – hatten wir Sklaven, die den Abwasch erledigten. Es ist Ihr Job, nicht meiner. Mein Papa besitzt diese Ranch!« Melanies Stimme klang immer noch schrill.

Rafe schickte Adam in die Bücherei und betrat die Küche, wo sich Lucia und Melanie stritten. Die Gegnerinnen standen bei einer großen schaumigen Schüssel voller Geschirr vom Frühstück.

»Hier arbeitet jeder, Melanie. Wir haben keine Sklaven. Und du wirst Lucia mit Respekt behandeln. Sie hat seit sechs Jahren die Verantwortung über diesen Haushalt. Sie ist hier eine Partnerin, nicht deine Dienerin.« Rafes Stimme klang sanft, doch der harte Unterton war nicht zu überhören.

»Ich habe niemals gekocht oder Geschirr gespült«, begehrte das Kind verzweifelt auf.

»Du lebst jetzt in Texas, Melanie. Als ich New Orleans verließ, musste ich plötzlich viele Arbeiten selbst erledigen, die mir ebenfalls zuvor stets abgenommen worden waren. Ich arbeitete mit meinen Händen im Schmutz, schwitzte und bekam Schwielen. Männer und Frauen müssen hart arbeiten, um eine Ranch wie die Renacimiento aufzubauen. Wir bauen ein ganzes neues Land auf. Du hast eine Chance, daran teilzunehmen.« Rafe sah Melanies bebenden Schmollmund. »Jetzt entschuldige dich bei Lucia für deine Frechheit.«

Deborah stand auf der Türschwelle und beobachtete die Szene. Einerseits war sie dankbar, weil Rafe endlich selbst Zeuge des verwöhnten Verhaltens des Kindes geworden war, doch andererseits tat ihr das verängstigte Mädchen Leid. Die Verwandten ihrer Mutter hatten sie gut erzogen. Wenn die Flamencos in der Rangfolge über ihr waren, dann waren Leute wie Lucia und die Cowboys unter ihr. *Sie versteht nicht die anderen Regeln, die in Texas herrschen,* dachte Deborah.

Melanie senkte den Kopf, als wollte sie die Tränen in ihren goldbraunen Augen verbergen. »Es tut mir Leid, Lucia«, murmelte sie. Dann warf sie einen schmerzlichen Blick zu ihrem Vater und flüchtete aus der Küche.

Deborah bat Rafe mit einer Geste, sie gehen zu lassen, und folgte ihr dann zu ihrem Zimmer.

Das kleine Schlafzimmer war gemütlich und hell mit seinen gelben Vorhängen an den Fenstern, die das Licht des Morgens hereinließen. Obwohl es zweifellos nicht so elegant wie das Zimmer war, das Melanie im Brownstone-Haus ihrer Großmutter in St. Louis gehabt hatte, war es für ein junges Mädchen perfekt, geschmackvoll ausgestattet mit niedlichen, weiß, rostrot und zartgelb angestrichenen Kiefernmöbeln. Deborah hatte hart gearbeitet, damit sich Rafes Tochter in ihrem neuen

Zuhause heimisch fühlen würde. Bis jetzt waren ihre Bemühungen vergebens gewesen.

»Melanie, ich möchte, dass du mir erzählst, wie du dich fühlst – wie du über die neuen Regeln auf der Ranch denkst, über Adam und mich …«, sie holte schnell Luft und sammelte Mut, »… und über deine Mutter und deinen Papa und dein Leben in St. Louis und New Orleans. Rede dir alles vom Herzen und halte nichts zurück.« Sie setzte sich auf die Bettkante und streichelte über das glänzende rabenschwarze Haar des Mädchens.

Melanie hob das Gesicht, das sie tief in das flauschige Kissen vergraben hatte, ein Stückchen an. Sie richtete den Blick ihrer klaren, großen Augen auf Deborah – Augen, die einen Moment beunruhigend wie die Lily Duvalls wirkten. Dann presste sie die Lippen aufeinander und brachte ihre Tränen unter Kontrolle. *Nein, sie ist gewiss so sehr Rafaels wie Lilys Tochter*, dachte Deborah plötzlich erleichtert.

»Warum … warum willst du das wissen? Warum kümmerst du dich um mich? Keiner hier mag mich, nicht einmal Papa.« Ihre Stimme verklang, als sie von neuem gegen Tränen ankämpfte.

»Und es ist besonders wichtig für dich, dass dein Papa dich liebt«, entgegnete Deborah, ohne darauf einzugehen, wie das Kind ihre Gefühle einschätzte.

»Als ich klein war und in New Orleans lebte, war Papa der Einzige, der mich liebte. Er kam und brachte mir Geschenke, warf mich in die Luft und nannte mich seine ›Prinzessin‹. Er spielte mit mir. Mutter … Mutter hat nie mit mir gespielt. Sie wollte mich niemals bei sich haben. Als ich sehr klein war, schickte sie mich weg, nachdem Francois gestorben war. Sie und Papa hatten diese schrecklichen Streitereien, und dann kamen Großmutter Marie und Tante Therese und nahmen mich mit nach St. Louis. Ich war dort glücklich …« Diesen letzten Teil des Bekenntnisses sprudelte sie in schnellem Französisch hervor, unbewusst verfiel sie in die Sprache ihrer frühen Kindheit.

»Aber dein Papa hat dir gefehlt, nicht wahr, Melanie?«, fragte Deborah weich, ebenfalls auf Französisch.

»*Oui* – ich meine, ja«, antwortete Melanie und wechselte befangen wieder ins Englische.

»Es ist in Ordnung, wenn du Französisch sprichst. Ich höre es gern und spreche es selbst hin und wieder.« Deborah lächelte und wurde belohnt, als das Mädchen mit der Andeutung eines unsicheren Lächelns reagierte. »Und jetzt erzähl mir von deinem Papa.«

Es war, als wäre ein Damm gebrochen. Alle Ängste und Unsicherheiten des Kindes brachen hervor – Entsetzen darüber, dass Rafael sie genauso verlassen hatte wie Lily, dann die Versicherungen ihrer Großmutter, dass er sie immer noch liebe und für sie sorge. Melanie beschrieb ihr erstes Weihnachtsfest in St. Louis, als er sie überraschend besucht und nach New Orleans mitgenommen hatte, um einen ganzen Monat lang mit ihr im Haus in der Rampart Street zu bleiben. Danach waren ihre Besuche in New Orleans seltener gewesen, doch obwohl sie alle Vertrautheit mit ihrer Mutter verlor, hatte ihr Vater ihr regelmäßig geschrieben und sie mehrmals im Jahr besucht, bis er nach Texas gezogen war.

Melanie wusste, dass sie ein Mischling und somit eine Außenseiterin an der Peripherie der weißen Gesellschaft war. Ihre liebende Großmutter hatte ihr all das in sehr zartem Alter erklärt. Doch den schlimmsten Schlag hatte Deborah ihr an diesem schrecklichen Tag der Konfrontation mit Lily versetzt. Melanie erinnerte sich an jede Einzelheit der tragischen Szene.

»Du warst eine weiße Dame, seine Frau. Meine Mutter war nur seine Mätresse. Ich bin nicht wirklich eine Flamenco, nicht gesetzlich.« Sie blickte Deborah vorwurfsvoll an, als schien ihr plötzlich klar zu werden, dass sie weitaus mehr von ihren Gefühlen offenbart hatte, als sie hatte preisgeben wollen.

»Du bist Rafaels Tochter – gesetzlich, durch Geburt und Blut. Aber wir sind keine Flamencos – du nicht und ich nicht. In Texas hat dein Vater seinen Namen in Fleming abgeändert. Wir sind Flemings, du genauso wie ich, Melanie. Du hast vorhin gefragt, warum ich etwas über dich wissen will, warum ich mich um dich kümmere.« Deborah zögerte, und ihr Herz war schwer wegen der Grausamkeit, die das Leben dieses unschuldigen, schönen Kindes geprägt hatte. Dann fuhr sie fort:

»Du bedeutest mir viel – nein, ich liebe dich, Melanie. Dafür gibt es viele Gründe. Erstens liebe ich deinen Papa so sehr, wie du ihn liebst, und du bist sein erstgeborenes Kind, ein Teil von ihm. Allein aus diesem Grund würde ich dich lieben, aber darüber hinaus bist du ihm so ähnlich – dein Haar, dein Kinn, die Lippen, die Stirn, die Augenbrauen.« Sie streichelte über die glänzenden tiefschwarzen Haare und zeichnete liebevoll die Konturen ihres jungen Gesichts nach, das eines Tages das weibliche Gegenstück zu Rafaels herrlichem Gesicht sein würde. »Du hast auch sein Naturell und seine Loyalität und, wie ich glaube, seine große Fähigkeit zu lieben. Liebe ist nichts, das begrenzt ist, Melanie. Dein Papa liebt Adam, aber das heißt nicht, dass er dich weniger liebt. Und nur weil ich Adam liebe, bedeutet das nicht, dass ich dich nicht genauso sehr lieben kann wie ihn … wenn du es mir erlaubst. Willst du das, Melanie?« Deborah hielt den Atem an, während sich das Mädchen ihre Worte durch den Kopf gehen ließ.

»Lass mich bitte darüber nachdenken. Hier ist alles so anders. Papa sagte, ich muss lernen, eine texanische Dame zu werden, aber ich wusste nicht, dass es bedeutet, zu kochen und auf Pferden zu reiten. Ich habe Angst vor Pferden«, bekannte sie unglücklich.

»Soll ich dir etwas verraten? So war es einst auch bei mir. Ich bin immer noch keine gute Reiterin, doch vielleicht können wir zusammen üben, sodass wir beide richtige texanische Reiterinnen werden.«

Während der folgenden Wochen begann Melanie unter Deborahs liebevoller Anleitung regelrecht aufzublühen. Deborah und sie ritten mit Rafe, der ein gewissenhafter Lehrmeister war. Zuerst bestand er zum Entsetzen der beiden Schülerinnen darauf, dass sie im Herrensattel ritten, sodass sie das Pferd voll unter Kontrolle hatten. Erst als er davon überzeugt war, dass sie auch in einem Notfall sicher und schnell reiten konnten, erlaubte er ihnen nachlässiges Reiten und Damensättel.

Deborah und Lucia brachten Melanie in der Küche die Grundlagen des Kochens und die Erledigung des Haushalts in einem sklavenfreien Haus bei. Wenn Melanie auch noch scheu und unsicher war, so war sie zumindest lernbereit.

Doch indem Deborah viel Aufmerksamkeit Melanie widmete, vergaß sie, Joe bei seinem Werben um Lucia zu unterstützen. Nachdem Rafes Rückkehr seinen ersten Versuch gestört hatte, versuchte Joe kein zweites Mal, Lucia einen Heiratsantrag zu machen.

Nach einer Woche, die er in einem Basislager der Mustangjäger verbracht hatte, kehrte Joe eines Tages zur Ranch zurück und verhielt sich zunächst, als wollte er Deborahs Bemühungen hinsichtlich seines Benehmens zunichte machen.

An der Küchenwand lehnend, schaute er Lucia beim Kneten von Brotteig zu. Er ging trotzig zur Tür, öffnete sie und spuckte einen Strahl Tabaksaft auf den sauber gefegten Hof hinaus.

»Ich dachte, du hättest diese schreckliche Angewohnheit aufgegeben«, erklärte Lucia naserümpfend und bemerkte ebenfalls sein ungekämmtes Haar und seine speckige Wildlederkleidung. Während der Wintermonate hatte sie sich an den neuen, gepflegten und attraktiven Joe gewöhnt. Warum war er jetzt plötzlich in seine alten, üblen Gewohnheiten zurückverfallen?

»Ich hätte gar nicht gedacht, dass dir auffällt, was ich mache, Lucia«, brummte Joe betont gleichgültig, doch ihm entging nicht, dass sie im Kneten des Brotteigs innehielt.

Lucia blickte mit ihren dunklen Augen auf und sah ihn durch halb gesenkte, dichte Wimpern an. »Mir ist aufgefallen, dass du in den vergangenen Monaten mit dem Priemen aufgehört hast, dir die Haare hast schneiden lassen und sogar gebadet und neue Kleidung getragen hast«, erwiderte sie vorsichtig und bearbeitete weiter den Teig.

»Gefalle ich dir besser, wenn ich mich nicht herausputze?« Er kniff die Augen zusammen und wartete auf ihre Antwort.

Lucia empfand ein sonderbares Prickeln von Überraschung und Freude. »Ich werde einen Apfelcocktail zum Abendessen zubereiten, wenn du meine Inspektion bestehst«, versprach sie, gab dem Teig einen letzten Klaps und sah Joe kühn in die Augen.

»Ich glaube, wir haben es mit einer beginnenden Romanze zu tun«, sagte Rafe eines Abends zu Deborah, als er beobachtete, wie Joe und Lucia über den vom Mondschein beschienenen Hof schlenderten. Es war für Mitte März vorzeitig warm und versprach, ein früher Frühling und eine Rekordernte zu werden. Abgesehen von den ständigen Rangeleien und Eifersüchteleien zwischen Adam und Melanie, war sein Leben voller Freude. »Woher hast du gewusst, dass die beiden ineinander verliebt sind?«

»Gewusst habe ich es nicht«, bekannte sie mit einem verträumten Lächeln. »Ich habe nur gesehen, dass Joe sie liebt … und sie dachte, sie sei noch in dich verliebt – eine unhaltbare Situation. Lucia verdient eine Chance auf ein Glück, auf eine eigene Familie. Und wer könnte ihr besser geben, was sie braucht, als ein Mann, der sie *wirklich* liebt? Ich habe Joe nur einen Schubs in die richtige Richtung gegeben.«

»Wie die Zähmung eines Mustangs«, entgegnete er, und ein Lächeln spielte um seinen Mund.

»So ähnlich«, lachte sie.

Trotz all ihrer Versicherungen für Joe, Rafael und hauptsächlich für sich selbst, hatte Deborah das Gefühl, als wäre ihr eine große Last von den Schultern genommen worden, als Joe beim Abendessen strahlend verkündete, dass Lucia und er am nächsten Tag in Austin heiraten würden.

Rafe beobachtete Deborah sehr genau. *Immer noch, nach all dieser Zeit, hast du Angst gehabt, Mondblume.*

»Bereitet euch auf das Hochzeitsmahl des Jahrhunderts vor, wenn ihr zurückkommt!«, rief Deborah fröhlich und wandte sich dann an Melanie. »Meinst du, dass wir das schaffen können – einen Braten, Frühlingsgemüse, Kuchen und all das?«

Adam, der die wachsende Kameradschaft zwischen seiner Mutter und Schwester beobachtet hatte, war zunehmend alarmiert. Jetzt teilten sie sogar die Küchenaufgaben miteinander, etwas, bei dem er sich ausgeschlossen fühlte! Natürlich teilte er das Striegeln und Füttern der Fohlen und Sattelpferde mit seinem Vater, Aufgaben, bei denen Melanie ausgeschlossen war. Dennoch war er über die jüngsten Entwicklungen in seiner Familie äußerst unglücklich.

»Joe und Lucia sollten morgen zurück sein«, sagte Melanie zu Adam. »Deborah meinte, ich könnte für das Festmahl einen Apfelkuchen backen.« Sie waren draußen im Hof, nachdem sie von ihren täglichen Lektionen entlassen worden waren. Während Lucias Abwesenheit hatte Deborah die Geschwister unterrichtet.

Adam hatte ein kleines Geschenk für die frisch Verheirateten gebastelt, einen grob geschnitzten Mustang, den sein Vater und Micah vollendet hatten, doch er fühlte sich immer noch ausgeschlossen und ärgerlich. Alle machten um Mädchen viel mehr Theater als um Jungen. Dabei war Melanie älter. Und größer.

Plötzlich blickte Adam, der auf dem Land in Texas aufgewachsene Junge, zu dem Stadtmädchen auf, das in St. Louis groß geworden war. »Ich könnte dir bei dem Kuchen helfen«, schlug er vor.

»Jungs können nicht kochen und keine Kuchen backen«, erwiderte Melanie und sah ihn an, als hätte er den Verstand verloren.

»Da zeigt sich, dass du nichts weißt. Pa hat mir Kochen auf einem Lagerfeuer beigebracht.«

»Oh, das ist was anderes. Ich meine richtige Kochkunst wie feine Kuchen backen«, konterte sie von oben herab.

Seine Falle war zugeschnappt. »Ich meine nicht backen – ich meine, ich könnte dir zeigen, wo richtig frische Äpfel wachsen, damit du nicht welche getrockneten zu nehmen brauchst.«

»*Keine* getrockneten«, korrigierte seine Schwester ihn automatisch und bestärkte ihn in seinem Entschluss, seinen Plan durchzuziehen. »Ich dachte, es sei zu früh für frische Äpfel«, fügte sie unsicher hinzu. Sie musste offenbar noch eine Menge über das Leben in Texas lernen.

»Komm mit. Ich zeige dir welche. Sie sind noch ziemlich klein, doch das liegt daran, dass es noch so früh ist. Du wirst sehen, es sind Äpfel. Mein Ehrenwort. Es kann unsere Überraschung für jeden morgen beim großen Abendessen sein. Lass Ma nur denken, du hättest die alten getrockneten Äpfel genommen.«

Schnell holte Melanie einen Korb aus der Küche, und die beiden Verschwörer machten sich auf den Weg.

Der Apfelkuchen war ein Meisterstück, das von ihrem strahlenden Vater und Deborah gelobt wurde. Joe und Lucia, überschwänglich vor Glück in den Flitterwochen, versicherten Melanie, dass es der feinste Kuchen sein würde, den sie jemals gegessen hatten, sogar noch besser als der Kuchen, den das beste Restaurant in Austin City serviert hatte.

Stolz schnitt Melanie ein großzügiges Stück für jeden am Tisch ab und gab Adam eine besonders große Portion des Blätterteigkuchens. Vielleicht waren kleine Brüder doch in Ordnung.

Rafe aß einen Bissen, und sein Gesicht spiegelte Schock wider. Deborah, die seine Reaktion bemerkte, kostete vorsichtig ein wenig. Die überwältigende Bitterkeit der Äpfel wurde nur noch durch ihre Härte übertroffen, doch die Blätterteigkruste war genießbar.

Deborah wandte sich freundlich an das Mädchen. »Melanie, du hast keine getrockneten Äpfel verwendet, nicht wahr?«

Inzwischen hatte Joe wie seine Braut den Kuchen probiert, und beide spülten den Bissen hastig mit großen Schlucken schwarzen Kaffees hinunter. Melanie biss selbst in die harte, bittere Masse und blickte bestürzt drein. Es war schrecklich, einfach schrecklich! Sie schaute wütend über den Tisch zu Adam, der als Einziger sein Stück Kuchen nicht angerührt hatte.

»Du hast behauptet, sie wären besser als die getrockneten – die ersten des Frühjahrs und die besten!«, rief sie anklagend. »Sie bräuchten nur etwas mehr Zucker, damit sie süß und weich werden.«

Deborah folgte Melanies wütendem Blick und fixierte Adam mit strengem Blick. »Diese Äpfel stammen nicht zufällig von den Bäumen jenseits des Creeks, von den Holzapfelbäumen, oder?«

Adam zappelte herum. »Wenn sie so blöde ist, dass sie einen Apfel nicht von einem Holzapfel unterscheiden kann, ist das doch nicht mein Problem.«

»Aber du hast sie hingeführt und ihr gesagt, dass sie besser als getrocknete Äpfel sind, nicht wahr?«, fuhr Deborah unnachgiebig fort.

Bei seinem widerwilligen Nicken erklärte Deborah mit eisiger Stimme: »Nun, dann bleibst du hier sitzen, bis du jedes Stückchen Apfelkuchen auf deinem Teller aufgegessen hast – es ist auch nicht mein Problem, wenn du die Nacht auf dem Klo verbringen wirst!« Ihr Blick machte ihm klar, dass sie es nicht dulden würde, wenn er sich weigerte, sein Stück Kuchen zu essen.

Verbissen schickte er sich in das Unvermeidliche und erinnerte sich an die Geschichten, die sein Vater und Joe ihm über Folterungen der Comanchen erzählt hatten.

Kapitel 30

»Du hast für mich Partei gegen Adam ergriffen, und Papa hat dir zugestimmt«, bemerkte Melanie, als sie in ihrem warmen, sicheren Bett lag und Deborah in die Augen blickte.

Deborah lächelte auf das kleine Mädchen, *ihr* kleines Mädchen, herab. »Ja, Liebling, das habe ich. Du wolltest etwas Freundliches tun, und du hast deinem Bruder vertraut, dass er dir dabei hilft. Er war eifersüchtig und hat etwas Gemeines getan. Er muss lernen, dass es falsch war.«

»Genau wie mein freches Verhalten gegenüber dir und Lucia falsch war«, murmelte Melanie mit leiser Stimme.

Deborah lächelte wehmütig. »Oh, Melanie, du und Adam, ihr seid nicht die Einzigen, denen Fehler unterlaufen sind. Dein Vater und ich haben auch so viele Fehler gemacht, aber wir haben hier in Texas alle eine Chance, neu zu beginnen. Wir werden eine richtige Familie sein«, erklärte sie entschlossen.

»Ich ... ich hoffe es ... Deborah?« Melanies Stimme verklang, während sie nervös mit dem Spitzenbesatz ihrer Bettdecke spielte.

»Was, Liebling?«

»Meinst du, es wäre in Ordnung, das heißt, würde es dir etwas ausmachen, wenn ich dich ›Mama‹ nennen würde?« Sie wagte nicht, zu Deborah aufzublicken.

Mit einem leisen Freudenschrei nahm Deborah das kleine Mädchen in die Arme. »Oh, Melanie, nichts würde mich glücklicher machen!«

Adam verbrachte eine miserable Nacht, bei mehreren hastigen Ausflügen zur Toilette von seinem Vater unterstützt. Als Rafe am nächsten Morgen leise in sein Zimmer ging, saß der Junge im Bett.

»Du siehst noch ein bisschen grün um die Nasenspitze herum aus, aber ich nehme an, du wirst es überstehen«, versicherte Rafe.

»Warum hat Ma mich dieses schreckliche Stück Kuchen essen lassen?«, fragte Adam klagend.

»Warum hast du deine Schwester hereingelegt, indem du sie einen Kuchen mit Holzäpfeln hast backen lassen?«, konterte Rafe freundlich.

Der Junge wurde rot und murmelte: »Ich mag sie nicht. Jetzt mögen Mama und du mich nicht mehr.«

Rafe setzte sich auf einen Stuhl neben dem Bett und sah Adam in die Augen. »Deine Mutter und ich lieben dich sehr, Adam. Du bist unser erstgeborener Sohn. Wir werden dich immer lieben, ganz gleich, was du tust, doch wir lieben deine Schwester ebenfalls. Ich dachte, du hättest mir erzählt, dass du Schwestern und Brüder haben willst.«

»Ja«, stimmte der Junge seufzend zu. »*Kleine* Schwestern und Brüder, keine großen!«

Rafaels Mundwinkel verzogen sich zu einem Lächeln. »Ich kann verstehen, dass dies ein Ärgernis sein kann, aber wie gesagt, wenn du dich noch ein paar Jahre geduldest, wirst du größer sein als sie.« Als er die resignierte Miene des Jungen sah, fuhr Rafael fort: »Adam, ich weiß, dass du besorgt wegen deiner Mutter gewesen bist und weil ich mich so sehr bemüht habe, Melanie das Gefühl zu geben, dass sie auf der Renacimiento willkommen ist. Und ich weiß, dass sie nach ihrer Ankunft zuerst nicht sehr freundlich zu dir und uns anderen gewesen ist. Aber hast du dich jemals gefragt, warum das so sein könnte?«

Die großen, schwarzen Augen des Jungen spiegelten Verwirrung wider, dann widerwilliges Begreifen. »Nun, ich nehme an, es ist ziemlich anders auf einer Ranch als in einer großen

Stadt … und …« Er zögerte, unsicher, wie er formulieren sollte, was er meinte. »Ich hatte immer Mama, und dann hatte ich auch dich, und wir kamen hier zusammen hin. Sie war eine Art Waise oder so etwas, nehme ich an, bevor du sie nach Texas geholt hast.«

Rafe glaubte, einen Kloß in der Kehle zu haben, erstaunt über das Wahrnehmungsvermögen und die feinfühlige Art seines Sohnes, mit der er eine so heikle Situation erklärte. »Ja, Sohn, Melanie wuchs bei ihrer Großmutter und Tante in St. Louis auf. Nachdem ich nach Texas reiste, um dich und deine Mama zu suchen, waren sie die ganze Familie, die ihr geblieben war. Dann starben sie plötzlich bei einem Unfall, und Melanie musste allein den ganzen Weg von St. Louis nach New Orleans und nach Galveston reisen, um sich mit mir zu treffen.«

»Ich nehme an, dann ist sie ziemlich tapfer – für ein Mädchen«, fügte er mit nur einer Spur von Widerwillen hinzu. »Vielleicht ist es gar nicht so schlecht, eine große Schwester zu haben, nachdem sie gelernt hat, zu reiten und Lucia und Mama im Haus zu helfen. Meinst du, es würde ihr gefallen, wenn ich ihr meine Schlangensammlung zeige?« Als Rafe die Augenbrauen hob, fügte der Junge hastig hinzu: »Oh, nicht, um sie anzufassen oder so was! Aber ich könnte ihr erklären, welche harmlos sind, und sie warnen, vor welchen sie sich in Acht nehmen muss.«

Rafe sah voraus, dass es in der Beziehung der Geschwister oft auf und ab gehen würde, aber er wusste plötzlich, dass sie funktionieren würde. Er zerzauste Adams Haar und antwortete ernst: »Ich finde, das ist eine sehr gute Idee, Sohn. Vielleicht solltest du die Schlangen auch deiner Mutter zeigen. Schließlich könnte sie ebenfalls nicht wissen, bei welchen sie aufpassen muss.«

»Ich glaube, zwischen Adam und Melanie herrscht ein Waffenstillstand«, sagte Rafe zu Deborah, als sie sich am folgenden Abend aufs Schlafengehen vorbereiteten. »Sie hat tatsächlich seine Lieblingsnatter getätschelt, und er schien glücklich zu sein, dass sie dich Mama nennt. Wie hast du dieses Wunder vollbracht, meine erstaunliche Frau?«

»Es ist kaum mein Verdienst. Oh, Rafael, nach dem Tod ihrer Großmutter und Tante war sie so hungrig nach der Liebe einer Frau.«

»Nicht alle Frauen würden das Kind der Mätresse ihres Mannes als ihr eigenes annehmen. Du bist ein Wunder, Mondblume.« Frisch vom Baden und nur mit einem Morgenrock bekleidet, tappte er barfuß zu ihr und nahm sie in die Arme. »Ich hatte solche Angst, dich zu verlieren, Deborah.«

»Hab keine«, erwiderte sie und legte die Fingerspitzen auf seine Lippen. »Hab nie mehr Angst, mich wieder zu verlieren. Du hast mir so viel geschenkt – zwei schöne Kinder, unser Zuhause hier auf der Renacimiento und vor allem dich selbst. Jetzt weiß ich, warum mein Vater wollte, dass du mich findest.«

Sein Blick forschte in ihrem Gesicht, als er es zärtlich mit beiden Händen umfasste. »Und du hast keine Angst mehr vor mir?«

»Nein, nicht mehr. Ich habe dir in San Antonio misstraut und nicht verstanden, weshalb du Flores so sehr gehasst hast – doch Lucia hat mir den Grund erklärt.« Sie streichelte mit den Fingerspitzen über die Narbe an seinem Kinn bis zu der Narbe an seiner Brust, schmiegte sich an ihn und flüsterte an seinem Hals: »Seit wir auf der Renacimiento sind, habe ich dich mit Joe und Lucia beobachtet, mit den Männern, die für dich arbeiten, mit deinem Sohn und jetzt mit deiner Tochter. Der alte Rafael in New Orleans wäre nie eine Partnerschaft mit einem Halbblut eingegangen und hätte niemals eine Frau eingestellt, die eine

Comanchen-Squaw gewesen ist. Und er hätte nie Adam und Melanie behandelt, wie du es getan hast – als gleichwertig.« Sie blickte auf in seine schwarzen Augen und fügte hinzu: »Ich bin stolz auf dich, Rafe Fleming, und ich liebe dich aus ganzem Herzen.«

Er presste sie an sich und küsste sie glühend. »Oh, Deborah, meine Mondblume, das Einzige, was mich all diese harten, gefährlichen Jahre in Texas am Leben gehalten hat, war mein Glaube, dass ich dich finden werde! Du bist mein Leben, meine Seele! Ich liebe dich, und ich brauche dich.« Wie um seine Worte zu beweisen, drückte er sie so fest an sich, dass sie seinen Herzschlag spüren konnte. Sie ließ die Arme von seinem Nacken gleiten und öffnete seinen Morgenmantel. Er stöhnte auf, nahm sie auf die Arme und trug sie zum Bett. Ihre Haare breiteten sich wie silbergoldene Mondstrahlen auf der Bettdecke aus, und durch das lavendelfarbene Nachthemd schimmerten die Spitzen ihrer Brüste. Er streifte den Morgenrock ab und kniete sich nackt auf die Bettkante, um ihre Schönheit in sich aufzunehmen. Sie sah seinen Blick, setzte sich auf und zog sinnlich das Seidennachthemd von ihren Schultern. Schnell half er ihr, es über die Hüfte hinabzustreifen.

Deborah umklammerte seine Schultern und zog ihn auf sich. Sie wollte mit ihm langsam den Beginn ihres neuen Lebens auskosten. Ihre Fingerspitzen kreisten in seinen Brusthaaren, während er ihre Brüste streichelte. Jeder konnte den Herzschlag des anderen spüren, während sie sich streichelten und küssten. Als sein hartes Glied gegen ihren Unterleib stieß, bewegte sich ihre Hüfte wellenförmig unter seinen streichelnden Händen. Mit einem leisen Aufstöhnen griff sie hinab, umfasste den steifen Penis und rieb zärtlich daran auf und ab.

»Hexe mit veilchenblauen Augen«, stöhnte er auf, als sie ihn erregend streichelte, doch er traf keine Anstalten, in sie einzudringen, obwohl er sich danach sehnte.

»Teufel mit schwarzen Augen«, flüsterte sie zurück, als sich seine Hand sanft über ihre legte und er ihre feuchten Schamlippen streichelte.

Er konnte nicht länger warten, zog ihre Hände fort und glitt tief in sie.

»Weich und langsam«, flüsterte sie.

»Damit es die ganze Nacht dauert«, wisperte er zurück.

Die ganze Nacht, das ist eine lange Zeit, doch sie bemühten sich sehr, das Liebesspiel bis zum Letzten auszukosten, mal sie auf ihm, dann er auf ihr, immer kurz vor der Erfüllung verharrend, bis trotz der kühlen Nachtluft ihre vereinigten Körper schweißbedeckt waren. Das Feuer im Kamin glühte nur noch schwach, als Rafe spürte, wie sich Deborah im nahenden Höhepunkt verkrampfte. Er tauchte noch tiefer und schneller in sie, hörte sie in ihrer Ekstase vor Lust schreien, als er ihr auf den Gipfel folgte. Ihre Körper und Seelen waren noch niemals so eng vereinigt gewesen wie in diesem Moment.

Als er wieder sprechen konnte, sagte er mit dieser sanften, weichen Stimme, die sie so liebte: »Es hat noch nie so lange angehalten, Mondblume. Vielleicht haben wir soeben einen kleinen Bruder oder eine Schwester für Adam und Melanie gezeugt.« Er küsste sie zärtlich und wälzte sich mit ihr auf die Seite, immer noch vereinigt.

Rafe hörte sie leise lachen und spürte ihre Küsse auf seinen Lidern, dann auf der Nasenspitze. »Das ist uns schon vor einiger Zeit gelungen. die beiden werden nicht lange zu warten brauchen. Ungefähr bis Oktober, nehme ich an.«

Er strich zärtlich mit den Fingerspitzen über ihre Wange. »Seit wann weißt du es?«

»Erst seit ein paar Wochen bin ich mir sicher, als zum zweiten Mal meine Tage ausblieben. Freust du dich, Rafael?«

Er lächelte, glücklich, seinen alten Namen aus ihrem Mund zu hören, eine Erinnerung an den guten Teil ihres früheren

Ehelebens. »Ja, ich freue mich. Mehr, als ich jemals beschreiben kann.« Er legte eine Hand auf ihren Bauchnabel, als wollte er das neue Leben dort fühlen. »Diesmal werde ich beobachten, wie unser Kind heranwächst, dir durch die Geburt helfen und alles mit dir teilen. Ja, ich freue mich sehr. Meine Träume waren groß, als ich die Wildnis urbar machte und die Renacimiento aufbaute. Wir werden unsere Kinder und Enkel dort aufziehen, Deborah.«

Sie kuschelte sich enger an ihn. »Ich habe es stets gehasst, ein Einzelkind zu sein. Lass uns ein Dutzend weitere Babys haben!«

Er lachte. »Dann werde ich ein größeres Haus bauen müssen! Gestern Abend hat Joe mir erzählt, dass er und Lucia vorhaben, sich jenseits des Creeks ein eigenes Haus zu bauen und ebenfalls eine Familie zu gründen. Schon bald werden wir hier auf der Ranch eine ganze Stadt haben. Ich möchte gern, dass dein Vater herkommt und dies sieht. Meinst du, du könntest ihn zu einem Besuch überreden? Er hob eine schwarze Augenbraue und sah sie fragend an.

Deborah lachte glücklich. »Was glaubst du, wie schnell er kommen wird, wenn er Gelegenheit bekommt, seine Enkelkinder kennen zu lernen!«

Am nächsten Morgen schrieb Deborah einen Brief an ihren Vater, teilte ihm alles über Melanie und Adam mit und kündigte das neue Baby an, das sie im Herbst erwartete. Sie war überzeugt, dass er noch vor dem Ende des Sommers zu Besuch kommen würde. Als sie die letzten Zeilen geschrieben hatte, rief sie ihren Mann, denn sie wollte sie mit ihm teilen.

Wie der Name unseres neuen Zuhauses, Renacimiento – Wiedergeburt, schon sagt, sind Rafael und ich wiedergeboren. Gemein-

sam bauen wir uns ein neues Leben und eine neue Liebe für uns und unsere Kinder in diesem neuen Land auf.

Mit all meiner Liebe,
Deborah

Tränen schimmerten in Rafes schwarzen Augen, als er den Brief auf den Schreibtisch legte und sich hinabneigte, um seine Frau zu küssen.

Anmerkung der Autorin

Weil es so verschiedene Kulturen umspannt, stellten die Recherchen für den Roman *Moon Flower* eine Herausforderung dar. Die Heldin ist eine Gegnerin der Sklaverei aus Boston, die während der Wirren der Revolution nach Texas auswandert. Der Held ist ein Kreole aus New Orleans, der die Gefangenschaft bei den Comanchen überlebt und schließlich ein texanischer Rancher wird.

In ihrer Geschichte entfaltet sich die ethnische Historie in der Mitte des neunzehnten Jahrhunderts, als sie ihr Leben dem in der neuen Republik Texas anpassen.

Als ich Hintergrundmaterial über die Kulturen der Kreolen und Comanchen zu lesen begann, war ich fasziniert von den Parallelen zwischen diesen verschiedenen Gruppen und der Kultur der anglo-texanischen Gesellschaft. Vergleiche von Gewalt zwischen den Texanern und den Indianern waren nicht überraschend. Doch Kreolen waren angeblich die Verkörperung der Zivilisation, während Comanchen angeblich die barbarischsten der eingeborenen Amerikaner waren. Doch bei meinen Recherchen wuchs in mir mehr und mehr die Überzeugung, dass beide sowohl viele menschliche Schwächen als auch Stärken mit den Texanern teilten.

All dies waren unglaublich männlich dominierte Systeme, in denen Kriegerehre allzu oft auf dem Schlachtfeld verteidigt wurde. Es ist nur ein spitzfindiger Unterschied, ob man sein Blut auf dem Duellplatz lässt oder beim Erbeuten von Skalps. Texanische Grenzbewohner duellierten sich nach Regeln und ohne. Sie waren oftmals brutal gegeneinander und dafür bekannt, dass sie hin und wieder Mexikaner und Indianer missbrauchten.

Die Grausamkeit der Sklaverei existierte in den Bayous und auf den texanischen Prärien gleichermaßen. Was auf dem Masparo-Sklavenmarkt geschah, mag ordentlicher und friedlicher gewesen sein als das, was geschah, wenn die Comanchen Männer und Frauen versklavten, doch zur Verteidigung dieses barbarischen Reitervolkes könnte angeführt werden, dass es gelegentlich gefangen genommene Kinder in seine Gesellschaft aufnahm, etwas, das nach kreolischen und angelsächsischen Gesetzen streng verboten war.

Die Position der Frau war in allen Fällen jämmerlich beklagenswert. Der »Schichtkäse der Rassen« von weißen und schwarzen Familien in New Orleans kann gut mit dem pluralistischen Ehesystem der Comanchen verglichen werden. Frauen wie Lily und Lucia mühten sich ab, um unter ähnlichen Umständen zu überleben. Was das anbetraf, so war es auch bei Deborah und Sand Owl so.

Trotz ihrer Laster, die in unseren Augen des zwanzigsten Jahrhunderts groß sein mögen, hielten Kreolen und Comanchen ihren strengen Ehrenkodex peinlich genau ein. Beide wurden übertroffen durch eine flexiblere Anglo-Gesellschaft, die ironischerweise ihre zivilisiertere Kultiviertheit mit barbarischeren Praktiken kombinierten. Die Texaner waren ein gewalttätiges Volk; sie waren auch ein starkes. Aus diesen hellen und dunklen Fäden wurde der kostbare Teppich der texanischen Geschichte gewebt.

Für einen ausgezeichneten Überblick über die texanische Geschichte empfehle ich noch einmal den Time-Life-Band der Serie *Old West – The Texans;* John Henry Browns *History of Texas*, Band II, und natürlich T. R. Fehrenbachs *Lone Star*. Außerdem finde ich, Fehrenbachs *Comanches* ist der objektivste und scharfsinnigste Kommentar, den ich über den Rassenkrieg zwischen Texanern und Comanchen gelesen habe. Er verteilt keine Hiebe und verherrlicht keine der beiden Seiten.

Für hervorragende Einzelheiten über das Leben und die Sitten der Comanchen ist *The Indians of Texas* von W. W. Newcomb junior eine feine Quelle.

Als ich meine Romanfiguren schuf, benutzte ich eine Reihe hervorragender Urquellen. Zu diesen Männern und Frauen, die ihre turbulenten Zeiten aufzeichneten, zählen Noah Smithwick: *Evolution of a State,* Mary A. Maverick: *Memoirs* und Z. N. Morrel: *Fruits and Flowers.* Keine Berichte aus erster Hand sind lebendiger als die von Jo Ella Powell Exley zusammengetragenen in *Texas Tears and Texas Sunshine.*

Es gibt so viele vorzügliche Quellen über die kreolische Gesellschaft im frühen neunzehnten Jahrhundert, dass es schwierig war, meine Empfehlungen zu beschränken. Die folgenden Bücher fand ich besonders hilfreich: Albert Fossiers *New Orleans: The Glamour Period 1800–1840;* Herbert Asburys *The French Quarter;* Harnett T. Kanes *Queen New Orleans* und ein faszinierendes Sammelwerk von Liliane Crete: *Daily Life in Louisiana,* aus dem Französischen übersetzt von Patrick Gregory.

Was die Recherche für historische Personen wie Sam Houston, Jack Hays und Adrian Woll anbetrifft, lesen Sie bitte die Anmerkung der Autorin in Band 1 der texanischen Trilogie, *Wilde Kaktusblüte.*

»Eine spannende und bewegende Liebesgeschichte um Ehre und Betrug.« Romantic Times

Sechs Jahre nach der blutigen Schlacht auf den Feldern von Culloden wird der Engländer Rolf St. James dorthin geschickt, um die restlichen schottischen Aufständigen zu besiegen. Als er eine dunkelhaarige Schönheit gefangen nimmt, meint er, eine perfekte Waffe gegen ihren mächtigen Anführer »Black Wolf« in der Hand zu haben. Doch Megan MacLeod ist stolzer und mutiger als jede andere Frau, die Rolf bisher begegnet ist. Außerdem hat sie ein Geheimnis, das ihren Clan das Leben kosten könnte. Aber mit jedem Tag, der vergeht, schmilzt Megans Widerstand unter den heißen Küssen ihres Feindes ....

3-404-18683-4

BASTEI LÜBBE